KNAUR

VANESSA
SAVAGE

MÖRDER HAUS

PSYCHOTHRILLER

Aus dem Englischen von
Christine Gaspard

KNAUR

Die englische Originalausgabe erscheint 2019 unter dem Titel
»The Woman in the Dark« bei Little, Brown UK.

Besuchen Sie uns im Internet:
www.knaur.de

FSC
www.fsc.org
MIX
Papier aus verantwortungsvollen Quellen
FSC® C083411

Deutsche Erstausgabe Februar 2019

Ein Imprint der Verlagsgruppe
Droemer Knaur GmbH & Co. KG, München

Redaktion: Viola Eigenberz
Covergestaltung: ZERO Werbeagentur, München
Coverabbildung: © joe daniel price / gettyimages,
FinePic® / shutterstock
Satz: Adobe InDesign im Verlag
Druck und Bindung: CPI books GmbH, Leck
ISBN 978-3-426-52300-1

2 4 5 3 1

Schlagzeile in *Western Mail*, Mai 2017:

Zwei weitere Leichen im Mörderhaus gefunden

Es ist schon so lange her, seit du hier gelebt hast, und alles und nichts in dieser Stadt hat sich verändert. Die Graffiti sind düsterer, schmutziger, der Verfall hat sich tiefer eingefressen, ein hartnäckiger Geruch, ein eiterfleckiger Verband, ein roter Streifen der Infektion, der sich von dem faulenden Herzen des Ganzen davonschlängelt.

Das Haus war schon immer die Eintrittswunde, die sich über der Entzündung schließt, sie einschließt, sodass sie sich unter der Haut weiter ausbreitet, tückisch, weiter schwillt und das gesunde Fleisch ringsum abtötet. Und du, im Zentrum des Ganzen – die schmutzige Nadel, das rostige Messer, die Ursache und die Wirkung.

In meinem Traum, dem einen, von dem ich dir erzählt habe, dem Traum, den ich immer wieder habe, in dem das Haus noch einfach ein Haus ist und noch nicht das Mörderhaus, haben alle Zimmer am Treppenabsatz Türen, und alle Türen sind geschlossen. Sie sind immer geschlossen. Aber letzte Nacht veränderte sich der Traum. Diesmal war der Treppenabsatz länger, ein richtiger Flur, und am Ende war eine neue Tür. Und statt zu rennen, wie ich es sonst immer tue, wegzurennen von dem Drachen im Menschenkostüm, halb zu stürzen auf diese Traumart, die die Welt zum Kippen bringt, und überzeugt davon, dass ich es nie bis ans Ende schaffen werde – diesmal wusste ich, ich würde es bis ans Ende schaffen.

Aber ich will es gar nicht mehr. Es gibt eine Tür dort am Ende, die nicht da sein sollte. Jetzt ist da eine weitere Tür, und sie steht offen.

ERSTER TEIL –
VOR JANUAR 2017

SARAH

KAPITEL 1

Alles Gute zum Jahrestag, Sarah.«

Als ich die Augen öffne, steht Patrick neben dem Bett, eine in Geschenkpapier verpackte Schachtel in der Hand. Er ist vollständig angezogen, und ich werfe einen Blick auf die Uhr – es ist acht. Herrgott, die Kinder, Patricks Frühstück. Ich hätte vor einer Stunde aufstehen sollen.

»Keine Panik«, sagt er und setzt sich. Er schiebt mir das Haar aus den Augen, beugt sich vor, um mich auf die Stirn zu küssen, lächelt mir in die Augen dabei. »Mia und Joe sind schon auf dem Weg zur Schule. Du kannst im Bett bleiben.« Er reicht mir die Schachtel hin, und ich setze mich auf und ziehe die Bettdecke hoch, um mich zu bedecken.

Ich sehe mir das Geschenk an. Das Papier ist silbern und glänzend, die Knicke an den Kanten scharf und präzise, das gekräuselte silberne Band oben zu einer komplizierten Schleife gebunden. »Aber es ist doch gar nicht …«

»Kein echter Jahrestag, nein. Aber dieser hier ist wichtiger.« Er greift nach meiner Hand und küsst sie. Er dreht sie um, küsst die Handfläche, küsst sich weiter zu meinem Handgelenk.

Ich versuche mich hektisch an das Datum zu erinnern; dann fällt es mir ein, und ich werde ruhig. 21. Januar, der Tag, an dem wir uns zum ersten Mal begegnet sind.

»Mach's auf«, sagt er, während er mir die Schachtel in die Hand schiebt. Meine Finger hantieren ungeschickt mit den Bändern herum, und er lacht und kommt mir zu Hilfe, indem er das Papier herunterreißt und den Deckel von der Schachtel nimmt.

Es ist eine CD. Ich nehme sie stirnrunzelnd heraus; dann sehe ich den Titel, und das Stirnrunzeln verfliegt. Dieses alte Verve-Album, das ich so geliebt habe. In der Titelliste steht *Bittersweet Symphony* ganz oben.

»Weißt du noch?«

Natürlich weiß ich noch. Ich schließe die Augen und bin wieder auf dieser Studentenparty damals – ein rauchgeschwängerter dunkler Raum, der Teppich klebrig von billigem Alkohol, alle Welt betrunken, ein einziger Knäuel von Teenagern auf dem Fußboden, von Hand zu Hand gehende Flaschen. Dann setzt *Bittersweet Symphony* ein, und dieser Mann, dieser lächerlich deplatzierte Mann im Anzug kommt auf mich zu und will tanzen. Mitten im Lärm und bei all diesen Leuten; niemand außer uns tanzte, und er wirbelt mich herum, als befänden wir uns in einem Ballsaal.

»Ich habe gedacht, wir könnten heute Abend dazu tanzen«, sagt er jetzt. »Du kannst deine Doc-Martens-Treter rauskramen, und ich tränke den Teppich mit billigem Rum.«

Er küsst mich wieder, und dieses Mal hat er es nicht eilig. Ich rieche sein Rasierwasser, den würzigen, feurigen Duft, den er schon immer verwendet hat. Ich schmecke Kaffee auf seinen Lippen, spüre die raue Wange, die meine streift. Ich bin noch im Halbschlaf, etwas benommen, und ich kann mich nicht erinnern, wie lange es schon her ist – Wochen? Monate vielleicht sogar? Wie lange, seit wir schläfrigen morgendlichen Sex hatten, langsam und träge und leise außerdem, der Kinder wegen? Ich greife nach ihm, aber er zieht sich zurück und lässt kühle Luft zwischen uns ein.

»Bleib«, flüstere ich.

»Ich muss zur Arbeit. Aber heute Abend … wir gehen zum Essen aus – irgendwas Besonderes. Nur wir zwei«, sagt er, jetzt wieder ganz der erwachsene Patrick, zugeknöpft in seinem Anzug, nicht der Patrick, der auf dem alkoholgetränkten Teppich gelegen und gelacht hat, während ich um ihn herumtanzte. Aber … Es ist doch alles noch da, oder nicht? Dieser Patrick, diese Sarah? In der kleinen Krümmung seines Lächelns, seinem leisen Lachen, der Art, wie er mich ansieht, als die Decke nach unten rutscht. Alles noch da, nur etwas stumpf geworden vom Alltagsleben.

»Bleib«, sage ich wieder, ziehe ihn dichter an mich und schiebe ihm das Jackett von den Schultern.

Er lacht und beginnt an meinem Hals zu knabbern. »Sie sind wirklich furchtbar, Mrs. Walker …«

Ich lasse mich auf die Kissen zurückfallen, als er das Zimmer verlässt, und schließe die Augen, ein Lächeln im Gesicht. Ich könnte schlafen, mir noch eine Stunde gönnen, bevor ich mich dem Tag stelle. Aber Patrick ruft aus dem Erdgeschoss zu mir herauf. Ich stehe auf und greife nach dem zerschlissenen Morgenmantel, der an der Tür hängt. Patrick zieht mich ständig auf wegen des schäbigen alten Fetzens. Er hat mir einen neuen gekauft, dick und luxuriös, den ich niemals trage, weil meine Mutter mir diesen hier geschenkt hat – vor einer Million Jahren, als ich von zu Hause ausgezogen bin. Seither habe ich ihn getragen, und ich werde ihn tragen, bis er auseinanderfällt, weil ich sonst so wenig habe, das mich an sie erinnert.

Patrick steht unten im Flur, einen Umschlag in der Hand. »Wann ist denn das gekommen?«

Das schlechte Gewissen zuckt durch mich hindurch. Ich erinnere mich an diesen Brief. Er war ein, zwei Tage zuvor gekommen, handschriftlich an Patrick adressiert. Ich hatte ihn von der Fußmatte aufgehoben, und statt ihn Patrick zu geben, hatte ich ihn in die Schublade gestopft ... weil er handschriftlich adressiert war, weil die Handschrift nach einer Frau aussah.

»Es tut mir leid«, sage ich, »den muss ich in die Schublade gelegt haben statt obendrauf.«

Ich beobachte, wie er den Brief anstarrt. Als ich die Treppe hinuntersteige, bin ich darauf vorbereitet, mich ein zweites Mal zu entschuldigen, aber als ich Patricks Gesicht sehe, halte ich inne. Ärger erkenne ich, und er ist nicht ärgerlich. Ich weiß nicht, was das ist.

»Was ist los?«, frage ich, und als er mich ansieht, sind seine Augen heiß und voller Tränen, als werde er weinen, und rote Flecken sind auf seinen Wangen erschienen. Er wirft einen weiteren Blick auf den Brief und schiebt ihn sich dann in die Jackentasche.

»Gar nichts. Nichts Wichtiges.«

Aber doch, das ist es. Ich habe noch nie gesehen, dass Patrick so ausgesehen hätte. Furcht, die Euphorie ablöst, die ... etwas anderes ablöst. Oder irre ich mich? Doch, ich glaube, ich habe es doch schon gesehen. Ein Mal.

Carolines SMS kommt eine halbe Stunde nachdem Patrick gegangen ist, und Caroline selbst klopft zehn Minuten später an die Haustür, zwei dampfende Pappbecher in den Händen und einen Stoß Reisebroschüren unter dem Arm. »Cappuccinobringdienst«, sagt sie.

»Du siehst widerwärtig wach aus«, antworte ich, während ich die Haustür weiter öffne und mir mit der Hand durchs wirre Haar fahre. Es ist erst halb zehn, aber Caroline sieht aus, als wäre sie schon seit Stunden auf den Beinen – Make-up komplett, Haar glänzend und makellos frisiert.

»Es ist ein fabelhafter Tag da draußen. Kalt, aber fabelhaft«, sagt sie, während sie mir in die Küche folgt. »Wenn ich mich mit meiner Dosis Zucker und Koffein gestärkt habe, gehen wir spazieren.«

Ich stelle meinen Becher ab und beginne in den Prospekten zu blättern. »Danke für das hier – an die Kaimaninseln hatte ich noch gar nicht gedacht«, sage ich, während ich über einem seitengroßen Foto von türkisblauem Meer und weißem Sand innehalte.

»Hast du denn schon entschieden, wohin ihr fahrt?«, fragt Caroline, und ich seufze.

»Du musst das nicht die ganze Zeit machen, weißt du.«

»Was machen? Dir Kaffee bringen?«

»Das ganze Programm. Jeden Morgen hier auftauchen, diese künstlich fröhliche Caroline. Ich kann mir nicht vorstellen, dass du bis vor ein paar Monaten vor dem Mittag auch nur die Augen aufgemacht hast. Aber jetzt … Du und Patrick, das ist ja fast ein Staffellauf. Er geht, du kommst.«

Ihr Lächeln verblasst. »Na ja, okay, aber bis vor ein paar Monaten hab ich mir ja auch keine Gedanken drüber machen müssen, dass du allein zu Hause bist, oder?«

»Deswegen brauchst du dir auch jetzt keine zu machen.«

»Nein, brauche ich nicht?«, sagt sie, geht zum Schrank und nimmt sich ein paar Kekse. Ich schüttele den Kopf, als sie mir einen davon anbietet, und setze mich mit meinem Kaffee an den Tisch.

In Gedanken mache ich mir eine Notiz, die Kaffeebecher verschwinden zu lassen, bevor Patrick nach Hause kommt. Von Carolines Beteiligung an diesem Staffellauf weiß er nichts. Kann er nichts wissen.

Als meine beste Freundin umzog, in ein größeres und besseres Haus nur eine Ecke von uns entfernt, hat sie es uns wissen lassen, indem sie mit einer Flasche Prosecco auf der Türschwelle auftauchte und »Überraschung!« rief. Patrick glaubt, sie hätte es ganz gezielt getan, um ihn zu ärgern; ich habe widersprochen, aber ich bin mir sicher, dass Carolines Freude über den Umzug noch etwas gesteigert wurde durch das Wissen darum, wie sehr er ihn reizen würde. Sie kennt Patrick schon fast so lange wie ich selbst, und angesichts der Energie, die sie beide darauf verwenden, mich vor dem nächsten Zusammenbruch zu bewahren, mich hoffnungsvoll und optimistisch zu stimmen, müssten sie eigentlich die besten Freunde sein. Stattdessen sind sie immerfort kurz davor, einander an die Kehle zu gehen. Aber ich weiß, dass ihre Besorgnis auf nichts als Liebe beruht, dass sogar ihr kleinliches Gezänk darauf beruht, und selbst wenn ich mich eine Spur klaustrophobisch fühle bei all den Versuchen, mich in Watte zu packen – ich werde ihnen nicht vergessen, dass sie mir damit über eine üble Zeit hinweggeholfen haben.

»Gehst du heute Abend zu Helens Lesezirkel?«

»Kann ich nicht – Patrick und ich gehen aus.«

Sie zieht die Brauen hoch und nimmt sich noch einen Keks aus der Dose. »Welcher Anlass?«

Ich lächele. »Es ist albern – der Jahrestag unsres Kennenlernens. Er sagt immer, das wäre der eigentliche Jahrestag, weil er vom ersten Moment an gewusst hätte, dass er mich liebt.«

Caroline schüttelt den Kopf und lacht; ich tu es nicht. *Weißt du noch?,* hat Patrick gefragt, und bei den Worten kam alles wieder zurück. Um mich war es genauso geschehen in dem Moment, in dem wir zu tanzen anfingen. Manchmal vergesse ich es inzwischen. Patrick hat recht, wenn er einen Anlass draus macht – uns ins Gedächtnis ruft, wer wir waren.

»War das Joe?«, fragt Caroline und geht zu einer kleinen gerahmten Bleistiftzeichnung hinüber, die auf der Arbeitsplatte steht; ich wollte sie später an die Wand hängen. Joe ist mit siebzehn sehr viel talentierter, als ich selbst es in diesem Alter war. Er hat Mia erfasst, in einigen wenigen kräftigen Bleistiftstrichen, scharfe, klare Linien und weich verwischte Bögen. Man muss Abstand halten, sich anschleichen, es aus dem Augenwinkel ansehen, um sie zu erkennen, aber wenn man es einmal geschafft hat, könnte es niemand anderes mehr sein. Es ist, als hätte er es mit Absicht getan, seine geliebte kleine Schwester auf dem Zeichenpapier verborgen, ein ständiges Versteckspiel. Er hätte ein Selbstporträt draus machen sollen.

»Es ist schon komisch, oder?«, sagt Caroline, während ihre künstlichen Nägel über das Glas gleiten. »Dass es Joe ist, in dem der Künstler steckt.«

»Komisch?«

»Du weißt schon, was ich meine.«

Ich trete ebenfalls näher heran, ziehe den Umriss von Mias Gesicht nach. »Mit den Genen hat das nichts zu tun. Mia ist meine leibliche Tochter, und wir könnten uns nicht unähnlicher sein.«

»Natur gegen Kultur?«

Joe hat ganz von sich aus zum Pinsel gegriffen. Ich habe ihm nie einen in die Hand gegeben. Aber ich ermutige ihn, fördere sein Talent, selbstverständlich tu ich das. Ich brauche ihn nicht geboren zu haben, um das zu tun. Ich trete einen Schritt zur Seite, und die Porträtskizze von Mia scheint sich zu drehen, um mich im Blick zu behalten. Ich frage mich, wie er mich zeichnen würde. Oder Patrick.

»Warum habt ihr es ihm noch nicht erzählt? Das mit …« Sie zögert. »Dass er nicht von dir stammt.«

Carolines Mann ist Sozialarbeiter, und seit Joe heranzuwachsen begann, hat sie mir gute Ratschläge gegeben, wie ich es ihm am besten beibringen kann, aber ich schrecke immer wieder davor zurück. »Warum sagt ihr es ihm nicht einfach, Sarah? Es wird keinen Unterschied für ihn machen, nicht wirklich. Du bist die einzige Mutter, die er je gekannt hat. Und Patrick ist nach wie vor sein Vater. Er wird es verstehen.«

Mein Magen verkrampft sich, und ich sehe mich um, wie ich es immer tue, um mich zu vergewissern, dass Joe nicht irgendwo herumhängt und die verbotenen Worte hört.

Caroline seufzt. »Ich kann's nicht fassen, dass du jetzt schon so lang damit durchgekommen bist.«

Ich auch nicht. Der Knoten von Ängsten scheint größer zu werden. Was passiert, wenn er uns irgendwann nach seiner Geburtsurkunde fragt? Ist es das, worauf ich warte? Auf den Moment, in dem das Thema nicht mehr zu vermeiden ist?

Ich berühre das Glas der gerahmten Zeichnung. Joe ist immer mein Junge gewesen. Mia und ich geraten ständig aneinander, sie war schon immer Patricks kleine Prinzessin, aber Joe und ich … Caroline spricht die Dinge aus, die mitten in der Nacht an mir nagen. Es noch mehr tun, seit meine eigene Mutter gestorben ist und ihr Tod diese neue zerbrochene Sarah aus mir gemacht hat, mit einer offenen Wunde, die einfach nicht verheilen will. Wenn ich Joe die Wahrheit sage, werde ich ihm zwei Mütter nehmen – mich selbst und die längst verstorbene Eve. Mein eigener Verlust hat mich in Trümmer gehen lassen – was würde er Joe antun?

»Ich weiß … Ich weiß, wir müssen es ihm sagen, ich hätte das schon längst machen sollen, aber es hat mir einfach nicht nach dem richtigen Zeitpunkt ausgesehen, als er an der neuen Schule diese ganzen Schwierigkeiten gekriegt hat«, sage ich. »Die ganzen Streitereien, das Mobbing … die ganzen verdammten Elternsprechstunden, wo sie es immer davon hatten, dass er zu irgend so einem Kinderpsychologen sollte. Herrgott, Patrick war fuchsteufelswild. Unser kleiner Junge ist terrorisiert worden, und die haben so getan, als läge das Problem bei ihm … Ich hätte ihm das nicht auch noch aufbürden können. Also hab ich die ganze Lüge aufrechterhalten, bis es gar nicht mehr möglich gewesen wäre, ihm die Wahrheit zu sagen. Und es geht ja nicht bloß um Joe, stimmt's? Wie würden wir das Mia beibringen?«

»O Gott, Sarah …«

Mir wird die Kehle eng, als ich die altbekannte Besorgnis in ihrer Stimme höre, und ich schlucke, um sie wieder frei zu bekommen. »Sieh mal, seine leibliche Mutter ist tot. Sie wird nicht plötzlich auf der Matte stehen. Wir werden's ihm sagen. Aber nicht gleich jetzt. Ich meine, dieser Unfall ... Er ist noch nicht so weit.«

»Ich könnte Sean bitten, dass er nachsieht, ob es irgendwelche Akten über Eve gibt«, sagt Caroline. »Wenn ihr's ihm dann irgendwann doch sagt, hättet ihr die Informationen, nur für den Fall, dass er seine Leute finden will.«

»Nein. Lass es. Bitte lass es. Ich bin mir sicher, wenn wir das jemals brauchen, kann Patrick mir alles Nötige von ihr erzählen.«

»Du hast immer gesagt, es ist Patrick, der alles rausschiebt, aber ich hab mich immer gefragt, ob du nicht diejenige bist, die noch weniger da ranwill. Du hast Angst, dass du deinen Jungen verlierst.«

»Natürlich hab ich Angst. Ja, gelogen haben wir beide, aber im Fall der Fälle ist Patrick immer noch sein Vater. Ich bin dann einfach die verdammte böse Stiefmutter.«

»Böse ja nun kaum«, sagt sie, legt eine Hand über meine und lächelt.

Meine eigene Hand schließt sich unter ihrer zur Faust, und ich runzele die Stirn. »Aber ob Joe das auch so sieht ...«

»Geht er immer noch zu dieser Therapeutin?«, fragt sie.

Ich schüttele den Kopf. Patrick hat der Sache ein Ende gemacht. Er hat gesagt, die Sitzungen wären Zeitverschwendung. Ich habe widersprochen, so lang, bis Joe sich einschaltete und mir mitteilte, dass er seinem Dad zustimmte. Aber die Nummer der Therapeutin habe ich behalten.

»Kommt er jetzt besser mit Patrick aus?«

Ich seufze. »Eigentlich nicht. Nicht seit er das Auto geschrottet hat.«

Caroline nickt, dann berührt sie noch einmal die Zeichnung. »Er ist gut.«

»Er will auf die Kunsthochschule.«

Sie sieht zu mir herüber. »Weiß Patrick das schon?«

»Noch nicht.«

»Erinner mich, dass ich auf keinen Fall hier sein darf, wenn *die* Diskussion fällig ist.«

Wir machen unseren Spaziergang im Park, die Mäntel bis unters Kinn zugeknöpft, Sonnenbrillen auf der Nase zum Schutz gegen die Wintersonne; Caroline drängt mich, ihr zu verraten, wohin wir unsere große Reise machen wollen. Meine Antwort lautet, dass ich es nicht weiß. Ich habe zu viel um die Ohren, und ich kann mich nicht recht darauf konzentrieren. Ich habe den Verdacht, dass sie aus genau diesem Grund immer wieder nachfragt – um mir etwas zu geben, auf das ich mich freuen kann.

Der Park ist voll mit Leuten, die ihre Hunde ausführen, und Müttern mit Kinderwagen, alle begierig darauf, am ersten sonnigen Tag des Jahres ins Freie zu kommen, lauter bleiche Gesichter nach den langen Wochen, die das Regenwetter alle Welt im Haus festgehalten hat.

»Patrick hat einen Brief gekriegt«, sage ich zu Caroline, als wir am Teich eine Pause einlegen. Unser Atem bläht sich zu weißen Wolken, und ich wickele mir den Schal enger um den Hals. Bis zu dem Moment, als ich es ausspreche, war mir gar nicht bewusst, dass ich das immer noch im Hinterkopf habe. Aber ich werde den Anblick nicht los – den Ausdruck in seinem Gesicht.

»Und?«

»Es hat ihm Angst gemacht«, sage ich. »Was das auch für ein Brief war, er hat ihm einen Schreck eingejagt. Und dann war da noch irgendwas anderes ...«

»Es hat ihm *Angst* gemacht?« Sie runzelt die Stirn, und ich sehe ihr an, dass sie das Gleiche denkt wie ich: *Nichts* macht Patrick Angst. Und deshalb nimmt meine Unruhe noch zu. Caroline lehnt sich auf der Bank zurück. »Hast du sehen können, was es war?«

Ich schüttele den Kopf. »Die Adresse war mit der Hand geschrieben, das war alles.« Ich werfe ihr einen Seitenblick zu. »Ich hab mich gefragt, ob er krank ist. Oder ob er eine schlechte Nachricht gekriegt hat ...«

»War er von einer Frau?«

»Ich hab mich blöd aufgeführt. Er ist schon vor zwei Tagen gekommen, und ich hab ihn versteckt. Ich weiß nicht mal, warum. Es ist ja nicht, als ob ich mir Sorgen machen würde, er würde mich betrügen.«

»Nein?«

»Sei doch nicht albern.«

Patrick würde das nicht tun. Er würde es einfach nicht tun.

Caroline starrt mich an. Sie hat einen merkwürdigen Ausdruck im Gesicht, und ich sehe mein Spiegelbild in ihrer Sonnenbrille, bleich und verstört. »Sieh mal, ich bin mir sicher, es ist nichts Wichtiges. Aber vielleicht solltest du trotzdem versuchen dahinterzukommen, was in diesem Brief steht. Kann ja nicht schaden, oder?«

Patrick wirkt angespannt, als er nach Hause kommt. Joe und Mia sind verschwunden; das Wissen, dass ihre Eltern am Abend ausgehen werden, hat sie ebenfalls befreit, und sie haben sich abgesetzt. Ich bin bereits umgezogen, trage jetzt seinen Lieblingsrock, den er mir zu meinem letzten Geburtstag geschenkt hat. Als ich von meinem Spaziergang zurückkam, habe ich festgestellt, dass er mir Blumen geschickt hat; ihr Duft erfüllt das ganze Haus, und so habe ich mich für ihn hergerichtet.

»Du siehst wunderschön aus«, sagt er und beugt sich vor, um mich zu küssen. »Aber wo sind die Doc Martens?«

Ich lache und folge ihm in die Küche. Es kommt mir vor, als sei er von einem knisternden Energiefeld umgeben, einem elektrischen Was-auch-immer, aus dem ich nicht schlau werde, als er mir Wein und sich selbst ein Glas Wasser eingießt. »Ein Trinkspruch«, sagt er. »Auf James Tucker.«

Ich stoße mit ihm an. »Auf James Tucker.«

James Tucker – der Junge, der mich vor einer Million Jahren versetzt hat. Wäre er zu unserer Verabredung aufgetaucht, wäre ich nie auf diese Party gegangen, hätte ich Patrick nie kennengelernt. Sogar bei unserer Hochzeit hat Patrick ihn erwähnt, hat alle Gäste aufstehen lassen, um auf James Tucker zu trinken, einen Jungen, dem er nie begegnet ist.

Er zieht das Jackett aus und geht ins Wohnzimmer, wo er den Vorhang zur Seite zieht und auf die Straße hinausstarrt. Es ist noch nicht spät. Die Sawyer-Jungen von gegenüber sind noch auf ihren Fahrrädern unterwegs, üben den Sprung auf den Bordstein und wieder hinunter. Es ist noch nicht so sehr lange her, seit Joe und Mia in diesem Alter waren, aber ich glaube nicht, dass Patrick die beiden Jungen mit dem gleichen wehmütigen Ziehen im Herzen beobachtet wie ich selbst.

»Ist alles in Ordnung?«

»Kommst du dir jemals … eingesperrt vor?«, fragt er leise.

»Was?«

»Dieses Haus, diese Straße, alles so öde und eingezäunt. Nicht genug Platz, nicht genug Luft.«

Ich weiß nicht, was ich dazu sagen soll. Die seltsame Energie scheint sich immer noch weiter aufzubauen, summt ringsum in der Luft, und es macht mich nervös. Ich bin es, nicht Patrick, die solche Sätze sagt, die sich nach Abenteuern sehnt. Es ist niemals Patrick, dessen Füßen die Freiheit und dessen Lungen die Luft fehlt.

»Bist du sicher, dass du noch ausgehen willst?«, frage ich. »Du hörst dich … Bist du krank?«

Er wendet sich vom Fenster ab und lächelt mich an, und meine Unruhe verfliegt. »Alles in Ordnung – bloß müde«, sagt er. »Natürlich gehen wir noch aus. Wir gehen essen und suchen uns dann irgendeinen halbseidenen Club, wo sie die ganzen Stücke spielen, die du dir damals angehört hast.« Er zieht mich in seine Arme. »Gib mir zwanzig Minuten zum Duschen und Umziehen.«

Als ich meine Mutter zum letzten Mal sah, habe ich festgestellt, dass sie dünner war, blasser. Sie war still und geistesabwesend, genau wie Patrick. *Ist alles okay? Bist du krank?*, habe ich gefragt, und sie erwiderte meinen Blick nicht. *Alles in Ordnung. Bloß müde*, antwortete sie. Und ich wandte mich ab und fragte nicht noch einmal. Die Briefe vom Krankenhaus fand ich erst nach ihrem Tod. Einen ganzen Stoß davon, ungeöffnet und irgendwo weggesteckt. Vielleicht hatte sie geglaubt, der Krebs wäre nicht wirklich da, wenn sie die Briefe versteckte.

Ist es das, was ich gerade tue, was ich getan habe, als ich Patrick den Brief vorenthalten wollte? Verstecke ich mich vor der Wahrheit, welcher auch immer, die in diesem Umschlag steckt?

Aber so funktioniert es nicht, richtig? Der Krebs wächst und breitet sich weiter aus, sosehr man sich auch vor ihm versteckt.

Ich gehe hinaus in den Flur und horche auf das Geräusch der aufgedrehten Dusche. Sein Mantel hängt unmittelbar vor mir; ich sehe die Ecke des Umschlags, die aus der Tasche ragt. Er ist offen, aufgerissen. Ich trete näher und greife danach, halte inne, um mich zu vergewissern, dass die Badezimmertür geschlossen ist, die Dusche noch läuft.

Mein Herz hämmert, als ich den Umschlag aus der Jackentasche ziehe, den Brief herauszuholen versuche, ohne den Umschlag weiter aufzureißen.

»Was machst du?«

Ich fahre herum, hantiere in meinem Rücken, versuche den Brief wieder an Ort und Stelle zu schieben, aber ohne hinzusehen kann ich die Tasche nicht finden, und so schiebe ich ihn mir stattdessen in den Rockbund und stopfe die Bluse darüber, um ihn zu verdecken. Hat er es gesehen? Er steht in den Schatten oben an der Treppe, noch nass vom Duschen, ein Handtuch um die Taille.

»Nichts – ich habe bloß …«

»Komm mal rauf.«

Ich spüre, wie sich mir der Umschlag in den Rücken drückt. Himmeldonnerwetter, warum hab ich ihn nicht einfach danach gefragt? Es ist Carolines Schuld, dass ich so misstrauisch bin, ihre Andeutungen, dass Patrick irgendetwas Geheimes treibt, während ich genau weiß, er würde es nicht tun. Ich klammere mich am Geländer fest, während ich die Stufen hinaufsteige. Als ich oben ankomme, zieht er mich dicht an sich, vergräbt das Gesicht in meinem Haar. Seine Hand liegt an meiner Taille, und dann lässt er sie nach hinten gleiten bis ins Kreuz. Seine Finger zeichnen durch die Seide meiner Bluse die Umrisse des Umschlags nach.

»Es tut mir leid«, flüstere ich. »Ich hab mir Sorgen gemacht. Ich …«

»Pschscht.« Er greift unter die Bluse, zieht den Umschlag heraus; seine feuchten Finger streifen meine Haut, und ich schaudere.

»Ich hab dein Gesicht gesehen. Ich hab gesehen, dass du Angst hattest, und ich habe mir Sorgen gemacht …« Es ist Gefasel, aber ich kann nicht aufhören damit.

Sein Stirnrunzeln verschwindet, und stattdessen lacht er auf. »Angst? Herrgott, Sarah – ich habe keine Angst gehabt. Ich war aufgeregt. Begeistert.«

Nein, Begeisterung war das nicht.

»Was ist es?«, frage ich wieder. Dieses Mal öffnet er den Umschlag und gibt mir den zusammengefalteten Brief, der darin gesteckt hat.

»Ich fahre manchmal dran vorbei«, sagt er; die Worte kommen überstürzt heraus, während ich den Brief lese. »Wenn ich unterwegs bin, Kunden besuchen. Manchmal mache ich einen Umweg und fahre dran vorbei.«

Im ersten Augenblick empfinde ich nichts als Erleichterung. Es sind keine schlechten Nachrichten – es ist kein Liebesbrief von einer anderen Frau. Aber dann nehme ich den Brief selbst zur Kenntnis, und mein Herz beginnt wieder zu hämmern. Patrick nimmt sich die Unterlagen der Maklerfirma vor, die ebenfalls in dem Umschlag steckten, und starrt das Foto des Hauses auf der ersten Seite an.

Sehr geehrter Mr. Walker, beginnt der Brief. *Sie haben uns gebeten, Sie zu informieren, wenn dieses Haus jemals zum Verkauf stehen sollte …* Meine Kopfhaut beginnt zu prickeln. Wie oft ist er diesen Umweg gefahren? »Wann hast du die Leute beauftragt?«, frage ich, während ich den Brief hochhalte.

»Vor ein paar Jahren.«

Vor ein paar Jahren. Ich schlucke etwas Bitteres hinunter, das mir in die Kehle steigt. Wie viele Jahre? Zwei? Zehn? Fünfzehn? Es ist fünfzehn Jahre her, seit die Familie, die dort lebte, von einem Wahnsinnigen erstochen wurde.

Damals war es, als Patricks Albträume begannen, die ihn mitten in der Nacht schreiend hochfahren ließen.

»Du hast sie einfach angerufen und …?«

»Alle. Jede Maklerfirma in der Gegend. Ich habe jeden einzelnen Makler gebeten, mir Bescheid zu sagen, wenn es auf den

Markt kommen sollte.« Er sieht wieder auf das Foto hinunter, und ich stelle fest, dass seine Hand zittert. »Ich hab nie damit gerechnet, dass es wirklich passieren würde.«

Er schiebt die Papiere wieder in den Umschlag und sieht mich an, eine Mischung aus Furcht und Erregung in den Augen. »Es sollte immer noch mir gehören. Es hätte immer mir gehören sollen.«

Ich schaudere und lege die Arme eng um den Körper.

»Ich habe für Mittwoch einen Besichtigungstermin ausgemacht. Kommst du mit?«

Herrgott, so viel wehmütige Hoffnung in seiner Stimme ... Ich will dieses Haus nicht betreten, aber Patrick sieht nicht das, was ich sehe, wenn ich die Fotos betrachte. Er sieht das schöne viktorianische Haus, in dem er aufgewachsen ist, das steile Dach mit den beiden Giebeln an den Enden – ein Märchenhaus, bevor es zum Haus des Schreckens für die ganze Umgebung wurde. Er sieht Erinnerungen an eine unbeschwerte Kindheit an der Küste. Er stellt sich keine Blutspritzer an den Wänden vor und keine wispernden Gespenster. Er sieht nicht das Mörderhaus, aber ich sehe es.

KAPITEL 2

Mia sieht sich irgendwas auf YouTube an, das – dem Schwall von Obszönitäten nach zu urteilen – für den Abendbrottisch vollkommen ungeeignet ist. Joe beugt sich über sein Smartphone, aber ich sehe ihn lächeln, als Mia ihm ihr Gerät zeigt und in Gelächter ausbricht. Ich summe vor mich hin, während ich die Kartoffeln fertig stampfe und die Schüssel zum Tisch trage. Ich habe die beiden seit Wochen nicht mehr so entspannt erlebt.

»Weg mit den Smartphones«, sagt Patrick im Hereinkommen und hält inne, um mir übers Haar zu streichen, bevor er die Manschettenknöpfe aus den Manschetten nimmt und die Ärmel hochkrempelt. Joes Gerät verschwindet augenblicklich in seiner Tasche, aber Mia mault, als sie ihres auf den Tisch legt, und starrt auf den Bildschirm, auf dem gerade ein Text erscheint.

»Smartphones *weg*«, sagt er wieder, schiebt das Gerät zu ihr hin, verfolgt, wie sie aufsteht und es auf die Anrichte legt. Ich sehe ihr Zögern, als es wieder zu vibrieren beginnt.

»Setz dich hin, Mia«, sagt Patrick, während er das Hähnchen aufschneidet, mehrere Bruststücke an mich weitergibt und Mia und Joe jeweils eine Keule aushändigt. »Die Welt geht nicht unter, wenn du dich mal eine halbe Stunde lang von dem Gerät trennst.«

Er schüttelt den Kopf, als sie seufzt und zum Tisch zurückgestapft kommt. »Jetzt knallt es wirklich bei Tamara und Charlie«, sagt sie zu Joe, während sie sich setzt. Joe zuckt die Achseln, ohne von seinem Teller aufzusehen, aber das hält sie nicht davon ab, sich in eine verworrene Geschichte voller Verrat und Herzschmerz zu stürzen.

»Mia, bitte, lass es mal gut sein. Das ist, als hörte man sich eine Seifenoper an«, sagt Patrick.

»Herrgott, Dad, das meiste hast du gar nicht mitgekriegt.«

»Gut. Ich hoffe, dabei bleibt es auch.« Er sieht zu mir herüber. »So waren wir nie, stimmt's, Sarah?«

Ich ziehe die Augenbrauen hoch, als ich an die brodelnden Gefühle bei unseren ersten Treffen denke, daran, wie berauscht wir beide davon waren.

Wir zucken allesamt zusammen, als Mias Smartphone summt und dann zu klingeln beginnt.

Patrick legt ihr eine Hand auf den Arm, als Mia nach dem Gerät greifen will, und sie murmelt etwas Unverständliches und wendet den Blick ab. »Ich schwör's«, sagt sie, »ich weiß nicht, wie ihr Typen das ohne Telefon auf die Reihe gekriegt habt, als ihr jung wart.«

Patrick isst weiter, ohne sich darauf einzulassen. Ich bin diejenige, die antwortet. »Die Dinger gibt es seit zwanzig Jahren, weißt du. Wir waren denen einfach nicht so verfallen wie ihr.«

»Aber wie habt ihr mit Leuten geredet?«

»Na ja, es war sehr seltsam, und vielleicht könnt ihr es euch auch gar nicht vorstellen, aber wir haben der anderen Person tatsächlich richtig gegenübergestanden, wenn wir geredet haben.«

»Haha, wahnsinnig komisch.«

»Es war gut, wirklich«, sagt Patrick und legt die Gabel fort. »Wunderbar. Ich hab in einer Kleinstadt gelebt, und wir haben einander alle gekannt, als wir jung waren. Wirklich gekannt. Das hat es mit sich gebracht, dass ich im Sommer zum Strand runtergehen konnte und mir sicher sein, dass ich ein paar von meinen Freunden treffen würde. Oder wir haben uns auf dem Rummelplatz getroffen. Aber meistens am Strand. Jeder hat Feuerholz und irgendwas zu essen mitgebracht, und wir sind stundenlang dort geblieben, während es dunkel wurde, und haben uns am Feuer gewärmt.«

»Wo wir gerade von der Kleinstadt reden, in der dein Vater aufgewachsen ist ...« Meine Stimme verklingt, als Patrick mich ansieht und den Kopf schüttelt. Wir haben uns nicht darüber unterhalten, wie viel wir den Kindern über den Hausbesichtigungstermin am kommenden Tag erzählen sollten, aber Patricks weiß hervortretende Fingerknöchel, als er sein Wasserglas umklammert, sagen mir genug, und ich halte den Mund.

Die Kinder verschwinden nach oben in ihre Zimmer, sobald wir mit dem Essen fertig sind, aber Patrick und ich bleiben noch sitzen.

»Kaffee?«, fragt Patrick, während er aufsteht und zwei Becher aus dem Schrank holt. »Oder nimmst du lieber ein Glas Wein?«

Ich würde gern, aber wenn ich Ja sage, wird er sehen, wie wenig noch übrig ist in der Flasche, die er mir gestern geöffnet hat. Patrick trinkt nicht. Er hat eine Abneigung gegen alles, das ihm das Gefühl geben könnte, die Kontrolle zu verlieren, und es ist unmöglich, ein gelegentliches Extraglas geheim zu halten, wenn man selbst das einzige Familienmitglied ist, das Wein trinkt.

»Nein, danke«, sage ich. »Kaffee klingt gut.«

Er hält mich zurück, als ich beginne, die Teller abzuräumen. »Lass mich das machen – du hast gekocht.«

Er lächelt und beugt sich vor, um mich zu küssen, während er nach meinem Teller greift.

»Warum willst du nicht, dass die Kinder mitbekommen, wo wir morgen hingehen? Ich habe mir überlegt, wir könnten es aufs Wochenende verlegen, dann könnten Joe und Mia mitkommen – den Tag am Meer verbringen, so wie wir es früher gemacht haben.«

Patrick zuckt die Achseln, während er nach meinem Teller greift. »Es ist kein Riesengeheimnis, aber ich möchte, dass du es zuerst siehst.« Er zögert. »Es wird nicht mehr so aussehen wie damals, als ich dort gelebt habe, oder? Es ist lange her, seit es ein glückliches Zuhause war, und ich möchte nicht, dass die Kinder es in diesem Zustand zu sehen kriegen.«

»Ich wünschte, ich hätte dich zu deinen Glückliche-Kindheit-Strandpicknick-Zeiten gekannt«, sage ich zu seinem Rücken, während er sich über die Geschirrspülmaschine beugt.

Er wirft mir über die Schulter einen Blick zu. »So, wirklich?«

»Ich sehe es vor mir, wenn du drüber redest. Meine Teenagerjahre waren nichts als gähnende Langeweile. Man konnte nirgendshin, und es gab nichts zu tun.«

Er klappt die Tür der Spülmaschine zu und dreht sich zu mir um. Ich kann seinen Gesichtsausdruck nicht deuten.

»Wir hatten nicht immer Picknickwetter«, sagt er.

»Nein, aber du hattest wenigstens die Freiheit, mit deinen Freunden auszugehen. Ich hatte schon Glück, wenn ich tagsüber aus dem Haus durfte, von abends gar nicht zu reden.«

»Deine Mutter hätte einen Tritt in den Hintern brauchen können.«

Ich erstarre. Ich ertrage es nicht mehr, dass meine Mutter zur Sprache kommt – nicht seit sie gestorben ist. Am Ende war Mum von ihren eigenen Ängsten weitgehend ans Haus gefesselt. Aber jedes Mal wenn wir zu Besuch kamen, ging ich in der Hoffnung hin, dass es ihr besser gehen würde, sie kräftiger wäre, dass sie dieses Mal Ja sagen würde, wenn ich vorschlug, dass wir zum Mittagessen ausgehen oder dass sie das nächste Mal uns besuchen sollte. Und jedes Mal wurde ich enttäuscht. Wir saßen im Wohnzimmer des Reihenhauses in der Sozialsiedlung, das sich nicht verändert hatte, seit ich hier gelebt hatte; Joe und Mia zappelten herum, Patricks Augen wurden glasig vor Langeweile, und ich spürte, wie mir die Wangen heiß wurden, während die übliche Mischung aus Frustration und Scham sich in mir breitmachte. Ich war hin- und hergerissen zwischen dem Wunsch, sie zu schütteln und anzuschreien, sie sollte sich doch verdammt noch mal zusammenreißen, und dem Bedürfnis, mich an sie zu klammern, denn das Kind in mir sehnte sich danach, von ihr getröstet und beruhigt zu werden. Und irgendwann standen wir auf, um uns zu verabschieden, und ich hasste mich für das Gefühl der Erleichterung, als wir gehen konnten. Ich wollte Patrick sagen, er sollte auf dem Heimweg schneller fahren, aber zugleich wollte ich ihn bitten umzukehren, damit ich es noch einmal versuchen konnte, ein weiteres Mal versuchen, sie gegen allen Widerstand in die Welt zurückzuzerren. Alles zu spät jetzt.

Patrick beobachtet mich, während ich steif aufstehe und den Tisch fertig abräume.

»Es tut mir leid«, sagt er, und seine Stimme klingt sanft. »Das hätte ich nicht sagen sollen. Ich möchte nur, dass du über die Schuldgefühle wegkommst, das ist alles. Du hättest nichts für sie tun können, selbst wenn du da gewesen wärst.«

Die Teller und das Besteck klirren, als ich sie zur Anrichte hinübertrage.

»Ich glaube, das Glas Wein trinke ich jetzt doch noch.« Ich

spüre seinen Blick, als ich ein Glas heraushole und es bis zum Rand mit Rotwein fülle, bis die Flasche leer ist.

»Wir sind nicht alle so aufgewachsen wie du«, sage ich nach dem ersten beschwichtigenden Schluck. »Manche von uns müssen trinken, um zu vergessen. Prost.« Ich tippe mit dem Glas seine Kaffeetasse an, aber er erwidert mein Lächeln nicht.

»Sie haben gesagt, diesmal können wir uns allein umsehen – das Haus ist leer.«

»Diesmal?«

Er lacht. »Erwischt. Ich hab's nicht abwarten können, ich war gleich am Montag dort, als ich den Brief gekriegt habe. Es ist so lange her, ich wollte es wiedersehen. Nachher gehen wir essen, machen einen richtigen Tagesausflug draus.«

»Fish 'n' Chips auf der Seebrücke? Und ein Eis mit Borkenschokolade drin?«

Er grinst. »Na ja, ich hatte ja an ein nettes warmes Restaurant gedacht, aber wenn du im Januar auf der Seebrücke Pommes und Eis essen willst …«

Er hat Jackett und Krawatte abgelegt, das Hemd ist hinten aus der Hose gerutscht, und er hat die Ärmel hochgekrempelt. Wir fahren die Küstenstraße entlang, und nichts von alldem kommt mir wirklich vor.

Ich starre auf das Informationsblatt der Maklerfirma hinunter, das Patrick mir gegeben hat. Ich möchte seine Freude teilen können, seine Erregung. Das Haus meiner Kindheit, mein Traumhaus, hat er gesagt, aber ich kann ein anderes Bild von diesem Haus nicht vergessen, das Foto, das vor fünfzehn Jahren auf den Titelseiten aller Zeitungen war. Jemand hatte die Haustür mit Farbe besprüht, und das war das Bild, das sie alle verwendet hatten: ein Haus, vor dessen Fassade noch das Absperrband flatterte, ein eingeschlagenes und vernageltes Fenster, ein grotesker Slogan, in roter Farbe auf die Haustür gesprüht: *Willkommen im Mörderhaus.*

Hätten Patricks Eltern das Haus nicht verloren, weil sie die Hypothek nicht zurückzahlen konnten, wäre es nie zu einem Mörderhaus geworden. Patrick und ich hätten Mia und Joe dort aufziehen können – Picknicks am Strand, Ausflüge zum Rummelplatz, Fish 'n' Chips auf der Promenade, jedes Regal und Fensterbrett beladen mit Muscheln und Treibholz und Glas, rund geschliffen von den Gezeiten. All die Dinge, an die Patrick sich mit so viel Liebe aus seiner Kindheit erinnert, die Dinge, die sich so vollkommen von meiner eigenen Kindheit unterscheiden: endlose Straßen mit Reihenhäusern, winzige grüne Gartenfleckchen, Essensgeruch, der Zwischenmauern, Tüllgardinen und Teppichböden durchdrang, im Flur auszuziehende Schuhe und aufs Eck gesetzte Sofakissen, meine Mutter mit ihren klammernden, erstickenden Armen, die mich im Inneren hielt, mich festhielt hinter der doppelt abgeschlossenen Haustür. Die Agoraphobie, an der nur sie litt, hatte uns beide zu Gefangenen gemacht.

Wir halten am Straßenrand, und ich zwinkere, um das Zeitungsfoto des Hauses aus dem Kopf zu bekommen. Die rote Farbe ist längst übermalt, die zerbrochene Fensterscheibe ersetzt. Ich bin überrascht, wie einladend es aussieht mit dem offenen Gartentor, dem Hängekorb mit Winterstiefmütterchen, der neben der Haustür schaukelt, den glänzenden, frisch geputzten Scheiben.

»Hat hier jemals jemand anderes gelebt?«

»Seit der Familie, die ...«

»Hier umgebracht wurde, ja.«

»Das ist das erste Mal, dass es zum Verkauf steht. Warte hier, ich gehe die Schlüssel holen.«

Ich steige aus, überquere die Straße und lehne mich an die Mauer, die den Gehweg vom Strand trennt. Patrick hat mich hierhergefahren, nachdem er mich damals seinen Eltern vorgestellt hatte, und ich merkte ihm an, wie bitter der Kontrast für ihn war. Nachdem das Haus an die Bank zurückgefallen war, waren seine Eltern in einen hässlichen, gemieteten Dreizimmerbungalow gezogen, fünf Meilen von hier entfernt, ohne Garten und ohne Aussicht. Enge kleine Räume, vollgestellt mit zu großen Möbeln aus dunklem Holz. Es war heiß und stickig, aber makellos sauber, und der Fernseher war aufgedreht bis zum Anschlag, weil Patricks Vater schwerhörig war. Seine Mutter folgte uns durchs Haus und schrubbte jede Spur unserer Gegenwart fort, während wir noch anwesend waren. Joe mit zu ihnen zu nehmen war jedes Mal ein Albtraum – er schien seine Milch zu erbrechen oder sich in die Windeln zu machen, sobald wir hereinkamen, und der üble Geruch blieb in der Luft hängen. Ich hatte mir niemals vorstellen können, wie sie sich um einen kleinen Patrick gekümmert hatten – sie sahen den sechs Monate alten Joe an, als sei er ein Außerirdischer, und redeten mit ihm wie mit einem Erwachsenen.

Seine Eltern hatten das Haus verloren, als Patrick Anfang zwanzig gewesen war, nicht lange bevor wir uns kennenlernten. Wochenende für Wochenende hatte er uns an der Küste entlanggefahren, zunächst, als wir miteinander gingen, und auch Jahre später noch, als die Kinder heranwuchsen. Jedes Mal hatten wir in einem anderen Badestädtchen haltgemacht, an einem anderen Strand gepicknickt, zusammengekauert gegen den Wind, Sand in den Sandwiches. Aber manchmal blieb er vor Häusern mit Meerblick stehen, die wir uns im Leben nicht hätten leisten können, und dann wurde er wütend. Die Gelöstheit und der Spaß des Picknicks verflogen, und Patrick wurde angespannt und verbissen und zerstreut, und ich sah ihm eine Frustration an, die ich auch an mir selbst kannte, wenn auch in einer viel schwächeren Version: Er wollte all das, und zwar *jetzt gleich,* wollte das zurück, was er verloren hatte. Bei mir war es die Sehnsucht nach etwas, das ich nie besessen hatte.

Als wir wegen unserer ersten Hypothek zur Bank gegangen waren und ihm klar wurde, dass ein neues Reihenhaus in einem Vorort alles war, was wir uns würden leisten können, schien er zusammenzuschrumpfen, so als ziehe die Niederlage ihn zu Boden.

»*Dies* hier sollte mir gehören«, sagte er, als er mir zum ersten Mal das Haus zeigte, in dem er aufgewachsen war – damals, bevor diese arme Familie dort ermordet wurde. Aus den großen Erkerfenstern eröffnete sich ein Panoramablick hinaus aufs Meer, und Patrick erzählte mir von dem Apfelbaum im hinteren Garten, in dem er herumgeklettert war. Wer hatte damals dort gelebt? Waren es bereits *sie* gewesen, ein junges Paar wie wir, Kinder, kaum aus dem Babyalter heraus, ohne eine Ahnung davon, wie kurz ihr Leben sein würde?

Ich habe ihn gefragt, als wir vergangene Nacht im Bett lagen – was es war, das er sich von diesem Haus wünschte, warum er es so verzweifelt wiedersehen wollte.

Ich will es einfach zurück, hat er gesagt. *Nicht nur das Haus, sondern die Stadt, das ganze Leben, das ich dort hatte. Das Leben, das ich hätte haben sollen.* Dabei war etwas in seinem Gesicht, eine Verzweiflung und Verletzlichkeit, die ich dort nicht zu sehen gewohnt bin.

Und jetzt sind wir also hier. Ich bin mir nicht ganz sicher, was wir hier eigentlich wollen – außer einem Wunschtraum nachhängen. Ist es blanke Nostalgie? Finanziell stehen wir nicht viel anders da als damals, als wir das Haus kauften, in dem wir jetzt leben; es ist also nicht so, als wären wir einem seiner Traumhäuser mit Meerblick näher als zuvor. Ich glaube, Patrick hat einfach das Bedürfnis, es zu sehen, seinem Moment der Hoffnung nachzuhängen. Und dies ist das Mindeste, was ich tun kann, nach allem, was er wegen mir durchmachen musste – selbst wenn ich seinen Traum nicht teile. Ich sehe mich um, zu dem verblühten walisischen Küstenstädtchen hin, das er so liebt, erinnere mich an die schäbigen Cafés, eine Uferstraße mit Läden, in denen man Buddeleimer und Schäufelchen kaufen kann, den trübseligen Pub und den Rummelplatz weiter hinten, alt und abgetakelt schon damals, als ich neunzehn war, weiß der Himmel, in welcher Verfassung er jetzt ist.

Ich blicke wieder zu dem Haus hinüber, und sosehr ich es auch versuche, ich kann in ihm nicht das sehen, was Patrick sieht.

Er entdeckt mich am Strand und kommt angetrabt, einen Umschlag mit den Schlüsseln in der Hand.

»Wir haben eine Stunde Zeit«, sagt er. Möwen kreisen über uns; ihr einsames Geschrei mischt sich mit dem Donnern der Brandung.

»Ich bin in diesem Haus geboren«, sagt er, während er sich mit dem Schloss der Haustür abmüht. »Meine Mutter hat zu lange gewartet und es nicht mehr ins Krankenhaus geschafft.«

Patrick hat im Winter Geburtstag, und ich stelle mir eine dunkle Nacht vor, einen Wintersturm, den gegen das Haus anrennenden Wind, während seine Mutter drinnen schreit.

»Es hätte in der Familie bleiben sollen«, fährt er fort, als der Schlüssel sich dreht, und stößt die Tür auf.

Der Flur ist lang und dunkel und kalt; alle Türen sind geschlossen. Ein trübes Licht von einem unsichtbaren Fenster weiter oben erhellt die Treppe, aber es gibt zu viele versteckte Ecken, dunkle Winkel, perfekt für lauernde Gespenster. Ich strecke die Hand nach dem Lichtschalter aus, aber der Strom ist abgestellt. Ich schaudere, als Patrick die Haustür hinter uns zuzieht und uns im Mörderhaus einschließt.

Ich greife nach dem ersten Türknauf auf der rechten Seite, aber Patrick legt die Hand über meine und verhindert so, dass ich die Tür öffne. »Da geht es in den Keller«, sagt er. »Ich möchte nicht, dass du als Erstes hier den Keller siehst.«

Stattdessen stößt er die Küchentür auf, und ich folge ihm in den Raum hinein. Die Küche ist doppelt so groß wie unsere zu Hause. Es gibt dort ein kleines Fenster, von dessen Rahmen die Farbe blättert; es blickt auf einen langen, von Unkraut überwucherten Garten hinaus. Nicht zusammenpassende Schrankelemente mit Kieferdekor, staubige Lücken dort, wo die Haushaltsgeräte standen. Das Licht vom Fenster her reicht für den großen kalten Raum nicht aus. Der Fußboden ist mit schmutzigem Linoleum ausgelegt, das sich in den Ecken nach oben biegt. Obwohl es keinen Herd mehr gibt, riecht es nach altem Fett und verrottenden Lebensmitteln.

Dennoch drehe ich mich langsam im Kreis, zwinge mich dazu, den Geruch und den Staub zu ignorieren, nehme den Raum in mich auf. Ich versuche mir Patricks glückliche Kindheit hier vorzustellen. Ich führe mir alles vor Augen, was ich jemals neidvoll in *Good Homes* und anderen Zeitschriften gesehen habe. Wie wundervoll es doch wäre, eine Küche zu haben, in der es nicht jedes Mal ein größeres Unterfangen ist, am Tisch Platz für eine vierköpfige Familie zu finden. Als ich eine Ecke des Linoleums anhebe, sehe ich schwarz-weiße Keramikfliesen darunter. Einige davon haben Sprünge und Scharten, aber ich kann mir vorstellen, die schadhaften Fliesen wären ersetzt – und wie der Fußboden sich früher einmal erstreckt haben muss, glänzend und wunderschön.

»So sah das hier nicht aus«, sagt er mit hängenden Schultern. »Ich habe es als hell und warm und anheimelnd in Erinnerung ... ich wünschte, du könntest sehen, wie es hier war.« Er reibt sich die Augen. »Herrgott, sie haben das Haus so schön gehalten«, sagt er, und ich höre die Sehnsucht in seiner Stimme. »Kein Stück am falschen Platz, kein Durcheinander irgendwo.«

Ich versuche, in dieser Feststellung keine Kritik an meiner eigenen Angewohnheit zu hören, Zeug in den Schrank oder unter die Möbel zu schieben und das Haus als aufgeräumt zu bezeichnen. »Ich bin mir sicher, manchmal hat es hier Durcheinander gegeben«, sage ich. »Ich kann mir vorstellen, du hast alles mit Lego und deinen geliebten *Star-Wars*-Sachen möbliert.«

Er lacht. »Herrgott, nein! Der Himmel verhüte, dass ich irgendwo ein Spielzeug rumliegen ließ. Du weißt, wie meine Mutter ist – es war makellos.«

»Es ist lange her«, sage ich, gehe zu ihm hin und nehme ihn in die Arme. »Es ist immer noch das gleiche Gebäude wie das Haus, das du geliebt hast, es hat sich nur all die Jahre keiner drum gekümmert.« Ich verkneife mir, die Morde zu erwähnen.

Er küsst mich flüchtig auf den Scheitel und lächelt.

»Du hast recht«, sagt er. »Jetzt stell dir vor: ein Gaselektroherd und ein großer Holztisch da drüben. Wir besorgen neue Fliesen für den Fußboden und ersetzen das Fenster.« Er geht hinüber und sieht ins Freie hinaus. »Der hintere Garten ist riesig, ich weiß noch, wie weit der geht. Wir könnten einen Anbau nach hinten machen lassen mit diesen Faltschiebetüren, die man auf der ganzen Breite aufmachen kann.«

Er hört sich an, als meinte er es ernst. Ich sehe auf die Papiere des Maklerbüros in meiner Hand hinunter. Patrick hat gesagt, das Haus wäre ganz massiv unterbewertet – sie hätten es billig angeboten, damit die potenziellen Käufer seine Vorgeschichte ignorieren. Aber das Haus ist immer noch weit jenseits dessen, was wir uns leisten können, selbst unterbewertet noch, selbst in diesem Zustand, bei dem das gesamte Ambiente unter Furnier und Faserplatten versteckt ist. Patrick redet über neue Küchen und Anbauten, als hätten wir im Lotto gewonnen; wir hätten Schwierigkeiten, mit seinem Gehalt auch nur die Hypothek abzuzahlen.

Er tut dies auch weiterhin, als wir den Rundgang durch das Haus fortsetzen, plant eine Banktruhe und einen Fenstersitz im Erker des Wohnzimmers, auf dem man es sich bequem machen und aufs Meer hinaussehen kann. Unter dem verrotteten Teppichboden des Wohnzimmers steckt noch das Originalparkett, und es macht Spaß, sich vorzustellen, dass man es restaurieren lassen könnte, den Kamin wieder öffnen, ein knisterndes Feuer, in dessen Schein das polierte Holz glänzt. Oh, wenn man ein solches Haus hätte – bei der Vorstellung beginnt mein Herz zu flattern. Ich lasse mich auf das Spiel ein, male mir neue Bäder aus, neue Teppichböden im ersten Stock, eine runderneuerte Innendekoration. Ich werde besser darin, das verrottete Holz der Fensterrahmen zu ignorieren, den eisigen Wind, der durch die Ritzen pfeift, die schwarzen Schimmelflecke in den Ecken, die unebenen Wände und Fußböden, die Risse und knarrenden Bretter.

Bis wir das kleinste der drei Schlafzimmer betreten. »Das hier war mein Zimmer«, sagt er. Es liegt nach hinten auf der Gartenseite, und ein großer Baum hält den größten Teil des Tageslichts draußen; das Zimmer ist dunkler und kälter als der Rest des Hauses. Auch der feuchte Geruch ist hier drinnen stärker, ein modriger und zugleich penetranter Geruch, der sich hinten in der Kehle festzusetzen scheint.

»Ich hoffe bloß, damals war es wärmer«, sage ich und reibe mir die Arme, um die Gänsehaut zu vertreiben, als ein plötzlicher Windstoß die Zweige des Baums ans Fenster klopfen lässt. Hat der Baum das auch schon getan, als Patrick noch ein Junge war? Mitten in der Nacht, die Vorhänge geschlossen, und etwas klopft an die Scheibe …?

»Eigentlich nicht. Die Heizung hat nie richtig funktioniert …« Er geht zum Fenster hinüber und späht hinaus. »Aber ich konnte zum Fenster raus in den Baum und dann nach unten klettern.«

»Und dich rausschleichen und Mädchen treffen?«

Er wirft mir einen Blick und ein halbes Lächeln zu. »Schon möglich. Eifersüchtig?«

Ich trete neben ihn ans Fenster und stelle mir vor, wie ein Patrick im Teenageralter sich ins Freie schleicht und sich mit seiner Freundin zu Mondscheinspaziergängen am Strand trifft.

»Komm und sieh dir dieses Zimmer an«, sagt er, während er mir die Hand hinstreckt. Ich stelle fest, dass er die Tür seines alten Zimmers hinter uns ins Schloss zieht, als wir es verlassen. Alle anderen Türen hat er weit offen gelassen, diese schließt er fest.

Wir stehen nebeneinander in einem der beiden vorderen Schlafzimmer und sehen zum Fenster hinaus. Die Sonne ist herausgekommen, und unter dem Himmel sieht das Meer jetzt blau aus, nicht mehr brodelnd graugrün wie sonst meistens. Es ist, als hätte Patrick das Wetter eigens bestellt.

»Kannst du es dir vorstellen, Sarah?«, fragt er, während er wieder nach meiner Hand greift. »Alles, was du im letzten Jahr durchgemacht hast – alles, was wir durchgemacht haben –, es wäre alles wie weggewischt, wenn wir hier einzögen. Keine Altlasten, ein neuer Anfang.«

»Ein neuer Anfang? *Hier?* Ich weiß, das war dein Zuhause, und ich sehe schon, es könnte wirklich schön sein, aber wie soll man über das wegkommen, was hier passiert ist? Kannst du vergessen, dass Leute ... dass diese Familie hier ...« Ich schlucke die restlichen Worte hinunter.

Er studiert mein Gesicht ein paar Sekunden zu lang; dann kehrt sein Lächeln zurück. »Ich weiß, es war eine Tragödie. Eine fürchterliche, fürchterliche Tragödie. Aber es ist jetzt schon so lang her. Das Haus ist einfach ein Haus, Sarah. Was ist – erwartest du, dass der Mörder nach fünfzehn Jahren zurückkommt?« Er lacht und sieht sich im Zimmer um. »Oder glaubst du, er versteckt sich hier noch irgendwo im Schrank?«

Mein eigenes Lächeln fällt halbherzig aus, widerwillig. Er hat recht, natürlich hat er recht. Aber trotzdem ...

»Stell dir doch mal vor: Das hier wäre unser Zimmer. Das wäre die Aussicht, mit der wir jeden Morgen aufwachen. Es könnte werden wie dein Puppenhaus – weißt du noch?«

Natürlich weiß ich noch. Mein Dad hat mir zu meinem achten Geburtstag ein altes Puppenhaus geschenkt, ein wunderschönes, altmodisches hölzernes Puppenhaus. Aber als ich es öffnete, hatte die Vorbesitzerin die Wände bekritzelt, und es gab keine Möbel, keine Puppenfamilie, die das Haus hätte bewohnen können.

»Keine Sorge«, sagte Dad. »Wir machen es innen so schön wie außen.« Und genau das haben wir getan. Dad strich die Wände in sanften, warmen Farben. Er lackierte die Fußböden, sodass sie aussahen wie poliertes Parkett. Ich machte aus Stoffresten, die Mum mir gab, kleine Teppiche und Vorhänge. Zum nächsten Weihnachten tauchte unter dem Weihnachtsbaum eine kleine hölzerne Puppenfamilie auf: eine hölzerne Mutter, ein Vater, zwei hölzerne Kinder. Und jedes Mal wenn Dad von einer seiner Verkaufsreisen zurückkam, brachte er mir ein neues Möbelstück mit. Ich spielte nicht mehr mit dem Puppenhaus, als Dad uns verließ; damals war ich zwölf. Aber in den fürchterlichen Jahren danach, als wir von Sozialhilfe lebten und Mum kaum noch lebensfähig war, saß ich manchmal vor dem Puppenhaus und starrte all diese perfekten Zimmer und die perfekte hölzerne Familie an und wünschte mir, all das wäre mein wirkliches Leben.

Und jetzt erzählt Patrick mir, dass dies möglich ist. Wir könnten Wände und Böden streichen, das Haus mit wunderschönen Möbeln füllen, die wir Stück um Stück anschaffen, die üblen Erinnerungen vertreiben, uns selbst und diesem Haus einen Neuanfang schenken. Wir könnten meine perfekte hölzerne Familie sein.

Ich schließe die Augen, und eine Sekunde lang kann ich es sehen. Ich höre den schwachen Klang eines Windspiels. Ich sehe mich in einem solchen Zimmer aufwachen, das Sonnenlicht strömt herein; ich sehe mich auf der Fensterbank sitzen, die Patrick bauen wird. Zusammengekauert dort sitzen und aufs Meer sehen, zusehen, wie die Jahreszeiten kommen und gehen, ein Kaminfeuer im Winter, Kerzen auf dem Kaminsims, offene Fenster im Sommer, durch die der Geruch des Meeres und das Möwengeschrei hereindringen. Wenn wir an einem solchen Ort leben würden, würden die Kinder ihre Vorstadtblässe verlieren und Farbe auf den Wangen bekommen. Einen Moment lang sehe ich es wirklich als Patricks Haus, das Haus, in dem er geboren ist, das Haus, das er immer geliebt hat.

Damals, als wir in Patricks alter Wohnung lebten und Joe noch ein Baby war, hat Patrick über meine Besessenheit von Zeitschriften wie *Good Homes* und *House Beautiful* gelacht. Ich verbrachte Stunden damit, über Fotos von viktorianischen Häusern wie diesem hier zu schmachten, ganz poliertes Holz und offene Kamine. Nischen mit eingebauten Bücherregalen, in nostalgischen Farben gestrichene Wände. Patrick erzählte mir Geschichten aus seiner Kindheit, und die Sehnsucht begann sich anzufühlen wie ein körperlicher Schmerz. Wann habe ich aufgehört, diese Zeitschriften zu kaufen? War es, als wir in unser jetziges Haus gezogen waren, so gesichtslos und kastenförmig?

»Ich hab das vermisst«, sage ich, während ich die Augen wieder öffne.

»Was?«

»Dich. Genau so. Begeistert und leidenschaftlich – es erinnert mich an uns beide damals, als wir uns kennengelernt haben.«

»Vor dem ganzen Trott mit Beruf und Hypotheken und Kindern, meinst du?«, fragt er mit hochgezogenen Augenbrauen.

»Nein, das ist es nicht … Ich bin es genauso sehr, nicht nur du. Ich vermisse … diese Freiheit, die wir zusammen hatten, die Momente, in denen wir einfach gesagt haben ›Scheiß drauf, machen wir's einfach‹.« Ich sehe zu ihm hinüber und lächele.

Er wendet den Blick ab und sieht hinaus übers Meer. Der Ausdruck wehmütiger Sehnsucht liegt auf seinem Gesicht, und wie neulich an dem Morgen, als er sich über mich gebeugt und mich geküsst hat, frage ich mich auch jetzt wieder: Wie lange ist es her, seit genau dieser Ausdruck mich veranlasst hat, ihn zum nächsten Bett zu zerren?

»Scheiß drauf«, murmelt er und drückt mir die Hand.

»Was?«

»Du hast recht. Machen wir's. Sagen wir ›Scheiß drauf‹ und machen's einfach. Was meinst du, Sarah? Ein neues Abenteuer?«

Ich zwinkere verblüfft. Moment mal. Das hier? Das ist es nicht, was ich damit gemeint habe. Das Mörderhaus? Das ist nicht das Abenteuer, das ich erleben möchte. Dies wäre keine Achterbahnfahrt – dies wäre ein Ausflug mit der Geisterbahn.

Ich schüttele den Kopf. »Geht nicht. Wir könnten uns das nie leisten.«

Er sieht immer noch ins Freie hinaus, aber selbst von der Seite her kann ich verfolgen, wie sein Gesichtsausdruck sich verändert.

»Da wäre noch das Geld von deiner Mutter.«

Nein. In diesem Augenblick, in diesem Zwischenraum sehe ich jedes Abenteuer, von dem ich je geträumt habe, vor mir in der Schwebe hängen. Meine Mutter hatte keine Unsummen zu vererben. Das Haus, in dem sie lebte, gehörte ihr nicht. Aber sie legte Ersparnisse an, kleine Beträge über Jahrzehnte hinweg, Gott mochte wissen, wofür, denn sie verreiste niemals, tat niemals irgendetwas damit. Als das Geld nach ihrem Tod dann kam, sah ich dieses verdammte Sparbuch an und weinte stundenlang. Wofür hatte es sein sollen? Hundert Pfund im Monat, jeden Monat über beinahe zwei Jahrzehnte hinweg. Etwas über zwanzigtausend, und sie hatte nie einen Penny davon angerührt. Es brach mir das Herz, und ich war so traurig und so wütend auf mich selbst dafür, dass ich es nicht gewusst hatte, dass ich nicht genug für sie da gewesen war, um ihre Sehnsucht zu verstehen, dass ich drauf und dran war, das verdammte Sparbuch zu zerreißen. Patrick musste es mir aus der Hand winden, und ich weinte und wütete – wozu, verdammt noch mal, war es gut gewesen?

Ich werde es nicht so machen. Ich werde das Geld meiner Mutter nicht auf irgendeinem mittelprächtig verzinsten Tagesgeldkonto versauern lassen. Ich werde ein Abenteuer erleben. Ich mag den Gedanken, dass Mum es dafür vorgesehen hat. Ich habe Monate mit dem Studium der Reiseprospekte verbracht, die Caroline mir immer mitbringt, habe die Programme von Safaritouren gelesen, von Kreuzfahrten zu den Nordlichtern, von Reisen zu einsamen Stränden und von heißen, geschäftigen Großstädten. Ich will alles und jedes davon. Ich, Patrick, Joe und Mia. Wir werden die Sorte Abenteuer erleben, die uns ein Leben lang in Erinnerung bleibt, zusammen, wir als Familie.

Das Einzige, was mich zurückhält neben dem Hin und Her des Alltagslebens, ist … wie trifft man eine Auswahl? All diese Orte, die ganze Welt, wie sucht man etwas aus, wenn man noch nie irgendwo gewesen ist? Ich will die Zehen im weißen Sand eines menschenleeren Strandes vergraben, nackt im Meer schwimmen, mich durch das Gewühl und die Gerüche und Geräusche und Aromen eines exotischen Marktes schieben, verschwitzt und eingezwängt und erregt und lebendig. Ein halbes Jahr später liegt das Geld immer noch unberührt da. Vielleicht ist es das, was bei meiner Mutter passiert ist. Dad verschwand, als ich zwölf war, verließ uns ohne ein Wort und kam nie zurück. War das der Zeitpunkt, als sie zu sparen anfing? Hoffte sie, zu einem großen Abenteuer aufzubrechen, bei dem sie bis ins Herz des Regenwaldes vordringen würde, und dort würde er sein, mein Vater, ihr verschwundener Ehemann, und auf sie warten?

Ich weiß noch nicht, wie mein Abenteuer aussehen wird, aber es wird nicht dieses Haus sein. Ganz gleich welche Träume man darein investiert, es ist nach wie vor das Mörderhaus. Wie sollen wir das jemals hinter uns lassen können? Wie könnte irgendjemand von uns das vergessen? Jemand ist in diesem Zimmer gestorben – nicht einfach gestorben, sondern ermordet worden. Eine ganze Familie. Abgeschlachtet, zerfetzt, mit Blut an den Wänden. Jede Wand, die seither gestrichen wurde – ich weiß, was darunter ist, was sie mit der Farbe verdecken mussten.

»Ich kann hier nicht leben«, sage ich. Patricks blaue Augen hören auf zu leuchten.

KAPITEL 3

Mum?«

Der Bluterguss ist über Nacht dunkler geworden, von einem roten Fleck zu einem mattblauen, und jetzt wird er violett. Es ist wie ein Nordlicht, das ich einmal gemalt habe, eine Aurora borealis unter meiner Haut. Ich beobachte die Stelle und warte darauf, dass sie anfängt zu flackern und zu blitzen und vor meinen Augen die Farbe zu wechseln.

»Mum?«

Mia berührt mich an der Schulter, und ich fahre zusammen und zwinkere, um die Lightshow aus dem Kopf zu bekommen.

Sie trägt ihre Schuluniform und dazu den vertrauten finsteren Gesichtsausdruck. »Wo ist mein Sportzeug?«

Ich schüttele den Kopf. »Dein Sportzeug?«

»Herrgott noch mal, Mum – du hast gesagt, du würdest es waschen. Scheiße, ich kriege Nachsitzen, wenn ich's nicht dabeihabe!« Sie fährt herum, um aus dem Raum zu stürmen, hält inne und starrt meinen Arm an. Hat der Bluterguss jetzt wieder eine andere Farbe?

»Wo hast du denn das her?«, fragt sie, die Stimme scharf, aber es ist ein anderer Ton jetzt.

»Ich bin gegen den Türknauf gerannt«, sage ich. Ich bin in der vergangenen Nacht aufgestanden und gestolpert, im Dunkeln gegen die Tür gefallen. Wir hatten gestritten, Patrick und ich. Auf dem Heimweg von der Besichtigung hatte er an der Tankstelle gehalten und eine Ausgabe von *Good Homes* gekauft. Dann blätterte er die Seiten durch, wies mich auf all die perfekt gepflegten Altbauten hin, erzählte mir von seinen Plänen und Ideen, und dann bezeichnete ich es als das Mörderhaus, um ihn zu reizen; ich wurde giftig nach drei Gläsern Wein und weil ich immer noch verstört darüber war, dass er das Geld meiner Mutter verwenden wollte.

»Vielleicht solltest du mal die Finger von dem verdammten Wein lassen«, sagt Mia, halb aus dem Zimmer, und ich höre den

Abscheu in ihrer Stimme, eine Kälte, die ich dort noch nie gehört habe.

»Mia, könntest du einfach mal *aufhören* ...« Meine Stimme klingt scharf.

»Mit *was* aufhören?« Sie tut genau das, was ich bei Patrick getan habe – sie provoziert mich. Sie will, dass ich die Herausforderung annehme und sie endlich herausplatzen kann mit all dem brodelnden Ärger, der sich in ihr angestaut hat, seit meine Mutter gestorben ist und ich zusammengebrochen bin. Mit ihren fünfzehn Jahren wird sie jetzt schnell erwachsen, und während ich versuche, die Mutter-Tochter-Bindung am Leben zu halten, scheint sie wild entschlossen, sie auf möglichst blutige Art zu zerreißen. Sie leidet, rufe ich mir ins Gedächtnis. Meinetwegen. Sie attackiert mich, weil sie Angst hat. Es wird ihr nicht helfen, wenn ich zurückbrülle. »Nichts, vergiss es«, sage ich, und ihre Schultern sacken ab, als sie sich abwendet.

»Mia?«, rufe ich, als sie sich entfernt. Ich versuche mein kleines Mädchen wiederzufinden, irgendwo unter der schlaksigen Unbeholfenheit eines allzu unvermittelten Wachstumsschubs.

»Willst du Samstag shoppen gehen?«

»Samstag? Geht nicht. Das ist Laras Geburtstag. Dad hat versprochen, dass er mich zum Mittagessen einlädt, und dann geh ich vor der Party mit den Mädels noch ins Kino.«

»Okay. Macht ja nichts. Es ist schon eine Weile her, das ist alles. Ein andermal.«

Sie zögert in der Schlafzimmertür. Ich sehe ihr den Zwiespalt an, das Schwanken zwischen ihrer eigenen Streitsucht und der Versuchung durch mein Friedensangebot in Form eines Einkaufsbummels. »Aber was zum Anziehen für Laras Party könnte ich schon brauchen.« Sie grinst. »Dad hat gesagt, er kauft mir was, aber der würde mich wahrscheinlich zu Laura Ashley schleifen.« Das Grinsen gilt Patrick, nicht mir, aber ich lächle trotzdem zurück. Sie hat recht. Wenn es nach Patrick ginge, wäre sie nach wie vor sieben Jahre alt und würde volantbesetzte Kleidchen tragen. »Würde er wahrscheinlich wirklich.«

Sie kaut auf den Haarspitzen, und ich warte.

»Wie wär's mit heute?«

»Heute?«

»Nach der Schule? Ich komme direkt nach Hause ... wir könnten um vier in der Stadt sein.«

Ich lächele. »Das wäre wunderbar. Wir könnten auch Kaffee trinken, vielleicht irgendwo was zum Essen für heute Abend mitnehmen.«

»Können wir zu Starbucks gehen? Dad macht das nicht, er hasst den Laden.«

»Wenn's unbedingt sein muss.«

Sie lächelt mich an, das breite, strahlende Lächeln, das ihr gesamtes Gesicht einnimmt und mir die Brust schmerzen lässt vor Liebe, bis ich zu bersten glaube. Sie kommt ins Zimmer zurückgestürmt und beugt sich vor, um mich auf die Wange zu küssen und mich mit einem Arm zu umarmen. »Danke, Mum.«

Joe kommt vorbei, nachdem sie gegangen ist, so lautlos, wie Mia laut ist. »Alles in Ordnung?«, frage ich. In seinem Gesicht ist keine Spur von Mias Ärger zu sehen, aber auch keine von ihrem Lächeln, und was ich dort sehe, ist auf irgendeine Art noch schlimmer. Ich habe fast jeden Tag der vergangenen sechs Monate »Alles in Ordnung?« oder irgendeine Variante davon gefragt, weil ich in seinem Gesicht das Gleiche sehe wie bei einem Blick in den Spiegel: Auch er lebt mit einem tief unter der Oberfläche sitzenden Kummer, einer schwärenden Wunde, die schmerzt und sich ausbreitet. Sie würde ihn verzehren, wenn sie aufbräche.

Einen Moment lang steht er unschlüssig in der Tür, und ich spüre all die anderen Fragen in der Luft hängen, die ich so verzweifelt stellen möchte. Ich will ihn in die Arme nehmen und nicht mehr loslassen, bevor er nicht wieder zu meinem lächelnden kleinen Jungen geworden ist. *Warten Sie, bis er von sich aus zu Ihnen kommt,* hat die Therapeutin zu uns gesagt, aber er hat es nicht getan, und ich habe Angst, dass er es niemals tun wird. Wir konnten miteinander reden, bevor meine Mutter gestorben ist, vor seinem Autounfall. Aber dann hat er aufgehört zu reden, und irgendwann hatte ich zu viel Angst, ihn zu fragen, was ihm zu schaffen macht, Angst, die Wunde aufzureißen. Ich glaube, ich brüte irgendwas aus; ich schaudere und habe Schmerzen, mein Kopf dröhnt, und ich bin so müde, dass meine Augen sich sandig und trocken anfühlen. Und dabei heißt es, Seeluft wäre gesund – aber es ist die tote Luft im Inneren jenes Hauses, die sich in meiner Kehle und meinen Lungen festgesetzt hat. Trotz meiner Erschöpfung konnte ich letzte Nacht nicht schlafen. Immer wenn ich die Augen geschlossen hatte, habe ich dieses grässliche Haus vor mir gesehen und sie abrupt wieder geöffnet.

Im Haus ist es still, als ich mich aus dem Bett schleppe, und ich glaube zunächst, sie sind alle gegangen. Aber als ich nach unten komme, treffe ich Patrick in der Küche an. Alle Schubladen stehen offen, der Inhalt ist durchwühlt. Ich habe den Wasserkocher fast erreicht, als ich sehe, was Patrick in der Hand hält.

»Was machst du mit meinem Sparbuch?«

Er zuckt nicht zusammen, aber ich sehe, wie seine Hand sich fester um das Heft schließt.

»Nichts. Ich hab es ganz hinten in der Schublade gefunden, ich wollte es ...« – er streckt es mir hin –»dir zurückgeben.«

Ich nehme es und schiebe es in die Tasche meines Morgenmantels.

»Sarah?«, ruft er hinter mir her, als ich mich umdrehe, um zu gehen. »Hast du es dir noch mal überlegt mit ...«

Meine Hand schließt sich um den Türrahmen. Es ist fürchterlich. Ich habe es ihm angesehen, als wir durch das Haus gegangen sind – es ist sein Lebenstraum. Mit dem Geld meiner Mutter könnte ich den Lebenstraum meines Mannes Wirklichkeit werden lassen. Aber wenn ich es täte, würde ich jeden meiner eigenen Träume zerstören.

»Was wird aus all unseren Plänen?«, frage ich. »Wir haben noch nie so viel zusätzliches Geld gehabt. Wir könnten etwas Unglaubliches damit tun – etwas, woran wir uns ein Leben lang erinnern. All das machen, was meine Mutter nie gemacht hat. An diese Orte fahren, von denen ich immer geträumt habe. Es ist genug, um mit der ganzen Familie wegzufahren und dann noch eine Auszeit zu nehmen, nur du und ich ...« Ich unterbreche mich, weil ich ihm am Gesicht ansehe, dass es einfach nicht ankommt.

»Denk doch an Joe und Mia«, sagt er, und jetzt hat seine Stimme einen flehentlichen Ton. »Du hast doch gesehen, wie Joe sich zurückzieht. Seit dem Unfall … er ist kurz davor, abzustürzen. Und Mia – ich mag diese Freunde von ihr nicht und die Art, wie sie sich benimmt, wenn sie mit ihnen zusammen ist. Sogar die Lehrer haben es bei den Elternabenden schon angesprochen, weißt du noch? Es wirkt sich auf die Noten aus. Wir haben die Gelegenheit, ihnen einen Neuanfang zu bieten.«

»Wir werden zusammen verreisen, Patrick. Wir waren noch nie als Familie im Ausland – denk an die ganzen neuen Erfahrungen. Das ist auch ein Neuanfang.«

Ich sehe den bockigen Ausdruck, der in seinen Augen aufblitzt, und spüre, wie meine eigene Sturheit erwacht und Anstalten macht, ihm entgegenzutreten. »Ich kann nicht«, sage ich. »Es tut mir leid. Es tut mir so leid, aber ich kann dir nicht helfen, dieses Haus zu kaufen.«

»Das war's dann also«, sagt er. »Jemand anderes wird es kaufen. Jemand anderes wird in meinem Haus wohnen, und wir werden hierbleiben.«

Das Schuldgefühl schmeckt bitter, aber ich schlucke es hinunter. »Es tut mir leid«, sage ich noch einmal.

»Schon okay. Es ist dein Geld, richtig? Dein Name in dem Sparbuch. Deine Entscheidung, was du damit machst.«

Ich beiße mir auf die Lippe, als Patrick das Haus verlässt. Er schlägt die Tür nicht zu, aber ich höre den Knall trotzdem, auch in dem langsamen Klicken. Ich höre Schmerz und Anklage und all die anderen Dinge, die mein Gewissen mir eingibt. Ich hole die Urlaubsprospekte heraus, aber selbst die Sirenengesänge, die ihnen entsteigen, können die nagenden Gewissensbisse nicht mildern.

Als ich mein Smartphone einschalte, summt es, und eine Geburtstagserinnerung erscheint auf dem Display. Der Kummer, ein fast körperlicher Schmerz, frisst mich beinahe innerlich auf, und ich umklammere die Kante der Anrichte, die Augen geschlossen.

Mums Geburtstag – heute hat Mum Geburtstag. Ich habe vergessen, die Erinnerung zu löschen.

Letztes Jahr war ich nicht dazu gekommen, hinzufahren, aber die Erinnerungsfunktion hatte sichergestellt, dass ich sie anrief, mich vergewisserte, dass der bestellte Geschenkkorb eingetroffen war. Warum hatte ich sie nicht besucht? Ich kann mich jetzt nicht einmal mehr entsinnen, aber ich hatte offenbar immer irgendeine lächerliche Begründung parat, um die Zweistundenfahrt in den Norden hinauf nicht zu machen, zu dem Haus, in dem nichts sich verändert hatte seit dem Tag vierundzwanzig Jahre zuvor, an dem mein Vater es verlassen hatte, in dem sie seither wie in einem endlosen Schwebezustand darauf gewartet hatte, dass er zurückkam.

Nachdem Dad gegangen war, hatte sie sich so eng an mich geklammert, dass ich nicht mehr atmen konnte. Es erstickte mich, und es ängstigte mich. Unsere Rollen waren wie vertauscht – ich musste die Verantwortung für sie übernehmen, als ich selbst noch nichts anderes war als ein Kind. Aber als mir die Flucht dann gelang, als ich an die Kunstschule ging und hinaus in die Freiheit, nach der ich mich gesehnt hatte, stellte ich fest, dass ich mit dem Alleinsein nicht umgehen konnte. Ich fühlte mich verloren. Caroline hat sich immer Sorgen gemacht, weil ich mich so jung für Ehe und Mutterschaft entschied, aber ich habe ihr niemals erklären können, wie geborgen ich mich bei Patrick fühlte. Er bot mir die Sicherheit eines Zuhauses, aber ohne die Umklammerung durch meine Mutter. Seine unkomplizierte Stärke und Selbstsicherheit waren genau das, was ich in der Welt brauchte.

Meine Besuche zu Hause wurden immer seltener, als die Kinder heranwuchsen. Ich hatte immer gute Gründe. Ich rief jeden Sonntag an wie eine gute Tochter. Warum verreiste sie nicht, lebte ihr Leben, verwendete all das Geld dazu, etwas zu tun, das sie erfüllte? Ich werde es jetzt nicht mehr erfahren. Seit sechs Monaten bringen mir meine Entschuldigungen nichts mehr, seit eine Nachbarin sie fand – zwei Tage nach ihrem Tod, als sich bereits Schimmel auf der halb gegessenen Fertigmahlzeit ausbreitete.

Das war der Tag, an dem ich zerbrach.

Ich befand mich an einem so dunklen Ort, dass ich den Weg ins Freie nicht mehr finden konnte. Alles aus dieser Zeit kommt mir neblig vor ... eine Woche im Krankenhaus und danach Monate mit Medikamenten und Therapie, bis ich es wieder hierhergeschafft hatte. Und die Kinder – ich habe gesehen, wie mein Zusammenbruch sie verängstigt hat. Ich bin in diesen Monaten zu einer Fremden geworden, und keiner von uns hat sich bisher davon erholt. Zunächst hingen sie um mich herum, als sei ich aus Glas, und zuckten zusammen, wann immer ich ein gereiztes Wort sagte oder traurig aussah, ein ständiges Abwarten ... ein Warten darauf, dass es mir entweder plötzlich besser gehen oder ich wieder abstürzen würde. Dann begannen sie sich zurückzuziehen, ließen Härte und Bitterkeit zwischen uns entstehen, als fürchteten sie sich davor, meinen Kummer sehen zu müssen. Aber es ging mir besser. Es *geht* mir besser. Ich spüre es im Herzen und im Bauch. Ich fühle mich stark und gesund, aber in ihren Augen – Patricks und denen der Kinder – wird es nie wieder sein wie zuvor, denn wenn sie mich jetzt ansehen, sehen sie unweigerlich den Schatten der Frau, die einen Nervenzusammenbruch hatte, auf mir liegen. Sie ist es, die ich jetzt immer sein werde.

Aber ich versuche es ihnen zu zeigen. Versuche den Schatten abzuschütteln.

Ich habe es Patrick versprochen. Ich habe es *mir* versprochen. Es reicht.

Ich ziehe die Betten ab, fülle die Waschmaschine und schalte sie ein, mache mir den dritten Kaffee, während ich die Arbeitsflächen in der Küche abwische. In einer Ecke steht eine halb volle Flasche Wein, und ich bin in Versuchung, mir ein Glas einzuschenken. Elf Uhr vormittags, und ich will jetzt schon ein Glas Wein.

Ich lasse das feuchte Tuch im Spülbecken liegen und setze mich an den Tisch. Herrgott, ich bin müde. Ich schließe die Augen, und Patricks Haus erscheint vor mir, dunkel und bedrohlich. Meine Mutter erscheint vor mir, allein und sterbend. Panik beginnt zu flattern. Nein. Aufhören. Aber in der anderen Richtung liegen Patricks Traum und mein schlechtes Gewissen, weil ich ihn nicht möglich mache – ein Haus an der Küste, offene Fenster, deren Vorhänge sich im Seewind blähen. Ein Leben geradewegs aus *Good Homes,* unser ganz persönliches Postkartenidyll, Joe, der wieder lächelt und glücklich ist. Aber selbst auf dem Postkartenbild stehe ich mit dem Rücken zu den anderen an der Küste und sehe aufs Meer hinaus und wünsche mir, ich könnte davonsegeln. *Geh an deinen glücklichen Ort, Mum,* hat Mia immer zu mir gesagt, wenn sie mich absinken sah in den üblen Wochen, nachdem meine Mutter gestorben war. Aber könnte Patricks Haus jemals dieser glückliche Ort sein? Ich kann es sehen – wie er es gerne hätte und wie es war –, und ein Teil von mir sehnt sich ebenfalls danach. Ich weiß, dass wir in einer Million Jahren nicht in der Lage sein werden, uns ein anderes so schönes Haus zu leisten. Aber ich habe Angst. Angst, dass das, was in diesem Haus geschehen ist, Verbindung zu den dunklen Schatten aufnimmt, die ich jetzt seit einem halben Jahr fortzuschieben versuche, und sie zurückholt.

Ich öffne die Augen, und mein Blickfeld ist tränenverschleiert. Die Kopfschmerzen werden schlimmer, und ich gehe nach oben, um nach Schmerzmitteln zu suchen, spüle zwei Paracetamol mit Wasser hinunter. Noch während ich auf dem Badewannenrand sitze, die Zähne zusammengebissen gegen den pochenden Schmerz, greife ich wieder nach dem Glas und nehme zwei weitere Tabletten heraus – ich werde mehr brauchen als zwei, um diese Kopfschmerzen loszuwerden. Als ich das Fläschchen mit den Tabletten wieder in den Badezimmerschrank stelle, fällt mein Blick auf Patricks Schlaftabletten.

Die Albträume haben bei ihm vor Jahren eingesetzt. Er kann sich nicht erinnern, was in den Träumen passierte, aber er wachte schreiend auf, erschreckte mich und versetzte die Kinder in Panik. Es wurde so übel, dass er schließlich Angst davor hatte, schlafen zu gehen, und ein Arzt verschrieb ihm diese Tabletten. Patrick nahm sie, und nach einer Weile hörten die Albträume auf.

Herrgott, ich könnte es selbst gut gebrauchen, dass meine Albträume aufhören. Ich weiß, dass das Schmerzmittel die Kopfschmerzen einfach nur abschwächen wird – das Einzige, was wirklich gegen sie hilft, ist Schlaf. Ich könnte schwören, dass ich den Widerhall der im Erdgeschoss tickenden Uhr hören kann. Es dauert noch Stunden, bis ich mich mit Mia zu unserem Einkaufsbummel treffe. Ich könnte schlafen, die Stunden in einem einzigen gierigen Schluck hinunterspülen, mich eine Weile betäuben und davonschweben in ein Traumland, in dem meine Zehen in weißem Sand versinken und das Meer von makellosem Türkis ist. Ich werde den Wecker stellen, und wenn ich aufwache, werde ich mich besser fühlen.

Ich nehme das Temazepam aus dem Schränkchen. *Zwei Tabletten vor dem Schlafengehen* steht darauf. Ich drücke mir eine davon in die Handfläche, zögere und füge eine zweite hinzu. Die zweite Tablette bleibt mir in der Kehle hängen, und ich schlucke Wasser, um die Bitterkeit wegzuspülen. Mein Herz schlägt schneller, als ich ins Schlafzimmer gehe.

Ich setze mich auf die Bettkante. Unten tickt die Uhr. Das Ticken klingt lauter, aber ich bin immer noch wach. Wahrscheinlich sind sie nach all der Zeit verfallen. Vielleicht sollte ich noch eine nehmen. Ich versuche eine Tablette aus der Packung zu holen, aber auf meiner Handfläche landen zwei davon. Meine Finger schließen sich über ihnen. Ich schließe die Augen und lasse mich davontreiben. Ich versuche den weichen weißen Sand zu finden, aber stattdessen sehe ich eine steinige Küste unter einem stürmischen Himmel, ein Haus mit schwarzen, stierenden Fenstern und einer im Wind schwingenden Tür, an der zerrissenes Absperrband flattert. Lichter blinken und pulsieren, und ich versinke in einem Traum, in dem eine unbekannte Tür sich öffnet und ein Schatten hereinkommt. Ich glaube, dass ich diesen Traum schon einmal hatte. Ich versuche mich selbst aus dem Schlaf zu reißen – das kommt mir nicht mehr ungefährlich vor –, aber ich bin schon zu tief abgesunken.

Wer ist da?, fragt mein Traum-Ich, und es klingt verschliffen. Der Schatten beschwichtigt mich, wird klarer und verschwimmt wieder, und in meinem Traum ist es meine Mutter, die hereinkommt, mir das Haar aus dem Gesicht streicht, die Kopfschmerzen verschwinden lässt, mir Wasser anbietet.

So müde jetzt, ich werde einfach schlafen. Ein paar Stunden schlafen …

»Sarah? Scheiße, Sarah – was hast du angestellt?« Jemand zieht mich hoch, zerrt mich aus dem Schlaf. Ich habe Finger im Mund, die ihn mir weit öffnen, sich zu weit hineinschieben, hinunter in die Kehle, bis ich würge. Ich kann nicht atmen, und ich ziehe an der Hand, versuche sie loszuwerden, aber es geht nicht. Es ist Patrick. Er schiebt mir die Finger noch weiter in die Kehle, und alles kommt hoch, ein würgender Schwall, Erbrochenes, das über seine Hände schwappt, an mir herunter, über das ganze Bett. O Gott, die Schweinerei, es tut mir leid, aber er zerrt mich hoch und vom Bett herunter. Die Beine tragen mich nicht, ich kann nicht gehen, aber er stemmt mich hoch, zieht mich ins Bad, stößt mich in die Badewanne, schaltet die Dusche ein, kalt, so kalt. Ich keuche, als die Kälte in meine Betäubung beißt, und wehre mich, aber seine Hände halten mich unter der Dusche fest.

Jemand kreischt, ich glaube, es ist Mia, aber ich kann sie nicht sehen, und Patrick brüllt jetzt »Ruf den Krankenwagen, ruf einen Scheißkrankenwagen«, und ich frage mich: Für wen? Was ist passiert? Aber dann hört das Wasser auf zu fließen, und ich bin immer noch so müde, und ich will einfach nur schlafen, und ich fange wieder an wegzutreiben …

»Ich lass nicht zu, dass du mich verlässt – nicht so. Dass du es nicht wagst, Sarah. Dass du es bloß nicht wagst«, sagt Patrick, und er schlägt zu, hart, mir mitten ins Gesicht, und ich rutsche wieder in die Badewanne und schlage mit dem Kopf auf den Wasserhähnen auf, und ich …

»Sarah? Sarah? Wach auf, Sarah.«

»Sarah? Wach auf, Sarah – bitte … Es tut mir leid, dass ich so grob sein musste, aber Herrgott noch mal, Sarah – ich hab gedacht, du *stirbst!*«

»Mum? Kannst du mich hören, Mum?«

Mia. Mias Stimme. Sie weint. Ich kämpfe mich an die Oberfläche, kämpfe gegen das Gewicht an, das mich nach unten zu drücken versucht. Ich öffne die Augen, und sie sitzt auf einem Stuhl neben mir, ich liege in einem Bett, aber ich weiß nicht, wo – dies ist nicht unser Haus.

Ich erinnere mich … ich weiß nicht. Ich weiß nicht, an was ich mich erinnere. Jemand. Tabletten. Patrick, die Finger in meiner Kehle. Ich schlucke, und ein Geräusch dringt aus mir heraus. Kein Wort, es hat mehr von einem Wimmern.

Mia beugt sich vor. »Mum? Herrgott, Mum – warum hast du das gemacht?«

Was gemacht? Aber Mia ist jetzt aufgestanden, steht in der Tür und ruft nach jemandem. Eine Schwester im blauen Kittel kommt herein. Ich muss im Krankenhaus sein. Patrick ist hinter ihr, und ich schließe die Augen wieder, lasse mich absinken.

Noch nicht. Ich bin noch nicht bereit für Patrick.

Als ich die Augen wieder öffne, ist Joe da, den Stuhl so dicht ans Bett gezogen, dass er nur ein paar Zentimeter von mir entfernt ist. Das Haar hängt ihm ins Gesicht, ein schwarzer Vorhang, der seine Augen verdeckt. Er ist so dünn, die auf dem Bett abgelegten Arme nichts als Haut und Knochen. Ich bewege die Hand, um seine anzutippen, und er hebt den Kopf und schenkt mir das vertraute halbe Lächeln, als er sieht, dass ich wach bin.

»Ich hab gewusst, dass du das schaffst«, sagt er und lehnt sich noch weiter vor, bis ich den warmen Atem auf der Wange spüre.

»Hat Dad irgendwas gemacht?«, fragt er. »Hat er, oder? Hast du dich deswegen umbringen wollen?«

Was?

Was?

Dieses Mal bleibe ich wach. Es sitzt niemand neben meinem Bett, und der Gang draußen ist dunkel; die Schritte eines einzelnen Paars Schuhe verlieren sich in der Ferne. Die Hand tut mir weh. Eine Nadel mit Schlauch steckt in ihr, und neben meinem Bett steht ein Tropf. Meine Kehle schmerzt und fühlt sich zugeschwollen an. Mir ist kalt, und ich schaudere, als hätte ich eine Grippe, aber ich glaube nicht, dass es eine Grippe ist, die mich hierhergebracht hat.

Joes Worte flattern mir im Kopf herum, und ich kann sie nicht fortdrängen. Mich umbringen? Nein, das verstehe ich nicht. Es war Mums Geburtstag, und ich war müde und hatte Kopfschmerzen, und ich habe ein paar Schmerztabletten und … das Schlafmittel geschluckt. Ich erinnere mich an die Pillen. Aber ich habe nicht genug davon genommen, dass die Leute glauben könnten, ich wollte mich umbringen, oder? Es waren doch bloß zwei, oder? Ich kann mich nicht erinnern. Mist. Ich kann mich nicht erinnern, wie viele davon ich genommen habe.

Patrick hält meine Hand, die Hand mit dem Schlauch darin. Sein Daumen streichelt die Beule in dem Pflaster, das die Einstichstelle bedeckt, und obwohl er sehr sacht streichelt, bewegt er damit die Nadel, und mein Magen rebelliert in langsamen, trägen Wellen. Ich versuche die Hand wegzuziehen, und er drückt sie, nur eine Sekunde lang, lange genug, dass die ganze Hand anfängt zu pochen. Dann lässt er los und lehnt sich auf dem Stuhl zurück.

»Ich hab gedacht, du wärst tot.« Er flüstert es, und ich sehe Furcht in seinem Gesicht. »Ich bin reingekommen und habe dich da auf dem Bett liegen sehen und gedacht, ich wäre zu spät gekommen. Ich habe gedacht, du wärst tot.«

»Nein …« Meine Stimme ist ein Krächzen, ein wundes, raues Flüstern. Patrick macht eine Handbewegung, als wedele er meinen Protest fort. Auch meine Worte haben Flügel.

»Ich versteh es nicht – ich habe gedacht, es wäre besser geworden. Ich habe gedacht, *dir* ginge es besser.«

»Ich hab nicht …«

»Was meinst du eigentlich, was das bei Joe anrichtet?« Er beugt sich vor und stößt gegen den Tropf, der zu rasseln beginnt. Er hält inne und bringt ihn zur Ruhe, während er auf mich hinuntersieht.

»Weißt du, wie dicht du davor warst zu sterben? Wirklich? Weißt du, welchen Schaden du bei dir selbst hättest anrichten können, wenn du so viele Pillen nimmst? Der einzige Grund, warum du nicht gestorben bist, ist, dass du sie nicht alle runtergeschluckt hattest. Du hattest sie noch im Mund, und ich habe sie rausgeholt.«

Zwei. Ich habe zwei Tabletten genommen. Ich habe mehr von ihnen aus der Packung genommen, aber ich habe sie nicht geschluckt, oder? Und ein paar Schmerztabletten. Zu viele, das weiß ich selbst. Aber nicht genug für das hier. Ich war müde, nicht lebensmüde.

»Bitte, Sarah«, sagt er, und jetzt ist es seine Stimme, die wund und rau klingt. »Ich kann dich nicht verlieren. Ich kann nicht.« Mehr als nur Furcht. Es ist Panik – er riecht förmlich nach ihr.

KAPITEL 4

»Ich hab dir noch ein paar Prospekte und einen Kaffee besorgt – in der Annahme, dass du die Krankenhausspülwasserversion von Tee inzwischen satthast.« Caroline stellt einen dampfenden Pappbecher neben mir auf dem Nachttisch ab und zieht sich einen Stuhl heran. Der Kaffee riecht himmlisch.

»Danke«, sage ich, während ich mich aufsetze. Ich schüttele den Kopf, als sie mir eine Hochglanzbroschüre für exotische Safariabenteuer hinstreckt. Das Wort *Abenteuer* hinterlässt einen bitteren Geschmack in meinem Mund.

Ihr Haar ist schwarz heute und hängt glatt und schwer herunter; es passt zu dem finsteren Gesichtsausdruck. Neulich war es noch kupferrot. Ich habe schon vor Jahren auf die Aufheller verzichtet und mich mit dem Straßenköterblond abgefunden, aber Caroline wechselt nach wie vor ein Halbdutzend Mal pro Jahr die Farbe. Wobei dieser Tage weniger Pink- und Blautöne dabei sind.

»Was zum Teufel ist passiert?«

»Ich hab's nicht getan«, sage ich.

»Was?«

»Ich hatte nicht vor, eine Überdosis zu nehmen.«

Sie lehnt sich zurück und starrt mich eine endlos lange Zeit an. Sie hat Tränen in den Augen, und ich wünschte mir, ich wäre kräftiger, ich könnte sprechen, ohne dass es so verdammt wehtut, und sie dazu bringen, dass sie mir glaubt.

Ich greife nach dem Kaffee und nehme einen kleinen Schluck. Sie haben den Tropf weggeräumt, aber ich sehe, dass Caroline meinen Handrücken anstarrt. Er ist violett – ein großer dunkler Bluterguss mit einem roten Fleck in der Mitte, dort, wo die Einstichstelle war. Der Bluterguss an meinem Arm ist verblasst und gelb geworden – dieser neue ist viel eindrucksvoller.

»Wie geht's Joe?«, fragt sie, und ich verspanne mich.

»Gut.«

»Wirklich? Weil er nämlich das letzte Mal, als du einen Meltdown hattest, ein Auto gegen eine Mauer gefahren hat.«

Ich zucke zusammen. »Das war ein Unfall.«

»Er hat euer Auto rein zufällig gestohlen?«

»Du weißt genau, was ich meine. Es war nicht …«

»Es war nicht ›wie die Mutter, so der Sohn‹?«

»Himmeldonnerwetter noch mal, Caroline.« Meine Hand bewegt sich ruckartig, und Kaffee klatscht mir übers Handgelenk.

»Wo sind die Kinder jetzt?«

»Bei Patrick.«

Sie verdreht die Augen. »Bei Patrick? Oh, ja, klar, das wird helfen. Herrgott, ich hätte dich am Kragen packen sollen gleich in dem Moment, in dem ich euch zusammen gesehen habe bei dieser Party, und dich in die andere Richtung steuern.«

»Es ist doch nicht Patricks Schuld.« Ich denke zurück an das erste Mal, als ich Patrick gesehen habe – wie schön er war. »Und ich glaube auch nicht, dass ich dich gelassen hätte«, füge ich hinzu.

»Ich hätte dir irgendwas über den Kopf ziehen sollen. Dich k. o. schlagen und davonschleifen.«

»Nein – mir ist es besser gegangen, nachdem ich Patrick getroffen hatte. Ich war *glücklicher*. Es passt dir vielleicht nicht, aber es stimmt.« Ich setze mich im Bett zurecht und zucke zusammen. »Außerdem hätte ich dann Joe und Mia nicht.«

»Und du würdest nicht in einem Krankenhausbett liegen und dich von einer Scheißüberdosis erholen.« Sie wirft einen Blick zur Tür. »Du solltest gehen. Die Kinder mitnehmen.«

Furcht blüht in mir auf, dunkler als die Blutergüsse. »Ich *will* aber gar nicht gehen. Und was ist mit Joe? Ich würde das Sorgerecht nicht kriegen, nicht mal, wenn ich gehen *wollte*.«

»Nein«, sagt sie; ihre Stimme klingt tonlos. »Wahrscheinlich nicht. Ganz sicher nicht nach dieser Sache hier.«

»Es ist nicht Patricks Schuld«, sage ich wieder.

»Nein. Ich weiß. Es ist deine.« Caroline nippt an ihrem eigenen Kaffee; die schweren Reifen an ihrem Handgelenk klirren, als sie den Becher hebt.

Ich erinnere mich an Patricks Finger in meiner Kehle, seine verzweifelte Entschlossenheit, mich am Leben zu halten. Herrgott, das perfekte Paar, das wir einmal waren, so verliebt – wie konnte es so enden? Bin ich wie meine Mutter geworden? Geschrumpft, ausgehöhlt? Ich habe zugelassen, dass Patrick alle Räume ausfüllt. Meine Schuld, nicht seine. Wenn er mich verließe, würde ich dann enden wie Mum? Ich stelle mir vor, wie ich den Rest meines Lebens über am Tisch sitze und darauf warte, dass er nach Hause kommt. Caroline mustert mich frustriert, und ich erinnere mich an all die Hoffnungen, die ich einmal hatte, und möchte am liebsten weinen, weil ich mich selbst nicht mehr erkenne.

Sie sieht hinunter auf den Reiseprospekt, den ich zurückgewiesen habe. »Ich nehme mal an, ich kann genauso gut aufhören, dir das Zeug mitzubringen – Patrick hat mir von dem Haus erzählt.«

Sie haben miteinander geredet? Was hat er gesagt? Hat er ihr erzählt, dass ich mich geweigert habe, ihm das Geld meiner Mutter zu geben?

»Er will, dass ich dir sage, du solltest es machen – dort hinziehen. Aber ich bin hier, um dir zu sagen, mach's nicht. Erwäg's nicht mal. Bleib bei deinen Reiseplänen – erleb dein verdammtes Abenteuer. Hast du eigentlich nicht lang genug gewartet?«

»Er glaubt, der Umzug wäre gut für uns, für die Kinder«, sage ich, beiße mich auf die Lippe, bis ich Blut schmecke. »Vielleicht hat er recht.«

»Du würdest da draußen komplett isoliert sein. Allein. Wie kann das gut für dich sein?«

Bei ihr hört es sich an, als stände das Haus mitten in der Einöde, weitab von jeder Zivilisation. Es gehört zu einer Stadt, es liegt an einer Buslinie, anderthalb Autostunden von Cardiff entfernt.

Sie beugt sich weiter vor, und ich sehe, dass ihre Augen rote Ränder haben. »Dieses Haus – seine Geschichte ... Wie könntest du bloß dort leben wollen? Wie kann Patrick dort leben wollen?«

»Du verstehst nicht, was es ihm bedeutet.«

»Nein. Tu ich auch nicht. Aber ich habe Angst um dich. Du hast dir das angetan, hier, wo du von Freunden umgeben bist. Was zum Teufel glaubst du eigentlich, was dort mit dir passiert?«

»Caroline, glaub mir, ich hatte nie vor, mich umzubringen. Patrick hat überreagiert.«

»Überreagiert?« Sie lässt die Nägel gegen den Becher klappern; ihre Stimme wird lauter.

Sie glaubt mir nicht. Sie glaubt, dass ich sterben wollte. Sie ist meine beste Freundin, aber ich spüre, wie der Abstand zwischen uns wächst, sich ausdehnt. Werden sie das jetzt alle glauben? Wird jeder glauben, ich wäre entweder lebensmüde oder verzweifelt auf der Suche nach Unterstützung? Ich schließe die Augen, aber diesmal sehe ich vor mir, was Caroline sich gerade vorstellen muss. Mich, wie ich mir weitere Pillen in die Hand schütte, nicht nur zwei, sondern Dutzende.

Ich schüttele den Kopf. »Ich habe das nicht getan.«

»Ich weiß nicht, was ich noch machen soll«, sagt sie. Sie steht auf, stellt den Kaffeebecher mit einem Knall auf dem Schränkchen ab. »Ich hab's versucht. Ich hab's jetzt seit einem halben Jahr versucht, aber ich kann das nicht weiter machen, dich ununterbrochen aufbauen, dich davon abhalten, dass du wieder in die Depression abrutschst. Ich hab gedacht, es würde *besser.*« Sie unterbricht sich und holt tief Atem. »Verdammt noch mal, Sarah, wie konntest du das Joe und Mia antun? Wie konntest du das mir antun? Und jetzt willst du deine Familie aus ihrem Leben rausreißen und mit ihr in das *Mörderhaus* ziehen?«

Sie wischt sich Tränen und verschmierte Mascara aus den Augen. »Du bildest dir ein, es machte die Sache besser, dass du durch einen *Zufall* hier bist? Liegt dir so wenig an irgendwem von uns? Deine Kinder haben dich zugedröhnt auf dem Bett sehen müssen, umgeben von irgendwelchen leeren Scheißpillengläsern, und gedacht, du wärst *tot.*«

Pillen*gläser?* »Es tut mir leid, aber ich ...«

»Hör auf. Hör auf, dich dauernd zu entschuldigen. Lass dir helfen. Von einem richtigen Profi. Und vielleicht ... Himmel, vielleicht hat Patrick ja recht. Vielleicht brauchst du wirklich einen Neuanfang irgendwo. Aber nicht in diesem Haus. Komm zu mir – bring die Kinder mit. Komm zu mir und ...« Ihre Stimme verklingt, als sie mein Kopfschütteln sieht.

»Hör auf, Patrick für alles verantwortlich zu machen«, sage ich. »Du hast es immer so sehen wollen, als wäre alles seine Schuld, aber das hier geht auf mich, ein saublöder Fehler. Ich suche mir einen Therapeuten, aber du musst aufhören, den Grund für alles und jedes in meiner Ehe zu sehen.«

Sie geht und dreht sich an der Tür noch einmal um. »Du sagst, nichts von alldem ist Patricks Schuld. In Ordnung, das hier vielleicht nicht, aber seit du ihn getroffen hast, bist du immer weiter verblasst. Und dein Nervenzusammenbruch? Ich bin mir nicht sicher, dass es irgendwas mit dem Tod deiner Mutter zu tun hatte. Du bist ein Schatten des Mädchens, das du an der Uni warst. Ich hab so sehr versucht, dich zu behalten ... es tut mir leid, wenn ich Dinge gesagt habe, die du nicht hören willst, aber es ist die Wahrheit. Ich ... ich komme vorbei, wenn du wieder zu Hause bist, okay?«

Ich wende den Kopf ab. »Vielleicht solltest du es eine Weile sein lassen. Im Moment brauche ich die miese Stimmung zwischen dir und Patrick wirklich nicht.«

»Sperr mich nicht aus.«

»Ich bin müde. Kannst du jetzt gehen, bitte?« Ich schließe die Augen und schlucke den Klumpen in der Kehle hinunter, als sie die Tür hinter sich zuzieht.

Patrick hält meinen Arm, als wir das Krankenhaus am nächsten Tag verlassen, eine Hand um meinen Ellbogen geschlossen, um mich zu stützen, wenn ich stolpern sollte. Ein eisiger Wind peitscht um die Fassade des Gebäudes, und ich kann nicht verhindern, dass meine Zähne klappern, trotz des Mantels und des Schals, in die Patrick mich gewickelt hat. Meine Beine sind immer noch unsicher nach der Begegnung mit dem Arzt – nicht dem Stationsarzt, der den Tropf wegräumte, mir in den Hals sah und mit einer kleinen weißen Lampe ins Auge leuchtete, sondern einem Psychiater, der sich neben mein Bett setzte und Fragen stellte, die sich wie Nadeln unter meine Haut schoben.

Ich war angezogen und bereit zu gehen, das Gebäude zu verlassen, als wäre nichts von alldem jemals passiert. Und dann kam dieser Arzt herein und wollte wissen, warum ich es getan hatte und ob ich den Wunsch hätte, es noch einmal zu tun. Er stellte all diese Fragen nach Patrick und Mia und Joe und dem Haus und meiner Mutter, und ich begann zu weinen, nicht weil ich lebensmüde gewesen wäre, sondern aus Frust, weil kein Mensch jemals *zuhörte.* Und natürlich war das der Moment, in dem Patrick hereinkommen musste und mich dabei antraf, wie ich weinte und ausrastete.

Und so wurde aus meiner Besprechung dann *ihre* Besprechung. Sie verließen das Zimmer, und ich konnte sie draußen reden hören. Ich stand mit zitternden Beinen auf der anderen Seite der Tür und hörte zu, als der Arzt mit Patrick über meinen suizidalen Seelenzustand sprach, jeder Satz eine weitere Nadel unter die Haut.

Sie hatte einen Nervenzusammenbruch.

Ihre Mutter ist gestorben, und die Schuldgefühle haben sie seelisch verwundet zurückgelassen. Monate mit Medikamenten und Therapie.

Wir haben gedacht, es ginge ihr besser. Wir haben geglaubt, wir hätten das Schlimmste hinter uns.

Dumm. Es war dumm von mir, diese verdammten Pillen zu nehmen. Ich hätte ruhig bleiben sollen, als der Arzt hereinkam, hätte mich erklären sollen. Erklären, dass es ein Unfall gewesen war und kein Selbstmordversuch.

Als Patrick ins Zimmer zurückkam, war der Arzt nicht mehr dabei, aber Patrick hatte eine weiße Papiertüte aus der Krankenhausapotheke in der Hand. »Komm schon, Sarah«, sagte er. »Bringen wir dich nach Hause.«

Mia und Joe warten an der Ecke, gegen die Kälte aneinandergedrängt, mit demselben Ausdruck in den Gesichtern, den ich bei Caroline gesehen habe. Sie nehmen uns in die Mitte, als wir zum Auto gehen, halten dabei aber mindestens einen Meter Abstand von mir, der noch nicht explodierten Bombe, die ihre Mutter ist.

Wir fahren schweigend nach Hause, parken das Auto in der Einfahrt; die Scheinwerfer beleuchten die Haustür. Es ist schon recht spät, und in allen anderen Häusern brennt Licht – Familien sitzen beim Abendessen oder vor flackernden Fernsehschirmen, froh, den Arbeitstag hinter sich zu haben und zu Hause zu sein. Die Häuser scheinen sehr eng zu stehen, uns einzuzwängen. Die Luft kommt mir schwer und dünn zugleich vor, es ist, als könnte ich nicht genug davon in die Lungen ziehen.

Wie viele unserer Nachbarn beobachten uns jetzt gerade? Sie müssen den Krankenwagen gesehen haben, müssen gesehen haben, wie man mich wegbrachte. Ich schließe die Augen. Ich ertrage es nicht, so ausgesetzt zu sein, und ich hasse – *hasse* – die Vorstellung, wie viel gieriger Klatsch und dumme Fragen meiner Familie bevorstehen, alles meinetwegen. Am liebsten würde ich Patrick sagen, er solle uns von hier wegfahren.

»Geht schon mal rein, ihr zwei«, sagt Patrick zu den Kindern, als er den Motor abstellt und das Haus wieder im Dunkeln versinkt.

Joe und Mia steigen aus. Joe sieht sich nach uns um, aber Mia packt seinen Arm und zieht ihn davon.

Als wir im Auto allein sind, öffnet Patrick die weiße Tüte und holt eine Tablettenschachtel heraus. »Ich habe gedacht ... Ich habe gedacht, du würdest sie nicht vor den Kindern nehmen wollen.« Er wirft einen Blick hinaus auf den Rest der Straße. »Oder den Nachbarn.«

Ich starre die Schachtel an. Nein, es ist zu früh. Kaum ein halbes Jahr seit ich das letzte Mal vom Arzt zurückgekommen bin mit einer Schachtel, die genau so aussah wie diese hier – nachdem meine Mutter gestorben war und ich vergessen hatte, wie man es anstellt, aufzustehen. Wenn Mum Tabletten genommen hätte, nachdem mein Dad gegangen war, wäre vielleicht alles anders ausgegangen.

Aber dies ist nicht dasselbe. *Ich* bin anders, ganz gleich was der Rest der Welt denkt. Ich bin nicht gebrochen, wie ich es damals war. Es geht mir besser. Ich ... Ich werfe einen näheren Blick auf das Etikett »*Temazepam?* Herrgott, das ist ... Ist es wirklich so übel, dass ich Temazepam brauche?«

»Die anderen Medikamente haben ja unverkennbar nicht geholfen. Das ist eine kurzzeitige Sache. Es ist bloß für ein paar Wochen, damit du wieder ins Gleichgewicht kommst. Danach können wir wieder zum Arzt gehen und sehen … Komm schon, Sarah. Es wird helfen.«

Er hört sich so besorgt an. Ich war das, stimmt's? Ich habe diese Angst in seiner Stimme zu verantworten.

Er gibt mir die weiße Tablette, und ich schaudere, als ich sie in den Mund stecke. Das Gespenst des Traums ist wieder da, als ich schlucke.

»Es tut mir leid«, sage ich. »Ich hatte nie vor … Ich *schwöre,* ich hatte nicht vor zu sterben. Aber es tut mir leid.«

Er holt tief Atem und starrt die geschlossene Haustür an. »Als ich Joes Mutter kennengelernt habe …« Er sieht mein Zusammenzucken. »Als ich Eve kennengelernt habe, habe ich geglaubt, ich könnte sie retten. Ich hätte sehen sollen, dass bei ihr jede Hilfe zu spät kam. Sie hat sich selbst zerstört, so schnell, dass es unvermeidlich war, dass sie sterben würde. Wir waren nicht zusammen, als sie gestorben ist, und es gab nichts, was ich hätte tun können, aber die Schuldgefühle waren überwältigend. Wie bei deiner Mutter. Ich habe mich furchtbar gefühlt, weil ich nicht da gewesen bin.« Er greift nach meiner Hand. »Und dann habe ich dich getroffen, und du warst so anders – stabil und glücklich und so wunderbar mit Joe. Aber die letzten sechs Monate, Sarah … Ich habe solche Angst gehabt. Ich kann sehen, wie du in Stücke gehst, und es ist wieder genau wie bei Eve, und ich hatte so verdammt viel Angst. Ich könnte es nicht ertragen, wenn Joe die Wahrheit rausbekäme und dann sähe, wie es bei dir wieder passiert. Ich könnte … ich könnte es nicht ertragen.« Seine Stimme bricht, und er vergräbt das Gesicht in den Händen.

Ich zittere; Tränen brennen mir in den Augen.

»Das Haus – ich will einfach nur, dass du glücklich bist. Ich will, dass wir alle glücklich sind, so, wie wir es waren.«

Ich höre Furcht in seiner Stimme, und etwas in mir verspannt sich wie zur Antwort. »Aber …«

»Wenn wir umziehen würden, könnten wir das alles zurücklassen. Wir könnten neu anfangen.«

Ich verstehe das, ich verstehe es wirklich. Dies war immer nur als unser erstes eigenes Heim für den Anfang gedacht, die unterste Sprosse der Leiter. Wir sind längst aus dem Haus herausgewachsen; wir treten uns auf den Füßen herum in den zu kleinen Räumen. Aber die nächste Sprosse der Leiter ist uns immer so hoch vorgekommen, außer Reichweite. »Vielleicht könnten wir umziehen – vielleicht *sollten* wir umziehen«, sage ich. »Aber warum dorthin? Wir könnten uns umsehen, irgendwas näher bei Cardiff finden, irgendwas, das …«

Patrick lacht; es hat einen bitteren Klang. »Wir können uns nichts anderes leisten. Das hier ist eine einmalige Chance. Wenn jemand anderes das Haus kaufen und alles machen würde, was wir besprochen haben, könnte er es hinterher für das Doppelte weiterverkaufen. Das ist es. Die einzige Chance – nicht nur für mich, das Haus zurückzuholen, sondern auch für uns, wenn wir jemals so was besitzen wollen.«

Er hat recht. Das Haus seiner Kindheit ist nicht einfach die nächste Sprosse der Leiter, es ist ein Aufstieg bis ganz nach oben. Herrgott – Meerblick, frei stehend, viktorianisch … Damals, als er mich in diese schönen Küstenstädte fuhr und ich die Sehnsucht in seiner Stimme hörte, habe ich es selbst empfunden: das Verlangen nach einem Leben, das ich nie gehabt hatte. Ich spürte den exotischen Zauber, den es ausübte.

Er geht um das Auto herum und hilft mir beim Aussteigen.

»Es könnte ein so glückliches Haus sein«, flüstert er. Ich weiß, dass er nicht von unserem derzeitigen Haus spricht. »Es war perfekt früher, vor den Morden. Es könnte wieder perfekt sein.«

Carolines Stimme geht mir in Endlosschleife im Kopf herum und dazu die Furcht und Wachsamkeit in den Gesichtern von Mia und Joe, die Art, wie sie in meiner Gegenwart herumschleichen. Patricks Worte haben einen Schwall der Panik durch mich hindurchgehen lassen. Ich muss meine Kinder schützen. Patrick hat recht. Um das zu tun, brauchen wir einen Neuanfang, einen Ort, an dem ich mich erholen kann, an dem es mir besser geht. Einen Ort, der die Furcht in Patricks Stimme verfliegen lässt. Wenn wir mit den Arbeiten fertig sind, könnte das Haus das Traumhaus sein, nach dem wir uns immer gesehnt haben. Weil es schließlich das perfekte Haus seiner Kindheit war, lange bevor es zum Mörderhaus wurde, oder nicht? Wir werden dort in Sicherheit sein. Es hat nichts mit Weglaufen zu tun.

»Okay«, sage ich zu Patrick, den bitteren Geschmack der Tablette noch auf der Zunge. »Du kannst das Geld haben. Machen wir's. Kaufen wir das Haus.«

ZWEITER TEIL – DAS MÖRDERHAUS

Schlagzeile in *Wales Online*, Mai 2002:

Brutaler Dreifachmord schockiert Nachbarschaft
Dem Mann, der heute vor Gericht erschien, wird der Mord an drei Mitgliedern einer Familie zur Last gelegt.

Schlagzeile im *South Wales Echo*, Juni 2002:

Willkommen im Mörderhaus

Ich habe diesen Traum. In dem Traum bin ich in dem Haus, und es ist dunkel, und ich weiß, dass außer mir noch jemand hier ist, obwohl ich ihn nicht sehen kann. Im Traum fange ich an zu rennen, und der Treppenabsatz weitet sich zu einem breiten, langen Gang, und ich renne, und der Drache im Menschenkostüm verfolgt mich, und ich komme nie am Ende an. Von dem Gang gehen all diese Zimmer ab, und alle Türen sind geschlossen, und das ist gut so, denn ich will in keins davon hineinsehen. Ich weiß, dass im Inneren etwas Fürchterliches auf mich wartet, und wenn ich stehen bleibe und diese Türen öffne, werde ich niemals, niemals entkommen können.

Heute ist am Haus das Schild aufgetaucht, das es als verkauft kennzeichnet. Die Leute haben sich hingestohlen, um zuzusehen, und schweigend in der Nähe gestanden, als das große rote Sold *über dem* For Sale *angebracht wurde, von dem alle Welt angenommen hatte, es würde bis in alle Ewigkeit dort hängen, denn wer zum Teufel würde je dieses Haus kaufen, stimmt's? Alle anderen haben sich im Schatten gehalten und so getan, als wären sie nicht wirklich interessiert und einfach zufällig vorbeigekommen. Ich nicht, ich habe mich mitten auf die Straße gestellt mit verschränkten Armen – ich habe keine Angst vor dem Mörderhaus.*

»Was meinen Sie, wer's gekauft hat?«

Ich sehe mir den Mann an, der sich aus den Schatten herausgewagt hat, um mich das zu fragen. Er zündet sich eine Zigarette an, streckt mir die Packung hin, um auch mir eine anzubieten. Aus der Nähe riecht er muffig, und sein Atem ist fleischartig, sauer.

»Wahrscheinlich irgendwer, der keine Ahnung hat«, sage ich, und er starrt mich an, als wäre ich verrückt.

Ich erinnere mich an die Zeit, als das Haus noch etwas anderes war, nicht das Mörderhaus, einfach nur ein Haus. Diese Leute, all die Leute, die jetzt hier stehen und zusehen – sie sehen nur das Blut. Man sieht es an der Art, wie sie den Blick abwenden, der Art, wie sie die Straßenseite wechseln, als würde irgendwas oder irgendwer sie packen, wenn sie zu nahe herankommen.

In meinem Traum, dem Traum von dem Haus, als es einfach nur ein Haus war und noch nicht das Mörderhaus, ist der Hausflur mit

Teppichboden ausgelegt, ein Schnörkelmuster in Braun und Creme, und eine Strukturtapete bedeckt die Wände. Das Muster kippt und wirbelt, als der Hausflur sich zu einem endlosen Gang ausdehnt, und ich renne und renne. Es erwacht zum Leben, fließt unter den geschlossenen Türen in die Zimmer hinein und wieder heraus. Es erwacht zum Leben und zerrt an meinen Füßen wie heftig zurückströmende Brandung.
Ich habe den Mann mit dem fauligen Atem angelogen. Ich weiß genau, wer in das Mörderhaus einzieht. Wir haben neue Nachbarn bekommen hier in der Stadt – es wird Zeit, dass auch wir uns als gute Nachbarn erweisen.

KAPITEL 5

APRIL 2017

Jemand da draußen beobachtet das Haus. Als wir vorhin mit dem Auto eintrafen, den Möbelwagen im Schlepptau, war es eine ganze Reihe von Leuten. Ein Dutzend schweigende Beobachter, die alle so taten, als hätten sie etwas anderes vor, in Wirklichkeit aber Patrick anstarrten, als er den Schlüssel ins Schloss schob. Niemand sagte Guten Tag. Niemand kam auf uns zu, um uns in der Stadt willkommen zu heißen. Sie sahen einfach nur zu, wie unsere Möbel ausgeladen wurden.

Ich verspannte mich immer mehr; angesichts der vorhanglosen Fenster fühlte ich mich unwohl. Ich glaube nicht, dass Joe und Mia die Zuschauer auch nur bemerkt haben – sie wirken vollkommen benommen angesichts des Umzugs. Es ging alles so schnell. Wir ließen uns von Patricks Enthusiasmus mitreißen, aber ich glaube nicht, dass Joe und Mia sich vorstellen konnten, es würde wirklich dazu kommen, bevor heute Morgen der Möbelwagen aufgetaucht ist. Mia wirkte während des größten Teils der Fahrt, als sei sie den Tränen nahe, und Joe wurde sichtlich bleich, als wir vor dem Haus hielten. Und was Patrick angeht ... als ich ihn auf die Beobachter hinwies, lachte er nur. »Wir sind Berühmtheiten«, sagte er. »Ignorier sie, das sind einfach Gaffer.«

»Sie sehen aus, als ob sie auf irgendwas warten.«

Er stellte den Karton ab, den er hereingetragen hatte, und trat zu mir ans Fenster. »Tun sie wahrscheinlich auch«, sagte er.

»Auf was?«

Er lächelte. »Darauf, dass wir die nächste Schlagzeile liefern. Dass der schwarze Mann aus dem Schrank springt und die nächste Familie im Mörderhaus umgebracht wird.«

Er zwinkerte mir zu, als wäre es ein guter Witz, aber Gänsehaut kroch mir über die Arme, und sie hat sich seither nicht mehr verzogen.

Im Lauf des Nachmittags, als der Himmel dunkler wurde und

Regen einsetzte, lichteten sich die Reihen der Gaffer. Ich dachte eigentlich, sie wären alle verschwunden, aber wenn ich jetzt hinaussehe, kommt es mir vor, als wäre eine Gestalt noch da. Wahrscheinlich ist es ein Irrtum. Patrick hat die Kinder unter dem Vorwand, ihnen die Stadt zeigen zu wollen, davongeschleift, um irgendwo ein Schnellrestaurant zu finden, und ich bin hier allein und jedes Mal, wenn ich an einem Fenster vorbeigehe, für jedermann sichtbar. Ich spüle eine Tablette mit einem Schluck Wasser hinunter, und während ich darauf warte, dass die Wirkung einsetzt, versuche ich mich abzulenken, indem ich Kartons auspacke. Ich halte inne, um über die in die Nischen eingebauten Regale zu streichen, und summe vor mich hin, während ich sie mit Büchern fülle. Jedes voll besetzte Bücherbrett lässt das Haus mehr nach einem Zuhause aussehen, und ich merke erst, dass es dunkler wird, als ich die Titel auf den Buchrücken nicht mehr lesen kann. Ich strecke die Hand nach dem Lichtschalter aus, und ein Dielenbrett knarrt in einem der leeren Zimmer im ersten Stock. Ich höre auf zu summen.

Nein, Sarah, das ist albern. Es ist einfach nur ein Haus.

Ich sehe zum Wohnzimmerfenster hinaus, aber der Beobachter ist verschwunden. Mein Herz beginnt zu hämmern. Da war kein Beobachter, sage ich mir. Es ist sieben Uhr abends in einem verdammten Küstenstädtchen in Südwales, was glaube ich eigentlich, wer reinkommen will? Ich stelle den Karton mit Büchern ab und gehe in die Küche, um mir Tee zu machen, wobei ich im Vorbeigehen alle Lampen einschalte. Ich drehe mich zum Spülbecken, um den Wasserkocher zu füllen, blicke auf und stoße einen Schrei aus. Im Fenster sehe ich ein Gesicht.

Ich lasse den Kessel fallen, sodass sich ein Schwall Wasser über meine Füße ergießt, und dann geht es mir auf. Ich blöde, blöde Kuh – es ist mein eigenes dämliches Spiegelbild, ich habe doch allen Ernstes einen Herzkasper gekriegt wegen meines eigenen Spiegelbilds.

Aber während ich das Wasser aufwische und unsicher vor mich hin lache, höre ich von der Haustür her ein hartes Klopfen, und ich muss beide Hände über den Mund legen, um den Schrei zurückzuhalten. Hat Patrick abgeschlossen, als er gegangen ist? Ich stehe wie erstarrt in der Küche, bis mir einfällt, dass ich für jeden Menschen sichtbar bin, der draußen in der Dunkelheit steht. Ich schleiche in den Flur hinaus und lege leise die Kette vor, aber jetzt rasselt die Haustür, und ich verfolge, wie sie sich einen Spalt weit öffnet, bis sie an der Sicherheitskette hängen bleibt. Ohne nachzudenken stürze ich vor und schlage sie wieder zu; meine Hand zittert, als ich nach dem Riegel taste.

»Sarah? Was ist los?«

Es ist Patricks Stimme, sie dringt gedämpft durch die Tür, aber es ist ganz entschieden seine Stimme. Kein geheimnisvoller Beobachter, kein Geist. »Patrick?«, sage ich.

»Ist alles in Ordnung?«, fragt er zurück.

Die Erleichterung ist so groß, dass ich nicht antworten kann. Ich schiebe die Kette zurück und öffne die Tür, trete zurück, um die drei ins Haus zu lassen, während mein Herz immer noch rast. Patrick runzelt die Stirn, als er auf mich zukommt.

»Was ist? Was ist los?«

Joe und Mia stehen noch in der Haustür, und mir geht auf, wie es aussehen muss, wenn ich mir die Panik anmerken lasse. Sie sind losgezogen, um Fish 'n' Chips zu besorgen, und treffen ihre Mutter beim Nachhausekommen dabei an, dass sie wegen nichts und wieder nichts durchdreht.

»Es tut mir leid«, sage ich. »Ich habe da draußen jemanden gesehen und überreagiert, aber jetzt ist alles in Ordnung. Versprochen.« Ich versuche ruhig zu klingen, aber ich höre meine Stimme schwanken. Immerhin bringe ich ein Lächeln zustande. »Ignoriert mich einfach – geht und zieht euch um. Ihr seid alle klatschnass … ich hatte ja keine Ahnung, dass es dermaßen gießt. Ich gehe den Tisch decken.«

Patrick folgt mir in die Küche, als die Kinder nach oben verschwunden sind, und bleibt stehen, als er die Wasserpfütze auf dem Fußboden sieht, den danebenliegenden Kessel, das durchweichte Handtuch in der Mitte. »Was ist los? Du hast ziemlich verängstigt ausgesehen, als wir reingekommen sind.«

Ich greife nach einer Rolle Küchenpapier, um das Wasser fertig aufzuwischen. »Ich habe gedacht … Es war jemand da draußen – jemand hat das Haus beobachtet.«

Er berührt meinen Arm. »Hat er versucht reinzukommen?«

Ich schüttele den Kopf. »Ich glaube nicht. Er war auf der anderen Straßenseite, aber er hat das Haus beobachtet.«

»Auf der anderen Straßenseite? Dann hat er sich vielleicht gar nicht für das Haus interessiert?«

»Ich habe draußen etwas gehört, direkt vor der Tür. Ich hab ein Klopfen gehört.« Meine Stimme wird lauter, und ich kann beginnende Hysterie darin hören. Patricks Griff um meinen Arm wird fester, und ich zucke zusammen.

»Sarah, beruhige dich«, sagt er. »Sieh mich an und hör zu.«

Mein Atem kommt stoßweise heraus.

»Es ist in Ordnung. *In Ordnung*. Beruhige dich«, sagt er. »Ich gehe nachsehen.«

Ich verfolge durchs Fenster, wie Patrick die Straße überquert und in der Dunkelheit verschwindet. Ich beginne zu zählen. Wenn er in ein paar Minuten nicht zurück ist, gehe ich selbst da raus. Während ich die Sekunden zähle, liefert meine Einbildungskraft mir ein Dutzend Bilder von dem, was in dem Flecken Dunkelheit, der ihn verschluckt hat, gerade passiert. Er kämpft mit dem Beobachter, der Beobachter hat ihn ins Meer geschleudert, er hat den Beobachter umgebracht, der Beobachter hat ihn umgebracht, zerrt seine Leiche zum Wasser hinunter.

Warum ist er immer noch nicht zurück?

Eine Minute noch. Ich gebe ihm noch eine Minute, und dann werde ich … Ich halte die Luft an, als jemand über die Straße auf mich zukommt, und atme stoßweise aus, als ich Patrick erkenne. Ich stürze zur Haustür, um sie zu öffnen, gehe hinaus auf den Gartenweg, um ihn zu empfangen.

»Was ist passiert? Hast du ihn gesehen? Hast du …«

Sein Haar ist klatschnass, klebt ihm am Schädel; Wasser rinnt ihm ins Gesicht. »Da ist keiner.«

Warum war er dann so lange weg? Zwanzig Sekunden, um die Straße zu überqueren, zwanzig Sekunden für den Rückweg.

»Bist du sicher, dass du es dir nicht eingebildet hast?«, fragt er.

Ich schüttele den Kopf.

Er starrt mich an. »Hast du deine Pillen heute schon genommen?«

Ich nicke. »Natürlich.« Meine Stimme hat einen gereizten Klang, den ich nicht verbergen kann. Es ist zu einem Ritual geworden – Patrick stellt die Schachtel mit den Tabletten neben meinen Morgenkaffee, und die ganze Familie tritt an, um mir zuzusehen, wenn ich sie schlucke. »Okay. Ich ... Komm, ich mache dir Tee.«

Mein Fuß stößt gegen etwas, als ich mich wieder dem Haus zuwende, und als ich nach unten blicke, sehe ich eine Muschel auf der Schwelle liegen, eine von diesen großen Muscheln, die man sich ans Ohr hält, um das Meer rauschen zu hören. Es ist nicht die Sorte Muschel, die man hierzulande am Strand findet – zu groß und glänzend und exotisch. Ich hebe sie auf und halte sie mir ans Ohr, aber das Geräusch des wirklichen Meeres übertönt alles, was an magischen Tönen aus der Muschel kommen könnte. Ich hatte früher mal so eine; mein Dad hatte sie von irgendeinem Abenteuer mitgebracht, bevor er aufhörte, nach Hause zu kommen. Das jedenfalls war es, was er mir erzählte. Und dass ein magischer Miniaturozean in ihr verborgen war, den nur ich hören konnte. Es war alles gelogen – Dad war Vertreter, kein Abenteurer oder Forscher. Wahrscheinlich hatte er die Muschel in einem Küstenort wie diesem in irgendeinem Andenkenladen gekauft. Ich sehe noch einmal hinüber zum Meer und erwarte fast, den Geist des Mannes zu sehen, den ich einmal Dad genannt habe und der bei einem Abenteuer zu viel dann schließlich verschwand.

Nach dem Essen rekrutiert Patrick Joe und Mia, ihm beim Aufräumen zu helfen, und ich kehre ins Wohnzimmer zurück und nehme mir den nächsten Karton vor, obwohl jedes vorbeifahrende Auto mich ablenkt, wenn die Scheinwerfer im vorhanglosen Fenster aufblitzen.

»Was ist los, Mum?«

Ich wende den Blick vom Fenster ab und sehe mich nach Mia

um. Sie kaut auf ihrem Haar und runzelt die Stirn. Sie ist so wütend auf mich, seit wir aus dem Krankenhaus zurückgekommen sind; wütend und besorgt folgt sie mir auf den Fersen. »Es ist überhaupt nichts – ich bin bloß albern, lasse mich von dem neuen Haus einschüchtern, das ist alles.«

»Wo hast du die her?«

Sie betrachtet die Muschel, und ich reiche sie ihr. Sie hält sie sich sofort ans Ohr. »Kannst du es hören?«, frage ich.

Mia kommt zu mir und lehnt sich an mich, fast so groß wie ich, fast erwachsen und manchmal doch noch mein kleines Mädchen. Ich streiche ihr übers Haar und küsse sie auf den Scheitel. Es ist lange her, seit sie gekommen ist, um sich in den Arm nehmen zu lassen.

»Ich höre absolut nichts *außer* dem Meer. Ich kann hier bestimmt nicht schlafen«, sagt sie, die Stimme gedämpft, weil sie den Kopf an meiner Schulter vergraben hat.

»Komm schon«, sage ich. »Das Meer zu hören *muss* einfach besser sein, als den Nachbarskindern durch die Wand beim Streiten zuzuhören. Ich weiß, es ist ein komisches Gefühl. Aber das ist unser erster Tag hier. Es wird hier bald aussehen wie zu Hause.«

»Aber es *ist* nicht zu Hause, Mum. Ich vermisse meine Freundinnen. Ich vermisse sogar meine alte Schule. Warum müssen wir das machen?«

»Die Schule hier hat einen fantastischen Ruf – viel besser als deine alte in Cardiff.«

Sie lacht, aber es klingt eher wie ein Schluchzen. »Jetzt im Ernst, Mum? Ihr zerrt mich und Joe mitten im Schuljahr irgendwo in die Pampa, und dann versuchst du mir zu erzählen, es ist, weil sie hier bessere *Schulen* haben?«

Aber sie hatten beide Schwierigkeiten an der Schule, von der Mia jetzt behauptet, sie würde sie vermissen. Joe ist kaum noch zum Unterricht aufgetaucht, Mia kämpfte mit der Hälfte ihrer Fächer. Auszusprechen brauche ich das ihr gegenüber nicht. Wie ich es auch formuliere, es wird sich anhören, als wäre der Umzug eine Bestrafung und nicht etwas, das ihnen beiden helfen kann.

»Bitte gib ihm eine Chance. Wir müssen das Haus einfach zu

unserem Haus machen ... und du weißt, wie wichtig es eurem Dad ist.«

Sie erstarrt und richtet sich auf, und das kleine Mädchen ist verschwunden, als sie meine Muschel aufs Sofa wirft. Die Muschel prallt ab, landet auf dem Parkettboden und rollt klappernd über die Bretter, bis sie vor meinen Füßen liegen bleibt.

»Ach, wir sollen also lügen? Behaupten, dass wir alle hin und weg davon sind, dass wir hier sind? Und dass bloß um Himmelherrgottswillen keiner sagt, was wir *wirklich* denken!« In der Tür sieht sie sich nach mir um. »Scheiße, ich hab ihn richtig angebettelt, uns das nicht anzutun, und ich hab gedacht, er hätte zugehört. Aber weil du diese Pillen genommen hast, hatte ich ja keine Chance, stimmt's? Er hat das für *dich* gemacht, jedem von uns das Leben versaut.«

Sie knallt die Tür ihres Zimmers zu, als sie oben angekommen ist, und ich höre, wie Joe anklopft und zu ihr hineingeht. Er wird mehr Erfolg damit haben als ich, sie auf andere Gedanken zu bringen. Ein paar Minuten später höre ich Mia lachen.

Ich gehe dem einladenden Geräusch nach und werfe einen Blick in ihr Zimmer. Als der Ältere hätte Joe dieses Zimmer bekommen sollen, denn es ist das größere der beiden, aber sobald sie die Ausmaße des dritten Schlafzimmers gesehen hatte, bettelte sie so lange, bis Joe nachgab. Mia hat sich aufs Bett geworfen, das wie eine Insel in einem Meer von Umzugskartons steht, und lacht über irgendetwas auf Joes Smartphone – sie krümmt sich fast vor Lachen, und ihr Gesicht ist rot. Joe steht über sie gebeugt und versucht sich das Gerät wieder zu schnappen, und sie springt auf die Füße, hüpft auf dem Bett herum und hält es außer Reichweite.

Beide erstarren, als ich das Zimmer betrete, und ich wünsche mir, ich hätte mich still zurückgezogen, den Moment heimlich abgespeichert, um ihn später wieder herauszuholen. Jetzt habe ich ihn ruiniert. Ich tue nichtsdestoweniger mein Bestes, setze ein Lächeln auf, sorge dafür, dass meine Stimme leichthin klingt: »Was ist so komisch?«

»Gar nichts«, sagt Mia, wirft Joe das Smartphone zu und lässt sich wieder aufs Bett sinken. »Bloß was Albernes bei Facebook.«

»Katzenvideo«, sagt Joe, was Mia aus irgendeinem Grund wieder zum Lachen bringt, so sehr, dass sie das Gesicht in der Überdecke vergräbt, um das Geräusch zu dämpfen.

»Sorry, Mum«, sagt Joe seufzend. »Sie ist das totale Kleinkind. Was wolltest du?«

»Nichts«, antworte ich. »Bloß nachfragen, ob ihr noch irgendwas essen wollt?«

Joe schüttelt den Kopf, und Mia ignoriert mich. Ich stehe noch ein paar Sekunden lang unschlüssig da, aber Patrick ruft nach mir. Ich höre Mias Tür klickend ins Schloss fallen, als ich gehe.

Ich kehre mit hängenden Schultern ins Wohnzimmer zurück; ich fühle mich überwältigt von der schieren Menge dessen, was noch zu tun ist. Die Wände haben feuchte Flecken. Der Parkettboden in der Ecke, wo ich einen Teil des alten Teppichbodens aufgenommen habe, ist in einem übleren Zustand, als ich dachte. Der größte Teil davon wird ersetzt werden müssen. Wenigstens verdeckt das Gebirge von Umzugskartons die schlimmsten Schäden. Ich stehe wieder am Wohnzimmerfenster und starre hinaus, als Patrick hinter mich tritt. Ich fahre zusammen angesichts seines Spiegelbildes, glaube einen Moment lang, der Beobachter wäre wieder im Blickfeld aufgetaucht, riesig und dunkel, aber es ist einfach Patrick. Er trocknet sich die Hände an einem Küchentuch ab, das er dann auf den Sofatisch fallen lässt.

»Geschirrspülen ist erledigt.«

Ich lächle ihn an. »Danke – du bist ein Schatz. Wir sollten eine Geschirrspülmaschine ganz oben auf die Liste von Dingen setzen, die wir besorgen müssen.«

Er zieht eine Augenbraue hoch. »Das wird eine ziemlich lange Liste.«

Ich beiße mir auf die Lippe und sehe ihn an. »Patrick? Was meinst du, wer das gewesen sein könnte, der das Haus beobachtet hat?«

»Niemand. Einfach irgend so ein neugieriger Idiot hier aus der Stadt.« Er beugt sich vor, um mich zu küssen. Seine Lippen sind kalt, und sein Pullover kratzt, als er die Arme um mich legt. Ich öffne die Augen, als er eine eiskalte Hand unter meine Bluse schiebt, und sehe, dass auch seine Augen offen sind, aber er sieht nicht mich an, er sieht zum Fenster hinaus.

Ich versuche entspannt zu bleiben, aber seine Hände streicheln immer noch, heben meine Bluse weiter an, und ich kann an nichts anderes denken als an die Kinder im ersten Stock und den Beobachter draußen. Ich lege meine Hände über Patricks, als sie sich auf meine Brüste zubewegen. »Nicht hier, nicht vor dem Fenster.«

»Zu viel Abenteuer für dich?«

Die spöttische Bemerkung versetzt mir einen Stich, und ich wende das Gesicht ab.

Er hält immer noch den Saum meiner Bluse in den Händen, und ich rechne damit, dass er weitermachen wird, mich nackt ausziehen. Aber dann hält er inne, vergräbt das Gesicht wieder in meinem Haar, legt die Arme um mich, hält mich zu fest.

»Du musst dem Haus eine Chance geben, Sarah, nicht wegen jeder eingebildeten Kleinigkeit hysterisch werden. Wir werden hier so glücklich sein«, sagt er. »Wart's nur ab.«

»Ich habe es mir nicht eingebildet.«

»Aber kommt es drauf an, ob irgendwer stehen geblieben ist, um das Haus anzugaffen? Deine Reaktionen sind dermaßen extrem, die Kinder finden es verstörend. Sie machen sich Sorgen um dich, sie wünschen sich genauso sehr wie ich, dass du hier glücklich bist.«

Der Wind bringt die Fenster zum Klappern, und irgendwo schlägt eine Tür zu. Ich schaudere, als ein kalter Luftzug aus dem Nichts kommt. Patrick seufzt.

»Es ist kein Geisterhaus, es ist kein Horrorhaus oder Mörderhaus oder wie die Deppen es eben nennen. Es ist einfach ein Wohnhaus für eine Familie, es ist *unser* Haus. Du kannst nicht dem Haus die Schuld geben … Es war Ian, der ausgerastet ist, der verrückt geworden ist, nicht das Haus.«

»Ian? Meinst du den Mörder?«

Er blinzelt, dann sieht er fort. »Ian Hooper, ja.«

»Wieso klingst du so, als würdest du ihn kennen?«

Er zögert. »Hab ich dir das nicht erzählt? Ich habe ihn gekannt. Er war ein paar Jahre älter, aber ich habe ihn gekannt.«

Ich runzele die Stirn. »Als du noch hier gelebt hast? Als du noch in der Schule warst?«

Er antwortet nicht sofort. »Ja. Genau«, sagt er nach einer zu langen Pause. »Ich hab ihn gekannt, als ich noch in der Schule war.«

Ich sehe auf die Muschel in meinen Händen hinunter. Wirst du wissen, was sie bedeutet? Wirst du dich erinnern? Ich wünschte, ich käme in das Haus hinein. Ich wünschte, ich könnte all diese versteckten, geheimen Plätze wiederfinden. Dort würde ich die Muschel deponieren, sie mit meinen Worten füllen und dort lassen, verborgen, darauf wartend, dass sie entdeckt wird. Sie auf deiner Schwelle liegen zu lassen ist plumper, ein Brüllen statt eines Flüsterns, aber es ist sie, die sie findet, und nicht du, und es bringt mich zum Lachen in meinem Versteck in den Schatten.

KAPITEL 6

Im Jahr 2002 kam ein Mann namens Ian Hooper in dieses Haus und stach im Hausflur drei Mal auf John Evans ein. Davor war er bereits nach oben gegangen in das Zimmer, das jetzt Mias Zimmer ist, und hatte Marie Evans zwölf Messerstiche zugefügt. Billy Evans, damals neun Jahre alt, kam auf den Treppenabsatz heraus und versuchte Ian Hooper daran zu hindern, dass dieser seine Mutter ermordete, aber Hooper versetzte ihm einen Messerstich und stieß ihn die Treppe hinunter. Billy starb später im Krankenhaus.

Der jüngere Bruder, Tom, überlebte.

Hooper wurde des Mordes in allen drei Fällen angeklagt, aber nur für den Mord an John Evans verurteilt; bei den anderen Morden reichte das Beweismaterial für eine Verurteilung nicht aus.

Warum hatte er es getan? Keine der Geschichten, die ich zunächst finde, scheint die Frage zu beantworten. Aber ich suche nach einer Verbindung zu den Evans', irgendetwas, das das *Warum* erklären könnte. Es kann nicht sinnlos und willkürlich gewesen sein, oder? Ich bin mir nicht sicher, ob ich jemals imstande sein werde, mich in diesem Haus zu entspannen, wenn ich glauben muss, dass es jedem hätte passieren können. Dass es uns hätte passieren können.

Nein. Es muss irgendeine Verbindung geben. Ein Motiv. Wenn Patrick Ian Hooper gekannt hat, als er noch zur Schule ging, dann hat vielleicht auch John Evans ihn gekannt. Ich klicke mich weiter zur nächsten Geschichte, überspringe die blutigeren Details. Ich suche nach Information über Ian Hooper, aber ich finde nichts, das mir hilfreich vorkommt. Hooper müsste deutlich älter gewesen sein als Patrick – zu alt, um mit ihm befreundet zu sein, zu jung, um ein Freund seiner Eltern gewesen zu sein. Andererseits, dies ist eine kleine Stadt. Vielleicht hat Patrick ihn einfach vom Sehen gekannt, ihn auf der Straße gegrüßt.

Ich zoome ein Foto der Evans' heran, bis sich alles in Pixel auflöst. Das Wissen, dass ein erwachsener Tom Evans uns dieses Haus verkauft hat, gibt mir das Gefühl, dass ich ihn auf irgendeine Art kenne. Als wir die Papiere unterschrieben haben, hatte ich beim Anblick seines Namens auf dem Kaufvertrag einen Kloß in der Kehle. Der arme kleine Junge. Ich weiß, dass er älter ist als Joe, einundzwanzig oder zweiundzwanzig inzwischen, aber ich stelle mir den kleinen Jungen von dem Zeitungsfoto vor, der seine Unterschrift unter den Vertrag setzt, einen Siebenjährigen, der das Geld meiner Mutter verbucht.

Ich schließe die Augen. Vielleicht habe ich mit dem Geld, das meine Mutter mir hinterlassen hat, nicht die Abenteuer erleben können, die ich mir wünschte, aber mir gefällt die Vorstellung, dass Tom Evans sie erleben wird. Dass er das Geld aus dem Verkauf des Hauses genommen hat und jetzt durch die Welt reist, befreit von den Geistern der Vergangenheit.

Für uns ist es anders. Für uns wird dieses Haus anders sein. Patrick hat nur glückliche Erinnerungen, und für Joe, Mia und mich ist es ein Haus ganz ohne Erinnerungen. Wir können es besser machen. Wir können es wieder neu machen. Mein Smartphone summt, und als ich nach unten sehe, entdecke ich eine weitere Textnachricht von Caroline. Sie hat es aufgegeben, mich anrufen zu wollen. Ich werde sie anrufen, aber erst wenn wir uns hier eingelebt haben – nicht bevor sie meiner Stimme die Überzeugung anhören kann, dass der Umzug die richtige Entscheidung war.

Ich stehe vom Computer auf und öffne den nächsten Karton, wickle eine Vase aus, die ich auf den Kaminsims stelle.

Es klopft an der Tür, und ich erstarre, als mir das Klopfen von gestern Abend wieder einfällt. Ich trete vom Fenster zurück und mache dann vor Schreck einen Satz, als jemand unmittelbar vor mir erscheint, beide Hände um das Gesicht gelegt, um durch die Scheibe ins Innere zu sehen.

Es ist eine Frau jenseits der sechzig mit einem Strauß Narzissen, den sie unter den Arm geklemmt hat. Sie tritt zurück und winkt, als sie mich sieht. Ich weiß nicht, was ich sonst tun soll, daher öffne ich die Haustür.

»Hallo – ich hoffe, ich habe Sie nicht erschreckt. Ich war mir nicht sicher, ob Sie das Klopfen gehört haben.«

Ich werfe einen Blick zurück zum Wohnzimmer. »Nein, es tut mir leid. Ich hatte Musik laufen.«

»Ich bin Lyn Barrett aus der Nummer achtundzwanzig. Ich wollte gestern schon vorbeikommen, aber mein Mann hat gesagt, ich solle Ihnen ein bisschen mehr Zeit zum Ankommen lassen.«

Es ist noch nicht einmal Mittag. Wir sind noch keine vierundzwanzig Stunden hier. »Ja. Sie können sich sicher vorstellen, was ich alles zu tun habe. Eine Million Kisten, die wir noch auspacken müssen.«

Sie lächelt ein breites, strahlendes Lächeln. »Na, dann bin ich mir sicher, Sie können eine Pause brauchen.« Sie macht einen Schritt nach vorn, und ich muss aus dem Weg gehen und sie einlassen – andernfalls wäre sie dicht genug vor mir, um mich zu küssen.

»Oh, ja«, sagt sie, als ich sie widerwillig ins Wohnzimmer führe, den einzigen Raum, der in einem halbwegs besuchertauglichen Zustand ist. »Sie haben *wirklich* noch eine Menge Arbeit vor sich.« Ich sehe, wie ihr Blick zum Computerbildschirm hinübergleitet, und gehe hin, um den Browser zu schließen, bevor sie sehen kann, was ich mir angesehen habe.

Ich biete ihr einen Sessel an, aber sie folgt mir, als ich in die Küche gehe, um Wasser aufzusetzen; mein Gesicht wird heiß, als sie über einen Karton stolpert.

»Ich habe Ihnen diese hier mitgebracht. Sie könnten den Raum ein bisschen aufheitern.« Sie sieht sich um, während sie spricht, mustert die maroden Küchenschränke, die offene Pillenschachtel mit der dicken roten Beschriftung, die den Inhalt herausbrüllt, das zerknüllte Packpapier, mit dem jede Fläche bedeckt ist.

Ich stelle die Narzissen in einem Becher aufs Fensterbrett.

»Dann nehme ich mal an, Ihr Mann – Patrick, richtig? Patrick Walker. Er ist bei der Arbeit?«

Ich nicke in der Hoffnung, dass sie schneller gehen wird, wenn ich so wenig wie möglich sage. Die Art, wie sie herumschnüffelt, gefällt mir nicht – ich merke ihr an, dass sie für ihr

Leben gern Schubladen und Schranktüren öffnen würde. Halb erwarte ich, dass sie um eine Führung durchs Haus bittet. Sie tritt näher an den Tisch heran, legt den Kopf zur Seite, um die Beschriftung der Pillenschachtel lesen zu können. Am liebsten würde ich die Schachtel außer Sichtweite reißen, aber das würde sie nur noch neugieriger machen. »Und die Kinder, ich hab sie vorhin in Richtung Stadt gehen sehen. Sie werden dann wohl hier in die Schule gehen, vermute ich?«

»Das stimmt, sie fangen nächste Woche an. Wissen Sie, es ist wirklich reizend von Ihnen, hier vorbeizukommen, aber es ist im Moment einfach kein guter Zeitpunkt, und ...«

»Oh, machen Sie sich keine Gedanken, ich will Sie nicht aufhalten. Ich wollte einfach kurz vorbeischauen und sagen: Willkommen hier in der Straße.«

Ich will nicht unhöflich sein, aber das ist genau das, was ich bin. Ich sollte ein freundliches Gesicht willkommen heißen. Ich will nicht, dass sie geht und Klatsch über die hochnäsige Frau verbreitet, die in das Mörderhaus gezogen ist.

»Vielleicht könnten Sie nächste Woche zu einem Plausch vorbeikommen? Wenn ich hier ein bisschen Ordnung gemacht habe.«

Sie nimmt einen Schluck von ihrem Tee und schiebt ihn fort. Ich habe ihn zu dünn und milchig gemacht. Als ich einen Schluck aus meinem eigenen Becher nehme, schmeckt er wie milchiges Wasser. Und er ist lauwarm – ich muss vergessen haben, den Kocher einzuschalten.

»Es tut mir wirklich leid.«

Sie streckt den Arm aus, um mir die Hand zu tätscheln. »Das macht doch nichts. Darf ich Ihr Klo benutzen, bevor ich gehe?«

Ich beschreibe ihr den Weg ins Obergeschoss, weil das untere Klo voller Umzugskartons ist, und gieße den scheußlichen Tee weg. Ich stelle die Narzissen auf den Tisch und sammle gerade das Packpapier ein, um es wegzuräumen, als ich über meinem Kopf ein Dielenbrett knarren höre. Ich runzele die Stirn. Joes Zimmer liegt über der Küche, nicht das Bad.

Ich gehe nach oben, und das Badezimmer ist leer, ohne jedes Anzeichen dafür, dass sie auch nur hier war. Ich drehe mich um, gerade als sie aus Mias Zimmer kommt und dabei rot anläuft. Sie hat ihr Smartphone in der Hand.

»Haben Sie Fotos gemacht?«, frage ich; meine Stimme hebt sich ungläubig, mein Magen rumort.

»Ah, nein – das Telefon hat geklingelt, und der Empfang im Bad war nicht besonders gut, also …«

Sämtliche Schlafzimmertüren stehen offen. »Wie gesagt, ich bin wirklich sehr beschäftigt. Vielleicht gehen Sie jetzt besser.«

Ich folge ihr die Treppe hinunter, und sie dreht sich zu mir um, als sie die Haustür öffnet. »Er hat mir immer leidgetan, als er noch ein Junge war.«

»Verzeihung?«

»Ihr Mann – Patrick. Er hat mir immer so leidgetan. So ein attraktiver junger Mann.«

»Na ja, ich werde ihm natürlich sagen, dass Sie hier waren.« Ich bin versucht, ihr einen Stoß zu geben, als sie auf der Türschwelle zögert. »Wie war Ihr Name noch mal?«

Sie ignoriert die Frage. »Dieses Haus hat immer etwas an sich gehabt, das ein bisschen komisch war, schon vor den Morden«, sagt sie. »Und seine Eltern … so *fürchterlich,* dass sie das Haus auf diese Art verloren haben. So *beschämend* für sie. Andererseits, sie haben hier ja nie wirklich glücklich gewirkt. Wir waren *so* überrascht, dass Ihr Mann zurückkommen wollte.« Sie beobachtet mich, einen erwartungsvollen Ausdruck im Gesicht. Ich werde ihr nicht den Gefallen tun, darauf zu antworten, obwohl die Worte mir wie Würmer unter die Haut kriechen. Ich packe die Tür und beginne sie zu schließen.

»Also«, sagt sie, unverkennbar etwas verärgert über meine Unhöflichkeit und vollkommen blind ihrer eigenen gegenüber, »viel Glück jedenfalls. Auch für Ihre wunderbaren Kinder.«

Ich zittere, als ich die Tür hinter ihr schließe. War das ein Vorgeschmack auf unsere Zeit hier? Eine Prozession pseudowohlmeinender Nachbarn, die sich in meinem verdammten Haus herumdrücken und *Fotos* machen? Mir Gift einflüstern wollen, andeuten, dass … was eigentlich?

Mir ist übel, als ich mir vorstelle, wie sie den Namen meiner

Medikamente in Google eingibt und alle möglichen Überlegungen über ihre psychisch labile Nachbarin anstellt. Ich nehme die Schachtel vom Tisch, stöbere im Schrank herum, bis ich einen Behälter mit Plastikdeckel gefunden habe, und drücke sämtliche Tabletten aus ihrer Folienhülle in die anonyme Dose – kein Etikett mehr, das mich verraten kann. Aber der üble Geschmack im Mund geht davon nicht weg. Ihre Worte, ihre unersättliche Neugier … Nein. Es war früher ein glückliches Haus, das weiß ich von Patrick. Es kann wieder ein glückliches Haus werden.

Patrick ist im Flur und hängt gerade den Mantel auf. Sein Anzug ist zerknittert, die Augen sehen müde aus. Ich habe ihn zu überreden versucht, sich nach dem Umzug doch etwas Urlaub zu nehmen, aber er besteht darauf, zur Arbeit zu gehen.

»Hast du Hunger?«, frage ich, und er folgt mir in die Küche. Das Frühstücksgeschirr steht immer noch in Stapeln herum und wartet darauf, gespült zu werden, und der Karton mit in Seidenpapier gewickeltem Essgeschirr, den ich auspacken wollte, steht nach wie vor auf dem Küchenfußboden und ist nicht leerer als zuvor. Ich habe mich hingelegt, nachdem ich meine mittägliche Tablette genommen hatte, und bin erst um vier wieder aufgewacht.

»Wie bist du vorangekommen?«, fragt er, während ich einen anderen Karton durchwühle auf der Suche nach etwas, das ich zum Abendessen machen kann.

»Gar nicht schlecht«, sage ich und reibe mir die Augen. Ein pochender Kopfschmerz hat eingesetzt; ich fühle mich, als könnte ich wieder nach oben gehen und noch einmal eine Stunde schlafen. »Noch zwei Tage, und wir dürften es mehr oder weniger geschafft haben. Das Schlafzimmerzeug habe ich schon ziemlich ausgepackt.«

»Gut, gut«, sagt er, während er das Jackett auszieht und die Manschetten aufknöpft. Er hört sich zerstreut an und scheint das Chaos gar nicht zu bemerken; stattdessen steht er da und starrt durch das hintere Fenster in den überwucherten Garten hinaus.

»Alles in Ordnung?«, frage ich.

Er zwinkert und wendet sich vom Fenster ab. »Was? Ja, alles

bestens. Wir hatten ... Es war ein ziemlich schwieriger Tag in der Firma.«

Patrick ist Statiker. Früher habe ich mich mit echtem Interesse nach seiner Arbeit erkundigt. Er hat mir Pläne und Schaubilder gezeigt, von den Gebäuden erzählt, an denen er mitgearbeitet hat, und ich habe es zu verstehen versucht. Aber verstanden habe ich es nicht wirklich, ebenso wenig wie er manche von den Bildern verstand, die ich malte. Es war nie wichtig; er lachte dann und räumte die Pläne weg, half mir, die Farbe aus den Haaren zu waschen, die Unterhaltung verlagerte sich auf andere Themen, und irgendwann haben wir wahrscheinlich aufgehört, auf die Antworten zu achten, die wir bekamen, wenn wir fragten: *Und wie war dein Tag?*

Er muss meine Besorgnis bemerkt haben, denn er drückt mir die Hand und lächelt. »Es ist alles in Ordnung – ich bin ein bisschen müde und habe Hunger, das ist alles. An die Pendelei habe ich mich noch nicht gewöhnt. Die da sind hübsch«, sagt er mit einem Blick auf die Narzissen.

»Eine von unseren Nachbarinnen hat sie vorbeigebracht.«

Das Lächeln verblasst, und ein wachsamer Ausdruck nimmt seinen Platz ein. »Ach ja?«

»Ich hab sie dabei erwischt, wie sie oben Fotos gemacht hat.« Die Empörung vom Vormittag regt sich wieder in mir.

»Warum denn das um alles in der Welt?«

»Na ja, ich glaube kaum, dass es die Ikea-Möbel waren, die sie sehen wollte. Die war hier auf einer selbst organisierten Geisterjagd.«

»Herrgott noch mal«, murmelt er.

»Sie hat sich anscheinend an dich erinnert.«

Ich warte auf eine Antwort, aber er wendet sich ab und beginnt die weitergeleitete Post durchzusehen.

»Ich hab ihr angesehen, dass sie fürs Leben gern gewusst hätte, warum wir hergezogen sind und ...« Ich sehe, wie sein Rücken steif wird. Er braucht das nicht gleich heute zu hören.

»Ich habe gedacht – wir sollten die Leute einladen, nicht die neugierigen Nachbarn, sondern die Leute, die du früher gekannt hast, so eine Art Wiedersehenstreffen. Es wäre ein guter Anfang, um hier wieder Wurzeln zu schlagen.«

»Nein.«

»Wie meinst du das?«

»Ich meine nein. Die Freunde, die ich hier hatte, sind längst fort. Die, die sich jetzt noch an mich erinnern, sind keine Freunde von mir, die wollen einfach Lügen und Klatsch verbreiten. Ich will sie in meinem Haus nicht haben.« Er sieht zu mir auf. »Wenn diese *Nachbarin* noch mal auftaucht, sag ihr, sie soll sich verpissen.« Ich starre hinter ihm her, als er aus der Küche marschiert. Was soll das heißen? Es muss doch sicherlich noch *irgendwelche* Leute hier geben, mit denen er damals befreundet war. War das nicht immer ein Element des idyllischen Bildes, das er mir ausgemalt hat – das freundliche, nachbarschaftliche Miteinander einer kleinen Stadt?

Ich finde Nudeln und ein Glas Fertigsauce. Ich schneide Zwiebeln und Paprika, und Patrick stopft Packpapier in den übervollen Mülleimer und stapelt Teller in einem Wandschrank, der aussieht, als sei er kurz davor, abzustürzen. Die Kinder sind im Wohnzimmer, durch die Wand höre ich das An- und Abschwellen von Mias Stimme. Sie ist ganz in Schwarz zum Abendessen heruntergekommen, die Augen dick mit Eyeliner umrandet. Sie sieht aus wie ein kleines Mädchen, das Verkleiden spielt; sie steckt in Sachen, die ich nicht kenne, und sieht älter und gleichzeitig jünger aus mit dem zu starken Make-up.

Patrick öffnet den Deckel des Mülleimers, um die Mülltüte herauszuziehen, und beginnt zu fluchen, als sie ihm aus der Hand rutscht und sich der Inhalt über den Boden ergießt. Ich sehe die leere Tablettenschachtel zu spät – er greift bereits nach ihr, schnappt sie mir aus der Hand.

»Was soll das?« Ich höre Panik in seiner Stimme, als er mich anstarrt, die leere Blisterpackung in der Hand. Oh, nein, nein, er hat doch wohl nicht gedacht … »Patrick, ich habe sie nicht geschluckt. Sie sind hier«, sage ich, während ich die Plastikdose hochhalte, in die ich die Pillen umgefüllt habe. »Ich hab sie hier reingetan.«

Sein Blick geht zwischen der leeren Packung und dem Plastikbehälter in meiner Hand hin und her. *»Warum?«*

»Weil diese verdammte schnüffelnde Nachbarin die Schachtel gesehen hat. Es war mir peinlich. Es ist demütigend, sich vorzustellen, dass die Nachbarn jetzt denken, ich bin …«

»Du bist was?«

»Verrückt.«

»Herrgott, Sarah«, sagt er, während er sich mit einer Hand durchs Haar fährt. »Deine Medikamente zu nehmen heißt nicht, dass du verrückt bist, es heißt, dass du dich erholst. Aber das hier – das zu tun … Herrgott, einen Moment lang habe ich gedacht … Was, wenn Joe oder Mia die leere Packung gesehen hätte? So kurz nach dieser verdammten Überdosis? Du hättest sie einfach in eine Schublade legen können, irgendwo außer Sichtweite.«

»Ich habe nicht dran gedacht! Und es kommt nicht weiter drauf an, oder?«

»Es kommt nicht drauf an?« Seine Stimme hebt sich ungläubig. Er zerdrückt die leere Packung, zerknüllt sie in der Hand. »Du versteckst dich schon wieder, weigerst dich einzugestehen, dass du ein Problem hast, wälzt dich in deinen Schuldgefühlen, statt dass du versuchst, Fortschritte zu machen.« Er schüttelt den Kopf. »Himmel, es ist nur gut, dass die Kinder am Montag in ihrer neuen Schule anfangen. Sie brauchen ein bisschen Abstand von dir, das kann ihnen nur guttun.«

»Abstand von mir?«

»Deine Schuldgefühle sind dermaßen offensichtlich, wenn du so klammerst. Sie fühlen sich eingeengt.«

Schuldgefühle, meine bitteren, ewig kritischen Freunde. Schuldgefühle über den Tod meiner Mutter, über Joe und jetzt Schuldgefühle über das, was ich sie habe durchmachen lassen wegen dieser verdammten, dummen Pillen.

»Es ist wieder genau dasselbe wie gehabt«, sagt Patrick. »Bei deiner Mutter – es war nicht deine Schuld, dass sie gestorben ist, du hast nichts Falsches getan, aber du konntest einfach nicht drüber wegkommen, richtig? Du konntest nicht einfach trauern und es dann hinter dir lassen, du hast zugelassen, dass es dich zerbricht. Du hast es beinahe die ganze gottverdammte Familie zerbrechen lassen. Du wärst beinah gestorben, und ich könnte es nicht ertragen, ich könnte nicht …« Seine Stimme ist heiser, und ich weiß nicht, ob sie es vor Furcht oder vor Frust oder vor beidem ist.

Seine Worte haben mir den Atem verschlagen, und ich bekomme keine Luft. Es ist ein fürchterlicher Gedanke, dass ich das getan habe, dass ich so kurz davor war, uns alle zu zerstören. In den entsetzlichen Wochen und Monaten nach dem Tod meiner Mutter wurde es alles *so viel,* ich konnte jenseits von all dem Kummer und der Schuld nichts mehr erkennen. Es überwältigte mich. Aber die Pillen … das stimmt ganz einfach nicht. Ich hatte nicht vor zu sterben. *Ich wollte das nicht.*

»Ich versuch's doch«, sagt er. »Ich versuche es so sehr, aber ich kann das nicht allein schaffen. Gib dem Haus eine Chance – gib *uns* eine Chance. Sieh zu, dass es besser wird, Sarah. Sieh zu, dass dies jetzt funktioniert, denn wenn du es nicht tust …« Er holt zitternd Luft. »Ich weiß nicht, was ich sonst noch machen soll.«

Seine Furcht sickert in mich ein. Was habe ich uns angetan?

Neulich habe ich mich mit jemandem über diese Stadt unterhalten. »Es ist wunderschön dort«, sagte er, »ich bin in den Ferien da gewesen, als ich noch ein Kind war.« Aber das ist es ja gerade. Alle Welt war als Kind in den Ferien hier. Wenn man hier Ferien macht, sieht man den Verfall nicht. Man sieht den Rost nicht und die üblen Ausdrücke, die an versteckte Mauern gesprüht sind. Man sieht den Schmerz nicht, die Trauer, das Böse, die trübe, graue, nicht enden wollende Langeweile, die Leute dazu treibt, zu trinken und zu rauchen und zu streiten und zu sterben. Man sieht die abgeschlossenen Türen und die Gitterstäbe vor den Fenstern nicht. Man hört das Schreien und Flehen hinter diesen geschlossenen Türen nicht. Man sieht den Rummelplatz und Fish 'n' Chips und Eis. Man sieht Sand und Meer und Picknicks und Zuckerstangen. Man sieht hübsche Häuser mit Tüllgardinen und Meerblick. Man sieht kein Mordhaus. Man sieht überhaupt nichts.

KAPITEL 7

Ich habe mir überlegt, jetzt, wo wir hier wohnen, könnte ich mir einen Job suchen.«

Patrick sieht zu mir auf, während er eine Seite der Zeitung umblättert. »Mit all deinen Qualifikationen?«

»Wie bitte?«, sage ich, während ich gegen seine Zeitung schnippe.

Er lacht und lässt sie sinken. »Entschuldige«, sagt er. »Du weißt, ich ziehe dich bloß auf. Aber eins nach dem anderen, okay? Wann hast du dich das letzte Mal nach einem Job umgesehen? Erst willst du die ganze Nachbarschaft einladen, jetzt willst du die Weltherrschaft übernehmen.«

Ich greife nach der Zeitung und beginne sie durchzublättern auf der Suche nach den Stellenanzeigen. »Ich versuche die Herrschaft über gar nichts zu übernehmen. Ich hatte mir einen Teilzeitjob vorgestellt. Das hier war doch als ein Neuanfang für uns alle gedacht, oder? Ich muss mehr tun. Ich muss irgendwas *tun.*«

»Bist du nicht glücklich? Wir haben dieses wunderschöne Haus in dieser wunderschönen Stadt …«

»Ja, und jetzt brauche ich ein Leben. Ein Haus reicht nicht. Wenn ich schon früher mehr gehabt hätte, vielleicht hätte ich dann …« Meine Stimme verklingt.

»Was?«

»Vielleicht wäre ich besser klargekommen, nachdem meine Mutter gestorben ist.« Meine Worte hängen in der Luft, und Patrick wird bleich. Ich setze mich neben ihn und drücke ihm die Hand. »Ich bin *entschlossen,* dafür zu sorgen, dass das hier klappt, ich versprech's«, sage ich. »Du, Caroline, die Kinder – ihr seid alle durch die Gegend gerannt und habt versucht, mir zu helfen, aber ich muss mir auch selbst helfen. Ich will nicht von irgendwelchen Pillen abhängig sein, um über den Tag zu kommen.«

Angesichts des panischen Ausdrucks in seinem Gesicht muss ich lachen. »Ich plane hier nicht grade meine Midlife-Crisis. Ich rede von einem Teilzeitjob. Oder dass ich ein paar Malkurse mache oder … ich weiß nicht, irgendwas eben.« Er streckt die Hand aus, schiebt mir eine Haarsträhne hinters Ohr und streicht mir über die Wange. »Ich kann dir gar nicht sagen, was es mir bedeutet, dass du das getan hast – hierhergezogen, dich darauf eingelassen, dass wir uns ein neues Leben aufbauen. Natürlich solltest du dich nach einem Job umsehen, ein paar Kurse belegen, was auch immer. Aber bringen wir erst mal das Haus auf Vordermann, ich bin sicher, danach finden wir etwas zu tun für dich.«

Aber jetzt, nachdem wir umgezogen sind, stelle ich fest, dass ich mehr will. Mir jucken förmlich die Füße; ich möchte rausgehen und etwas *tun*. Ist es nicht genau das, was er für mich wollte?

»Ein paar Wochen. Ein, zwei Monate, das ist alles. Es ist erst ein paar Monate her, seit du … krank warst«, sagt er. »Wir sind erst seit zwei Tagen hier. Gib dir die Zeit, um hier anzukommen, dich einzuleben.«

Er steht auf und trägt seine Tasse zum Spülbecken. »Tee?«, fragt er, während er den Wasserkocher füllt. »Treibstoff für die Auspackerei …«

Ich sehe wieder auf die Zeitung hinunter. Ich kann mich trotzdem noch bewerben. Auspacken und renovieren, während ich auf die Antwort warte.

»Oh, und warte«, sage ich, als er den Mantel anzieht, um zur Arbeit zu fahren. »Ich habe da gestern was gefunden …«

Ich renne nach oben und komme wieder herunter, die Hände ausgestreckt.

»Sieh mal«, sage ich. »C3PO und Luke Skywalker.«

Seine Hände schließen sich um die Figuren. Ich erinnere mich, wie er mir von dem magischen Weihnachtsfest erzählt hat, zu dem er sie bekommen hat. Alle *Krieg-der-Sterne*-Figuren, die er sich gewünscht hatte, über ein Dutzend in einer Geschenkschachtel. Das beste Weihnachten aller Zeiten, hat er gesagt. Ich habe sie auf dem Fensterbrett im ersten Stock gefunden, sie haben dort gestanden, als wollten sie Patrick zu Hause begrüßen.

»Ich hab sie in unserem Schlafzimmer entdeckt – eins von den Kindern muss sie irgendwo gefunden haben. Hast du nicht gesagt, du hast früher alle Figuren gehabt? Ich habe nachgesehen, aber außer diesen habe ich keine gefunden.«

»Das sind nicht meine.«

»Natürlich sind das deine – du hast mir davon erzählt, weißt du noch?«

»Meine sind schon vor langer Zeit im Müll gelandet.«

»Du hast sie weggeworfen?«

Er ignoriert die Frage und spricht einfach weiter. »Es kommt sowieso nicht drauf an, selbst wenn das meine wären. Das ist Spielzeug. Billiger alter Plastikschrott, das ist alles.« Er geht in die Küche und wirft sie in den Mülleimer.

Wenn es nicht Patricks Figuren sind, dann müssen sie schon hier gewesen sein, als wir eingezogen sind. Was bedeutet, sie könnten einem der Evans-Kinder gehört haben. Ich greife in den Mülleimer und hole sie wieder heraus, wische den Staub ab. Patrick beobachtet es, sagt aber nichts dazu.

Vor heute haben sie nicht auf dem Fensterbrett gestanden. Ich hätte sie sonst gesehen.

Meine Hände zittern. Ich glaube nicht an Gespenster, aber es ist der tote kleine Junge, den ich mir jetzt vorstelle, in sein Spiel vertieft, als der Wahnsinnige zur Tür hereinkommt. Ich weiß, dass das albern ist. Ich weiß, dass Joe oder Mia sie in irgendeiner Ecke gefunden und dort aufgestellt haben muss, aber ... es kommt mir falsch vor, sie wegzuwerfen. Ob es nun Patricks Figuren waren und er einfach vergessen hat, dass sie noch da waren, oder ob sie einem der Evans-Jungen gehört haben, sie haben jemandem einmal etwas bedeutet. Ich räume sie weg, ganz hinten in eine Schublade. Sicher, aber außer Sicht.

Ein Windzug zerwühlt mir die Haare im Nacken. Ich weiß, er kommt durch das offene Fenster herein, aber er fühlt sich an wie ein Atemzug. Der Atem eines Geistes, als ich die Schublade schließe.

Als ich Patrick nachwinke, sehe ich Mia unten am Strand stehen, nur ein paar Schritte vom Wasser entfernt, den Kopf gesenkt und die Schultern hochgezogen, die Arme gegen den Wind um den Körper gelegt. Warum nimmt sie eigentlich nie die Jacke mit?

Ich hole ihren Schulmantel aus dem Flur und gehe über die Straße zu ihr hinüber.

»Zieh den an«, sage ich, als ich sie erreicht habe, und trete dann zurück, weil sich eine Welle etwas zu dicht vor meinen Füßen bricht. Mia scheint es nicht zu merken und lässt zu, dass das Wasser über ihre Schuhe schwappt.

Sie sieht auf und nimmt mir den Mantel ab, zieht ihn aber nicht an. Stattdessen drückt sie ihn an sich – ein Kissen für die Vorderseite, während der Rest dem Wind und dem Salzwasser in der Luft ausgesetzt bleibt. »Danke, Mum.«

»Was machst du hier draußen?«

Sie zuckt die Achseln und wirft einen Blick auf das Smartphone hinunter, das sie in der Hand hält. »Ich wollte Lara anrufen, aber der Empfang im Haus ist das Letzte.«

Allerdings. Und das macht es mir leichter, Carolines Anrufen aus dem Weg zu gehen, wenn sie gleich an die Voicemail weitergeleitet werden. »Bist du durchgekommen?«

»Voicemail«, murmelt sie. »Ich wollte eigentlich mit Dad nach Cardiff reinfahren. Der letzte Tag von den Osterferien – ich habe gedacht, wir könnten irgendwo essen und ich könnte mich danach mit Lara treffen, aber er hat Nein gesagt.« Sie sieht enttäuscht aus. Ausflüge in die Stadt waren etwas, das sie und Patrick in den Schulferien gern machten.

»Er hat im Moment wirklich viel zu tun. Ich bin mir sicher, in den nächsten Ferien macht er's wieder.«

»Ja, ganz sicher. Er hat überhaupt keine Zeit mehr für mich. Es ist immer bloß das Haus und sein Job und du.«

Auch ich habe das festgestellt. Seine Besessenheit von dem Haus, seiner Arbeit, mir. Wann haben sie sich das letzte Mal zu einem dieser Vater-Tochter-Mittagessen verabredet? Mias Zimmer ist das erste, das wir renovieren, darauf hat Patrick bestanden. Aber er hört sich zerstreut an, wenn er davon redet, und bezieht sie nicht ein. Er hört sich an, als würde es von ihm erwartet, dass Mias Zimmer als erstes an die Reihe kommt, nicht, als läge ihm daran. Das Unbehagen, das ich verspüre, seit wir das Haus zum ersten Mal betreten haben, packt mich etwas fester. Patrick kommt mir vor, als wäre er nur halb anwesend – was macht ihm so zu schaffen? Ist es die Sorge um mich? Ist es das Haus?

»Dein Dad hat mich vor vielen Jahren oft hierhergefahren«, sage ich, während ich mit dem Fuß eine Muschel aus ihrem sandigen Grab befreie. Mia bückt sich und hebt sie auf.

»Nicht an genau diesen Strand, es war ein bisschen weiter unten an der Küste. Ich hab es immer genossen, wenn wir hergekommen sind. Er hat mir ein Eis gekauft, und dann sind wir am Strand entlanggegangen und haben irgendwann Fish 'n' Chips besorgt. Du und Joe, ihr habt im Doppelwagen gesessen, und wir haben euch mit Pommes und Eis gefüttert, als wärt ihr Jungvögel, so wie ihr mit offenen Mündern dagesessen habt.«

Mia lächelt und bückt sich, um eine weitere Muschel aufzuheben. »Erinnerst du dich an diese Ferien in Cornwall? Als wir mit dem Wetter so viel Glück hatten und jeden Tag am Strand waren? Wir hatten dieses Cottage gemietet, fünf Minuten vom Meer, und ich schwör's, am Ende der Woche hatten wir mehr Sand und Muscheln im Cottage, als am Strand lagen.«

Ich spüre, wie sich die Anspannung in meiner Brust zu lösen beginnt und die unheimliche Nachbarin und ihre giftigen Bemerkungen in den Hintergrund treten. »Wir können hier genau so was machen. Ich versprech's, wenn das Wetter besser wird – gleich am ersten schönen Tag nehmen wir ein Picknick mit hier runter, und ich spendiere uns allen Eis, und wir krönen den Tag mit einer Tüte Pommes.«

»Kaufst du uns beiden auch Eimerchen und Schaufeln? Und denk dran, meine müssen rot sein und Joes gelb.«

»Natürlich. An der Promenade gibt es einen Laden, der so was verkauft.«

Die nächste Welle rauscht heran und überschwemmt unsere Füße. Mia lacht, als ich kreische und beinahe gefallen wäre.

Mias Lachen, die Tasche voll Muscheln, das Salz der Gischt, die mir ins Gesicht fliegt, das Donnern der Wellen und das Kreischen der Seevögel, der Schimmer von Blau, der sich zwischen den Wolken zeigt … ich spüre, wie sich etwas in mir aufbaut. Es ist das Versprechen – nicht nur eine Woche am Meer und dann zurück in den Vorort, zu den kleinen Kisten von Häusern und winzigen Gartenfleckchen. Wir leben jetzt hier, wir leben *dies,* und beinahe kann ich es sehen – den im Vorraum verstreuten Sand, die Muschelsammlungen auf den Regalbrettern, das Sonnenlicht in den Schalen mit Strandglas auf dem Fensterbrett. Zum Teufel mit den Nachbarn; wenn ich Mia dazu bringen kann, dass auch sie es sieht, dann könnte dies vielleicht für uns alle noch etwas werden.

Aber dann drehe ich mich um, und das Haus sieht verrammelt und dunkel aus, unbewohnt, und ich spüre wieder den geisterhaften Atem im Nacken. Mia folgt meinem Blick, und ich sehe, wie ihre Schultern wieder heruntersacken.

»Wir müssen trotzdem wieder zurück, stimmt's, Mum?«, sagt sie. »Nach dem Picknick und dem Eis. Wir leben dann trotzdem noch im Mörderhaus.«

Ich greife nach ihrer Hand und drücke sie. »Es ist jetzt an uns, etwas anderes draus zu machen. Etwas Wunderbares. Es braucht nicht für immer das Mörderhaus zu bleiben, nicht wenn wir es nicht zulassen. Ich gehe jetzt wieder rein, reiße alle Fenster auf und …«

»Lasse die toten Seelen raus?«

»Lasse die *Vorgeschichte* raus. Da sind keine Geister, bloß Erinnerungen. Ian Hooper sitzt im Gefängnis, und wir haben die Freiheit, aus dem Haus alles zu machen, was wir wollen. Wir lassen den Seewind alles rausblasen und füllen es mit neuen Erinnerungen.«

»Hast du gemerkt …«

»Was gemerkt?«

»Es gibt kalte Stellen in dem Haus. Die Heizung ist an, aber manchmal gehe ich durch ein Zimmer und hab das Gefühl, die Temperatur stürzt um zwanzig Grad ab.«

»Es ist ein altes Haus, es zieht an vielen Stellen.«

Sie verdreht die Augen. »Zieht. Ja, ganz sicher.«

Ich lächele und versetze ihr einen leichten Stoß; ich weigere mich, den Moment der Hoffnung herzugeben. »Komm schon, Mia, du bist zu alt, um an Gespenster zu glauben. Du lässt es zu, dass die Fantasie mit dir durchgeht. Ich verstehe das absolut, mir passiert es auch, aber wir müssen's versuchen.«

»Ich glaube, es könnte okay sein.« Sie sagt es widerwillig, aber sie *sagt* es. Es ist ein Anfang. »Es ist nett, dass man wenigstens mal ein bisschen Ruhe hat – ohne dass Caroline dauernd rein- und rausrennt, als ob sie bei uns wohnt.«

Das verblüfft mich. Ich hatte keine Ahnung, dass sie das gestört hat – Caroline war immer da, vor allem in den vergangenen Monaten, immer bereit, einzuspringen, die Ersatzmutter zu geben, wenn ich bei dieser Aufgabe versagte. »Du hast sie früher Tante Caroline genannt.«

Mia schnaubt. »Vielleicht war *Tante* Caroline ja keine so gute Freundin, wie sie behauptet.«

»Was meinst du damit?«

»Gar nichts. Vergiss es.« Mia wirft mir einen Seitenblick zu. »Es ist schön, dich mal so zu sehen, so ...«

»Was?«

Sie zuckt die Achseln. »Positiv? Und es ist nicht Caroline, die das hingekriegt hat, oder? Ich nehme mal an, irgendeinen Vorteil muss all das hier wohl bringen.«

Joe kommt die Treppe herunter, als wir ins Haus zurückkehren; er schließt gerade den Reißverschluss seiner Kapuzenjacke.

»Wohin willst du?«

»Rummelplatz«, sagt er, während er eine Handvoll Kleingeld aus der Tasche zieht. »Ich werde uns in der Spielhalle ein Vermögen verdienen. Kommt ihr mit?«

»Ich muss mit dem Auspacken weitermachen. Aber warum geht ihr nicht zusammen?« Ich hole meine Brieftasche heraus und gebe ihm einen Zehnpfundschein. »Nur zu, haut das auf den Kopf.«

Er grinst. »Na los dann also, Schwesterlein«, sagt er und zieht Mia an den Haaren.

Ich sehe ihnen vom Schlafzimmerfenster aus nach, als sie die Straße entlanggehen, lachend und unter wechselseitigen Schubsern. Joe so lächeln zu sehen – jetzt kann ich mir vorstellen, ihm die Wahrheit zu sagen, kann mir vorstellen, dass er verstehen und mit dem Wissen zurechtkommen wird. Dieses Gefühl, dieses *gute* Gefühl in der Magengrube wird stärker.

Wir werden es schaffen, ich spüre es. Patrick hatte recht: Dies ist ein guter Ort. Einen Moment lang frage ich mich, ob Marie Evans das Gleiche gedacht hat, als sie hier einzog, aber ich schiebe den Gedanken fort.

Ich höre den Klang des Windspiels und öffne das Fenster weit, um herauszufinden, aus wessen Haus das Geräusch kommt. Der Seewind fegt herein und durch das ganze Zimmer, und es kommt mir vor, als bliese er mehr als die hartnäckigen Erinnerungen an Tod und Mord aus dem Raum; er bläst auch einen Teil der Dunkelheit und der Spinnweben fort, die sich in mir selbst festgesetzt haben. Ich bin wie dieses Haus, seit allzu vielen Jahren verschlossen und verloren – ein langsames Abgleiten in eine finstere Senke, die ich nicht habe kommen sehen.

Ein stärkerer Windstoß reißt das Fenster noch weiter auf, und die Vase mit Narzissen auf dem Fensterbrett stürzt ab; die Blumen werden vom Wind mitgerissen und auf die Straße hinausgetragen, wo sie wie ein Regenschauer vor den Füßen einer Frau landen, die gerade draußen vorbeigeht.

»Tut mir leid«, rufe ich hinunter.

Sie sieht nach oben und lacht. »Braucht es nicht – das ist das erste Mal, dass jemand mir Blumen gestreut hat.« Sie bückt sich, um sie einzusammeln, und hebt sie hoch, und ich muss lächeln bei der Vorstellung, wie es wirken muss, dass sie mir einen Blumenstrauß zu meinem Fenster hinaufstreckt.

»Wollen Sie sie zurück?«, fragt sie.

»Behalten Sie sie«, antworte ich.

Sie vergräbt die Nase in den Narzissen und sieht dann zu dem Stoß von Umzugskartons hinüber, den ich neben der Haustür aufgestapelt habe. »Danke«, sagt sie. »Sind Sie gerade erst eingezogen? Eigentlich sollte dann ich die Blumen vorbeibringen, um Sie in der Stadt zu begrüßen.«

»Ich mache die Dinge gern anders.«

»Sie werden hier sehr willkommen sein, wenn Sie all Ihre neuen Nachbarn so begrüßen.« Sie lächelt wieder. »Übrigens, ich bin Anna.«

»Sarah.«

»Okay, es hat mich gefreut, dich kennenzulernen, Sarah. Viel Glück mit der Auspackerei, und ich bin mir sicher, wir sehen uns hierherum noch ein paar Mal.«

Ich blicke ihr hinterher, wie sie sich entfernt mit meinen Blumen in den Händen, und ich glaube zu hören, dass sie dabei vor sich hin summt. Sie hat keine Spur von morbider Neugier erkennen lassen, und ich empfinde wieder diese Anwandlung von Hoffnung. Ich habe mir nie Gedanken darüber gemacht, was dieser Umzug für mich selbst bedeuten könnte. Eine neue Stadt, neue Freunde, vielleicht ein neuer Job. Es könnte ein Abenteuer werden. Es könnte genau das Abenteuer werden, das ich brauche. Der Wind vom Meer her kommt wieder herein, und eine Sekunde lang fühlt es sich an, als würde er mich in die Luft hinaufheben.

Aber dann sehe ich Lyn Barrett aus ihrem Haus kommen und lande mit einem Knall wieder auf dem Boden. Was sagt sie da wohl, das Anna veranlasst, sich auf diese Art umzusehen? Glaubt sie, ich hätte ihre Blumen absichtlich zum Fenster hinausgeworfen? Erzählt sie ihr von dem Haus, von den Morden? Erzählt sie ihr von Patrick, wieder diese stichelnden Andeutungen? Oder redet sie von der unfreundlichen, pillenschluckenden Frau, die sie aus dem Haus geworfen hat? Ich beuge mich weiter vor, als könnte der Wind mir die Unterhaltung zutragen. Was sagt sie für gehässiges Zeug?

Die sind als Nächstes dran, flüstert der Wind. *Freunden Sie sich lieber nicht mit der an. Sie wird bald tot sein, genau wie Marie Evans, tot, tot, tot, nichts als Blut an den Wänden.*

Ich schlage das Fenster zu.

Nein.

Aufhören.

Ich sollte die restlichen Kartons auspacken, aber die Sonne ist herausgekommen, und ich musste einfach rausgehen, von meinen Grübeleien loskommen. Ich will dieses Gefühl der Hoffnung wiederfinden. Ich bin die ganze Promenade entlanggegangen bis in die Stadt hinein. Ein Ferienort an der Küste hat außerhalb der Saison etwas unglaublich Trauriges und Vereinsamtes an sich. Es ist Ostern, aber die Hälfte der Läden ist geschlossen, und der Strand ist verlassen bis auf den einen oder anderen Hundebesitzer. Ich erwäge, bis zum Rummelplatz zu gehen und meinen Kindern diese Tüte Pommes zu besorgen. Dann gerate ich in eine Nebenstraße und bleibe stehen, als ich an einer Galerie vorbeikomme. Das ist genau so ein Geschäft, von dem ich mir vorstelle, dass ich dort arbeiten könnte. Ich könnte reingehen und fragen, oder nicht? Selbst eine unbezahlte Tätigkeit würde sich in meinem Lebenslauf gut machen.

Das Schaufenster wird zur Gänze von einer großen Küstenlandschaft eingenommen. Ein Quadratkilometer Blau und im Vordergrund eine Bank an einem Küstenpfad, zwei Figuren in Rückenansicht, die dort sitzen und aufs Meer hinaussehen; ein kleiner Hund liegt zusammengerollt daneben. Es ist hübsch, aber nicht weiter bemerkenswert – gefällig, postkartenhaft. Die Farbe wirkt flach auf der Leinwand, die Landschaft vermittelt kein Gefühl von Tiefe, kein Staunen, und das trotz der Ausmaße des Gemäldes.

»Wie findest du es?«

Ich keuche vor Schreck und wende mich von dem Schaufenster der Galerie ab und der Frau zu, die mich angesprochen hat. Sie grinst mich an, ein breites Lächeln, das mir bekannt vorkommt.

»Entschuldigung, hab ich dich erschreckt?« Sie lacht, und ich erröte angesichts meiner extremen Reaktionen. Es ist Anna, die Frau, mit der ich zuvor schon geredet habe, die, die meine Narzissen mit nach Hause genommen hat.

»Sie haben den Absturz überlebt, die Blumen. Und geben ein echtes Glanzlicht in meiner Wohnung ab – in meinem Tag sowieso. Danke noch mal.«

Wir lächeln einander an.

»Ich komme jeden Tag da dran vorbei und bin mir immer noch nicht sicher«, sagt sie.

»Sicher bei was?«

»Freunde oder ein Paar?«

»Was?«

»Die beiden auf dem Bild da.« Sie nickt zu der Küstenlandschaft hin. »Ich komme einfach nicht dahinter, ob das ein altes Ehepaar bei einem Spaziergang ist oder zwei Freunde, die sich einfach unterhalten wollen. Oder heimliche Liebende bei einem verbotenen Treffen.«

Ich sehe mir das Gemälde noch einmal an. Eine der Figuren neigt sich der anderen zu, als wollte sie ihr etwas ins Ohr flüstern oder sie küssen.

»Ich glaube, es sind Fremde«, sagt Anna. »Sie sind sich eben erst begegnet, vor einer Minute erst, genau da auf der Bank.«

»Sie sehen aus, als ständen sie sich näher als Fremde.«

»Das liegt daran, dass da ein Funke überspringt. Nicht romantisch – ein Funke, wie er entsteht, wenn man sich mit einem Fremden unterhält und dabei denkt: Wir *könnten* befreundet sein. Diese intuitive Verbindung.«

Bei Caroline ist mir das passiert. Wir haben uns gegrüßt an unserem ersten Tag am College, und ich habe sofort gewusst, dass wir Freundinnen sein würden. Ich werfe einen weiteren Blick auf Anna. Sie ist größer als ich, in meinem Alter oder ein bisschen älter. Kurzes dunkles Haar, ausgeprägte Wangenknochen. Sie trägt Jeans, genau wie ich, aber sie hat mehr Charakter: dieser dicke schwarze Lidstrich, das kurz geschnittene Haar. Hätte sie Doc Martens statt Converse getragen und ein paar Piercings mehr, hätte sie eins von den Mädchen sein können, die ich an der Kunsthochschule immer sein wollte.

Sie lächelt wieder. »Mistiges Gemälde allerdings.«

Ich lache auf vor Überraschung. Ich würde es nicht zugeben, aber vom ersten Moment an habe ich gedacht, das könnte ich besser.

»Es ist okay«, sage ich stattdessen – eine Antwort, so nichtssagend wie das Bild.

Es folgt ein Schweigen, das verlegen sein könnte, es aber nicht ist. »Und, malst du selbst, oder hast du einfach nur eine Meinung?«, frage ich schließlich. Vielleicht rührt die Vertrautheit daher, dass sie eins von den Mädchen an der Kunsthochschule *ist*, die ich damals sein wollte – wenn nicht an meiner Kunsthochschule, dann an irgendeiner anderen.

»Eigentlich nicht«, sagt sie. »Ich hab's mal vorgehabt. An der Schule war ich gut drin, aber ... ich glaube nicht, dass ich jemals gut genug war, um es wirklich zu *tun*. Inzwischen sehe ich mir die Bilder von anderen Leuten an, spare das Geld, um mir ein paar davon für meine eigenen Wände zu kaufen, und das genügt mir. Und wie ist es bei dir?«

Ich öffne den Mund, um zu antworten, und schließe ihn wieder. Was bin ich dieser Tage, kann ich mich noch als Malerin bezeichnen? »Ich habe gemalt. Aber eigentlich versuche ich hier gerade den Mut aufzubringen, um da reinzugehen und zu fragen, ob sie eventuell einen Job für mich haben.«

Sie verzieht das Gesicht. »Gibt hier nicht viele Jobs um diese Jahreszeit, die Hälfte der Läden hat sowieso nur in der Saison offen – im Sommer könnten die Aussichten da besser sein.«

Sie tritt näher an das Schaufenster heran. »Ich muss immer lachen über dieses Bild«, sagt sie, und ich versuche das Komische an der Küstenlandschaft im Fenster zu sehen.

Aber sie zeigt auf das Kärtchen mit dem Bildtitel, das an der Leinwand lehnt. »Er hat's *The Heritage Coast* genannt, also *bitte* – im Ernst? Knallblau? Ruhiges Wasser, kein Wölkchen am Himmel? In *Wales?* Hast du so was schon jemals gesehen in der Gegend hier?«

Ich schüttele den Kopf. »Es sollte grau sein«, sage ich. »Grau und trüb und stürmisch.«

Sie sieht mich an. »Aber auch nicht immer. Ich kenne Stellen mit Farben, die eine Million Mal schöner sind als die hier, und echt außerdem.«

»Hier in der Gegend?«

Sie nickt. »Im Ernst. Schöne, wunderschöne Stellen.«

Einen Moment lang rechne ich damit, dass sie anbieten wird, mir diese Stellen zu zeigen, und ich verkrampfe mich und richte mich darauf ein, höfliche Entschuldigungen vorzubringen und den Rückzug anzutreten. Aber sie seufzt und hebt ihre Einkaufstasche auf.

»Ich sehe lieber zu, dass ich zur Arbeit komme«, sagt sie. »War nett, dich wieder zu treffen. Vielleicht komme ich mal vorbei – bringe dir ein paar Blumen, um euch in der Stadt zu begrüßen.«

An der Ecke dreht sie sich noch einmal um. »Hör mal, ich arbeite in Teilzeit in dem Café an der Broad Street, wenn ich nicht gerade bei den ortsansässigen Malern die Kunstkritikerin gebe. Der Kaffee ist das Letzte, aber der Service ist toll. Komm bei Gelegenheit doch mal vorbei, ich verrate dir, wo die guten Strände sind.«

Ich sollte nach Hause gehen, die Lokalzeitung auf Stellenangebote durchsuchen. Aber weniger als eine Stunde nachdem ich Anna vor der Galerie getroffen habe, erwische ich mich dabei, dass ich zu dem Café in der Broad Street gehe, mir einen Tisch am Fenster suche und nach der laminierten Karte greife. Anna schiebt sich auf den Stuhl gegenüber.

»Ich hätte nicht gedacht, dass du mich beim Wort nehmen würdest«, sagt sie. »Jetzt muss ich's wohl zugeben – der Service hier ist genauso mistig wie der Kaffee.«

»Aber bist du nicht der Service?«

Sie lacht. »Ich bring dir einen Kaffee als Ersatz für die Blumen, die ich dir noch schulde. Aber sag bloß nicht, ich hätte dich nicht gewarnt.«

Als sie wieder gegangen ist, hole ich mein Skizzenbuch heraus. Ich habe es noch nicht geöffnet, seit wir hergezogen sind – tatsächlich habe ich es kaum mehr geöffnet, seit meine Mutter gestorben ist. Die Welt schien sich mit einer Schicht von Grau überzogen zu haben, und ich hatte nicht den Wunsch, irgendetwas zu zeichnen oder zu malen. Vielleicht ist das der Grund dafür, dass Joe und ich uns so weit voneinander entfernt haben – wir waren uns immer dann am nächsten, wenn wir zusammen gezeichnet haben. Ich sehe auf eine Skizze von Joe und Mia hinunter – sie sitzen dicht nebeneinander auf dem Sofa und lachen –, als ein Schatten über das Blatt fällt.

»Himmel, das ist gut. Hast du das gemacht?«

Ich blicke auf und kämpfe gegen das Bedürfnis an, das Buch wegzureißen, als sie es näher heranzieht, um es sich genauer anzusehen.

»Sind das deine Kinder?«

Ich nicke.

»Sie sehen sich so ähnlich«, sagt sie lächelnd.

Ich verziehe das Gesicht, und sie bemerkt es. »Tut mir leid, habe ich …?«

»Es ist bloß keine sehr gute Zeichnung.«

Ich sehe mir die Skizze genauer an. Es war keine falsche Bescheidenheit: Dies ist wirklich nicht die beste Zeichnung von den beiden, die ich angefertigt habe, obwohl es eine ist, auf die ich immer wieder zurückkomme. Und Anna hat recht – trotz des Altersunterschieds sehen sie in meiner Skizze aus wie Zwillinge.

»Hör mir mal zu, Sarah«, sagt sie, »ich hätte da was für dich.«

Sie geht zur Theke hinüber und kommt mit einem Flyer zurück. »Wir sollen die für die Galerie auslegen, ich bin bloß noch nicht dazu gekommen, eins ins Fenster zu kleben. Es ist kein Job, aber es ist eine Gelegenheit.«

Es ist eine Broschüre der Galerie, die für eine offene Ausstellung ortsansässiger Künstler wirbt.

»Sie machen das öfter«, sagt sie. »Und sie sind immer auf der Suche nach neuen Leuten, die sie ausstellen können. Du kannst dir vorstellen, die Auswahl an Talenten ist in einer Stadt von dieser Größe eher beschränkt. Du könntest sie umhauen mit diesen Sachen hier.«

Ich schüttele den Kopf. »Ich kann nicht – ich könnte nicht. Ich hab seit Monaten nicht mehr wirklich gemalt.«

Sie blättert wieder in meinem Skizzenbuch, hält bei einer Kohlezeichnung von Patrick inne. Ich habe sie nicht fixiert, und inzwischen ist sie verwischt und unscharf, aber er ist immer noch präsent.

»Es müssen ja keine Gemälde sein. Warum nicht ein paar von den Zeichnungen rahmen? Komm schon, bitte gib mir mal was Gescheites anzusehen in dem Schaufenster dort.« Sie schiebt mir das Skizzenbuch wieder hin. »Rede mit Ben Owens, der schmeißt den Laden dort. Zeig ihm das Buch, du wirst sehen, was er sagt.«

Sie lehnt sich zurück. »Tut mir leid. Ich überfahre dich komplett, stimmt's? Ich mache das dauernd. Ich höre jetzt auf, dich zu nerven, und lasse dich in Frieden deinen Kaffee trinken. Aber komm jederzeit wieder her. Und wenn du dir das mit der Galerie noch überlegen willst ...« Sie kritzelt ihre Nummer auf den Flyer, legt ihn in mein Skizzenbuch und steht auf. »Es hat Spaß gemacht, dich wieder zu treffen, Sarah.«

Sie geht davon; die Armreifen klirren, und ich glaube, ich weiß jetzt, warum sie mir so bekannt vorkommt. Sie erinnert mich tatsächlich an Caroline, an unsere erste Begegnung, als Caroline auf mich zumarschiert kam – zweifarbiges Haar, Piercing in der Nase und ganz unerschütterliche Selbstsicherheit –, damals an unserem ersten Tag am College.

Ich umklammere den Flyer, als ich nach Hause gehe, und mein Herz hämmert angesichts der Möglichkeiten. Ich habe seit meiner Studentenzeit nicht mehr ausgestellt. Einmal wäre es fast dazu gekommen, als Joe und Mia beide zeitweise in der Tagesstätte waren, aber letzten Endes hatten sie keinen Platz für mich. Stattdessen stellte Caroline aus, und ich versuchte es gar nicht mehr.

»Was ist das?«, fragt Patrick, als er von der Arbeit kommt, und greift nach dem Flyer, den ich auf den Tisch gelegt habe.

»Es gibt eine Galerie hier in der Stadt«, sage ich. »Sie veranstaltet Ausstellungen für lokale Künstler. Ich habe mir überlegt, ich könnte ein paar von meinen Arbeiten vorbeibringen und fragen, ob sie Interesse hätten, mich bei der nächsten dazuzunehmen.«

Er antwortet nicht, also rede ich weiter: »Ich glaube, es wäre gut für mich – gut für *uns*.« Ich spreche schneller; die Worte kommen in meiner Begeisterung nur so hervorgestürzt. »Wenn ich das mache, könnte ich rausgehen, anfangen, mal wieder etwas Neues zu malen. Es würde mir eine Aufgabe geben. Und vielleicht könnte ich sogar ein paar verkaufen, und das würde doch helfen, oder? Zumindest könnten wir davon Farbe und Tapeten bezahlen.« Ich könnte ihm helfen, dieses Haus perfekt zu machen.

Patrick sieht stirnrunzelnd auf die Broschüre hinunter. »Was ist los?«, frage ich.

»Bist du dir da sicher?«

»Wie meinst du das?«

»Na ja ... du warst keine zwei Jahre an der Kunstschule.« Er greift nach meiner Hand und drückt sie. »Ich halte dich für eine fantastische Malerin, das weißt du ja. Aber jeder andere dort wird ein Profi sein mit jahrelanger Erfahrung. Wäre es nicht besser, ein bisschen kleiner anzufangen? Irgendwas, das nicht so ... öffentlich ist?«

Ich kann nicht anders, als einen Blick in den Flur hinauszuwerfen, wo Patrick eins meiner Bilder aufgehängt hat. Ich habe es gemalt, nachdem ich mich auf den Umzug hierher eingelassen hatte – als ich aus dem Krankenhaus gekommen war. Es sollte eigentlich dieses Haus darstellen, so wie Patrick es sieht, aber es ist nicht recht gelungen – etwas stimmt nicht mit den Farben und den Winkeln. Ich habe versucht, es zu verstecken, aber Patrick hat es gefunden und darauf bestanden, es aufzuhängen. Er sieht in die gleiche Richtung.

»Ich liebe deine Bilder, natürlich tu ich das, weil *du* sie gemalt hast.« Er seufzt und zieht mich in seine Arme. »Es ist ein wunderbares Hobby, aber eine Ausstellung? Bist du wirklich schon so weit?«

Ich mache mich los. »Es war einfach ein Gedanke.«

Ich bin schon halb aus dem Raum, als er mir nachruft: »Hey, mach dir keine Sorgen. Wenn du das wirklich machen willst und niemand deine Bilder haben will, dann komme ich vorbei und tue so, als wäre ich ein Tourist, und kaufe eins. Ich würde dich nicht die Einzige dort sein lassen, die nichts verkauft.«

Er hat recht. Ich habe mich mitreißen lassen, als Anna von meinen Zeichnungen geschwärmt hat. Es ist albern. Ich greife nach meinem Smartphone und erledige den Anruf, während ich nach oben gehe.

»Anna? Hier ist Sarah – ja, genau, Sarah mit den Blumen. Hör mal … ich werde das lassen mit dieser Ausstellung. Ich bin keine richtige Malerin, ich will mich nicht zum Affen machen. Aber ich hab mich gefragt … hättest du Zeit für einen Kaffee?«

In meinem Traum, dem Traum, den ich immer habe, von dem Haus, das einfach ein Haus ist und noch nicht das Mörderhaus, haben alle Zimmer an dem Gang Türen, und alle Türen sind geschlossen. Wann immer ich diesen Traum habe, sind die Türen geschlossen. Aber … ich glaube es zumindest … in dem Traum vergangene Nacht war eine der Türen offen. Ich bin aufgewacht, und ich glaube, ich habe gerufen oder geschrien oder so etwas, aber es war in Ordnung, es war keiner in der Nähe, der es gehört hätte.
Bist du aufgewacht letzte Nacht? Ist das Geräusch meiner Schreie bis zu dir durchgedrungen? Hat der Seewind es aufgegriffen und durch die Stadt getragen, durch deine Wände? Bist du beim Echo meiner Stimme aufgewacht, und die Härchen in deinem Nacken haben sich gesträubt?

KAPITEL 8

Ich sorge dafür, dass ich an Joes und Mias erstem Schultag früh aufstehe. Joe legt Zeichnungen in seine Mappe, und Mia schiebt ihren Toast auf dem Teller herum, aber beide halten inne und sehen zu, als ich meine Tabletten aus dem Schrank hole. Das ganze Haus scheint die Pausentaste gedrückt zu halten, bis ich die Tablette geschluckt habe und das Band weiterlaufen darf. Ich folge Joe und Mia in den Vorgarten hinaus, um ihnen nachzuwinken. Die neue Schule liegt ganz in der Nähe, und ich wünschte, sie wären noch jung genug, um sich von mir hinbringen zu lassen. Aber meine Kinder sind siebzehn und fünfzehn, sie würden lieber tot umfallen, als sich von ihrer Mutter zur Schule begleiten zu lassen. Ich bekomme ein genuscheltes Abschiedswort, und dann stehe ich auf dem Gartenweg, die Arme um den Körper gelegt, um den Seewind abzuhalten, und sehe ihnen nach, bis sie das Ende der Straße erreicht haben.

Ich schlucke, zwinge mich, Luft zu holen, und gehe zurück zum Haus; dann bleibe ich stehen, als ich jemanden auf dem Küstenweg sehe, halb verborgen im Morgennebel. Die Person wendet dem Meer den Rücken zu und sieht in meine Richtung, und in dem kalten Morgenlicht spüre ich Ärger aufwallen, nicht Furcht, und ich gehe mit langen Schritten über die Straße, hinüber auf den Fußweg.

»Hey«, rufe ich hinter der Gestalt her, die sich jetzt entfernt. »Was ist Ihr Problem?« Aber inzwischen brülle ich ins Nichts, in den Wind; wer es auch war, die Person ist über die Hügelkuppe verschwunden. Ich bin selbst schon auf halber Höhe, außer Atem und halb erfroren in meinem dünnen T-Shirt. Also gehe ich wieder hinunter, vorbei an Nummer achtundzwanzig, wo Lyn mich von einem Fenster im ersten Stock aus beobachtet. Patrick steht in der Haustür und zieht sich gerade die Jacke an, und ich schiebe mich an ihm vorbei, um wieder ins Haus zu kommen.

»Alles in Ordnung?«, fragt er, und ich nicke und hebe den Kopf, damit er mich küssen kann.

Ich will ihm nicht erzählen, dass ich hinter einem Beobachter hergerannt bin, von dem er nicht glaubt, dass er überhaupt existiert. »Hab gedacht, ich hätte jemanden gesehen, den ich kenne, das ist alles«, sage ich und winde mich, als mir aufgeht, wie schwächlich das klingt angesichts der Tatsache, dass ich in dieser Stadt noch niemanden wirklich kenne.

Er runzelt die Stirn und sieht zu dem jetzt menschenleeren Pfad hinüber. »Ich versuche früh nach Hause zu kommen«, sagt er.

»Sei nicht albern – mir geht's prima.«

Patrick zögert, die Hand an der Tür. »Vergiss nicht, deine Pillen zu nehmen, okay?«

Ich fahre zusammen, als die Tür hinter ihm zuschlägt, und muss tief und zittrig einatmen. Ich werfe einen Blick zum Fenster hinaus – der Küstenpfad ist immer noch leer. Ich gehe zurück in die Küche, mit einem Umweg zur Haustür, wo ich mich vergewissere, dass die Kette und der Riegel vorgelegt sind. Auch jetzt höre ich wieder den schwachen Klang des Windspiels, aber dieses Mal wirkt er lauter. Es klingt, als hinge das Windspiel unmittelbar vor dem Haus. Ich habe in die Nachbargärten hineingesehen und es nirgends gefunden. Anfangs hat es mir gefallen, das melodische Geklingel. Aber manchmal hört es sich verstimmt an, ein schräges, misstönendes Geräusch, das mir an die Nerven geht.

Ich schalte das Radio ein und drehe es auf, um mitsingen zu können, als ein alter Prince-Song an der Reihe ist. Ich nehme ein Tuch und putze das Küchenfenster, öffne es weit, sobald ich fertig bin. Es macht den Raum tatsächlich heller und sorgt dafür, dass mir etwas weniger eng in der Brust ist.

Als die Arbeitsflächen sauber und alle Teller gespült sind, drehe ich mich zu dem Berg aus Kartons um. Ich könnte schwören, dass er seit gestern gewachsen ist – gestern die Anden, heute der Himalaja. Ich wünschte, ich könnte mit den Fingern schnippen wie Mary Poppins, sodass die Auspackerei innerhalb von Sekunden erledigt wäre. Ich möchte dieses Haus so sehen, wie es sein kann: Bilder an den frisch tapezierten Wänden, poliertes Holz und frische Blumen überall. Wunderschöne antike Möbel und restaurierte Fußböden. Mein zum Leben erwecktes Puppenhaus. Es ist kindisch, aber ich bin ungeduldig – ich will zum unterhaltsamen Teil des Ganzen kommen.

Mein Smartphone summt, und eine weitere Textnachricht von Caroline erscheint. Seit dem Umzug habe ich noch keinen ihrer Anrufe angenommen – ich will ihre Warnungen nicht hören, den ständigen besorgten Ton in ihrer Stimme. Ich werde warten, bis hier alles an Ort und Stelle ist und ich die Pillen absetzen kann, und sie dann einladen. Ihr beweisen, dass dieser Umzug die richtige Entscheidung war. *Ich weiß, du hast gesagt, du würdest es Joe bald erzählen, also habe ich Sean gebeten, er soll nachsehen, wo Eve damals untergebracht war. Wie gesagt, vielleicht können sie dir keine Informationen geben, aber es wäre ein Anfang für den Fall, dass er ihre Familie finden will.*

Ich umklammere das Telefon. Zum Teufel mit ihr für ihre Einmischerei. Dies ist nicht der richtige Zeitpunkt, noch nicht – und es ist auch nicht ihre Entscheidung. Joe muss sich eingelebt haben, er muss in einer guten Verfassung sein, wenn wir es ihm sagen. Sein Lächeln muss natürlicher und öfter erscheinen. Jetzt ist noch zu früh nach dem Autounfall, zu früh nach der abgebrochenen Therapie, zu früh nach dem Umzug. Wenn wir es ihm erzählen, wird er nach seiner leiblichen Mutter fragen, und wie wird er es aufnehmen, dass sie drogensüchtig war und an einer Überdosis gestorben ist? Oh, die bittere Ironie von Eves Schicksal verglichen mit meinen eigenen Erfahrungen! War ihre Überdosis genauso zufällig wie meine? Ich beantworte Carolines Nachricht mit drei knappen Worten: *Lass es sein.* Ich und meine Tabletten – ich habe es noch schwieriger gemacht, Joe die Wahrheit zu sagen.

Die Sonne kommt zwischen den Wolken hervor und beleuchtet die Gipfel des Kartongebirges. Ich wohne am Meer, und die Sonne ist herausgekommen – ich will meine Zeit nicht im Haus verbringen, mich hier festhalten lassen von der Furcht vor einem Beobachter, der vielleicht einfach nur ein Spaziergänger auf dem Küstenpfad war, neugierig angesichts des Mörderhauses und der Familie, die hier eingezogen ist.

Sieh zu, dass dies jetzt funktioniert, flüstert Patricks flehentliche Stimme in meinem Kopf. *Sieh zu, dass es besser wird, Sarah.*

»Scheiß drauf«, murmele ich, stecke das Telefon ein und greife mir meine Schlüssel. War das nicht unser neuer Grundsatz? War es nicht das, was uns hierhergebracht hat? Es ist kein Weglaufen, ich laufe auf etwas zu. Es ist nicht gerade mein Tropenstrand, aber es ist ein Abenteuer oder könnte jedenfalls eins sein, wenn ich es zu einem mache.

Es gibt einen Laden für Heimwerkerbedarf in der Stadt, klein, dunkel und vollgestellt, alte hölzerne Fächer und Regale voller Muttern und Bolzen und Angeln. Es riecht nach Sägemehl und Feuchtigkeit, und alles ist mit einer Staubschicht bedeckt. Die kleine Auswahl an Farben und Tapeten kostet wahrscheinlich doppelt so viel, wie man in einem der großen Baumärkte am Stadtrand bezahlen würde, aber ich will nicht warten. Ich will diesen Ausdruck wieder auf Patricks Gesicht sehen: freudige Erregung, Begeisterung, Zuversicht auf der Schwelle zu einer besseren Zukunft.

Ich kann helfen. Dieser Eimer mit kreideweißer Farbe von Farrow & Ball, diese Tapete von Osborne & Little mit den Schmetterlingen darauf kann Glück ins Haus bringen. Ich füge dem Haufen weitere Farbdosen und noch mehr Tapetenrollen hinzu, auch wenn ich zusammenzucke, als ich den Gesamtpreis sehe. Schon in Ordnung, sage ich mir. Das Geld meiner Mutter war dazu bestimmt, uns glücklich zu machen, und dies ist die Art und Weise, wie ich es verwenden werde: um unsere Familie zu heilen und uns allen ein Zuhause zu geben.

Mein Nacken prickelt, als ich an der Kasse stehe, und ich fahre herum in der Erwartung, jemanden zu sehen, der mich beobachtet, aber der Laden ist leer.

»Da werden Sie zu tun haben«, sagt der Mann an der Kasse und nickt zu den Tüten vor meinen Füßen hinüber, während wir darauf warten, dass das Gerät die Kartenzahlung abschließt.

Ich lache. »So ist das auch gemeint.«

»Hey«, ruft er mir nach, als ich gehe. »Sind Sie nicht aus dem … dem Haus an der Seaview Road?«

Ich höre, was er bei der Frage auslässt. *Sind Sie nicht aus dem Mörderhaus?* Das ist es, was er eigentlich fragt. Mein Lachen erstirbt. Ist es das, was wir jetzt sind? Die neue Mörderhausfamilie? Ich fasse die Tüten fester und beschleunige den Schritt, ohne die Frage zu beantworten. Nein, das ist es nicht, was wir sein werden.

Auf dem Küstenpfad lege ich eine Pause ein und setze mich auf eine Bank, die Tüten mit Farbe und Tapeten zu Füßen.

»Dachte ich mir doch, dass du das bist.«

Ich lächele, als Joe sich neben mich setzt. Die neue Schuluniform gefällt mir nicht – zu viel Schwarz. Er selbst sieht dagegen so blass aus, dunkle Schatten unter den Augen, zu dünn unter den Schichten formloser Kleidung. »Du bist früh wieder da«, sage ich.

»Hab ein paar Freistunden.«

»Du schwänzt also nicht, so wie ich?«

»Was schwänzt du?«

Ich seufze. »Ich hatte deinem Dad versprochen, ich würde den Tag mit Auspacken verbringen. Aber es sind so viele Kartons, und die Sonne ist rausgekommen, also hab ich …«

»Geschwänzt.«

»Ich weiß schon, es muss erledigt werden, aber …«

»Schon okay, Mum. Mir brauchst du das nicht zu erklären.«

»Wie war dein erster Tag?«, frage ich.

Er zuckt die Achseln und lehnt sich zurück, hebt das Gesicht in das matte Sonnenlicht und schließt die Augen.

»Unterricht war okay so weit«, sagt er. »Die haben einen ganz brauchbaren Kunstsaal, und die Kunstlehrerin mag ich. Sie will mir helfen, meine Mappe zusammenzustellen.«

Ich verbringe so viel Zeit damit, mir Sorgen über Joe zu machen – darüber, er könnte es herausfinden, ich könnte ihn verlieren –, dass ich manchmal vergesse, das Hier und Jetzt mit ihm zu genießen. Es ist schön, die Begeisterung in seiner Stimme zu hören, zu erfahren, dass er seine Zukunft plant. Ich könnte es ihm jetzt sagen, hier, neutraler Boden, nur er und ich. Alles gestehen und ihm erklären, welche Gründe wir für das jahrelange Lügen hatten, ihm helfen zu verstehen, wie sehr ich ihn liebe, wie sehr er Teil unserer Familie ist. Und dann verschwindet die Sonne hinter einer Wolke, und der Schatten, der auf sein Gesicht fällt, lässt ihn zerbrechlich aussehen, und ich stelle mir vor, wie meine Worte ihn zerstören. Und ich schlucke die Worte hinunter.

»Vermisst du es?«, fragt er.

»Was? Das alte Haus?«

Er nickt.

Ich sehe hinaus aufs Meer, während ich mir die Antwort überlege. Vermisse ich es? Ich vermisse Caroline. Ich vermisse es, die Wahl zwischen verschiedenen Geschäften und Restaurants zu haben. Aber selbst nach all den Jahren dort – habe ich das Haus je wirklich geliebt? Es war so klein und neu und gesichtslos. Anonym, etwa wie eine leere Leinwand. Unser neues Haus hat so viel Charakter. Es ist voller Potenzial. Aber eben auch voll von anderen Dingen.

»Die Möglichkeiten hier finde ich aufregend«, sage ich. »Mit dem Haus und der Stadt. Ich freue mich schon die ganze Zeit auf den Sommer, wenn wir öfter ins Freie können und das Haus fertig renoviert ist. Aber … letzte Nacht bin ich dauernd aufgewacht. Der Wind draußen, das Geschepper und Geknarr im Haus, das Meer … Ich wache dauernd auf und habe Herzrasen und stelle mir vor …« Meine Stimme verklingt, aber Joe nickt trotzdem.

»Ja. Ich weiß.« Er lässt sich nach vorn sacken, den Kopf gesenkt, das Gesicht unter dem dunklen Haar verborgen. »Und was gibt das da jetzt?«, fragt er mit einem Nicken zu den Tüten vor meinen Füßen hin.

»Ich will dieses Haus zu unserem Haus machen«, sage ich. »Ich will es schön machen. Ich will, dass es ein Zuhause wird.«

Als Joe in die Schule zurückkehrt, gehe ich nach Hause. Das Telefon klingelt, als ich die Haustür aufschließe. Ich greife danach und höre ein Prasseln und dazu ein pfeifendes Geräusch, das sich anhört wie Wind. Ich warte, aber keine Stimme meldet sich. Wahrscheinlich verwählt, oder die Verbindung ist zu schlecht. Ich werde mich davon nicht verrückt machen lassen, heute nicht. Die halb volle Flasche Wein in der Küche lächelt mich an, aber ich räume sie weg, ganz hinten in den Schrank.

Ich schiebe die im Wohnzimmer aufgetürmten Kartons in den Flur hinaus und beginne zu streichen, überdecke den gelblich verfärbten, wasserfleckigen Cremeton der Wände mit weichem Taubengrau. Mit jedem Strich der Farbrolle erwacht das Zimmer zum Leben, und ich muss wieder lachen, allein in meinem Haus. Ich streiche die Geschichte des Hauses weg, streiche Ian Hooper und seine fürchterlichen Verbrechen weg. Ich mache es wieder zu Patricks Haus, einem lebendigen, nicht toten Haus. Einem glücklichen Haus. Einem Zuhause. Ich kann es kaum abwarten, dass Mia und Joe nach Hause kommen und sehen, wie es hier sein kann.

Ich zögere, als ich die Kante neben der Tür erreiche. Auf halber Höhe sind dort Markierungen und Initialen mit Filzstift an die Wand gekritzelt. Eine selbst gemalte Größentabelle. TE und BE. Tom und Billy Evans – Billy, neun Jahre alt, der nie aus der letzten Markierung herauswachsen durfte, und der siebenjährige Tom, der sich unter dem Bett vor dem Monster versteckte und der nach dem Mordprozess verschwand. Von der Rolle tropft Farbe auf den Fußboden, während ich zögere. Muss ich diejenige sein, die sie ein letztes Mal auslöscht? Dann hole ich tief Luft und setze die Rolle an, streiche aufwärts und dann abwärts, decke die gekritzelten Markierungen ab, decke die Geister der beiden kleinen Jungen zu, die einmal hier gelebt haben.

»Scheiß drauf«, sage ich, aber jedes Bedürfnis zu lachen ist mir vergangen, und jetzt steigen Tränen auf, und ein Kloß bildet sich in meiner Kehle. Ich streiche die Wand fertig; dann lege ich die Rolle in ihre Schale und trete zurück, um das Ergebnis zu überprüfen. Die Tabelle ist verschwunden. Die Wand ist glatt und leer.

Mia kommt als Erste aus der Schule, und ich begrüße sie im Flur und folge ihr, als sie Schuhe, Tasche und Mantel auf den Fußboden fallen lässt. Ich widerstehe der Versuchung, ihr zu sagen, dass sie Mantel und Tasche aufhängen soll.

»Und, wie war's?«

Sie zuckt die Achseln, geht weiter in die Küche und öffnet den Kühlschrank. »Es war okay. Bin mir ein bisschen vorgekommen wie ein Alien, weil ich so mitten im Schuljahr aufgekreuzt bin.«

»Waren sie nett zu dir?«

Sie lacht. »Mum – die Einschulung hab ich schon eine Weile hinter mir.«

»Aber trotzdem …«

»Na ja, sie haben sich nicht grade im Kreis hingesetzt und mir ein Willkommensständchen gebracht, aber die meisten sind so weit ganz nett, nehme ich mal an. Die Lehrer sind so wie alle Lehrer. Ein paar Idioten, aber keine kompletten Psychopathen.«

»Dann bin ich froh«, sage ich, öffne einen Schrank und hole ein paar Kekse heraus. »Bin ich wirklich.«

»Und was hast du getrieben?«, fragt sie, während sie die Schokolade von einem Keks leckt.

»Komm mit, sieh's dir an«, sage ich und gehe voraus ins Wohnzimmer; ich freue mich auf ihre Reaktion.

»Sieht gut aus, Mum, aber da hast du was ausgelassen«, sagt sie.

»Was? Wo?«

Mia zeigt auf die Wand gegenüber dem Fenster, auf die Kante neben der Tür. Ein paar Schmetterlinge scheinen der Tapete entkommen zu sein und sich stattdessen in meinem Magen angesiedelt zu haben. In der Farbe sind Linien zu erkennen, gekritzelte Markierungen auf halber Höhe der Wand. Ich trete näher und kann sie lesen – TE und BE, schwächer als zuvor, aber nach wie vor erkennbar.

»Ich male das zu, wenn du willst«, sagt Mia, während sie sich nach der Rolle bückt.

»Nein«, sage ich und packe ihre Hand, bevor sie die Wand berühren kann. »Lass.«

Mia beugt sich vor, um die Initialen sehen zu können, und saugt einen zischenden Atemzug durch die Zähne. »Herrgott – waren *sie* das?«

Ich nicke. Jetzt ist es an ihr zu schaudern.

»Warum willst du das nicht übermalt haben? Es ist verdammt gruselig.«

Meiner Ansicht nach braucht sie nicht zu hören, dass ich bereits versucht habe, die Markierungen zu überstreichen. Keine der anderen Spuren an der Wand schlägt durch. Sie müssen einen Permanentmarker verwendet haben, um die Tabelle dauerhaft auf der Wand zu fixieren, sage ich mir, obwohl ich weiß, wie unwahrscheinlich das klingt.

Mia berührt Toms Initialen, wacklige Buchstaben, die aussehen, als hätte er sie selbst hingeschrieben.

»Es ist so traurig«, flüstert sie.

Wir fahren beide zusammen, als die Haustür zuschlägt und Patrick eine Begrüßung ruft. Mia stürmt hinaus, um ihn in Empfang zu nehmen, und ich höre sie reden, ein Schwall von aufgekratztem Geschnatter über den ersten Schultag, während alles, was ich bekommen habe, ein Achselzucken und ein einziger Satz waren. Ich sehe auf die Uhr – es ist erst halb fünf. Was macht er jetzt schon zu Hause? Ich gehe in den Flur hinaus und treffe ihn dabei an, dass er den Mount Everest aus Kartons anstarrt. Dann sieht er mich an, und ich hebe die Hand, um mein Haar glatt zu streichen, und wünsche mir, ich hätte mir die Zeit genommen, um das verblichene T-Shirt und die ausgebeulten Jeans auszuziehen, die ich zum Streichen getragen habe. Auf Make-up habe ich verzichtet, und heute Morgen bin ich nicht einmal zum Duschen gekommen.

Patrick dagegen sieht genauso aus wie am Morgen, so makellos, wie er immer aussieht – keine Knitter im Hemd, keine Spur von Schweiß, Dreck oder Müdigkeit. Er riecht immer noch nach Duschgel und seinem geliebten würzigen Aftershave. Ich gehe zu ihm, um ihn zu küssen, und ich glaube nicht, dass ich mir das leichte Zurückzucken cinbilde.

»Nehmt euch ein Zimmer«, murmelt Mia, als sie sich auf dem Weg nach oben an uns vorbeischiebt.

»Tut mir leid«, sage ich, während ich mein T-Shirt abklopfe. »Ich hab einfach die Zeit vergessen.«

Er sieht wieder zu dem Stoß Kisten hinüber. »Wie geht es voran mit dem Auspacken?«

»Äh … heute nicht so besonders.«

»Nein? Wie viele Kartons hast du geschafft?«

Ich winde mich. »Keinen.«

»Was?«

»Aber warte – das hat einen Grund. Ich habe eine Überraschung.«

Sein Gesichtsausdruck bleibt wachsam, als ich nach seinem Arm greife und ihn in Richtung Wohnzimmer ziehe. »Mach die Augen zu«, sage ich, manövriere ihn ins Innere und drehe ihn zu den frisch gestrichenen Wänden herum. Bei zweien davon bin ich mit dem Anstrich fertig, und auch mit Tapezieren habe ich angefangen. Ich habe genug getan, dass man sehen kann, wie schön das Haus werden wird – genau wie mein Puppenhaus.

Und ich habe eine weitere Entscheidung getroffen, während ich die Wände gestrichen habe. Ich hole mein Smartphone aus der Tasche. Heute Abend, wenn wir in unserem wunderschönen, frisch renovierten Wohnzimmer sitzen, werde ich Patrick von Carolines Textnachricht erzählen. Wir werden einen Plan machen, uns überlegen, was wir Joe sagen und wann. Ein Neuanfang für uns alle in einem neuen Zuhause.

»Okay, jetzt darfst du gucken.«

Er öffnet die Augen, und ich packe seine Hand und drücke sie, als er die Wände anstarrt und dann nach unten sieht zu dem Halbdutzend Tüten hin, aus denen Tapetenrollen und Farbeimer ragen.

»Überraschung«, sage ich, und mein Lächeln wird breiter, als er sich dreht, um das Ganze in Augenschein zu nehmen. »Es sieht aus wie eins von diesen Zeitschriftenfotos, oder?«

Meine Begeisterung verebbt, als er nicht antwortet. Er bückt sich und hebt die Quittung auf, die aus einer der Tüten gefallen ist. »Du hast wirklich mehr als dreihundert Pfund für Farbe und Tapeten ausgegeben? Für ein einziges Zimmer?«

»Ich weiß, es ist viel, aber sieh dir bloß die Farben an. Sie sind so schön und genau wie in der Zeitschrift, die du mir gezeigt hast.«

»Ja, aber *dreihundert Pfund?*«

»Es tut mir leid. Ich wollte, dass es eine Überraschung wird.«

Er seufzt und fährt sich mit der Hand durchs Haar. »Mir tut es auch leid. Es sieht fantastisch aus, aber …« Er sieht wieder auf die Tüten hinunter. »Vielleicht können wir einen Teil davon zurückgeben.«

»Es tut mir leid«, sage ich wieder. »Aber du hast gesagt, es würde noch eine Menge vom Geld meiner Mutter übrig sein, mit dem wir dann das Haus renovieren können.«

Er zögert, wendet den Blick von mir ab und sieht zu der noch ungestrichenen Wand hinüber. »Die Bank hat mehr als Anzahlung verlangt, als ich erwartet hatte.«

»Was bedeutet das? Wie viel ist jetzt noch übrig?«

Er zögert wieder. »Nichts. Ich habe alles verwenden müssen.«

Ich beiße mich auf die Lippe, hart, und schmecke Blut. *Alles weg.*

»Es ist kein Problem – wir müssen einfach nur vorsichtig sein«, sagt Patrick. »Wenn wir alles erledigen wollen, müssen wir gut planen, in welcher Reihenfolge wir vorgehen. Ich will als Erstes die Küche machen lassen – den Fußboden und die Leitungen. Die großen Dinge, die wichtigen Dinge. Die Innendekoration kann warten.«

»Wie sollen wir das bezahlen, wenn mein gesamtes Geld weg ist?« Ich hatte nicht vor, die Frage so bitter klingen zu lassen.

Patrick faltet die Quittung für die Farbe und die Tapeten und schiebt sie in die Tasche. »Ich sage ja nicht, dass wir nichts tun können. Aber … Ich besorge weiße Farbe. Damit fangen wir an. Ein weißer Anstrich frischt schon mal alles auf, gibt uns eine Grundlage.« Er berührt meinen Arm. »Aber trotzdem, danke, dass du das getan hast. Dass du's versucht hast.«

Ich schrubbe den Regenbogen von Farben aus meiner Vorstellung, das Neapelgelb und Krapprot, das gebrannte Siena und Viridiangrün. Ich habe geglaubt, das Haus könnte meine Leinwand werden, und habe mich von dieser Vorstellung hinreißen lassen.

»Es tut mir leid«, sagt er. »Es wird nicht von Dauer sein – wir müssen einfach wieder ein paar Ersparnisse aufbauen.« Er tritt hinter mich und legt mir die Hände um die Taille. »Holen wir heute Abend deine alten Einrichtungsmagazine raus und planen die Zimmer. Du kannst Moodboards machen, Proben anfordern, und sobald wir wieder flüssig sind …«

Ich schiebe das Gefühl der Ernüchterung von mir, lächele und drehe mich in seinen Armen zu ihm um. »Siehst du? Es ist gefährlich, wenn ich hier sitze und nichts zu tun habe. Ich muss mir ganz dringend einen Job suchen.«

Er beugt sich vor, um mich zu küssen. »Komm, ich mache dir einen Tee.«

In der Tür bleibt er stehen. »Pass mal auf«, sagt er. »Warum gehen wir dieses Wochenende nicht alle auf den Rummelplatz?« Er lacht. »Dort hast du mir erzählt, dass du mit Mia schwanger bist, weißt du noch?«

Natürlich weiß ich das noch. Er hatte an einer der Buden ein Stofftier für Joe gewonnen, und ich habe zu ihm gesagt, er sollte lieber versuchen, noch ein zweites zu gewinnen.

»War das nicht einfach perfekt?«, fragt er. »Herrgott, ich war so glücklich.«

Es war perfekt. Einer dieser Momente, die man abspeichert und für alle Ewigkeit aufbewahrt. Ich sehe auf Carolines Nachricht auf meinem Smartphone. Ist es schlimm, wenn wir noch ein paar Monate warten, bis wir es Joe sagen? Wir können wieder so glücklich sein wie damals – hier, jetzt. Ich muss das für uns alle möglich machen.

Sie ist hübsch und dünn, die Frau, die du mit in das Mörderhaus gebracht hast, langes blasses Haar, kleines blasses Gesicht. Jünger als du, lächelnd, aber zerbrechlich, Ringe unter den Augen, als wäre sie die ganze Nacht auf gewesen. Ich frage mich, ob auch sie die Träume hat.

Ich verfolge, wie sie sich durchs Haus bewegt, Widerwillen in jedem einzelnen Schritt. Ich beobachte, wie sie ins Freie hinausgeht und in tiefen Atemzügen Luft in sich hineinsaugt, als hätte sie den Atem angehalten, die ganze Zeit, die sie drinnen war

Jemand bleibt stehen und sagt etwas zu ihr. Sie lächelt, und selbst von der anderen Straßenseite aus kann ich noch etwas Verzweifel-

tes in ihr erkennen. Ich sehe eine Frau, die so gottverdammt bedürftig ist, dass mir zugleich aufgeht, wie einfach es wäre, sie zu Staub zu zerschmettern.

Ich könnte ihr ein paar Geschichten erzählen, bei denen ihr Lächeln ersterben würde. Ich könnte ihr erzählen, was unter der Tapete verborgen ist. Ich könnte ihr von den Löchern in den Wänden erzählen und was sie verursacht hat und wie sie zu Orten wurden, an denen man … Dinge verstecken kann.

Sie weiß von nichts. Sie sieht nur das frische Blut.

KAPITEL 9

Sarah? Erde an Sarah?«

Ich sehe Patrick an. Wie lange redet er schon mit mir? Wovon redet er? »Sorry.«

»Hast du ein Wort von dem gehört, was ich gerade gesagt habe? Zeit zu gehen.« Sein Blick wandert zu den Tabletten, die ich vor mir liegen habe. »Du hast doch deine Medikamente genommen, oder?«

»Ja«, sage ich. »Aber ich bin mir nicht sicher, ob die so wirken, wie sie sollten. Die Nebenwirkungen müssten inzwischen doch abgeklungen sein, oder? Ich fühle mich nicht besser – wenn überhaupt, dann fühle ich mich schlechter. Müde. Ich habe dauernd Kopfschmerzen und keine Lust, irgendwas zu tun.«

»Es wird sich wieder legen – der Arzt hat uns vor den Nebenwirkungen gewarnt, weißt du noch?«

»Ja, aber er hat auch gesagt, wir sollen wiederkommen, wenn sie nicht schwächer werden. Es war nicht so gedacht, dass ich diese Pillen so lang nehme, oder?«

»Gib ihnen noch ein bisschen Zeit. Ich sehe da schon Verbesserungen – du bist weniger ängstlich, ruhiger. Joe und Mia haben das auch gesagt.«

So, haben sie? Ich nehme jetzt andere Tabletten, nicht mehr das Temazepam – angeblich schwächer, weniger Nebenwirkungen, weniger Suchtpotenzial. Aber mein Mund fühlt sich trocken an, und meine Hände zittern. Wir sind erst seit einer Woche hier, und ich habe die Hälfte der Zeit mit Schlafen verbracht. Inwiefern ist das besser als vorher?

»Gib ihnen Zeit«, sagt er wieder.

Zeit. Wie viel Zeit soll ich den Dingern noch geben?

Im Flur klingelt das Telefon, und Patrick geht hinaus, um abzunehmen. Ich höre ihn mehrmals Hallo sagen; dann kommt er kopfschüttelnd wieder herein.

»Wer war das?«

»Da war niemand dran – wahrscheinlich irgend so ein Verkaufsanruf aus dem Ausland. Komm«, sagt er, während er mich auf die Beine zieht. »Lass uns eine neue Küche besorgen.«

»Bist du sicher, dass du dafür Zeit hast? Solltest du nicht bei der Arbeit sein?«

Wir stehen mitten im Showroom eines Baumarkts und hoffen, unsere nüchternen Maße und Fotos in eine Traumküche umsetzen zu können. Patrick öffnet einen weiteren Küchenschrank, vergleicht ihn mit dem Prospekt in seiner Hand. »Das hier ist wichtiger.«

Er sieht müde aus; die Ringe unter seinen Augen sind so schwarz wie seine Jacke. Am Hinterkopf steht eine Haarsträhne hoch, und diese Tatsache macht mir mehr zu schaffen als die Knitterfalten in seinem Hemd und die neuen Linien in seinem Gesicht.

»Aber ...«

Er runzelt die Stirn. Ich ruiniere ihm das hier gerade. »Es tut mir leid. Ich erinnere mich, dass du gesagt hast, es wäre gerade sehr hektisch, das ist alles.«

Ein Wimpernschlag. »Sie haben mir für heute freigegeben.«

Jetzt haben sie ihm freigegeben? Ich sehe ihm forschend ins Gesicht, aber er studiert den Prospekt. Letzte Woche hat er mir erzählt, es gäbe viel zu viel zu tun, als dass er sich mehr als den Umzugstag freinehmen konnte. Aber ich bin froh. Er braucht etwas Urlaub. Er hat letzte Nacht nicht geschlafen. Ich bin früh ins Bett gegangen und habe um halb zehn geschlafen wie ein Stein. Als ich aufwachte, ich bin mir nicht sicher, wie spät es war, hat er im Schlaf gestöhnt und etwas vor sich hin geflüstert, wieder und wieder. Sinnloses, zusammenhangloses Zeug, aber nichtsdestoweniger lief es mir kalt den Rücken hinunter dabei. Es war wie damals, als er diese Albträume hatte, aber irgendwie war es diesmal anders, irgendwie noch schlimmer.

Er ist aufgewacht, hat sich mit einem Keuchen aufgesetzt, und ich habe mich schlafend gestellt. Ich weiß nicht, warum ich mich nicht aufgerichtet und ihn getröstet habe.

»Das ist jetzt der Anfang, Sarah«, sagt Patrick und deutet mit dem Kinn auf das Foto einer wunderschönen Küche hinunter, die er in dem Prospekt angestrichen hat. »Das ist der Moment, in dem es perfekt wird. Du wirst sehen, was dieses Haus sein kann. Neue Geräte, ordentliche Verkabelungen und Rohre. Wir finanzieren das unabhängig von der Hypothek, und die Dekoration machen wir, wenn das hier erledigt ist, ich versprech's.«

Ich lasse mich mitreißen. Wir sind durch die Schauküchen geschlendert, als sei dies ein gigantisches Puppenhaus nur für uns allein. Wir haben uns von dem Angestellten bezirzen lassen mit seinen versteckten Schubladen, Doppelbacköfen und Einbauleuchten. Wir haben zu allem und jedem Ja gesagt, obwohl wir noch nicht wissen, wie wir den Kredit zurückzahlen werden.

»Wir suchen als Nächstes den Bodenbelag und die Fliesen aus, und wenn das alles erledigt ist, sehen wir uns nach einem neuen Bad um«, flüstert Patrick. Seine Lippen berühren mein Ohr, und ich schaudere. Etwas früher habe ich lachen müssen – wir haben geradezu geschmachtet über einem albernen Hahn, der augenblicklich kochendes Wasser liefert. Wann sind wir eigentlich zu Leuten geworden, für die ein Besuch bei so einem verdammten B&Q-Baumarkt den Höhepunkt der Woche darstellt?

Ich folge ihm, als er auf den erwartungsvoll in unserer Nähe herumstehenden Verkäufer zugeht. Aber dies ist eine Verbesserung, sage ich mir. Besser, diese Frau zu sein, als die Person, die ich vor unserm Umzug hierher war. Vielleicht hat das Haus, der Neuanfang, ja doch etwas bewirkt. Der Verkäufer, fünfzehn Jahre jünger als wir, sieht ein Paar an der Schwelle der mittleren Jahre; sie reden über Stauraum und die Abendessen mit der Familie, eins von Hunderten solcher Paare, mit denen er jede Woche zu tun hat. Was er nicht sieht, ist eine Frau, die erst drei Monate zuvor aus dem Krankenhaus entlassen wurde, nachdem sie eine Überdosis genommen hatte, deren Leben eine einzige Lüge ist. Es ist besser, die Frau zu sein, die der Verkäufer sieht, die Frau, die Patrick sich in der perfekten Küche seiner Träume vorstellt, mit den hellen Schrankelementen und dem eingebauten Weinkühler.

Der Verkäufer räuspert sich, und ich blicke auf. Das breite Verkäuferlächeln ist verschwunden, und rote Flecken sind auf seinen Wangen erschienen. »Es tut mir leid, Mr. und Mrs. Walker, aber ich fürchte, die Finanzierung wird abgelehnt. Haben Sie noch eine andere Möglichkeit, die Küche zu finanzieren?«

Ich muss fast rennen, um mit Patricks langen Schritten mitzuhalten, als er zum Auto zurückmarschiert. Wir steigen ein, und Patrick schlägt die Fahrertür so heftig zu, dass das Auto zu schwanken beginnt. Er sitzt da, die Hände so fest ums Lenkrad geschlossen, dass die Knöchel weiß hervortreten, aber er lässt den Motor nicht an. Einen idiotischen Moment lang habe ich da drin gedacht, er würde sich auf den Verkäufer stürzen. Der Ausdruck in seinem Gesicht ... Aber das ist nicht Patrick. Patrick verliert die Selbstbeherrschung nicht. Er wird kaum je auch nur ärgerlich, und wenn er es tut, dann ist es ein kühler, kein tätlicher Ärger.

»Es ist nicht so wichtig«, sage ich. »Wir brauchen keine neue Küche, vorläufig noch nicht. Wir können die Schränke streichen, die da sind. Es wird genauso gut aussehen wie diese Schauküchen, und wir können uns mit den Geräten behelfen, die wir schon haben.«

»Scheiße, ich will mich aber nicht *behelfen!*« Er brüllt das letzte Wort und versetzt dem Lenkrad einen Hieb, und ich fahre zusammen.

Mein Herz hämmert, als Patrick den Motor anlässt und ohne ein weiteres Wort vom Parkplatz fährt. In seiner Wange zuckt ein Muskel, und ich bin wie erstarrt; die gebrüllten Worte hallen mir in den Ohren, und ich halte in der aufgeladenen Spannung des Autos den Atem an. Mir ist immer noch heiß angesichts der Demütigung, den Laden verlassen zu müssen, weil die Finanzierung abgelehnt wurde. Ich habe keine Ahnung, warum wir sie nicht bekommen haben – Autos und Kreditkarten wurden finanziert, und soviel ich weiß, haben wir keine Schulden. Abgesehen von der Hypothek für das Haus natürlich. War das der Grund? Es läuft alles über Patrick – ich habe kein Einkommen, ich selbst hatte auch keine Ersparnisse außer dem Geld meiner Mutter. Patrick hat alles geregelt, und er hat mir versichert, mit dem Geld meiner Mutter würden wir auskommen. Wir haben noch weitere

Ersparnisse, Patricks Rentenfonds ... Mein Herzschlag wird wieder schneller. Die Bank kann ihm ja nicht gestattet haben, *alles* einzusetzen, um die Hypothek aufzunehmen, oder?

Wir haben vor dem Haus geparkt, bevor Patrick wieder etwas sagt. »Als mein Vater seine Stelle verloren hatte, hat er eine zweite Hypothek auf das Haus aufgenommen. Er hat es verkommen lassen, er ist zu jemandem geworden, den ich ... nicht wiedererkannt habe. Es war so *perfekt* vorher. Meine Eltern waren stolz darauf, wie perfekt es war. Damals, als ich noch gedacht habe, es würde eines Tages mir gehören, habe ich mir gesagt, ich würde das weiterführen. Ich würde es noch perfekter machen. So wie es früher war. Alles perfekt, alles schön. Aber ich bin nicht besser als er, oder? Ich kriege nicht mal eine Fünfzehntausend-Pfund-Küche finanziert.«

»Patrick ...« Ich strecke den Arm aus, um die Hand über seine zu legen, aber er zieht sie ruckartig fort.

»Lass es. Okay, Sarah? Lass es einfach.«

Am Tag darauf rufe ich Caroline an, aber ich lande direkt auf der Voicemail. »Caroline, ich bin's. Es tut mir leid, dass ich dich nicht zurückgerufen habe. Ich brauchte für den Umzug ein bisschen Zeit – Zeit für mich und Patrick. Und es ist gut hier, ich weiß, dass du mir das nicht glauben wirst, aber es ist wirklich so. Das war eine gute Entscheidung. Mir geht es besser hier. Patrick ...« Nein, sein Ausbruch war ein kurzer Kontrollverlust. Und absolut verständlich. »Patrick ist glücklich, wir sind glücklich.« Ich zögere. Ich wollte eigentlich sagen *Komm uns besuchen,* aber vielleicht brauchen wir erst noch eine Weile, um uns einzuleben. »Es ist alles noch ein bisschen chaotisch hier, aber ruf mich zurück, und wir können einen Termin für in ein paar Wochen ausmachen, damit du uns besuchen kommst, okay?«

Ich lege das Telefon wieder hin und sehe mich im Zimmer um. In meiner Entschlossenheit, dies auch ohne schicke neue Küchen und Badezimmer zu einem Erfolg zu machen, habe ich mit einem umfassenden Frühjahrsputz begonnen. Ich habe Kissen auf das Wohnzimmersofa gelegt, Bilder an den Wänden aufgehängt.

Das alte Gasfeuer ist nicht gerade der holzbefeuerte Kamin unserer Träume, aber es verbreitet Wärme und ein heimeliges Glimmen. Ich habe Duftkerzen angezündet und Blumen auf den Sofatisch gestellt. Im Zimmer riecht es nach dem Zimtaroma der Kerzen und nach Möbelpolitur. Noch nicht schön vielleicht, aber auf dem Weg dahin.

Aber obwohl das Wohnzimmer hell und sonnig sein sollte, liegt es nach wie vor im Schatten, denn das Fensterglas ist milchig, nur noch halb durchsichtig. Ich habe es schon am Wochenende bemerkt, aber heute wirkt es noch viel schlimmer. Ich stehe vor dem großen Erkerfenster und sehe draußen einen Geist vorbeigehen, eine undeutliche Gestalt. Ich trete dichter heran, und der Geist wird zu einem alten Mann, der seinen Hund ausführt. Ich beuge mich vor, um das Glas zu berühren. Glatt. Was es auch immer ist, es ist nicht auf der Innenseite. Es ist, als entwickelte das Haus eine Versiegelung, um uns vor der Außenwelt zu verbergen. Mir wird die Kehle eng, als vor meinem inneren Auge Bilder davon erscheinen, wie wir eines Tages aufwachen und feststellen, dass alle Fenster und Türen verschwunden und wir für immer im Mörderhaus gefangen sind.

Nein. Aufhören. Ich drücke beide Hände auf den Bauch, als könnte ich die wachsende Nervosität zurückdrängen.

Ich suche mir einen Lappen, fülle einen Eimer mit heißem Wasser und gehe ins Freie. Unter dem Erkerfenster ist ein Beet, das Patrick frisch umgegraben hat, um es mit Pflanzen zu bestücken. Üppige, dunkelbraune Erde, die von Würmern wimmelt. Das weiß ich, weil ich beobachtet habe, wie die Vögel heruntergeflattert kamen, um sie aufzupicken, die paar Vögel, die sich den Winter über nicht in sonnigere Gegenden davongemacht haben.

Ich beuge mich vor, über das Beet hinweg, um die Scheibe zu berühren. Das Glas ist nicht glatt; es fühlt sich körnig an. Ich lehne mich noch weiter vor und berühre die Scheibe aus einer Eingebung heraus mit der Zunge.

»Es ist Salz«, sagt jemand in meinem Rücken, und ich stolpere; mein Fuß sinkt tief in die nasse, wurmige Erde ein.

»Scheiße.«

»Nein, es ist ganz entschieden Salz«, sagt er lachend, und ich drehe mich um und stiere ihn wütend an.

Ich kenne ihn nicht, aber er sieht weder meinen schlammbedeckten Fuß an noch die Verrückte, die Fenster ableckt; er sieht stattdessen an der Fassade hinauf. »Es liegt daran, dass ihr so nah am Meer wohnt«, sagt er. »Salzablagerungen. An dieser Straße ist es am schlimmsten – das Haus steht den ganzen Tag im Wind. Im Moment geht es noch, aber es wird schlimmer, wenn man nichts tut. Eigentlich muss man sie jede Woche putzen, vor allem im Winter. Ein, zwei Wochen bevor Sie eingezogen sind, hatten sie jemanden da, der die Fenster geputzt hat – Sie könnten sich bei der Maklerfirma erkundigen, wen die beauftragt haben.«

Es ist eine merkwürdige Erfahrung, dass ein Fremder mir mitteilt, wann meine Fenster zum letzten Mal geputzt wurden. Ich versuche mir diesen Mann an der Stelle vorzustellen, wo ich den Beobachter gesehen habe. Sind sie gleich groß? Ich habe den Betreffenden nie wirklich gesehen, immer nur einen undeutlichen Umriss ausmachen können.

»Wahrscheinlich haben Sie es auch am Schlafzimmerfenster schon bemerkt.« Er zeigt nach oben zum Fenster meines Zimmers.

Ich mache einen Schritt rückwärts in Richtung Haustür. Hat er gesehen, wie ich zum Fenster hinausgespäht habe? »Woher wissen Sie, welches mein Schlafzimmer ist?«

Er zwinkert. Lächelt. »Geraten. Es hat den besten Blick.«

»Wer sind Sie – ein Fensterputzer auf Arbeitssuche?«

»Ich bin Ben Owens. Aus der Galerie. Entschuldigen Sie, dass ich einfach vorbeikomme, aber Ihre Freundin Anna hat gesagt, Sie hätten ein paar Bilder, die Sie uns zeigen könnten.«

»Oh, okay. Sie hat nicht gesagt … Ich habe nichts da, das man vorzeigen könnte. Ich habe nicht damit gerechnet …«

Sein Lächeln erlischt. »Es tut mir leid. Ich dachte, Sie wüssten, dass ich mich melden würde. Anna hat mir die Nummer gegeben, aber ich bin sowieso gerade hier vorbeigekommen, also …«

Er war unterwegs aus der Stadt hinaus, nicht hinein. Vorbeigekommen auf dem Weg wohin? Ich sehe mich um, aber es ist sonst niemand in Sichtweite. Ich mache einen weiteren Schritt auf das Haus zu. Mein Smartphone summt, und als ich auf die Anzeige hinuntersehe, finde ich eine Nachricht von Anna: *Sei nicht bös du bist zu gut um dich zu verstecken dachte du traust dich vllt nicht in die galerie zu gehen, ben sagt er meldet sich heute wollte dir gestern noch bescheid sagen sorry!!*

Ich sehe an Ben vorbei und erwarte beinahe, Anna zu sehen. Woher wusste sie, dass sie die Nachricht genau jetzt schicken musste, in dem Moment, in dem er aufgetaucht ist? Bens Blick geht von der offenen Haustür zu dem Gemälde, das Patrick im Flur aufgehängt hat, meiner scharfkantigen Lügenversion von Patricks Kindheitstraum auf Leinwand.

»Ist das eins von Ihren?«, fragt Ben, und ich nicke.

»Bei Ihnen sieht es aus wie …«

»Ich weiß.«

»Ich hab früher die Familie gekannt, die hier im Haus gewohnt hat.«

Mein Gesicht wird heiß. »Meinen Sie …«

»Nein, nein. Natürlich habe ich die Evans' gekannt, aber nur vom Sehen, weil sie eben in der Stadt gewohnt haben. Ich war auswärts am College, als die … als es passiert ist. Ich meine die Leute vorher. Sie hatten einen Sohn in meinem Alter – er hieß Patrick«, sagt er.

»Sie kennen Patrick? Er ist mein Mann. Ich bin Sarah Walker.«

Jetzt ist es an ihm, einen Schritt rückwärts zu machen; er wirkt verblüfft. »Er ist *zurückgekommen?*«

»Das Haus stand zum Verkauf, und er hat sich immer gewünscht, wieder hierherzuziehen. Wir haben uns das immer gewünscht, meine ich.«

»Das ist … Herrgott. Sorry, aber davon hat Anna gar nichts gesagt. Ich hätte nie gedacht …«

Ich zwinge mich zu einem Lächeln. »Ich werde Patrick erzählen, dass Sie vorbeigekommen sind – er wird sich bestimmt bei seinem alten Freund melden wollen.« Dann breche ich ab, weil mir Patricks Worte wieder einfallen: *Die, die sich jetzt noch an mich erinnern, sind keine Freunde.*

Ben schüttelt den Kopf. »Ich würde uns nicht als Freunde beschreiben. Wir sind einfach nur zusammen zur Schule gegangen.« Er sieht wieder das Gemälde an. »Darf ich die anderen auch sehen?« Er kommt näher, und trotz seines Lächelns bleibe ich wachsam.

»Ich habe schon seit einer ganzen Weile nichts Neues mehr gemalt«, sage ich. »Aber ich habe ein paar Leinwände im Haus. Meinen Sie, die Leute würden so was kaufen wollen?« Ich will wieder Geld auf dem Konto haben. Der erfolglose Besuch in dem Küchenschauraum hat eine Panik ausgelöst, die nicht abklingen will – er hat die Erinnerungen an die wenigen fürchterlichen Monate wieder hervorgerufen, als Patrick vor nunmehr fast zehn Jahren einmal kurzzeitig arbeitslos war und wir gezwungen waren, die Hypothek und sämtliche Rechnungen mit der Kreditkarte zu bezahlen. Haben wir uns nicht geschworen, nie wieder in eine solche Lage zu geraten?

»Wenn sie so gut sind wie dieses? Mit Sicherheit. Entschuldigen Sie, wenn ich Sie jetzt überrumpelt habe. Anna hat von Ihnen geschwärmt, und …« Er zuckt die Achseln. »Es war eine Eingebung. Es tut mir leid.« Er wendet sich ab, um zu gehen.

»Moment noch«, rufe ich ihm nach.

Ich kenne diesen Mann nicht. Er ist ein Fremder. Er hat Patrick gekannt, und Anna kennt ihn. Sie hätte ihn nicht zu mir geschickt, wenn sie ihm nicht vertrauen würde, oder? Ich bin mir sicher, es ist ungefährlich. Aber ich bin immer noch nervös, und daher bitte ich ihn nicht herein.

»Können Sie einen Moment hier warten?« Ich gehe wieder ins Haus und geradewegs ins Wohnzimmer, wo ein halbes Dutzend Leinwände hinter der Tür aufgestapelt ist.

Ich lasse Ben in dem engen Hausflur die Bilder durchsehen, stehe zwischen ihm und der offenen Haustür, hinter ihm, sodass ich sein Gesicht nicht sehen kann, die Arme verschränkt, während meine Nägel sich in die Handflächen graben. Er sieht sich über die Schulter nach mir um und lächelt ein Lächeln, das sein gesamtes Gesicht einnimmt, keine finsteren Stirnfalten bei ihm, nur Lachfalten.

»Die sind wundervoll«, sagt er, und die drei Worte spülen Patricks Bedenken mit sich fort. »Das müssen wir einfach zeigen.«

»Ich bin mir nicht sicher, dass meine Bilder zu dem passen, was Sie ausstellen.« Ich winde mich – o Gott, hätte ich das sagen sollen? Was, wenn er das Gemälde im Schaufenster fabelhaft findet? Aber er scheint es mir nicht übel zu nehmen – er lacht.

»Keine Sorge. Der Maler im Fenster ist bei den Touristen sehr beliebt, also habe ich immer ein paar von seinen Bildern da. Aber Ihre Arbeiten kommen dem, was ich gern ausstellen möchte, sehr viel näher.« Die Unterhaltung hat jetzt auch all meine Vorbehalte gegen Ben davongespült. Er ist selbst Maler. Er hat freundliche Augen in der Farbe von Kieseln am Strand. Er malt Meereslandschaften, aber sie sind nicht wie das aufdringliche Bild in Primärfarben, das Anna und ich im Schaufenster gesehen haben. Er zeigt mir ein paar Fotos auf seinem Smartphone; Bens Bilder sind ruhig und einsam, vom Wasser aufsteigender Nebel, Schatten und Spiegelungen.

Er steht neben mir, während er mir von den kleinen Buchten erzählt, die er aufsucht, um zu malen. Seine Schulter streift meine. Ich glaube, er flirtet mit mir, dieser Mann, der Farbe unter den Fingernägeln hat und dessen zerknittertes Hemd nach Leinöl, Zigarettenrauch und dem Meer riecht. Es sollte mich stören, aber es tut es nicht.

Er flirtet mit mir, während wir im Hausflur des Mörderhauses stehen und er mir mitteilt, ich könnte auch eine Einzelausstellung bekommen, wenn ich noch ein paar neue Bilder male. Was wird Patrick denken, wenn ich ihm davon erzähle? Ich beiße mir auf die Lippe. Vorläufig brauche ich gar nichts zu erzählen.

»Darf ich Sie zum Abendessen einladen?«, fragt Ben, als er wieder ins Freie hinaustritt und mir zum Abschied die Hand hinstreckt. »Um die neue Künstlerin in der Galerie zu begrüßen?«

Seine Handfläche ist warm und trocken, und ich schlucke, als seine rauere Haut meine streift. Es ist ein Handschlag, sonst nichts, eine Begegnung zweier Fremder, warum also ziehe ich die

Hand so abrupt zurück? Warum sehe ich mich um, um mich zu vergewissern, dass niemand uns beobachtet?

»Mich und Patrick, meinen Sie?«,

Er zögert. »Natürlich, wenn Sie mögen.«

Aber mir ist klar, dass er nicht an ein Abendessen zu dritt gedacht hat. Warum lädt er mich zum Essen ein, flirtet mit mir im Flur meines eigenen Hauses, wenn er weiß, dass ich verheiratet bin? Wenn er den Mann kennt, mit dem ich verheiratet bin?

»Ich glaube nicht, dass das eine gute Idee wäre«, sage ich.

Ben und das, was er mir anbietet – das ist nicht das Abenteuer, das ich will.

»Keine Malerei heute?«, fragt Patrick, als er nach Hause kommt, und mustert den Stoß unberührter Farbeimer.

»Nein, ich ... mir ist was dazwischengekommen.« Ich wende das Gesicht ab, nur für den Fall, dass er mir mein schlechtes Gewissen ansieht. Albern, ich weiß – es gibt nichts, weshalb ich ein schlechtes Gewissen haben müsste.

»Dazwischengekommen? Was denn?«

»Ich wollte rausgehen. Mir die Stadt noch ein bisschen ansehen.«

Es entsteht eine Pause, während Patrick sein Jackett aufhängt und sich vorbeugt, um einen Blick in den Spiegel zu werfen, und sich das Haar glatt streicht.

»Hast du das nicht letzte Woche schon gemacht? Ich glaube eigentlich nicht, dass du viel Zeit zum Weggehen hast, oder?«

»Komm schon, es ist nicht meine Schuld, dass wir die Finanzierung für die Küche nicht gekriegt haben. Mich brauchst du nicht anzuknurren.«

»Ich will nicht über die verdammte Küche reden. Ich sage bloß, du solltest mit dem Auspacken und Streichen fertig sein, bevor du wieder wegrennst.«

»Sperrst du mich ein, bis ich fertig bin?«, sage ich lächelnd, aber er lächelt nicht zurück.

»Es wäre nett, wenn du *irgendwas* tust, während ich sechzig Stunden in der Woche arbeite.«

Ich mache einen Schritt zurück, erschrocken über die Bitterkeit in seiner Stimme. Unsere Blicke treffen sich im Spiegel, und hinter mir sehe ich die Eimer mit der billigen weißen Farbe, die im Flur aufgereiht sind.

Ich verschränke die Arme und wende mich von der Farbe ab, lasse ihn stehen und gehe ins Wohnzimmer. Ich versteife mich, als ich ihn hereinkommen höre.

»Es tut mir leid«, sagt er; seine Stimme klingt bedrückt. Er hört sich müde an. »Ich will keinen Streit anfangen. Aber ich wünschte …«

»Sieh mal«, unterbreche ich ihn und zeige auf das Fenster. »Das Glas wird trüb.«

Er beugt sich vor und runzelt die Stirn. »Das hatte ich vergessen. Lass es, wie es ist. Es ist billiger als Gardinen.«

»Was?« Seine Reaktion entlockt mir ein verblüfftes Auflachen.

»Das hat meine Mutter immer gesagt.«

»Deine *Mutter?* Die Frau, die ein Staubkorn auf eine Million Meter gesehen hat?«

Patrick zuckt die Achseln. »Besser trübe Scheiben als Leute, die reingucken. Eigentlich müsstest du dich darüber freuen.«

Er glaubt nicht, dass jemand das Haus beobachtet. Ich merke es an dem sarkastischen Tonfall. Sei nett zu dem kleinen Dummerchen, das bei jedem Geräusch erschrickt und Leute sieht, die durchs Fenster hereinstarren.

»Aber …«

Er seufzt. »Ich erkundige mich nach jemandem, der die Fenster putzen kann. Aber lass es für den Moment einfach so, okay? Ich brauche das zu allem anderen nicht auch noch.«

Aber es kommt mir *verkehrt* vor. So vollkommen uncharakteristisch für Patrick und seine Besessenheit von der Perfektion. Und noch verkehrter, wenn ich mir vorstelle, dass seine Mutter ebenso gelassen reagiert haben soll.

Nachdem Patrick aus dem Zimmer gegangen ist, trete ich näher ans Fenster. Das Meer ist heute grau und aufgewühlt, der Himmel finster, mit dunklen Wolken verhangen. Das Glas ist verkrustet von Salz mit Ausnahme der einen klaren Stelle, wo ich es abgeleckt habe. Die Stelle sieht aus wie ein I – als meldete ich meinen Anspruch an: *Ich* lebe hier, *ich* existiere. Und sie liefert mir einen perfekten Türspion – ich kann hinaussehen, aber niemand zu mir herein.

KAPITEL 10

Ich spüle gerade das Frühstücksgeschirr, als Patrick am nächsten Morgen hereinkommt, um sich zu verabschieden. Er zieht mich in seine Arme und lehnt sekundenlang seine Stirn an meine. »Es tut mir leid, dass ich gestern so schlechte Laune hatte. Du hattest recht – ich war enttäuscht wegen der Küche und hab es an dir ausgelassen.«

»Ist schon gut«, sage ich. »Ich verstehe schon. Aber es wird schon noch werden – wir haben noch das ganze Leben Zeit, uns neue Küchen zuzulegen. Es muss ja nicht vom ersten Moment an alles perfekt sein.«

»Ich *will* aber, dass es das ist.« Er tritt zurück. Der Tonfall klingt leichthin, aber ich höre den Unterton von Frustration. »Räum die Kartons fertig aus, okay? Wenn du mit denen fertig bist, besorgen wir noch mehr Farbe und streichen das Wohnzimmer zu Ende.«

Meine Hand schließt sich hart um den Spülschwamm; Wasser tropft hinunter und klatscht mir auf den Fuß. Ich erinnere mich an die Zeit zu Beginn unserer Ehe, als Patrick gesagt hat, ich solle den Haushalt Haushalt sein lassen und mir den Tag zum Malen nehmen, es ausnutzen, dass die Kinder in der Schule sind und ich Zeit für mich selbst habe.

Ich bin auf mich selbst ärgerlicher als auf ihn. Es war nicht er, der mich in diese Lage gebracht hat, ich habe mich so weit bringen lassen. Kein Berufsabschluss, keine Beschäftigungsnachweise; ich habe mich seinetwegen in ein Stepford-Frauchen verwandelt. Ist das nicht schon die halbe Begründung dafür, dass ich um sechs Uhr nachmittags nach der Weinflasche greife und mich nach der chemischen Gelassenheit sehne, die meine Tabletten mir verschaffen?

Die Haustür schlägt zu, und ich beiße die Zähne zusammen, als ich mich vom Spülbecken abwende, um mir Kaffee zu machen. Ich bin mit dem Becher auf dem Weg ins Wohnzimmer, als mir auffällt, dass die Kellertür offen steht. Sie war vor ein paar Minuten mit Sicherheit noch nicht offen. Es war das Erste, was

Patrick beim Einzug getan hat – sicherzustellen, dass die Tür abgeschlossen war.

»Da unten werden wir die gefährlichen Sachen aufbewahren – Chemikalien, Farbverdünner, Bleichmittel. Es ist sonst zu riskant für die Kinder«, hat er gesagt, während er den Schlüssel in dem rostigen Schloss drehte – als wären Joe und Mia drei Jahre alt.

Aber jetzt steht die Tür offen, und der Schlüssel steckt im Schloss. Mein Herz hämmert, und die Härchen im Nacken stellen sich auf. Patrick muss sie geöffnet haben, bevor er gegangen ist.

Aber er hat nichts dergleichen getan. Ich habe gesehen, wie er Brieftasche und Schlüssel von dem Tisch im Flur genommen hat, und dann bin ich ihm zur Haustür gefolgt, um mich von ihm zu verabschieden. Die Kellertür war nicht offen. Ich erinnere mich nicht einmal, den Schlüssel im Schloss gesehen zu haben. Hat Patrick den Schlüssel nicht in der Küchenschublade verstaut, an einem Ring, an dem auch alle anderen Ersatzschlüssel hängen? Ich zögere, bevor ich die Kellertür wieder schließe. Natürlich muss Patrick sie geöffnet haben. Ich versuche den Schlüssel zu drehen, aber er lässt sich nicht bewegen, und so bin ich gezwungen, die Tür unabgeschlossen zu lassen, als ich mich wieder in die Küche zurückziehe. Ich öffne die Schublade und nehme den Schlüsselbund heraus, während ein eisiger Schauer von Furcht durch meine Adern zieht. Der Kellerschlüssel hängt nach wie vor an dem Ring.

Ruhig. Ruhig bleiben, Sarah. Patrick hat einen zweiten Schlüssel anfertigen lassen, das ist alles.

Aber keiner der Schlüssel sieht neu aus,

Ich stehe (verstecke mich) immer noch in der Küche, als jemand an der Haustür klopft. Ich fahre zusammen und muss dann lachen, weil ich im ersten Moment und einen idiotischen Augenblick lang gedacht habe, jemand wäre im Keller und würde von innen an diese nicht abgeschlossene Tür klopfen.

Ich werde an der Kellertür vorbeigehen müssen, um zur Haustür zu kommen, und instinktiv will ich mich verstecken, warten, bis der Besucher wieder verschwindet. Dann fällt mir ein, dass es Caroline sein könnte, mit der ich seit dem Tag im Krankenhaus kaum ein Wort gesprochen habe, sei es persönlich oder am Telefon. Ich habe vermieden, ihre Anrufe anzunehmen, es aufgeschoben, sie einzuladen – aber im Moment wünsche ich mir einfach, dass sie all das ignoriert und uneingeladen hier auftaucht.

Aber es ist nicht Caroline, es ist Anna. Sie ist ganz in Schwarz, Jeans, Stiefel, Lederjacke, ein schwarzer Schal mit weißen Sternen. Die mit einem rot karierten Tuch abgedeckte Platte, die sie trägt, sieht gegen all das deplatziert aus, wie ein Witz. Wenn man das Tuch anhebt, wird etwas darunter hervorspringen.

»Tut mir leid, ich weiß, dass ich ein bisschen früh dran bin«, sagt sie. »Aber nachher muss ich arbeiten. Ich hab Kuchen mitgebracht – nicht hausgemacht, sorry. Ist im Café übrig geblieben.«

Ich habe vergessen, dass ich sie eingeladen hatte, heute vorbeizukommen. Sie hält einen wachsamen Zweimeterabstand von der Haustür und sieht aus, als würde sie jeden Moment die Flucht ergreifen. Hinter mir geht die Kellertür klickend wieder auf und beginnt in dem Luftzug, der durch die Haustür hereinkommt, sacht vor- und zurückzuschwingen.

Ich nehme den Kuchen und stelle ihn auf dem Tisch im Hausflur ab, bevor ich ins Freie trete und die Tür hinter mir zuziehe.

»Danke, das ist wirklich nett, aber … Planänderung«, sage ich. »Können wir irgendwo hingehen?«

Sie zögert, und ich frage mich, ob sie sich als eine zweite Lyn Barrett herausstellen wird, ob sie gar nicht meinetwegen hier ist, sondern auf eine Führung durch das Mörderhaus hofft. Aber sie zuckt die Achseln. »Klar«, sagt sie und wendet dem Haus den Rücken zu. Mir ist leichter ums Herz, als ich die Tür abschließe und ihr die Straße entlang folge.

Sie nimmt mich mit auf den Rummelplatz. »Ich komme dauernd her«, sagt sie. »Ich liebe es hier, ich liebe es wahnsinnig. Es weckt mein inneres Kind – ist es nicht das Beste, einen Rummelplatz direkt vor der Tür zu haben? Ich komme nicht mal wegen der Fahrgeschäfte, ich beobachte einfach nur die Leute. Die ganzen Lichter und der Lärm und die Gerüche, es ist unschlagbar.«

Ich rieche süße Zuckerwatte, ein fleischiges Aroma vom Hotdog-Stand her, das Ganze gemischt mit dem Geruch vom Schweiß und Parfüm der Leute, die an uns vorbeigehen. Es ist noch ruhig so früh am Tag, aber die Lichter an den Fahrgeschäften blinken, blecherne Musikstücke mischen sich oder kämpfen gegeneinander an, als wir die Runde machen, ein einsamer Luftballon in Einhornform schwebt in die Ferne davon. Ich weiß, was sie meint: Es riecht nach Kindheit. Ausflüge ans Meer, Eselreiten, die Möwen von den Pommes verscheuchen.

»Das hatte ich vergessen zu erzählen – ich wollte mich bedanken. Gestern hab ich Ben kennengelernt – den Typ aus der Galerie.«

Einen Moment lang sieht sie mich leer an, dann lächelt sie. »Ben, ja. Er ist ein netter Kerl und ein *richtig* guter Maler. Ich kenne ihn nicht gut, aber wir haben uns einmal unterhalten, als ich in die Galerie gegangen bin.« Sie lacht. »Letzten Monat hat er mich zu einer von ihren Vernissagen eingeladen, und ich hab mir eingebildet, er wäre an mir interessiert, und mich furchtbar in Schale geworfen, aber dann hat er den ganzen Scheißabend lang bloß über die Bilder geredet und meine erbärmlichen Flirtversuche komplett ignoriert.«

Ich denke daran, wie sich seine Hand in meiner angefühlt hat. Vielleicht war die Einladung zum Abendessen ja wirklich vollkommen unschuldig gemeint. Vielleicht habe ich die Situation missverstanden, genau wie Anna. »Er war nett. Ich war ein bisschen überrascht, als er plötzlich auf der Matte stand.«

Sie zieht die Brauen hoch. »Das war wahrscheinlich meine Schuld – tut mir leid. Als ich deinen Namen erwähnt hab und dass du neu in der Stadt bist, hat er sich gleich denken können, welches Haus. Aber ich hab ihm gesagt, er solle dir vorher Bescheid sagen.«

»Oh …«

»Ich nehme an, es war nicht weiter schwer, drauf zu kommen, wo du wohnst. Kleinstadt und so. Er ist wirklich nett, ich schwör's.«

»Wahrscheinlich.« Aber es macht mir nichtsdestoweniger zu schaffen. Ich habe gedacht, Anna hätte ihn zu mir geschickt; nur deshalb habe ich ihn eingelassen. Und nachdem sie ihm meinen Namen schon verraten hatte – warum hat er dann so überrascht ausgesehen, als ich erwähnte, dass ich mit Patrick verheiratet bin?

»Und, was hat er so gesagt?«

»Er sagt, ich könnte eine Einzelausstellung bekommen.«

Ihr Lächeln wird breiter. »Im Ernst? Und ich hab mir schon Sorgen gemacht, ich hätte mich zu sehr reingehängt damit, dass ich ihm von dir erzählt habe. Das ist fantastisch. Oh, wow – wann?«

Mein eigenes Lächeln verblasst wieder. Soll ich ihr erzählen, dass er mit mir ausgehen wollte? Wie unangebracht Patrick das finden würde? Dass ich Patrick nichts von der Möglichkeit, auszustellen, erzählt habe, weil er vielleicht sagen würde, ich solle es bleiben lassen, weil er Ben gekannt hat? »Ich brauche mehr Bilder. Ich habe schon so lange nichts mehr gemacht … Und ich brauche einen Ort, wo ich arbeiten kann. Und was soll ich malen?«

»Ich habe doch gesagt, ich kann dir ein paar schöne Stellen zeigen, wenn du willst. Es gibt da einen Strand … er ist ein bisschen schwer zugänglich, aber die Mühe wert. Nimm das Skizzenbuch mit und eine Kamera. Ich wette, du bekommst Inspirationen zum Malen, wenn du das gesehen hast. Ich hoffe jedenfalls, du kriegst deine Ausstellung vor dem Sommer. Den will ich nämlich in Europa verbringen – mir einen Job in Spanien oder Griechenland suchen. Ich vermiete meine Wohnung hier und gehe Sonne tanken.«

Ich schließe die Augen, schließe den grauen Himmel und den kalten Wind aus und stelle es mir vor. Hitze und Sonnenschein, unter den Sternen schlafen. »Ich wünschte, ich könnte mitkommen.«

Anna lacht. »Du? Du bist verheiratet, zwei Kinder, eine monströse Hypothek, eine Million Wände, die gestrichen werden müssen. Weißt du noch?«

Ich öffne die Augen wieder. Natürlich.

»Andererseits könntest du's schon«, sagt sie nach einer Pause. »Komm mit. Brenn durch, lass alles zurück. Wir machen die europäische Version von Thelma und Louise.«

»Was? Und am Schluss, nach einer epischen Flucht vor der Polizei, lenken wir den gemieteten Peugeot in Calais ins Hafenbecken?«

»Während du zu den Bullen rüberschreist ›Ich hab das Tapezieren nicht mehr ertragen‹?«

Ich lache, und das flaue Gefühl in meinem Magen wird erträglicher.

»Sieh mal, das Karussell hat grade angehalten«, sagt Anna. »Steigen wir ein.«

»Was? Nein, dafür sind wir zu alt«, lache ich, und sie wendet sich mir zu, ein breites Lächeln im Gesicht, mit leuchtenden Augen. Sie packt mich am Arm und zieht mich mit sich.

»Komm schon«, sagt sie. »Tu so, als wärst du wieder zwölf.«

Als wir schneller und schneller im Kreis wirbeln, schließe ich die Augen und lehne die Stirn an die lackierte Mähne meines Karussellpferdes. Alles dreht sich, als hätte ich getrunken, und die Musik klingt eine Spur zu langsam, eine Spur verstimmt.

»Wie lang lebst du schon hier?«, frage ich, als wir davontaumeln und in Richtung Strand gehen. Vielleicht ist Anna ja auch hier aufgewachsen.

Sie bleibt an einem der Verkaufsstände stehen und schiebt das Geld für zwei Styroporbecher mit Kaffee über die Theke. »Nicht so lang. Ich bin letztes Jahr hergezogen.«

»Ich nehme mal an, nach Kleinstadtgesetzen bedeutet das, dass du genauso auswärtig bist wie ich.«

Sie nickt. »Es ist wirklich ein bisschen so, stimmt's? Ich war früher eine richtige Nomadin, immer auf Achse. Ich bin hier durchgekommen, hatte nicht vor zu bleiben. Ich hab immer in Großstädten gelebt, ich hab geglaubt, ich bräuchte das Remmidemmi. Aber das hier ... es ist der Frieden, der viele Platz, die Luft, irgendwas hat es einfach an sich. Ich bin wieder gegangen, aber die Stadt hatte mich irgendwie erwischt, weißt du? Es hat mich wieder hergezogen.«

»Ich hoffe, mich erwischt sie genauso. Ich *will* ja unbedingt hier leben wollen.«

»Vorsicht«, sagt sie grinsend. »Bevor du weißt, was los ist, kennst du alle Leute mit Vornamen, und die kennen wirklich *jedes* Detail deines Privatlebens. Ganz eindeutig eine Gefahr in Kleinstädten.«

Ich verziehe das Gesicht, als mir Lyn Barretts stichelnde Fragerei nach Patrick wieder einfällt, ihr neugieriger Blick zu der liegen gebliebenen Tablettenschachtel. Diese Stadt weiß jetzt schon zu viel.

»Ich bin jedenfalls sehr froh, dass du in diese Stadt gezogen bist, Sarah Walker.«

»Ich auch.«

Aber stimmt das? Bin ich wirklich froh, hierhergezogen zu sein?

»Es ist gut, eine neue Freundin zu haben«, sagt sie. »Es kommt einem vor, als zöge jede Woche wieder irgendwer weg – es wird allmählich eine richtige Geisterstadt.«

Eine Geisterstadt mit einem Mörderhaus. Und dort schlafe ich, dorthin habe ich meine Kinder gebracht, die ebenfalls dort schlafen müssen. Die Kellertür fällt mir wieder ein, und ich schaudere, als der Wind stärker wird und an meinen Haaren reißt.

»Wie kommt's, dass ihr dieses Haus gekauft habt? Entschuldige, wenn ich jetzt zu neugierig bin, aber ihr müsst seine Vorgeschichte doch gekannt haben«, sagt Anna.

»Patrick liebt es. Er ist dort aufgewachsen, er ist also kein Fremder in der Stadt. Er war längst weg, bevor diese Tragödie … bevor das alles passiert ist, und für ihn war es immer ein glückliches Haus. Er glaubt, wir können es wieder zu dem machen, was es früher mal war.«

Anna wirft mir einen merkwürdigen Blick zu.

»Er hat mir Geschichten darüber erzählt, wie es damals war«, sage ich. »Und ich kann's mir vorstellen, ich kann es beinahe sehen. Andererseits, wie soll man eigentlich vergessen, was dort passiert ist? Könnte irgendwer das wirklich vergessen?«

Sie sieht nach unten und wischt sich Sand vom Knie. »Wow. Die Vorstellung, da aufzuwachsen …«

Ich lächele. »Bei ihm hört es sich paradiesisch an.«

»Na ja, ich finde es fabelhaft, dass ihr es genommen habt. Es war immer so ein deprimierender Anblick, leer und belastet von dem, was dort passiert ist.«

»Patrick und ich sind wild entschlossen, etwas Besonderes draus zu machen, die Altlasten loszuwerden. Diese arme Familie ist nicht mehr da, und der Mann, der es getan hat, ist weggeschlossen, also …« Ihr Lächeln hat einem Stirnrunzeln Platz gemacht. »Was?«

Sie beugt sich vor und senkt die Stimme. »Du weißt, dass er draußen ist, oder?«

»Draußen? Wer?«

»Ian Hooper. Der Mörder.«

»Wie meinst du das, er ist draußen? Ich dachte, er hat ›lebenslänglich‹ gekriegt?«

»Bin mir nicht sicher, aber sie haben ihn vor ein paar Monaten entlassen. Es war in der Lokalzeitung.«

Ich denke an die Gestalt, die unser Haus beobachtet hat, und mein Magen beginnt zu rumoren. O Gott. Er hat beobachtet, wie wir eingezogen sind. Ich gieße den restlichen Kaffee in den Sand. »Ich muss los«, sage ich.

Ich habe das Smartphone in der Hand, um Patrick anzurufen, als ich sein Auto vor dem Haus stehen sehe. Es ist noch nicht einmal Mittag – was macht er jetzt schon zu Hause?

»Patrick?«, rufe ich, als ich die Haustür aufstoße.

Er kommt aus der Küche. »Ich hab mich schon gefragt, wo du bist. Ich hatte einen Termin hier in der Gegend, also habe ich gedacht, ich komme schnell nach Hause, sehe mal, wie es mit dem Auspacken vorangeht.«

Ich kann ihm vorläufig noch nichts von Ben erzählen, aber ich kann ihm von Anna erzählen. »Ich bin rausgegangen, um ein bisschen frische Luft zu schnappen«, sage ich. »Mit einer Frau, die ich neulich kennengelernt habe – sie heißt Anna und arbeitet in einem Café in der Stadt. Sie hat gesagt …« Ich unterbreche mich, hole tief Atem. »Hast du gewusst, dass Ian Hooper entlassen worden ist?«

Er wendet den Blick ab.

»Warum hast du mir das nicht erzählt? Herrgott, Patrick, hast du gedacht, das wäre nicht wichtig?«

»Es *ist* nicht wichtig«, sagt er.

»Wie lang ist er schon wieder draußen?«

»Ein paar Monate.«

Meine Fingernägel graben sich in die Handflächen. »Also wurde er schon entlassen, bevor wir hierhergezogen sind? Was, wenn er es gewesen ist, der das Haus beobachtet?«

»Das ist genau der Grund, weshalb ich es dir nicht gesagt habe – ich habe gewusst, du würdest deswegen ausrasten.«

»Und warum sollte ich das schließlich nicht? Du weißt, was er für ein Typ ist – was er getan hat. Du hast deine ganze Familie hierhergebracht, und ... o Gott, hast du schon davon gewusst, bevor wir umgezogen sind?«

»Natürlich nicht, aber selbst wenn ich's gewusst hätte, es ist vollkommen unwichtig.«

»Es ist vollkommen *unwichtig?* Er hat eine ganze Familie ermordet – er hat ein *Kind* ermordet!«

»Herrgott noch mal, das ist fünfzehn Jahre her. Es war kein zielloser Überfall. Er hatte Gründe, ein Motiv – er hat sie gekannt.«

»Du hast mir erzählt, er hat auch dich gekannt«, sage ich. »Dieses ganze Gerede davon, wie besorgt du um mich warst wegen der Sache mit den Tabletten, nach dem, was mit Eve passiert ist – war das alles gelogen? Du hast gelogen, damit ich mich auf den Umzug hierher einlasse, bevor ich rausfinden konnte, dass Ian Hooper frei ist. Du hast gewusst, ich würde nie zustimmen, wenn ich wüsste, dass er frei herumläuft.«

»Er ist entlassen worden, Sarah, er ist nicht ausgebrochen. Ja, er hat ein fürchterliches Verbrechen begangen, aber es ist ja nicht so, als ob er hierher zurückkommen würde. Er wird einen Neuanfang an einem vollkommen anderen Ort versuchen, unter der Aufsicht seines Bewährungshelfers. Warum sollte er jemals wieder hierherkommen wollen? Ich wäre niemals hierhergezogen, wenn ich glaubte, dass da irgendeine Gefahr besteht.«

Meine Frage hat er nicht beantwortet. »Aber er ist zurückgekommen, er ist *hier*. Er ist hier und beobachtet dieses verdammte Haus!«

»Nein. Du musst aufhören, dir blöden Klatsch anzuhören. Diese verdammten Morde haben meine Familie schon mal zerstört, ich lasse nicht zu, dass es fünfzehn Jahre später noch mal passiert.«

»Was soll das heißen, deine Familie zerstört? Du warst nicht mal hier, als die Morde passiert sind.«

»Es reicht, Sarah. Es war nicht er, der das Haus beobachtet, *niemand* hat das Haus beobachtet. Er würde niemals dumm genug sein, hierher zurückzukommen. Du musst es jetzt einfach mal gut sein lassen.«

Es gut sein lassen? Wie soll ich das anstellen?

Ich warte, bis sie aus dem Haus gegangen ist, bevor ich wieder den Postboten gebe. Es hat eine ganze Weile gedauert, bis ich heraushatte, wo ich das perfekte Geschenk finde, das ich als Nächstes hinterlassen werde. Nachdem sie die Muschel gefunden hatte, ist mir aufgegangen, dass deine Frau diejenige ist, für die ich das nächste Geschenk hinterlegen sollte. Ich habe gesehen, wie sie zum Fenster hinaussieht, die Tür zweimal abschließt, wie kleine Elemente von Verfolgungswahn sich einschleichen. Es kommt mir nur angemessen vor, dass sie es ist, die meine Gegenwart Stück für Stück ins Haus bringt, das Haus, das vor langer Zeit einmal einfach nur ein Haus war. Es war einmal – und wie in den finstersten Märchen werde ich meine Wahrheiten und Geschichten senden, werde sie von dir finden lassen, bedeckt von ihren Fingerabdrücken – ihren, nicht meinen. Weißt du Bescheid? Hast du bereits erraten, dass ich dein Haus heimsuche? Noch nicht. Ich glaube nicht, dass du mich schon gewittert hast in dem Seewind, der sich ins Haus schleicht und dich mitten in der Nacht aufwachen lässt.

Aber lange wirst du nicht mehr brauchen, richtig? Um dich an mich zu erinnern. Bin ich in Wirklichkeit nicht immer da gewesen, in einem dunklen Winkel deines Bewusstseins?

KAPITEL 11

In den folgenden Tagen zieht es mich immer wieder zu den alten Zeitungsberichten über die Morde zurück. Ich hatte aufgehört, nachzuforschen, entschlossen, mein Versprechen Patrick gegenüber zu halten und dies zu einem echten Neuanfang zu machen. Aber jetzt ist Ian Hooper aus dem Gefängnis entlassen worden, und ich muss Bescheid wissen. Ich muss genau wissen, was in diesem Haus passiert ist.

Wusste Tom Evans, dass Ian Hooper entlassen wurde? War das der Grund, warum er das Haus schließlich zum Verkauf anbot?

»Was machst du?«

Ich will das Browserfenster schließen, aber Mia erwischt die Maus, bevor ich es tue, und zoomt den Zeitungsartikel heran, den ich gelesen habe.

»Das sind sie, stimmt's?«, fragt sie; ihre Stimme klingt tonlos.

Es ist ein Foto der ermordeten Familie, eins von diesen lächelnden Gruppenporträts, die man in einem Fotoatelier machen lässt. Wir haben unsere eigene Version davon draußen an der Flurwand hängen. Dieses Foto der Evans' wurde ein paar Monate vor den Morden aufgenommen. Die beiden kleinen Jungen grinsen zahnlückig in die Kamera, und Marie und John Evans sehen bezaubernd, fast schmerzlich jung aus.

Ian Hoopers Gesicht auf dem kleineren Foto darunter ist ausdruckslos, aber attraktiv. Die alten Zeitungsartikel deuten an, dass es seinerzeit Gerüchte über ihn und Marie Evans gab – der zwielichtige Außenseiter, der die verheiratete Frau verführte und sie und ihre Familie dann ermordete.

»Herrgott, es wird einem ganz anders davon, was?«, sagt Mia. »Sich vorzustellen, dass wir in dem Haus wohnen, in dem sie alle umgebracht wurden.«

»Nicht alle.«

»Nein, nicht alle.« Mia berührt das Gesicht des jüngeren Bruders auf dem Bildschirm. Er sieht aus, wie Joe in diesem Alter aussah. Angesichts des Ausdrucks in ihren Augen habe ich das

Gefühl, dass auch Mia es sieht, aber dann erlischt ihr Lächeln. »Als ich Lara und den anderen erzählt habe, dass wir umziehen, fanden die das so cool. Sie hat eine Mörderhaus-WhatsApp-Gruppe eingerichtet und dauernd alte Fotos und solches Zeug hochgeladen. Herrgott, eine Weile hab ich sogar mitgemacht – so als würden wir in ein Geisterhaus aus irgendeinem Film ziehen oder so ähnlich. Aber inzwischen ist es wirklich nicht mehr witzig. Ich bin mir sicher, dass ich diese kalten Stellen im Haus gespürt hab. Das ist *echt,* Mum.«

Ich sehe wieder zum Bildschirm, während Kälte an meinem Rückgrat hinaufschleicht.

Mia kaut wieder an den Nägeln, so weit unten, dass ihre Finger wund und rot sind. Ich sehe die Ringe unter ihren Augen, die aussehen wie die Ringe unter meinen. Ich habe sie nachts durchs Haus gehen hören, lange nachdem sie schlafen sollte.

Mia hat mir die kalten Stellen gezeigt – sechs Stellen im Haus, die kühler sind als der Rest, Orte, an denen sich die Härchen auf meinen Armen aufstellen, wo die Luft feucht ist. Ich weiß nicht, ob sie wirklich da sind oder ob ich sie mir einbilde, eine Auswirkung von Mias Gespenstergeschichten. Mias Zimmer ist einer dieser Orte, ein Fleck im Hausflur, in der Nähe der Treppe ein zweiter; die anderen sind auf dem Treppenabsatz, im Bad, in der Küche und in Joes Zimmer. Das Wohnzimmer ist in Ordnung, und mein Zimmer ist es Mia zufolge ebenfalls.

Drei Menschen sind in diesem Haus gestorben, aber es gibt sechs kalte Flecke. Ich stelle mir unentdeckte Leichen vor, die im Garten verrotten. Wenn ich nachts aufwache und der Seewind an den Fenstern rüttelt, frage ich mich, ob Knochen unter den Dielenbrettern versteckt sind. In manchen Nächten könnte ich schwören, dass ich Kratzgeräusche höre – unterhalb des Fußbodens. Wie Knochen, die an Holz schaben. Ist es das, was auch Mia wach hält? Nichts davon kann ich Patrick gegenüber erwähnen.

»Mach das zu, Mum – ich krieg Zustände davon.«

Ich spüle gerade, als das Telefon klingelt. Ich gehe hin, trockne mir währenddessen die Hände ab.

»Hallo?« Keine Antwort.

»Hallo?«, sage ich noch einmal. Ich drücke mir das Gerät fester ans Ohr. Hat Patrick recht – ist das jemand in einem Callcenter in Indien, tote Luft, weil ein anderer Anruf zuerst angenommen wurde, oder höre ich Atemgeräusche am anderen Ende? Ich lege auf und wende mich ab, dabei sehe ich einen Umschlag auf dem Fußabtreter liegen. Ich runzele die Stirn und sehe auf die Uhr – es ist fünf, viel zu spät für den Postboten. Als ich mich bücke und den Umschlag aufhebe, stelle ich fest, dass er unbeschriftet, aber zugeklebt ist. Es ruft mir den Brief ins Gedächtnis, mit dem all das angefangen hat, den Brief des Immobilienmaklers an Patrick, und meine Hände zittern, als ich den Umschlag aufreiße.

Er enthält zwei zusammengefaltete Zeitungsseiten, und ich lasse mich auf die unterste Treppenstufe sinken, um sie zu lesen. *Im Inneren des Mörderhauses,* sagt die Schlagzeile, und darunter erscheint ein kleines Foto unseres Hauses. Es sind die größeren Fotos, über denen meine Hände noch mehr zu zittern beginnen, die Innenaufnahmen, auf denen das Haus kaum wiederzuerkennen ist, nicht einmal der Zustand, in dem Patrick und ich es das erste Mal angesehen haben.

Sie sind unscharf, schwarz-weiß, aber … es sieht aus, als wären Löcher in den Wänden, als habe jemand die Mauern durchbrochen; Dielenbretter sind herausgestemmt, Teppiche fleckig, Vorhänge zerrissen. Ich kann es nicht genau erkennen, aber es sieht aus, als sei etwas im Flur an die Wand geschrieben worden.

Was ich mühelos erkennen kann, ist das Absperrband, das vor der Haustür gespannt wurde; aber es ist unmöglich, zu entscheiden, wie viel von alldem im Lauf der polizeilichen Untersuchungen angerichtet wurde und wie viel schon bevor die Morde entdeckt wurden. Alle Zeitungsartikel, an die ich mich von damals noch erinnere, und alle Websites, die ich aufgerufen habe, beschreiben die Evans' als eine glückliche, liebevolle Familie, was die Morde noch tragischer erscheinen lässt. Zu den Fotos auf diesen Zeitungsseiten passt das nicht – und sie sind auch sehr weit entfernt von dem makellos gepflegten Paradies, in dem Patrick aufgewachsen ist. Der Name der Zeitung ist abgerissen, aber das

Datum ist noch lesbar: Die Ausgabe erschien direkt nach den Morden. Wer hat uns das durch den Briefschlitz geschoben? Und warum? War es jemand von Mias neuen Schulfreunden, ein brutaler Teenagerstreich?

Ich strecke die Hand aus und berühre die Wand, die auf dem Zeitungsfoto ein Loch hat. Gibt es da eine Delle? Eine faustgroße Vertiefung in einer Wand, die seitdem repariert wurde, oder bilde ich es mir ein?

Als Patrick nach Hause kommt, trifft er mich immer noch auf der Treppenstufe an, den Zeitungsausschnitt in einer Hand, während ich mit der anderen die Wand abtaste.

»Jemand hat uns das durch den Briefschlitz geworfen«, sage ich.

Er nimmt die beiden Zeitungsseiten entgegen; sein Gesicht ist ausdruckslos, als er sie sich ansieht.

»Der Zustand des Hauses auf diesen Fotos ... Ist das alles passiert, nachdem die Evans' eingezogen waren?« Ich kann diese Fotos einfach nicht mit der Verfassung des Hauses, als wir es besichtigt haben, und dem wunderschönen Zuhause, das Patrick mir immer beschrieben hat, in Verbindung bringen.

»Sie haben zwei Jahre lang hier gewohnt, nachdem meine Eltern ausgezogen waren«, sagt Patrick mit immer noch ausdruckslosem Gesicht, ohne meine eigentliche Frage zu beantworten.

»Ich glaube, er hat das eingeworfen«, sage ich. »Ich glaube, es war Hooper.«

Patrick seufzt und reibt sich mit einer Hand die Augen. »Das schon wieder? Sarah, er war es nicht. Wie kann er es gewesen sein, wenn er ...«

»Wenn er *was?*«

Er setzt sich neben mich auf die Stufe. »Glaubst du eigentlich, ich hätte die Websites nicht gesehen, die du dir ansiehst? Diese ganzen Clickbait-Geschichten, lauter Schrott. Sie haben dich richtig paranoid gemacht, und jetzt siehst du Ian Hooper hinter jeder Ecke lauern.«

»Hör auf, Patrick, du kannst nicht erwarten, dass ich mir keine Sorgen mache. Er hat drei Menschen ermordet.«

»Es gibt keinen Grund, sich Sorgen zu machen. Du kannst nicht wissen, wie diese Stadt damals auf die Morde reagiert hat. Hoopers Familie ist praktisch zum Wegziehen gezwungen worden.«

»Von den Einheimischen? Was haben sie getan?«

Patrick lächelt leicht. »Nichts Kriminelles, abgesehen von irgendeinem Idioten, der ihnen ein Fenster mit einem Backstein eingeworfen hat. Es waren eher die Dinge, die gesagt wurden, das Ausgeschlossenwerden, Probleme in der Schule für die Kinder, dass Hoopers Frau ohne erkennbaren Grund ihre Stelle verloren hat.«

Er faltet den Artikel wieder zusammen und schiebt ihn in den Umschlag. »Worauf ich rauswill – was glaubst du eigentlich, was passieren würde, wenn Hooper zurückkäme? Glaubst du, das würde niemandem auffallen? Glaubst du, er könnte sich einfach ein Zimmer in einem B & B nehmen, im Spar einkaufen gehen, im Pub ein Bier trinken? Jeder, der hier lebt, jeder, der sich noch erinnert, würde beim ersten Anzeichen dafür, dass er zurück ist, schreien und die 999 wählen.«

Ich sehe auf den aufgerissenen Umschlag hinunter, den Patrick locker in der Hand hält. »Er war es nicht«, sagt Patrick in einem sanfteren Tonfall.

»Wer dann? Jemand hat das Haus beobachtet, wir kriegen dauernd diese Anrufe, und irgendwer ...« Ich bringe den Satz nicht zu Ende. Ich war drauf und dran, die Muschel zu erwähnen, aber von der habe ich Patrick nie erzählt. »Irgendwer hat das hier durch den Briefschlitz geworfen«, sage ich stattdessen.

»Ein Klatschmaul wahrscheinlich. Oder ein Teenager, der uns zum Spaß einen Schreck einjagen will.«

»Patrick?«, sage ich, als er aufsteht. »Wie kommt es, dass du so viel darüber weißt, was hinterher alles passiert ist?«

Er bleibt in der Küchentür stehen. »Meine Eltern waren ja noch hier. Nicht in der Stadt selbst, aber in der Nähe. Solche Geschichten verbreiten sich schnell.«

Aber er hat mir gegenüber nichts davon jemals erwähnt.

Ich stapfe mit einem Korb frisch gewaschener Wäsche die Treppe hinauf und klopfe an Mias geschlossene Zimmertür, bevor ich sie aufstoße. Das Zimmer ist leer, und ich lege Mias Wäschehaufen aufs Fußende ihres Bettes.

Ich bin schon fast wieder aus dem Zimmer, als etwas, das ich nur aus dem Augenwinkel sehe, meine Aufmerksamkeit erregt. Auf der Kante ihres Nachttischs liegt ein Stoß Papier. Beim Hereinkommen bin ich davon ausgegangen, es müssten Hausaufgaben sein oder Lernstoff, den sie sich zum Wiederholen herausgeschrieben hat, aber das Foto auf dem obersten Blatt – das habe ich schon einmal gesehen, unten auf dem Computer. Es ist Ian Hooper. Ich kehre ins Zimmer zurück und nehme den Stoß vom Nachttisch. Es sind Ausdrucke von Berichten über die Morde, Dutzende davon, nicht nur die paar, die ich gefunden habe. Ian Hoopers Gesicht, immer das gleiche Foto, starrt mich von jedem davon an.

»Ich kriege Albträume davon.«

Bei Mias Stimme fahre ich herum. Sie sieht auf die Seiten in meiner Hand hinunter.

»Ich kriege Albträume davon, aber ich kann nicht aufhören, drüber zu lesen.«

Ich weiß genau, was sie meint. Auch ich selbst rufe immer wieder dieselbe Website, denselben Zeitungsartikel auf. Ich glaube, es sind ihre Augen. Ihre Gesichter. Ian Hoopers Augen scheinen Löcher in mich hineinzubrennen, und die der Evans' wirken so glücklich und ahnungslos und unschuldig, ohne eine Vorstellung von dem, was ihnen bevorsteht. Aber Mia gegenüber kann ich nichts davon aussprechen; ich kann nicht zulassen, dass sie ihre eigenen Ängste in meinen Augen widergespiegelt sieht.

»Ich weiß«, sage ich. »Aber es ist lang her. Du warst noch ein Baby, als es passiert ist. Es gibt nichts mehr, vor dem man Angst haben muss.«

»Ich habe jede Nacht scheußliche Träume davon«, sagt Mia. »Es ist genau hier passiert, Mum. In meinem Zimmer. Hier hat er sie umgebracht. Manchmal sehe ich zu, wie er reinkommt und sie ersticht, aber ich kann mich nicht bewegen und nichts sagen.

Manchmal bin ich jemand in dieser Familie, oder es sind wir, unsere Familie, aber wir leben in dem Haus, so wie es damals war, und Ian Hooper kommt rein mit seinem Messer, und wir sind die Leute, die er umbringen will …«

Ich lasse das Papier aufs Bett fallen, gehe zu ihr hin und nehme sie in die Arme. Ich streichele ihren Rücken, als wäre sie viel jünger, als sie ist.

»Ich bin so müde, Mum, aber ich habe jeden Abend Angst, schlafen zu gehen, wegen dem Wind … und irgendwas rappelt dauernd an meinem Fenster, und ich weiß genau, wenn ich bei diesem Geheul und Gerappel einschlafe, fangen diese Albträume sofort wieder an. Ich hab mehr Zeit in Joes Zimmer verbracht als in meinem, ich könnte mein Bett auch gleich bei Joe reinstellen.«

»Okay, okay«, sage ich, während ich mit den Händen langsame Kreise auf ihren Rücken zeichne. »Bald ist Sommer – hellere Nächte und weniger Stürme. Wir schneiden das Gestrüpp vor den Fenstern zurück, und ich frage deinen Dad, ob er irgendwas unternehmen kann, damit das Fenster nicht mehr rappelt.«

Mia macht sich los und reibt sich die Augen; sie sind blutunterlaufen, und die dunklen Ringe kommen mir jedes Mal, wenn ich sie sehe, dunkler vor. »Dann schlafe ich einfach nur schneller ein und habe mehr Zeit für die Albträume.«

»Komm zu mir und weck mich auf, wenn du wieder einen hast. Ich mach dir heiße Schokolade, so wie wir es früher gemacht haben, und bleibe da, bis du wieder schläfst.« Ich greife an ihr vorbei und nehme den Stoß Ausdrucke an mich. »Die da nehme ich mit. Vielleicht würden die Albträume aufhören, wenn du dieses Zeug nicht im Zimmer rumliegen hättest.«

Sie nickt, zögert, dann greift sie in die Kommodenschublade und zieht ein Buch heraus, das sie mir hinstreckt. »Dann nimmst du das wohl besser auch mit.«

Ich zucke zusammen, als ich den Titel sehe: *Mordhäuser in Großbritannien.* Es ist ein dünnes Buch mit billigem Umschlag und keinerlei Hinweis auf einen Verlag. Ein Schwarz-Weiß-Foto eines viktorianischen Hauses auf dem Umschlag – nicht unseres, aber ähnlich genug, dass ich ein zweites Mal hinsehe.

»Jemand hat mir das als Gag in der Schule auf den Tisch gelegt«, sagt Mia.

»Kein sehr witziger Gag.«

»Nicht wirklich, vor allem weil wir auch mit drin sind. Na ja, das Haus jedenfalls. Das hier hat ein eigenes Kapitel.«

Ich hätte das Buch beinahe fallen gelassen; beim Hantieren zerknicke ich den Umschlag, bevor ich es wieder zu fassen bekomme.

»Seite dreiundvierzig«, sagt Mia. »Mit Fotos und allem Drum und Dran. Manches von dem, was der Typ da schreibt ... ich meine, natürlich ist das alles Quatsch und erfunden, aber er redet auch von der Vorgeschichte der Häuser.« Sie unterbricht sich und holt stockend Atem. »Er hat die Theorie, wenn man das so nennen kann, dass irgendwas mit den Häusern selbst nicht stimmt. Dass in den Häusern etwas Böses steckt, und deswegen passiert fürchterliches Zeug dort.«

»Das ist doch ...«

»Blödsinn. Ich weiß. Es ist Quatsch, aber er mischt den Blödsinn mit den Tatsachen, und dann hab ich angefangen, die Zeitungsberichte zu lesen ...«

Ich packe das Buch fester. »Ich schmeiße es weg.«

Sie nickt. »Okay. Ja. Bitte mach's. Danke, Mum.«

Ich gehe geradewegs in den Garten in der Absicht, das Buch und all die Seiten, die Mia ausgedruckt hat, in die Mülltonne zu werfen. Als ich aufblicke, sehe ich, dass Mia mir von Joes Zimmer aus dabei zusieht, und ich winke zu ihr hinauf, während ich den Deckel anhebe und die A4-Seiten tief in die Tonne stopfe. Ich bin im Begriff, das Buch hinterherzuwerfen, und halte inne. Mia ist vom Fenster verschwunden. Ich weiß nicht, warum, aber statt das Buch in die Tonne fallen zu lassen, renne ich ins Haus zurück und schiebe es ganz hinten in eine der Küchenschubladen.

Ich gehe ins Wohnzimmer und versuche mich selbst davon zu überzeugen, dass wir wirklich neu anfangen, dass die Vergangenheit wirklich ausgelöscht werden kann. Die Renovierung ist nur halb abgeschlossen, aber mit der hübschen Tapete, den Kissen und den Blumen auf dem Fensterbrett ist dies unverkennbar nicht mehr das Haus von den Zeitungsfotos. Es ist nicht *dieses* Haus. Dies ist bereits das, was es sein sollte – ein Zimmer in einem Zuhause, ein Ort, an dem wir glücklich sein werden. Aber es ist schwer, die Bilder und Berichte aus dem Kopf zu bekommen, wenn ich aus dem Augenwinkel immer noch die Größentabelle schwach durch die Wandfarbe schimmern sehe, wenn ich weiß, dass irgendwo unter dem Schmetterlingsmuster der Wände, unter den Schichten von Untertapete die Evans' ihre Spuren hinterlassen haben, ihre Geschichte.

Und, Herrgott, diese Fotos. Wie können die Evans' die glückliche Familie gewesen sein, von der es in der Presse hieß, sie wären sie gewesen, wenn das Haus in diesem Zustand war? Ich bekomme das, was Mia in diesem Buch gelesen hat, nicht aus dem Kopf, und was ich vor meinem inneren Auge sehe, ist Marie Evans, die tut, was ich hier tue, vorgibt, alles wäre normal. Größentabellen an der Wand, Kinder, die im Obergeschoss mit *Star-Wars*-Figuren spielen – während jemand Löcher in die Wand schlägt und das Haus rings um sie her vor sich hin rottet.

Mir wird die Kehle eng, als ich die krakeligen Buchstaben der Tabelle anstarre. Ich muss wissen, wann und warum das Haus sich von einem glücklichen Zuhause in das ... Mörderhaus verwandelt hat.

Ich stoße die Tür des Maklerbüros auf. Die junge Frau hinter der Theke sieht mit einem freundlichen Lächeln auf. »Hi, kann ich etwas für Sie tun?«

»Äh, ich bin mir nicht ganz sicher. Ich bin Sarah Walker, wir sind gerade in das ... in das Haus an der Seaview Road gezogen.«

Ihr Lächeln verblasst.

»Ich hätte ein paar Fragen«, sage ich, »an den Vorbesitzer. Ich dachte, vielleicht könnte ich ...«

Jetzt ist aus dem Lächeln ein Stirnrunzeln geworden. »Ich kann keine Informationen über unsere Kunden herausgeben.« Der Tonfall ist knapp, und ich frage mich, ob sie mir glaubt oder ob sie mich für eine Journalistin oder einfach eine neugierige

Schnüfflerin hält, die an den Mörderhaus-Überlebenden herankommen will.

»Ich weiß, das ist auch okay so«, sage ich. »Könnten Sie ihm einfach meine Kontaktdaten geben? Ihn bitten, sich mit mir in Verbindung zu setzen?« Ich krakele Namen und Handynummer auf ein Stück Papier. »Ihm sagen …« Was kann ich sagen, das ihn jemals veranlassen könnte, mit mir reden zu wollen? Ich denke an die *Star-Wars*-Figuren. »Ich habe in dem Haus ein paar Dinge gefunden, die möglicherweise ihm gehört haben. Ihm und seinem Bruder.«

Es hat sich verändert, das Haus, das vor langer Zeit einmal einfach ein Haus war, dann das Mörderhaus, und das jetzt … Was ist es jetzt? Gestrichene französische Möbel und Farbe von Farrow & Ball, Eimer mit weißer Farbe, aufgestapelt in einem Hausflur, der einmal dunkel und kahl war.

Aber wenn man genauer hinsieht, sind dunkle Sprenkel in der Farbe, und an den Kanten löst sich die Tapete vom Untergrund. Wenn man genauer hinsieht, dann beißt sie sich auf die Lippe, und ihre Schultern sind hochgezogen und verkrampft vor Anspannung.

An der Wand hinter ihr hängt eine Fotografie, zwei Kleinkinder, es könnten Zwillinge sein, unterschiedliche Haarfarbe, aber das gleiche Lächeln. Wie dumm kann man eigentlich sein – hast du es immer noch nicht begriffen? Hat sie es immer noch nicht begriffen?

Es ist kein Haus für Kinder.

KAPITEL 12

Ich verfolge, wie Mia durch die Küche schlurft, die Keksdose öffnet und wieder schließt, ohne einen Keks herauszunehmen, den Kühlschrank öffnet und wieder schließt. Ich habe heute Morgen ein paar Kartons nach oben getragen, und in ihrem Zimmer roch es nach Zigaretten. In unserem alten Haus waren ihre Wände zugepflastert mit Fotos von ihr selbst und ihren Freunden, aber heute Morgen habe ich die meisten dieser Fotos zerrissen in ihrem Papierkorb gefunden. Sie sieht müde aus, dünn unter dem formlosen Schulpullover.

Sie geht zum Tisch und greift nach den beiden *Star-Wars*-Figuren, die ich dort aufgestellt habe. »Spielst du jetzt schon mit Spielzeug, Mum?«

»Nein – ich hab sie oben gefunden. Ich hatte gedacht, sie hätten mal deinem Dad gehört, aber … Hast du sie irgendwo entdeckt, als ihr ausgepackt habt?«

»Ich nicht, nee.«

Auf meine Nachfrage hat Joe mir versichert, auch er wäre es nicht gewesen. Aber sie waren ganz entschieden nicht hier, als wir das Haus besichtigt haben oder an dem Tag, an dem wir eingezogen sind. Sie wären mir aufgefallen, oder etwa nicht?

Mia zieht einen Rest des Kuchens, den Anna mitgebracht hat, aus dem Kühlschrank. »Wo kommt denn der her?«

»Was?« Ich reiße meine Gedanken von den kleinen Plastikfiguren los. »Oh, den hat eine Freundin vorbeigebracht. Als so eine Art ›Willkommen in der Stadt‹-Geschenk.«

»Eine Freundin?« Sie zupft ein Stückchen Kuchen vom Rand.

»Sie heißt Anna. Ich hab sie in der Stadt kennengelernt, sie arbeitet in einem Café. Wir haben uns zum Kaffee getroffen.« Ich schiebe ihr den Teller hin. »Willst du was davon? Er sollte gegessen werden.«

Sie verzieht das Gesicht und schüttelt den Kopf.

»Wie läuft es in der Schule?«

Sie wirft mir ihren Spezialblick zu, den leeren Blick ohne die

Spur eines Lächelns oder auch nur eines Stirnrunzelns, der genau deshalb noch feindseliger wirkt.

»Was denkst denn du?«, murmelt sie.

»Hast du schon Freunde gefunden?« Ich verziehe das Gesicht – ich höre mich an, als redete ich mit einer Fünfjährigen.

Sie sieht mich finster an, und als sie den Mund öffnet, rechne ich mit etwas Unfreundlichem. Dann hält sie inne und lächelt, ein neues Lächeln, das ich so noch nicht gesehen habe. »Ja, ich hab einen Freund gefunden. Aber er ist nicht grade aufgetaucht und hat mir Kuchen mitgebracht.«

Ich schlucke ein Dutzend Fragen hinunter. »Dann bin ich froh. Ich hab mir Sorgen gemacht.«

Sie prustet kurz los und nimmt sich einen Apfel aus der Obstschale. »Sorgen gemacht. Ja, klar.«

»Doch, habe ich. Natürlich habe ich das. Alles, was ich mir von diesem Umzug erhoffe, ist, dass ihr klarkommt, du und Joe. Dass ihr glücklich seid. Du siehst … müde aus.«

Sie legt den Apfel wieder hin, nachdem sie einen einzigen Bissen genommen hat. »Ich hab immer noch hässliche Träume.«

Ich denke an meine eigenen Träume in der vergangenen Nacht, halb vergessene Fragmente, Blutspritzer an Wänden und Knochen unter Dielenbrettern. Ich frage mich, ob Joe die gleichen Träume hat, ob er nachts in seinem Zimmer wach liegt, während der Baum ans Fenster klopft. »Immer noch dieselben Träume?«

Sie nickt. »Dieses Haus. Sie. Die Evans'. Nachts hört sich das Meer an, als ob es flüstert.«

Ich schaudere und sehe, dass sich auf ihren Armen ebenso wie auf meinen eine Gänsehaut bildet.

Sie greift nach dem Apfel, rollt ihn zwischen den Handflächen. »Ich glaube, ich muss irgendwas geschrien haben beim Träumen. Dad muss mich gehört haben. Er ist reingekommen und hat nach mir gesehen. Er hat gesagt, vielleicht könnten wir die Zimmer tauschen. Aber in eurem Zimmer ist das Meer genauso laut, oder?« Sie lacht. »Ich wünschte, wir wären wieder kleine Kinder, Joe und ich. Dann könnten wir im selben Zimmer schlafen.«

Patrick hat heute Morgen nichts davon erwähnt, dass er nachts mit Mia geredet hat – und er hat ganz sicher nichts davon gesagt, dass wir die Zimmer tauschen sollten.

»Aber ich nehme mal an, es ist in Wirklichkeit gar nicht der Lärm, den das Meer macht, oder? Es ist ja nicht das Meer, von dem diese kalten Stellen kommen und das mir Albträume beschert.«

»Natürlich können wir die Zimmer tauschen. Wir können es dieses Wochenende tun, wenn du willst. Und wie ich gesagt habe – wenn du wieder solche Träume hast, warum kommst du nicht und weckst mich auf? Wir machen heiße Schokolade, und ich bleibe bei dir sitzen.«

Sie sieht mich sekundenlang ungläubig an; dann lässt sie den Apfel mit einem dumpfen Aufprall fallen. »Oh, also *bitte* …«

»Was?«

»Vergiss es«, sagt sie, geht aus dem Raum und rennt die Treppe hinauf.

Ich sehe die Muschel, als ich gehe, um nach ihr zu schauen. Sie liegt auf dem Tisch im Flur und sieht aus wie die Muschel, die ich neulich auf der Schwelle gefunden habe, aber kleiner, mehr wie die Schnecken, die die Kinder auf unseren Ausflügen ans Meer gesammelt haben, als sie noch jünger waren. Ich nehme sie in die Hand, um sie mir näher anzusehen, und ein dürres Bein mit einer roten Klaue erscheint und streift meine Hand. Einsiedlerkrebs. Ich lasse die Muschel mit einem Klappern fallen und stoße einen kleinen Schrei aus.

»Herrgott, was ist jetzt wieder los?« Mia ist aus ihrem Zimmer gekommen und steht oben an der Treppe, halb im Schatten.

»Hast du das hierhergelegt?«, frage ich, während ich auf den Krebs zeige. Mein Herz rast. Die Plötzlichkeit dieser Krabbelbeine, die mir über die Hand huschen. Schlimmer als eine Spinne. Schlimmer als dieser Käfer, den ich einmal in einem Schuh gefunden habe; damals wären bei meinem Kreischen fast die Fenster geborsten.

Mia zuckt die Achseln. »Ich nicht.«

Joe muss es gewesen sein. Ich habe vorhin gedacht, ich hätte ihn unten am Strand mit einem Mitschüler reden sehen, dicht nebeneinander gegen den Wind gestemmt. Ich habe mich darüber gefreut, dass er einen Freund gefunden hat. Er muss die Muschel mitgebracht haben, ohne zu merken, dass sie einen Bewohner hat.

Ein Stückchen Muschelschale ist abgebrochen, als sie auf den Boden gefallen ist, und ich kann den Körper des Krebses sehen, verletzlich und ausgeliefert. Mein ewig bitterer Freund, das schlechte Gewissen, meldet sich zurück. Ich habe ein Zuhause zerstört.

Ich bin dabei, den Tisch fürs Abendessen zu decken, als die Haustür zuschlägt. Als ich ans Fenster gehe, sehe ich Mia die Straße hinuntermarschieren in Richtung Stadt. Sie trägt einen kurzen schwarzen Rock, den ich noch nie gesehen habe, und hohe Absätze. Ich werfe einen Blick auf die Uhr. Es ist dunkel, obwohl es erst acht ist, und sie hat nichts gegessen.

»Wohin geht sie?«, fragt Patrick.

»Ich weiß nicht. Sie hat nichts zu mir gesagt ... Du glaubst nicht vielleicht, dass sie einen Freund hat, von dem sie uns nicht erzählt, oder?« Mir ist das Lächeln wieder eingefallen, klein und verschlagen. Ein Lächeln, das sagte: *Ich habe ein Geheimnis.*

Patrick tritt vom Fenster zurück. »Nein, das glaube ich nicht. Mia würde es mir erzählen.«

»Bei einer eurer mitternächtlichen Unterhaltungen?«

»Wovon redest du?«

»Von der vergangenen Nacht. Mia sagt, du bist zu ihr reingekommen.«

»Und?« Er starrt mich an. »Sie hatte einen Albtraum. Es ist nur gut, dass *einer* von uns wach war, stimmt's?« Er schüttelt den Kopf. »Das Essen wird kalt – geh Joe holen.«

Ich klopfe an Joes Tür, aber er antwortet nicht. Die Tür ist nicht ganz geschlossen, und so stoße ich sie auf und spähe ins Zimmer. Joe liegt auf dem Bett und starrt zur Decke hinauf; sein Skizzenbuch liegt offen auf dem Fußboden. Er hat einen Jungen gezeichnet, der auf einer Klippe zu stehen scheint.

»Kommst du zum Essen runter?«, frage ich.

»Kein Hunger«, murmelt er.

Ich seufze und trete ganz ins Zimmer, gehe zu ihm hinüber, setze mich auf die Bettkante und lasse den Blick durchs Zimmer schweifen. Wir müssen uns definitiv sein Zimmer als Nächstes vornehmen, sobald wir mit dem Wohnzimmer fertig sind. In der Ecke neben dem Bett löst sich die Tapete von der Wand – nicht nur eine Tapetenschicht, sondern die Lagen vieler Jahre bis hinunter auf den Putz. Ich beiße mir auf die Lippe und ziehe an der Kante. Sie lässt sich mühelos abziehen, der Putz darunter allerdings auch; zerkrümelnde Bröckchen bleiben an dem Papier haften.

»Den Fehler hab ich auch schon gemacht«, sagt Joe.

Die Wand unter der Tapete ist feucht, schwarzfleckig. Ich sehe die kritzelige Kante einer Kinderzeichnung. Die selbst gemalte Größentabelle an der Wohnzimmerwand fällt mir wieder ein, und ich streiche die Tapete glatt und versuche sie wieder an die Wand zu kleben.

»Du solltest mal sehen, was da noch alles drunter ist«, sagt Joe.

Ich streiche weiter an der Tapete herum. »Nicht jetzt«, sage ich.

»Nicht jetzt?« Er lacht, aber es ist kein fröhliches Lachen.

Ich stehe auf, um zu gehen, und bin bereits an der Tür, als er mich zurückruft.

»Mum? Vorhin hab ich Dad gesehen ...«

Ich ziehe die Augenbrauen hoch.

»Er war in meinem Zimmer. Ich bin nach oben gekommen, und er war hier drin und hat zum Fenster rausgesehen, und es war ... komisch.«

»Komisch?«

Wieder dieses Zögern. Ich bin in Versuchung, das Skizzenbuch vom Fußboden aufzuheben – ist der Junge auf der Klippe er selbst?

»Ich glaube, er hat geweint«, sagt Joe.

»Geweint?«

Joe nickt. »Aber dann hab ich gedacht, ich muss mich irren. Weil es Dad ist.«

Ich sehe wieder auf das Skizzenbuch hinunter. Vielleicht ist das nicht Joe auf der Klippe. Vielleicht ist es Patrick. Aber nein, wie Joe selbst gesagt hat, Patrick weint nicht.

»Du glaubst mir nicht, stimmt's?«

»Das ist es nicht, es ist einfach nur ... Dein Dad, warum sollte er weinen?«

Joe schüttelt den Kopf. »Dieses ganze Ding mit dem *Neuanfang?* Das ist Bockmist, Mum. Es ist hier übler als vorher, nicht besser. Und euer ganzes Gerede davon, dass wir aus dem hier ein Zuhause machen, das wird nie irgendwas werden.«

»Komm schon, Joe – wir sind erst zwei Wochen hier.«

Joe hebt das Skizzenbuch vom Boden auf, klappt es zu und schiebt es unter sein Kopfkissen. »Kannst du gehen, bitte?«

Mir wird die Kehle eng. Eine Dunkelheit steigt in ihm auf und macht meinen Sohn zu einem Fremden, unerreichbar. Ich habe dies schon bei früheren Gelegenheiten gesehen. Ich weiß, was seiner leiblichen Mutter zugestoßen ist, und ich habe panische Angst, dass Joe ebenso enden könnte.

Das Smartphone in meiner Tasche beginnt zu klingeln, aber ich ignoriere es.

»Joe ...«

»Jetzt geh verdammt noch mal.«

Das Telefon klingelt wieder, als Joe seine Zimmertür schließt. Ich lege die Hand auf das Holz, als ich von drinnen einen dumpfen Aufprall höre. Das Klingeln bricht ab und beginnt fast sofort wieder von vorn. Ich ziehe das Gerät aus der Tasche. Die Nummer kenne ich nicht, aber ich melde mich mit einem geistesabwesenden Hallo.

»Mrs. Walker? Hier ist Tom Evans.«

Tom Evans sitzt an einem Tisch in der Fensternische. Er ist dünn unter dem dunkelblauen Hemd; die Ärmel sind hochgekrempelt und lassen die Kante eines schwarzen Tattoos erkennen, und das dunkle Haar ist kurz geschnitten. Ich konnte kaum glauben, dass er tatsächlich angerufen und sich auf ein Treffen eingelassen hat. Ich war es nicht, die Annas Café als Treffpunkt vorgeschlagen hat.

Ich brauche ihre Fragen nicht – ich habe genügend eigene Bedenken darüber, warum ich hier bin. Tom erkenne ich auf den ersten Blick, obwohl wir uns nie zuvor begegnet sind. Ich erkenne ihn nicht von den Zeitungsfotos des zahnlückigen kleinen Jungen, sondern an dem Geist seines Vaters, den ich in seinem Gesicht sehe. Er kann nicht viel jünger sein, als John Evans zu dem Zeitpunkt war, als er ermordet wurde. Sehr jung, um verheiratet und Vater zu sein, entsetzlich jung, um zu sterben. Und sein Bruder … Bei dem Gedanken an den kleinen Billy Evans zieht sich mir das Herz zusammen. Auch er ist hier, in der Leere neben Tom, der Abwesenheit, der Lücke.

Ich kann mir nicht einmal vorstellen, was es bei Mia oder Joe anrichten würde, das durchzumachen, was Tom Evans durchgemacht hat. Ich weiß nicht, wie viel er von dem Verbrechen selbst gesehen und gehört hat und an wie viel er sich erinnert, aber wie der Makel, der auf dem Haus liegt, ist auch dies eine Dunkelheit, der man nie entkommen kann. Er blickt auf, als ich auf seinen Tisch zugehe, und lächelt; etwas von dem alten zahnlückigen Grinsen ist nach wie vor da. »Mrs. Walker?«, sagt er, steht auf und streckt mir die Hand hin.

»Nennen Sie mich Sarah«, sage ich. Seine Hand ist kalt. Es ist kein normaler Handschlag – er hält meine Hand fest und drückt sie, und sein Daumen streichelt meine Handfläche, als er loslässt. Ich wische mir instinktiv die Hand an den Jeans ab, versuche die unabsichtliche Liebkosung wegzuwischen, und er lächelt immer noch. Ich möchte brüllen *Dies war ein Fehler* und wegrennen. Was zum Teufel habe ich mir eigentlich gedacht? Sein Blick flackert, als er mich ansieht, und etwas an seinem Gesichtsausdruck ist merkwürdig. »Danke, dass Sie sich auf dieses Treffen eingelassen haben.« Ich stehe immer noch, halb zur Tür gewandt; ich schlucke und bin froh darüber, dass es Samstagnachmittag ist und das Café voller Leute. Hätten wir uns an einem weniger öffentlichen Ort verabredet, dann würde ich jetzt wahrscheinlich wirklich wegrennen. Aber als ich mich umsehe, stelle ich fest, dass kein Mensch auf uns achtet – die Anspannung besteht lediglich in meiner Fantasie.

Er zuckt die Achseln und setzt sich wieder, zieht seinen Kaffeebecher näher heran, reißt ein Zuckertütchen auf und schüttet den Inhalt hinein. »Ich war mir nicht sicher, ob ich's machen sollte, aber ich lebe nicht weit von hier, und Sie haben gesagt, Sie hätten etwas von mir gefunden.«

Ich setze mich ihm gegenüber, nehme die *Star-Wars*-Figuren aus der Tasche und schiebe sie über die Tischplatte. »Diese hier hab ich gefunden. Ich dachte, sie könnten Ihnen gehören.«

Er nimmt sie, schließt die Hand fest um sie. »Das waren wahrscheinlich Billys«, sagt er mit schwankender Stimme. »Ich habe hinterher nichts aus dem Haus geholt. Ich wollte nichts davon haben. Meine Großeltern haben es ausgeräumt, und wir sind weggezogen, weg von dem Prozess und der Presse. Ich weiß nicht, wie die übersehen werden konnten.«

Ich denke daran, wie ich die Figuren auf dem Fensterbrett gefunden habe, als hätte der kleine Billy Evans sie mitten im Spiel zurückgelassen.

»Danke«, sagt er, ohne von den Figuren aufzusehen.

»Es tut mir sehr leid, wenn ich Sie damit traurig gemacht habe.«

Er schiebt das Spielzeug in die Tasche. »Es ist okay«, sagt er. »Ich wollte sowieso kommen. Ich war neugierig.«

»Neugierig?«

Er sieht auf. »Neugierig darauf, wer das Haus gekauft hat. Ich habe gedacht, es wird überhaupt nie verkauft. Oder wenn doch, dann würde ein Investor es abreißen und dort irgendwas Neues hinstellen.« Er beginnt eine Serviette in saubere Streifen zu reißen, die er neben dem Becher aufeinanderlegt. »Und dann haben sie mir im Maklerbüro gesagt, dass sie schon einen Interessenten hatten – jemanden, der drauf *wartet,* dass es auf den Markt kommt.« Er schenkt mir wieder dieses seltsame Lächeln. »Wie gesagt, ich war neugierig. Ich hätte beinah angerufen.«

Vielleicht hat er angerufen, und dann hat ihn der Mut verlassen. Ich denke an die wortlosen Anrufe, von denen ich gedacht habe, es wäre Ian Hooper. Ist es besser oder schlimmer, sich vorzustellen, dass es Tom Evans war?

»Waren Sie wieder hier, seit …«

»Bis ich sieben war, war diese Stadt der einzige Ort, den ich gekannt habe«, sagt er, ohne auf meine Frage einzugehen. »Ich hab mir nie gewünscht, irgendwo anders zu leben.«

»Meine Kinder haben ihre Schwierigkeiten damit, die Vorteile des Lebens hier zu sehen«, sage ich, während ich mir ein Lächeln abringe.

»Sie haben *Kinder?*«

»Zwei – einen Jungen und ein Mädchen. Teenager.«

Seine Hand zuckt und wirft den Kaffeebecher um. Kaffee schwappt und durchweicht die zerrissene Serviette. »Und Sie?«, fragt er, packt meine Hand und beugt sich weit genug vor, dass ich seinen Atem riechen kann. »Können Sie die … *Vorteile* sehen, Mrs. Walker?«

Ich kann nicht anders, als zurückzuweichen, ziehe die Hand weg und setze mich auf meinem Stuhl so heftig nach hinten, dass er über den Fußboden kratzt. »Ich … es ist wirklich eine schöne Stadt«, sage ich. »Und das Haus …«

»Warum wollten Sie sich wirklich mit mir treffen?«, fragt er. »Es war ja nicht, weil Sie mir dieses Spielzeug geben wollten, oder?«

Ich denke an den Zeitungsabschnitt, den uns jemand durch den Briefschlitz geworfen hat. Danach kann ich ihn nicht gut fragen, oder? Kann ihn nicht gut fragen, ob er glaubt, dass das Haus ein bösartiges Wesen ist, das Hooper veranlasst hat, seine Familie zu ermorden. O Gott, was *mache* ich hier eigentlich?

»Ian Hooper ist aus dem Gefängnis gekommen«, platze ich heraus, winde mich, als ich seine Reaktion auf den Namen sehe – wie seine Schultern sich anspannen, sein Gesicht sich verzerrt. Himmel, könnte ich das hier noch schlimmer machen?

Er steht auf und legt zwei Pfundmünzen auf die Tischplatte. »Es tut mir leid«, sagt er. »Das hier war ein Fehler. Ich hätte nicht kommen sollen.«

»Tom, warten Sie«, sage ich, während ich ihm eine Hand auf den Arm lege. »Es tut mir leid, ich mache das vollkommen falsch. Ich wollte Sie nicht aus der Fassung bringen. Es ist bloß … Ich habe rausgefunden, dass er auf freiem Fuß ist, und wir sind in dem Haus, und es ist alles … Es geht alles schief, und ich wollte …«

Er macht sich von mir los. »Wollte was? Die Insiderinformation über den berüchtigten Ian Hooper? Die Zusicherung, dass er nicht als Nächstes auftaucht und *Ihre* Familie abschlachtet?«

Ich bin nicht imstande, dem lodernden Schmerz in seinem Gesicht standzuhalten. Als ich mich wieder zu ihm umdrehe, ist er fort; die Tür fällt hinter ihm zu. Ich sinke mit zitternden Beinen wieder auf meinen Stuhl.

Du kommst aus dem Haus in deinem Anzug mit den messerscharfen Bügelfalten, steigst in dein glänzendes Auto und fährst davon zu deinem großen Büro in der Stadt. Durch die Fenster kann ich deine Frau sehen, wie sie ziellos von Zimmer zu Zimmer wandert, ohne irgendwas zu tun. Dein Stepford-Frauchen ist defekt.

Ich hätte niemals hier enden sollen. Ich hätte niemals so enden sollen. Ich würde es hier rausschaffen. Ich würde es nach oben schaffen. Ich würde meine Träume leben.

Dann bin ich aufgewacht, und jetzt sitze ich wieder in diesem Drecksnest, diesem sterbenden Kaff, und sehe dich mit deiner famosen Karriere und sie mit ihren Träumen und ihrem Lächeln, und ich sage: Nein.

Scheiße, nein. Kommt gar nicht infrage.

KAPITEL 13

Als ich nach Hause komme, ist Patrick hinten im Garten und stochert in einem Feuer herum, das er in einer alten Metalltonne angezündet hat. Es sieht so wunderbar häuslich und normal aus, dass ich mich an die Anrichte lehnen muss, die Fingerknöchel werden weiß, als meine Hände sich um die Kante schließen, während ich mir eine Geschichte davon zurechtlege, wo ich gewesen bin. Ich kann ihm nicht erzählen, dass ich mich mit Tom Evans getroffen habe – er würde niemals verstehen, warum. Ich bin mir nicht sicher, ob ich selbst es verstehe. Ich wollte mehr wissen, wollte begreifen, wie alles so entsetzlich hatte schiefgehen können für die Familie, die vor uns hier gelebt hat, aber als ich Tom dann gegenübersaß … Er ist nicht mehr der kleine Junge mit den krakeligen Initialen aus der Größentabelle. Er hatte recht damit, das Café zu verlassen. Es war ein Fehler. Ich hätte mich nicht mit ihm treffen sollen – was genau habe ich mir eigentlich erhofft? Hat er recht gehabt – wollte ich einfach die Versicherung hören, dass Hooper unser Haus nicht beobachtet? Wollte ich von ihm beruhigt werden – Hoopers Morde waren ein einmaliges Vorkommnis, ein Verbrechen aus Leidenschaft, wie Patrick sagt? Bin ich wirklich losgezogen, um mir dies von einem Mann zusichern zu lassen, dessen ganze Familie ermordet wurde?

Ich mache Kaffee und gehe hinaus zu Patrick. Meine Hände zittern, und Spritzer des heißen Kaffees landen brennend auf der Haut. Es ist fast Mai, aber der Geruch des Feuers und die Kälte der Luft lassen mich an Herbst denken, an prasselndes Laub auf dem Boden, ein zu Ende gehendes Jahr. Den letzten Sommer und Herbst habe ich in einem Nebel des Kummers verbracht. Ein halbes Jahr ging vorbei, fast ohne dass ich es merkte. Ich war wild entschlossen, dass dieses Jahr anders werden würde. Ich würde anders sein. Und in mancher Hinsicht bin ich es. Meine Mutter scheint hier weiter von mir entfernt zu sein, der Kummer weniger schneidend. Aber kommt das durch den Umzug oder durch die Pillen? Und die Begegnung mit Tom hat mich fahrig und nervös gemacht. Meine Kehle ist trocken, und mein Herz rast.

Am hinteren Ende des Gartens steht ein Apfelbaum, das Einzige, was hier wirklich gedeiht, der Rest ist eine überwucherte Wüstenei; Unkraut erstickt jeden Ansatz von Büschen oder Blumen, und das Gras ist ungleichmäßig und halb tot. Aber der Apfelbaum hat bereits Blüten.

»Du fängst schon mal an, den Dschungel zu lichten?« Meine Stimme ist von falscher Fröhlichkeit. Ich strecke ihm einen Kaffeebecher hin, und Patrick dreht sich zu mir um und nimmt ihn.

»Du bist zurück. Wo warst du?«

»Einkaufen. Ich hab ein paar von meinen alten Kochbüchern wiedergefunden und mir gedacht, ich mache zum Abendessen mal was anderes.«

Er runzelt die Stirn. Ist es für ihn so offenkundig wie für mich, dass der unbeschwerte Ton eine Lüge ist?

»Ich denke nach, mache Pläne«, sagt er, während er sich wieder dem Feuer zuwendet. »Es hätte geholfen, wenn wir ein paar Monate früher hergekommen wären, aber mit ein paar Wochenenden richtiger Arbeit können wir das hier in Ordnung bringen. Pflanzen besorgen, neue Gartenmöbel, und bis zum Sommer wird es richtig schön. So wie es früher mal war.«

Er ignoriert meine Bemühungen, im Haus zu streichen und zu dekorieren; er hat ein neues Projekt für sich entdeckt. Ich glaube, es wird mehr als ein paar Wochen dauern, bis es hier wieder schön ist. Bisher hat er in dem Unkrautdschungel einen halben Meter Fläche gerodet – ein ganzer Nachmittag Gartenarbeit für einen halben Meter vergilbtes Gras und Schlamm. Er ist schmutzig und verschwitzt, und sein Haar ist wirr.

»Übrigens, auf dem Anrufbeantworter ist eine Nachricht für dich.« Seine Stimme hat einen scharfen Beiklang, und ich frage mich, wie viel er weiß. Zu viele Geheimnisse. Wir hatten bisher nie Geheimnisse voreinander. Zumindest war ich überzeugt, wir hätten keine. Der Wind wird stärker, peitscht um die Rückseite des Hauses, wirbelt schwarzen Rauch auf, der mir in den Augen brennt.

Er greift nach dem nächsten Arm voll Abfall für sein Feuer, und ich wende mich bereits ab, um wieder ins Haus zu gehen, als ich durch den Rauch hindurch Joes Gesicht sehe, jünger, lächelnd, eine Skizze in feinem Bleistift, und das Feuer frisst sich von den sich kräuselnden Rändern des Blattes nach innen. Ich strecke den Arm aus, um sie aus dem Feuer zu reißen, aber Patrick packt meine Hand.

»Sei doch nicht albern. Du verbrennst dich.«

Aber jetzt lecken die Flammen an Joes Gesicht, verwandeln es in schwarze Asche, und jetzt erst sehe ich, was Patrick an Brennmaterial für sein erstes Gartenfeuer gefunden hat. Es sind meine Skizzenbücher, die Bücher, die ich Anna gezeigt habe, meine Zeichnungen von Joe und Mia über die Jahre hinweg, dem schlafenden Patrick, der tanzenden Mia, einer lachenden Caroline am Seeufer. Ich versuche es mit einem weiteren verzweifelten Griff nach dem Stoß, aber er schiebt seinen Körper dazwischen.

Brust an Brust mit ihm starre ich sprachlos zu ihm hinauf.

»Die Nachricht war von dieser Ärztin, zu der du Joe geschickt hast«, sagt er vollkommen ruhig, als unterhielten wir uns über einer Tasse Kaffee. »Offenbar hast du sie angerufen, um wieder einen Termin für ihn auszumachen.«

»Ich mache mir Sorgen um ihn. Er …«

»Ihm geht's *gut.*«

»Ihm geht es *nicht* gut. Herrgott, Patrick – er rutscht wieder ab. Ich sehe es ihm an.«

»Warum kannst du es eigentlich nie einfach mal gut sein lassen?«

»Was soll das hier also?«, frage ich durch taube Lippen hindurch. »Du verbrennst meine Skizzenbücher – mein ganzes verdammtes *Lebenswerk* –, weil ich mit einer *Ärztin* telefoniert habe?«

»Du hast mir gesagt, du wärst mit dem Auspacken fertig, aber dann habe ich all das Zeug hier gefunden«, sagt er, stochert in der Asche, ohne sich provozieren zu lassen. »Hinter Türen versteckte Kartons. Zeug, das in Tüten in der Wohnzimmerecke abgestellt war. Du hast gesagt, du wärst fertig, und bist zum *Einkaufen* verschwunden, also bin ich davon ausgegangen, was jetzt noch da ist, ist Müll.«

Ich renne wütend zurück ins Haus, öffne die Wohnzimmertür. Ich hatte alles dort gelagert – meine Skizzenbücher, meine Pinsel, meine Farben und Bleistifte. Zwischengelagert, während ich darauf gewartet habe, einen Platz zum Arbeiten zu finden, der nicht der Keller ist.

Es ist alles fort. Feuchte Flecken klettern an der Wand hinauf, sehr offensichtlich jetzt, nachdem alle Tüten weg sind. Himmeldonnerwetter, Patrick. Wo sind meine Bilder? Wo sind die Leinwände?

»So, jetzt können wir dieses Haus perfekt machen«, sagt er in aller gottverdammten Fröhlichkeit, als er hereinkommt und mich dabei antrifft, dass ich in die leere Zimmerecke starre. Sieht er die wachsenden Flecken aus grünschwarzem Schimmel eigentlich nicht? Inwiefern ist das hier perfekt?

»Was hast du mit meinen Gemälden gemacht – den Leinwänden? Du hast die doch nicht …«

»Die sind im Keller«, sagt er, und meine Wut wird zu Eis.

Patrick sieht mir ins Gesicht und seufzt. »Ich habe es satt, mich zu *behelfen,* während du in meinem Rücken Geld verschwendest für eine Therapie für Joe, *einkaufen* gehst, hier immerfort schwarzmalst und Trübsal bläst und alle Leute rebellisch machst«, sagt er. »Komm schon, Sarah, Kopf hoch. Dieses Mal wird alles perfekt.«

»Kopf hoch? Scheiße, *Kopf hoch?* Hast du eigentlich eine Ahnung, was mir diese Skizzenbücher bedeutet haben?« Ich habe einen schmerzhaften Kloß in der Kehle, und ich will zuschlagen, ihm ins Gesicht schreien.

»Es sind einfach bloß alte Zeichnungen«, sagt er. »Herrgott, es ist doch nicht, als ob ich ein Hündchen ins Feuer geworfen hätte oder so was. Besorg dir neue Bücher, wenn du magst – nicht dass du sie in letzter Zeit viel gebraucht hättest, oder? Wann hast du das letzte Mal irgendwas gezeichnet? Lass es gut sein, Sarah.«

Lass es gut sein. Scheiße. Ich beiße die Zähne zusammen und wende mich ab. Ich weiß, wenn ich jetzt noch etwas sage, dann wird es etwas sein, das nicht wiedergutzumachen ist. Ich würde mehr als nur Skizzenbücher in Brand setzen.

Am Sonntagmorgen geht er früh aus dem Haus, ohne ein Wort zu sagen, schlägt die Haustür zu, und ich fahre zusammen, als ich mit meinem Kaffee am Küchentisch sitze. Ich schiebe das Rindfleisch in den Ofen, schäle Kartoffeln und weigere mich, über die leeren Tüten nachzudenken, in denen meine Skizzenbücher steckten.

»Es tut mir leid«, sagt Patrick, als er zurückkommt. Er ist im Mantel und streckt mir eine Tüte hin. Darin stecken ein neues Skizzenbuch und eine Schachtel mit Bleistiften. Es ist ein wunderschönes Buch, fest gebunden, dickes, teures Papier – perfekt, ganz so wie Patrick es haben will. Aber alle Seiten sind leer, und ich habe nicht das Bedürfnis, etwas zu zeichnen.

Ich gebe keine Antwort. Ich kann nicht mit ihm sprechen, solange der Ärger noch in meiner Brust festsitzt, schmerzhaft und verzweifelt bemüht, herauszukommen.

»Es tut mir leid«, sagt er wieder. »Ich war gereizt, ärgerlich, weil du diese Ärztin angerufen hattest, ohne mit mir zu reden, frustriert, weil das hier alles so langsam geht. Ich habe nicht gewusst, dass dieses Zeug dir wichtig ist. Ich habe gedacht, es wäre Müll. Wenn ich Bescheid gewusst hätte, hätte ich es niemals verbrannt.« Aber er wendet sich von mir ab, während er es sagt. Ich lasse den Kartoffelschäler auf die Anrichte knallen. *Natürlich hast du Bescheid gewusst, Patrick.* Die Zeichnungen waren sichtbar, als sie verbrannt sind.

Er geht an mir vorbei und ins Obergeschoss hinauf. Ich schiebe die Kartoffeln in den Ofen und gehe ins Wohnzimmer, die Arme verschränkt, fest um den schmerzlichen Ärger in meinem Inneren geschlossen. Da ist schon wieder jemand auf der anderen Straßenseite, er steht an genau der Stelle, an der an unserem ersten Abend hier der Beobachter stand. Die Gestalt sieht aufs Meer hinaus; sie trägt eine dunkle Jacke mit über den Kopf gezogener Kapuze, aber ich warte darauf, dass sie den Kopf dreht und mir Ian Hoopers Gesicht zeigt. Ein Windstoß lässt mich schaudern, und eine Sekunde lang habe ich das Gefühl, die kühle Brise kommt aus dem Inneren des Hauses, ein kalter Atemzug in meinem Nacken.

Ich weiß noch, wie ich das Haus zum ersten Mal gesehen habe. Es hat mich an etwas erinnert – ich habe eine Weile gebraucht, um dahinterzukommen. Es war dieses Geisterhaus auf dem Rummelplatz, wo wir rumgehangen haben – weißt du noch? Nicht das Innere, das Haus war damals noch hübsch von innen. Aber von außen. Hatte es nicht schon immer etwas Merkwürdiges an sich? Etwas, das nicht ganz gestimmt hat? Erzähl mir nicht, dass du es nicht auch gespürt hättest.
Im Inneren hat alles so schön ausgesehen. Dann hast du mir dein Zimmer gezeigt mit der nagelneuen Tapete, und du hast mir gezeigt, was hinter der Tapete war, und gelacht, als wäre es der beste Witz der Welt.

KAPITEL 14

Aus *Mordhäuser in Großbritannien*, Seite 44:

Wann also erschien Ian Hooper auf der Bildfläche? Es gibt Gerüchte, denen zufolge er beinahe von Anfang an in dem Haus ein und aus ging; seine Beziehung mit Marie Evans sei dauerhaft gewesen und habe auch zum Zeitpunkt der Morde noch bestanden. Aber Hooper selbst behauptete während des Verfahrens hartnäckig, die Affäre habe erst wenige Monate vor den Morden begonnen. Er sagte aus, er habe sich zu Marie Evans hingezogen gefühlt, als er sie weinend und von Blutergüssen gezeichnet antraf, nachdem ihr Ehemann sie geschlagen hatte.

Die Staatsanwaltschaft wies diese Behauptungen zurück, auch aufgrund der Aussagen von John Evans' Eltern, die es für unvorstellbar erklärten, dass ihr Sohn jemals seine Frau geschlagen hätte. Eine Tatsache allerdings kam während des Prozesses nie zur Sprache, weil die Vorwürfe fallen gelassen worden waren: Marie Evans hatte in der Tat einmal die Polizei gerufen und ihren Ehemann der häuslichen Gewalt bezichtigt. Maries Schwester Loretta Anderson behauptet, sie sei es gewesen, die Marie geraten habe, die Polizei zu rufen. Als ein Beamter ins Haus kam, erklärte Marie Evans jedoch, es habe sich um ein Missverständnis gehandelt – sie sei nach einem Streit mit ihrem Mann wütend gewesen, John habe sie jedoch nicht angerührt.

Loretta dagegen beharrt darauf, es sei nicht das erste Mal gewesen, dass John seine Frau schlug – allerdings erst seit sie in das Haus an der Seaview Road gezogen waren. »Es ist das Haus, das ist alles, was Marie immer zu sagen hatte. Das Haus hat ihn verändert.«

Ich lege das Buch weg, verstecke es dieses Mal ganz unten in der Schublade meines Nachttischs. Tom Evans' Worte und Abschnitte aus dem Buch gehen mir im Kopf herum, während ich dusche und mich anziehe, und jeder davon löst einen Strom hartnäckig bohrender Befürchtungen aus. Ich kann den Ausdruck in Patricks Gesicht nicht vergessen, als er meine Skizzenbücher in Asche verwandelte. Er war immer so selbstbeherrscht. Ich möchte ihm glauben, dass es ein Missverständnis war, meine Bücher zu verbrennen, denn die andere Möglichkeit – dass er es absichtlich getan hat … Der Ärger, den ich zunächst empfunden habe, ist einem Gefühl von Verletztheit gewichen, beinahe von Trauer über den Verlust all dieser über die Jahre hinweg angefertigten Zeichnungen. Es muss ein Missverständnis gewesen sein oder im schlimmsten Fall ein einziger Moment aufflammenden Ärgers, von dem ich glaube, wirklich glaube, dass er ihn bereut. Aber das ist es, was meinen Befürchtungen Nahrung gibt: Patrick hat keine Momente aufflammenden Ärgers. Oder hatte sie jedenfalls nicht, bevor wir hierhergezogen sind. Tatsächlich ist das einer der Hauptgründe, weshalb Caroline sich nicht mit ihm verträgt. Sie findet ihn kalt, aber sie hat ihn niemals so erlebt, wie ich ihn erlebt habe. Wenn sie gesehen hätte, wie er meine Zeichnungen verbrannte, wie er mit der Faust auf das Lenkrad einschlug und brüllte, nachdem wir das Küchenstudio verlassen hatten – würde sie sich immer noch darüber lustig machen, dass er immer so kühl bleibt? Und was würde ich zu ihr sagen? *Es ist das Haus? Das Haus verändert ihn?*

Einmal waren wir im Park und haben uns über einen Film unterhalten, den Patrick und ich im Kino gesehen hatten, irgendeine Komödie, und Caroline sagte: *Ich habe ihn noch nie lachen sehen. Nicht wirklich, nicht aus vollem Hals, die Sorte, wo man sich vor Lachen krümmt.* Ich habe ihn verteidigt – natürlich kann er lachen. Himmeldonnerwetter, er ist schließlich kein Roboter. Aber sie war noch nicht fertig, sie bohrte weiter. *Ich kann ihn mir auch nicht als Kind vorstellen,* sagte sie, während wir unseren eigenen Kindern zusahen, die im fallenden Laub herumtobten, die Schuhe nass von dem langen Gras. *Ich kann mir nicht vorstellen, dass er sich einfach mal gehen lässt und Spaß hat.*

Ich weiß, dass seine Eltern immer distanziert waren, auf Abstand bedacht – das genaue Gegenteil meiner Mutter. Sie waren beide schon über die vierzig hinaus, als sie ihn bekamen, und nach den Geschichten, die sie bei unseren wenigen Besuchen vor ihrem Tod erzählten, und der Art und Weise, wie sie mit dem kleinen Joe umgingen, hatten sie keine Ahnung gehabt, was sie mit dem Überraschungsbaby anfangen sollten.

Patrick wuchs in einem wunderschönen Haus in einer idyllischen Umgebung auf, und nach allem, was er erzählt hat, glaube ich, dass sie ihn liebten. Aber zugleich merkte ich ihm das Vergnügen an unseren Unternehmungen als Familie an, den Weihnachts- und Geburtstagsfeiern, als die Kinder noch klein waren, all dem, was er bei seinen älteren, unbeholfenen Eltern vielleicht hatte entbehren müssen.

Alles, was Patrick mir über seine Kindheit erzählt hat, bezog sich auf dieses Haus und das perfekte Leben, das er hier führte. Aber wenn ich darüber nachdenke, dann sind es eigentlich eher einzelne Bilder als wirkliche Geschichten. Er kann doch nicht schon als Junge so kühl und kontrolliert gewesen sein, oder doch? Als Teenager, in den Jahren der Verwirrung und der tobenden Hormone, den Achterbahnjahren?

»Sarah?«, ruft Patrick, als ich die Treppe hinuntergehe. Er ist an der Haustür, schon im Mantel, und gibt etwas in sein Smartphone ein. »Denk an heute Abend!«

»Heute Abend?«, wiederhole ich verwirrt, aber er ist schon verschwunden.

Als das Haus leer ist, greife ich zum Telefon, um Caroline anzurufen, aber dann lege ich es wieder weg. Wenn ich jetzt anrufe, werde ich ihr zu viel erzählen? Werde ich eingestehen, dass ich Patrick in den vergangenen Wochen manchmal angesehen und nicht mehr wiedererkannt habe? Dass die Leute hier mir Geschichten erzählen, die allem widersprechen, was er selbst mir jemals erzählt hat? Oder, schlimmer, dass es etwas … Vertrautes hatte, als ich ihn beim Verlassen dieses Küchenstudios wüten und aufs Lenkrad habe schlagen sehen. Wie ein Augenblick des Déjà-vu, wie ein *Habe ich das nicht mal geträumt?*-Moment.

»Mrs. Walker? Sarah?«

Ich gehe mit gesenktem Kopf gegen den Wind an und höre ihn zunächst nicht. Als er mir eine Hand auf die Schulter legt, fahre ich herum; mein Herz hämmert. »Tom?«

Er lächelt und tritt zurück; ein Windstoß bringt ihn ins Taumeln. Instinktiv strecke ich die Hand aus, um ihn von der Kante der Klippe wegzuziehen. Es war albern von mir, an einem so stürmischen Tag einen Spaziergang hier herauf zu machen. Ich hätte in der Stadt bleiben sollen, in Annas Café gehen.

»Ich hab Sie gesehen und versucht, Sie einzuholen – Sie gehen ziemlich schnell«, sagt er lachend.

»Sie haben nach mir Ausschau gehalten?«

»Ich wollte mich entschuldigen, weil ich neulich so ausgerastet bin. Es war, weil ich wieder hier war. Es hat mich übler erwischt, als ich erwartet hatte.«

Ich schüttele den Kopf. »Ich bin diejenige, die sich entschuldigen sollte. Ich hatte keinerlei Recht, Sie zu kontaktieren und dann von Ian Hooper anzufangen und dem …«

»Dem Tag, an dem meine Familie umgekommen ist.«

Ich nicke.

»Darf ich Sie auf dem Rückweg begleiten?«, fragt er.

Eigentlich hatte ich nicht vor, schon wieder nach Hause zu gehen. Aber wenn ich jetzt Nein sage – wird er mir dann den Küstenpfad entlang folgen, immer weiter weg von der Stadt? Außerdem ziehen Wolken auf, und ich will nicht in den Regen geraten. Ich habe einen weiteren Tag vergeudet, nichts getan, als zwischen den Tabletten zu dösen. Patrick wird bald nach Hause kommen und sich fragen, wo ich stecke.

»Natürlich.«

Es geht sich einfacher bergabwärts mit dem Wind im Rücken, und es ist beruhigend, die Stadt wieder näher kommen zu sehen. Es kommt mir nicht richtig vor, hier oben mit Tom allein zu sein – er ist immer noch ein Fremder, obwohl ich es war, die Kontakt aufgenommen hat. Er geht zu dicht neben mir; sein Arm streift meinen.

»Ich konnte nicht schlafen«, sagt er.

Er hält mühelos mit mir Schritt – bin ich zuvor wirklich so schnell gegangen, dass er mich nicht einholen konnte, bevor ich oben auf der Klippe angekommen war?

»Mein Arzt glaubt, es hat mit dem Verkauf des Hauses zu tun.«

»Arzt?«

Er lächelt. »Seelenklempner. Ich gehe seit Jahren zu ihm. Ich hab alles mit ihm durchgesprochen. Ich habe das Gefühl, er findet es ermutigend, dass ich das Haus endlich verkauft habe. Ich musste es tun, als ich rausgefunden habe, dass Hooper rausgelassen wird. Ich hatte das Bedürfnis, es zu tun.« Er geht langsamer und bleibt beinahe stehen, als wir das Ende des Küstenpfades erreichen. »Aber dann hätte ich es beinahe nicht durchgezogen«, sagt er. »Als ich erfahren habe, wer es kaufen wollte, wusste ich nicht, ob ich vom Vertrag zurücktreten soll oder nicht. Aber ich war mir nicht sicher, ob ich jemals einen anderen Käufer finden würde.«

Ich kaue auf der Innenseite meiner Wange herum und zucke zusammen, als ich zu fest zubeiße. »Warum haben Sie überlegt, zurückzutreten?«

»Ich weiß, dass Mr. Walker als Kind dort gelebt hat, und vielleicht war das Haus damals anders, aber zu der Zeit ... Als die Morde passiert sind, hätte ich niemandem auf der Welt dieses Haus an den Hals gewünscht. Zuallerletzt einer anderen Familie.«

Er beugt sich dicht zu mir heran, und diese Grenzüberschreitung verstört mich auch jetzt wieder. »Ich war noch ein Kind, vielleicht erinnere ich mich auch falsch, aber nachdem wir da hingezogen sind, ist irgendwie alles schiefgegangen. Dad hat sich verändert, hat dauernd Streit mit Mum angefangen. Billy hatte diese grässlichen Albträume und ist jede Nacht schreiend aufgewacht. Wir haben gedacht, ich und Billy, dass im Haus irgendwas umgeht.« Ich denke an die kalten Stellen und hole tief Atem. Ich habe geglaubt, alles, was dort spukt, wären die Erinnerungen an Toms ermordete Angehörige, dass sie die Ersten waren. Wer ist noch dort umgekommen? Wer hat dort noch kalte Stellen hinterlassen, und warum waren sie nicht zu spüren, als Patrick dort gelebt hat?

»Es tut mir leid«, sagt er. »Wahrscheinlich wollen Sie das nicht hören, oder?«

Vielleicht will ich. Es weckt in mir den Wunsch, Tom in Patricks Gegenwart zu zerren und zu sagen: *Siehst du? Siehst du, was mit diesem Haus los ist?*

»Aber ich hatte das Gefühl, ich sollte es Ihnen sagen. Sie kommen mir so nett vor. Und nachdem Ihr Mann und mein Dad befreundet waren.«

»Was?«

»Sie waren Kumpel, oder nicht? Mr. Walker und mein Dad? Ich hab den Namen natürlich erkannt und hab ihn nachgeschlagen. Ich erinnere mich an ihn aus der Zeit, als ich ein Kind war.«

»Ihr Dad und Patrick?«

Er legt den Kopf zur Seite. »Ja – was ist los?«

Ich spüre, dass ich bleich geworden bin, und mir ist schwindlig. »Nein, das kann nicht stimmen. Er hat nie …«

»Ich habe keine Angehörigen mehr. Wenn ich sehe, dass Leute, die ich kenne, in dem Haus sind – das ist fast, als wären Sie meine Familie. Ich will einfach, dass Sie und Ihre Kids dort keinen Ärger haben.«

Wir sind fast am Haus angekommen, und mir bricht der kalte Schweiß aus. Er lügt. Er fantasiert. Familie? Wir sind uns zwei Mal begegnet, jeweils ein paar Minuten lang. Und Patrick hat nie auch nur erwähnt, dass er die Evans' gekannt hätte.

Das Haus ist dunkel, und auf der Straße ist niemand unterwegs. Keine meiner Möglichkeiten kommt mir ungefährlich vor – hineinzugehen in das dunkle Haus oder hier draußen zu bleiben mit diesem Mann, der mir immer mehr wie ein Fremder vorkommt. »Ich muss rein«, sage ich, als es zu regnen beginnt, große Tropfen, die von Sekunde zu Sekunde schwerer werden. Mein Herz rast schon wieder, und ich habe Angst, dass er fragen wird, ob er mit ins Haus kommen darf.

»Natürlich«, sagt er und tritt zur Seite. Als ich zur Haustür gehe, dreht er sich noch einmal nach mir um und fügt hinzu: »Passen Sie auf sich auf, Sarah.«

Ich fahre zusammen, als jemand an die Haustür hämmert. Dann höre ich Mias Stimme, die nach mir ruft. Ich renne in den Hausflur hinaus und nehme die Kette ab.

»Himmeldonnerwetter, Mum! Ich stehe seit Stunden hier draußen!«

»Es tut mir leid – ich habe dich in der Küche nicht gehört.«

»Was gibt's zum Abendbrot?«, fragt sie, während sie im Flur die Schultasche aufhängt.

Wie spät ist es? Halb sieben. Himmel, Patrick wird jeden Moment nach Hause kommen.

»Sorry, Mia, ich hab nicht ... Ich hab's vergessen. Ich war draußen, und ...«

»Herrgott, Mum, du solltest wirklich mal aufwachen. Ich hab dir eine Nachricht hinterlassen, dass ich in die Bibliothek gehe. Ich bin am *Verhungern.*«

»Bibliothek? Ist die um diese Zeit noch offen?«

Sie wirft mir einen Blick zu und sieht dann fort. »Na ja, und hinterher bin ich noch an den Strand gegangen.«

»Und wo ist Joe?«

»Auch an den Strand gegangen. Er ist immer noch da.«

Ich sehe hinaus auf den zunehmend dunkleren Himmel. »Immer noch?«

Mia runzelt die Stirn angesichts des leeren Kühlschranks.

»Ich fange jetzt an zu kochen. Ich finde schon irgendwas«, sage ich.

»Vergiss es. Ich mache mir irgend so ein blödes Sandwich.« Sie dreht sich noch einmal um, bevor sie die Küche verlässt. »Aber jetzt mal im Ernst, Mum – was willst du Dad erzählen?« Sie beißt sich auf die Lippe dabei, wieder ganz das besorgte Kind.

Ich habe nicht nur vergessen zu kochen, ich habe vergessen einzukaufen. Patrick hat gesagt, ich sollte im Internet bestellen, um mir den langen Weg zum Supermarkt zu sparen, aber ich bin bisher nicht dazu gekommen. Kühl- und Gefrierschrank sind fast leer, und ich kann Patrick nicht gut ein Käsebrot vorsetzen und es Abendessen nennen. Eine Geschichte, die ich früher Mia vorgelesen habe, fällt mir wieder ein – von einem Tiger, der sich zum Tee einlädt und alles auffrisst, was sich im Haus findet. Ich stelle mir vor, wie ich dies Patrick erkläre, und fange an zu lachen; mein Lachen hat einen hysterischen Beiklang. Ich stehe vor dem offenen, leeren Kühlschrank, die Hand vor den Mund geschlagen, und lache, und dann höre ich, wie die Haustür geöffnet wird und Patrick ein Hallo ins Haus ruft.

Es ist nicht so schlimm. Wir werden uns etwas aus dem Schnellrestaurant besorgen. »Es tut mir leid«, werde ich sagen. *(Der Tiger hat alles gefressen.)* »Ich habe vergessen einzukaufen.«

Ich gehe hinaus in den Flur, um ihn zu begrüßen. Er betrachtet mich von oben bis unten. Ich stecke immer noch in den Jeans und dem Pullover, die ich am Morgen angezogen habe, und die Jeans sind mit Farbe bespritzt. Mein Haar beginnt aus dem Pferdeschwanz zu entwischen, und so fasse ich es neu zusammen.

»Du hast es aber nicht vergessen, oder?«, fragt Patrick.

»Vergessen?«

»David und Elly kommen zum Abendessen. Ich hatte dir das vor Tagen schon gesagt.«

Hat er das? Daran erinnere ich mich nicht. Ich meine, ich weiß schon, dass er davon geredet hat, sie zu uns zum Abendessen einzuladen, aber hat er je einen bestimmten Tag erwähnt? Wir sind erst seit drei Wochen hier – warum sollte er es jetzt tun, solange das Haus noch so unfertig ist?

O Gott. Ich habe nichts eingekauft. Ich habe noch nicht mal die guten Teller und Gläser wiedergefunden. Ich versuche mich zu erinnern, ob in der Kühltruhe noch irgendwas ist, aber Patrick hat bereits die Kühlschranktür geöffnet und sieht sich die leeren Gitter an.

»Du hast es vergessen.« Es ist keine Frage, und seine Stimme klingt belegt.

»Es tut mir leid«, flüstere ich. Ich habe keine Entschuldigung. Ich werfe einen Blick auf den Wandkalender, und da ist es – ein Kringel um das heutige Datum und die Worte »David und Elly«, die in roter Farbe darunter stehen. Aber ich bin mir sicher – *sicher* –, dass das zuvor noch nicht dort stand. Habe ich mir den

Kalender nicht gestern erst angesehen, um nachzugucken, wann Joes Elternabend ansteht?

»Schon okay«, sagt er, während er die Kühlschranktür wieder schließt. Ich merke ihm an, dass es nichts dergleichen ist. An der abwinkenden Handbewegung, der einzelnen Falte, die sich tiefer in seine Stirn gräbt. Ich sehe ihm an, dass es ganz und gar nicht okay ist.

»Wir gehen aus«, sagt er. »Ich rufe sie an. Sage ihnen, es gibt eine Planänderung, erfinde irgendwas von Stromausfall oder einem kaputten Ofen.«

Mir wird die Kehle eng vor schlechtem Gewissen. »Wir müssen das nicht machen – ich kann schnell irgendwas in der Tiefkühltruhe finden oder etwas kommen lassen oder …«

»Wir gehen aus.« Jetzt sind es zwei Falten, und ich weiß, dass ich den Mund halten sollte.

Wir marschieren schweigend in Richtung Restaurant. Er hat mir fünf Minuten Zeit zum Umziehen gegeben, und mir ist klar, dass ich fürchterlich aussehe. Ich habe einen Rock und hohe Schuhe angezogen, aber der Rock ist zerknittert, und die Schuhe drücken jetzt schon. Mein Haar hängt schlaff herunter, und ich trage kein Make-up. Patrick hat das Hemd gewechselt, trägt aber noch seinen Büroanzug. David und Elly, die schon vor dem Restaurant warten, wirken dagegen elegant und durchgestylt. Als Elly mir ein hübsch verpacktes Geschenk zum neuen Haus überreicht und sich vorbeugt, um mich auf die Wange zu küssen, sieht sie aus, als habe sie die letzte Woche beim Friseur verbracht. David hält eine Flasche Wein in die Höhe. »Sorry – ich nehme an, die hätten wir besser im Auto liegen lassen.«

»Eigentlich sollten wir ja auch euch den Wein mitbringen, zum Anstoßen«, sagt Patrick, und ich sehe ihn fragend an.

»Zum Anstoßen?«

»David ist befördert worden. Hab ich dir das nicht erzählt?« Patrick sagt es leichthin, während er mir die Hand in den Rücken legt und mich ins Lokal manövriert.

David? David mit seinem hellblonden Haar und der künstlichen Bräune, dem BMW und dem kinderfreien Lebensstil? David ist zweiunddreißig und war früher Patricks Mitarbeiter. Bedeutet diese Beförderung, dass er jetzt sein Teamleiter ist? Ich sehe von einem zum anderen. Patrick wirkt kleiner, wie in den Schatten gestellt von Davids golden leuchtendem Erfolg. Ganz offensichtlich habe ich nicht genau genug zugehört, wenn Patrick von Schwierigkeiten am Arbeitsplatz erzählt hat.

Der heutige Abend war ihm offensichtlich wichtig, eine Gelegenheit, sein Traumhaus vorzuführen, eine gewisse Vormachtstellung beizubehalten. Die Schuldgefühle verursachen mir ein saures Drücken im Magen, und ich starre auf die Karte hinunter, die der Kellner vor mich hingelegt hat. Ich habe keinen Hunger mehr.

Er erzählt ihnen gerade von dem Haus, von seinen Plänen und von allem, was er dort bereits getan hat. Bei ihm hört es sich an, als hätte ich bisher keinen Finger gerührt. Kein Wort über die Feuchtigkeit und den Zustand, in dem die meisten Räume sich noch befinden. Kein Wort über unseren katastrophalen Ausflug ins Küchenstudio. Kein Wort über die fünfzehn Jahre, die er darauf gewartet hat, dass das Haus zum Verkauf angeboten wird. Kein Wort über den ermordeten Mann, von dem Tom offenbar glaubt, dass Patrick mit ihm befreundet war.

»Entschuldigt mich einen Moment«, murmele ich mitten in Davids laute Anekdote über einen unausstehlichen Kunden hinein.

Ich schlängele mich durch das Restaurant bis zur Rückwand, wo ein Schild zu den Toiletten weist. Es ist voll und heiß; die Luft ist feucht und geschwängert von dem Geruch nach Bratfett und darunter von dem Gestank nach altem Fisch, der sich wahrscheinlich in den Grundmauern des Ladens festgesetzt hat. Wir haben einen Tisch in der Mitte des Raumes bekommen, wie Patrick es wünschte, umgeben von anderen Paaren und Gruppen von Touristen, gereizten Familien mit Kindern, die längst im Bett sein sollten, alle in Reichweite eines Ellbogenstoßes.

Es ist nicht das geeignetste Restaurant, wenn man Gäste beeindrucken will. Es ist auch kein guter Ersatz für eine Einladung zum Abendessen in einem neuen Haus. Guter Wein in Kristallgläsern, leise Musik und Blumenarrangements in einem Haus am Meer, das ist es, was Patrick sich vorgestellt hat, nicht Scampi mit Pommes und weißem Hauswein. Ich lege mir eine Tablette auf die Zunge und beuge mich über das Waschbecken, um sie mit Leitungswasser hinunterzuspülen.

»Liebling, ich habe mir erlaubt, schon mal zu bestellen«, sagt Patrick, als ich zurückkomme. »Sie hatten die Calamari als Tagesgericht.«

Der Kellner geht an uns vorbei mit einem kleinen Kuchen, in dem eine bereits angezündete Wunderkerze steckt. Am Nachbartisch beginnt die ganze Gruppe *Happy Birthday* zu singen, und sie tut es laut genug, um mein Keuchen zu übertönen.

Ein Mal im Leben, mit achtzehn und in meinem ersten und einzigen Weiberurlaub – acht Mädchen im Teenageralter, eine Woche Kreta –, habe ich Calamari gegessen, und mir wurde so übel, dass ich glaubte, ich würde sterben. Zwei Tage in einer Sauna von Hotelzimmer, während deren ich mich auf allen vieren ins Bad schleppte, außerstande, auch nur einen Schluck Wasser zu trinken, ohne mich zu erbrechen, zitternd, mit gesprungenen Lippen, von Magenkrämpfen geschüttelt und am Ende, ich schwöre es, unter Halluzinationen. Ich erinnere mich, wie ich meine Freundinnen schluchzend anflehte: *Lasst mich doch einfach sterben, ich will doch bloß, dass es aufhört, bringt mich doch bitte um.*

Und jetzt reicht das Wort, der Anblick, der Geruch, schon der bloße *Gedanke* an Calamari aus, damit mir übel wird. Patrick weiß das, ich bin mir sicher, dass er es weiß. Ich muss ihm davon erzählt haben.

Als die Calamari kommen, liegen sie auf einem Bett aus braun geränderten, mit Öl beträufelten Salatblättern. Ich versuche durch den Mund zu atmen, aber die Augen kann ich nicht schließen, nicht solange sie mich alle beobachten, und so bin ich gezwungen, auf die glänzenden weißen Ringe hinunterzusehen. Schweiß rinnt mir unter dem Haar über die Stirn. Neue Schweißtropfen bilden sich unter meinem Haaransatz, und ich atme flach, während sich Brechreiz in meinem Magen ausbreitet.

»Patrick, ich …«

»Iss«, sagt Patrick so leise, dass niemand sonst am Tisch es hören kann. Ich sehe rote Flecken hoch auf seinen Wangen, und mir wird klar, dass David und Elly mich mit einem seltsamen Gesichtsausdruck beobachten. Patrick beobachtet mich ebenfalls, als ich eine Gabel voll öligem Salat zum Mund hebe, und er lächelt.

Es ist dieses Lächeln, das mich veranlasst, den kleinsten Calamari-Ring aufzugabeln und ihn mir, ohne zu zögern, in den Mund zu schieben. Alles entspannt sich, und die Unterhaltung setzt wieder ein. Ich versuche zu schlucken, ohne etwas zu schmecken, aber dann atme ich durch die Nase ein, und der Geruch zusammen mit der gummiartigen Konsistenz in meinem Mund lässt mich würgen. Ich lasse die Gabel fallen und lege beide Hände über den Mund. Jetzt ist es Patrick, der den Atem anhält, als er mich beobachtet. Auch David und Elly haben wieder aufgehört zu essen und zu reden, und alle sehen mich besorgt an.

Ich schlucke, sowohl den Calamari-Ring als auch den bitteren Schwall, der in meiner Kehle aufsteigt. Ich nehme mir die Zeit, mein Wasserglas zu leeren, dann wende ich meine Aufmerksamkeit wieder dem Teller zu, konzentriere mich darauf, Ring um Ring des madenweißen Tintenfischfleisches aufzuspießen, hinein, schlucken, hinein, schlucken, keine Zeit zum Nachdenken, keine Zeit zum Schmecken, keine Zeit zum Atmen.

Ich mache weiter, bis das letzte Stück verschwunden ist, bis meine Hand zittert und mein Magen rebelliert. Dann endlich hole ich Atem und sehe Patrick an. Er lächelt, sein eigener Teller ist nach wie vor voll, und ich denke, dass vielleicht er der Tiger ist. Über alldem sind nur drei Minuten vergangen.

»Wow. Das hat dir ja wirklich geschmeckt«, sagt er, und ich fasse dies als Erlaubnis auf, zu gehen und mich zu erbrechen in der Hoffnung, dass ich es auf die Toilette schaffe, bevor das Eis in meinen Eingeweiden schmilzt und alles wieder nach oben kommt.

»So viel Hunger habe ich gar nicht«, sagt Patrick, als ich meinen Stuhl zurückschiebe. »Wenn du zurückkommst, kannst du meine auch haben, wenn du magst.«

Ich wache mitten in der Nacht mit rumorendem Magen auf und weiß, ich werde mich wieder erbrechen. Ich renne ins Bad, und dieses Mal folgt mir Patrick. Er geht neben mir in die Hocke, als ich mich über die Schüssel beuge, und hält mein Haar aus dem Weg.

»Dieses Abendessen war mir so wichtig«, sagt er, als mein Magen sich wieder verkrampft und ich würge, ohne etwas anderes herauszubringen als saure Flüssigkeit.

»Ich habe David von dem Haus erzählt. Ich wollte nichts weiter, als sie in *meinem* Haus zu empfangen, nicht in so einem billigen, miesen Restaurant. Ich wollte ihnen zeigen, dass ich die Scheißbeförderung nicht nötig habe.«

»Hast du John Evans gekannt?«, frage ich heiser.

Eine Sekunde lang wird sein Griff um mein Haar straffer, sodass er daran zieht, es nicht einfach nur festhält. Dann lässt er los. »Das wird zur Obsession, Sarah. Hör auf damit. Lass es einfach gut sein.«

Er steht auf, greift nach einem Handtuch und reicht es mir. Ich spritze mir mit zitternden Händen Wasser ins Gesicht und nehme dann das Handtuch. Im Spiegel sehe ich sein Abbild, und es ist, als sähe ich einen Fremden.

»Es tut mir leid wegen der Calamari«, sagt er, als er sich abwendet, um das Bad zu verlassen. »Ich hatte das ganz vergessen. Manchmal vergesse ich auch mal was.«

KAPITEL 15

Ich sitze am Küchentisch und massiere mir die Schläfen. Mir hämmert schon den ganzen Tag der Kopf, und ich habe mich immer mehr verspannt, während ich darauf wartete, dass Patrick nach Hause kommt. Aber dann kam er hereingefegt, als wäre nichts passiert, und wenn ich nicht diesen sauren Geschmack im Mund hätte, weil ich mich die halbe Nacht erbrochen habe, würde ich mich jetzt fragen, ob ich mir die ganze Episode eingebildet habe.

Patrick ist im Bad, und ich sollte eigentlich das Abendessen machen, aber ich kann mich nicht dazu aufraffen. Von der Tür her höre ich ein Klopfen und fahre zusammen. Ich öffne in der Erwartung, Anna zu sehen, aber es ist Ben, der auf der Türschwelle steht. Er hält ein Paar Babyschuhe in der Hand.

»Es tut mir leid«, sagt er. »Ich bin am Haus vorbeigekommen und habe die hier draußen gesehen, und ich dachte, vielleicht habt ihr sie verloren. Es sieht nach Regen aus, und ich wollte nicht, dass sie ruiniert werden.«

Ich sehe mir die Schuhe an – ich erinnere mich noch, dass Mia ein ganz ähnliches Paar hatte, cremefarbener Satin mit Samtbesätzen und langen seidigen Bändern. Diese Schuhe allerdings haben Schmutzflecken, und die Bänder sind an den Enden ausgefranst.

»Sie haben direkt vor der Tür gelegen«, sagt er.

Ich werfe einen Blick über die Schulter zu dem Schrank hin, wo ich die Muschel aufbewahre, die ich ebenfalls direkt vor der Tür gefunden habe. Ich frage mich, warum Ben so häufig an unserem Haus vorbeizukommen scheint. Es ist nicht so, als führte diese Straße irgendwo hin.

»Nicht von mir«, sage ich und versuche, meine Stimme am Schwanken zu hindern. »Jemand muss die als Gag hier hingelegt haben oder irgend so was.«

»Als Gag?«, wiederholt er und berührt die seidigen Bänder.

»Ich schmeiße sie weg«, sage ich, aber ich nehme sie ihm nicht aus der Hand. Ich will sie nicht ins Haus holen – ich will sie nicht einmal berühren.

»Ich kann das machen«, sagt Ben. »Ich werfe sie draußen in die Tonne, wenn ich gehe.« Er sieht mich an. »Alles in Ordnung? Du siehst sehr bleich aus.«

»Es ist ... eigentlich gar nichts. Das sind noch die Auswirkungen von dem schlechten Fisch gestern.« Ich habe nicht geschlafen in der vergangenen Nacht. Ich konnte nicht verhindern, dass sich in meinen Gedanken eine fürchterliche Idee nach der anderen entwickelte. Heute Morgen habe ich die Betäubung begrüßt, die sich beim Schlucken meiner Pillen einstellt, und mir gewünscht, ich könnte zwei davon nehmen statt einer. Aber ich will Ben nicht von den Pillen erzählen. Oder von Patrick und den Calamari.

Ich schließe die Tür ein Stückchen weiter, aber Ben rührt sich nicht von der Stelle. »Um genau zu sein ... ich bin nicht einfach nur hier vorbeigekommen«, sagt er. Meine Hand schließt sich fester um den Türrahmen, und ich rechne fast damit, dass er sich den Zutritt erzwingen wird. Ich werfe einen Blick über die Schulter – was, wenn Patrick oder Joe ins Erdgeschoss herunterkommt und sieht, wie ich mit Ben rede? Ich hätte nie aufmachen sollen. Ich hätte nie zurückflirten dürfen, als er mich zum Essen einladen wollte.

»Einer von meinen Künstlern hat seine Ausstellung verschoben, und ich wollte mit dir darüber reden, ob du nächsten Monat seinen Termin übernehmen könntest. Wir würden dich mit Plakaten und Flyern bewerben, für ein bisschen echtes Interesse sorgen.«

Ich drücke die Hand auf den Bauch, um die Panik am Aufsteigen zu hindern. »Ich kann nicht. Ich habe doch gesagt, ich habe nicht genug Bilder. Ich habe nicht ... Wie soll ich innerhalb von einem Monat eine ganze Ausstellung bestücken?«

Ich hätte meine Zeichnungen rahmen können, wie Anna vorgeschlagen hat. Aber jetzt sind sie alle fort, und der Verlust ist wie eine Wunde, die aufreißt und blutet.

Er runzelt die Stirn. »Willst du mal zu mir in die Galerie kommen? Morgen oder am Freitag? Es gibt ... Ich hätte da etwas, das dir vielleicht helfen könnte.«

Etwas stimmt nicht. Etwas ist anders. Nachdem Ben gegangen ist, stehe ich draußen vor dem Haus und starre das Fenster an. Das I an der Scheibe, das ich weggeschrubbt habe ... jetzt ist wieder eins da. Ganz in der Nähe der Stelle, wo meins war, kleiner, schwächer, aber *da,* eine zweite Linie, in das Salz gezeichnet, das sich bereits wieder abzulagern beginnt. Ich sehe auf das Beet hinunter; in der Erde sind kleine weiße Steinchen verstreut, die vorher nicht da waren. Sie sehen aus wie die weißen Tabletten, die ich jeden Tag nehme, so sehr, dass ich beinahe ins Haus zurückkehre, um mich zu vergewissern, dass ich nicht einfach die Pillen im Garten verstreut habe wie Samenkörner, ohne es auch nur zu merken. Aber als ich in die Hocke gehe, stelle ich fest, dass es weder Samenkörner noch Steinchen sind, sondern Dutzende von Muschelsplittern. Ich habe den armen Einsiedlerkrebs von neulich hier ausgesetzt, und jetzt ist der Krebs verschwunden und sein Zuhause in winzige Stückchen zerbrochen. Und daneben, direkt unter dem neuen I, ein Fußabdruck.

Mir stockt der Atem. Das ist zu nah bei mir. Das ist nicht nur jemand, der uns von der anderen Straßenseite her beobachtet. Das ist jemand unmittelbar vor dem Fenster. Wann ist das passiert? Vorhin, als ich allein zu Hause war? Letzte Nacht? Nein – die Babyschuhe waren nicht da, als Patrick und Joe nach Hause gekommen sind, und es muss dieselbe Person gewesen sein.

Meine Überlegungen springen von Ian Hooper zu Tom und weiter zu Ben, und bei jedem von ihnen stelle ich mir vor, wie er mich durch das Fenster beobachtet, das Salz wegwischt, um mich zu beobachten. Ich schüttele den Kopf. Es ist schon fast so weit, dass ich die nächste Tablette nehme, um wieder taub und ruhig zu werden.

Aber was habe ich sonst noch alles verpasst in dem Zustand schwebender Taubheit? Hätte ich Patricks Abendessen vergessen, wenn die Tabletten nicht gewesen wären? Hätte ich so lange gebraucht, um auszupacken und zu renovieren? Waren das nicht die beiden Dinge, die Patrick dazu gebracht haben, die Kontrolle zu verlieren? Ich schlucke meine Tabletten und sehe passiv zu, wie das Leben an mir vorbeizieht. In diesem Zustand werde ich nie in der Lage sein, genug Bilder für eine ganze Ausstellung zu malen. Stattdessen werden die Tabletten in mir Wurzeln schlagen und zu etwas Schaurigem heranwachsen, während ich alles verschlafe und das I auf der Fensterscheibe verschwimmt und verschwindet. Ich hole den Plastikbehälter mit den Pillen aus dem Haus und öffne ihn. Ich gehe zu der Mülltonne vor dem Haus und mache sie auf. Meine Hand schließt sich fester um den Pillenbehälter, ohne dass ich den Inhalt in die Tonne schütten könnte. Vielleicht kann ich sie irgendwo im Schlafzimmer verstecken, nur für den Fall …

Ich gehe zurück zum Haus und bleibe neben dem Beet unter dem Fenster stehen. Der Fußabdruck kommt mir weniger deutlich vor, der Strich in der Salzschicht stammt vielleicht von einem Regentropfen an der Scheibe. Bilde ich mir all das ein? Entwickle eine Obsession, wie Patrick gesagt hat? Ich sehe auf die Tabletten in meiner Hand hinunter.

Wenn ich jetzt eine weitere nähme, würden der Fußabdruck und das I vielleicht verschwinden. Aber die Babyschuhe – das kann ich mir nicht eingebildet haben, oder? Irgendwer tut all das, irgendwer spielt Spielchen mit uns, und ich muss aufhören, mich davor zu verstecken.

Mit den Händen grabe ich Löcher in die nasse Erde. Ich gehe auf die Knie, um es zu tun, und es kümmert mich nicht, dass die Nässe durch meine Hosenbeine dringt. Ich begrabe die Pillen, verstreue sie zwischen den Muscheltrümmern und bedecke das Ganze mit Erde, bis das Beet glatt und keine Spur von Weiß mehr zu sehen ist, kein Fußabdruck.

Ich durchwühle die Taschen von Mias Jacke im Flur, suche nach den Behältern mit Pfefferminz, die sie immer dabeihat. Die Drops sind größer als die Tabletten, aber von Weitem und in der Plastikdose wird es nicht zu sehen sein.

Patrick kommt die Treppe herunter, als ich den Deckel wieder auf den Behälter setze, und rubbelt sich mit einem Handtuch durch das nasse Haar; sein Arm ist noch warm von der Dusche, als er meinen streift.

»Du nimmst deine Tablette? Braves Mädchen.«

Ich nicke mit hämmerndem Herzen. Mein Arm schmerzt, weil ich ihn starr ausgestreckt halte – ich wage nicht, Patrick ein Zittern sehen zu lassen. Ich habe nach wie vor Erde unter den Fingernägeln. Ich habe sie noch nicht entfernen können, aber wenn er sie bemerkt, werde ich sagen, ich hätte Unkraut gejätet.

Ich war immer eine miserable Lügnerin. Aber wenn ich ihm sage, dass ich die Pillen absetzen möchte, wird er mich wieder zum Arzt schleppen, und der wird sich meine Akte ansehen, und sie werden es mir nicht erlauben. Und nach gestern Abend, nachdem Patrick meine Skizzenbücher verbrannt hat, habe ich Angst davor, wie er reagieren würde. Immerhin lerne ich, besser zu lügen. Ich lerne, während ich ein Pfefferminzbonbon aus dem Behälter nehme und mir in den Mund schiebe.

Ich schließe den Behälter und wende mich ab, die Schultern hochgezogen, während der Schweiß unter meinem Haar hervorrinnt, weil ich darauf warte, dass er mich packt und meinen nach Pfefferminz riechenden Atem bemerkt und die Lüge entdeckt.

Er tritt hinter mich und legt die Hände auf meine Schultern, beugt sich vor, um mich auf den Scheitel zu küssen. Ich drehe mich um und finde mich in seinen Armen; seine Hände streicheln meinen Rücken. Er ist fast dreißig Zentimeter größer als ich, und seine Arme sind stark. Früher habe ich es geliebt, wie sicher und geschützt es sich anfühlte, in seinen Armen eingeschlossen zu sein. Jetzt habe ich Schwierigkeiten zu atmen und kann mich nur mit Mühe davon abhalten, mich gegen den Griff zu sträuben. Ich bewege mich, und seine Arme fassen mich fester. »Patrick …« Ich versuche die Hände weit genug zu heben, um ihn von mir zu schieben, und er rückt etwas ab, aber nur einige wenige Zentimeter. Mein Rücken berührt das hohe Fensterbrett, und ich kann nicht fort, weil seine Arme immer noch um mich geschlossen sind.

In diesem Moment kommt mir das Haus vor, wie das Haus seiner Eltern mir immer vorgekommen ist, wenn das klaustrophobische Gefühl stärker und stärker wurde, bis mir der Schweiß auf die Stirn trat und ich nicht mehr ruhig atmen konnte.

Patrick berührt mein Kinn, hebt meinen Kopf, beugt sich herunter, um mich auf die Wange zu küssen, bewegt den Kopf und flüstert mir ins Ohr: »Was ist los, Sarah?«

Was *los* ist? Ich höre frustrierten Unterton in seiner Stimme, und sie befällt mich wieder, die Angst, dass ich mir all das einbilde. Wie kann er sich so normal benehmen? Ich habe ihn gesehen, den Ausdruck in seinem Gesicht, als er meine Bücher verbrannt hat – ich spüre noch, wie seine Hand an meinen Haaren gezogen hat, als ich mich in der vergangenen Nacht erbrochen habe. Das bin nicht nur ich. Es kann nicht sein. In der Erinnerung sehe ich, wie Tom mir von Patrick und seinem Vater erzählt, ich sehe Ben und die Galerie, ich stelle mir meine Gemälde im Schaufenster vor, und mein Puls wird schneller, als Patrick mich ansieht. Was, wenn er meine Gedanken lesen kann?

Es ist noch dunkel, als ich aufwache. Die Straßenlaterne draußen wirft ein gelbes Licht durch eine Lücke zwischen den Vorhängen, und als meine Augen sich angepasst haben, sehe ich, dass Patrick nicht neben mir liegt. Seine Seite des Bettes ist kalt; er kann nicht einfach schnell ins Bad gegangen sein, das ist es nicht, was mich geweckt hat. Wie lang ist er schon fort? Ich bin früher ins Bett gegangen als er; wir waren unten nur zu zweit, und das Schweigen wurde mir zu viel. Aber ich bin mir sicher, dass ich das Federn der Matratze gespürt habe, als er sich neben mich legte, das leichte Streifen eines Kusses auf meine starre Schulter, als ich gerade am Einschlafen war.

Ich warte darauf, dass er zurückkommt, aber er kommt nicht. Es ist drei Uhr morgens; es gibt keinen guten Grund, um drei Uhr morgens an einem Wochentag auf zu sein. Ist es etwas mit den Kindern? Ich schließe die Augen, aber mein Hirn schickt mir Bilder davon, wie Patrick mehr als nur meine Skizzenbücher verbrennt. Es schickt mir Bilder von Mia, die aus einem ihrer Albträume aufwacht. Ich werde nicht wieder einschlafen können, bevor ich nicht weiß, was Patrick gerade treibt, und so greife ich nach dem Morgenmantel und ziehe dicke Socken über die Füße. In der Tür zögere ich; ich habe Angst, das Zimmer zu verlassen. Mein Herz rast, als ich mich dazu zwinge, auf den dunklen Treppenabsatz hinauszugehen.

Er ist nicht im ersten Stock. Joe und Mia schlafen fest, als ich einen Blick zu ihnen hineinwerfe, und mein hämmerndes Herz wird etwas ruhiger. Hatte ich nicht einmal einen solchen Albtraum? Dass ich mitten in der Nacht aufwache, und Patrick war verschwunden, und als ich nachsah, waren auch die Kinder fort, und ich war allein?

Ich rieche frische Farbe, als ich nach unten gehe. Küche und Wohnzimmer liegen im Dunkel, aber die Kellertür steht offen, und Licht dringt heraus. Ich will nicht hinuntergehen. Ich will nicht herausfinden, was dort vor sich geht. Ich bin noch nie dort unten gewesen. Ich *wollte* nie hinuntergehen. Ich will in den ersten Stock zurückkehren, mir die Decke über die Ohren ziehen und wieder einschlafen, vorgeben, dass all dies Teil des Traums ist, den ich einmal hatte. Ich wünschte, ich hätte die Pillen nicht vergraben.

Aber ich bin hier, und ich bin wach, und im Keller brennt Licht, und der Geruch von frischer Farbe treibt zu mir herauf. Es ist alles surreal genug, um ein Traum zu sein. Langsam, widerwillig gehe ich die Kellertreppe hinunter und sehe Patrick. Er trägt ein ausgeblichenes T-Shirt und eine alte Jogginghose und ist dabei, die Wand zu streichen, das wasserfleckige Beige mit leuchtendem Weiß abzudecken.

»Patrick?«

Er antwortet nicht. Er bückt sich, taucht die Rolle in die Schale mit Farbe und richtet sich wieder auf, führt die Rolle an der Wand hinauf und wieder hinunter, ein weiterer halber Meter Weiß, um die schmutzige, feuchte Fläche zuzudecken.

»Patrick, es ist mitten in der Nacht.«

»Konnte nicht schlafen«, sagt er, ohne sich umzudrehen.

Die Beleuchtung dieses Kellers besteht einzig und allein aus einer schwachen Glühbirne, die in der Mitte des Raums von der Decke hängt. Die Ecken liegen im Schatten.

»Du musst in weniger als fünf Stunden aufstehen und zur Arbeit fahren. Komm schon, ich mache dir einen Becher Tee, den kannst du mit raufnehmen.«

Er ignoriert mich. Teile der Wand sind ihm entgangen, weil er in diesem blöden unzureichenden Licht arbeitet.

»Patrick, im Ernst, das ist nicht die beste Zeit, um mit der verdammten Innendekoration weiterzumachen.«

»Das *weiß* ich«, sagt er, während er die Rolle hinwirft, sodass Farbe über den Fußboden und meine Füße spritzt und ein Muster weißer Pünktchen auf meinen Socken hinterlässt. »Glaubst du, ich will das wirklich jetzt machen? Aber ich muss ja jede einzelne Stunde arbeiten, um dieses Haus abzuzahlen, während du rumsitzt und absolut nichts tust, außer zu heulen, weil du keinen Platz für deinen ganzen verdammten Mist hast, keinen Platz, um deine kleinen Bildchen zu malen, und dann noch erwartest, ich würde mich freuen, weil du ein Vermögen für Farbe ausgibst, bevor du auch nur *einen einzigen Karton* ausgepackt hast.«

Seine Stimme steigert sich zu einem Gebrüll, das im Raum widerhallt, und ich weiche zurück und sehe zu der offenen Kellertür hinauf. Er fährt sich mit der Hand durchs Haar und stößt einen zittrigen Seufzer aus. »Entschuldigung. Es tut mir leid. Du hast recht. Ich komme gleich ins Bett. Es tut mir leid, dass ich gebrüllt habe. Ich bin müde, und der Umzug hat mich mehr gestresst, als ich erwartet habe, und in der Firma ist so viel los, und ... ach, vergiss es.«

»Patrick ... bitte rede mit mir.«

Er bückt sich, um die Rolle wieder aufzuheben. »Es hat da ein Problem in der Firma gegeben. Es war eins von meinen Gebäuden. Sicherheitsbedenken.«

»Ist es etwas Ernstes?«

»Sie haben's rechtzeitig gemerkt. Aber *David* hat mich heute in sein Büro bestellt, und *David* findet, ich sollte mir eine Auszeit nehmen.«

»Wirst du das machen?«

Er schüttelt den Kopf. »Wir können es uns nicht leisten, dass ich jetzt Urlaub mache, oder? Ich wollte dieses Abendessen nutzen, um die Wogen zu glätten, aber daraus ist ja nun nichts geworden, richtig? Es gibt so viel zu tun an dem Haus. Es wird schon gut werden. Es wird sich schon wieder einrenken. Dieser ganze *Blödsinn,* mit dem du dauernd kommst, das mit Ian Hooper und irgendwelchen imaginären Leuten, die das Haus beobachten, hilft auch nicht gerade. Ich versuche zu schlafen, aber ich kann einfach nicht runterkommen. Die Arbeit und Joe und du und Mia und das Haus. Es gibt so viel zu tun.«

Die Anzahl der Schmetterlinge in meinem Magen hat sich vervielfacht. Die feinen Risse in seiner Selbstbeherrschung werden breiter. Ich hole tief Atem und greife nach einem Pinsel. »Willst du hier Unterstützung?«

Er schüttelt den Kopf. »Geh ins Bett. Ich komme gleich nach. Ich räume hier auf, und dann komme ich auch wieder ins Bett.«

Aber als ich das nächste Mal aufwache, ist es nach vier, und Patrick ist immer noch nicht zurück.

KAPITEL 16

Ich bin schon den ganzen Tag nervös und fahrig. Ich weiß nicht, woran es liegt – dass ich die Tabletten nicht mehr nehme, dass ich mir Sorgen um Patrick mache oder dass ich in Panik gerate angesichts der Ausstellung, von der Ben will, dass ich sie bestücke. Patrick steht hinter mir, während ich das Gemüse für ein Pfannengericht schneide. Er wirkt zerstreut und scheint meine nervöse Verfassung gar nicht bemerkt zu haben. Ich frage mich, ob in seiner Firma heute wieder etwas vorgefallen ist, wage aber nicht zu fragen. Die Haustür schlägt zu, und Patrick scheint in die Wirklichkeit zurückzukehren; er dreht sich lächelnd um, als Mia hereinkommt.

»Hey«, sagt sie; der Blick, mit dem sie mich ansieht, ist wachsam. Irgendetwas stimmt nicht; irgendetwas hat dafür gesorgt, dass sie die Schultern hochzieht und sich auf die Nägel beißt.

»Hi, Liebes – netter Abend?«

Sie zuckt die Achseln, schiebt sich die Haare aus dem Gesicht und wendet sich bereits wieder zum Gehen. »Wir haben einfach bloß Hausaufgaben gemacht und ferngesehen. Gibt's irgendwas zu essen? Ich bin am Verhungern – Janes Mutter hat dieses blöde sahnige Pastazeug gemacht, es war einfach *eklig.*«

»Ich dachte, du hast gesagt, du wolltest zu Betty gehen?«, fragt Patrick, und ich sehe Mia zusammenzucken.

»Sie hat mich angerufen«, sage ich, bevor Mia antworten kann. »Mir gesagt, dass Betty wegmusste und ob sie stattdessen zu Jane gehen kann.«

Sie runzelt die Stirn, aber sie nickt und tritt den Rückzug an, bevor Patrick eine weitere Frage stellen kann.

Patricks falsches Lächeln verschwindet, als Mia den Raum verlässt, und als ich ihr rasch folge, starrt er mir nach.

»Danke«, murmelt sie, als wir uns auf dem Treppenabsatz aneinander vorbeischieben. Dann hält sie inne, die Hand an ihrer Zimmertür. »Aber du hättest meinetwegen nicht lügen müssen. Dad hätte es nicht schlimm gefunden.«

Dass sie Patrick verteidigt, ist nichts Neues; der zweifelnde Tonfall dagegen ist es.

»Alles in Ordnung mit dir?«

»Mir geht's prima. Warum sollte es nicht?«

Sie öffnet die Tür, und ich sehe, dass die Wände ihres Zimmers nach wie vor kahl sind, keine neuen Fotos einer Clique von neuen Freunden. Vielleicht gibt es keine Clique. Vielleicht gibt es nur einen Freund, den *Er,* von dem sie gesprochen hat, und was es an Fotos gibt, ist auf ihrem Smartphone abgespeichert und nur für ihre eigenen Augen bestimmt.

Noch ein Grund zur Sorge. Ich bekomme Magenschmerzen davon. Ich möchte sie fragen, mit wem sie zusammen war, was sie getrieben hat, aber sie wirkt angespannt und wachsam, und ich weiß, wenn ich frage, wird es den nächsten Streit geben.

»Hast du immer noch diese Albträume?«, frage ich stattdessen.

Ihre Knöchel werden weiß, als sie die Finger um die Türkante schließt, und ich rechne damit, dass sie mir die Tür vor der Nase zuschlägt. Stattdessen lässt sie die Hand sinken und tritt zurück, eine wortlose Einladung in ihr Zimmer. Ich setze mich auf die Bettkante, und sie bleibt unschlüssig vor mir stehen.

»Nicht so übel wie vorher«, sagt sie. »Nicht seit du mich dazu gekriegt hast, diese Bücher und Artikel rauszuschmeißen.« Sie wirft mir über die Schulter einen Blick zu, ein kleines Lächeln im Gesicht. »Nicht weiter überraschend, dass ich Albträume hatte, was? Hast ... hast du irgendwas davon gelesen?«

Eine Zeile aus dem Buch über Mordhäuser kommt mir in den Sinn: *Die Nachbarn berichteten, dass die Kinder in den Monaten vor dem Mord stiller und verschlossener wurden.*

Sie braucht nicht zu wissen, dass ich das Buch im Nachttisch aufbewahre, dass es zu meiner Einschlaflektüre geworden ist. »Ich weiß genug über dieses Haus und die Morde – wirkliche Tatsachen, keine Spekulation.« Ich stehe auf und gehe zu ihr hinüber, strecke eine Hand aus, um ihr übers Haar zu streichen. »Hör zu«, sage ich, weil ich eine Neuauflage dieses Lächelns sehen will. »Wir sind gar nicht mehr zu diesem Shoppingausflug gekommen, richtig? Was hältst du davon, dieses Wochenende zu gehen? Ich lade dich zum Mittagessen ein ...«

Ich sehe zu ihren kahlen Wänden hinüber. »Vielleicht kann ich es arrangieren, dass du ein paar Tage zu Caroline fährst. Die Ferien fangen ja bald an.«

Sie zuckt zusammen, als hätte ich ihr wehgetan; dann verschließt sich ihr Gesicht. Wir sind wieder bei der leeräugigen Feindseligkeit angekommen.

»Ich will aber nicht zu Caroline fahren«, murmelt sie.

Sie standen sich früher einmal so nahe. Es hat mich eifersüchtig gemacht, weil ich zur gleichen Zeit nichts weiter bekam als zugeschlagene Türen und Teenagertrotz. »Aber du hättest Gelegenheit, dich mal wieder mit deinen alten Freunden zu treffen.«

»Herrgott, Mum – wie deutlich muss man's eigentlich machen? Muss ich es dir vorbuchstabieren?«, fragt sie.

»Was?«

»Ich hab gedacht, das wäre der Grund gewesen, warum du es gemacht hast – warum du die Überdosis genommen hast.«

Jetzt bin ich es, die zuckt.

Sie ist noch blasser geworden. »Ich habe gedacht, du willst es Dad heimzahlen«, sagt sie mit schwankender Stimme, »dass er dich betrogen hat.«

Ich bekomme keine Luft, ihre Worte haben mir den Atem verschlagen, ein Hieb in die Magengrube, genau wie sie es geplant hat. Ich erinnere mich an den Brief, den von Hand adressierten Brief, mit dem all dies angefangen hat. Den Brief, den ich gesehen habe und bei dem ich dachte: *Der ist von einer Frau,* während mein Instinkt mir sagte, ich solle ihn verstecken, vergraben, vergessen, vorgeben, ich hätte ihn nie gesehen.

Habe ich Bescheid gewusst? Habe ich es immer vermutet?

Ist es das, was ihm zu schaffen macht – nicht das Haus, nicht die Sorgen um Geld oder seinen Arbeitsplatz oder mich, sondern das schlechte Gewissen wegen einer *Affäre?* Nein, das kann es nicht sein. Mia irrt sich. Es kann nicht ...

»Ich hab ihn mit ihr gesehen«, sagt sie. »Sie haben sich bloß geküsst, aber es war klar, was vorher los gewesen war.« Sie schüttelt den Kopf, als könne sie die Erinnerung aus ihm herausschütteln. »Also sollte ich dir eigentlich nicht die Schuld geben, oder? Vielleicht hätte ich auch versucht, mich umzubringen. Wenn Dad dich auf die Art betrügen kann, mit deiner Freundin ...«

Was?

Mia starrt mich an. »Ja, es war Caroline. Er hat Caroline geküsst.«

Caroline?

Was?

Ich treibe in der Badewanne, nur das Gesicht über der Wasseroberfläche. Die Wanne ist so voll, dass jede Bewegung Wellen über den Rand schwappen lässt; Wasser tropft auf den Fliesenboden.

Wir haben zu Abend gegessen, wir vier; Mia hat in ihren Nudeln herumgestochert und kaum etwas gegessen, ich war wie betäubt, wie eingefroren. Habe ich auch nur die Gabel in die Hand genommen? Habe ich auch nur so getan, als äße ich? Patrick und Mia haben sich unterhalten, Mia mit nervösem Geschnatter, während sie besorgte Blicke zu mir herüberwarf. Joe war in seine eigene Welt abgetaucht.

Mia muss sich irren. Sie muss etwas gesehen haben, das sie falsch verstanden hat. Und Caroline kann Patrick nicht ausstehen, wie können sie sich auch nur nahe genug gewesen sein, dass Mia glaubt, sie beim Küssen gesehen zu haben? Ich kann nicht atmen. Etwas schneidet mir die Luft ab. Caroline ist seit fast zwanzig Jahren meine beste Freundin. Sie hat mich schon gekannt, als ich Patrick getroffen habe, als ich so in ihn verliebt war, so himmelhoch jauchzend verliebt, erste Liebe, erster Liebhaber. Caroline hat all das gewusst. Meine beste Freundin.

Es kann nicht wahr sein. Aber eine bittere Stimme in meinem Kopf schreibt alles um, was ich je zwischen ihnen beobachtet habe. Die giftigen Bemerkungen werden zu einem Flirt, jede Gelegenheit, bei der sie aufgehört haben zu reden, wenn ich ins Zimmer kam, wird bedeutsam – sie haben nicht gestritten, sie haben auch nicht über mich geredet, sondern sie haben ihre Absprachen getroffen. Die Einwände, die Caroline im Krankenhaus dagegen vorbrachte, dass ich hierherzog – sie hatten nichts mit mir zu tun, alles mit Patrick. Wenn ich sein Smartphone überprüfe, werde ich ihre Nummer im Telefonbuch finden? Geheime Botschaften, mit denen geheime Treffen geplant wurden? Jeder Gedanke ist ein Stich, eine heiße Nadel direkt in die Ader. Ich will sie anrufen, sie anflehen, mir zu sagen, dass es eine Lüge ist, ein Missverständnis, aber was, wenn sie nichts dergleichen tut? Was, wenn sie es bestätigt? Was mache ich dann? Ich schließe die Augen, lasse mich tiefer ins Wasser sinken, aber die Stimmen wollen nicht verstummen.

»Wer war das?«

Patricks Stimme, laut und scharf, veranlasst mich, mich abrupt aufzusetzen; Wasser klatscht über den Wannenrand. Als ich aus der Wanne gestiegen bin und im Morgenmantel nach unten renne, sehe ich, dass er Joe an der Schulter gepackt hat und ihn schüttelt.

»Was ist los?«

Sie sehen sich beide nach mir um. Ich schaudere, nicht nur aufgrund meiner nassen Haare, sondern auch angesichts der kalten Wut in Patricks und der Furcht in Joes Gesicht.

Patrick wendet den Blick von mir ab und zurück zu seinem Sohn. »Hast du das getan?«

»Was getan?«, murmelt Joe, und Patrick zerrt ihn davon in Richtung Küche. Ich folge ihnen noch rechtzeitig, um zu sehen, wie Patrick die Hintertür aufschließt und Joe vor sich her ins Freie stößt.

»Da«, sagt er und zeigt hinauf in den Baum, der vor Joes Fenster steht.

Im ersten Moment glaube ich ein Band zu sehen, das von den Ästen weht, und verstehe nicht, warum Patrick so wütend ist – es hängt dicht genug vor Joes Fenster, dass er wahrscheinlich den Arm ausstrecken und es vom Ast ziehen könnte. Dann trete ich näher und sehe, dass es ein Paar Babyschuhe ist, diese weichen seidigen Schuhe mit Bändern, die man Neugeborenen anzieht, einfach weil es hübsch aussieht. Es sind die Schuhe, die Ben gefunden hat, von denen er gesagt hat, er würde sie wegwerfen.

Ich sehe wieder zu Patrick hinüber. Er atmet schnell und schwer, und seine Hand, die, mit der er Joe nicht gepackt hält, ist an seiner Seite zur Faust geballt, die Knöchel weiß.

»Patrick ... ich glaube nicht, dass Joe die dort hingehängt hat – warum sollte er Babyschuhe in einen Baum hängen? Wahrscheinlich waren es irgendwelche Teenager, die Blödsinn gemacht haben, ein Zufallstreffer über den Zaun.«

Patrick sieht mich nicht an. Er sieht zu diesen Schuhen hinauf, die im leichten Wind schaukeln, und da ist es wieder. Furcht. Er fürchtet sich vor etwas, und ich weiß nicht, vor was. Und jetzt mache ich mir nicht mehr nur Sorgen um ihn – ich habe ebenfalls Angst. Angst um uns alle, vor dem, was dieser Blick bedeuten könnte.

Er lässt Joe los, fährt sich mit der Hand durchs Haar. »Tut mir leid. Ich ... Tut mir leid. Einfach Teenager, du hast ja recht.« Er sieht wieder in den Baum hinauf, und sein Gesicht wird hart. »Seht zu, dass das wegkommt«, knurrt er uns beide an, während er ins Haus zurückkehrt. Ich höre die Haustür zuschlagen und halte den Atem an, stoße ihn erst wieder aus, als ich höre, wie der Motor anspringt und das Auto wegfährt.

Joe streicht sich das Hemd glatt, das Patrick zusammengedreht hat, als er ihn packte. »Und, glaubst du immer noch, dieses Haus ist der richtige Ort für uns, Mum? Versprichst du jetzt immer noch, dass alles besser wird?«

Anna hat mich zu ihrem geheimen Strand geführt. Ich stehe auf dem steilen Pfad, der nach unten führt, und klammere mich an einen Felsen, als mich ein heftiger Schwindel überrollt und mir jede Orientierung raubt. Ich wollte eigentlich gar nicht mitkommen – ich bin losgegangen, weg von dem Haus, überwältigt von allem und jedem: der Furcht in Patricks Gesicht, meinen eigenen Befürchtungen über ihn und Caroline und über Toms Überzeugung, Patrick wäre mit John Evans befreundet gewesen. Von allem, das in dem Haus passiert – den kalten Stellen, von denen ich schwören könnte, dass sie größer werden, der Größentabelle, die klarer hervorzutreten scheint, dem Fußabdruck, den Markierungen auf der Fensterscheibe, diesen verdammten, gottverdammten Babyschuhen.

Ich drücke die Hände fest auf die Schläfen, als könnte ich auf diese Art den hämmernden Kopfschmerz herausquetschen. Es ist zu viel; die Gedanken fressen wie Maden an meinem Hirn. Jeder Muskel in meinem Körper ist verspannt, und ich weiß nicht, ob es Entzugserscheinungen von diesen verdammten Pillen sind oder etwas anderes, aber es ist zu viel. Ich musste da raus, aber eigentlich war ich auf der Suche nach dem Banalen, der Normalität eines Cafés oder einem beruhigenden Gang durch einen Supermarkt.

Dann entdeckte ich Joe vor dem Eingang des Rummelplatzes, und bevor ich eine Gelegenheit hatte, zu ihm hinüberzugehen, gesellte sich ein zweiter Junge in der gleichen Schuluniform zu ihm. Sie standen halb verborgen im Schatten hinter dem Zuckerwattekiosk, und der andere Junge beugte sich vor, um Joe zu küssen. Danach drehte Joe sich um und sah mich. Ich hob eine Hand und winkte ihm zu, aber ich ging nicht zu ihnen hinüber.

Ich wusste nicht, was ich tun sollte, und so bin ich weggerannt. Nicht im wörtlichen Sinne gerannt, aber beinahe. Nicht dass ich überrascht wäre. Wir haben nie darüber gesprochen, aber ich glaube, ich habe immer gewusst, dass Joe schwul ist. Ich würde ihm gern sagen, dass das in Ordnung ist, ich möchte einfach, dass er glücklich ist. Aber wenn ich zu den beiden hinübergegangen wäre, was hätte ich dann sagen sollen? Irgendwas Albernes wahrscheinlich wie: *Warum bist du nicht in der Schule?*, oder: *Ich mache mir Sorgen um dich,* oder: *Erzähl das nicht deinem Vater.* Etwas Dummes, das das Lächeln aus Joes Gesicht gelöscht hätte, und dabei ist es so lang her, seit ich dieses Lächeln gesehen habe. Und ich bin froh, so froh, ihn glücklich zu sehen, aber es löst weitere Befürchtungen aus: Was, wenn dieser Junge meinem Sohn das Herz bricht, so zerbrechlich, wie Joe ist? Was, wenn Patrick es herausfindet? Hätte ich mir letztes Jahr, noch vor sechs Monaten, deshalb überhaupt Sorgen gemacht? Aber Patrick, so wie er jetzt ist – würde seine Reaktion rational ausfallen? Und so winkte ich und ging weiter, und meine Füße trugen mich in die entgegengesetzte Richtung, zu dem Küstenpfad, wo Anna wartete; sie saß auf einer Bank und sah aufs Meer hinaus wie auf dem Gemälde im Fenster der Galerie.

»Was meinst du?«, ruft Anna, als ich vorsichtig zum Strand hinunterklettere.

Ich richte mich auf. Der Strand ist kiesig wie der vor unserem Haus, aber Anna hat recht, die Kiesel hier haben etwa eine Million mehr Farben, Grün- und Blau- und Rosatöne. Das Wasser besteht aus Splittern von Kobalt und Jadegrün und Grau. Das dröge Gemälde in der Galerie zerhackt und wieder zusammengesetzt zu etwas Realem und Interessantem. Ich kann meilenweit an der Küste entlangsehen, und hinter mir bauen sich bröckelnde, oben mit Gras bewachsene Klippen auf.

Ich sehe zu Anna hinüber. Die Klettertour hier herunter hat Farbe in ihr Gesicht gebracht, und sie sieht jünger aus, als sie jetzt von Felsblock zu Felsblock springt. Ich könnte Joe und Mia mit hierher bringen. Wir könnten ein Haus aus Kieseln und Treibholz bauen und uns hier vor der ganzen Welt verstecken.

»Das hab ich gebraucht«, sage ich. »Ich habe nicht geschlafen. Das hier spült die ganze Benommenheit weg.«

Ich würde ihr gern erzählen, dass Patrick möglicherweise John Evans gekannt hat, und von Caroline und Patrick, aber sie kennt keinen von ihnen. Sie wird mir nichts Tröstliches sagen können. Sie wird die Geschichte glauben, und die wühlende Furcht in meiner Magengrube wird nur stärker werden. Wenn ich ihr erzählen würde, wie mein Mann auf die Babyschuhe reagiert hat, wie im Restaurant, im Küchenstudio, wenn ich ihr von meiner schleichenden Angst erzählen würde, dass außer uns noch etwas anderes in dem Haus lebt, was würde sie sagen?

»Meinst du, das hier könnte in einem von deinen Bildern auftauchen?«, fragt sie, als wir die Wasserlinie erreicht haben. Wir sehen nach unten, verfolgen, wie das Wasser auf uns zukriecht, bis zu unseren Zehen kommt und wieder zurückweicht.

»Patrick will nicht, dass ich ausstelle. Er glaubt, es wird einfach nur peinlich.« Ich spüre wieder den Stich der Demütigung.

»Aber sollte die Frage dabei nicht sein, was *du* tun willst?«

Was ich tun will, ist, mir Mia und Joe zu greifen und hierherzuziehen in das Haus aus Kieseln und Treibholz, das meine Fantasie gebaut hat, weg von allem. Was ich will, ist, die lärmende Panik in meinem Kopf loszuwerden.

Eine Weile stehen wir schweigend da und sehen aufs Meer hinaus.

»Ich will es machen. Aber ich habe Angst«, sage ich.

»Vor was?«

Vor allem.

»Ich mag deinen Geheimstrand.«

Sie lächelt. »Dann ist es ab sofort auch dein Geheimstrand. Wir teilen ihn uns, fifty-fifty.«

Noch ein Geheimnis, das ich vor Patrick haben werde.

Sie streckt mir eine Handvoll winziger Steinchen in einem Dutzend Pastellfarben hin. Nass vom Meerwasser, von der Sonne in glitzernde Juwelen verwandelt. »Mal diesen Ort«, sagt sie. »Mach deine Ausstellung. Tu was für dich selbst.«

Ich lecke mir über die trockenen Lippen, und sie schmecken nach Salz.

»Mache ich«, sage ich. »Ich mache das.«

Ich gehe auf dem Rückweg in der Galerie vorbei, um mit Ben zu reden, Annas Kiesel wie ein Gewicht in der Tasche, und versuche nicht an die Babyschuhe zu denken, als ich vor der Tür stehe. Ben redet mit einem Kunden, lächelt mir aber kurz zu, als ich hereinkomme. Ich überlasse sie ihrer leisen Unterhaltung und sehe mich in der Galerie um. Sie ist wunderschön, weiße Wände und glänzende Dielenbretter, riesige Fenster, warm und hell.

»Tut mir leid«, sagt Ben, als er zu mir herüberkommt, nachdem der Kunde gegangen ist. Ich starre ein Bild an, verliere mich in ihm. Es ist kein großes Bild, nicht was sein äußeres Format angeht. Seine ungeheure Weite liegt allein in dem Gemälde selbst, dem Nebel, der sich über die Dünen legt, der Art, wie er den Boden verschluckt, sodass die Dünen zu schweben scheinen.

»Ist das eins von deinen?«, frage ich, und Ben nickt.

»Es ist wunderschön«, sage ich. Was es ist. Wunderschön und machtvoll ... aber auch voller Leere und Einsamkeit.

»Mein Lieblingsbild ist es nicht gerade – zu melancholisch«, sagt er.

Ich nicke. Damit ist die Stimmung des Bildes perfekt beschrieben.

»Es ist eins aus einer ganzen Serie, die ich gemalt habe, nachdem meine Scheidung abgeschlossen war. Die Bilder, an denen ich jetzt arbeite, sind viel fröhlicher.« Er sagt es mit einem Lächeln, aber ich sehe immer noch einen Schatten der gleichen Melancholie in seinem Gesicht.

»Du hast gesagt, du hättest etwas, das mir helfen kann, diese Ausstellung fertig zu bekommen?« Hört er den gehetzten Ton in meiner Stimme, den schrillen Anflug von Panik?

Er sieht mich einen Moment lang an, dann dreht er sich um und schließt die Tür der Galerie ab. Mein Magen macht einen Satz – habe ich mich geirrt bei alldem hier? In ihm?

»Moment noch«, sage ich, als er zur Rückwand des Galerieraums hinübergeht. »Hast du … hast du diese Babyschuhe in unseren Baum geworfen?«

»Was?«

»Die Babyschuhe. Die, die du vor dem Haus gefunden hast.«

Er runzelt die Stirn. »In einen *Baum* geworfen? Natürlich nicht. Ich habe sie in die Mülltonne getan, so wie ich es gesagt habe.«

»Sie haben in dem Baum in unserem Garten von einem Ast gebaumelt.«

Er fährt sich mit einer Hand durch das kurze Haar. »Ich bin doch nicht … Ich kann dir versichern, ich habe die Schuhe genommen, sie in die Tonne getan, und das war's.«

»Jemand hat sie da raufgeworfen.«

»Was willst du eigentlich sagen, Sarah? Ich nehme mal an, es war der gleiche Spaßvogel, der sie vorher vor eurem Haus deponiert hatte.«

Er macht einen Schritt auf mich zu, und ich weiche einen Schritt zurück. Sein Stirnrunzeln vertieft sich. »Sieh mal, ich gebe dir mein Wort drauf, dass ich dich nicht mit einem Paar Babyschuhe stalke, und ich plane hier auch keine fürchterlichen Dinge, aber wenn du dich unbehaglich fühlst, dann kannst du nach

Hause gehen, und ich finde jemand anderen, der sich wegen der Ausstellung mit dir kurzschließt.«

Ich führe mich albern auf, ich bin vollkommen paranoid geworden durch denjenigen, der das Haus beobachtet hat. Ich weiß nach wie vor nicht, wer die Schuhe geworfen hat, aber Ben war es offensichtlich nicht, und er stellt auch keine Bedrohung dar. Ich bin es, die hier hereingekommen ist, es ist ein öffentlich zugänglicher Ort. Ich reibe mir mit den Fingerspitzen über die Handflächen – sie prickeln, jucken. Mein ganzer Körper scheint zu prickeln, und ich kann nicht still stehen bleiben. »Es tut mir leid«, sage ich. »Du hast die Tür abgeschlossen, und …«

»Ich habe die Tür abgeschlossen, weil wir die Galerie verlassen, und diese Bilder sind wertvoll. Ich möchte dir etwas zeigen, das ist alles.«

Ich zögere, und er seufzt. »Bitte? Es wird nicht lange dauern.«

Ich folge ihm eine Treppe hinauf, die hinter der Tür an der Rückwand der Galerie versteckt ist, und wir betreten einen großen Raum. Ein rasselnder Kühlschrank und ein fleckiges Spülbecken nehmen eine Ecke ein; zerbrochene Dielenbretter und feuchte, abblätternde Wände rahmen den Rest. Aber Licht flutet den Raum durch die beiden großen Fenster, und es ist warm und hell.

»Was meinst du?«, fragt er.

»Zu was?«

»Dem hier als Atelier.«

Ich drehe mich im Kreis und nehme das Licht und die Weite und die Stille in mich auf.

Hier könnte ich malen. »Danke, aber ich … Im Moment haben wir einfach nicht das Geld dafür, dass ich ein Atelier mieten könnte.«

»Oh, ich berechne nichts dafür, Sarah. Ich biete es dir an, du könntest es nutzen, so viel du willst. Ich gebe dir den Schlüssel«, sagt Ben. »Es hat einen eigenen Eingang, nicht nur den durch die Galerie. Du könntest kommen und gehen, wie es dir gefällt.« Er geht zum Fenster hinüber und sieht hinaus. »Ich habe hier oben gewohnt, bevor ich mir das Cottage gekauft habe.«

»Warum?«, frage ich. Er kennt mich doch gar nicht, noch nicht. Warum mir dies zur Verfügung stellen, nachdem ich nichts weiter getan habe, als ihm paranoide Verdächtigungen ins Gesicht zu werfen?

Er zuckt die Achseln. »Ich nutze den Raum nicht, warum also nicht?« Er lächelt, als wir das Atelier verlassen. Mein Atelier. »Außerdem«, fügt er hinzu, »siehst du aus, als könntest du diesen Raum brauchen. Er ist immer so eine Art Zuflucht gewesen.«

Wir gehen die Treppe wieder hinunter und durch die Galerie, ohne etwas zu sagen. Ich bin mir nicht sicher, ob ich mich wohlfühle mit seinem ... Mitleid ist es nicht. Verständnis? Besorgnis? Was auch immer, an so viel Großzügigkeit von jemandem, der im Grunde immer noch ein Fremder ist, bin ich nicht gewöhnt.

»Sarah?«, sagt er, als wir die Tür der Galerie erreicht haben. »Wenn es ... Wenn es sonst noch irgendwas gibt, das ich tun kann, oder wenn du bei irgendwas Hilfe brauchst, lass es mich wissen, okay?«

Ich nicke und wende mich ab; meine Augen brennen. Er sieht zu viel. Ich lasse mir zu viel anmerken. Er bietet mir mehr als Freundschaft an, und einen flüchtigen Moment lang will ich ihn packen und küssen, ihm sagen, er soll die Tür wieder abschließen, und ihm die Kleider vom Leib reißen auf dem Fußboden dieses Zufluchtsorts, den er mir angeboten hat. Ich könnte das mit nach Hause nehmen zu Patrick, ihn den gleichen Verrat in meinen Augen sehen lassen, den ich jetzt in seinen sehe.

Es läuft in meinen Gedanken wieder und wieder ab – wir. Unsere Zeit. Unsere Jahre. Beste Freunde, wir gegen die ganze Welt. Das zumindest war es, was ich damals glaubte. Ich habe eine Menge Zeit damit verbracht, mich einfach dahintreiben zu lassen, mich mit allem an Drogen und Alkohol abzufüllen, das ich finden konnte, nur um nicht drüber nachdenken zu müssen. Aber sobald ich wieder nüchtern bin, schaltet sich klickend der Projektor ein, und der Film fängt an zu laufen.

In einem Park, mitten in der Nacht, mitten im Sommer. »Stört es dich eigentlich nicht, dass es niemanden interessiert, wenn du die ganze Nacht wegbleibst?«, hast du gefragt, absichtlich verletzend. Du hast eine Zigarette angezündet und sie an mich weitergegeben. Ein paar von unseren Freunden waren auch dabei gewesen, aber als Mitternacht näher rückte, waren sie allmählich nach Hause verschwunden. »Und, bei dir stört's dich nicht?«, hätte ich zurückfragen sollen, aber ich habe nur die Achseln gezuckt. Ich glaube nicht, dass du jemals gemerkt hast, wie aufrichtig du mir gegenüber warst. Wie echt. Ich wäre dir schon viel früher peinlich gewesen, wenn du's gemerkt hättest.

»Herrgott«, hast du an diesem Abend gesagt. »Herrgott, wenn ich je Kinder haben sollte – die perfekte Welt, die ich ihnen schenken werde.«

KAPITEL 17

Ich warte, bis es im Haus still geworden ist und jeder mit seinen eigenen Angelegenheiten beschäftigt ist, bevor ich die Steinchen von dem geheimen Strand aus der Jackentasche hole. Ich gehe nach oben und öffne meinen Kleiderschrank. Ganz hinten bewahre ich einen alten Holzkasten auf, den mein Vater mir geschenkt hat. Er hat ihn selbst angefertigt, und der Kasten war immer meine Schatzkiste.

Ich vergewissere mich, dass die Schlafzimmertür geschlossen ist, und ziehe den Kasten heraus, lasse mich auf den Boden sinken, um ihn zu öffnen. Das Hämmern in meinem Kopf wird heftiger, als ich den Deckel aufklappe. Etwas fehlt – der Kasten ist viel leichter, als er sein sollte. Ich schiebe das Bündel Postkarten zur Seite, hingekrakelte Nachrichten von meinem Dad, abgeschickt von Orten, deren Namen ich damals nie auch nur gehört hatte; die Schrift ist verblasst seither. Unter den Karten sollte eine Schmuckschachtel liegen mit den ganzen alten Ketten und Ohrringen meiner Mutter darin. Nichts, das ich jemals tragen würde, aber alles schwer und aus Gold. Wertvoll genug, um irgendwo versteckt aufbewahrt zu werden, aber das ist nicht der Grund dafür, dass der Schmuck in meiner Schatzkiste liegt. Ich nehme alles heraus – die Tagebücher aus meiner Kindheit, die Postkarten, die Babyjäckchen, die meine Mutter für Joe und Mia gestrickt hat –, aber der Schmuck ist nicht da.

Ich stelle den Kasten wieder in den Kleiderschrank und setze mich aufs Bett; meine Beine zittern. Die Zimmertür öffnet sich, und Patrick kommt herein. »Alles in Ordnung?«

Ich nicke. Er muss mein Herz hämmern hören, so laut ist es. »Prima«, sage ich. Ich glaube nicht, dass ich aufstehen könnte.

Er dreht sich um und will gehen, und ich strecke die Hand aus, um ihn aufzuhalten. »Warte. Hast du die Schmuckschachtel von meiner Mutter gesehen?«

»Schmuckschachtel?« Er sieht zur Kommode hinüber, wo meine eigene Schmuckschatulle offen herumsteht, ein Wirrwarr silberner Ketten und Ohrringe. Der Gesamtwert des Schmucks würde keine hundert Pfund betragen; es gibt dort nichts, das man zu verstecken bräuchte.

»Nicht die. Die von meiner Mutter. Die Schachtel mit ihrem ganzen Goldschmuck – die goldene Kette und der Verlobungsring …«

»Warum sollte ich sie gesehen haben?«

»Sie ist weg. Sie ist nicht da.«

Er zögert. »Hast du die Kinder gefragt?«

Ich denke an Mias neue Schuhe, all die mir unbekannten Sachen, die sie in letzter Zeit getragen hat. Ich denke an Joe, der sich allein im Obergeschoss versteckt, stundenlang. Ich denke daran, wie Patrick reagieren würde, wenn er glaubte, sie hätten gestohlen.

»Wahrscheinlich ist sie beim Umzug einfach verlegt worden«, sage ich und zwinge mich dazu, ihn anzulächeln.

»Okay …«, antwortet er, immer noch mit gerunzelter Stirn. Er sieht auf das Skizzenbuch hinunter, das ich aufs Bett gelegt habe. »Zeichnest du wieder? Darf ich's sehen?«

Ich denke an all die Notizen, die ich dort hineingekritzelt habe, die halb fertigen Vorzeichnungen, und ich ziehe es rasch weg, bevor er danach greifen kann. »Nein – es ist noch nicht fertig. Noch nicht so weit, dass jemand es sehen kann.« Aber als ich das Skizzenbuch weggezogen habe, habe ich zugleich den Blick auf das Buch über Mordhäuser freigegeben, das ich vergessen habe fortzuräumen.

»Was ist denn das?«, fragt er, während er es in die Hand nimmt.

»Nichts«, sage ich. »Ein Buch, das jemand Mia gegeben hat. Ich habe gedacht …«

Meine Stimme verklingt, als er das Buch durchblättert, das Gesicht ausdruckslos. Hätte er auch mein Skizzenbuch erwischt, würde er all die Dinge sehen, die ich mir notiert habe, während ich in diesem blöden Buch gelesen habe, schnell hingekritzelte irre Überlegungen zu den lächerlichen Theorien des Autors. Er würde seinen eigenen Namen mit einem Fragezeichen dahinter sehen und Bens Namen, die von Tom und John Evans, Ian Hooper, alle durch Pfeile miteinander verbunden.

»Wieso liest du das?«

»Es tut mir leid. Ich wollte es wegschmeißen, aber ... ich war einfach neugierig.«

»Neugierig? Was ist das eigentlich für eine Neugier, von der du glaubst, dass sie befriedigt wird, wenn du diesen Dreck liest?«

»Was erwartest du eigentlich, dass ich tue?«, frage ich; die Art, wie meine Stimme sich hebt, überrascht sogar mich selbst. »Du hast mir nie erzählt, dass Ian Hooper aus dem Gefängnis entlassen wurde. Du hast mir nie erzählt, dass du mit diesem verschissenen John Evans befreundet warst. Das hier soll ein Neuanfang sein, aber wie soll das eigentlich gehen? Die ganzen Lügen, die ganzen verdammten Geheimnisse.« Und Caroline, ein weiteres *Geheimnis.* Meine Freundin Caroline.

»Sarah, hör auf damit. Hör einfach auf. Ich hab John Evans kaum gekannt – es ist vollkommen irrelevant. Das hat alles absolut nichts zu bedeuten.«

»Was soll das heißen, nichts? Hooper ist frei – ich kann nicht einfach so tun, als wäre das nicht passiert, als passierte es nicht jetzt gerade.«

»Aber es passiert nicht *uns.* Nichts davon und niemand von denen ist wichtig. Auf *uns* kommt es an. Unsere Familie. Hier und jetzt. Und du kannst einfach keine Ruhe geben, du kannst nicht zulassen, dass es funktioniert. Du bist es, die hier alles ruiniert, die Kinder mit diesem Dreck ansteckt, mit deinen lächerlichen Obsessionen.«

Er blättert eine weitere Seite um und beginnt laut vorzulesen: »Hooper hat immer auf seiner Unschuld beharrt. Wurden im Lauf der polizeilichen Ermittlungen auch andere Möglichkeiten erwogen? Wurde jede Person aus dem Bekanntenkreis der Evans' befragt?«

Er sieht wieder mich an. »Und, wie lautet also deine Theorie, Sarah? Glaubst du, die ganze Stadt hätte Schlange gestanden, um die Leute umzubringen? Oder glaubst du, ich hätte mich mit meiner Mutter hier eingeschlichen, eine ganze Familie umgebracht und dann Ian Hooper einen Eimer Blut über den Kopf geschüttet und ein Messer in die Hand gedrückt?«

»Nein, natürlich nicht. Ich …«

»Ich was? Verdammte Scheiße, ich *was?*« Er beginnt Seiten aus dem Buch zu reißen, sie zusammenzuknüllen und fallen zu lassen. »Diese miesen, bösartigen Lügengeschichten hinter ihrem Rücken hätten meine Eltern fast umgebracht, hast du das eigentlich gewusst?«

»Woher denn? Du hast ja nie ein Wort gesagt – du wolltest über die Morde nicht mal *reden!*«

Und haben wir seine Eltern nach den Morden nicht seltener besucht? Vergingen nicht viele Monate, ohne dass wir überhaupt dort vorbeikamen?

»Die Presse hat sie aufgespürt. Sie wochenlang nicht in Frieden gelassen, weil sie Hintergrundinformation über ihr verdammtes *Mörderhaus* wollten.« Er unterbricht sich und holt tief Atem. Ich sehe Schweiß auf seiner Stirn glänzen. »Es hat ihnen furchtbar zu schaffen gemacht. Mein Vater hatte Herzprobleme deswegen. Und jetzt erwische ich dich dabei, dass du diesen gehässigen Dreck liest.«

Die Seiten des Buches sind jetzt im Zimmer verstreut wie riesiges Konfetti, und Patrick hat nichts mehr in den Händen als den leeren Umschlag. Er klappt ihn zu, als sei es noch ein Buch. »Bitte mach das nicht«, sagt er. »Bitte lies nichts mehr von dieser Sorte.«

Im Gehen hält er inne. »Räum das weg, ja?«

Ich bücke mich und beginne die Seiten einzusammeln; Worte und Satzfetzen springen mir entgegen, als ich sie aufhebe.

Mörderhaus

Weinend und von Blutergüssen gezeichnet

Es ist das Haus. Das Haus hat ihn verändert

Vernachlässigung

Blutflecke

Entsetzen

Schäden

War es das Haus?

War es das Haus?

Ich drücke das zerrissene Buch an die Brust und starre zum Kleiderschrank hinüber, denke an die Leere in meiner Schatzkiste dort, wo der Schmuck meiner Mutter sein sollte. Nach ihrem Tod wollte Patrick mich überreden, ihn zu verkaufen. Wir haben nicht wirklich gestritten deshalb, aber er verstand nicht, warum ich ihn behalten wollte, obwohl ich nicht vorhatte, jemals ein Stück davon zu tragen. Ich sehe auf den Wust von Papier in meinen Händen hinunter. Ich sollte es wirklich wegwerfen, es Patrick zum Verbrennen geben. Das ist es, was er jetzt erwarten wird. Stattdessen schiebe ich es unter die Matratze.

Ich folge Patrick nach unten und hebe dabei Mias Jacke auf, die auf den Fußboden gefallen ist.

Joe kommt die Treppe herunter und versucht sich an uns vorbeizuschieben, um zur Haustür zu gelangen, aber Patrick streckt den Arm aus und drängt ihn zurück in Richtung Treppe. »Du gehst jetzt nirgendwohin«, sagt er. »Keiner geht weg, jetzt nicht mehr. Es ist fast Essenszeit, und Essenszeit ist Familienzeit.«

»Seit wann?«

»Geh in dein Zimmer und bleib dort, bis es Essen gibt.«

»Nein. Ich gehe raus«, sagt Joe.

»Und wag es *bloß* nicht, mir gegenüber diesen Ton anzuschlagen.«

Mia kommt die Treppe heruntergerannt. »Was ist los?«

Joe macht Anstalten, sich an seinem Vater vorbeizudrängen, wobei er auch mich anrempelt, aber Patrick zerrt ihn zurück und drückt ihn gegen die Wand; dann packt er ihn mit einer Hand am T-Shirt, reißt ihn nach vorn und stößt ihn so heftig wieder nach hinten, dass Joe keuchend nach Atem ringt, mit den Armen um sich schlägt und vergeblich versucht, Patrick von sich zu stemmen.

»Patrick! Hör auf damit, *hör auf.*« Sobald ich ihn berühre, lässt Patrick los. Er atmet schwer, und Joe beugt sich hustend nach vorn.

Mia weint, und ich gehe neben Joe in die Hocke. »Alles okay mit dir?«, flüstere ich, und er starrt mich mit Tränen in den Augen an.

»Nein«, flüstert er zurück, die Stimme heiser. Dann richtet er sich taumelnd auf, drängt sich an uns allen vorbei und stürzt zur Haustür hinaus.

Patrick wischt sich mit dem Handrücken über die Stirn. »Der Junge ist total außer Kontrolle«, sagt er. »Er hätte dich fast umgestoßen. Alles okay mit dir?«

Ich starre ihn an. »Okay mit *mir?* Herrgott, Patrick, was um alles in der Welt sollte denn das gerade?«

»Ich weiß«, murmelt er. »Ich bin zu weit gegangen, aber hast du gehört, wie er mit mir geredet hat?«

»Er hat mit dir geredet wie ein wütender Teenager. Ein *Junge*. Unser *Sohn*. Du hast die Kontrolle verloren.« Ich sage es durch zusammengebissene Zähne, denke dabei an Mia in meinem Rücken. Ich zittere; ich würde ihn gern anschreien, gegen die Wand stoßen, wie er es bei Joe getan hat.

Patricks Blick flackert von mir zu Mia hinüber. Er schiebt sich das Haar aus dem Gesicht. »Okay. Ich gehe und suche nach ihm. Ich bringe das in Ordnung, ich verspreche es.«

»Nein! Ich will nicht, dass du so wütend hinter ihm herrennst. Lass ihn in Frieden. Du musst dich erst beruhigen.«

»Mich beruhigen? Ich bin vollkommen ruhig. Ich war es nicht, der hier rumgeschrien und geflucht hat, oder? Ich finde ihn, hole ihn nach Hause, und dann reden wir. In aller *Ruhe*.«

Ich folge ihm bis zur Tür; meine Unruhe wächst, mein Magen rumort. Ich lege ihm die Hand auf den Arm, und er sieht auf sie hinunter. »Patrick …«

»Was?« Er hebt den Kopf wieder und lächelt mich an, jetzt wieder ganz der ruhige Patrick, das Haar glatt, das Jackett geknöpft.

»Geh nicht. Bleib hier. Joe kommt zurück, wenn er sich erst abgeregt hat. Oder ich gehe raus und hole ihn.«

Ein Windstoß bringt die Klappe des Briefschlitzes zum Rasseln, und Patrick runzelt die Stirn. »Es regnet da draußen und stürmt ganz schön. Keine gute Nacht, um sich draußen rumzutreiben. Keine Sorge – ich finde ihn.«

Er ist verschwunden, bevor ich aussprechen kann, dass es genau dies ist, was mir Sorgen macht – dass Patrick ihn finden könnte.

Joes Zimmertür steht offen, sein Skizzenbuch liegt auf dem Bett. Ich setze mich und nehme es in die Hand, beiße mir auf die Lippen, als ich die Seiten umblättere. Dieses Buch habe ich noch nie gesehen, und ich verstehe durchaus, warum er es mir nicht gezeigt hat – die ersten paar Seiten zeigen lauter Zeichnungen von mir. Auf jeder Seite sind zwei davon, fröhlich/traurig, lächelnd/weinend, schlafend/wach, ich gespalten, entzweit, als versuchte er herauszufinden, welche von ihnen die Wirkliche ist. Ich habe mich gefragt, wie er mich zeichnen würde, und jetzt weiß ich Bescheid: auf der Schwelle balancierend, zerrissen, zwei getrennte Hälften.

Ich rechne mit Mia auf den nächsten Seiten, aber sie ist nicht da. Stattdessen finde ich ein halbes Dutzend Pastellkreidezeichnungen von einem Jungen mit braunen Augen, einem Fremden mit einem bezaubernden Lächeln. Dies ist nicht der Junge, mit dem ich ihn am Strand gesehen habe, dieser hier ist älter. Ein Mann im Grunde schon, kein Junge mehr. Ich sehe mir die Porträts an, die Joe von ihm angefertigt hat, und komme mir vor wie ein Eindringling. War er es, zu dem Joe heute Abend wollte?

Ich lege das Skizzenbuch verstört weg, gehe hinüber in mein Schlafzimmer und starre zum Fenster hinaus in der Hoffnung, Patricks Auto zurückkommen zu sehen, Joe unbeschadet auf dem Beifahrersitz, Patrick nach wie vor ruhig, der Sturm überstanden.

Stattdessen sehe ich jemanden auf der anderen Straßenseite an der Ufermauer entlanggehen, fast unsichtbar in der Dunkelheit. Die Person bleibt stehen und dreht sich zum Haus um. Ich hebe eine Hand, um zu winken, für den Fall, dass es Joe ist, aber dann fällt mir unser Beobachter wieder ein, und ich lasse den Arm sinken. Welcher von ihnen ist es – Ian Hooper oder Tom Evans? Beide mit diesem Haus verknüpft durch ein entsetzliches Verbrechen. Wer es auch ist, die Person rührt sich nicht, und wir starren einander an, während der Himmel dunkler wird. Es ist, als verschwände die Gestalt, würde von der Nacht verschluckt. Ich warte, bis sie vollkommen unsichtbar geworden ist, bevor ich die Vorhänge zuziehe.

Ich sehe zu den leuchtenden Ziffern des Weckers hinüber. Es

ist zehn Uhr – Joe ist seit fast zwei Stunden fort und Patrick fast genauso lange. Ich versuche es mit ihren Smartphones, aber bei beiden bekomme ich gleich die Voicemail.

Mia öffnet die Tür ihres Zimmers. »Immer noch nicht wieder da?«

Ich schüttele den Kopf, kehre zurück an mein Fenster, um den Vorhang anzuheben und wieder hinauszusehen. Mia stellt sich zu mir. »Hast du gesehen, dass da vorhin jemand das Haus beobachtet hat?« Sie fragt es im Flüsterton, als könne ihre Stimme auf der anderen Straßenseite noch hörbar sein.

Ich nicke, und sie seufzt. »Was glaubst du, wer das war?«, fragt sie.

»Ich weiß nicht.«

»Ich hab mich gefragt ... ich frage mich, ob es der Junge war«, sagt Mia. »Der eine, der überlebt hat. Inzwischen kein Junge mehr, natürlich, aber ich frage mich manchmal ... Könnte man dieses Haus je wirklich hinter sich lassen? Wenn man hier etwas dermaßen Grässliches durchgemacht hätte? Wenn man hier seine ganze Familie verloren hätte?«

Ich denke an Tom Evans – *Wenn ich sehe, dass Leute, die ich kenne, in dem Haus sind – das ist fast, als wären Sie meine Familie.* Könnte er es sein da draußen? Sich immer noch unter dem Bett vor dem Ungeheuer verstecken, sich immer noch nach der Familie sehnen, die er verloren hat? Oder ist es Ian Hooper, der nach fast zwanzig Jahren aus dem Gefängnis entlassen wurde? Ich habe Joe und Mia nicht erzählt, dass er wieder auf freiem Fuß ist, aber ich glaube allmählich, ich hätte es tun sollen.

Mia schaudert. »Ich werd's nie fertigbringen, dieses Haus als irgendwas anderes als das Mörderhaus zu sehen. Kommt nicht drauf an, was Dad alles damit anstellt oder wie viele Geschichten er erzählt davon, wie absolut toll und wunderbar es hier mal war, es wird nie was anderes sein als das Mörderhaus.«

Ich lasse den Vorhang wieder fallen. »Ich bin mir nicht sicher, ob dieses Haus jemals so wunderbar war, wie dein Dad es in Erinnerung hat.«

Wir tun so, als sähen wir fern, aber vermutlich könnte keine von uns sagen, was gerade läuft. Ich habe noch einmal versucht, Joe und Patrick anzurufen, aber sie gehen immer noch nicht dran. Mia hat ihre Hausaufgaben herausgeholt, aber sie hat seit zehn Minuten nicht mehr umgeblättert.

Es ist halb elf. Der Sturm draußen wird stärker, und Joe ist jetzt seit zweieinhalb Stunden unterwegs.

Wir fahren zusammen, als jemand an die Haustür hämmert. Mias Bücher und Mitschriften ergießen sich über den Fußboden, als sie aufspringt und in den Flur hinausrennt, ich hinterher.

Es ist Anna, klatschnass und um Atem ringend. »Es ist Joe«, sagt sie, und ich sehe ihr an, dass sie zittert. »Scheiße, es ist Joe. Ich hab einen Krankenwagen gerufen, aber ich bin zu spät hingekommen, es tut mir so leid …«

Was? Wovon redet sie eigentlich? Sie kennt Joe doch gar nicht, ist ihm nie begegnet, sie hat bloß die alten Fotos von ihm gesehen, die ich an der Wand hängen habe, und die Skizzen in meinem Buch.

Sie gerät ins Taumeln, als Mia sie aus dem Weg stößt und die Straße hinunterstürzt.

»Mia!« Ich renne ebenfalls ins Freie hinaus, um sie zurückzuholen, denn Anna muss etwas verwechselt haben, und dann sehe ich es selbst. Ein Stück weiter die Straße hinunter sehe ich jemanden mit ausgestreckten Armen und Beinen im Licht der Straßenlaterne liegen, eine dunkle Pfütze aus – o Gott, ist das Blut?

Ich bin zu spät hingekommen, hat Anna gesagt. »Joe …«, flüstere ich. Aber als ich hinzurennen versuche, zu Joe, zu Mia, weicht alle Kraft aus meinen Beinen, und ich falle auf die Knie. Ich will zusammensacken wie er, wie mein Junge, ich will auf dem kalten Asphalt liegen, aber Anna ist da, ihre Hände graben sich in meine Arme, als sie mich wieder auf die Füße zerrt.

»Steh auf«, sagt sie, und ich höre den Ärger in ihrer Stimme, als ihre Finger sich tiefer eingraben. In der Ferne höre ich eine Sirene. Anna schüttelt mich, und ich gerate wieder ins Taumeln. »Steh auf und geh zu deinem Sohn. Wach auf, Sarah. Himmeldonnerwetter noch mal, *wach auf.*«

DRITTER TEIL – ERWACHEN

Schlagzeile im *South Wales Echo,*
eine Woche nach den Morden

Ian Hooper und Marie Evans hatten Affäre
Eine Quelle aus dem Umfeld der Familie wusste zu berichten, dass die Beziehung bereits seit einigen Monaten bestand und dass Marie Evans im Begriff war, Evans um Hoopers willen zu verlassen.
Besteht ein Zusammenhang zwischen der angeblichen Affäre und den Morden? Autor Wayne Matthews, der in der Nähe lebt und derzeit an einem Buch über das Mörderhaus arbeitet, ist davon überzeugt.

KAPITEL 18

Ich habe gedacht, er wäre tot. Ich beuge mich vornüber, kreuze die Arme über dem Bauch, um den Schmerz im Innern zu halten. Ich kann nicht atmen, ich kann nicht … Ich war schon mal an diesem Punkt, nachdem meine Mutter gestorben war und als Joe das Auto zu Schrott fuhr.

Ich habe gedacht, er wäre tot, aber er ist es nicht. Er ist es nicht. Ich wiederhole es mir selbst und richte mich wieder auf. Er ist *nicht* tot. Dies ist nicht das Krankenhaus, in dem ich zuvor war, aber der Geruch ist der gleiche, die gleichen endlosen, fensterlosen, hallenden Korridore, die gleiche trockene Luft, die gleiche Klaustrophobie, die mir die Kehle eng werden lässt. Die Wand, an die ich mich lehne, fühlt sich kalt an in meinem Rücken. Ich bin hier herausgekommen, um etwas Luft zu holen, aber ich finde keine, nicht in diesen Korridoren. Mia ist immer noch drinnen bei ihm und hält seine Hand. Sie hat nicht losgelassen, seit wir hier eingetroffen sind, während ich nutzlos auf dem Gang herumhänge.

Ich schließe die Augen und sehe die Narben auf Joes Armen. *Mrs. Walker?,* sagte die Ärztin. Ich wartete draußen, und ich war allein. *Mrs. Walker, wir möchten mit Ihnen über diese Narben sprechen. Verletzt er sich selbst?* Ich drücke die Hände auf meine geschlossenen Augen, versuche die Bilder fortzuschieben, die sich dort festgesetzt haben.

»Mum?« Mia zupft mich am Ärmel. Sie ist weiß im Gesicht, verschmiertes Make-up unter den Augen. Jünger und älter zugleich. »Er ist jetzt wach.«

Ich ziehe sie an mich, in eine Umarmung, und spüre ihr Zittern; sie steht immer noch unter Schock. Eine einzige Sekunde hat sie Zeit für mich, dann schiebt sie mich fort. Ich dachte, er wäre tot. Als ich aus dem Haus gerannt kam und sie schrie und seinen Kopf hielt und alles voll Blut war, habe ich in der Dunkelheit Ausschau nach Ian Hooper gehalten, Ian Hooper und seinem blutigen Messer. Und, Herrgott, schlimmer noch als das, schlimmer als Ian Hooper – ich habe nach Patrick Ausschau gehalten. Ich habe gedacht, mein Sohn wäre tot, und bin selbst gestürzt, habe mir die Knie blutig geschlagen und vergessen, wie man atmet. Anna hat mich hochgezogen und mir den Inhalt meiner Taschen zurückgegeben, der sich über die ganze Straße verstreut hatte. Ein Teil von mir hat das Gefühl, immer noch dort zu sein, knochenlos und gelähmt, auf der Straße zusammengebrochen, während mein Sohn auf den Asphalt blutet.

Ich helfe Mia zu einem Stuhl und lege ihr meine Jacke um die Schultern, aber die Kälte ist nicht der Grund dafür, dass sie zittert.

»Ist es das Haus?«, frage ich. »Seine Arme … die Schnitte, die Selbstverletzungen. Ist es das Haus?«

Sie starrt mich an, als hätte ich den Verstand verloren. »Scheiße, du hast wirklich absolut *gar* keinen Schimmer, stimmt's?«

»Was?«

»Er macht das seit Monaten.«

Was?

»Dein kostbarer *Junge* – es ist immer so gottverdammt offensichtlich, wer von uns dein Liebling ist, und Joe mag's so, weil er bei keinem sonst der Liebling ist. Also hätte er dir auch nie erzählt, dass er Probleme hatte und Mist gemacht hat, und selbst wenn er's versucht hätte, hättest du's gesehen? Hättest du auch nur zugehört?«

Natürlich hätte ich. Natürlich hätte ich … Aber ich war nicht da, als er das Auto zu Schrott gefahren hat, stimmt's? Ich war an meinem dunklen Ort und für niemanden zu erreichen.

»Du bist schuld. Die ganzen Narben sind deine Schuld«, schreit sie, weiß im Gesicht und zitternd. »Das hier? Jetzt? Alles deine Schuld. Du hast keine blasse Ahnung, was mit Joe los ist oder mit mir … und Joe hat zu viel Angst, dass du dann wieder auf den Ausknopf drückst, um's dir zu sagen. Aber dir geht's prima, richtig? Schwebst in der Gegend rum mit deinen neuen Freunden und fühlst dich schon viel *besser*. Ich hätte ja gedacht, *du* wärst die Mutter, die Erwachsene. Dass es dein Job wäre, *ihn* zu schützen.«

Ich versuche nach ihr zu greifen, aber sie stößt mich fort. »Herrgott noch mal, jetzt geh da rein und sieh nach Joe. Oder hast du vor, wieder wegzurennen, jetzt, wo du weißt, was los ist?« Sie greift nach ihrer Tasche und wühlt darin herum, bis sie eine zerbeulte Packung Nurofen gefunden hat.

»Da«, sagt sie, während sie mir die Schachtel zuwirft. »Bloß für den Fall, dass du wieder nicht widerstehen kannst – schluck einfach den ganzen Dreck auf einmal und bring's hinter dich.«

Joe starrt zur Decke hinauf, als ich hereinkomme. Sie haben das Blut abgewaschen, die Platzwunde in der Kopfhaut genäht. Ich kann den schattenhaften Bluterguss am Hals gar nicht ansehen. Er hat zwei gebrochene Finger, weil jemand auf seine Hand getreten ist, und sein Gesicht ist zerschlagen und verschwollen. Er hat Glück gehabt, haben sie gesagt – Prellungen, ja, die gebrochenen Finger, aber keine weiteren Knochenbrüche, keine inneren Verletzungen. *Glück?* Er ist so übel zusammengeschlagen worden, dass er nicht mehr aussieht wie Joe. Wie kann man das als *Glück haben* bezeichnen?

Die Narben auf seinen Armen sind Muster in Weiß und Rosa, neu und alt, verblasst und ganz frisch. Mia hat recht: Ich habe mich versteckt, ich habe geschlafen. All dies ist meine Schuld. Ich hätte diese Tabletten schon früher wegwerfen sollen. Ich hätte nie mit den verdammten Dingern anfangen dürfen. Der Klumpen in meiner Kehle ist so groß, dass er schmerzt, aber ich hole tief Atem und schlucke ihn hinunter. Ich kann nicht weinen. Ich kann nicht in Gegenwart meines Jungen zusammenbrechen. Ich muss stark sein.

»Joe?«, sage ich, während ich mich über ihn beuge. Ich streiche ihm mit einer Hand übers Haar, und er weicht zurück und keucht vor Schmerzen.

»Sorry …« Ich mache Anstalten, mich zurückzuziehen.

»Nicht …«, flüstert Joe.

»Nicht was?«

»Lass mich nicht allein.«

»Mache ich nicht. Ich bleibe, solange du willst.«

»Bitte, Mum«, sagt er. »Du weißt, was ich meine. Bitte lass mich nicht allein. Versprich's.«

Er streckt die nicht gebrochene Hand aus, über den Abgrund hinweg, der sich zwischen uns aufgetan hat seit meiner Überdosis, und ich nehme sie. »Ich verlasse dich niemals, Joe. *Nie.*«

Ich wünsche mir jetzt nur, hier neben ihm sitzen zu bleiben, seine Hand zu halten, bis er einschläft, aber es gibt etwas, das ich ihn fragen muss. Bevor jemand anderes hereinkommt.

»Joe? Ich muss wissen, wer das getan hat. Du hast mir gesagt, dass du dir Sorgen machst wegen Dad, weil er dich so angebrüllt hat ...« Ich beuge mich weiter vor, aber ich bringe die nächsten Worte nicht heraus. Ich kann ihn nicht fragen, ob Patrick das angerichtet hat. Ich kann nicht glauben, dass Patrick seinem eigenen Kind das angetan haben könnte.

»Ich erinnere mich nicht, was passiert ist.« Er wendet das Gesicht ab, aber ich sehe trotzdem, dass er weint; salzige Tränen suchen sich ihren Weg zwischen den Blutergüssen hindurch. Ich dachte, er wäre tot. Die Ärztin in der Notaufnahme hat gesagt, dass er Glück gehabt hat, aber ich habe geglaubt, er wäre tot.

»Wir müssen raus hier«, flüstere ich, während Joe in den Schlaf hinüberzugleiten beginnt.

»Raus aus was?«

Ich keuche und schlage mir den Kopf am Bettgestell an, als ich Patricks Stimme höre. Er steht unmittelbar hinter mir und starrt mich an, mich, nicht seinen verletzten Sohn in dem Bett.

»Dem Raum hier«, sage ich. »Damit Joe schlafen kann.«

Er starrt mich immer noch an. »Was ist passiert?«

Er sieht ... zerrauft aus. Sein Haar ist nass, sein Hemd zerknittert. Es könnte daran liegen, dass er die Nachricht bekommen hat und in aller Eile hierhergefahren ist. Es könnte daran liegen, dass er die Stadt hektisch nach seinem Sohn abgesucht hat. Aber ... Ich denke daran, wie er Joe gegen die Wand gedrückt hat, einen Ausdruck im Gesicht, den ich noch nie zuvor gesehen habe. Ich denke daran, wie seine Hände aufs Lenkrad gedroschen haben, als wir die Finanzierung für die Küche nicht bekommen haben, daran, wie er dieses Buch zerrissen hat. Ich denke an das Dutzend Risse, die in seiner Selbstbeherrschung erschienen sind, seit wir hierhergezogen sind.

Ich stelle mir vor, wie Patrick Joe mit einem Jungen am Strand gesehen haben könnte und wie seine Reaktion ausgefallen wäre. Ich sehe mir seine Hände an und suche nach Blut an den Fingerknöcheln, auf dem Hemd. Joes Blut.

Aber seine Hände sind sauber.

Draußen im Gang ist Mia eingeschlafen, sie liegt ausgestreckt auf drei Stühlen, mit meiner Jacke zugedeckt. Patrick streckt die Hand aus und streicht ihr über die Wange; schiebt ihr das Haar aus dem Gesicht.

Ich verschränke die Hände hinter dem Rücken, weil ich instinktiv das Bedürfnis habe, ihn von ihr wegzuzerren. Er wendet sich von Mia ab und kommt zu mir herüber, stellt sich zu dicht vor mich. Ich habe die Wand im Rücken und kann nicht ausweichen.

»Was ist passiert?«, fragt er wieder.

»Ich weiß es nicht. Joe hat den Polizisten gesagt, er kann sich nicht erinnern. Er hat nicht gesehen, wer ihn überfallen hat.«

Ich stehe gegen die Wand gedrückt da, und er steht vor mir, den Arm neben mir an der Wand, und beugt sich herunter, um mich auf die Stirn zu küssen.

»Ich bin hergekommen, sobald ich deine Nachricht gekriegt hatte. Es tut mir leid, dass ich den Anruf vorher verpasst habe.«

Ich drehe das Gesicht zur Seite und weiche dem Kuss aus. »Ich habe gedacht, es wäre Ian Hooper.«

»Schon wieder das? Sarah, warum zum Teufel sollte Ian Hooper Joe überfallen?« Er hat recht. Aber wenn nicht Ian Hooper ...

»Warst du das?«, flüstere ich.

Er tritt zurück, und sein Gesicht verschließt sich. Ich hätte es nicht aussprechen sollen.

»Du glaubst, ich würde meinem eigenen Sohn so was antun?« Seine Stimme hebt sich, als er auf seine Hände hinuntersieht, und ich frage mich, ob er das Gleiche sieht wie ich: seine Wut in dem Moment, als er sich zu Joe umgedreht hat.

»Er hat sich selbst verletzt«, sage ich. »Seine Arme sind komplett vernarbt, und Mia sagt, er macht das seit Monaten.«

»Ich weiß. Ich habe mit der Ärztin geredet. Ich glaube ...«

»Mia sagt, es ist meine Schuld, wegen dem, was ich getan habe – die Pillen und …«

»Nicht, Sarah. Gib nicht dir die Schuld. Fang nicht wieder damit an. Er reagiert sich ab, versucht dich zu bestrafen, Aufmerksamkeit zu erlangen.«

»Er ist kein Kleinkind, das einen Trotzanfall hat. Er *schneidet* sich. Wir müssen uns damit befassen, Patrick.«

Patrick schüttelt den Kopf. »Du bewertest das über. Er sollte geerdet werden, nicht verhätschelt.«

»Ich mache einen Termin mit dieser Therapeutin aus.«

»Nein.«

Ich greife nach Patricks Arm, um ihn aufzuhalten, als er davonmarschieren will. *»Doch.* Wir werden nicht so tun, als ob das hier nicht passiert wäre. Wir werden nicht so tun, als wäre alles in bester Ordnung, während Joe sich in seinem Zimmer einschließt und sich die Arme aufschlitzt.«

Ich spreche zu laut, aber Patrick bleibt stehen und dreht sich zu mir um.

»Er bekommt die Unterstützung, die er braucht«, sage ich. »Und ich glaube nicht, dass dieser Umzug gut für einen von ihnen war. Ich glaube nicht, dass er gut für uns war.«

»Du hast nicht grade lang gebraucht, um einen neuen Grund fürs Wegziehen zu finden, stimmt's?«

»Ich verwende unseren Sohn nicht als eine Scheiß*entschuldigung!*«

Es folgt eine Stille, die zu lange anhält.

»Aber du sagst, wir sollten umziehen? Nach einem Monat aufgeben und das Haus verkaufen, auf das ich mein halbes Leben lang gewartet habe, bis ich es endlich zurückbekommen habe?«

Ich zwinge mich dazu, aufrecht zu stehen und ihm ins Gesicht zu sehen. »Ja.«

»Nein«, sagt er. »*Nein.* Diese Narben auf seinen Armen sind alt. Hierherzuziehen war die richtige Entscheidung, du wirst es sehen. Die Morde sind nichts weiter als ein hässliches Stück Geschichte. Und Ian Hooper hängt nicht in der Gegend rum und beobachtet das Haus. Was es auch war, das Joe zu schaffen gemacht hat, wir haben es zurückgelassen, als wir umgezogen sind. Ich wünschte, du würdest dasselbe tun und es einfach gut sein lassen. Wenn du drauf bestehst, kann er zu dieser verdammten Therapeutin gehen … aber jetzt mal im Ernst? Ganz egal was da los ist bei ihm, es ist nicht das Haus. Und wir ziehen nicht um. Überhaupt nie mehr.«

Aber nicht alle dieser Narben sind alt.

»Hey, Sarah.«

Ich erkenne ihre Stimme sofort, aber ich glaube nicht recht, dass sie es wirklich ist. Seit Mia mir von der Affäre erzählt hat, habe ich so oft nach dem Telefon gegriffen, um sie anzurufen, und es wieder weggelegt. Ich drehe mich um, und meine eigenen Grübeleien zeichnen ihr Gesicht mit Schuldbewusstsein und Unaufrichtigkeit.

»Woher weißt du Bescheid?«

»Patrick hat mich angerufen«, sagt Caroline.

Der Geschmack von Erbrochenem steigt mir in die Kehle, sauer und bitter.

»Wie geht es Joe?«, fragt sie.

Ich hole tief Atem. »Rein äußerlich wird er sich erholen – eine Menge Blutergüsse, ein paar Knochenbrüche.«

»Aber?«

Ich zucke zusammen. Dieses fürchterliche rostige Messer von einem *Aber.* »Er hat sich selbst verletzt. Seit Monaten, vielleicht schon länger, glauben die Ärzte.«

Caroline sieht entsetzt aus, als sie einen Schritt zurücktritt. »Herrgott. Scheiße. Scheiße, Sarah, das tut mir leid.«

»Ich hab das nicht gewusst, ich hatte keine Ahnung.« Ich platze damit heraus, als rechnete ich damit, dass Caroline mir die Schuld geben wird, weil ich es habe geschehen lassen. Aber ist es auch nur eine Spur besser, von nichts gewusst zu haben? Nicht gemerkt zu haben, dass mein Sohn blutet? Ich bin schon wieder am Weinen. Ich gebe mir so viel Mühe, stark, so verdammt stark zu sein, aber ich kann die Tränen nicht zurückhalten.

Mia schläft immer noch auf den drei Stühlen, und ich wende

mich ab für den Fall, dass sie aufwacht und mich weinen sieht. »Was willst du eigentlich genau, Caroline?«

Jetzt hat auch sie Tränen in den Augen. »Ich hab es einfach nicht mehr ausgehalten, dich so zu sehen«, sagt sie. »Du warst am Sterben, schon lange bevor du diese verdammten Pillen geschluckt hast. Du hast dich aufgelöst, direkt vor meinen Augen. Ich hab es nicht mehr ertragen, und du hast mir einfach nicht zugehört. Es tut mir so leid, dass ich wütend geworden bin damals im Krankenhaus, aber es war, weil ich dich liebe. Das weißt du doch auch.«

»Ich löse mich nicht mehr auf.«

Sie sieht mich an, meine kämpferische Haltung, mein windzerwühltes Haar, den Ausdruck, welcher es auch sein mag, in meinem Gesicht. »Nein. Nein, tust du nicht. Ich nehme mal an, Patrick hatte recht mit dem Haus, damit, dass der Umzug das Richtige ist.«

Ich keuche. Nein, nein, das war es nicht, was sie hätte sehen sollen. »Es ist nicht das Haus«, sage ich, lauter, als ich vorhatte, und Mia bewegt sich auf ihren Stühlen. Ich halte den Atem an, aber sie wacht nicht auf.

»Pass auf«, sagt Caroline. »Ich weiß ... ich weiß, dass es da Gesprächsbedarf gibt. Zeug, um das wir uns kümmern müssen. Aber warum kommt Mia nicht mit zu mir?«

»Was, jetzt?«

»Ja. Du brauchst Zeit mit Joe. Lass sie doch übers Wochenende bei mir unterkommen, damit du dich auf Joe konzentrieren kannst.«

»Das würde sie nicht wollen«, sage ich. »Du weißt, warum.«

Sie sieht wachsam aus. »Sarah, jetzt weiß ich nicht, wovon du redest. Ist irgendwas mit Mia passiert? Ich könnte auch über Nacht bleiben ... Mia nach Hause fahren.«

Caroline, Patrick und Mia zu Hause, wo sie Familie spielen können. Ich beiße die Zähne zusammen. »Ich weiß Bescheid«, sage ich.

»Über was?«

»Über dich und Patrick.«

Alle Farbe weicht aus ihrem Gesicht, und jetzt weiß ich, dass es stimmt.

»Nein, Sarah – hör zu …«

»Nein. Ich brauche das jetzt wirklich nicht. Ich will deine Entschuldigungen und Lügen nicht hören. Du warst angeblich meine Freundin. Meine beste Freundin.«

»Es ist nicht so, wie du denkst.«

»Oh, also bitte.« Ich unterbreche mich, als Mia sich bewegt. »Ich kann jetzt nicht mit dir über diese Geschichte reden, während mein Sohn in einem Krankenhausbett liegt. Du und Patrick – das ist zweitrangig, unwichtig. Und jetzt geh bitte. Lass uns in Frieden.«

»Sarah?«, ruft Caroline mir nach, als ich mich abwende. »Es gibt da etwas, das du wissen musst. Über …« Sie sieht zu Mia hinüber.

»Was es auch ist, das ist jetzt nicht der beste Moment dafür, Caroline.«

Aber sie spricht weiter. »Es tut mir leid, aber ich hab Sean gebeten, Eve zu recherchieren und wo sie untergebracht war.«

»Sag's nicht«, zische ich.

Ich sehe ihr die Furcht am Gesicht an. Auch in mir steigt die Furcht wieder auf, als ich einen Blick zu Joes geschlossener Tür hinüberwerfe. Zu allem anderen bringt sie jetzt auch noch Eve ins Spiel? *Jetzt?* Wie lange noch, bis das Geheimnis ans Licht kommt? Wie lange, bis Joe es herausfindet? Er ist fast achtzehn, nur wenige Monate noch. Ich denke an die Narben auf seinen Armen und stelle mir vor, wie er es herausfindet und schneidet und schneidet und schneidet … Meine Schultern straffen sich. »Ich hab dir gesagt, du sollst aufhören.«

Sie kaut auf der Innenseite ihrer Wange herum; ihr Gesicht ist angespannt. »Sean hat noch etwas anderes gefunden.«

Nein. Ich ertrage es einfach nicht, noch mehr zu hören, sie dort stehen zu sehen. »Verschwinde!« Ich höre es aus mir herausbrechen, beinahe ein Kreischen. »Mach, dass du rauskommst! Und dass du es nicht wagst, dass du es ja nicht wagst, irgendwem gegenüber ein Wort von alldem zu erwähnen.«

KAPITEL 19

Ich ziehe gerade die Schuhe an, als Mia in der Tür auftaucht.
»Komm nicht mit«, sagt sie.

Ich lasse die Schnürsenkel los und sehe zu ihr auf. Patrick wartet unten auf uns, damit wir losfahren und Joe aus dem Krankenhaus holen können.

»Du würdest ihn stressen.« Ihr Tonfall wird sanfter, als sie mein Gesicht sieht. »Auch wenn du's gar nicht vorhast.«

Ich schüttele den Kopf. »Das mache ich nicht. Ich würde nichts tun, das ihn aufregt – das wäre wirklich das Letzte, was ich will.«

Sie verschränkt die Arme und runzelt die Stirn. »Verdammt noch mal, Mum, sogar ich kann das doch sehen. Du bist dermaßen hochgedreht. Ich weiß, dass das ... Sieh mal, es tut mir leid, dass ich da im Krankenhaus gesagt habe, es wär deine Schuld. Die Schnippelei. Das warst nicht bloß du, nicht bloß die Überdosis. Aber wenn du dermaßen gestresst da hingehst, dann macht er sich gleich wieder Sorgen. Er muss auch mal auf sich selbst achten können, nicht immer auf dich.«

»Ich muss aber dabei sein. Caroline hat gesagt ...«

»Caroline?«

»Sie war im Krankenhaus. Dein Dad hatte sie angerufen.«

Mia runzelt die Stirn. »Herrgott noch mal ...«, murmelt sie und nagt an der Kante eines Nagels. »Hast du ... weiß Dad, dass ich sie zusammen gesehen habe?«

Ich schüttele den Kopf. »Ich hab's nicht fertiggebracht ...«

»Lass es. Ich hätte nichts sagen sollen. Ich wünschte, ich hätt's bleiben lassen.«

»Natürlich hättest du es mir sagen sollen.«

Jetzt sehe ich Panik in ihrem Gesicht. »Aber wenn du ihm jetzt damit kommst, wo Joe ... wo sowieso alles schiefgeht ...«

Wir fahren beide zusammen, als Patrick die Treppe heraufruft: »Sarah, Mia – wir müssen los.«

Mia zieht sich rückwärts auf den Treppenabsatz zurück. »Bitte, Mum«, sagt sie. »Bleib hier und versuch inzwischen, ein bisschen weniger … ein bisschen weniger *alles* zu sein.«

Ich folge ihr ins Erdgeschoss hinunter. Patrick wartet im Flur, die Autoschlüssel in der Hand.

»Ich bleibe hier«, sage ich. »Mache inzwischen schon mal Abendessen. Das Hähnchen ist dann schon fertig, wenn ihr nach Hause kommt.«

Und so fährt Mia mit Patrick, als er Joe aus dem Krankenhaus abholt, und ich bleibe zu Hause. Hat Mia recht? Oder wird Joe mein Fehlen als die nächste Zurückweisung empfinden? Ich mache es nie richtig, ich komme entweder zu nahe heran oder ziehe mich zu weit zurück. Alles, was bei den beiden im Gange ist, habe ich übersehen, und meine Strafe dafür wird offenkundig in dem Narbenmuster auf Joes Armen.

Ich greife nach dem Telefon, um Anna anzurufen, werde aber gleich zur Voicemail durchgestellt. Das Hähnchen ist fertig und wird auf dem Esstisch kalt; das Gemüse trocknet in den Schalen im Ofen aus. Ich hätte mit ihnen fahren sollen. Ich sehe auf die Uhr – es wird noch mindestens eine Stunde dauern. Im Haus ist es zu still. Ich gehe von Zimmer zu Zimmer, schalte das Licht ein, vermeide es, die Kellertür anzusehen oder die Reste der Größentabelle an der Wohnzimmerwand. Als ich durch den Hausflur gehe, schaudere ich, und die Temperatur scheint abzustürzen. Herrgott, ich will eine Tablette. Ich brauche etwas, um die in meiner Magengrube aufsteigende Panik zu bewältigen. Sie schwillt und schwillt, und ich kann die hysterische Stimme in meinem Kopf nicht zum Schweigen bringen, die mir zuschreit, ich sollte machen, dass ich hier rauskomme, nur raus, nur weg. Ich hole eine Flasche Wein aus dem Schrank und gieße mir ein Glas ein, schütte mir Wein über die Bluse, weil ich so hastig trinke.

Draußen wird es dunkel. Hätte ich zulassen sollen, dass Patrick ihn abholt? Nein, aufhören. Ich werde mir das nicht ausmalen. Es war nicht Patrick – es *kann* nicht Patrick gewesen sein. Ich bin paranoid, ich lasse meine Befürchtungen mit mir durchgehen. Genau deshalb hat Mia mich gebeten, zu Hause zu bleiben. Sie hatte recht. In dieser Verfassung wäre ich Joe keine Hilfe gewesen. Ich schalte den Fernseher ein und gehe im Zimmer auf und ab, während ich mich durch die Kanäle klicke, unfähig still sitzen zu bleiben.

O Gott, das ist das Auto. Ich gehe hinaus in den Flur. Joe kommt als Erster herein, und ich keuche; meine Hand fliegt zu meinem Magen, wo der Knoten aus Panik weiter anschwillt. Er sieht noch schlimmer aus als im Krankenhaus, bleich und krank und gebrochen. Er ignoriert die Hand, die ich nach ihm ausstrecke, stützt sich stattdessen auf Mia, die ihm nicht von der Seite weicht. Er schreckt zurück, als Patrick hinter ihm zur Tür hereinkommt.

»Ich hab das Abendessen fertig – dein geliebtes Brathähnchen«, sage ich; ich möchte ihn in die Arme nehmen, aber ich kann mich nicht von der Stelle rühren.

»Ich hab keinen Hunger«, murmelt er, den Blick immer noch auf den Fußboden gerichtet. »Ich will einfach schlafen gehen.«

»Das Krankenhaus hat uns ein paar Medikamente mitgegeben«, sagt Patrick, und das Knistern der Tüte von der Krankenhausapotheke wirkt auf mich wie der Klang von Flaschenglas auf einen abstinent gewordenen Trinker – mir wird der Mund trocken, und ich will, ich will so verzweifelt eine kleine weiße Tablette, um die Panik zu stillen. Joe humpelt die Treppe hinauf, gefolgt von Mia; mir bleibt es überlassen, Patrick in die Küche zu folgen, wo wir das kalte, ausgetrocknete Hähnchen essen, bevor wir schweigend ins Bett gehen.

»Joe?« Ich klopfe an seine Tür und bleibe draußen stehen, einen Becher Tee für ihn in der Hand. Es ist Dienstagmorgen, und Patrick und Mia sind zur Arbeit beziehungsweise zur Schule verschwunden. Mia war unverkennbar erleichtert, aus dem Haus zu kommen nach einem langen Wochenende mit Feiertag, das wir alle damit verbracht haben, auf Zehenspitzen umeinander herumzuschleichen und uns in unterschiedlichen Zimmern zu verstecken. Joe hat kaum ein Wort gesagt und kaum gegessen. Aber dies ist das erste Mal seit einer fürchterlich langen Reihe von Jahren, dass den ganzen Tag über nur Joe und ich im Haus sein werden, und vielleicht redet er ja mit mir.

Er antwortet nicht, also klopfe ich noch einmal und lauter. Ich erinnere mich noch an die Zeiten, als die Kinder klein waren und es keine geschlossenen Türen gab. Als Joe Stunden mit mir zusammen am Tisch verbrachte, malte und ausmalte und klebte und leimte und dabei pausenlos redete, um mich über jedes kleine Detail seines Schultags zu informieren.

Aber das ist nicht der Joe, der die Tür öffnet. Dies ist der verborgene Joe, der Junge, der eines Tages begann, mich auszusperren, der sich die Arme aufgeschnitten hat und ein Leben lebt, über das ich nichts weiß. Der Gedanke, dass er sich allein hierher zurückzieht, ist mir fast unerträglich – hierher in Patricks fürchterliches altes Zimmer mit der abblätternden Tapete.

Er öffnet die Tür einen Spalt weit, und ich hebe den Becher, den ich mitgebracht habe, und frage so fröhlich wie möglich: »Tee?«

Ich rechne damit, dass er mir die Tür vor der Nase zuschlagen wird.

»Die Polizei hat sich vorhin gemeldet, sie wollten wissen, ob dir noch irgendwas eingefallen ist.«

»Ich hab's ihnen erzählt. Irgendwer hat mich überfallen. Er ist von hinten gekommen, ich hab absolut nichts gesehen.«

»Aber er hat nichts …« Er hat nichts geraubt. Joe hatte Smartphone und Geldbeutel noch bei sich.

Er sieht auf seine Füße hinunter. »Irgendwas muss ihn verscheucht haben, bevor er was klauen konnte.

Was hat ihn verscheucht?

»Sie wollen, dass du ins Revier kommst und deine Aussage machst. Ich hab ihnen gesagt, dafür geht es dir noch nicht gut genug. Und ich habe in der Schule angerufen«, sage ich. »Ich habe ihnen gesagt, du kommst erst nächste Woche wieder. Ich dachte, wir können ein paar ruhige Tage verbringen, vielleicht irgendwas zusammen unternehmen.«

Er starrt mich an, und ich muss den Blick abwenden. Manchmal, wenn Joe mich ansieht, habe ich das Gefühl, er sieht alles.

Und wenn es so wäre, dann würde er mich hassen, und das könnte ich nicht ertragen. Ich würde alles tun, um das zu verhindern. Also mache ich einen Schritt rückwärts, und er lacht.

»Zusammen?«, sagt er. »Was – sollen wir in den Park gehen, und du stößt mich auf der Schaukel an?«

»Ich dachte, wir könnten malen ...« Meine Stimme verklingt, als mein Blick auf seine geschwollene, von Blutergüssen verfärbte Hand fällt. Herrgott, könnte ich dies noch falscher anfangen? Es wird Wochen dauern, bis er wieder in der Lage sein wird, einen Pinsel in die Hand zu nehmen.

»Und das mit der Schule kannst du vergessen«, sagt er. »Ich gehe nicht wieder zur Schule. Ich gehe nie wieder zur Schule.«

Ich hole tief Atem und halte ihn in den Lungen fest, damit nicht noch mehr dummes Zeug herauskommt. *Was ist mit der Uni? Was wird aus deinen Prüfungen?* »Darf ich reinkommen?«, frage ich stattdessen.

Er öffnet die Tür weiter, und ich folge ihm ins Zimmer und setze mich auf das Ende seines Bettes.

»Tut mir leid«, murmelt er.

»Was?«

Er zeigt mit einer Geste auf seine Arme, die in den Ärmeln seines Kapuzenshirts verborgen sind. »Das.«

»Das braucht dir nicht leidzutun. Aber mir. Ich hätte das sehen sollen, ich hätte das wissen sollen.«

»Es hat absolut nichts mit dir zu tun. Ich hab gehört, wie Mia dich angebrüllt hat im Krankenhaus, dass sie gesagt hat, es wär deine Schuld. Ist es nicht.«

»Aber hättest du mit mir geredet, wenn ich nicht so in Stücke gegangen wäre, nachdem deine Großmutter gestorben war? Wenn ich diese Pillen nicht geschluckt hätte?«

Er lehnt sich auf seinem Bett zurück. »Weiß ich nicht.«

Ich greife nach seiner unverletzten Hand und drücke sie. »Aber jetzt, Joe – redest du jetzt mit mir? Du hast es früher immer getan. Können wir das nicht vielleicht zurückholen?«

Er sieht mich mit übervollen Augen an. »Du hast aufgehört, da zu sein. Du hast aufgehört, mich auch nur zu hören. Dad hat's rausgefunden – er hat mich mit einem Jungen erwischt an dem Tag, an dem Nan gestorben ist. Das Zeug, das er zu mir gesagt hat … Deswegen hab ich sein Scheißauto genommen. All diese Sachen waren im Gang, und du hast keine Ahnung davon gehabt.«

»O Gott, Joe – es tut mir so leid.«

»Du hast nie Platz für irgendwas außer dir selbst und Dad, und es ist so viel übler geworden, seit wir hierhergezogen sind.«

Ich kann mir selbst wieder und immer wieder erzählen, dass dieser Umzug auf Patrick zurückgeht, dass dieses Haus Patricks Traum war … aber ich habe ihm das Geld dafür gegeben. Ich habe diese Pillen geschluckt – zumindest behauptet das alle Welt. Dass wir hier sind, geht auch auf mich zurück. Und jetzt sitzen wir hier fest, weil Patrick einem Umzug niemals zustimmen wird, und dieses Haus würde sowieso niemand anderes je kaufen. Die Leute würden zur Tür hereinkommen und die kalten Stellen spüren, sie würden ahnen, was hinter der Schmetterlingstapete steckt, sie würden die Geschichte sehen, die sich in die Wände eingebrannt hat, und sie würden die Flucht ergreifen, so wie wir es hätten tun sollen. Wir sitzen in dem Mörderhaus fest, und ich sehe, wie Mia uns entgleitet und Joe sich selbst zerstört und Patrick die Kontrolle verliert, und ich weiß, letzten Endes geht es auf mich zurück, und es überwältigt mich. Ich sehe keinen Ausweg, keine Möglichkeit, wie wir dies hinter uns bringen können.

»Du sagst, ich soll mit dir reden«, sagt Joe, »aber würdest du denn zuhören? Hast du vor, hinzusehen?« Er beugt sich vor. »Du willst wissen, was da passiert ist? Ich hab gelogen, als ich gesagt habe, ich kann mich nicht erinnern. Ich war so wütend auf Dad, dass ich losgezogen bin und … jemanden aufgerissen habe. Er hat Alk besorgt, und wir sind runter an den Strand gegangen zum … Ich war so sauer, ich war drauf und dran, am Strand einen komplett fremden Typ zu bumsen. Aber ich hab's mir anders überlegt.«

»Und er hat dich zusammengeschlagen? Herrgott, Joe, du musst das der Polizei erzählen, du musst …«

»Nein, du kapierst's einfach nicht. *Ich* hab angefangen. Ich bin auf ihn losgegangen – ich hab Streit angefangen. Ich hab ihn aufgestachelt, ihn provoziert. Ich hab das ganze Zeug zu ihm gesagt, das Dad zu mir gesagt hat. Ich hatte getrunken, ich war wütend und verletzt und wollte jemanden verletzen, aber, Himmeldonnerwetter, was hab ich mir eigentlich gedacht, was dann passieren würde? Guck mich an – hab ich mir eingebildet, ich gewinne? Hab ich wirklich gedacht, er würde sich nicht wehren?«

Er schüttelt den Kopf.

»Wenn die Polizei ihn erwischt, wird er denen sagen, dass ich angefangen habe. Ich werd's sein, der dann verhaftet wird. Er ist wütend geworden und hat zurückgeschlagen, er hat zugeschlagen und getreten, und ich hab gedacht, ich sterbe. Ich hab gedacht, er würde mich umbringen. Er war komplett zu von irgendwas und hat einfach nicht aufgehört … aber außer ihm war noch irgendwer da.«

Ich ziehe ihn an mich, lasse nicht los, als er sich sträubt. Ich nehme ihn in die Arme und halte ihn fest, nicht zu fest, behutsam wegen seiner Verletzungen, aber ich lasse nicht los. Ich halte ihn, bis er nachgibt und den Kopf an meine Schulter fallen lässt.

»Irgendwer hat uns beobachtet«, sagt er, und meine Schulter erstarrt unter seinem Kopf. »Es war dunkel, und … Aber ich bin mir sicher, ich hab jemanden gesehen. Er hat zugesehen, wie dieser Junge mich getreten hat. Er hat zugesehen, wie er auf mich eingetreten hat und mich angebrüllt, und dann hat er zugesehen, wie ich bis rauf auf die Straße gekrochen bin, und absolut *nichts* getan.«

»Wie geht es ihm?«, fragt Patrick beim Nachhausekommen, während sein Blick die Treppe hinauf zu Joes geschlossener Zimmertür wandert.

»Gut«, sage ich. Ich bringe es nicht fertig, ihn anzusehen.

»Prima«, sagt Patrick, zieht das Jackett aus und hängt es über das Ende des Treppengeländers.

Ich folge ihm in die Küche, die Hände zu Fäusten geballt. »Patrick? Das war nicht wahr. Ihm geht's überhaupt nicht gut.«

Er seufzt. »Was ist das Problem? Dies wird vorbeigehen. Er ist ein Teenager, das ist alles. Wahrscheinlich hat ihn ... eine Freundin abserviert.«

Du weißt doch Bescheid, würde ich am liebsten brüllen. *Du weißt seit Monaten, dass er schwul ist. Du hast genau gewusst, warum er dein Auto zu Schrott gefahren hat, und du hast nie auch nur ein Wort davon zu mir gesagt.*

»Ich halte das für ernster als irgendwelche Teenagerlaunen«, sage ich und höre, wie meine Stimme sich ungläubig hebt.

Patrick geht zum Spülbecken hinüber, um den Kessel des Wasserkochers zu füllen. »Die Hälfte seiner Probleme gehen darauf zurück, dass er sich deinetwegen Sorgen macht. Wenn du die ganze Zeit um ihn herumtanzt und ihn stresst, wie soll ihm das eigentlich helfen?«

»Aber ...«

»Es macht ihn schwach. Jeder Mensch hat Probleme, und jeder andere Mensch befasst sich mit ihnen, ohne sich dabei selbst zu verstümmeln. Diese Sache hat damit zu tun, woher er stammt und wer er war, bevor er zu uns gekommen ist. Wir müssen ihm helfen, indem wir selbst stark sind. Joe wird drüber wegkommen. Lass deine verdammte *Therapeutin* ihren Job machen. Gib ihm ein bisschen Freiraum.«

Ich mache einen Schritt zurück angesichts seiner anschwellenden Stimme. Vorsicht. Ich muss hier vorsichtig sein. Er dreht sich zu mir um, und ich kann nicht verhindern, dass ich zurückschrecke.

»In Dreiteufelsnamen, Sarah, was soll das?«

»Joe sagt, es war noch jemand anderes da. Als er zusammengeschlagen wurde. Ein Zeuge. Ein Beobachter.«

Was ist das für ein Ausdruck in seinem Gesicht? Ist es Angst? Aber es ist schon wieder weg, hat schmallippigem Ärger Platz gemacht; in seiner Wange zuckt ein Muskel. Ich mache einen weiteren Schritt rückwärts.

»Es reicht«, sagt Patrick. »Ich kann mich im Moment nicht auch noch mit diesem ganzen ... eingebildeten Quatsch befassen.«

Eingebildet? Haben wir uns die Narben auf Joes Armen *einge-*

bildet? Die Knochenbrüche? Die Tatsache, dass er sich weigert, an seine Schule zurückzukehren? Ich würde Patrick gern nach Caroline fragen. Ich würde ihn gern zur Rede stellen, ihn fragen, wo er war, als unser Sohn zusammengeschlagen wurde. Aber ich kann nicht.

Es fühlt sich an, als flösse Eis in meinen Adern. Dies ist mein Mann, der Mann, den ich seit siebzehn Jahren liebe, und ich kann ihn nicht fragen, weil ich Angst vor seiner Reaktion habe. Ich habe Angst davor, was er tun könnte.

Die Kellertür hat ein neues Schloss bekommen. Als sie das letzte Mal die Tür geöffnet hat, habe ich es gesehen, glänzend silbern und fehl am Platz in dem trüb beleuchteten Flur. Als ich früher hier war, als es noch einfach nur ein Haus war, hatte die Tür überhaupt kein Schloss. Du hattest es abgenommen. Du hast gelacht und mir erzählt, wie du dich mitten in der Nacht hier heruntergeschlichen und das ganze Schloss abgeschraubt hast. Dann hast du es tief im hinteren Garten vergraben. Du hast gelacht, als du mir von der eifernden Verwirrung deines Vaters erzählt hast, davon, dass er, als er aufwachte und sein Werkzeug herumliegen sah, zu dem Schluss kam, er hätte es selbst getan. Du hast es fertiggebracht, ihn davon zu überzeugen, dass er schlafwandelte. Dass er den ganzen Scheißheimwerkerjob im Schlaf erledigt hatte.

»Warum der Aufstand?«, habe ich gefragt. »Es war doch bloß ein verrostetes Schloss, oder?«

Du hattest dieses Stirnrunzeln aufgesetzt, das bis auf die Knochen geht. »Nicht bloß ein Schloss«, hast du gesagt. »Es war ein Schloss, das gar nicht hätte da sein sollen, das niemals an dieser Tür hätte sein dürfen.«

KAPITEL 20

Ich versuche aus Anna schlau zu werden, während sie im Sand auf und ab tigert, ganz in Schwarz, das Haar kürzer geschnitten denn je. Joe hat geschlafen, und so habe ich sie mit an den Strand genommen, wo wir das Haus noch in Sichtweite haben. Die Attacke auf ihn liegt jetzt eine Woche zurück, und dies ist das erste Mal, dass ich es fertigbringe, ihn allein zu lassen.

»Alles okay mit dir?«, fragt sie, und dabei sieht sie auf meine Hände hinunter, die Nägel, die ich so kurz abgebissen habe, dass sie bluten. Ich ziehe die Ärmel nach unten, um sie zu verbergen.

»Ich mach mir einfach Sorgen um Joe«, antworte ich. »Und Mia. Und ... andere Dinge.« Ich möchte ihr nichts von dem Keller erzählen oder von Caroline oder von Patricks Schwierigkeiten in seiner Firma. Ich kann mir nicht vorstellen, dass er es mögen würde, wenn ich anderen Leuten davon erzähle. Anna hört auf damit, auf und ab zu gehen, und streckt den Arm aus, um meine Hand zu drücken.

»Es tut mir so leid, das mit Joe. Ich weiß, ich hab das schon mal gesagt, aber ich will es noch mal sagen. Es war ... grässlich. Ich hab gesehen, wie er auf den Pfad getorkelt ist, und hab gedacht, es ist irgend so ein besoffener Teenager, aber dann ist er unter der Laterne stehen geblieben, und ich hab das Blut gesehen und ihn von deinen Zeichnungen her erkannt. Ich bin immer noch ganz zittrig, wenn ich dran denke, wie ich ihn da gesehen habe – der Himmel weiß, wie du dich fühlen musst.«

»Ich wünschte, wir wären nie hierhergezogen«, sage ich halblaut; ich will es nicht zu laut gestehen, damit der Seewind meine Worte nicht aufnehmen kann, um sie Patrick zuzutragen. »Ich hab's versucht. Ich habe wirklich alles versucht, um dieses Haus schön zu machen, aber alles geht dauernd schief. Patrick will nichts weiter, als das perfekte Haus zurückzubekommen, an das er sich erinnert; es ist kein Wunder, dass er so entnervt ist.«

»Perfekt?«

Ich drehe mich zu ihr um. »So wie es war, als Patrick früher hier gelebt hat.«

Sie setzt sich auf einen Steinblock, beginnt an der Rinde eines Stücks Treibholz herumzukratzen. Das Geräusch ihres Fingernagels auf dem Holz geht mir durch Mark und Bein.

»Ich kann mir nicht vorstellen, dass es je perfekt war«, sagt sie, während sie sich einen Holzsplitter vom Nagel schnippt. »Nicht nachdem es in einem solchen Zustand war, wie bevor ihr eingezogen seid.«

»Er hat mir erzählt, wie es hier war.« Wenn ich die Augen schließe, kann ich das Haus beinahe vor mir sehen, so wie es damals war. Patrick hat mir so oft davon erzählt – die sanften, gedämpften Farben im flackernden Schein des Kaminfeuers, die Aromen in der Luft, frische Blumen und Möbelpolitur.

»Andererseits, jeder wäre genervt, oder?«, fährt sie fort. »Wenn so irrsinnig viel getan werden muss, um das Haus *perfekt* zu machen.«

Wie viel will ich ihr wirklich sagen? Wenn ich meine verborgenen Befürchtungen ausspreche – werden sie dann noch größer? Aber sie lächelt mich so herzlich an, und sie hat heute Blumen mitgebracht, einen riesigen Bund Wicken, deren prickelnder Duft jetzt das Haus erfüllt. »Ein paarmal ist er ein bisschen … ärgerlich geworden.«

»Ärgerlich?« Sie zieht die Brauen hoch.

»Es ist nichts Größeres. Wie gesagt, er ist gestresst.«

»Hat die Polizei eine Ahnung, was mit Joe passiert ist?«, fragt sie, als ich mich auf den Nachbarblock setze.

»Er dachte, es wäre ein Raubüberfall, absolut beliebig.« Das braucht Anna nun wirklich nicht zu wissen.

»Glaubst du, er kann sich wirklich nicht erinnern? Oder könnte es sein, dass er sich nicht erinnern *will?*«

Die Härchen auf meinen Unterarmen stellen sich auf vor Unbehagen. »Warum geht dir das so nach?«

Sie zuckt die Achseln. »Ich seh dir die Besorgnis an, jedes Mal wenn du über Joe redest.«

»Joe dachte, er hätte jemanden gesehen – jemanden, der zugesehen hat, wie er zusammengeschlagen wurde –, und eine Weile hab ich mir Sorgen gemacht, Patrick könnte dort gewesen sein.«

»Patrick?«

Ich nicke.

»Weil er ... ärgerlich war?«, fragt sie. »Und mit ärgerlich – meinst du da wütend? Wütend genug, um Joe hinterherzujagen? Weswegen?«

»Nicht so ... ich hab mich geirrt. Ich bin einfach albern. Joe war halb bewusstlos. Er hat keine klaren Erinnerungen an irgendwas. Und außerdem, du warst dort, oder? Joe hat wahrscheinlich dich gesehen und ...«

»Den Überfall hab ich nicht mitbekommen, Sarah. Ich habe Joe zusammenbrechen sehen, sonst aber nichts.«

Ich hätte nie davon anfangen sollen. Was ich da andeute, ist ... es ist ungeheuerlich. Kein Wunder, dass Anna mich ansieht, als hätte ich den Verstand verloren. Glaube ich allen Ernstes, Patrick könnte dort gewesen sein und nichts unternommen haben? Vor dem Umzug hätte ich gesagt, das wäre absolut unmöglich. Patrick verliert die Geduld nicht. Patrick verliert die Beherrschung nicht. Aber hier kann ich nicht anders, als mich zu fragen, was er getan hätte, wenn er Joe an jenem Abend gefolgt wäre und ihn wieder mit einem anderen Jungen angetroffen hätte.

Nein. Herrgott, besser, wenn es Ian Hooper gewesen wäre, der das Ganze beobachtete. Jeder außer Patrick. Anna starrt mich an und bohrt einen Fuß in den Sand. »Versteh mich jetzt bitte nicht falsch, Sarah, aber ich habe früher mal einen Freund gehabt«, sagt sie. »Der ist auch ... *ärgerlich* geworden, und dann hat er mich geschlagen. Und irgendwann war der Punkt erreicht, an dem ich wusste – und ich wusste es *sicher* –, dass er mich umbringen würde, wenn ich ihn nicht verlasse. Und jetzt sehe ich dich an und entdecke den gleichen Ausdruck in deinen Augen, den ich damals jeden Tag im Spiegel gesehen habe. Ist der Punkt erreicht bei dir?«

»Nein, er hat mich niemals ...«

»Ich hab mir auch eingeredet, dass es nicht wirklich passierte. Mir eingeredet, dass jedes einzelne Mal ein Einzelfall war, mir eingeredet, dass jedes Mal das letzte Mal war, weil er jedes Mal versprochen hat, er würde es nie wieder tun. Ich habe mich zu lange von ihm schlagen lassen, aber wenn ich Kinder gehabt hätte, hätte ich nie zugelassen, dass er ihnen wehtut.«

Es ist wie eine Ohrfeige, und ich keuche und atme den Sand ein, den ihr Fuß in die Luft geschleudert hat. »Ich hab nicht zugelassen, dass er …«

»Warum gehst du nicht?«

»Was?«

»Warum nimmst du nicht deine Kinder und gehst? Gehst zu einer Freundin, in ein Frauenhaus, was auch immer?«

»Das kann ich nicht machen. Brauche ich auch nicht zu machen. Herrgott, Anna, er hat uns nie *geschlagen*. Nie. Er ist gestresst, das ist alles, wegen dem Haus und Joe und … noch anderen Sachen. Er braucht Unterstützung, er braucht es nicht, dass wir ihn alle im Stich lassen.«

»Was hast du also vor?«

»Wie meinst du das?«

»Du hast vor, hier im Mörderhaus zu sitzen und drauf zu warten, dass deine Kinder seinetwegen wieder im Krankenhaus landen?«

»Nein – natürlich nicht. Er hat nichts *getan!* Er hat geschworen …«

»Aber du hast gedacht, er könnte. Könnte es getan haben.«

Ich schüttele abwehrend den Kopf, aber ich protestiere nicht weiter, denn ich habe mich genau dies gefragt, oder etwa nicht? Ich liege nachts wach und mache mir Gedanken darüber, was passiert ist, über seine wachsende Furcht und Paranoia, über den Keller. Ich stelle mir vor, wie er aus dem Schatten heraus beobachtet, wie Joe einen Jungen küsst, und ich frage mich … O Gott, ich stelle mir wirklich die schlimmsten Dinge vor.

»Ich seh dir die Angst doch an. Du wirst dir wohl überlegen müssen, was du in der Sache unternimmst, bevor wirklich irgendwas passiert. Denn weißt du was, Sarah? Ich weiß das, weil ich in genau der Situation gewesen bin. Es passiert *immer* etwas Schlimmeres.«

Anna schiebt die Ärmel zurück und dreht die Unterseite ihrer Arme nach oben, sodass ich die beiden silbrig weißen Narben sehen kann, die an ihren Handgelenken und Armen hinauflaufen. »Es war eines Tages dann einfach zu viel, und ich habe beschlossen, dass ich lieber tot sein wollte, als auf diese Art weiterzuleben. Herrgott, er hatte mich so weit runtergebracht, dass es mir doch tatsächlich einfacher vorgekommen ist, mich umzubringen, als ihn zu verlassen.« Sie hebt den Blick zu mir. »Lass dich niemals von einem Mann an diesen Punkt bringen, Sarah.«

Die Kehle wird mir eng, als ich die dünnen weißen Narben betrachte. »So ist das aber nicht für mich«, sage ich. »Ich glaube, es ist der Umzug. Das Haus, das ist alles.«

Sie beugt sich vor, und ich weiche zurück vor ihren vernarbten Armen, als seien sie ansteckend. »Du glaubst wirklich, es wäre alles nur wegen dem Haus?«

»Ich würde gern umziehen, aber Patrick will es nicht mal erwägen.«

»Dann wird es vielleicht Zeit, dass du erwägst, ohne Patrick umzuziehen. Nach der Ausstellung – nimm alles an Geld, was du verdienst, und geh.«

Ich weiß, sie meint es gut, aber Joe ist nicht mein Kind. Wenn ich ausziehe, flüstert es in mir, dann wird Patrick Joe die Wahrheit sagen, und ich werde meinen Jungen verlieren.

Ein Windstoß zerrt an ihrem Schal, und sie bindet ihn sich fester um den Hals. Es ist der schwarze Schal mit den weißen Sternen. Ich erinnere mich, wie sie mich hochgestemmt hat in der Nacht, als Joe zusammengeschlagen wurde. Sie trug ihn auch da, und der Knoten hatte sich gelöst; der Schal wehte mir ins Gesicht, als sie mich hochzog.

»Was hast du eigentlich dort gemacht?«

Sie runzelt die Stirn. »Was?«

»In der Nacht, in der Joe überfallen wurde. Du warst da, du hast den Krankenwagen gerufen. Was hast du vor unserem Haus getrieben?«

Sie lehnt sich zurück und zieht die Ärmel wieder nach unten. »Mach jetzt nicht mich zur Schuldigen hier, Sarah.«

Ich werfe einen Blick zu Joe hinein, sobald ich ins Haus zurückgekehrt bin. Er schläft immer noch, zusammengerollt auf der Seite. Ich frage mich, ob er nachts schlafen kann oder ob er wie Mia Albträume hat, die ihm das Schlafen unmöglich machen. Auf Zehenspitzen gehe ich die Treppe wieder hinunter. Patrick hat den Schlüssel in der Kellertür stecken lassen. Ich habe die ganze Woche über nichts gemalt, weil ich bei Joe zu Hause geblieben bin. Die Ausstellung rückt bedrohlich näher. Meine Leinwände, die Patrick in den Keller verfrachtet hat – in der Nacht, in der ich Patrick beim Streichen der Kellerwände überraschte, habe ich sie aufgestapelt in einer Ecke liegen sehen. Ich muss sie ins Atelier schaffen. Ich beginne in der Schublade des Flurtischs nach einer Taschenlampe zu wühlen.

Der Nachmittag ist erst zur Hälfte herum, aber ich halte trotzdem zum Fenster hinaus Ausschau nach Patricks Auto, bevor ich die Kellertür öffne. Es ist nicht so, als ob der Keller aus irgendeinem Grund verbotenes Terrain wäre, aber seit dem Tag, an dem Patrick meine Skizzenbücher verbrannt hat, habe ich sorgsam vermieden, meine Gemälde zur Sprache zu bringen. Und wenn ich die Ausstellung nicht erwähnen will, wie sollte ich dann meine Anwesenheit in einem Keller erklären, den ich bisher nach besten Kräften gemieden habe?

Mir ist übel, als ich die Treppe hinuntersteige – drei der vier Wände sind jetzt gestrichen, der Fußboden ist gekehrt, und der größte Teil des Gerümpels ist an der einen noch ungestrichenen Wand aufgestapelt. Wann hat er den Rest gemacht? Wie viele Nächte hat er sich jetzt hier heruntergeschlichen, um Wände zu streichen? Und warum? Warum der Keller, wenn oben das ganze Haus einen Anstrich brauchen könnte?

Und unterhalb der frischen Farbe ist der feuchte Geruch immer noch wahrzunehmen, eine modrige, unverkennbare Mischung aus Schimmel und Ammoniak. Als ich näher an die erste Wand herantrete, entfährt mir ein Keuchen. Es ist schlimmer, so viel schlimmer als zuvor. Bevor Patrick angefangen hat zu streichen, hatten die Wände braune Wasserflecke wie Gezeitenmarken und dazu ein paar dunklere Sprenkel in den Ecken. Jetzt sehe ich gegen den weißen Anstrich große grüne und schwarze Blumen aus Schimmel blühen, als hätte die Farbe alles nur noch schlimmer gemacht statt besser. Die Wände sind kalt, und es fühlt sich an, als sei nur eine dünne Farbschicht zwischen meiner Hand und fließendem Wasser.

Ich trete von der Wand zurück und versuche mir vorzustellen, wie ich ihn später mit hier herunternehme und darauf aufmerksam mache, dass er seine Zeit verschwendet hat, dass er die ganze Nacht nicht geschlafen hat für dies hier. Als ich mich abwende, um nach den Gemälden zu suchen, fällt der Strahl der Taschenlampe auf die eine Wand, die er noch nicht gestrichen hat. Ich trete näher. Was habe ich da gerade gesehen?

Dicht an der Wand steht ein alter Holztisch, auf dem sich Kartons stapeln. Über ihm ist die Wand beige und gesprenkelt mit feuchten Flecken, so wie sie es zuvor alle waren. Aber der niedrig schwenkende Lichtstrahl hat noch etwas anderes erfasst.

Ich gehe in die Hocke und ducke mich unter den Tisch. Der Keller scheint kälter zu werden, als der Lichtstrahl die Wand beleuchtet. Es ist Schrift – immer die gleichen Worte, immer wieder, in immer derselben Kinderschrift.

Ich war böse. Ich war sehr böse. Ich war böse. Ich war sehr böse.

Ich denke an die Kinder, die vor uns in diesem Haus gelebt haben, während ich die Wand mit der Taschenlampe ableuchte. Mein Nacken beginnt zu prickeln, und die Härchen stellen sich auf. Die Schrift läuft an der ganzen Wand entlang, fünf Meter Mauer. *Ich war böse. Ich war sehr böse.*

Hat Patrick das gesehen? Ist das der Grund, weshalb er aufgehört hat zu streichen? Als ich mich aufrichte und mir den Staub von den Jeans klopfe, ist alles, woran ich denken kann, die Größentabelle, die kalten Stellen, Spielzeug, das aus heiterem Himmel plötzlich auftaucht. Als ich die Stufen wieder hinaufrenne und die Kellertür abschließe, folgt mir eine Geisterstimme, die immer die gleichen Worte flüstert. Die Stimme eines kleinen Jungen: *Ich war böse. Ich war sehr böse.*

KAPITEL 21

Im Flur stolpere ich über Mias Schultasche. Ich habe Mia gar nicht hereinkommen hören – hat sie gesehen, dass ich im Keller war? Ich renne die Treppe hinauf; mir ist immer noch kalt von der Schrift an der Wand. Die Badezimmertür ist geschlossen, aber Mias Zimmertür steht halb offen, und ich sehe über den Fußboden verstreute Kleidungsstücke. Ist ihr klar geworden, was ich im Keller sehen würde, und sie ist nach oben gegangen, um sich zu verstecken? Nein – es kann nicht ihre Schrift sein unten an der Wand. Warum sollte sie also? Aber die fahrige Furcht will nicht verfliegen. Ich beginne die Kleidungsstücke aufzusammeln, runzele die Stirn, weil so vieles dabei ist, das ich nicht kenne.

Auf der Kommode liegt außerdem Geld – Münzen in kleinen Stapeln und ein paar zerknitterte Scheine. Über fünfzig Pfund in Fünf- und Zehnpfundnoten. Ich denke an die Schmuckschachtel meiner Mutter. Sie würde das nicht tun. Aber wenn nicht Mia, wer dann? Patrick?

»Was machst du da?«

Ich fahre herum. Mia ist ein einziges finsteres Stirnrunzeln, mit verschränkten Armen und hochgezogenen Schultern. Aber unter der Pose des streitbaren Teenagers wirkt sie bleich und müde. Ihre Nägel sind ebenso abgekaut wie meine, und ihre Augen haben rote Ränder.

»Ich hab die Wäsche eingesammelt, und dabei habe ich gesehen …« Ich nicke zu dem Geld hinüber, und sie schiebt sich an mir vorbei, sammelt die Scheine ein und stopft sie sich in die Tasche.

»Woher hast du es?«, frage ich.

»Was interessiert dich das?«

»Ich will wissen, wie es kommt, dass meine fünfzehnjährige Tochter so viel Geld rumliegen hat, wenn ich ganz genau weiß, dass es nicht von mir stammt.«

Sie lacht. »Oh, okay, jetzt kapier ich's. Du denkst, ich hab's geklaut? Du denkst, ich war an deinem Geldbeutel?«

»Das habe ich nicht gesagt. Ich habe gefragt, woher es kommt, weil hier eindeutig irgendwas im Gang ist, und nach der Sache mit Joe …«

Sie zuckt zusammen, als ich Joes Namen erwähne, und murmelt etwas, das ich nicht verstehe.

»Was?«

»Dad hat es mir gegeben.«

Davon hat Patrick nichts gesagt. Ich habe ihm von meinem verschwundenen Geld erzählt, von dem Schmuck meiner Mutter. Ich habe ihm erzählt, dass ich mir Gedanken mache über Mia und ihre neuen Kleider, und er hat mit keinem Wort erwähnt, dass er ihr Geld gegeben hätte.

»Warum?«

»Weil ihm an mir liegt, darum. Weil ich ihm nicht scheißegal bin.«

Aber warum hat er es nicht erwähnt? Das ist es, was ich wirklich wissen will. Warum hat er es nicht erwähnt, wenn wir so wenig flüssig sind, dass er schon die Stirn runzelt, wenn ich mit zu vielen Tüten vom Supermarkt zurückkomme?

Mia weicht meinem Blick aus, als sie die Stapel von Münzen mit der Hand zusammenfegt. Ich strecke den Arm aus und lege eine Hand über ihre, aber sie zieht sie zurück.

»Gehst du jetzt bitte aus meinem Zimmer«, murmelt sie.

Als ich mich zur Tür wende, kommt Joe herein. »Was ist los?«

Er sieht immer noch so zerschlagen und zerbrechlich aus. Ich würde sie beide gern fragen, ob sie unten im Keller waren, aber dann muss ich ihnen von der Schrift an der Wand erzählen, und das kann ich nicht. Ich kann ihnen zu ihren eigenen Ängsten nicht noch meine aufbürden.

Wir erstarren, als die Haustür sich öffnet und Patricks Stimme zu uns heraufruft.

»Mum wollte gerade gehen – stimmt's, Mum?«, sagt Mia.

Sie wartet kaum ab, dass ich den Treppenabsatz erreicht habe, bevor sie die Tür zuschlägt.

Patrick steht vor der verschlossenen Kellertür, eine in Folie verpackte Farbwalze mit Schale in einer Hand und einen Eimer weiße Farbe in der anderen. Vom oberen Ende der Treppe her sehe ich einen dünnen Rahmen aus Licht rings um die Tür. Mist. Ich habe das Licht im Keller angelassen, und die Taschenlampe liegt noch auf dem Flurtisch.

»Warst du im Keller?«

»Ich habe gedacht, ich mache mit dem Streichen weiter«, sage ich, weiche seinem starrenden Blick aus, als ich die Treppe hinuntersteige. Mein Herz hämmert, als er den Farbeimer abstellt und die Tür aufschließt. Warum habe ich gelogen? Er wird sehen, dass ich nichts getan habe. Und er wird meine Fußspuren in dem Staub vor der ungestrichenen Wand sehen.

Ich denke an heute Morgen, als er mit dem elenden Küchenfenster gekämpft hat und der Griff abgegangen ist, und an seine *Rage* … Unverhältnismäßig, und sie hat Mia schockiert, die zurückwich, als er das verdammte Ding in Richtung Mülleimer schleuderte. Natürlich kam es dabei nicht einmal in ihre Nähe, aber … Und es war doch nur ein Fenstergriff.

»Warte«, sage ich, als ich ihm durch die Kellertür folge. »Ich hab da was gefunden.«

Ich gehe vor ihm die Treppe hinunter, schalte die Taschenlampe ein und richte sie auf die eine Wand, die er noch ungestrichen gelassen hatte. Die Feuchtigkeit, klammernd und kalt, kriecht in meine Adern, als der Lichtstrahl auf die gekritzelten Worte trifft.

Patrick reagiert nicht. Er steht bewegungslos am oberen Ende der Treppe und starrt auf die Worte hinunter, die der Strahl der Taschenlampe hervorhebt.

»Du musst sie gesehen haben, als du hier unten gemalt hast. Ich hab mich gefragt, ob das Joe oder Mia gewesen sein könnte, aber ihre Schrift sieht anders aus. Also dachte ich, es muss wohl …«

Er kommt die Treppe herunter und tritt neben mich; sein Arm streift meinen. »Das war einfach ein Kind, das hier rumgespielt hat«, sagt er leise, und sämtliche Härchen in meinem Nacken stellen sich auf. Als er es sagt, wird mir bewusst, dass das letzte

Kind, das vor Tom und Billy Evans hier gelebt hat, Patrick gewesen war.

»Ein Kind?«

»Ich hatte es vergessen«, sagt er und streckt die Hand aus, um die Mauer zu berühren.

Vergessen? Ich sehe die Wand an, die krakelige Kinderschrift, die sich über die gesamte Länge zieht. *Ich war böse. Ich war sehr böse.* Wie konnte er das vergessen haben?

Die Luft scheint dicker geworden zu sein. Es ist schwieriger, sie einzuatmen. »Du hast das geschrieben?«

Er sieht zu mir hin. »Natürlich nicht«, sagt er lächelnd. »Du weißt, wie meine Kindheit ausgesehen hat – glaubst du wirklich, ich hätte unten im Keller gesessen und Wände bekritzelt?«

Aber das Lächeln ist nicht echt. Es ist breit und strahlend und absolut unaufrichtig.

»Sarah?«, sagt er, als wir die Treppe wieder hinaufsteigen. »Mach ... Mach dir keine Arbeit mit der Streicherei hier unten, okay? Wir haben mit dem übrigen Haus genug zu tun.« Er schließt die Tür ab und sieht auf den Schlüssel in seiner Hand hinunter. »Ich gehe und verstaue den irgendwo.«

Mitten in der Nacht wache ich auf mit trockener Kehle, hämmerndem Herzen, verfangen in den Nachbildern eines Traums, an den ich mich nicht recht erinnern kann. Ich greife nach dem Wasserglas auf dem Nachttisch und stoße ein Keuchen aus, stoße das Glas um, als ich einen Schatten am Fenster stehen sehe. Dann dreht sich der Schatten um, und ich sehe, dass es Patrick ist, nackt und nur halb von dem Vorhang bedeckt, als er in die Nacht hinausstarrt. Er legt einen Finger auf die Lippen und winkt mich zu sich herüber, runzelt die Stirn, als ich zögere. Ich steige über die Wasserpfütze hinweg und stelle mich neben ihn.

»Was ist los?«, frage ich, und er zeigt zu etwas auf der anderen Straßenseite hinüber. Ich trete dichter ans Fenster und spähe in die Dunkelheit hinaus. Ein Schatten löst sich aus der Schwärze dort, verdichtet sich zu einer Gestalt und zieht sich wieder zurück. Ich zwinkere, kann aber nichts sonst erkennen. Die Schatten bewegen und verschieben sich, während die Wolken mit dem Mond das Kuckucksspiel spielen.

»Ist das ein Mensch?«

Patrick nickt. »Es wird immer mal wieder klar, und dann kann ich ihn sehen. Er ist schon seit Stunden da.«

»Stunden? Woher weißt du das?«

»Ich bin vor Mitternacht aufgestanden … ich habe gedacht, ich hätte irgendwas gehört. Da war er schon da.«

Ich sehe zur Uhr hinüber – es ist zehn nach drei. Hat Patrick die ganze Zeit hier gestanden? Ich strecke die Hand aus und berühre seinen Arm; er fühlt sich an wie Eis.

»Komm wieder ins Bett«, flüstere ich, aber er schüttelt den Kopf. Die Schatten geraten wieder in Bewegung, aber jetzt sieht es nicht mehr aus, als stehe dort jemand. Die Straße ist leer; niemand ist dort um drei Uhr morgens in Wind und Regen unterwegs.

»Patrick, bist du sicher, dass da draußen jemand ist?«

Er tritt ganz vor das Fenster, versucht nicht einmal mehr, sich mit dem Vorhang zu bedecken. »Jemand beobachtet das Haus. Du hattest gleich am ersten Abend recht. Jemand beobachtet uns.«

KAPITEL 22

Am Montagmorgen, nachdem Patrick und Mia aus dem Haus sind, bringe ich Joe einen Teller Toast und treffe ihn dabei an, dass er versucht, sich mit seiner verletzten Hand die Schuhe anzuziehen.

»Lass mich helfen«, sage ich, während ich den Teller auf seinem Schreibtisch abstelle. Ich gehe in die Hocke und lockere die Schnürsenkel, sodass er die Füße in die Schuhe schieben kann; dann mache ich eine Doppelschleife.

»Gehst du raus? Ich könnte mitkommen.« Ich lege eine Hand über seine, behutsam angesichts seiner immer noch blau verfärbten Finger, aber er macht sich los.

»Nicht«, sagt er. »Ich will ... Ich hab es nicht nötig, dass meine Mutter mir alles abnimmt, immer hinter mir her ist. Es ist schlimm genug, dass ich mir nicht mal die eigenen Scheißschuhe zubinden kann.«

Ich weiche zurück vor dem frustrierten Ärger in seiner Stimme. »Es tut mir leid. Ich will einfach nur helfen.«

»Das weiß ich, aber ich brauch's nicht. Es ist jetzt zehn Tage her ... ich muss einfach mal aus dem Haus. Ich habe das Gefühl, ich kann nicht atmen hier drin.«

»Aber du solltest nicht allein unterwegs sein.«

»Werd ich auch nicht. Ich treffe mich mit einem Freund, er kommt aus Cardiff hier rauf.«

»Er?«

»Hör auf, Mum. Ich kann's nicht mehr hören, diese Dauerbesorgnis in deinem Ton. Ich gerate nicht wieder in Schwierigkeiten, okay?«

Ich folge ihm bis zur Haustür, versuche dem Bedürfnis zu widerstehen, mich an ihn zu klammern, ihn anzuflehen, er solle zu Hause bleiben, wo er in Sicherheit ist. Herrgott, er hat ja recht. In weniger als sieben Monaten wird er achtzehn, und ich führe mich auf, als wäre er fünf, schneide ihm den Toast und binde ihm die Schuhe zu. Aber es fällt mir so schwer, ihn gehen zu sehen, während in seinem Gesicht noch die verblassenden Blutergüsse zu sehen sind.

Er hat auch recht damit, aus dem Haus zu kommen. Die Stille, wenn alle anderen weg sind, ist so *belebt* … ich bin allein, aber ich höre Schritte über mir, das Knarren von Dielenbrettern. Ich weiß, es ist ein altes Haus, es arbeitet, aber wenn ich hier allein bin, ist es ein rastloser Geist, der oben umgeht. Es ist eine blutüberströmte Marie Evans; es ist Billy Evans, der mit seinen *Star-Wars*-Figuren spielt. Es ist ein Kind, das die Wände eines dunklen Kellers bekritzelt. Ich höre das leise Schließen einer Tür und erstarre; mein Herz hämmert. Es ist bloß der Wind, die miserabel eingebauten Fenster lassen die Brise vom Meer herein wie einen Atem, der Türen öffnen und schließen kann. Kein Geist. Bloß der Wind. Aber das Wissen hält mich nicht davon ab, die Küchentür anzustarren und darauf zu warten, dass einer der Geister in ihr erscheint.

Von der Haustür her höre ich ein Klopfen und fahre zusammen, verschütte Tee über den Tisch. Ich erwarte Mia auf der Schwelle zu sehen, irgendwelches Gemaule über vergessene Bücher und Schlüssel, aber als ich die Tür öffne, entfährt mir ein Keuchen, denn es ist wirklich ein Geist.

Der Irrtum wird mir augenblicklich klar – es ist ein erwachsener Tom Evans, nicht der Geist eines kleinen Jungen, den meine eigenen ruhelosen Gedanken heraufbeschworen haben. Es beruhigt mein hämmerndes Herz nicht, und es ist zu spät, das Keuchen und Zurückweichen zu verhindern. Er zuckt zusammen und tritt seinerseits zurück.

»Tut mir leid«, murmelt er. »Ich hab gewartet, bis Ihre Familie weg war.«

»Was machen Sie hier?« Ich würde ihm am liebsten die Tür vor der Nase zuschlagen und wegrennen, ich bin in Gedanken immer noch bei Morden und Gespenstern, aber was, wenn die Nachbarn ihn hier stehen sehen – wenn sie sehen, wie ich die Tür zuschlage? Würden sie ihn erkennen, so wie ich es getan habe? Manche von ihnen müssen die Evans' persönlich gekannt haben, nicht nur aus Zeitungsartikeln. Ich hätte Patrick beinahe erzählt, dass ich Tom oben auf dem Küstenpfad getroffen habe, hätte beinahe gestanden, was ich in unser Leben geholt habe, aber ich habe nie den richtigen Moment dafür gefunden. Und dann wurde Joe zusammengeschlagen, und ich habe Patrick dabei überrascht, dass er den Keller gestrichen hat, habe die Schrift an der Wand gefunden, und ... ich kann es einfach nicht tun. Ich kann es nicht noch verstärken, was es auch immer ist, das den Patrick aushöhlt, den ich kenne.

»Ich wollte das Haus wiedersehen«, sagt Tom, und als er spricht, rechne ich halb damit, dass er anfangen wird zu weinen.

Ich sehe keinen Geist mehr. Ich sehe einen gebrochenen kleinen Jungen, der nie erwachsen geworden ist. Ich kann mir vorstellen, wie der gebrochene kleine Junge an eine Kellerwand schreibt, und – Herrgott, will ich, dass er es war und nicht Patrick? Will ich mir von irgendeinem verstörten Jungen vorstellen, dass er so fürchterliche Worte schreibt? Ich öffne die Tür weiter. »Kommen Sie rein.«

Er holt tief Atem, betritt den Hausflur und verspannt sich, als ich die Tür hinter ihm schließe. Die Außenwelt verschwindet, und jetzt gibt es nur noch uns zwei, allein im Mörderhaus. Ich frage mich, ob sein Herz so sehr hämmert wie meins. Er kommt näher heran, zu nahe, aber ich stehe jetzt schon an der Wand und kann nicht mehr zurückweichen.

»Ich war nicht mehr hier drin, seit ...« Ein Lidschlag. »Ich konnte nicht. Ich wusste, dass sie es ausgeräumt und renoviert haben, aber ich konnte nicht. Ich habe gedacht, es würde alles so anders sein, wenn wieder eine Familie drin wohnt. Ich habe gedacht, ich könnte es mir ansehen, und es würde die Bilder in meinem Kopf endlich vertreiben.«

Seine Schulter streift mein Haar, als er sich abwendet. »Als es noch leer war, bin ich immer mal vorbeigekommen und habe draußen gestanden«, sagt er und berührt die Delle in der Wand neben der Treppe. »Ich hab immer den Schlüssel in der Tasche gehabt, aber ich hab ihn nie verwendet, ich hab es nie fertiggebracht, hier reinzukommen.«

Mir wird kalt. Und wie oft ist er zurückgekommen, seit wir eingezogen sind, und hat draußen gestanden? Wir haben entschieden, das Geld für den Austausch der Schlösser nicht auszugeben. Hat er immer noch den Schlüssel zu dem Haus, in dem wir jetzt schlafen, meine Familie und ich?

»Es war so altmodisch, als wir eingezogen sind«, sagt er mit einem Blick ins Wohnzimmer, »aber Dad hatte jede Menge Pläne, wie man es modernisieren kann. Und dann hat er nichts getan, als es zu ruinieren. Die Farben, die er ausgesucht hat, waren hässlich, und er war hoffnungslos beim Streichen und Heimwerken. Es hat ihn rasend gemacht, dass alles, was er unternommen hat, es nur immer noch schlimmer gemacht hat statt besser.« Sein Blick gleitet zu der immer noch sichtbaren Größentabelle neben der Tür hinüber. Ich warte darauf, dass er etwas sagt. Er streckt den Arm aus, um seine krakeligen Initialen zu berühren, und ich sehe, dass seine Hand zittert, aber er sagt nichts. Er schließt die Hand zur Faust, als er sie von der Wand zurückzieht.

Er geht weiter in die Küche, und ich folge ihm. »Der alte Mr. Walker ist doch tatsächlich mal vorbeigekommen, nachdem Dad das ganze dunkle Holz in der Küche rausgerissen hatte. Ich und Billy haben gedacht, er würde einen Herzanfall kriegen und auf dem Gartenweg tot umfallen, er war so wütend auf Dad. Er hat gebrüllt und geschimpft und versucht, sich ins Haus reinzudrängen. Ich hab gedacht, Dad würde ihm eine verpassen.«

Patricks Vater? Ich kann mir nicht vorstellen, dass Patricks Vater jemals jemanden angebrüllt hat. Die paar Male, die ich ihn getroffen habe, kam er mir wie ein kleiner, stiller Mann vor.

»Darf ich ... darf ich das Obergeschoss sehen?«, fragt er. Ich will ihn im Obergeschoss nicht haben. Ich will nicht, dass er durch mein Schlafzimmer geht. Ich bereue bereits, ihn überhaupt eingelassen zu haben.

Aber er wartet meine Antwort nicht ab – er steigt bereits die Treppe hinauf.

Ich fahre zusammen, als ich eine Autotür zuschlagen höre, stelle mir vor, wie Patrick zur Tür hereinkommt und Tom Evans in seinem Haus antrifft, bei seiner Frau. Aber Patrick wird inzwischen in der Firma sein.

Ich folge Tom nach oben und sehe ihn in der Tür von Joes Zimmer stehen.

»Hier war ich. Ich hatte mir wieder Billys *Star-Wars*-Sachen genommen. Er hat's nicht leiden können, wenn ich mir die geliehen habe. Ich habe sie genommen, ohne ihn zu fragen, und unter dem Bett mit ihnen gespielt, damit er mich nicht erwischt. Ich hab das oft gemacht, wenn ich hässliche Träume hatte und nicht schlafen konnte. Unter dem Bett gespielt, nachdem Mums Windspiele in dem Baum draußen mich aus den Träumen rausgeholt hatte.«

Ich schaudere. »Windspiele?«

»Ja, sie hatte Massen von den Dingern. Ich weiß nicht, was aus ihnen geworden ist, nachdem ...« Er sieht wieder vollkommen verloren aus, und ich sehe wieder die gekritzelten Worte vor mir. *Ich war böse, ich war sehr böse ...*

»Tom, haben Sie oder Ihr Bruder je etwas an die Kellerwand geschrieben?«

»Geschrieben? Wie meinen Sie das?«

»Ich hab eine beschriebene Wand gefunden und mich einfach gefragt ... Ich habe gedacht, es müssten Sie oder Billy gewesen sein. Niemand anderes war seither hier.«

Ein kurzes Schweigen. »Nein. Wir durften nie in den Keller. Dad hat die Tür immer abgeschlossen.«

Er verlässt das Zimmer, und ich bleibe dort stehen, drücke mir die Hand auf den Bauch. Es tut weh, ein nagender Schmerz an der Grenze zur Übelkeit. Ich reibe mir die Augen. Gott, ich bin so müde. So müde von den Gedanken und Befürchtungen.

Als ich das Zimmer verlasse, ist Tom nicht auf dem Treppenabsatz, und die Übelkeit wird stärker, als ich ihn im Schlafzimmer antreffe. Er hat mein Skizzenbuch in der Hand und blättert in den Seiten. »Das hier ist nicht Ihr Mann«, sagt er, als er auf eine hingekritzelte Skizze von Ben hinuntersieht.

Ich reiße das Buch an mich. »Okay, ich glaube, das reicht jetzt.«

»Es fängt wieder an, stimmt's?«

»Wovon reden Sie jetzt?«

Er kommt näher, und ich weiche zurück, bis ich mit dem Rücken an der Wand stehe.

»Es tut mir leid«, sagt er. Er senkt den Kopf, und er steht so dicht vor mir, dass sein Kopf beinahe auf meiner starren Schulter liegt. »Ich hab Patrick das Haus verkauft, weil er weiß ... Ich war wütend und wollte, dass das Haus ihn zwingt, zuzugeben, was er weiß. An Sie und die Kinder hatte ich nicht gedacht.«

»Wovon *reden* Sie eigentlich?«

»Sie sollten nicht hierbleiben«, sagt er. »Es passiert jedes Mal. Es wird wieder das Gleiche passieren. Dieses Haus ... Den Leuten, die in diesem Haus leben, passieren schlimme Dinge.«

»Sie müssen jetzt gehen.« Meine Stimme klingt fest, aber meine Hände zittern.

O Gott, was habe ich angerichtet? Ich hätte nie Kontakt zu ihm aufnehmen, ihn nie ins Haus bitten dürfen. Was soll das heißen, Patrick *weiß?* Was weiß er? Ich muss Patrick fragen, aber das bedeutet, ich werde ihm von Tom erzählen müssen.

Ich trete von der Staffelei zurück, um mir das fertige Bild anzusehen. Ich habe Annas Geheimstrand gemalt, all diese wunderschönen gedämpften Farben, habe sie in Schichten übereinandergelegt, sodass das Ergebnis fast abstrakt wirkt. Tritt man zur Seite, erscheint eine ganz neue Palette von Farben, hervorgehoben durch das schwindende Tageslicht. Ich wische den Pinsel an einem Lappen ab und gehe zum Fenster hinüber. Der Himmel hat sich zugezogen – es wird regnen. Ich sehe auf die Uhr. Patrick wird bald nach Hause kommen, und ich muss noch einkaufen. Ich mache mich widerwillig ans Aufräumen. Je mehr Zeit ich hier verbringe, desto schwerer fällt es mir, ins Haus zurückzukehren. Wenn ich hier bin und male, kann ich alles andere in den Hintergrund schieben, aber sobald ich gehen muss, ist alles wieder da: Tom Evans, das Haus, meine Sorgen um Joe, um Mia, um Patrick.

Ben hat recht – dies ist eine Zuflucht. Aber jetzt wird es Zeit, in mein wirkliches Leben zurückzukehren. Ich vergewissere mich, dass ich mir jede Spur von Farbe von den Händen geschrubbt habe, schließe das Atelier ab und mache mich auf den Weg zum Supermarkt.

Ich bin auf dem Rückweg vom Einkaufen, als ich ihn sehe. Ich stehe vor einem Juwelierladen und überprüfe den Einkaufszettel darauf, ob ich etwas vergessen habe. Unter normalen Umständen würde ich mir nicht die Mühe machen, ins Schaufenster zu sehen – es ist mit Zwanzigtausend-Pfund-Verlobungsringen und schwerem edelsteinbesetztem Goldschmuck bestückt –, aber etwas reizt mich, etwas, das ich aus dem Augenwinkel gesehen habe. Ich trete zurück, und da ist er, der Verlobungsring meiner Mutter, genau in der Mitte eines als »Vintage« gekennzeichneten Arrangements, auf dem Ehrenplatz in Gestalt eines blauen Samtkissens, mit einem daran festgebundenen Preisschildchen.

Ich trete näher heran und ringe keuchend nach Luft. Als ich wieder ausatme, beschlägt die Schaufensterscheibe. Während ich mit der Hand über das Glas wische, hoffe ich mich geirrt zu haben. Ich will einen Smaragd sehen statt des Diamanten, ich will einen Fehler gemacht haben. Aber ich habe keinen gemacht. Es ist der Ring meiner Mutter mit einem Preis daran, den wir uns niemals leisten könnten. Ich stelle die Einkaufstasche ab. Das Abendessen sollte ein Versöhnungsangebot werden, Patricks Lieblingsgericht, bevor ich ihm gestehe, dass ich Tom Evans in unser Leben geholt habe und ihn jetzt nicht mehr loswerde.

Ich stehe dort und zögere eine gefühlte Ewigkeit lang. Dann wende ich mich nach rechts statt nach links, wo es nach Hause geht. Ich gehe hinunter zum Strand und die ganze Strecke bis zum Wasser. Ich trete mir die Schuhe von den Füßen, lasse Sand zwischen den Zehen knirschen, nehme den Salzgeruch des Meeres, das Geräusch der Wellen, die über den Kies des Spülsaums hinwegfluten, in mich auf.

Ich muss eine Entscheidung treffen. Ich muss aufhören zu hoffen, dass sich alles von allein geben wird, und eine Entscheidung treffen.

Es beginnt zu regnen, und die wenigen Leute, die sich am Strand aufgehalten haben, gehen nach Hause. Ich sehe hinunter auf meine leeren Hände. Ich muss die Einkaufstasche vor dem Juwelierladen stehen gelassen haben. Es wird dunkler; dunkler, als es um diese Tageszeit sein sollte, aber die Wolken werden dichter, und der Wind legt zu.

Mein Schal flattert und wird dann von einem Windstoß fortgerissen, der kräftig genug ist, um mich ins Taumeln zu bringen. Ich fahre herum und greife nach ihm, aber jemand kommt mir zuvor. Es ist Ben, und er hat ein breites Lächeln im Gesicht.

»Ich dachte mir doch, dass du das bist«, sagt er. »Ich wohne in dem Cottage da hinten und hab dich den Strand runtergehen sehen.« Er zeigt zu einem Haus auf dem Hügel hinüber. Eins aus einer Reihe von Cottages, von denen ich mir manchmal vorstelle, dass ich dort wohne.

Ben hat zweimal angerufen, seit ich ihn in der Galerie besucht habe, und mir Nachrichten im Zusammenhang mit meiner Ausstellung hinterlassen. Ich habe nicht zurückgerufen.

»Es fängt gleich an zu regnen«, sagt Ben. »Das Café hat noch offen. Sollen wir einen Kaffee trinken?«

Ich sollte das nicht. Ich sollte es wirklich nicht tun. Ich sollte gehen und meine Einkäufe abholen und nach Hause gehen und kochen wie eine gute Ehefrau. Aber ich denke an Patrick und das Haus, die auf mich warten, und Tom Evans, der draußen herumhängt mit dem Hausschlüssel in der Tasche. Ich denke an den Ring im Schaufenster des Juwelierladens. Ich denke an die Entscheidung, die ich treffen muss.

»Warum nicht?«, sage ich.

»Ich hatte den Eindruck, du weichst mir aus. Ich habe dich kommen und gehen sehen in dem Atelier, aber du schaust nie rein und sagst Hallo.«

Er sagt dies, als er dünnen Tee in verfärbten weißen Bechern von der Theke herüberbringt. Die Plastiktischdecke klebt, als ich den Arm losreiße, um Platz für den Becher zu schaffen. Der Regen trommelt ans Fenster, der Wind rüttelt an der Tür. Von Zeit zu Zeit wird ein weiterer Gast hereingeblasen, windzerzaust, triefend nass und auf der Suche nach einer Zuflucht. Die Fenster beginnen zu beschlagen.

»Es war nicht persönlich gemeint. Es ist … alles Mögliche im

Gang bei mir zu Hause. Es ist kompliziert. Aber ich male. Anna hat mich überredet, aufs Ganze zu gehen mit dieser Einzelausstellung.«

»Das freut mich«, sagt er. »Und ich bin auch froh, dass ich dich angesprochen habe. Ich habe dich am Strand gesehen und zuerst gedacht, es wäre dein Mann, der bei dir war, also hätte ich es beinahe gelassen.«

Ich runzele die Stirn, als ich meinen Teebecher zum Mund hebe. »Da war niemand bei mir.«

Ben zuckt die Achseln; er wirkt verwirrt. »Er war ein paar Schritte hinter dir, aber nachdem er dir die ganze Strecke von der Stadt her bis runter an den Strand gefolgt war, habe ich gedacht …«

Ich stelle den Becher ab, ohne einen Schluck getrunken zu haben. Tom. Es war dieser verdammte Tom Evans, der mir gefolgt ist. In diesem Wind hätte ich niemanden hinter mir hergehen hören, und ich war in Gedanken vollkommen von dem Ring meiner Mutter in Anspruch genommen. Hat er die ganze Zeit, die ich im Atelier war, draußen gewartet? Ist er gerade jetzt draußen und beobachtet uns?

Ben streckt eine mit Farbe bespritzte Hand aus und berührt meine. »Entschuldige – ich muss mich geirrt haben. Aber so oder so, ich bin froh, dass ich runtergekommen bin.«

Jemand geht am Fenster des Cafés vorbei, genau in dem Moment, in dem unsere Hände sich berühren, und ich stelle mir vor, wie dies aussehen würde, wenn das da draußen Patrick wäre. Ich ziehe die Hand weg, aber ein Teil von mir ist versucht, sie liegen zu lassen, sodass alle Welt es sehen kann.

Ein Mädchen kommt an den Tisch, um unsere Becher abzuräumen, und nimmt sich auf dem Rückweg einen Moment Zeit, um das *Open*-Schild an der Tür auf die *Closed*-Seite zu drehen.

»Es sieht nicht so aus, als ob es demnächst aufhören würde, und sie wollen hier dichtmachen. Warum wartest du den Regen nicht in meinem Cottage ab?«, fragt er, während er die Jacke wieder anzieht.

Ich sollte das nicht tun. Ich sollte zu Hause sein, Essen machen und mir überlegen, wie ich das mit Tom Evans erklären soll. Ich sollte vor Patrick zu Hause sein, sonst werde ich mir wieder eine ganz neue Lüge einfallen lassen müssen, um zu erklären, wo ich gewesen bin.

»Warum nicht?«, sage ich wieder.

»Musst du zu Hause anrufen, ihnen Bescheid sagen, wo du bist?«, fragt er, als wir vor der Haustür seines Cottage stehen und bevor er sie aufgeschlossen hat.

Ich antworte nicht, und er stößt die Tür auf, um vor mir einzutreten. Die Tür führt direkt in den Wohnraum, der von einem Holzofen in der Ecke schwach erleuchtet wird.

»Ich weiß, es ist lächerlich, im Mai noch den Ofen anzumachen, aber ein stürmischer Abend hat etwas an sich …«

Er holt eine Weinflasche und zwei Gläser aus einem dunklen Holzschrank, auf dessen Platte Gläser ihre Abdrücke hinterlassen haben. Ich sehe Farbe unter seinen Fingernägeln, als er mir ein Glas Rotwein reicht. Kobaltblau, Kadmiumrot. Der Anblick ist so vertraut und zugleich so seltsam. Er erfüllt mich mit Sehnsucht nach einer Zeit, in der jeder, den ich kannte, Farbe unter den Nägeln hatte, nach Terpentin und Leinöl, süßem Rolltabak und billigem Alkohol roch. Einer fiebrigen und berauschenden Zeit, in der ich hin und her taumelte zwischen Hochgefühl und der Furcht davor, wie überwältigend und anders mein Leben geworden war, in der ein Teil von mir sich wünschte, nach Hause rennen zu können, zurück in die erstickende Geborgenheit bei meiner Mutter.

Ben erzählt von einer neuen Serie von Bildern, während wir uns vor dem Ofen trocknen lassen – weltvergessen, den Blick nach innen gerichtet auf das, was er in seinem Atelier zum Leben erweckt. Ich stelle mir vor, ihn zu küssen, mich an sein vom Regen durchweichtes T-Shirt zu drücken, stelle mir den soliden Widerstand seiner Brust und seines Bauches vor.

Was sollen diese Fantasien eigentlich? Ist dies meine Rache für den Kummer über das, was Patrick mit Caroline getan hat? Ein Verrat, der in mir vor sich hin schwärt, weil ich zu viel Angst habe, meinen Mann zur Rede zu stellen? Ist das der Grund dafür, dass ich mit Ben hier sitze und an meinem Wein nippe, dicht genug neben ihm, um ihn zu küssen, und gegen die Versuchung ankämpfe, über sein kurz geschorenes Haar zu streichen?

Ich bin genau wie Mia, ich sehne mich danach, dass jemand auf einem weißen Pferd angeritten kommt und uns rettet. Ich habe gedacht, mit der Malerei, der Ausstellung könnte dieses Mal ich selbst es sein. Dass ich die Retterin geben könnte. Warum also bin ich hier?

Mein Blick fällt auf eine Schale mit Muscheln auf dem Sofatisch. Ben rückt näher an mich heran, und ich springe auf, stelle mein Weinglas auf dem Tisch ab. »Ich gehe besser«, sage ich. »Ich glaube, das Schlimmste da draußen ist vorbei.«

Die Tür zu seinem Atelier steht halb offen, und ich gehe auf sie zu, während ich die Jacke anziehe, denn ein Blick auf die Leinwand, die ich dort auf der Staffelei stehen sehe, hat mich neugierig gemacht. Sie sieht dunkel aus, ein großes, wirbelndes Gemälde, ganz anders als seine üblichen ruhigen Seestücke und Stillleben.

»Darf ich sehen?«, frage ich, und er zögert. Aber dann nickt er und stößt die Tür ganz auf.

Das Gemälde zeigt zwei Jungen, Kinder, aber ich erkenne das halb im Schatten liegende Gesicht des linken Jungen. Es ist Patrick.

Ich trete zurück, stolpere beinahe, weiche zurück nicht nur vor dem Bild, sondern vor seinem Maler. Ich bin allein mit einem Fremden in seinem Haus, und niemand weiß, wo ich bin.

»Ich habe doch gesagt, ich habe ihn gekannt«, sagt Ben, was mich mitten in meiner stolpernden Flucht zum Stehen bringt. Auf halber Strecke zur Tür drehe ich mich um und starre ihn an, das Bild, das durch die offene Tür hindurch immer noch zu sehen ist.

»Bist du der andere Junge?«, frage ich, und er nickt. »Aber du hast gesagt, ihr wart nicht befreundet, ihr wart einfach zusammen an der Schule.«

»Wir waren mal eine Weile befreundet. Als ich dich kennengelernt habe, hat es alles Mögliche wieder hochgebracht. Alle möglichen Erinnerungen an ihn, weil ich gesehen habe, dass irgendwas nicht stimmt.«

»Was?«

»Ich habe es gleich am ersten Tag gesehen, als du mir die Bilder gezeigt hast. Ich habe es wieder gesehen, als du in die Galerie gekommen bist. Deswegen habe ich dir das Atelier angeboten.« Er zögert. »Ich weiß nicht … Ich hatte Patrick sehr lange nicht mehr gesehen, nicht seit wir uns als Kinder auseinanderentwickelt haben.«

»Du hättest dich ja auch wieder bei Patrick melden können. Und du hättest mir sagen sollen, dass ihr mal befreundet wart.«

Er runzelt die Stirn. »Wir haben uns nicht unbedingt als Freunde getrennt. Es ist keine Bekanntschaft, an die ich wieder anknüpfen wollte.«

»Aber hinter seinem Rücken Freundschaft mit seiner Frau schließen ist in Ordnung?«

Er zuckt die Achseln. »Ich habe nie drum gebeten, dass du mich geheim hältst. Die Tatsache, dass du's getan hast, beweist doch, dass ich recht hatte. Irgendwas stimmt nicht.«

Er tut einen Schritt auf mich zu, streckt einen Arm aus, lässt ihn sinken, bevor er mich berührt. Hat er mich zurückzucken sehen?

»Das Atelier war früher mal eine Wohnung«, sagt er. »Sehr einfach, aber bewohnbar. Es könnte wieder eine werden, mich würde es nicht stören.«

Jetzt tut er es wieder, dieser Fremde – bietet mir eine Fluchtmöglichkeit an. Eine Zuflucht.

»Na ja, aber ich brauche keinen Ort zum Wohnen. Ich habe ein Haus.«

»Ich hätte nie gedacht, dass er zurückkommen würde«, sagt Ben. »Als ich an dem Haus vorbeigekommen bin und dich gesehen habe, hab ich mir Sorgen gemacht, bevor ich dich auch nur kannte.«

Er kommt näher und berührt mein Haar. Ich schließe die Augen und stelle mir vor, wie ich mich von ihm küssen lasse, stelle mir vor, wie ich zu Patrick nach Hause gehe mit dem Geruch meines Künstlers an mir. Würde es reichen, um den schmerzlichen Stich vergessen zu lassen, den mir der gestohlene Schmuck meiner Mutter versetzt, den nagenden Kummer angesichts der Möglichkeit, dass mein eigener Mann ihn genommen haben könnte, und der Tatsache, dass Caroline Patrick geküsst hat? Aber dieses Gemälde … *Bist du es?*, möchte ich fragen. *Bist du derjenige, mit deiner Schale voll Muscheln und deinen Bildern von Patrick, der das Haus beobachtet und Dinge auf der Schwelle deponiert? Du und nicht Ian Hooper oder Tom Evans? Du, der plötzlich da ist, so freundlich und immer verfügbar.*

»Ich muss gehen«, sage ich wieder, während ich von ihm zurücktrete. Ich lasse mich vom Wind schieben, als ich mich auf den Weg mache, schneller und schneller, bis ich beinahe renne.

Ich hätte nicht so lange wegbleiben sollen. Und ich hätte auf dem Heimweg an dem Juwelierladen vorbeigehen sollen, um nachzusehen, ob meine Einkaufstasche noch dort steht – und tütenschwenkend heimkommen mit Geschichten von langen Schlangen an der Kasse als Alibi. Aber ich habe mir nichts davon überlegt. Ich bin einfach gegangen. Jetzt muss ich überlegen. Ich höre Schritte, die wie ein Echo meiner eigenen klingen, als ich zum Haus zurückkehre, die gleichen langsamen, widerwilligen Schritte, die noch langsamer werden, während ich näher herankomme. Aber als ich mich umsehe, ist niemand da. Vor der Haustür steht eine Schachtel. Als ich mich bücke und sie aufhebe, sehe ich, dass ein Umschlag mit Klebestreifen an ihr befestigt ist, und auf dem Umschlag steht in einer unbekannten krakeligen Handschrift *Sarah*. Wieder sehe ich mich um, aber der Abend ist noch dunkler geworden, Wolken verdecken Mond und Sterne, und selbst wenn jemand hier draußen wäre, könnte ich ihn nicht sehen. Ich schlucke und stoße die Haustür auf.

Eine Hand zieht an meiner Jacke, und ich fahre zusammen.

»Wo warst du?« Patrick nimmt mir die Jacke ab.

»Mit einer Freundin zusammen, die ich in der Stadt kennengelernt habe«, sage ich, und etwas, ein Ausdruck, den ich nicht deuten kann, zuckt über sein Gesicht. Seine Hände senken sich auf meine Schultern herunter, und in unserem gemeinsamen Abbild im Spiegel sieht es aus, als lägen sie um meinen Hals. Aber sie drücken nicht zu, sie streicheln, und aus irgendeinem Grund macht das die Sache noch schlimmer, als ich ihm ins gespiegelte Gesicht lüge. Kann er die Ölfarbe an mir riechen? Habe ich die verräterischen Spuren sorgfältig genug weggeschrubbt?

»Ist das diese Frau, die du erwähnt hast? Anna, richtig?«

Ich zögere, und eine Sekunde lang drücken seine Hände wirklich zu. »Ja, genau. Wir haben einen Kaffee getrunken.«

Die Hände streicheln wieder, hinauf zum Hals und an den Armen hinunter. Ich schließe die Augen.

»Du würdest mich ja nicht anlügen, oder, Sarah?«, flüstert er.

»Natürlich nicht.«

»Was ist das?«, fragt er, während er nach der Schachtel greift.

»Ich weiß nicht – das hat draußen gestanden.« Ich strecke die Hand danach aus, aber er zieht die Schachtel außer Reichweite, löst den Umschlag ab und zerknüllt ihn.

»Nicht«, sagt er. »Ich glaube, das kommt von einem Ex-Kollegen. Jemand, bei dem ich dafür gesorgt habe, dass er entlassen wurde.«

»Aber …«

»Vergiss es.«

Aber auf dem Umschlag hat mein Name gestanden, nicht seiner. Er wendet sich ab, und ich greife nach seinem Arm.

»Patrick, warte.« Er sieht sich nach mir um. Ich würde ihn gern wegen des Schmucks zur Rede stellen, eine Erklärung verlangen. Aber dies ist nicht der richtige Zeitpunkt dafür. Ich muss ihm von Tom Evans erzählen, und ich habe keine Ahnung, wie er reagieren wird.

»Ich habe was Dummes getan.« Die Worte kommen in einem Schwall heraus. Ich möchte, dass Patrick mich beruhigt, alles in Ordnung bringt, so wie er es immer getan hat.

Er antwortet nicht mit dem nachsichtigen Lächeln, das er sonst immer aufgesetzt hat, wenn ich ihm irgendein albernes Schlamassel gebeichtet habe. Er mustert mich wachsam. »Was?«

»Als ich rausgefunden habe, dass Ian Hooper aus dem Gefängnis entlassen worden ist, habe ich ... ich habe Kontakt zu Tom Evans aufgenommen.« Mein Herz flattert, als ich auf seine Reaktion warte. »Ich habe einfach ein paar Antworten haben wollen«, sage ich in das Schweigen hinein. »Ich bin in Panik geraten. Aber ...«

»Aber was?«

»Ich glaube ... er ist hierhergekommen. Und er hat irgendwas Seltsames an sich. Er war ... Er hat mir Angst gemacht.«

Patrick starrt mich an. »Was hast du eigentlich erwartet, Sarah? Hast du gedacht, du könntest eine nette kleine Unterhaltung über den Mann führen, der seine ganze Familie umgebracht hat, und das wäre alles? Er würde machen, dass der böse Mann weggeht, und alle anderen würden glücklich sein bis an ihr Lebensende?«

»Nein, natürlich nicht. Ich wollte verstehen können ...« Ich hole tief Atem. »Warum hat er gerade jetzt verkauft? Genau dann, als Ian Hooper entlassen wurde?«

»Er hat verkauft, weil er das Geld braucht. Warum sonst? Und selbst wenn er verkauft hätte, weil Hooper entlassen worden ist, kommt es darauf an? Er ist ein verstörter, traumatisierter kleiner Junge, und es war unglaublich dumm von dir, dich an ihn zu wenden.«

»Er ist kein Junge mehr.«

»Er wird immer ein Junge sein. Fürs Leben geprägt von dem, was hier passiert ist. Wonach suchst du hier, Sarah? Nach einem anderen Jungen, den du retten kannst, weil du bei Joe versagt hast?«

Ich zucke zusammen, als hätte er mich geohrfeigt. »Dass du es *wagst.* Darum geht es nicht. Er hat noch was anderes gesagt – über dich. Dass du mit seinem Vater befreundet warst und dass du etwas weißt.«

»Dass ich was weiß? Er war ein Kind, als es passiert ist. Was genau glaubt er, dass ich wissen soll?«

»Sag du's mir«, sage ich und halte den Atem an.

Patrick schüttelt den Kopf. »Hörst du dich eigentlich reden? Hörst du, wie paranoid du dich anhörst? Verdammter *Mist*«, sagt er. »Ich brauche das im Moment wirklich nicht.« Er unterbricht sich und seufzt. »Okay. Hast du seine Nummer? Gib sie mir. Ich rede mit ihm, sorge dafür, dass er Abstand hält. Ich kümmere mich drum.«

Er tut das, was ich wollte, er versichert mir, dass er hinter mir herräumen wird, aber ich bin nicht ruhiger als zuvor. Er hat meine Fragen nicht beantwortet. Ich bin alarmiert, meine Nerven flattern jetzt noch mehr als in dem Moment, als ich Tom vor der Tür stehen sah. Patrick stößt einen ärgerlichen Seufzer aus, und ich erstarre. Ich rieche Alkohol, ein vertrautes säuerlich-süßes Aroma, aber zugleich fremdartig und falsch, denn Patrick trinkt nicht. Ich habe noch nie zuvor Alkohol in seinem Atem gerochen.

»Du bist entschlossen, das hier zu ruinieren, stimmt's? Entschlossen, jede Anstrengung zu blockieren, die ich unternehme?«, fragt er, während er Toms Nummer in sein eigenes Gerät überträgt. »Ich habe das alles für dich getan, Sarah – uns hierhergebracht, ein Neustart, ein neues Leben. Ich habe alles für dich getan, und du *ruinierst* es.«

Für mich hat er es getan? Uns in das Mörderhaus ziehen lassen? Wie hätte ich jemals eine Sekunde lang glauben können, dies wäre die Lösung all unserer Probleme? Das ist etwa so realistisch, wie wenn eine Zwölfjährige sich wünscht, ihr Puppenhaus würde Wirklichkeit werden.

»Was willst du jetzt tun?« Ich trete näher an ihn heran, und da ist es wieder. Nicht einfach nur eine Spur davon, sondern ein Schwall, kräftig und unverkennbar. Hochprozentig, Whisky oder Brandy.

Er runzelt die Stirn. »Was glaubst du denn, was ich jetzt tun werde? Ich werde mit ihm reden – ihm begreiflich machen, dass es nicht akzeptabel ist, meine Frau zu stalken.«

Ich verspüre ein lächerliches Bedürfnis, Tom zu warnen. Es ist wirklich albern – Tom ist derjenige, der mir Angst macht. Aber ...

»Patrick?«, rufe ich ihm nach, als er sich entfernt. »Hast du ...« Meine Stimme erstirbt.

»Was?«

Ich schlucke an der trockenen Stelle in meiner Kehle vorbei. »Hast du getrunken?«

Mir ist übel, als ich sehe, wie sein Gesicht sich verzieht. Ich hätte nicht fragen sollen. Ich habe mich geirrt. Es war kein Alkohol in seinem Atem, es war …

»Ja«, sagt er, bevor er geht und die Wohnzimmertür hinter sich schließt.

KAPITEL 23

Ich bin dabei, einzuschlafen, als ich die Haustür zuschlagen höre. Der dahintreibende, beinahe schon schlafende Teil meines Bewusstseins rät mir, es zu ignorieren, weiter dahinzutreiben, zu träumen ...

Aber es ist spät. Ich öffne die Augen und setze mich auf. Es ist lange nach elf, beinahe Mitternacht. Wer geht um diese Zeit noch aus? Morgen ist ein Schultag, ein Arbeitstag. Ich greife nach meinem Morgenmantel, als ich die erste erhobene Stimme höre. Mias, dann Patricks, nicht so laut wie ihre, aber anschwellend.

Ich renne hinaus auf den Treppenabsatz, während ich den Gürtel binde. Auch Joe ist aus seinem Zimmer gekommen, und ich sehe, dass er noch angezogen ist. Er verschwindet jeden Tag nach dem Abendessen in sein Zimmer, schließt die Tür hinter sich, und nur Mia hat seine Erlaubnis, zu klopfen und hineinzugehen.

»Warte hier oben«, sage ich, eine Hand warnend ausgestreckt.

Mia und Patrick sind unten im Hausflur. Mia trägt ihre Jacke und hat das Gesicht voller Make-up, das fleckig und verschmiert aussieht. Es ist das Make-up am Ende eines Abends, nicht das Hinausschleich-Make-up, und eine Sekunde lang bin ich erleichtert. Dann geht mir auf, dass dies lediglich bedeutet, dass sie sich früher hinausgeschlichen hat.

Ich werfe einen Blick zu Joe hin, und er zuckt die Achseln. Ich denke an all die Abende, die sie in seinem Zimmer verschwindet, und an sein Fenster mit dem Baum davor, den Patrick seinerzeit zum Hinausschleichen genutzt hat. Keine Bruder-und-Schwester-Abende also, die sie zusammen verbringen und bei denen ich mich besser fühlen kann, weil ich mir einbilde, dass sie aufeinander aufpassen. Stattdessen war Joe allein, und Mia ist bis der Himmel weiß wann weggeblieben. Ist das der Grund dafür, dass Joe noch auf ist? Hat er gewartet, um sie wieder ins Haus zu lassen?

Patrick hat Mia am Arm gepackt, und als ich die Treppe hinunterlaufe, kann ich sehen, dass er zu fest zupackt, sie sträubt sich, und seine Fingerknöchel sind weiß.

»Patrick …«

Er fährt zu mir herum. »Hast du gewusst, dass sie noch unterwegs ist?«

»Nein, natürlich nicht. Vorhin war sie in ihrem Zimmer. Mia, wo warst du?«

»Ich hab abgeschlossen, und dabei habe ich gesehen, wie sie am Haus vorbeigegangen ist, weil sie hintenrum wollte. Fast Mitternacht, und wir bilden uns ein, sie liegt im Bett und schläft, und währenddessen ist sie draußen auf der Straße und sieht dabei *so* aus.« Er schüttelt sie, und sie stolpert.

Sie riecht nach Alkohol und Zigarettenrauch, die Jeans sind sandig und an den Hosenbeinen nass und dunkel. Sie ist barfuß und hat diese hochhackigen Schuhe in der freien Hand.

»Scheiße noch mal, ich hab mich doch bloß am Strand mit ein paar Freunden getroffen«, sagt sie, während sie den Arm aus Patricks Griff zieht. »Genau wie *du* es gemacht hast, nach dem, was du uns erzählt hast.« Sie lässt die Schuhe fallen und reibt sich an der Stelle, wo Patrick sie festgehalten hat, den Arm.

»Ich bin nie um diese Zeit aus gewesen oder in dieser Verfassung. Du bist betrunken«, sagt Patrick in dem sanften Tonfall, bei dem ich am liebsten wieder nach oben rennen und mir ein Kissen über den Kopf ziehen würde. »Du stinkst nach Rauch, und du bist betrunken, und du torkelst mitten in der Nacht durch die Gegend.« Er beugt sich vor und reibt ihr mit der Hand übers Gesicht, wobei er den Lidstrich und den roten Lippenstift verschmiert.

»Dieser ganze Dreck im Gesicht, du siehst aus wie eine billige Nutte.«

Ich keuche. Es ist … zudringlich, intim, die Art, wie seine Hand über ihren Mund und ihre Augen reibt. Ich hatte recht damit, dass eine jüngere Mia unter der Maske aus Make-up versteckt ist, aber dies ist nicht die Art, wie ich sie zurückhaben wollte, als ängstliches, zusammengeducktes Kind. Wo ist das Lächeln? Wo ist das singende, lächelnde Mädchen?

Dies – seine Hand, die ihre Gesichtszüge verzerrt, an ihrer Haut zieht – ist ein Übergriff, und ich renne die restlichen Stufen hinunter und schreie halb zusammenhangloses Zeug, *Nicht, wag es bloß nicht,* und jetzt sehen sie mich alle an und atmen schwer, während ich seinen Arm von ihrem Gesicht fortzerre.

»Nicht.« Ein Flüstern dieses Mal.

Ich drehe mich zu Mia um und greife nach ihr, aber sie stößt mich so heftig zurück, dass ich ins Taumeln gerate. »Bleib bloß weg von mir«, sagt sie und versetzt mir einen weiteren Stoß. »Tu bloß nicht so, als ob's dich jetzt plötzlich interessiert, was ich so treibe.« Ihr Gesicht ist wutverzerrt, aber sie hat Tränen in den Augen, als sie sich an ihren Vater wendet. »Ich hätte auch nackt rausgehen können nach all der Beachtung, die ich hier kriege. Es geht immer nur um *sie* – sie und dieses verschissene *Haus.*«

»Wie bist du rausgekommen?«, fragt Patrick. »Wann bist du gegangen?«

Ihr Blick zuckt zu Joe hinauf, der im Schatten versteckt am oberen Ende der Treppe steht, und Patrick dreht sich um und sieht ebenfalls in seine Richtung. »Ich hätte es wissen sollen, dass es deine Schuld ist.«

»Dad, hör auf – Joe hat nicht gewusst, wo ich war«, sagt Mia.

»Hör auf, für ihn zu lügen, Mia. Warum bist du noch auf und angezogen?«, fragt er Joe. »Bist du auch draußen gewesen? Was, bist du über den Baum wieder ins Zimmer geklettert und hast deine Schwester den Ärger abkriegen lassen?«

Joe schüttelt den Kopf. »Ich bin nirgends gewesen.«

»Lügner. Ich hätte gedacht, du hast deine Lektion gelernt.«

»Ich bin verdammt noch mal *nirgends gewesen.*« Joe ist die Treppe zur Hälfte heruntergekommen, und Patrick tritt ihm entgegen.

»Patrick«, sage ich, schiebe mich vor ihn, sodass er mich ansehen muss. »Patrick, reg dich ab. Setzen wir uns hin und reden drüber, *in aller Ruhe.* Ich mache uns Tee, und ...«

»Ich will aber keinen gottverdammten Tee«, sagt er.

»Vorsicht, Dad«, sagt Mia in meinem Rücken. »*Sie* willst du nun wirklich nicht aufregen – am Ende versucht sie sich wieder umzubringen.«

Patrick fährt wieder herum und stößt mich dabei aus dem

Weg. »Mund halten«, sagt er, und seine Stimme wird lauter. »Halt deinen dreckigen Mund.«

Mia keucht. »Scheiße auch, es stimmt aber. Ich bin doch nicht das Problem, sie ist es. Das ist doch alles, wofür du dich überhaupt noch interessierst.« Der Satz endet in einem Aufschrei, als Patrick Anstalten macht, sich auf sie zu stürzen.

Joe und ich werfen uns beide dazwischen, Joe packt Patrick mit der gesunden Hand am Arm, und ich greife nach Mia, lege die Arme um sie, ziehe sie an mich, halte meine Tochter fest. Sie sträubt sich sekundenlang und gibt dann nach, umklammert mich so fest, wie ich sie umklammere; ich spüre ihren heißen Atem am Ohr, während wir uns an der Wand zusammenkauern.

»Patrick, hör auf. Hör auf damit. Hör jetzt auf«, sage ich, und Mia weint, sie weint, und ich glaube, das ist es, was zu ihm durchdringt. Ich glaube, das ist der Grund, weshalb er aufhört.

Er zittert, und Joe muss nicht mehr so fest zupacken. »Okay«, murmele ich. »Okay, alles okay mit uns jetzt.« Ich weiß nicht, was zum Teufel ich da eigentlich rede. Ich zittere genauso sehr wie Patrick, und Mia weint immer noch, und als ich zu ihm hinübersehe, ist Joe auf die unterste Treppenstufe gesunken und hält seinen Kopf in den Händen.

Joe folgt mir hinauf in Mias Zimmer. Es war einer der ersten Räume, die wir beim Renovieren fertiggestellt haben. Patrick hat das meiste davon gemacht, die Wände in einem ganz zarten Grün gestrichen und einen neuen Läufer in Rosa und Hellgrün auf den kahlen Dielenboden gelegt. Wenn ich mir Mia ansehe, die zusammengekauert auf dem Bett sitzt in ihren engen Jeans, mit dem schwarzen Lidstrich und dem roten Lippenstift, dann kann ich nur denken, wie falsch das alles war, denn dies ist das Zimmer eines kleinen Mädchens, und das ist Mia nicht mehr. Aber dann greift sie nach dem abgeschabten alten Stoffkaninchen, das sie immer noch am Fußende ihres Bettes sitzen lässt, und ich denke, dass es vielleicht doch nicht so falsch war.

Ich nehme ein Abschminktuch aus der Dose auf ihrer Kommode, setze mich neben sie und wische vorsichtig den verschmierten Lidstrich und die Mascara und die roten Flecke rings um den Mund fort.

»Tut mir leid, Mum.« Sie schnieft und vergräbt den Kopf an meiner Schulter. Jeder Kampfgeist ist verflogen, als sie sich gegen mich sinken lässt.

Ich seufze und streiche ihr übers Haar, küsse sie behutsam auf den Scheitel. »Es ist schon okay, Liebling. Es tut mir leid, dass euer Dad die Beherrschung verloren hat – ich rede mit ihm. Wir bringen das in Ordnung.«

Mia hebt den Kopf und sieht mich an. »Es war meine Schuld.«

»Nein, war's nicht«, sagt Joe, kommt zu uns herüber und setzt sich auf der anderen Seite neben sie. »Er hat die Kontrolle verloren und dich beinah geschlagen. Wie soll das deine Schuld sein?«

»Hat er aber nicht«, sagt Mia; ihre Stimme wird lauter. »Und hätte er auch nicht. Das würde er einfach nicht tun.«

Joe sieht mich über Mias gebeugten Kopf hinweg an, und ich muss an die geflüsterte Frage denken, die er mir gestellt hat, als ich nach der Überdosis im Krankenhaus lag. *Hat Dad irgendwas gemacht?* Ich wünsche mir, ihn beruhigen zu können, Mias Worte zu wiederholen, ihm zu versichern, dass Patrick niemals, niemals … aber Mia sitzt zwischen uns und zittert, den Arm rot an der Stelle, wo Patricks Finger sich in die Haut gegraben haben.

Und dieses Haus. In diesem Haus scheint ihm seine strikte Selbstkontrolle zu entgleiten. Wenn ich jetzt die Augen schließe, sehe ich Patrick um drei Uhr morgens den Keller streichen, ich sehe ihn meine Skizzenbücher verbrennen, ich sehe diesen Teller mit diesen scheußlichen, verdammten Calamari. Ich rieche Alkohol in seinem Atem.

Ich treffe Patrick in unserem Schlafzimmer an; er steht am Fenster. Er hat die Lampe nicht eingeschaltet, aber die Straßenlaterne draußen wirft genug Licht herein, um ihn zu beleuchten. Ich weiß nicht, was er draußen sieht; in wolkenverhangenen Nächten wie dieser ist das Meer einfach nur ein schwarzes Loch, als wäre die Welt auf der anderen Straßenseite zu Ende. Ich glaube zu sehen, dass jemand draußen unter der Laterne steht, als ich zu Patrick ans Fenster trete, aber bevor ich erkennen kann, ob es derselbe Beobachter ist wie zuvor, ist die Gestalt in der Dunkelheit verschwunden.

»Sie haben mir gesagt, ich würde möglicherweise von der Arbeit freigestellt«, sagt er, ohne den Blick vom Fenster abzuwenden. »Deswegen habe ich getrunken.«

»Was?«

»Der Fehler. Sie nennen's Fahrlässigkeit. *David* nennt es Fahrlässigkeit. Dieser verschissene David.«

»O Gott, Patrick, es tut mir so ...« Leid? Tut es mir leid? Entschuldigt es das, was er getan hat? Stress. Sorgen. Uncharakteristischer Alkoholkonsum. Ein Ausrutscher. Eine Entgleisung. Aber es ist Mia. *Mia.*

»Wie geht's ihr?«, fragt er.

»Müde. Verstört. Patrick ...«

»Nein. Sag's nicht. Ich weiß, was ich getan habe.« Er sieht auf seine Hände hinunter, als gehörten sie nicht ihm. »Ich bin ausgetickt. Total ausgerastet, und ich weiß nicht mal, warum.«

Mir fällt nichts ein, was ich zu ihm sagen könnte. Ich kann nicht sagen, dass es schon gut ist und schon wieder werden wird und wir es alle vergessen sollten und das Ganze unter den Teppich kehren, denn ich sehe ihn immer noch vor mir, wie er auf sie zugegangen ist, während seine Hände sich zu Fäusten ballten. Ich stelle mir vor, was passiert wäre, wenn ich nicht da gewesen wäre, und ich höre die Rage in seiner Stimme *(Halt deinen dreckigen Mund),* und ich denke, es ist *Mia,* mit der er so redet, Mia, seine kleine Prinzessin, Mia, unsere Jüngste. Schlimme Dinge passieren, hat Tom gesagt. O Gott. O Gott.

Ich erkenne ihn nicht, den wütenden Patrick. Dies ist nicht der Mann, den ich geheiratet habe, der lachende Mann, der mich einmal durchs Zimmer geschwenkt und mir die ganze Welt versprochen hat.

Er sieht zu mir herüber, die Augen blutunterlaufen, das Haar zerwühlt. »Ich werde das nie wieder tun, dermaßen die Kontrolle verlieren. Das weißt du, oder? Ich tu das nie wieder.«

Mein Herz hämmert, und ich fühle mich schwach, als mir wieder einfällt, was Anna mir über ihren gewalttätigen Freund erzählt hat. Es ist ein Echo. Seine Worte sind ein Echo. Ich habe ein Gefühl, als stände ich am Rand einer Klippe und die einzige mögliche Richtung wäre abwärts.

KAPITEL 24

Mia? Können wir reden?«

Sie sitzt im Schneidersitz auf ihrem Bett, in Schuluniform mit lose um den Hals gelegter Krawatte, und liest ein Buch. Sie antwortet nicht, aber ich trete trotzdem ein und ziehe die Tür hinter mir zu. Die Sonne scheint, und sie hat das Fenster geöffnet. Ich höre die Möwen und einen in der Ferne bellenden Hund. Ich gehe zum Fenster und sehe hinaus; noch keine Familien am Strand, dazu ist es noch zu früh im Jahr, aber eine Menge Leute, die mit ihren Hunden unterwegs sind.

An einem Tag wie heute kann ich es mir beinahe vorstellen, das Leben, von dem Patrick gesagt hat, wir könnten es hier führen. Es ist schwierig, dies mit der vergangenen Nacht zu versöhnen, Patricks geballter Wut, der Angst und Panik, aber als ich den Blick wieder auf Mia richte, sehe ich den Schatten von alldem in ihrem Gesicht, in der Art, wie sie vorgebeugt dasitzt, besiegt.

Sie legt das Buch weg, und ich sehe, dass sie *Betty und ihre Schwestern* wieder herausgeholt hat und Trost in der Lektüre ihrer Kindheit findet. Ihr Kaninchen liegt auf dem Boden, aber ich möchte wetten, es durfte letzte Nacht ihr Bett teilen. Ich empfinde das plötzliche Bedürfnis, es genauso zu machen – mit Meg auf den Jahrmarkt zu gehen, mit Amy Europa zu bereisen, mich in Laurie zu verlieben … alles lieber, als mich mit dem Hier und Jetzt zu befassen.

»Dad war schon da«, sagt sie. »Er ist letzte Nacht noch gekommen und hat sich entschuldigt.«

Letzte Nacht? Wir sind gleichzeitig ins Bett gegangen, also muss er gewartet haben, bis ich eingeschlafen war, bevor er zu Mia ins Zimmer gekommen ist.

Mia sieht mich an. »Was ist eigentlich los mit ihm, Mum? Erst geht er auf Joe los und jetzt auf mich. Es ist … Es sieht ihm einfach nicht ähnlich. Er ist total anders.«

Ich greife nach ihrer Hand. »Mach dir keine Sorgen. Es wird

sich wieder einrenken. Er steht in der Firma wahnsinnig unter Druck, und der ganze Stress durch den Umzug …« Jetzt finde ich schon meiner eigenen Tochter gegenüber Entschuldigungen. »Vielleicht könntet ihr eine Auszeit brauchen, du und Joe.«

Sie zieht die Hand aus meiner. »Nein, schick uns nicht weg. Ich hätte mich nicht rausschleichen sollen. Herrgott, es ist doch nicht so, dass er mich geschlagen hätte, oder?«

»Mia, ich glaube …«

»Ich will nicht drüber reden, okay? Dad hat sich entschuldigt, und es ist alles in Ordnung jetzt, also brauchen wir nicht wieder davon anzufangen.«

Sie hat das Stirnrunzeln aufgesetzt, den Ausdruck, der ganz Patrick ist. Sie hatte dieses Stirnrunzeln, seit sie ein Kleinkind war, und damals ging es meist einem grandiosen Tobsuchtsanfall voraus. Ich will heute keinen Streit; sie mag mir erzählen, dass alles in bester Ordnung ist, aber ich sehe Zerbrechlichkeit, nicht nur in den hochgezogenen Schultern und bleichen Wangen, sondern auch in dem Buch, dem Stofftier, den Tröstern aus der Kinderzeit, die sie um sich versammelt hat.

»Okay«, sage ich und lege die Hand über ihre. »Hören wir auf von gestern Abend. Es sei denn …«

»Was?« Zu dem Stirnrunzeln gesellt sich ein wachsamer Blick.

»Es sei denn, du willst darüber reden, mit wem du unterwegs warst?« Ich halte den Ton unbeschwert, ein Mutter-Tochter-Klatsch, kein Verhör.

Sie öffnet den Mund und schließt ihn wieder. Sie zieht die Hand nicht fort, aber sie verspannt sich, zerknüllt die Überdecke in der Faust.

»Ich weiß noch, als ich in deinem Alter war, habe ich mich rausgeschlichen, um meinen Freund zu treffen«, sage ich. »Er hieß Daniel, und er war bildschön. Er war in der Klasse über mir und hatte schon Fahrstunden.«

Jetzt zieht sie die Hand weg. »Es ist keine blöde Sandkastenromanze.«

»Ich weiß – so war das auch nicht gemeint. Ich möchte nur, dass du weißt, dass ich das verstehe.«

Sie schüttelt den Kopf. »Nein, tust du nicht. Das hier ist anders.«

»Inwiefern?«

»Er ist nicht einfach irgendein *Junge* aus der Schule. Er ist älter.«

Ich bin an der Reihe damit, die Stirn zu runzeln. »Wie viel älter?«

»Herrgott, weiß ich nicht. Ich hab ihn nicht nach seinem Scheißgeburtsdatum gefragt. Sieben, acht Jahre älter vielleicht.«

»Das ist zu alt.« Ich bin davon ausgegangen, dass es ein Mitschüler ist. Ich habe gedacht ... Was habe ich eigentlich gedacht? Dass er in seiner Schuluniform zum Tee kommen würde, und wir würden alle eine große glückliche Familie spielen, und damit würde all das einfach verschwinden?

»Ist sowieso egal, ich hab das total falsch verstanden«, sagt sie. »Er war so anders – älter und berufstätig und im Anzug. Er hat gefragt, ob ich tanzen will, und ich hab gedacht ...«

Ich erstarre und vergesse zu atmen. Ich sehe nicht Mia, die mit einem Mann im Anzug tanzt, ich sehe eine jüngere Version von Patrick und mir.

»Ich hab gedacht, er würde mich lieben«, sagt Mia. »Ich hab gedacht, er würde mich lieben, wenn ich Ja sage. Ich wollte ihn als Freund haben. Ich wollte, dass er irgend so ein Scheiß*held* ist und uns alle rettet. Er hat dauernd gefragt, und ich hab gedacht, er macht Schluss, wenn ich nicht mitspiele«, sagt sie, und die Tränen dringen durch meinen Pullover, als sie den Kopf an meiner Schulter vergräbt. »Also hab ich mit ihm geschlafen, und er ist hinterher einfach gegangen. Er hat nicht mal gewartet, bis ich wieder angezogen war.«

»Oh, Mia«, sage ich. »Es tut mir so leid.« Es ist die Wahrheit. Es tut mir so wahnsinnig leid für sie, aber ist es besser oder schlimmer, dass er ein solcher Widerling war? Dass er einfach verschwunden ist, dass er kein zweiter Patrick war, der ihr so sehr den Kopf verdreht, dass sie ihm in ein Leben folgt, das ist wie meins? »Es tut mir leid, dass das alles an uns vorbeigegangen ist. Dein Vater und das Haus ...« Mia macht sich los, reißt sich dabei ganze Haarsträhnen aus, die in meine Finger verwickelt bleiben.

»Es ist nicht Dads Schuld, es ist deine. Scheiße, es ist alles deine Schuld. Nichts davon wäre passiert, wenn wir nicht in dieses Dreckskaff gezogen wären.«

Ich winde mich, als ich den Abscheu in ihrer Stimme höre.

»Ich hab's versucht, Joe hat's versucht, wir haben's alle versucht, mit dir zu reden, aber du pennst doch immer nur. Nicht mal wenn deine Augen offen sind, bist du richtig wach. Und Dad … Dad hat überhaupt keine Zeit mehr für irgendwen sonst.«

Ich rücke auf der Bettkante von ihr ab; der vertrauliche Mutter-Tochter-Moment ist vorbei, ich sehe es an ihren hochgezogenen Schultern, der Art, wie sie die Arme um den Körper legt. Ich habe geglaubt, es würde besser werden, wenn ich die Tabletten absetze, aber wie viel hat sich wirklich verändert? Ich war da und bereit zuzuhören, war es wirklich, aber ich glaube, irgendwann hatten meine Kinder sich daran gewöhnt, dass ich nur halb anwesend war. Sie verloren das Vertrauen in meine Fähigkeit, für sie da zu sein.

Mias Kopf hebt sich ruckartig, als wir das Knarren von Schritten auf der Treppe hören. »Sag's Dad nicht«, bittet sie, blanke Panik im Gesicht. »Bitte sag's ihm nicht, Mum – er würde *ausrasten.*«

Ich springe auf, als die Zimmertür sich öffnet, stelle mich vor Mia, während sie sich die Augen wischt und das Haar glatt streicht.

»Was ist los?«, fragt Patrick, den Blick an mir vorbei auf Mia gerichtet.

Auch ich sehe mich um; Mia zittert, den Blick auf mich gerichtet.

»Nichts«, sage ich. »Meine Schuld. Ich war hinter ihr her, sie soll ihr Zimmer aufräumen, und wir hatten Krach. Das ist alles. Es ist nichts weiter.«

»Du bist blass«, sagt Patrick zu Mia, ohne auf mich zu achten.

»Ich hab Kopfschmerzen«, murmelt sie.

»Komm schon«, sage ich und berühre Patricks Arm. »Lassen wir sie in Frieden, sie muss sich für die Schule fertig machen.«

»Sarah?«, sagt er am oberen Ende der Treppe. Einen Moment

lang sieht er mich an, dann schüttelt er den Kopf. »Schon okay. Es ist nichts.«

Ich finde kein Nurofen in dem Schränkchen über dem Waschbecken, aber ich glaube ohnehin nicht, dass Mia Kopfschmerzen hat. Ich spüre meinen eigenen Schmerz wie einen Kloß in der Kehle, während ich mit ihr trauere – nicht weil ich mir wünsche, dass meine Tochter auf ewig ein kleines Mädchen bleibt, sondern weil ich gewünscht hätte, dass es bei ihrem ersten Mal Liebe gewesen wäre und nicht alkoholisierter Sex, weil sie gemocht werden wollte. Bei meinem ersten Mal dagegen war es Liebe gewesen, richtig? Ich schlucke den Kloß hinunter und denke wieder: Ist es besser oder schlechter so?

Meine Hand streift ein Glas, das ganz nach hinten an die Rückwand des Schranks geschoben wurde, und ich ziehe es heraus und sinke auf den Fußboden, als ich es studiere. Es ist das Glas mit Temazepam aus unserem alten Haus. Als ich die Tabletten genommen habe, war der Behälter noch zu über drei Vierteln voll. Jetzt liegen nur noch vier Tabletten unten im Glas.

Ich lehne mich mit dem Rücken an die Badewanne und starre das Glas an. Ich spüre den Geschmack der Tabletten auf der Zunge. Und ich erinnere mich an meinen Traum, die Hand, die mir Tabletten in den Mund schiebt. Und nach dem Krankenhaus – ich war so müde. Ständig. Seit wir hierhergezogen sind, habe ich Tage erlebt, an die ich mich kaum erinnere. Ich bin dahingetrieben, habe vieles kaum wahrgenommen, und ich dachte, es seien die Pillen gewesen, die ich draußen vergraben habe.

Aber was, wenn sie es nicht waren? Habe ich mich besser gefühlt, seit ich sie vergraben habe? *Du pennst doch immer nur*, hat Mia gesagt. *Nicht mal wenn deine Augen offen sind, bist du richtig wach.*

Ich stelle das Glas in den Schrank zurück, schiebe es wieder ganz nach hinten.

Ich stehe auf, stampfe ein paarmal, um den eingeschlafenen Fuß aufzuwecken, und kehre in Mias Zimmer zurück. Sie sitzt vor der Schminkkommode und erneuert ihr Make-up, das Haar wieder glatt, jede Spur von Tränen verschwunden.

»Danke«, sagt sie und fängt im Spiegel meinen Blick auf. »Dass du's Dad nicht gesagt hast.«

Ich öffne den Mund, um zu antworten, aber sie schüttelt den Kopf. »Bitte nicht, Mum. Bitte. Vergiss, was ich gesagt habe, vergiss das Ganze, ich will keine peinliche Mutter-Tochter-Aussprache mit irgendwelchen blöden Vögelchen und Bienchen. Dafür ist es ein bisschen spät.« Sie verwischt noch mehr Lidstrich unter den Augen. »Geh wieder in den normalen Zombiemutter-Modus, und wir können alle so tun, als wär das Ganze nicht passiert. Es wär bloß irgendein blöder Scheißalbtraum.«

»Ist sie zur Schule gegangen?«

Ich fahre herum beim Klang von Joes Stimme. Er steht in seiner Zimmertür, das Zimmer hinter ihm dunkel, die Vorhänge gegen die Sonne zugezogen.

»Ich würde sagen, ein bisschen Normalität ist im Moment eine gute Idee.«

»Eine gute Idee, aus dem Haus zu kommen – von Dad wegzukommen –, meinst du. Du glaubst doch wohl nicht im Ernst, wenn sie beide wieder nach Hause kommen, wird es sein, als wäre nichts passiert?«

Ist es das, worauf ich hoffe? Nein. Dafür ist es zu spät.

»Mia will doch nie was anderes, als angebetet zu werden. Darum ging es bei diesem Freund.«

»Ich liebe sie – ich liebe euch beide. Sie weiß das auch«, sage ich.

»Sorry, Mum, aber nach deiner Anerkennung hat sie sich noch nie abgestrampelt. Es ist nicht *deine* Gleichgültigkeit, wegen der sie ausrastet.« Joe seufzt und beginnt den Rückzug in sein Zimmer. »Es ist ja nicht nur Mia, die sich verändert hat, seit wir hier rausgezogen sind.«

»Joe, bitte sag mir, was mit ihr los ist.«

Er schenkt mir sein halbes Lächeln. »Mia glaubt, hier gibt's Gespenster«, sagt er.

Ich glaube nicht an Gespenster, aber hier … Ich denke an die schattenhaften Flecke an den Wänden, die knarrenden Dielenbretter, die an die Kellerwände gekritzelten Worte. »Sie sucht nach jemandem, der sie vor den Gespenstern rettet?«

Sein Lächeln verblasst. »Ich glaube nicht, dass es die Gespenster sind, die ihr Angst machen.«

»Was kann ich tun, Joe? Für Mia – für dich?«

»Du könntest uns hier rausholen.«

»Wieder umziehen? Dieses Haus werden wir nie los. Und ich habe versucht, mit deinem Dad zu reden, aber er will nicht …«

»Ich meine nicht uns alle. Ich meine du, ich und Mia.« Er sagt es sehr leise, aber die Worte kommen bei mir an wie ein Brüllen. Ich denke an Patricks geballte Fäuste und den Ausdruck in seinem Gesicht, und ich glaube, das ist es auch, was Joe vor sich sieht.

Er geht in sein Zimmer und kommt mit einem Skizzenbuch zurück. »Ich hab Bücher für euch alle«, sagt er. »Das hier ist Dad. Sieh's dir an«, sagt er, während er es bei der ersten Seite aufschlägt.

Es ist Patrick vor unserem alten Haus. Er trägt Bürokleidung, lauter Linien und Winkel von der rasiermesserscharfen Bügelfalte seines nadelgestreiften Hosenbeins bis zu der Kante seines Kinns. Haar zurückgekämmt, Hand an der Aktentasche, kein Lächeln im Gesicht; er sieht distanziert aus, aber gelassen.

Joe beginnt die Seiten umzublättern, schneller und schneller, bis es etwas von einem dieser Daumenkinos hat; der bleistiftgezeichnete Patrick erwacht zum Leben, scheint im Begriff, aus dem Buch herauszuspringen. Aber ich will nicht, dass dieser Patrick zu Leben erwacht, denn so, wie Joe ihn gezeichnet hat … Während die Seiten vorbeizucken, die Zeit vergeht, verschwimmen Patricks klare Winkel, die Schultern werden hochgezogen, das Haar gerät aus der Form, und das Gesicht verliert den gelassenen Ausdruck und wird zu einer verwischten, verzerrten Fratze. Immer noch lauter Winkel, aber wuchtig gezeichnet und scharf genug, um zu schneiden. Der Patrick auf der letzten Seite von Joes Skizzenbuch ist ein entfesselter Sturm. Es ist der Patrick von gestern Abend, ein Strudel aus tobender Wut, so zerfasert, dass man kaum noch eine Gestalt in den wirbelnden Linien erkennen kann, Linien, die mit solcher Wucht gezogen wurden, dass der Stift sich buchstäblich durchs Papier gegraben hat, als versuchte er auszubrechen.

Rede mit mir, habe ich früher zu Joe gesagt, wenn ich ihm einen Bleistift und Papier gegeben habe. *Rede mit mir*. Ich trete zurück, fort von dem Buch; meine Hände zittern. Dies ist kein Reden, dies ist ein Brüllen.

»Siehst du?«, fragt Joe, während er mir das Buch hinstreckt. »Siehst du's jetzt?«

Ich mache einen weiteren Schritt rückwärts. Dieses Haus ... er hat mir erzählt, dass es sein Traumhaus ist, das Paradies seiner Kindertage. Dies ist der Ort, an dem alles in Ordung und perfekt werden sollte. Dies ist der Ort, an dem alles schiefgegangen ist. Die Entscheidung ist im Grunde gar keine Entscheidung mehr. Wir müssen hier weg.

Joe kehrt in sein Zimmer zurück und zieht die Vorhänge auseinander. Der Raum kommt mir heller vor, und als ich zum Fenster hinübergehe, sehe ich, dass der Baum verschwunden ist.

»Er hat es letzte Nacht getan«, sagt Joe. »Ich bin aufgewacht, ich weiß nicht, wie spät es war, aber ich habe ein Geräusch gehört. Er war da draußen, in seinem Scheißschlafanzug, und hat an dem Baum rumgesägt.«

Die Zweige liegen überall im struppigen Gras und Unkraut verstreut. Aus der Nähe stelle ich fest, dass der Baum nicht ganz verschwunden ist, nur die Äste, die bis zu Joes Fenster hinaufreichten. Der Baum sieht jetzt aus, als hätte er Schlagseite, als hätte ihn ein Blitz getroffen. Ich sehe auf Joes Skizzenbuch hinunter; es ist noch bei der Seite geöffnet, auf der Patrick der Sturm ist.

Vergangene Nacht, nach allem, was passiert war, habe ich geschlafen. Ich habe nicht gehört, wie er aufgestanden und zu Mia gegangen ist, ich habe nicht mal gehört, wie er einen ganzen verdammten Baum im Garten zusammengesägt hat. Patrick hat mir eine Tasse Tee ans Bett gebracht, so stark, dass er bitter schmeckte, und ist bei mir geblieben, während ich ihn getrunken habe, wobei er sich wieder und wieder entschuldigte. Das war das Geräusch, bei dem ich eingeschlafen bin, ein Wiegenlied von *Es tut mir leid, es tut mir so leid, ich werde es nie wieder tun …*

»Du musst uns hier rausholen, Mum«, sagt Joe noch einmal, als ich in mein Zimmer zurückkehre. Ich greife nach dem Becher vom vergangenen Abend und starre in ihn hinein. All die Tassen Tee, die er mir gebracht hat … Aber es ist nicht meine Zukunft in den Teeblättern, nach der ich Ausschau halte, sondern es sind die weißen Reste zerstoßener Schlaftabletten.

KAPITEL 25

Als Patrick nach Hause kommt, sehe ich ihm die Nachwirkungen seiner nächtlichen Arbeit an. Seine Augen sind blutunterlaufen und von dunklen Ringen umgeben. Sein Haar ist zerrauft, und er trägt den Anzug und das Hemd von gestern. Seine Hände sind zerkratzt und voller blauer Flecken, die Nägel schwarz. Ich kann nicht aufhören, an Joes Zeichnungen zu denken.

»Warst du in der Firma? Haben sie noch irgendwas gesagt über ...«

Er stellt eine Baumarkttüte auf dem Tisch ab und fährt sich mit beiden Händen durchs Haar. »Einkaufen. Ich hab ein paar Sachen besorgen müssen. Ich bin suspendiert. David hat heute Morgen deswegen angerufen.«

Er schüttelt den Kopf, als er meinen Gesichtsausdruck sieht. »Mach dir keine Sorgen, Sarah. Ich bin bei vollem Gehalt suspendiert. Schwierigkeiten kriegen wir nur, wenn sie beschließen, dass sie mich feuern wollen.«

Aber haben wir die Schwierigkeiten nicht jetzt schon? Es ist nicht die Möglichkeit, dass Patrick seine Stelle verlieren könnte, die mich in Panik versetzt, es ist die Vorstellung, was es bei ihm anrichten würde, wenn er das Haus verlöre. Und wenn ich ihn verlasse, dann wird er außerdem uns verlieren. Seine Familie und sein Haus.

Das Smartphone summt in meiner Tasche. Ich ignoriere es, vergewissere mich nur, dass Patrick es nicht gehört hat. Es dürfte wieder Tom Evans sein. Er hat heute schon fünf Mal angerufen, und ich habe keinen der Anrufe angenommen; ich versuche die anschwellende Panik angesichts dessen in den Griff zu bekommen, was ich in unser Leben gelassen – was ich in unser Leben *eingeladen* habe. Ich weiß, dass es kindisch ist, die Anrufe zu ignorieren. Ich muss mich den Dingen stellen, aufhören, mich zu verstecken. Ich schüttele den Kopf. Ich habe das schon immer getan – Augen zukneifen, Ohren zuhalten und hoffen, dass es verschwindet, wenn ich vorgebe, dass es nicht da ist. Ich kann so nicht weitermachen.

Ich beuge mich über den Herd und rühre in einem Topf mit Nudeln. »Hast du Hunger?«, frage ich. »Ich kann das Abendessen vorziehen.«

Ich spüre ihn unmittelbar hinter mir und muss mich zwingen, nicht zu erstarren. Ich kann trotzdem nicht verhindern, dass ich zusammenfahre, als er die Hände auf meine Schultern legt, und der Holzlöffel fällt in den Topf und bespritzt mich mit Tropfen von kochendem Wasser.

»Keine Eile«, sagt er. »Ich habe erst noch was zu erledigen.« Er wendet sich ab und beginnt in einer Schublade zu wühlen. »Hast du die Wasserwaage gesehen? Und meinen Akkuschrauber?«

Ich greife wieder nach dem Löffel, wische mir die brennende Hand an den Jeans ab. »Ich glaube, das ist alles in deinem Werkzeugkasten.«

»Und wo ist der?«

»Hast du den nicht in den Keller gestellt?«

Er hört auf zu wühlen und wird still. Er schließt behutsam die Schublade und sieht zu mir herüber. »Ich habe keinen Hunger«, sagt er und greift nach der Baumarkttüte, in der es klirrt, als seien Flaschen darin. »Ich muss ein paar Sachen erledigen. Wartet nicht auf mich.«

Mia weigert sich, zum Essen herunterzukommen, und so sitzen Joe und ich schweigend am Tisch, ohne unsere Nudeln zu essen. Ich weiß nicht, was Patrick treibt, aber ich höre den Akkuschrauber. Ich beiße die Zähne zusammen, während das Geräusch sich in meinen Schädel frisst und sich als pochender Kopfschmerz dort niederlässt. Ich bin schon den ganzen Tag wie benommen, und meine Augen fühlen sich trocken an. Ich komme mir vor, als hätte ich einen Kater, obwohl ich gestern Abend nichts getrunken habe.

Ich hatte vor, einen Scherz draus zu machen, es ganz leichthin zu sagen, wenn Patrick nach Hause kommt. Ich habe sogar geübt, mein Lächeln im Spiegel ausprobiert: *Hey, was hast du mir eigentlich gestern in den Tee getan, ich hab geschlafen wie ein Stein …* Aber der Patrick, den ich im Spiegel angelächelt habe, war der ruhige und zugeknöpfte Patrick, nicht der sturmzerzauste Patrick, der nach Hause gekommen ist, um im Keller nach seinem Werkzeug zu suchen. Hätte ich es zu diesem Patrick gesagt, wäre es eine Anschuldigung gewesen, nicht ein halber Scherz, eine beiläufige Bemerkung.

Joe steht auf und stellt seinen Teller ins Spülbecken; den größten Teil der Nudeln hat er in den Abfalleimer gekratzt. Auf dem Weg zurück zum Tisch bleibt er stehen und starrt etwas draußen im Flur an.

»Hast du das gesehen?«, fragt er.

Ich stehe auf und trete neben ihn, und mir wird kalt. Patrick hat der Kellertür ein neues Schloss verpasst, ein großes silbernes Vorhängeschloss. Wir fahren zusammen, als im Geschoss über uns etwas krachend auf den Boden stürzt und die Deckenlampe zu schwingen beginnt.

»Er ist in meinem Zimmer«, murmelt Joe und beginnt die Treppe hinaufzusteigen.

Ich folge ihm. Ich hoffe, Patrick dabei anzutreffen, dass er die immer klemmende Kleiderschranktür in Ordnung bringt oder, noch besser, dass er endlich ein paar neue Möbelstücke zusammenbaut; dann würde Joes Zimmer weniger wie eine Fußnote aussehen verglichen mit Mias, für dessen Renovierung er gleich nach unserem Einzug ein ganzes Wochenende reserviert hat. Aber er tut nichts von alldem. Stattdessen ist er dabei, ein weiteres Schloss anzubringen, diesmal am Fenster, ein großes, hässliches Ding mit einem abschließbaren Riegel, das absolut nicht zu übersehen ist.

»Herrgott, Dad, du hast doch schon den Scheißbaum abgesägt!«, sagt Joe, und Patrick mustert ihn finster. Er hält den Akkuschrauber immer noch in der Hand, und ich lege Joe eine Hand auf den Arm. Die Spuren des Überfalls sind eben erst verblasst. Er schüttelt meine Hand ab und macht einen weiteren Schritt auf Patrick zu. »Kommt als Nächstes auch noch ein Schloss an meine Zimmertür?«

Ich denke an das glänzende neue Vorhängeschloss, das Patrick an der Kellertür angebracht hat. Was hat er noch alles in dieser Tüte?

»Ich muss der Rausschleicherei ein Ende machen«, sagt Patrick, und Joe lacht.

»Aber ich war's ja schließlich nicht, der sich rausgeschlichen hat, stimmt's, Dad? Für den Fall, dass du's nicht gemerkt hast, ich bin derjenige, der verdammt noch mal doch tatsächlich *da* ist.«

Draußen auf dem Treppenabsatz dreht Joe sich zu mir um. »Was glaubst du, wie lange es noch dauert, bis er wirklich Schlösser an unsere Türen schraubt?« Im Zimmer setzt das Geräusch des Akkuschraubers wieder ein, und wir weichen beide zurück.

»Ich hab einen Job«, sagt Joe. »Es ist bloß in Teilzeit und bloß in einem Café, aber ich verdiene Geld, und ich spar's. Ich sehe zu, dass ich hier rauskomme, Mum, und ich wünschte, du würdest das auch tun.«

»Joe ...«

»Dann kann er mich auch nicht mehr wegschließen. Ich bin raus hier, und ich komme nie wieder zurück.«

Etwas weckt mich auf. Ich öffne die Augen, und Patrick sitzt aufrecht im Bett, den Kopf in den Händen. Ich hatte zuvor nicht bemerkt, wie dünn er geworden ist, wie die Schlüsselbeine unterhalb der hochgezogenen Schultern hervortreten, die Narben selbst im Dunkeln noch sichtbar sind. Als ich ihn zum ersten Mal nackt sah, habe ich ihn auf die Narben angesprochen. Er hatte zu viele Narben für einen zweiundzwanzigjährigen Mann aus der Mittelschicht und mit einem Bürojob. *Wo hast du die alle her?*, habe ich ihn gefragt. Er hat mir zu jeder davon eine Geschichte erzählt – ein Sturz vom Baum, vom Fahrrad, ein kleinerer Autounfall ... lauter vollkommen plausible Erklärungen für die Narben, die seinen Körper überziehen.

Aber jetzt frage ich mich, wie viele von diesen Geschichten wahr sind.

»Was ist los?«, flüstere ich.

»Übler Traum«, sagt er und nimmt die Hände vor dem Gesicht fort, aber er richtet sich nicht aus der vornübergesackten Haltung auf.

Ich strecke die Hand aus, um seine Schulter zu berühren, und stelle fest, dass sie schweißnass ist. Er fährt zusammen, als hätte ich ihn geohrfeigt.

»Soll ich dir was zu trinken holen oder irgendwas sonst?« Das Bett knarrt, als ich mich aufsetze und die Decke an mich ziehe. Patrick schwitzt, aber mir ist kalt. Mir scheint in diesem Haus ständig kalt zu sein.

Patrick schüttelt den Kopf. »Nein, ich werde einfach ... eine Weile sitzen bleiben.«

Hat er Angst, wieder einzuschlafen, weil er gleich wieder in den Albtraum zurückfallen könnte?

»War es so einer wie die Träume, die du schon früher gehabt hast?«

Er wischt sich Schweiß vom Gesicht. »Diesmal war es anders. Ich war wieder ein Junge. Das Haus war so, wie es damals war, aber der obere Flur war länger, und es hat da zu viele Türen gegeben. Ich bin gerannt, und irgendwer hat geschrien ... das war immer die Stelle, an der ich aufgewacht bin. Aber diesmal war ich dann im Keller, und ich habe gewusst, das, was das Schreien ausgelöst hatte, war mit mir zusammen da drin.«

Ich höre unserer beider Atemzüge; seine sind schnell und schwer. Wenn er früher diese Albträume hatte, bin ich nie auf den Gedanken gekommen, sie hätten irgendetwas zu bedeuten. Aber jetzt sind wir hier, in dem Haus mit genau diesem Treppenabsatz, der mitten in der Nacht *wirklich* länger zu werden scheint. Seine Träume haben ihn zuvor nie bis in den Keller geführt – liegt es daran, dass ich die beschriebene Wand gefunden habe, oder ist es noch etwas anderes? »Ist das ... Glaubst du, es ist einfach nur ein Traum?«

»Was soll es sonst sein? Du glaubst, das wäre Wirklichkeit – eine Erinnerung?«

Ich schaudere und ziehe die Decke höher. »Ist es eine?«

Er sieht auf seine Hände hinunter, und ich stelle fest, dass sie zittern. Ich halte den Atem an, während ich darauf warte, dass er antwortet.

»Sei doch nicht albern«, sagt er. »Natürlich ist es ein Traum.«

Aber ich denke an den Keller. Ich denke an die beschrifteten

Wände. Ich erinnere mich noch daran, wie er schon früher aus diesen Albträumen aufgewacht ist, die halb gebrüllten Worte, von denen ich dachte, sie bedeuteten nichts, sie seien einfach nur letzte Reste seiner Träume. *Es tut mir leid, ich war böse. Es tut mir leid, es tut mir leid, ich war böse.*

»Sarah?«, sagt er. »Du wirst ... du wirst mich nie verlassen, oder?« Angesichts des flehenden Tons in seiner Stimme, der *Furcht,* beginnt mein Magen zu rumoren. »Ich sehe, wie du dich von mir entfernst, und ich kann ... ich glaube nicht, dass ich es ertragen könnte, wenn du nicht da wärst.«

Ich sehe den Geist meiner Mutter in seinem Gesicht, eine unverhüllte Verletzlichkeit an der Grenze zur Verzweiflung.

Das Licht draußen auf dem Treppenabsatz flackert und geht aus. Ich sehe zu meinem Digitalwecker hinüber, und er ist ebenfalls erloschen.

»Stromausfall«, flüstert Patrick, aber als ich aufstehe, um nachzusehen, ist die Straßenlaterne draußen noch an. Aus einem der Kinderzimmer höre ich ein Stöhnen.

»Ich gehe«, sage ich, als Patrick Anstalten macht, aufzustehen.

Er schüttelt den Kopf. »Ich kann sowieso nicht schlafen. Ich sehe nach ihnen.«

»Patrick.« Ich greife nach seinem Arm. »Bitte ...«

Er erwidert starr meinen Blick, das Gesicht in der Dunkelheit kaum zu erkennen. »Bitte was?«

Mein Herz hämmert, aber ich weiß nicht, wie ich den Rest des Satzes anbringen soll, ohne dass er wieder ... ärgerlich wird. Er schüttelt meine Hand ab.

Ich kehre ins Bett zurück, lege mich wieder hin und starre zur Decke hinauf. Ich höre ein Klopfen am Fenster. Ich weiß, dass es kein Klopfen ist. Ich weiß, es ist der Wind, der am Fensterrahmen rüttelt. Oder die Zweige des Baums vor dem Haus, die ans Glas schlagen. Aber es hört sich an wie ein Klopfen, als sagte jemand da draußen: *Lasst mich rein.*

Ich glaube nicht, dass ich es ertragen könnte, wenn du nicht da wärst, hat Patrick gesagt.

Was würde er tun, um mich zum Bleiben zu bewegen?

Patrick ist immer noch nicht zurück. Vielleicht ist eins von den Kindern krank. Ich denke an Joe und seine Arme und stehe auf, gehe auf Zehenspitzen zur Tür. Als ich hinausspähe, steht Patrick draußen auf dem Treppenabsatz, den Rücken zu mir gewandt. Er hat den Kopf an Mias geschlossene Zimmertür gelehnt. Er hat die Hand am Türknauf, aber er öffnet die Tür nicht, lehnt einfach nur den Kopf an sie. Seine andere Hand ist an seiner Seite zur Faust geballt, und er hat die Augen geschlossen. Ich rühre mich nicht von der Stelle, ich bleibe, wo ich bin, während mein Herz noch heftiger hämmert, stehe verborgen hinter der Schlafzimmertür, beobachte Patrick und warte. Warte auf was? Ich stehe und beobachte und warte, und hinter mir wird das Klopfen am Fenster lauter, und der Wind draußen scheint zu flüstern: *Es tut mir leid, ich war böse. Es tut mir leid.*

KAPITEL 26

Ich greife nach meinem Smartphone und zögere. Ich schwanke; dann zwinge ich mich dazu, den Anruf anzunehmen. »Hallo?«

»Sarah? Hier ist Tom.«

Dumm. Es ist meine eigene Schuld, weil ich dumm genug war, meine Nummer in dem Maklerbüro zu hinterlegen, überhaupt erst Kontakt zu ihm aufzunehmen.

»Ich hab eine Nachricht auf meinem Gerät gefunden, von Mr. Walker.«

»Es tut mir leid, ich …«

»Er beschuldigt mich mehr oder weniger, Sie zu stalken. Sagt, ich soll mich von Ihnen fernhalten. Was haben Sie ihm erzählt?«

»Sie sind ins Haus gekommen, Tom, Sie sind mir den Küstenpfad entlang gefolgt. Das ist doch kein normales Verhalten.«

»Ich habe niemals irgendwas getan, außer Sie zu warnen. Ich wollte nichts weiter, als Ihnen zu helfen.« Er macht eine Pause, und ich kann ihn atmen hören, schnell und heftig. »Wissen Sie eigentlich … Ich habe Ihren Mann einmal angerufen, als ich erfahren hatte, dass er das Haus kaufen wollte. Ich habe angerufen, weil er weiß, dass Hooper noch im Gefängnis sein sollte für das, was er meiner Familie angetan hat. Er weiß das. Aber er hat meinen Anruf nicht angenommen. Er hat nie zurückgerufen. Also habe ich es sein lassen. Aber dann haben Sie sich gemeldet, und ich wusste, dass es etwas zu bedeuten hatte. Und jetzt tun Sie das Gleiche – ignorieren meine Anrufe.«

»Es tut mir leid, ich …«

»Ist es wegen dem anderen Mann? Dem in Ihrem Skizzenbuch? Glauben Sie, er wird Sie retten, Sie von alldem wegholen?« Er unterbricht sich, und ich höre, wie sein Atem stockt. »Das war nämlich das, was meine Mutter uns über Hooper erzählt hat.«

Ich empfinde eine wachsende Panik, das Gefühl, dass die Dinge eskalieren. »Hören Sie, es tut mir leid, dass ich mich bei Ihnen gemeldet habe. Es war ein Fehler. Patrick kann Ihnen nicht helfen. Ian Hooper ist frei, aber es gibt ja nichts, das Patrick tun könnte, um das zu ändern. Und Sie kennen mich gar nicht, wir sind keine Angehörigen – wir sind Fremde.«

Jetzt herrscht Schweigen. Ich bin drauf und dran, das Gespräch zu beenden, als er sagt: »Wir waren noch nie Fremde. Sie sind in diese Sache genauso verwickelt wie ich wegen dem Mann, den Sie geheiratet haben.«

»Wie meinen Sie das? Was …« Aber jetzt rede ich ins Leere. Er hat aufgelegt, und als ich zurückzurufen versuche, bekomme ich die Voicemail.

Ich nehme mein Skizzenbuch mit hinaus auf den Küstenpfad, setze mich auf die Bank, von der ich glaube, dass sie der Star des Bildes in dem Galerieschaufenster war, damals an dem Tag, an dem ich Anna kennengelernt habe. Ich habe eine Idee für ein weiteres Bild, für das ich ebenfalls die Farben von Annas geheimem Strand verwenden werde, aber in dem Atelier zu arbeiten wirkt jetzt erdrückend auf mich; es gibt allem, was ich male, etwas Hartes, das ich dort nicht haben will. Statt mir eine Zuflucht zu bieten, macht es mir allzu bewusst, dass Ben im Erdgeschoss arbeitet – Ben, von dem ich dachte, er könnte ein Freund werden, und der mir jetzt fremder ist als zuvor, wegen seiner verheimlichten Freundschaft mit Patrick und seiner Schalen mit Muscheln. Ich habe auch versucht, in der Küche des Mörderhauses zu malen, aber die Zugluft von der Stelle, wo der Fenstergriff abgebrochen ist, fühlt sich an wie kalter Atem in meinem Nacken, und das Geräusch des Windes hört sich manchmal an wie ein Stöhnen.

»Ich hab mich schon gefragt, wo du bist.«

Mein Bleistift rutscht auf dem Papier ab, als Patrick sich neben mich setzt. Er ist immer noch von der Arbeit freigestellt, aber heute Morgen ist er wie üblich um sechs aufgestanden, hat seinen Anzug angezogen. Als ich nach unten gekommen bin, hat er am Küchentisch gesessen und ins Leere gestarrt.

Er stellt eine Thermosflasche zwischen uns auf der Bank ab. »Ich hab dir einen Tee mitgebracht.« Er gießt etwas davon in einen Becher und streckt ihn mir hin. Ich schüttele den Kopf. Er zuckt die Achseln und nimmt selbst einen Schluck, lächelt, während er trinkt.

»Was zeichnest du?«

»Skizziere einfach bloß ein paar Ideen. Für einen Meerblick, aber es wird etwas ziemlich Abstraktes.«

»Kein Porträt also?«

Seine Stimme hat etwas Seltsames an sich, einen merkwürdigen Beiklang, bei dem meine Schultern erstarren und mein Herz schneller schlägt.

Er greift in die Tasche und zieht ein zusammengefaltetes Stück Papier heraus. »Das hier hab ich im Flur gefunden, es muss aus deinem Skizzenbuch gefallen sein.«

Er faltet das Papier auseinander und legt es auf die Bank zwischen uns. »Wen hast du da gezeichnet?«

O Gott. Ich denke wieder an dieses Gemälde mit dem Paar auf der Bank und frage mich, ob Anna jemals auf *dieses* Szenario verfallen ist bei der Frage, was zwischen den beiden Figuren vor sich geht. »Es ist einfach eine Zeichnung aus der Fantasie heraus, das ist alles.«

Es ist nicht mal eine gute Zeichnung, nicht so gut wie Joes Skizzen. Es ist ein hingekritzeltes Porträt, das ich in einem freien Moment angefertigt habe: ein Künstler, der in einem Cottage am Meer an einer Leinwand arbeitet, in Rückenansicht, sodass man sehen kann, was er malt. Es sieht nicht sonderlich nach Ben aus, nicht wirklich. Auf jeder anderen Seite meines Skizzenbuchs finden sich bessere Zeichnungen ... aber es sind Zeichnungen vom Strand, von Mia und Joe. Nichts an irgendeiner von ihnen würde Patrick veranlassen, innezuhalten und sich Fragen zu stellen ... weshalb ich diese Seite ja auch herausgerissen habe. Ich dachte, ich hätte sie in den Mülleimer geworfen. Dann fällt mir wieder ein, wie Patrick am Tisch gesessen und ins Nichts gestarrt hat. Vielleicht habe ich genau das ja getan. Vielleicht hat er sie ja genau dort gefunden. Oder ... Ich stelle mir vor, wie Tom Evans die Skizze betrachtet, Tom Evans, der vielleicht nach wie vor einen Hausschlüssel hat, der verärgert ist, weil ich Patrick von ihm erzählt habe.

Joes Skizzenbücher verraten die Wahrheit, deutlicher, als ein Foto es jemals könnte. Ist es bei meinen genauso? Tom hat etwas in diese Zeichnung hineininterpretiert, das ich nie zeichnen wollte. Patrick hat unverkennbar das Gleiche getan. Ich stelle fest, dass seine Hand zittert, als er auf die Skizze hinunterstarrt.

»Ich habe gedacht ... Zuerst habe ich gedacht, du zeichnest das Haus. Uns. Ich habe gedacht, das wäre ich auf der Zeichnung, ich sähe mir deine Bilder an. Dann hab ich genauer hingesehen. Wer ist das?«, fragt er wieder.

»Wirklich – es ist niemand. Eine Idee, ein Traum, was weiß ich.«

»Ein Traum? Ist es das, was du willst?«, fragt er.

Je mehr ich über den Jungen herausfinde, der Patrick einmal war, desto mehr wird mein Ehemann zu einem Fremden. Das Haus, das Mörderhaus, fault vor sich hin, verströmt Gift, verfällt. Joe ist zu Hause, ein Junge, der nur aus Narben besteht. Mia ist unterwegs, immer noch auf der Suche nach jemandem, der sie rettet. Und ganz hinten im Kleiderschrank gibt es eine klaffende Leere in der Schatzkiste, die alles enthält, was mir von meinen Eltern geblieben ist. »Ja«, schnappe ich. »Das ist meine Fantasie – alles, was ich nicht habe.«

Jetzt ist es an Patrick, bleich zu werden, auszusehen, als habe er Angst. Die Angst in ihm dringt an die Oberfläche, frisst an seiner Selbstkontrolle. Ich habe das hier nicht angefangen, das war jemand anderes, etwas anderes. Es war dieses Haus, oder was es auch sein mag, das er auszulöschen und zu überstreichen versucht, indem er uns hierherbringt.

Er zerknüllt die Skizze, und ich rechne damit, dass er mich schlagen wird. Ich ducke mich, aber es geschieht nichts. Als ich wieder aufblicke, hat er das Papier wieder entfaltet, und dann lässt er es los. Der Wind hebt es auf und trägt es davon, über die Kante des Steilhangs hinweg.

»Du bringst mich um, Sarah«, sagt er leise. »Verdammt, du brichst mir das Herz.«

Ich sehe Anna den Weg durch den Vorgarten heraufkommen, und eine Sekunde lang bin ich in Versuchung, mich zu verstecken. Ich bin ihr aus dem Weg gegangen – zuerst war ich ärgerlich über das, was sie bei unserem letzten Treffen gesagt hat, dann, nachdem Patrick beinahe Mia geschlagen hätte, weil ich mich nicht mit meiner wachsenden Furcht befassen wollte, dass sie recht haben könnte.

Ich hole tief Atem und öffne die Haustür, als sie anklopft.

»Es tut mir leid«, sagt sie, während sie mir einen in Seidenpapier und Schleife verpackten Topf Margeriten hinstreckt. »Ich hab mich lächerlich aufgeführt letztes Mal. Ich bin überempfindlich wegen meiner Vorgeschichte und meinem Ex, aber ich hatte kein Recht, deine Beziehung zu Patrick anzuzweifeln. Du hast gesagt, er würde keinen von euch jemals anrühren, dann hätte ich das augenblicklich akzeptieren sollen.«

So wie sie den Topf mit den Blumen hält, kann ich die Narben sehen, die an ihren Armen hinauflaufen.

Ich strecke die Hände aus und nehme ihr die Margeriten ab. »Das ist okay, mach dir deswegen keine Gedanken.«

»Bist du sicher? Es täte mir so leid, wenn ich dich irgendwie verstört oder aufgebracht hätte ... die letzten paar Anrufe hast du nicht angenommen, also habe ich gedacht, ich habe irgendwas Falsches gesagt.« Sie sieht mich an und sieht wieder fort.

Ich nehme die Blumen und stelle sie auf den Tisch im Hausflur.

»Alles okay mit dir? Du siehst fürchterlich aus.« Sie greift an mir vorbei, hebt ein heruntergefallenes Blütenblatt auf. »Was meinst du, war das ein *Liebt mich* oder ein *Liebt mich nicht?*«

Ich wünschte, ich könnte lächeln und ihr noch einmal versichern, dass alles in Ordnung ist, aber Mia fährt jedes Mal zusammen, wenn Patrick hereinkommt, und Joe erholt sich immer noch von der Attacke. Der Attacke auf ihn, die ihm so sehr Angst macht, dass er niemandem außer mir davon erzählt hat. Der Attacke, die irgendjemand beobachtet hat, ohne einzugreifen.

Statt zu antworten, reibe ich mir die brennenden Augen. Ich habe vergangene Nacht wieder nicht geschlafen. Jedes Mal wenn ich die Augen schloss, waren all diese Gesichter wieder da. Ian

Hooper, John und Marie Evans, die zahnlückigen kleinen Jungen. Herrgott, Tom Evans, der bezaubernde kleine Junge von den Fotos, der aussah, wie Joe früher ausgesehen hat, der Mann, zu dem er herangewachsen ist ... Ist es das, was auch meinen Kindern passieren wird? Neben mir schlief Patrick wie betäubt, und im Dunkeln beobachtete ich ihn und dachte über seine Besessenheit von diesem Haus nach, all die Gelegenheiten, bei denen er hierhergekommen war, wenn er gesagt hatte, er hätte gearbeitet ... Hat er es schon getan, als die Evans' noch hier lebten? Hat er einfach nur das Auto abgestellt und ist draußen sitzen geblieben? Oder hat er manchmal an die Tür geklopft? Tom besteht so hartnäckig darauf, dass John und Patrick befreundet waren. Was weiß Patrick seiner Meinung nach, das Ian Hooper länger im Gefängnis hätte halten können? All die Umwege, von denen Patrick gesagt hat, dass er sie gemacht hat, um an diesem Haus vorbeizufahren, all die Anrufe, die er bei den Maklern hierherum getätigt hat ... Über fünfzehn Jahre ist es her. Kann ich mich erinnern, wo er vor fünfzehn Jahren jeden Abend war? Könnte ich mich vielleicht sogar erinnern, wo er in der Nacht war, in der die Morde passiert sind?

Ben könnte es wissen. Er könnte sich erinnern. Er hat gesagt, er sei am College gewesen, als es passiert ist, aber davor – wo war er da? Und in den Ferien? Hätte er seinen früheren Schulfreund erkannt, wenn er ihn um das Haus hätte herumhängen sehen?

»Was ist eigentlich los, Sarah?«, fragt Anna, und ich starre sie leer an. Wie lang hatte ich jetzt abgeschaltet? Was hat sie währenddessen zu mir gesagt?

»Nichts. Gar nichts.« Aber sogar ich selbst höre die Lüge in meinem Tonfall.

Sieht sie, wie ich zusammenfahre, wenn eine Autotür zuschlägt? Fragt sie sich, warum ich ans Wohnzimmerfenster renne, um mich zu vergewissern, dass es nicht Patrick ist?

»Gar nichts ist los? Wirklich?«, fragt Anna.

»Du solltest besser gehen. Patrick wird jeden Moment nach Hause kommen, und er ist ... Es ist einfach kein guter Zeitpunkt.«

»Ich mache mir Sorgen um dich«, sagt sie leise. »Ich sehe mich, wenn ich dich ansehe ... Manchmal hab ich das Gefühl, ich hätte mein ganzes Leben über gelernt, wie man gegen die Strömung schwimmt. Jahre und Jahre, die ich mir Kraft antrainiert habe.« Sie beugt sich vor, und ihr Parfüm ist überwältigend. Sie riecht wie die Duftwicken, die sie mir einmal vorbeigebracht hat, das Parfüm ist stark genug, dass mir davon schwindelig wird. »Ich sehe dir an, dass du das Gleiche getan hast. Die ganze Zeit gegen die Strömung gekämpft. Ich bin weggeschwommen, aber nach einer Weile bin ich müde geworden und habe aufgehört zu schwimmen«, sagt sie. »Ich hab aufgehört, und die Flut hat mich geradewegs hierher zurückgeschwemmt.« Sie schließt die Augen und holt tief Atem. Als sie sie wieder öffnet und mich anstarrt, scheinen ihre Augen zu brennen. »Die Dinge eskalieren gerade, stimmt's? Was macht dir Sorgen, Sarah? Ich seh's dir am Gesicht an. Was hat er getan?«

Ich bin wach, aber nicht wirklich wach. Ich liege da und starre zur Decke hinauf, höre zu, wie Joe sich für die Arbeit, Mia für die Schule fertig macht. Die Tür geht auf, und ich schließe die Augen wieder und stelle mich schlafend.

»Sarah?«, flüstert Patrick und seufzt, als ich nicht antworte. Das Bett knarrt, als er sich neben mich setzt, und ich spüre seine Hand auf meinem Hinterkopf. »Ich muss in die Firma, mit David reden, aber ich bin früh wieder zu Hause.«

Er stellt ein Glas Wasser neben dem Bett ab. Es ist das Erste, was ich sehe, wenn ich die Augen öffne, nachdem er fort ist. Ich soll meine Tablette damit schlucken. Er hat dies jeden Morgen getan, ein Glas Wasser vor mich hingestellt, gewartet, bis ich auf den Auslöser reagiere wie der pawlowsche Hund und aufstehe, um meine Pille zu schlucken. Ob die Tabletten, die ich im Garten vergraben habe, noch da sind? Ich stelle mir vor, wie ich sie ausgrabe, erdverkrustete Bonbons der Empfindungslosigkeit schlucke, und es ist diese Vorstellung, die mich auf die Beine bringt. Ich zwinge mich dazu, zu duschen, mich anzuziehen und nach unten zu gehen.

Ich werde nicht wieder in dieses gottverdammte schwarze Loch fallen, ich werde es mir nicht gestatten.

Ich fahre zusammen, als ich die Küche betrete und Joe dort antreffe; er sitzt am Tisch und isst Toast. Ich lege eine Hand auf die Brust. »Herrgott, Joe, du hast mir vielleicht einen Schrecken eingejagt – ich dachte, du wärst arbeiten gegangen?«

Er wirft mir unter den Haaren hervor einen Blick zu. »Ich fange heute erst um vier an«, sagt er. »Spätschicht.«

Ich runzele die Stirn und schalte den Wasserkocher ein. »Kriegst du so spät noch einen Bus oder Zug nach Hause?«

Er steht auf, stellt seinen Becher neben meinen, löffelt Instantkaffee in beide. »Vielleicht komme ich bei einem Freund unter.«

»Einer von deinen alten Freunden aus der Schule?«

»Welche alten Freunde aus der Schule? Hast du was davon gemerkt, dass mein Handy pausenlos klingelt?« Er lächelt leicht, aber ich sehe die Bitterkeit trotzdem. »Es ist schon okay, Mum, mach dir keine Gedanken deswegen. Ich hab nie zu den Beliebten gehört, nicht so wie Mia.«

»Bei wem übernachtest du dann also?«

Er greift nach seinem Becher, sobald ich ihn mit heißem Wasser aufgefüllt habe. »Einfach … ein Freund halt. Jemand, den ich kennengelernt habe. Der Typ, der letzte Woche hergekommen ist, damit wir uns treffen können.«

Ich rechne damit, dass ich mehr als das nicht bekommen werde, dass er seinen Toast und Kaffee nehmen und den Rückzug in sein Zimmer antreten wird, aber er stellt den Becher auf dem Tisch ab und dreht sich zu mir um. »Simon. Er heißt Simon.«

Ich denke daran, wie ich Joe neulich auf dem Rummelplatz gesehen habe, an den Jungen, der sich vorgebeugt hat, um ihn zu küssen, und ich muss mich einen Augenblick lang abwenden, damit Joe die Besorgnis in meinem Gesicht nicht sieht. Ich war diejenige, die Patrick überredet hat, ihn nicht unter Druck zu setzen, damit er an die Schule zurückkehrt – ihm Zeit zu geben, damit er sich erholen kann und entscheiden, was er tun will. Ich gebe mir wirklich Mühe, ihm seine Unabhängigkeit zuzugestehen, aber es fällt mir unendlich schwer, wenn ich in seinem Gesicht immer noch die Spuren der Schlägerei sehen kann. »Erzähl mir von ihm.«

»Er ist nicht von hier. Er hat mich gerettet«, sagt Joe, und er lächelt. »Das würde Mia gefallen, stimmt's? Ich hab mich da ein bisschen gehen lassen, als ich in Cardiff mal abends ausgegangen bin, vor unserem Umzug hierher, und er hat mir geholfen. So haben wir uns kennengelernt.« Sein Lächeln wird breiter. »Er ist einundzwanzig und gerade mit der Uni fertig. Er arbeitet bei Gap, bis er einen *richtigen* Job gefunden hat. Er will Lehrer werden. Er geht nicht mal gern in Bars – er war bloß da, weil die Kollegen ihn hingeschleift hatten. Er trinkt nicht und raucht nicht, und er ist Vegetarier.«

Joe blickt zu mir auf, und ich halte den Atem an. Manchmal muss ich mich vor Joe verstecken, vor all dem, was ich in seinem Gesicht sehe, und jetzt, als er über diesen Jungen redet – was ich in seinem Gesicht sehe, ist *alles,* es ist alles dort, offen und ungeschützt, alles dargelegt für diesen Jungen namens Simon. Es macht mir Angst, und es entzückt mich – beides zugleich.

»Ich weiß nicht mal, warum ich ihn mag«, sagt er. »Er ist so ... normal. Er ist ruhig. Wir haben nichts gemeinsam. Aber ... das Lächeln. Und der Klang von seiner Stimme, wie sie steigt und wieder abfällt, die Art, wie er ... zögert.« Joes Stimme sinkt zu einem Flüstern ab.

Er trägt einen langärmeligen dunkelblauen Pullover, und die Ärmel sind nach unten gezogen, bis sie fast seine Hände bedecken. Ich denke an die Narben darunter, an all die Dinge, über die er mir gegenüber nie gesprochen hat und die er stattdessen in seine eigenen Arme eingeschnitten hat. Er sieht meinen Blick und zieht die Ärmel noch weiter nach unten.

»Wie ...« Ich unterbreche mich. Joe redet doch tatsächlich mit mir; ich will ihn nicht verscheuchen. »Wie läuft es mit der Therapeutin?« Er hatte jetzt zwei Termine bei ihr; er geht allein und nimmt den Bus. Ich habe angeboten, mit ihm zu gehen, aber er hat das abgelehnt. Patrick spricht nicht darüber, weigert sich, darüber zu sprechen.

»Es ist okay, nehme ich mal an. Sie sagt immer, ich muss offener werden und über das ganze Zeug reden, damit ich nicht immer das Bedürfnis habe ...« Er zupft am Ärmelbündchen seines

Pullovers herum. »Ich hab ihr von Simon erzählt, und sie sagt, ich soll vorsichtig sein, ich könnte im Moment zu *verletzlich* sein für eine Beziehung.« Er wirft einen Blick zu mir herauf. »Aber wir sind bloß Freunde. So will er es haben.«

»Hast du Simon deinem Vater gegenüber erwähnt?«

Er lacht. »Machst du Witze?« Das Lachen erstirbt wieder. »Da ist noch was, das ich mit der Therapeutin besprochen habe. Weißt du noch, wie ich gesagt habe, dass irgendwer beobachtet hat, wie ich an dem Abend zusammengeschlagen wurde? Ich habe gedacht, ich hätte gesehen … Ich hab gedacht, es wäre vielleicht Dad gewesen. Aber sie meint, ich könnte mir das auch eingebildet haben. Ihn in Gedanken da hingestellt, wegen der ganzen Probleme, die ich mit ihm habe.«

Ich habe einen schmerzenden Kloß in der Kehle. Oh, Joe. Wie konnte es so weit kommen, dass mein Junge glaubt, sein eigener Vater könnte tatenlos zugesehen haben, wie er zusammengeschlagen wurde? Aber habe ich mich nicht das Gleiche gefragt? Habe ich damals in der Nacht im Krankenhaus nicht nach Anzeichen dafür Ausschau gehalten?

»Glaubst du, sie hat recht?«

»Muss sie wohl, nehme ich an. Wie könnte ich ihn auch nur gesehen haben? Es war dunkel, und ich hatte an ihn gedacht. Dieser Junge hat mich getreten, und ich hab an Dad gedacht und wie widerlich und beschämend er das Ganze finden würde, und dann habe ich ihn plötzlich gesehen.«

Dann steht er auf, und ich bin sicher, das war's, mehr bekomme ich nicht, aber er geht nur bis in den Flur hinaus und kommt mit seinem schäbigen alten Rucksack zurück. Er greift hinein und zieht eine Broschüre heraus, die er mir hinschiebt. Es ist der Prospekt einer Weiterbildungseinrichtung in Cardiff.

»Hier ist noch was, das Dad nicht rauszukriegen braucht. Ich weiß schon, dass ich mir die Chancen auf ein Studium erst mal vermasselt habe, weil ich von der Schule abgegangen bin, aber ich will nicht mehr zurück. Ich kann nicht«, sagt er. »Simon hat mir das hier mitgebracht. Die haben einen Vorbereitungskurs in Teilzeit im Programm, den könnte ich machen und trotzdem weiter arbeiten. Ich könnte es immer noch auf die Kunsthochschule schaffen.« Er berührt die Broschüre. »Ich hab nie gedacht, dass das was für mich wäre, diese ganze Glücklich-bis-an-ihr-Ende-Sache. Ich sehe vielleicht aus wie er, aber manchmal denke ich, ich bin eher so wie du.«

Ich strecke den Arm aus und lege die Hand über seine. All diese Geheimnisse ... all diese Lügen, die wir einander erzählen. Die Wahrheit brennt in mir, versucht ans Licht zu kommen, aber jetzt ... Ich denke daran, wie viel er mir gerade anbietet, wie sehr die Wahrheit ihn verletzen würde. Könnte ich es ertragen, ihm dies gerade jetzt zuzufügen?

»Aber jetzt ... Meinst du, ich könnte das, Mum?«, fragt Joe mit glänzenden Augen, geröteten Wangen. »Meinst du, ich könnte es schaffen – aufhören, Mist zu machen, und mir ein Leben aufbauen?«

Patrick starrt den Topf mit Margeriten an, den Anna vorbeigebracht hat. Ich hatte sie ganz vergessen, ich habe sie auf dem Tisch im Hausflur stehen lassen, noch eingepackt in ihr Seidenpapier mit einer blauen Schleife.

»Wo kommen die her?«

»Die hat meine Freundin vorbeigebracht.«

»*Freundin?* Was für eine Freundin?«

Ich weiß nicht, wie ich seinen Gesichtsausdruck deuten soll. »Ich hatte dir von ihr erzählt.«

»Wieso Margeriten? Wieso die hier?«

»Patrick, ich verstehe nicht, was das soll – es sind bloß Blumen. Ich habe gedacht, wir könnten sie auspflanzen. Ich finde, sie sehen hübsch aus.«

Er sieht aus, als würde ihm übel. »Ich hasse Margeriten«, sagt er. »Schmeiß sie weg.«

Als ich noch richtig jung war, hatte ich diese ganzen Träume. Alberne Scheißträume – ich würde ins Weltall fliegen und den Krebs besiegen und Oscars gewinnen und lauter solchen Mist. Es hat sich dann irgendwann, wie Träume es eben tun, zu etwas viel weniger

Glanzvollem und Fantastischem zurechtgeschüttelt. Aber selbst meine biederen, stocklangweiligen Träume sind mir noch weggeschnappt, in Fetzen gerissen, in den Dreck getreten worden.
Träume werden verdammt noch mal nicht wahr. Nie. Sie tun's einfach nicht. Nicht mal für diejenigen, die vorgeben, ihr Haus wäre ein Schloss und nicht das gottverdammte Mörderhaus. Ganz besonders nicht für sie, dieses Kuckucksnest voller Lügen und Geheimnisse.
Du bist da drin, in dem Haus, das irgendwann mal einfach ein Haus war, bevor es zu dem Mörderhaus geworden ist. Durch die Fenster kann ich sie alle sehen, deine perfekte, lächelnde Familie. Aber ich weiß es besser, ich weiß, was in all den hübschen Köpfchen vor sich geht.
Wie kommt es eigentlich, dass ich immer noch so unsichtbar bin? Ich trete dichter ans Fenster heran, heraus aus den Schatten. Sie sind alle zu gründlich mit sich selbst beschäftigt, um mich zu sehen. Ich gehe in die Hocke, grabe mit den Händen in der nassen Erde unter dem Erkerfenster, grabe die Tabletten wieder aus, die ich sie habe vergraben sehen. Ich grabe sie alle aus und sammle sie in einem leeren Glas. Jetzt wollen wir doch mal sehen, oder? Jetzt wollen wir mal sehen.

KAPITEL 27

Ich warte, bis es im Haus still ist, bevor ich aufstehe. Ich warte und plane. In der Nachttischschublade liegen versteckt drei Reisepassanträge. Ich muss bei der Ausstellung nur ein einziges Bild verkaufen, dann werde ich in der Lage sein, die Pässe und drei billige Flüge zu bezahlen – egal wohin in Europa. Ich werde die Reiseprospekte wieder herausholen, nicht die mit den exotischen Tropenreisen, sondern alle Broschüren über Spanien oder Frankreich. Ich werde nicht mehr auf das Abenteuer warten, das meine Mutter nie erlebt hat. Sobald Mias Schuljahr herum ist, werden wir im Flugzeug sitzen, irgendwohin, wo Patrick uns nicht findet.

Anna redet von Frauenhäusern, aber das ist es nicht, was ich will. Ich will mich nicht zwischen all den Frauen verstecken, die geschlagen und misshandelt wurden, und ihnen erzählen, dass ich Angst habe, es könnte mein Mann gewesen sein, der eine Kellerwand bekritzelt hat, dass ich Angst habe, weil er beinahe seine Tochter geohrfeigt hätte und weil er trinkt, und dabei trinkt er nicht, er tut es einfach nicht. Er wird nicht wütend, er verliert nicht die Beherrschung.

Ich werde das nicht tun, weil es nicht weit genug weg sein würde. Wir werden Patrick und dieses Haus nie zurücklassen können, wenn wir hierbleiben. Es wird Nacht werden, und die Lichter werden flackern, und der Wind wird am Fenster rütteln, und in meiner Vorstellung wird Patrick mitten in der Nacht vor Mias Zimmertür stehen und weinen, wird Schlösser an allen Türen anbringen und Schlaftabletten in meinen Tee mahlen. Und Joe – was ist mit Joe? Er wird nicht mit uns kommen, er wird sich seinen eigenen Weg aus alldem heraus suchen.

Und auch das macht mir Angst. Es macht mir Angst, wenn ich sehe, wie Joe bereit ist, mit all dieser Hoffnung in den Augen wegzugehen, denn was, wenn er keinen Platz in diesem Kurs bekommt? Was, wenn dieser Simon ihn zurückweist? Was, wenn Patrick dazwischenkommt und Salz in all diese offene, wunde Hoffnung streut, ihn zurückzerrt in das Mörderhaus? Was, wenn er in die Richtung geht, in die seine leibliche Mutter gegangen ist? Ich wünsche mir, ich könnte ihn einsperren, jeden scharfen Gegenstand aus seiner Reichweite entfernen, Gitter vor seinem Fenster anbringen, und ich habe Angst, dass ich deshalb bin wie Patrick oder wie meine Mutter. Ich glaube, das ist es, was der Umzug hierher mir angetan hat.

Und aus all diesen Gründen werden wir das nicht tun, nein. Wir werden den Sommer an einem heißen Strand verbringen, wo Mia und Joe die Schatten unter den Augen verlieren und gegen Sonnenbräune eintauschen werden. Wir werden die Anspannung abschütteln, die wir alle mit uns herumtragen. Ich werde mir einen Job suchen, und ich werde malen. Ich werde uns ein ganz neues Leben malen, und wenn wir dann zurückkommen, werde ich es in die Tat umsetzen.

Zwei Monate noch, das ist alles. Zwei Monate, in denen ich das Geld für diese Reisepässe und Flugtickets aufbringen muss, und dann werden wir frei sein.

Ich warte und plane, aber ich warte nicht lange genug, denn als ich nach unten gehe, ist Patrick in der Küche. Er sitzt am Tisch und hat meinen Pillenbehälter vor sich stehen, und der Deckel ist offen.

»Was soll das?« Er spricht ruhig, und sämtliche Härchen auf meinen Armen stellen sich auf. Ich habe so sorgfältig darauf geachtet, jeden Tag ein paar Pfefferminzdrops zu schlucken, damit Patrick nicht misstrauisch wird und sich die Sache näher ansieht, aber ich rieche das Pfefferminz bis hierher. Ich hätte den Behälter mit weißen Steinchen füllen sollen. Ich schüttele den Kopf, aber mir fehlen die Worte.

Er dreht sich um und greift nach einem Glas, schiebt es neben den Plastikbehälter auf der Tischplatte. Das Glas ist voll mit erdverkrusteten weißen Pillen, bröckelnd und halb zerfallen. Ich habe das Gefühl, mich erbrechen zu müssen, über Patrick, die Pillen, den Küchentisch. Ich verstehe nicht, wie ... Hat Patrick gesehen, wie ich sie vergraben habe? Hat er sie wieder ausgegraben? Nein, das ist ... Die Übelkeit steigt wieder auf, höher dieses Mal. Habe *ich* es getan? Ich habe viel an sie gedacht. Habe ich nicht davon geträumt, die verdammten Dinger wieder auszugraben, während es hier immer schlimmer wurde?

Nein, nein – aufhören. Das bin nicht mehr ich. Inzwischen habe ich die Kontrolle – keine verlorenen Tage mehr.

Aber wenn nicht ich, wenn nicht Patrick, wer dann?

Jemand hat mich beobachtet. Zugesehen, wie ich die Pillen vergraben habe. Derjenige hat die ganze Zeit gewusst, dass sie dort waren, und hat gewartet ...

»Ich habe das hier vor der Haustür gefunden«, sagt Patrick mit einem Nicken zu dem Glas hin. »Mit einer Nachricht, die keinerlei Sinn ergibt.« Er sieht zu mir auf. »Sie ergibt keinerlei Sinn, denn wie können dies deine Tabletten sein, nachdem du fest versprochen hast, du würdest sie jeden Tag nehmen?« Er greift nach dem offenen Plastikbehälter und schüttet eine Hand voll Pfefferminzdrops heraus.

»Ich verstehe nicht ...« Seine Stimme beginnt zu schwanken. »Ich verstehe nicht, warum du das getan hast.«

»Ich brauche sie nicht mehr.«

»Nein, wirklich nicht? Deine Paranoia, deine Besessenheit von der Geschichte dieses Hauses ... Sarah, es ist schlimmer geworden, nicht besser.«

Das ist nicht wahr. Es ist nicht nur Paranoia. »Ich habe versucht, dir zu sagen, dass ich mich von den Pillen schlechter gefühlt habe.«

»Nein, das hast du nicht. Und falls es stimmt – warum bist du nicht zum Arzt gegangen und hast es *ihm* erzählt?«

Wegen des Kellers. Wegen meiner Skizzenbücher. Wegen der Furcht in Mias Gesicht. Weil Joe in einem Krankenhaus gelegen hat, weil Patrick John Evans gekannt hat.

»Ich habe einfach ... Ich war inzwischen zu angewiesen auf die Dinger. Ich musste sie auf einen Schlag loswerden, solange ich noch den Willen hatte, es überhaupt zu machen. Es war impulsiv, albern. Ich weiß das, aber nachdem ich es getan hatte, wusste ich nicht, wie ich es rückgängig machen konnte.«

Er greift nach dem Glas mit den schlammverkrusteten echten Pillen und hebt es hoch, um es zu betrachten. Vom anderen Ende der Küche her bin ich mir sicher, dass ich Würmer und Käfer darin sehen kann, und Übelkeit steigt in mir auf und brennt mir sauer in der Kehle.

»Irgendwer hat gewusst, wie man es rückgängig macht. Jemand hat gewusst, was du getan hast.« Er sieht mich an. »Wer hat sie vor die Tür gestellt, Sarah? Wer hat sie ausgegraben und dafür gesorgt, dass ich sie finde?«

Ich weiß es nicht, aber ich denke an den Beobachter, von dem ich geglaubt habe, er wäre Ian Hooper, von dem ich inzwischen fürchte, es könnte Tom Evans sein, und mein Magen rebelliert bei der Vorstellung, dass einer von ihnen mich beim Vergraben der Pillen beobachtet hat. Aber immer noch besser dies, als dass der erste flüchtige Gedanke wahr ist, der mir in den Kopf gekommen ist, als ich das Glas gesehen habe. *(Mia. Mia hat das getan.)* Ich möchte nicht, dass es meine Tochter ist, die mich so sehr hasst.

Patrick greift nach dem Behälter mit den Pfefferminzdrops, geht zum Mülleimer hinüber und schüttet sie alle hinein, kehrt zum Tisch zurück, um die Drops auf der Tischplatte zusammenzuschaufeln, und wirft sie ebenfalls in den Eimer. Er füllt ein Glas mit Wasser und reicht es mir. Ich sehe zu, wie er das Pillenglas nimmt und eine kleine weiße Tablette herausschüttelt. Krümel von feuchter Erde haften an ihr, und er streckt sie mir auf der Handfläche hin.

»Nimm deine Medizin, Sarah.« Seine Stimme schwankt jetzt wieder.

»Patrick.« Ich mache einen Schritt rückwärts.

Er kommt näher, die Pille immer noch auf der ausgestreckten Hand. »Nimm deine verdammte Tablette.«

Ich weiche weiter zurück, bis ich gegen die Wand pralle. Ich schließe den Mund und schüttele den Kopf, und ich bin wieder in unserem alten Haus, wo die verschwommene Gestalt in mein Schlafzimmer kommt, wo ich träume, dass jemand mir Pillen in den Mund schiebt. Ich rechne damit, dass er es tun wird, er wird mir diese schlammbedeckten Pillen in den Mund stopfen, mich mit ihnen füttern, mit den Würmern und Käfern in dem Glas.

Die Haustür schlägt zu, und Patrick erstarrt, die Hand noch

wenige Zentimeter von meinem Gesicht entfernt. Mia kommt herein, geht in Richtung Wasserkocher, bleibt stehen, als sie uns sieht, mich an die Wand gedrückt, Patrick über mich gebeugt.

Sie starrt von mir zu Patrick und wieder zurück. »Was ist los?«

Patrick lässt den Arm sinken und rückt ein Stück von mir ab. »Warum bist du nicht in der Schule?«, fragt er sie.

»Freistunde«, sagt sie. Patrick wendet ihr den Rücken zu, und sein Blick ist immer noch auf mich gerichtet, aber ich sehe Mia zwinkern, ich sehe ihr die Lüge am Gesicht an.

Sie greift nach dem Glas auf dem Tisch, stellt es hastig wieder ab, rümpft die Nase, als ein Tausendfüßler sich zum Rand hinaufarbeitet und sich den Weg an der Außenwand hinunter zur Tischplatte zu suchen beginnt. »Was ist los?«, fragt sie wieder.

»Nichts, weshalb du dir Sorgen machen müsstest, Mia«, antwortet Patrick, die Stimme jetzt wieder fest, und sieht zu dem Behälter, dem Tausendfüßler auf der Tischplatte, dem offenen Mülleimer hinüber. Er dreht den Kopf und lächelt seine Tochter an. Ihr Gesichtsausdruck bleibt wachsam.

»Es ist deine Mutter. Deine Mutter hat uns alle angelogen.«

»Nein – warte, Mia. Es ist nicht so, wie du denkst.«

Ich sehe, wie Mias Gesicht sich verzerrt. »Herrgott noch mal, ihr beiden immer. Ich will mit euren miesen Spielchen nichts zu tun haben.« Sie dreht sich um und rennt aus der Küche, lässt mich mit Patrick dort zurück.

Wir sehen ihr nach, hören sie die Treppe hinaufstürmen. »Es tut mir leid«, sagt er nach einer Stille, die Jahre zu dauern scheint. »Ich ... ich hab die Beherrschung verloren. Es tut mir leid. Wir machen einen Termin beim Arzt aus, sehen zu, ob wir ein Medikament finden, das für dich richtig ist.« Er wirft das Glas mit Käfern und allem in den Mülleimer und folgt Mia aus der Küche.

Der Tausendfüßler kriecht immer noch über die Tischplatte. Ich nehme ihn schaudernd in die Hand und trage ihn durch die Hintertür hinaus in den Garten, wo ich ihn im Gras aussetze. Ich höre ein Geräusch und sehe nach oben. Mia beobachtet mich von Joes Fenster aus, ein bleicher Geist, halb im Schatten der Vorhänge verborgen. Wenn Mia nicht hereingekommen wäre, hätte

Patrick mir diese Tablette in den Mund geschoben? Ich denke an seinen Gesichtsausdruck, seine weißen Fingerknöchel. Ja. Er hätte es getan. Wenn Mia nicht nach Hause gekommen wäre, hätte er mir diese mit Schlamm und Käfern und Wurmscheiße bedeckte Tablette in den Mund geschoben, und es wäre vielleicht nicht bei einer geblieben.

Warum ist er so besessen davon, dass ich die Tabletten nehme? Was fürchtet er, dass ich sehen könnte, wenn mein Kopf klar bleibt?

Ich stehe auf, als ich die Haustür und dann das Anspringen des Automotors höre. Bis ich wieder ins Haus zurückgekehrt bin, ist Patrick fort. Ich sehe auf die Uhr – beinahe halb elf. Ich weiß nicht, wie es in seiner Firma aussieht, ob sie die Besprechung abgehalten haben, von der er mir erzählt hat, die, bei der es um seine Versäumnisse gehen sollte, ob sie zu einem Entschluss gekommen sind. Wann immer ich mich danach erkundige, wechselt er das Thema. Jeden Tag zieht er seinen Anzug an, setzt sich ins Auto und fährt davon, aber ich habe keine Ahnung, ob er zur Arbeit fährt.

Ich schrubbe sämtliche Erdspuren in der Küche fort und leere den Mülleimer. Ich spüre einen nagenden Schmerz in der Magengrube, er ist da, seit wir hier eingezogen sind, und er wird schlimmer. Er weckt mich nachts auf und lässt mich wünschen, einen Augenblick lang nur, aber einen gefährlichen Augenblick, er lässt mich wünschen, dass Mia uns nicht unterbrochen hätte und dass Patrick mich gezwungen hätte, diese Tablette zu schlucken. War das der Grund, warum ich sie immer noch in meiner Reichweite vergraben habe, statt sie in den Müll zu werfen und von der Müllabfuhr abholen zu lassen? Ist das der Grund, warum ich es Patrick nicht erzählen konnte? Dass ich sie *wollte,* die Taubheit, das Fehlen jeder Verbindung, die Watteschicht zwischen mir und diesem hartnäckigen Schmerz?

»Alles okay?« Mia beobachtet mich, und mir geht auf, dass ich mitten in der Küche stehe, eine Mülltüte in einer Hand, die andere auf den Bauch gedrückt.

»Alles bestens«, sage ich. »Kleine Magenverstimmung.«

Ich sehe so viel Besorgnis in ihrem Gesicht, dass die Schmerzen stärker werden. Sie hat auf das Make-up verzichtet und sieht bleich und müde aus. »Mum – hör auf damit. Hör einfach auf, so zu tun, als wäre alles bestens.«

»Ich tu nicht so – ich will nicht, dass du dir Sorgen machst, das ist alles.«

Sie lacht, ein ungläubiges Auflachen, das beinahe ein Schluchzer ist. »Du willst nicht, dass ich mir *Sorgen* mache? Himmeldonnerwetter, Mum, du hast versucht, dich umzubringen, und ich soll mir keine *Sorgen* machen? Dad hat getan, was er konnte, um dich glücklich zu machen, bis hin zu diesem verdammten Umzug. Und jetzt ist *er* todunglücklich und wütend und geht auf uns los …«

»Es ist nicht …«

»Ich hätte dir das mit Caroline nie erzählen sollen. Es hat alles noch schlimmer gemacht, stimmt's?«

»Nein – bitte, Mia, du hast absolut nichts falsch gemacht«, versichere ich.

»Vielleicht bist du diejenige, die hier wegsollte. Dich wieder auf die Reihe kriegen. Wenn du nicht hier wärst, würde Dad sich normal aufführen. Und er hätte Zeit für mich und Joe.«

Herrgott, sogar meine eigene Tochter will, dass ich verschwinde. Ich hatte mir vorgestellt, Mia würde mitkommen, wenn ich ginge. Aber was würde ich tun, wenn sie darauf bestände, bei Patrick zu bleiben? Ich könnte nicht. Könnte sie nicht hier zurücklassen.

»Mia, bitte …«

»Hör dich doch mal reden. Hör auf, so zu tun, als käme alles wieder in Ordnung. Bitte hör doch einfach auf damit.«

KAPITEL 28

Ich sitze in einem zu heißen Bad, aber mir wird nicht warm. Was soll ich tun? Mias Fragen hallen in meinem Kopf wider. Ich hätte ihr von meinen Plänen erzählen können – den Reisepässen, unserem Sommer im Ausland –, aber was, wenn sie nicht mitkommen will? Ich kann sie nicht mit Patrick hier zurücklassen. Bei Mia könnte ich um das Sorgerecht kämpfen, aber ich habe Angstzustände und Depression in meiner Krankengeschichte, ich werde als selbstmordgefährdet eingestuft. Und Joe … Joe würde ich verlieren. Es dauert noch sieben Monate, bis er achtzehn wird. Ich kann noch nicht gehen. Ich brauche Geld, ich brauche einen Plan. Und Joe muss aus dem Haus und in Sicherheit sein.

Ich habe Patrick nicht nach oben kommen hören, und als die Badezimmertür aufgeht, setze ich mich zu schnell auf und lasse eine Flutwelle von Wasser über den Wannenrand schwappen, auf den Fußboden, über seine Füße. Ich zwinkere mir Wasser aus den Augen und taste nach einem Handtuch, verletzlich in meiner Nacktheit selbst nach siebzehn Jahren noch.

Er streckt mir ein Handtuch hin und rührt sich nicht von der Stelle, als ich mich hineinwickle. Mein Haar trieft, aber er steht vor der Handtuchstange, also kann ich nicht nach einem weiteren greifen, bevor er nicht Platz macht. Er beobachtet, wie ich auf den Fußboden tropfe und eine Gänsehaut sich auf meinen Armen ausbreitet.

Als er schließlich aus dem Weg geht, wickele ich mir ein Handtuch um den Kopf und folge ihm ins Schlafzimmer. Er setzt sich aufs Bett und zieht die Schuhe aus, als wäre vorhin nichts Ungewöhnliches passiert, aber ich sehe noch die Erde von dem schlammigen Glas unter seinen Fingernägeln. Ich setze mich auf die andere Bettkante und greife nach einem Kamm.

»Lass mich«, sagt er und nimmt ihn mir aus der Hand. Am Anfang unserer Zeit zusammen hat er das immer getan. Wenn ich mir die Haare gewaschen hatte, kämmte und föhnte er sie mir. Er kämmt behutsam, und seine Hände sind sanft. Er kämmt die Knoten heraus, und sein Atem riecht süß, und ich frage mich, ob er getrunken hat unten im Erdgeschoss, ob er das Bedürfnis hatte, zu trinken, um seine eigenen Nerven zu beruhigen, bevor er nach oben zu mir kam.

Er legt den Kamm weg, steht aber nicht auf. Stattdessen lehnt er sich zu mir herüber und küsst mich auf die Schulter. Ich zwinge mich dazu, mich nicht zu verspannen. Seine Lippen wandern aufwärts zu meinem Ohr.

»Patrick, mir tut der Kopf weh, und ich bin müde …«

»Du bist dieser Tage doch immer müde«, flüstert er, und seine Finger graben sich in meinen Oberarm. Als ich zusammenzucke, küsst er mich wieder auf die Schulter, streift mit den Fingern einer Hand an dem roten Abdruck auf und ab, den er hinterlassen hat, während er sich mit der anderen das Hemd aufknöpft. Ich schließe die Augen, als er an dem Handtuch zieht und die Hand darunterschiebt.

Früher einmal. Es war einmal, wie in einem Märchen, als mir noch der Mund trocken wurde, wenn ich zusah, wie Patrick das Hemd auszog. Mein Herz hämmerte, und ich stürzte zu ihm hin, um zu helfen, um ihn ungeduldig mit auszuziehen. Sein Bauch ist immer noch flach, die Schultern breit und stark, aber es kommt mir wie eine Ewigkeit vor, seit es Begehren war, das mein Herz hämmern ließ, wenn er die Schlafzimmertür schloss.

»Schhh …«, sagt er, während er mich rückwärts aufs Bett drückt. »Nutzen wir doch die Gelegenheit, solange wir allein sind …«

Ich schließe die Augen, aber alles, was ich sehe, sind er und Caroline.

»Nein«, sage ich und schiebe ihn fort. »Ich kann nicht.« Ich stehe auf und beginne mich anzuziehen.

»Wohin gehst du?«

»Ich brauche ein bisschen Zeit allein. Ich brauche Zeit zum Nachdenken.«

Er steht auf und steht jetzt zwischen mir und der Tür. Ein Rinnsal der Furcht droht zu einer Flut zu werden. Was, wenn er mich nicht gehen lässt? Ich werfe einen Blick zum Nachttisch hinüber. Was, wenn er sich auf die Suche nach weiteren Geheimnissen macht und die Reisepassanträge findet?

Sieht er die Furcht in meinem Gesicht? Irgendetwas sieht er, denn er kommt näher zu mir.

Ich höre, wie eine Zimmertür geöffnet wird – es ist eins der Kinder. Musik dringt laut durch die Wand. Patrick dreht den Kopf in die Richtung, aus der der Lärm kommt, und der Bann, der begonnen hatte, sich über ihn zu legen, ist gebrochen. Die Anspannung weicht aus seinem Körper, und er sackt in sich zusammen.

»Okay«, sagt er. »Natürlich. Klar. Zeit, ja. Nimm dir ein bisschen Zeit, und dann reden wir. Wir können das klären.«

Ich wollte eigentlich ins Atelier gehen, aber ich will Ben nicht sehen. Ich habe immer gedacht, der Beobachter müsste Hooper sein oder, in letzter Zeit, Tom – jemand, bei dem eine Verbindung zu dem Haus und den Morden besteht. Aber seit ich dieses Gemälde gesehen habe, das Ben angefertigt hat, und seine Muschelsammlung, habe ich mich gefragt, ob er es gewesen sein könnte. Er ist schon so oft am Haus vorbeigekommen – er hätte mich beobachten können, als ich die Tabletten vergraben habe. Und er war es schließlich, der die Babyschuhe gefunden hat, oder? Vielleicht verfolgt er seine ganz eigenen Absichten bei alldem, eine merkwürdige Besessenheit von Patrick, einer längst vergangenen Freundschaft, die Patrick nie erwähnt hat.

Statt ins Atelier zu gehen, bin ich in die Stadt gegangen, wobei ich mich ständig umgesehen habe, um mich zu vergewissern, dass Patrick mir nicht folgt. Ich bin in einen Pub gegangen – einen hell erleuchteten touristischen Pub in der Nähe des Rummelplatzes, wo ich niemanden kannte und niemand mich kannte. Ich habe zu lang dort gesessen und an einem Glas Wein genippt, bin jedes Mal zusammengefahren, wenn sich die Tür öffnete, mit wachsender Nervosität und Paranoia, hatte Angst, nach Hause zu gehen, und Angst, es nicht zu tun, weil Joe und Mia zusammen mit Patrick dort waren.

Eine Stunde. Ich war nur eine Stunde lang weg, aber Patrick

greift nach mir, sobald ich wieder zur Tür hereinkomme. Er schließt mich in die Arme und hält mich zu fest. Ich kann kaum atmen, aber er packt mich noch fester. Er selbst atmet schnell und zittert. »Ich habe gedacht, du kommst nicht zurück«, sagt er, und seine Augen sind rot. Ich versuche mich zu bewegen, aber er lässt nicht los. So nahe bei ihm kann ich Schweiß und süßsauren Alkohol riechen, und so riecht Patrick nicht.

Eine Stunde. Das war alles. Wie wird er reagieren, wenn wir uns zu dritt in ein Flugzeug setzen und einen Monat lang verschwinden? Wie wird er reagieren, wenn er uns nach unserer Rückkehr auftreibt?

Endlich gibt er mich frei, und ich trete zurück. Seine Furcht ist ansteckend. Dies ist nicht Patrick, dies ist nicht so, wie es sein soll.

»Ist doch okay«, sage ich, obwohl es nichts dergleichen ist. Ich sage es, um die Furcht abzuhalten, die Furcht, die Patrick in Stücke bricht, und die Furcht, die in mir aufsteigt. Sie dämpft die Wut, löscht sie mit eiskalten Rinnsalen von Panik.

»Es wird besser werden«, sagt er. »Wir haben eine Besprechung morgen in der Firma. Dann kehrt wieder Normalität ein. Das Haus ...«

»Dieses *Scheiß*haus«, sage ich, und er zuckt zusammen. Ich hole tief Atem und trete einen Schritt rückwärts. »Ich kann das nicht mehr. Ich kann hier nicht leben und auf den Knochen von dieser armen toten Familie herumtreten. Dauernd versuchen, so zu tun, als wäre das unser Zuhause, wenn es das einfach nicht ist. Es ist nicht unser Zuhause und wird's auch nie sein. Es wird nie irgendwas anderes sein als das Mörderhaus, und die einzigen Leute, die hier wohnen sollten, sind die Geister.«

»Es ist nicht das Haus. Es ist ...«

»Wenn wir nicht hierhergezogen wären, wäre Joe nie überfallen worden. Du hättest nie die Geduld mit Mia verloren ...«

Er schließt die Augen. »Nein. Es ist der Stress bei der Arbeit, nicht das Haus. Wie bei meinem Dad ... du würdest es nicht verstehen.«

Er öffnet die Augen wieder und starrt mich an. »John Evans hat dieses Haus gestohlen. Sein Vater hat es gekauft, als meine Eltern und ich blutend im Dreck gelegen haben, und dann hat er es John geschenkt, als wär es ein neuer Fußball. Herrgott, wie ich die Familie hasse – jeden Einzelnen von ihnen mit ihrem verlogenen Haifischlächeln, nach außen der reine Charme, innen drin verfault bis auf die Knochen.«

»Ich dachte, ihr wart befreundet? Das hab ich jedenfalls gehört.«

»Dieser gottverdammte Dreckstyp John Evans hat das Haus gestohlen, und ich habe es zurückbekommen. *Das* ist es, worauf es ankommt. Mia und Joe waren schon komplett außer Kontrolle, bevor wir hergezogen sind, und es wäre bloß noch schlimmer geworden, wenn wir in Cardiff geblieben wären. Und du … du, Sarah. Du hast eine Überdosis genommen und bist fast gestorben. Das war nicht in diesem Haus, oder? Nein, in dieses Haus zu ziehen ist es, was dich gerettet hat.«

Patricks Gesicht ist weiß. »Es war nie John Evans' Haus – er hat es gestohlen, er hat es ruiniert, und ich wünschte, er wäre …«

»Du wünschtest was?«

Patrick schüttelt den Kopf und drängt sich an mir vorbei.

»Du wünschtest *was?*«, schreie ich hinter ihm her, aber er ist schon fort, und die Haustür schlägt hinter ihm zu.

Am nächsten Morgen stehe ich im Vorgarten und starre auf das Beet unter dem Fenster hinunter, als Ben auf das Gartentor zukommt. Ich halte Ausschau nach einem weiteren Fußabdruck, irgendeinem Hinweis darauf, wer diese Pillen ausgegraben haben könnte – würde mir das nicht weiterhelfen? Aber es ist nichts zu sehen. Stattdessen kommt Ben wieder einmal vorbei.

»Ich wollte nachsehen, ob mit dir alles in Ordnung ist«, sagt Ben, die Hand am Gartentor. Ich spreche es nicht aus, aber ich habe ihn kommen sehen. Ich war oben, und er ist an genau der Stelle stehen geblieben, an der ich am ersten Abend den Beobachter gesehen habe.

»Tut mir leid«, sage ich. »Hier war so einiges los. Ich bin zu nichts gekommen.«

»Ich habe dich oben im Atelier gar nicht mehr gehört.«

Ich hatte keine Ahnung, dass er nach mir Ausschau gehalten hat.

»Darf ich reinkommen?«, fragt er.

Eine Gruppe von Mädchen in Schuluniform geht vorbei und starrt uns an. Eine davon flüstert etwas, und sie beginnen alle zu lachen. Was, wenn sie es Mia erzählen, was, wenn Mia es Patrick erzählt, das mit dem Mann am Tor, der zu dicht bei mir steht?

»Ich arbeite gerade ein bisschen im Garten«, sage ich, obwohl ich kein Gartenwerkzeug bei der Hand habe, obwohl ich barfuß bin. »Bleiben wir gleich draußen.« Dabei kann ich an nichts anderes denken als an dieses verdammte Gemälde mit ihm und Patrick, und ich will nicht mit ihm allein im Haus sein.

»Was willst du hier pflanzen?«, fragt Ben, während er neben mich tritt.

»Weiß ich noch nicht.«

»Der Garten war mal wirklich schön«, sagt er, und ich drehe den Kopf und sehe ihn an.

»Du hast den Garten gekannt?«

Er nickt. »Als wir noch befreundet waren, bin ich manchmal hier vorbeigekommen. Patricks Eltern haben gern gegärtnert. Ins Haus durften wir nicht sehr oft. Jungen können so viel anrichten.«

Jetzt hört er sich an, als wiederholte er etwas, das er genau so gehört hat. Ich kann mir vorstellen, wie Patricks Mutter dies sagt, die beiden wieder ins Freie scheucht, nachdem sie mit schlammigen Schuhen und klebrigen Fingern ins Haus gekommen waren. Als ich Patricks Eltern kennenlernte, hatten sie keinen Garten mehr, nur diesen kleinen, dunklen, vollgestellten gemieteten Bungalow mit ein paar Gehwegplatten als Außenbereich. Ich kann mich nicht erinnern, dass sie auch nur eine einzige Pflanze gehabt hätten.

Ich bohre einen Fuß in die Erde, genau an der Stelle, wo ich den ersten Fußabdruck gesehen habe. Unter der Ferse spüre ich etwas Hartes. Ich gehe in die Hocke, schiebe die Hand hinein und fördere eine Plastikfigur zutage, einen kleinen weißen Stormtrooper. Ich grabe mit den Fingern tiefer in den Boden, und da kommen sie zum Vorschein, die halbe Besetzung des alten *Krieg-der-Sterne*-Films, Plastikleichen, die aus dem Boden steigen.

Ich hebe sie auf und wische sie sauber. Sie sind nach wie vor erkennbar, aber manche sind verformt, halb geschmolzen, als hätte man sie aus dem Feuer gezogen. Han Solo hat kein Gesicht mehr; sein Kopf ist nichts als ein zerlaufener Klumpen.

Sie waren nicht da, als ich die Tabletten vergraben habe. Sie waren nicht da, als Patrick unmittelbar nach unserem Einzug dieses Beet umgegraben hat.

»An die erinnere ich mich«, sagt Ben, und ich erstarre. Einen Moment lang hatte ich vollkommen vergessen, dass er da ist.

Er nickt zu den misshandelten Figürchen in meiner Hand hinunter. »Das war mal eine höllische Strafe.«

»Strafe? Wie meinst du das?«

Er seufzt. »Ich weiß nicht, was Patrick angestellt hatte, aber sein Vater hat seine *Star-Wars*-Figuren ins Feuer geworfen. Bei der Gelegenheit hat er sich diese Narben an den Armen zugezogen. Er hat mit den Händen reingegriffen, um sie zu retten.«

Was hatte er doch gesagt, wie er an die Narben gekommen ist? Ein Unfall mit Feuerwerkskörpern, das war es. Eine Rakete, die in die falsche Richtung flog.

»Warum hat sein Dad so was getan?«

Ben runzelt die Stirn. »Das war seine Masche. Patrick etwas schenken, das er sich wirklich gewünscht hat – und es dann wieder wegnehmen. Nur gut, dass sie ihm nie ein Haustier erlaubt haben.«

Nein, so war sein Vater nicht. Aber den größten Teil dessen, was ich weiß, habe ich von Patrick gehört, und habe ich nicht neulich erst gelernt, dass nicht alles, was Patrick sagt, der Wahrheit entspricht? Ich öffne die Hand und lasse die Figuren wieder auf den Boden fallen, schiebe Erde über sie, begrabe sie ein zweites Mal.

Es kann nicht Ben gewesen sein, der sie dort deponiert hat. Oder?

Ich sehe Ben an, kann den Ausdruck in seinem Gesicht aber

nicht deuten. Er starrt hinunter auf das Grab, in dem ich die *Star-Wars*-Figuren verscharrt habe.

»Patrick war der Freund, der eine Zuflucht gebraucht hat, richtig?«

Ben zögert, dann nickt er. »Einmal hat er in der Schule gefehlt, tagelang. Als er dann wiedergekommen ist, sind wir davon ausgegangen, dass er krank gewesen war. Er war dünn und bleich und zu still. Aber … Ich hab ihn gesehen, als wir uns vor dem Sportunterricht umgezogen haben, und er war mit blauen Flecken richtig überzogen. Ich habe ihn danach gefragt – ich wusste, dass bei ihm zu Hause irgendwas nicht stimmt. Aber er hat sehr abweisend reagiert, hat angefangen, sich von uns allen zurückzuziehen. Ich habe trotzdem ein Auge auf ihn gehalten«, sagt Ben. »Und später, als er zurückgekommen ist, hab ich ihm den Schlüssel zu dem Atelier gegeben.«

»Als er von wo zurückgekommen ist?«

Ben sieht mich an; ich kann seinen Gesichtsausdruck nicht deuten. »Es … Es tut mir leid, ich habe mich versprochen.«

»Ich weiß nicht mehr, wer er eigentlich ist«, sage ich. »Seit wir hierhergezogen sind, habe ich dieses ganze Zeug rausgefunden.«

»Zum Beispiel?«

Zum Beispiel, dass er mit dir befreundet war, aber nie deinen Namen erwähnt hat, könnte ich sagen, aber ich tue es nicht. Die Unbefangenheit, die ich bei der ersten Begegnung in Bens Gegenwart verspürt habe, ist vollkommen verflogen. »Zum Beispiel das da«, sage ich und zeige auf die halb vergrabenen *Star-Wars*-Figuren hinunter. »Zum Beispiel, dass er mit John Evans befreundet war. Zum Beispiel, dass ich mir Sorgen mache, er könnte mit meiner besten Freundin geschlafen haben.«

Ein Lidschlag. Er bückt sich, um einen Löwenzahn auszureißen. »Wäre es das erste Mal?«

»Das erste Mal was?«

»Das erste Mal, dass er dich betrogen hat.«

»Ja. Oder zumindest glaube ich das.« Der Zweifel zieht weiteren Zweifel heran, gebiert ein ganzes Nest voller Zweifel, die sich in meinem Magen krümmen und winden.

»Bist du sicher? Kannst du dir immer sicher sein, wo er war?«

Redet er immer noch von Patrick und einer anderen Frau? »Wie meinst du das?«

»Er war immer ...«

»Immer was?«

»Er hatte nie eine einzelne feste Freundin. Nie etwas Dauerhaftes. Er hatte eine ganze Reihe von Mädchen, die mit ihm rumgezogen sind.«

Ich kann es mir nicht vorstellen. Ich bezweifle absolut nicht, dass die Mädchen an der Schule für ihn geschwärmt haben; ich habe Fotos gesehen, er war damals schon so schön wie zu der Zeit, als wir uns kennenlernten. Aber ich kann ihn mir nicht mit Scharen von Freundinnen vorstellen – er war immer so unbeirrbar auf ein Ziel ausgerichtet, so konzentriert auf eine einzige Leidenschaft. Und über all die Jahre hinweg war das ich.

»Patrick? Wirklich?«

»Jede Woche ein anderes Mädchen, so ist es einem vorgekommen. Er hat nie jemanden näher an sich rangelassen. Ich hab es in dem Sommer gesehen, bevor ich zum Studieren weggegangen bin. Patrick und John Evans waren ein Team, sie haben sich durch die halbe Stadt gearbeitet.«

Patrick und John Evans ... Tom hatte also recht. Zumindest damit, dass sie befreundet gewesen waren. Was bedeutet, dass Patrick nach wie vor lügt. Worüber lügt er sonst noch alles?

»Mir hat er erzählt, er hätte ihn gehasst.«

»Hat er vielleicht auch, später. Als John das Haus gekriegt hat. Das weiß ich nicht – da war ich schon am College. Aber damals, bevor John mit Marie zusammengekommen ist, waren sie zusammen auf der Pirsch.«

Pirsch?

»Patrick hatte einen bestimmten Typ«, sagt er. »Vielleicht hab ich deswegen gedacht, ich sollte dir den Schlüssel geben. Alle seine Freundinnen haben ausgesehen wie du, und ich weiß noch, wie er sie behandelt hat.«

Caroline sieht nicht aus wie ich. Man kann äußerlich nicht weiter von mir entfernt sein als Caroline. Könnte Mia sich in dem, was sie gesehen hat, geirrt haben? Ich konnte es mir von Anfang an nicht vorstellen – vielleicht lag das daran, dass es nicht wahr ist. Was hat Caroline gesagt in der Nacht im Krankenhaus? *Es ist nicht so, wie du denkst.* Ich fühle eine Woge der Hoffnung in mir aufsteigen. O Gott, ich will, dass Mia etwas missverstanden hat.

»Als Patrick von hier weg und an die Uni gegangen ist und John und Marie in dieses Haus gezogen sind, habe ich gedacht, ich würde ihn nie wieder zu Gesicht kriegen. Aber wenn ich in den Ferien nach Hause kam, haben wir uns dann doch noch gesehen – nicht regelmäßig, aber vielleicht alle paar Monate oder so ähnlich. Er hat sich wieder mit John und seiner Clique zusammengetan, als wäre nichts passiert.«

Aber was ist mit den Dingen, die Patrick über John Evans gesagt hat? Es hat sich nicht gerade nach Freundschaft angehört. Keine Rede in den bitteren Worten von Abenden im Pub, von einer Freundschaft oder Bekanntschaft oder was zum Teufel es auch genau war, die weiter zurückging als meine mit Caroline. *Ich wünschte, er wäre ...* Was hatte Patrick wirklich sagen wollen?

Ich denke zurück an den Tag, an dem die Geschichte herauskam. Das Haus, Patricks Haus, jetzt unser Haus, im Großformat auf den Titelseiten sämtlicher Zeitungen, nicht nur der Lokalblätter. *Willkommen im Mörderhaus.* Die Wände waren noch kahl zu diesem Zeitpunkt, die hingesprühten Graffiti noch nicht da.

O Gott, Patrick, ist das nicht dein altes Haus? Ich erinnere mich noch, dass ich das gesagt habe, ich erinnere mich, dass Patrick die Zeitung in die Hand genommen und auf das Foto hinuntergestarrt hat.

Was hat er gesagt? Wie hat er ausgesehen? Ist er bleich geworden, haben seine Hände gezittert? Ich kann mich nicht erinnern. Angehört hat er sich so schockiert wie ich, das weiß ich noch. Unter dem Foto des Hauses war noch eines. Ein Foto von der Familie ... *Hast du sie gekannt?,* habe ich ihn gefragt, oder etwa nicht? Doch, ich habe gefragt. Ich schließe die Augen, lasse mich dorthin zurückkehren, lasse mich auf die Antwort warten. Patrick, jünger, noch ohne ein graues Haar. Ich, längere Haare, nicht so dünn, wenige Wochen nach Mias Geburt. *Hast du sie gekannt?*

Nein.

Das war seine Antwort. Er sagte *Nein,* legte die Zeitung wieder hin und verließ das Zimmer. Ich muss die Zeitung weggeworfen haben; ich wollte das Haus, die Gesichter dieser armen toten Familie nicht mehr ansehen müssen.

Was war davor gewesen? In den Tagen bevor die Geschichte herauskam ... am Tag, als es passierte. War er da jeden Abend zu Hause? Oder war er im Pub mit John Evans, der letzte Mensch, der John gesehen hatte, bevor er ermordet wurde? Ich weiß es nicht. Wie soll ich mich auch erinnern können? Es ist mehr als fünfzehn Jahre her, Herrgott noch mal. Mia schlief nachts noch nicht durch. Ich war müde und geistesabwesend. Vielleicht einmal im Monat, so oft, sagt Ben, ist Patrick hierher zurückgekommen und hat sich mit John Evans getroffen. Einmal im Monat über wie viele Jahre hinweg, von denen ich nie erfahren habe? Was war es, das Tom zu mir gesagt hat – dass Patrick etwas über Hooper und die Morde gewusst hätte? Was glaubt er, was mein Mann wissen könnte?

All die Wochen habe ich zum Fenster hinausgestarrt und nach dem Beobachter Ausschau gehalten, dem Ungeheuer, dem schwarzen Mann, habe Angst gehabt, Ian Hooper könnte in die Stadt zurückgekehrt sein mit seinem blutigen Messer. Was, wenn der schwarze Mann die ganze Zeit im Haus war?

Ich höre das Windspiel klingeln; schwächer diesmal.

Also bitte. Kennt sie dich denn überhaupt? Nachdem sie schon so lange mit dir zusammen ist, wie kann sie sich über so einer saublöden Frage verrückt machen? Von all den Dingen, derentwegen sie sich Gedanken machen sollte – dass du zum Serienmörder mutieren könntest, gehört jedenfalls nicht dazu. Aber du bist gut, wirklich. Die Maske sitzt inzwischen fast perfekt.

Ich könnte ihr was Besseres geben, über das sie sich Sorgen machen kann. Ich könnte ihr Dinge liefern, die sie auf Jahre raus schlaflos halten würden, kleine Würmer der Besorgnis, die sich ihr allmählich ins Hirn graben würden und nagen, nagen, nagen … Aber im Ernst, habe ich ihr nicht schon genug erzählt? Geschenke

vor der Tür und Andeutungen über all die Geheimnisse, die nach wie vor im Haus versteckt sind.
Schieben wir das Glas zum Nachfüllen über die Theke. Der Barmann lächelt mich an. »Dachte ich's mir doch, dass du das bist«, sagt er.
Dachte, ich bin wer? Das Ich, das ich jetzt bin, oder das Ich, das ich damals war?

KAPITEL 29

Um zehn Uhr abends höre ich ein Klopfen an der Haustür, und es jagt einen Schauer der Furcht durch mich hindurch. Ich ziehe den Vorhang zur Seite, und eine andere Art von Furcht steigt auf, als ich draußen weder Ian Hooper mit seinem blutigen Messer noch Tom Evans sehe, sondern Caroline. Seit sie zu uns ins Krankenhaus gekommen ist, habe ich damit gerechnet, dass sie hier auftauchen würde. Sie hat mir Nachrichten hinterlassen, und ich habe sie allesamt gelöscht. Der winzige Hoffnungsschimmer, dass Mia sich geirrt haben könnte, ist immer noch da. Aber wenn ich mit ihr rede ... *Es ist nicht so, wie du denkst,* hat sie gesagt. Aber wie könnte es denn sonst gewesen sein?

Ich öffne die Haustür und starre sie an. Sie trägt kein Make-up, und ihr Gesicht sieht fleckig und müde aus. Ich kann mich nicht entsinnen, wann ich Caroline das letzte Mal völlig ohne Make-up gesehen habe. Früher habe ich sie damit aufgezogen, dass es in Wirklichkeit eintätowiert ist.

»Ich will nicht mit dir reden.« Ich mache Anstalten, die Tür zuzuschlagen, aber sie packt sie und lässt nicht los.

»Ich weiß, dass es schon spät ist, aber ich musste warten, bis Sean nach Hause kommt. Du hast nie auf meine Anrufe reagiert. Ich musste selbst kommen.«

»Ich glaube nicht, dass es noch irgendwas zu sagen gibt.«

»Hör mir zu, Sarah – glaubst du denn, es wäre Zufall gewesen, dass Mia da war, als er mich geküsst hat?«

Kein Irrtum also. Der Kuss ist passiert.

»Glaubst du allen Ernstes, es wäre so mit uns durchgegangen, dass wir es wissentlich in ihrem Beisein getan hätten? Er hat es so arrangiert, weil er wusste, es würde einen Keil zwischen uns beide treiben, es würde Mia und dich gegen mich aufbringen.«

Ich werfe einen Blick über die Schulter, halte Ausschau nach Patrick. Er hat gesagt, er würde ins Bett gehen, aber was, wenn er Carolines Klopfen gehört hat? Ich trete ins Freie hinaus und ziehe die Tür hinter mir zu.

»Hör auf damit – hör auf, irgendwelche Scheißentschuldigungen zu finden.«

»Ich denke nicht dran. Nicht bevor du nicht zuhörst und mal drüber nachdenkst. Ich weiß nicht, was für Lügengeschichten er dir erzählt hat, aber glaubst du wirklich, ich hätte Gefühle für Patrick entwickelt? *Patrick?*«

Es ergibt keinen Sinn. Natürlich. Aber es ist passiert.

»Weißt du, wann es passiert ist? Nachdem du aus dem Krankenhaus zurück warst – ich hab das *For-Sale*-Schild an eurem Haus gesehen und bin deswegen vorbeigekommen. Hat er dir das erzählt? Natürlich nicht. Er hat mich nicht zu dir gelassen, wir haben gestritten, und plötzlich packt er mich am Arm und küsst mich. Er hat gelächelt. Ich hab es nicht verstanden – konnte mir einfach nicht vorstellen, warum er das getan hatte. Ich hab's dir nie erzählt, weil es … Es war kein leidenschaftlicher Kuss. Es hatte nichts an sich, das ausgesehen hat, als wäre er auch nur im Geringsten an mir interessiert. Er hat gewusst, dass Mia in der Nähe war, Sarah. Er hat ganz genau gewusst, was er tut.«

Ich schüttele den Kopf, aber sie redet weiter. »Denk doch mal drüber nach. Ich werde nicht hierbleiben, aber lies dir das hier durch – Patrick hat dich angelogen. Lies es, auch dann, wenn du sonst kein Wort von dem glaubst, was ich sage.«

Sie streckt mir ein paar Fotokopien alter Zeitungsseiten hin.

»Geht es da um das Haus? Ich weiß …«

»Es geht nicht um das Haus. Es geht um Patrick. Ich hab dir gesagt, Sean hat da was gefunden. Das ist es.«

Meine Hände zittern, als ich im schwachen Licht der Lampe über der Tür den fotokopierten Zeitungsbericht lese.

Ein Mann und eine Frau wurden im Zusammenhang mit dem Vorwurf der Kindesmisshandlung vernommen, nachdem ein zwölfjähriger Junge aus ihrem Haus geholt und in ein Krankenhaus eingeliefert wurde.

Der Junge wurde mit Verletzungen sowie in unterernährtem und dehydriertem Zustand angetroffen. Er befindet sich derzeit in der Obhut des Jugendamtes.

»Was soll das?«

»Es ist Patrick. Dieser zwölfjährige Junge war Patrick. Er hat monatelang in einer Fürsorgeeinrichtung gelebt – hat er dir das jemals erzählt? Er war in derselben Wohngruppe wie Eve – da haben sie sich kennengelernt.«

Ich schüttele den Kopf. »Nein, das kann nicht stimmen.«

»Tut es aber – ich hab die Akten gesehen. Sean hat sie rausgesucht. Er hätte gefeuert werden können dafür, aber ich musste das mit eigenen Augen sehen. Du musst Bescheid wissen, Sarah. Er war zusammen mit Joes leiblicher Mutter in einer Wohngruppe und hat dir nie davon erzählt. Er hat gelogen – welchen Grund hätte er dafür haben können?« Sie holt tief Atem. »Hast du mir nicht erzählt, er und Eve hätten eine ziemlich lockere Beziehung geführt, und dann sei sie schwanger geworden? Wie locker kann die gewesen sein, nachdem sie sich schon so viele Jahre gekannt hatten?«

Mir ist übel von der Geschichte, die ich gelesen habe. Ja, das ist es, was Patrick mir erzählt hat – eine lockere Beziehung, die mit Eves Schwangerschaft endete. Aber wenn sie sich schon kennengelernt hatten, als er zwölf war – hatten sie den Kontakt seither die ganze Zeit aufrechterhalten? Und wie konnte es dazu kommen, dass er überhaupt in einer Wohngruppe lebte? Was war da passiert? Verletzt, unterernährt, dehydriert … O Gott. O Gott. Der Keller. Die Schrift an der Wand. Wie konnte er mir das verheimlichen? Wie konnte er etwas so Gigantisches vor mir geheim halten?

»Ich hab die Art, wie er sich dir gegenüber benimmt, nie gemocht«, sagt Caroline. »Er hat alle anderen Leute weggebissen, wollte keinen von uns mehr in deine Nähe lassen. Er wollte dich ganz für sich allein, vom ersten Tag an.«

»Bitte hör auf damit.«

Sie öffnet den Mund, schließt ihn wieder und seufzt. »Ich hab's gesehen, von dem Moment an, als du uns einander vorgestellt hast. Er war richtig kontrollsüchtig. Gruselig. Es hat mir nicht gefallen.«

Alles, was Patrick mir über seine Kindheit erzählt hat, war gelogen. Nichts als Lügen – dieses verdammte perfekte Leben, das er da zu reproduzieren versucht, ist erlogen.

»Ich hab seine Akte gesehen. Ich habe gesehen, was sie ihm angetan haben. Zu den Sozialarbeitern und Ärzten hat er nie ein Wort davon gesagt. Er hat bestritten, dass seine Eltern ihn jemals angerührt oder vernachlässigt hätten«, sagt Caroline. »Sein Vater ist zu den Anonymen Alkoholikern gegangen, und hinterher haben sie Patrick wieder zu ihnen ziehen lassen. Aber er war in einer Fürsorgeeinrichtung, Sarah. Das, was da passiert ist, war so übel, dass sie ihn aus der Familie nehmen mussten. Und er hat dir nie irgendwas davon erzählt – oder davon, dass er Eve gekannt hat, seit er ein Kind war.«

»Nein. Das kann nicht stimmen. Es kann nicht sein.«

»Wie kannst du dir eigentlich jetzt immer noch in die Tasche lügen?«

Lügen? Ich lüge mir nicht in die Tasche. Jetzt nicht mehr. Ich bin fassungslos. Ich kann nicht ... Ich kann einfach nicht ...

»Sarah, er hat dich die ganze Zeit angelogen. Du musst machen, dass du da rauskommst. Komm zu mir – bring Joe und Mia mit. Bitte.«

Ich starre sie an. »Ich kann nicht einfach gehen – er ist oben. Joe und Mia auch. Glaubst du, er würde uns einfach mit dir wegfahren lassen? Er wird Bescheid wissen – er wird dich sehen.« Plötzlich habe ich ebenso viel Angst um sie wie um uns. Sie hat einen Ehemann zu Hause – und ihre Söhne. Sie sind viel jünger als Joe und Mia. Ich kann nicht riskieren, dass Patrick uns rasend vor Wut zu ihrem Haus folgt.

Ich sehe den Widerschein meiner eigenen Befürchtungen in ihrem Gesicht, als sie an der Fassade hinaufblickt. »Du musst jetzt gehen«, sage ich. »Bevor er merkt, dass du da bist.«

KAPITEL 30

Ich gehe auf unsicheren Beinen nach oben, aber Patrick ist nicht im Bett. Sein Kissen ist kalt und noch frisch aufgeschüttelt. Im Dunkeln und in der Stille der Nacht liefert meine Einbildung mir ein Bild: Patrick, der heimlich zuhört, wie ich mit Caroline rede, oder Patrick, der unten im Erdgeschoss mit Ian Hooper trinkt, den der Sturm zu uns hereingeweht hat, Hooper schiebt das blutige Messer über den Tisch. *Hier,* sagt er. *Ich hab's jetzt schon zu lange für dich aufbewahrt. Da hast du es zurück.*

Ich gehe zurück zur Treppe und erstarre, bevor ich die erste Stufe abwärts genommen habe, denn Mias Zimmertür öffnet sich, und Patrick kommt heraus. Er sieht mich nicht am Kopf der Treppe stehen; er geht in die andere Richtung, ins Bad.

Ich überquere den Treppenabsatz und stoße Mias Tür auf. »Mia, Liebes? Alles in Ordnung?«

Sie liegt zusammengerollt da, das Gesicht zur Wand gedreht und unter der Decke kaum zu sehen, und ich glaube, sie schläft. Es ist alles bestens, sie schläft, Patrick hat einfach nach ihr gesehen, wie er es gemacht hat, als die Kinder noch klein waren. Vielleicht hatte sie das Licht angelassen, vielleicht hat er es ausgeschaltet ...

Es ist dieses Haus, das mir üble Ideen in den Kopf pflanzt. Jedes Mal wenn ich eine der kalten Stellen durchquere, sickern weitere davon in mich ein, Gedanken an Geister und Keller und verborgene Geheimnisse und vergrabene Lügen. Ich denke, sie schläft, doch dann sehe ich ihre Hand, die die Überdecke umklammert, die weißen Knöchel. Sie ist wach.

»Mia ...« Ich mache einen weiteren Schritt ins Zimmer. Was rieche ich da? »Mia, hast du getrunken?«

Jetzt dreht sie sich zu mir um, und meine Augen haben sich hinreichend an die Dunkelheit angepasst, dass ich die Wut in ihrem Gesicht sehen kann. Ärger und ... noch etwas anderes. Furcht?

(Ich war böse. Ich war sehr böse.)

»Ich?«, fragt sie in einem Flüstern, das wie ein Echo von meinem klingt. »*Ich* soll getrunken haben?«

Ich werfe einen Blick zu der halb offenen Tür hinüber. Patrick ist noch im Bad. Ich schiebe Mias Tür zu und setze mich auf die Bettkante.

»Ich kann's riechen«, sage ich. »Es kann nicht Patrick gewesen sein. Er hat gesagt, er würde ins Bett gehen. Wenn er um halb elf allein im Schlafzimmer gesessen und getrunken hätte, dann wäre das ...«

(sehr böse.)

»Du weißt doch von nichts. Du bist so gottverdammt blind.«

»Was hat er in deinem Zimmer gemacht?« Wir unterhalten uns immer noch im Flüsterton, aber diese Worte klingen zu laut, und ich sehe Mia zurückzucken.

»Es ist dieses Haus«, sagt sie und wendet sich von mir ab, um zur Decke hinaufzustarren. »Es war alles in Ordnung, bevor wir in dieses *Scheiß*haus gezogen sind.«

War es das? Ich denke an meinen Nervenzusammenbruch, meinen Kummer nach dem Tod meiner Mutter, Joes Autounfall, die alten Narben an seinen Armen. Mia hat nur zur Hälfte recht. Alles, was jetzt falsch ist, war auch vorher schon falsch. Das Haus hat nicht bewirkt, dass diese Dinge passieren, es hat nur die Lügen auffliegen lassen, die uns alle blind gemacht hatten.

»Er hat mich Sarah genannt«, sagt Mia, als ich aufstehe, um zu gehen.

»Was?«

»Du hast gefragt, was er in meinem Zimmer gemacht hat. Er ist betrunken. Er hat getorkelt, als er reingekommen ist. Er hat zum Fenster rausgesehen wegen irgendwas da draußen und hat mich Sarah genannt. Erzähl mir nicht, dass das Haus keine Auswirkungen auf ihn hat.«

»Er muss sich in der Tür geirrt haben«, sage ich. Die Erklärung hört sich verlegen und gezwungen an.

Mia denkt das Gleiche. Ich sehe es ihr am Gesicht an, an diesem Rest von Furcht.

(Ich war böse.)

»Er hat mich Sarah genannt und irgendwas von Geheimhalterei und Lügen und Strafe gefaselt.« Sie setzt sich auf und beißt sich auf die Lippe. »Du hast … du hast ihn nicht wirklich angelogen, oder, Mum? Weil das nämlich bei dem Zustand, in dem er war …«

Ich denke an die Galerie, an Anna und Ben und Tom Evans, an alles, was Caroline mir gerade erzählt hat. Furcht steigt in meiner Kehle auf wie ein fester, greifbarer Gegenstand. Ich habe unrecht. Mia hat recht. Es ist dieses Haus, das Patrick üble, hinterhältige Gedanken ins Hirn sickern lässt, wo sie dann sitzen und schwären. Der Keller, seine Eltern, John Evans, die Morde, Caroline, der Beobachter, die Tatsache, dass er in Mias Zimmer geht …

»Nein – mach dir keine Gedanken. Keine Geheimnisse. Nichts, weswegen du dir Sorgen machen müsstest. Aber Caroline hat gesagt, du kannst eine Weile zu ihr kommen«, sage ich.

»Nach dem, was sie gemacht hat?«

Ich schlucke, aber der Kloß in meiner Kehle bleibt. »Es war nicht das, wonach es ausgesehen hat – sie liebt dich immer noch. Du kannst in den Ferien bei ihr wohnen, und da bist du …«

In Sicherheit. Ich brauche es nicht laut auszusprechen. Ich sehe die Erleichterung in Mias Gesicht und spüre sie bei mir selbst. Ich weiß, dass dies die richtige Entscheidung ist. Es kommt nicht drauf an, was zwischen Caroline und mir vorgefallen ist, es kommt nur darauf an, dass Mia bei ihr in Sicherheit sein wird. Ich werde eine Woche Zeit haben, und in dieser Woche werde ich … Furcht packt mich, eine panische Angst vor dem Unbekannten. In diesem Moment komme ich mir jünger vor als Mia. Ich bin das Mädchen, das zusehen musste, wie seine Mutter in Stücke ging, als sie allein war, ich bin das Mädchen, das sich jetzt seit über siebzehn Jahren an Patrick klammert und die Augen vor jedem kleinsten Hinweis darauf verschlossen hat, dass etwas nicht richtig sein könnte, aus Furcht, er könnte mir Joe wegnehmen.

Ich gehe hinaus auf den Treppenabsatz, gerade als Patrick aus dem Bad kommt. Er sieht mich an und sieht dann zu Mias Tür hinüber. »Was machst du?«

»Ich habe gedacht, ich hätte irgendwas gehört.«

Seine Augen sind rot, als habe er geweint. Er sieht besiegt aus.

»Geht es dir gut?«, frage ich, und er richtet sich auf, das Gesicht ausdruckslos, ganz der alte Patrick.

»Ich bin müde«, murmelt er und geht ins Schlafzimmer, lässt mich auf dem Treppenabsatz zurück, wo ich stehe wie auf einer Schwelle, während ein Teil von mir nichts anderes will, als loszurennen.

Selbst damals, als das Haus noch einfach ein Haus war und noch nicht das Mörderhaus, war es ein übles Haus. Du hast es gespürt, ich weiß, dass du es gespürt hast.

Irgendwann waren wir mal zusammen dort. Es war abgeschlossen und leer, deine Eltern waren unterwegs. Wir sind im Dunkeln durch das Haus gegangen, und als meine Augen sich an die Dunkelheit gewöhnt hatten, habe ich Risse in den Wänden gesehen und die kalte Zugluft gespürt, die durch die Risse gekrochen kam. Es war alles sehr aufgeräumt, aber ich habe Schimmel in den Ecken gesehen, die verrotteten Fensterrahmen. Ich habe ein Haus gesehen, das deine Eltern unverkennbar schon längst verloren hatten, lang bevor die Bank es ihnen dann wegnahm. Es roch nach Fäulnis. Es roch tot. Wenn jemand mir damals erzählt hätte, was aus dem Haus werden würde, hätte ich es geglaubt, weil ich schon damals sehen konnte, wie es gekrochen kam.

All die Monate, bevor du das Haus verloren hast, warst du unverändert. Das Lächeln ist nie verblasst. Aber bei dieser Gelegenheit – von deinem Lächeln keine Spur.

»Willst du den Keller sehen?«, hast du gefragt.

Ich habe den Kopf geschüttelt, aber du hast mich trotzdem mit nach unten genommen.

KAPITEL 31

Und, was meinst du dazu? Sieht gut aus, oder?«

Es ist nicht Ben, der mich das fragt, sondern Juno, seine immer lächelnde Assistentin; sie geht bereits weg, bevor ich antworten kann. Ich starre mein Bild im Schaufenster der Galerie an. Nicht das Bild von dem Mörderhaus – ich habe es letzten Endes nicht fertiggebracht, dieses Bild auszustellen. Oder eins von denen, die immer noch im Keller weggeschlossen sind. Stattdessen hängt da jetzt das Gemälde von Annas geheimem Strand mit all seinen glitzernden Farben. Ganz unten am Wasser steht jemand und starrt aufs Meer hinaus. Ich glaube, die Gestalt bin ich. Ich glaube, ich habe mich selbst mit auf die Leinwand gebracht, und was ich in diesem Wirbel von Kobaltblau sehe, ist Sehnsucht, die Sehnsucht, davonzusegeln, eine Sehnsucht, davonzutreiben, oder eine Sehnsucht danach, zu ertrinken.

Es ist Donnerstagnachmittag, und die Ausstellung wird am Wochenende eröffnet. Ich habe Ben nicht mehr gesehen, seit er bei mir vorbeigekommen ist, aber ich habe meine Bilder aus dem Atelier nach unten geschafft, als ich wusste, dass er gerade nicht da war. Ich habe gedacht, diese Ausstellung könnte meine Chance sein. Im Kühlschrank der Galerie wartet ein halbes Dutzend Flaschen Prosecco, ein Karton mit Leihgläsern steht auf der Theke, und in der ganzen Stadt werden Plakate mit meinem Namen kleben. Und all das habe ich im Geheimen getan, mit Annas Ermutigung.

Aber Patrick wird es herausfinden. Er wird die Plakate sehen oder an der Galerie vorbeikommen und meine Arbeit im Fenster entdecken.

Ich stelle fest, dass mir das Atmen schwerfällt.

Ich darf nicht zu Hause sein, wenn Patrick das hier herausfindet.

Was ich davon halte? Ich glaube, ich habe Angst.

Im Gehen hole ich mein Smartphone heraus.

»Caroline? Ich bräuchte deine Hilfe.«

Ich öffne die Haustür leise, aber Patrick hört mich trotzdem. Er kommt aus der Küche und sieht zu, wie ich meine Jacke aufhänge. Auf dem Rückweg hat es angefangen zu regnen, und ich hinterlasse eine Wasserpfütze im Flur. Ich muss duschen und mich umziehen, aber Patrick verstellt mir den Weg.

»Wo warst du?«

»Es tut mir leid, dass ich nicht da war, als du nach Hause gekommen bist. Ich habe einen Spaziergang gemacht.« Der Flyer für die Ausstellung brennt mir ein Loch in die Tasche.

»Im Regen?«

»Es hat nicht geregnet, als ich losgegangen bin.«

Er hat sich abgewandt, aber ich spüre die Rage in ihm, sie köchelt, wirft Blasen. Ich merke es an der Haltung seiner Schultern, der Art, wie er den Knauf der Küchentür packt, bevor er ihn dreht.

Was würde er tun, wenn ich ihm die Wahrheit sagte? Es ist nicht einmal die Ausstellung selbst – es ist die Tatsache, dass ich gelogen habe, hinter seinem Rücken gehandelt.

»Ich hab das Abendessen im Ofen«, sagt er. »Geh dich umziehen, dann können wir essen.«

Mia öffnet ihre Tür, als ich nach oben komme, und mustert mein triefendes Haar. »Wo warst du?«, fragt sie, ein Echo ihres Vaters, aber ohne die unter der Oberfläche brodelnde Wut. In Mias Stimme höre ich die Furcht, die ich empfinde.

Meine Hand schließt sich fester um die Broschüre in meiner Tasche. Ich würde es ihr gern erzählen, aber Patrick ist unten und könnte es hören und könnte …

»Mum?«

»Was?«

»Vorhin hab ich Dad am Strand gesehen.« Sie sieht auf ihre Füße hinunter und dann wieder auf und mir ins Gesicht. »Er war … Er hatte seinen Büroanzug an, und es war mitten am Nachmittag. Er hat direkt am Wasser im Regen gestanden. Er hatte seine Schuhe an, und das Wasser ist ihm über die Füße gelaufen und an den Knöcheln hoch, und er hat ausgesehen … Die Leute haben gelacht, weil es so durchgeknallt ausgesehen hat.«

»Mia …«

»Im Ernst, Mum. Es hat richtig geschüttet, und er steht da in seinem Anzug in der Brandung und wird klatschnass, und er hat einfach *gestört* ausgesehen.«

Ist er schon an der Galerie vorbeigekommen? Diese köchelnde Wut …

»Ich hab deine Zugkarten«, sage ich über meinen zu schnellen Herzschlag hinweg. »Pack deine Sachen zusammen – ich habe Caroline angerufen, du kannst morgen fahren, direkt wenn du aus der Schule kommst. Du kannst ein paar Tage fehlen, ich rufe dort an und regele das.«

»Hast du Dad Bescheid gesagt?« Die Furcht in ihrem Gesicht lässt mein Herz noch schneller hämmern, und einen Moment lang habe ich das Gefühl, ohnmächtig zu werden.

Ich schüttele den Kopf. Mias Lippe zittert, aber sie sagt weiter nichts. Wir haben eine wortlose Abmachung, dass dies geheim bleiben wird, bis sie im Zug sitzt. Bis sie in Sicherheit ist.

Ich drücke die Hände gegen die Schläfen, nachdem ich die Dusche eingeschaltet habe. Morgen für Morgen steht Patrick auf, zieht seinen Anzug an, greift nach der Aktentasche und fährt davon, der Himmel weiß, wohin. Er hat seine Suspendierung seit Tagen nicht mehr erwähnt. Ich habe gedacht … Ich habe nichts gedacht. Ich hatte anderes zu bedenken. Aber wenn Mia ihn am Strand gesehen hat – ist er überhaupt zur Arbeit gegangen? Wenn nicht, was hat er getan? Das Wasser wird kalt, und ich steige schaudernd aus der Dusche.

In trockenen Sachen und mit einem Handtuch um den Kopf gehe ich wieder nach unten. Patrick ist in der Küche und rührt in einem Kochtopf.

»Patrick, Mia sagt, sie hat dich am Strand gesehen«, sage ich.

Er antwortet nicht. »Patrick«, sage ich noch einmal behutsam, aber er wendet sich ab, zieht den Ofenhandschuh über und bückt sich, um eine Form aus dem Ofen zu ziehen.

»Wohin bist du gegangen? Zur Arbeit?«

Er wendet mir den Rücken zu und dreht sich dann ganz plötzlich um. »Hier, nimm das«, sagt er, während er mir die Form hinstreckt. Es geht so schnell, dass ich ohne nachzudenken zugreife und aufschreie, als das heiße Metall mir die bloßen Hände verbrennt. Ich lasse die Form fallen, und Fleisch und Fett ergießen sich über den Fußboden. Er packt meine Hände, und ich schreie wieder, als er mich zum Spülbecken zieht, sie unter den Kaltwasserhahn hält. Tränen steigen mir in die Augen, als das kalte Wasser über meine roten Handflächen strömt, auf denen sich bereits die ersten Blasen bilden.

»Es tut mir leid. Herrgott, Sarah – es tut mir so leid, ich habe einfach nicht nachgedacht. Es war ein Unfall, ich habe nicht nachgedacht.«

Aber ich denke an Rage, die brodelt und überkocht. Ich denke an den Ausdruck in seinen Augen in dem Moment, als er mir diese Bratenform hingestreckt hat.

»Mum?«

Joe streckt den Kopf durch den Türspalt, und ich stehe auf, öffne die Tür weiter, um ihn einzulassen, wobei ich versuche, den empfindlichen Teil meiner Hand zu schonen. Ich habe nicht geschlafen. Ich habe auf dem Bett gesessen und zu entscheiden versucht, was ich als Nächstes tun soll.

»Was ist passiert?«, fragt er, während er meine bandagierten Hände anstarrt.

Ich verstecke die Hände hinter dem Rücken, als würde er dann vergessen, dass er sie gesehen hat. »Es war ein alberner Unfall, ich hab eine Bratenform ohne Handschuhe angefasst. Ich habe einfach nicht nachgedacht.«

Er starrt mich an. Er weiß, dass ich lüge.

»Ich hab morgen ein Vorstellungsgespräch für diesen Vorbereitungskurs. Kann ich dir meine Mappe zeigen?«

»Natürlich.« Ich streiche die Bettdecke glatt, damit er die Mappe im A1-Format aufs Bett wuchten kann.

Das erste Blatt ist eine weitere Zeichnung von Mia, größer als das Bild, das ich gerahmt habe. Ich sehe zu ihm auf, aber er hat sich die Haare wachsen lassen, und unter dem Pony, der ihm in die Augen fällt, kann ich sein Gesicht kaum sehen.

»Ich mach mir Sorgen wegen Mia«, sage ich, während ich mit dem Zeigefinger über ihr bleistiftgezeichnetes Gesicht streiche.

»Ich weiß.« Joe legt ein Blatt in der Mappe um, und Patrick starrt zu uns beiden herauf, eine dunkle, fast gesichtslose Gestalt im Auge eines wirbelnden Strudels. Ich ziehe die Hand von den Blättern fort und lehne mich zurück, als könne er aus Joes Bild hervorgestürzt kommen, in den Wirbelsturm gehüllt.

»Sie fährt zu Caroline«, sage ich. »Über die nächste Woche und dann die Ferien. Willst du auch hin?«

Er schüttelt den Kopf. »Ich kann ... Ich kann bei Simon unterkommen. Gehst du mit ihr zu Caroline?«

»Ich weiß nicht.« Trotz allem, was zwischen Patrick und Caroline vorgefallen ist – ihr Haus wird der erste Ort sein, an dem er nach mir sucht.

Joe seufzt. »Warum gehst du nicht ganz?«, fragt er.

Ich sehe wieder auf Joes Gemälde hinunter, halte Ausschau nach dem Patrick, in den ich mich verliebt habe, dem Mann, der mit mir getanzt hat, der ein Lächeln hatte, so breit und so offen, dass ich seine ganze Liebe sehen konnte. Wenn ich diesen Patrick finden kann, dann könnte ich ihn Joe zeigen.

»Manchmal ...« Joe wirft mir einen Seitenblick zu. »So wie er dich behandelt ... manchmal hab ich mich gefragt, ob du es so magst.«

Scham ballt sich sauer in meinem Magen zusammen. Ich weiß nicht, was ich dazu sagen soll, und so halte ich den Blick auf die Mappe gerichtet, in der er jetzt eine seiner Zeichnungen von mir aufgeschlagen hat. »Ich hatte immer so viel Angst davor, das Leben allein zu leben.«

Ich bin von meiner Mutter zu Caroline und weiter zu Patrick gerannt. Die Vorstellung, allein zu sein, lässt Furcht in mir aufblühen. Aber wie soll ich das meinem Sohn erklären? Ich blättere zur nächsten Seite weiter. Joe hat das Haus gemalt, das Mörderhaus. Er hat es nicht so gemalt, wie es wirklich aussieht, ein hübsches viktorianisches Haus an der Küste, sondern als schauerliches Geisterhaus, einsam auf einer Klippe, wind- und sturmumtost, aber es ist zu erkennen. Er hat es so gemalt, wie es in meinen

Albträumen erscheint. Und mich selbst erkenne ich in der zerquälten, Munch-artigen Gestalt im obersten Fenster, an die Scheibe gedrückt, während von hinten Schatten herankriechen. Die Tränen in meinen Augen lassen das Bild verschwimmen, und ich hebe die Hand, um sie wegzuwischen. Dies ist der dunkle Zwilling des Bildes, das ich selbst gemalt habe mit den unmöglichen Winkeln und dem Eindruck, dass etwas nicht ganz stimmt. Dies hier ist das ultimative Albtraumhaus.

»So sieht es in meinen Träumen aus«, sagt Joe, und ich nicke.

»Wenn ich da reinkomme«, sagt er, »wenn ich es an die Kunsthochschule schaffe, dann ziehe ich aus. Den Job behalte ich – Simon hat gesagt, wir können uns zusammen eine Wohnung suchen, nicht als Paar, einfach eine Wohngemeinschaft.«

Joe dreht ein paar weitere Blätter um und hält bei der Bleistiftzeichnung eines lachenden Jungen inne. Ich erkenne ihn – es ist der braunäugige Junge, den ich schon auf den früheren Zeichnungen gesehen habe an dem Abend, als Joe zusammengeschlagen wurde.

»Ist er das?«, frage ich, und Joe nickt.

Auf der Zeichnung sitzt er auf einem Stuhl, in unsere Richtung vorgebeugt und in eine dicke Jacke verpackt. Er sieht offen und fröhlich aus, glatt rasiert, mit klaren Augen. Die Zeichnung wirkt intimer als die früheren Skizzen, die ich gesehen habe.

»Er hat mich geküsst«, sagt Joe, und ich habe augenblicklich den Wunsch, diesen klaräugigen Fremden durchzuschütteln und mir von ihm versprechen lassen, dass er meinen Sohn niemals verletzen wird. Joe ist immer noch so zerbrechlich trotz der Bewerbungen an der Kunsthochschule und der Therapiestunden.

»Ich weiß, dass du dir Sorgen machst«, sagt Joe und reibt sich den Arm. »Ich weiß, dass du drauf wartest, dass ich wieder mit der Ritzerei anfange. Aber es war nicht Simon, wegen dem ich damit angefangen habe. Sogar wenn alles schiefgeht, es wird nicht Simon sein, der der Grund ist, dass für mich alles wieder den Bach runtergeht.«

Nein, Patrick wird es sein. Dieses Haus wird es sein. Er hat seit

Wochen versucht, es mir zu sagen, aber ich habe ihm nicht zugehört.

»Ich habe was für dich«, sage ich, gehe zum Kleiderschrank hinüber und greife nach hinten nach meiner Schatzkiste. Ganz unten, unter den Postkarten von meinem Vater, liegt ein Satz in eine Stoffmappe eingerollter Pinsel.

»Mein Dad hat mir die geschenkt«, sage ich, während ich sie Joe aushändige. »Beim letzten Mal, als er nach Hause gekommen ist, bevor er aufgehört hat, nach Hause zu kommen. Ich hab sie nie … Ich war wütend auf ihn, weil er verschwunden ist, und deswegen habe ich sie nie verwendet. Und dann waren sie irgendwann zu kostbar, um benutzt zu werden, weil sie das letzte Geschenk waren, das er mir je gekauft hat.«

Ich sehe zu, wie Joe die Samtmappe entrollt. Es sind gute Pinsel, Zobelhaar, zu gut für das Kind, das ich damals noch war, das immer noch mit Plakatfarbe herumkleckste. »Ich möchte, dass du sie jetzt hast.«

Joe sieht zu mir herüber, dann streckt er die Hand aus. »Warum kommt mir das hier vor wie ein Abschied?«

Ich greife nach seiner Hand, drücke sie vorsichtig und zucke zusammen, als meine Handfläche zu pochen beginnt. »Du wirst mit Sicherheit einen Platz kriegen«, sage ich. »Du bist unglaublich begabt, Joe.«

»Du aber auch«, sagt er, während er den Reißverschluss seiner Mappe schließt. »Gib es bloß nicht auf, Mum.«

»Ich hab eine Ausstellung in der Stadt.« Ich platze damit heraus, und dann hängt es schwer in der Luft. Es ist, weil ich es geheim gehalten habe – deshalb fühlt es sich jetzt an, als täte ich etwas Verbotenes.

»Ich hoffe, ich kann ein paar Bilder verkaufen. Genug, dass ich …« Ich lasse den Satz unvollendet.

»Weiß Dad davon?«, fragt Joe, und ich werfe einen Blick zu der halb offenen Tür hinüber, während das Prickeln in meinem Nacken wieder beginnt. All diese Geheimnisse.

»Erzähl's ihm nicht«, flüstert Joe.

Im Keller hast du einen Kasten aufbewahrt. Geheim, versteckt. Tief in die hinterste Ecke geschoben, nie aus den Schatten herausgeholt.
»Ich habe das hier aufgehoben für dann …«, hast du gesagt.
»Wann dann?«
»Dann, wenn ich hier unten war. Wenn ich böse gewesen war.«
Du hast den Kasten geöffnet und mir gezeigt, was drin war. Jetzt erinnere ich mich nur an Müll. Krimskrams. Nutzloses Zeug. Jetzt denke ich: Warum nicht eine Taschenlampe? Warum nicht Wasser? Warum nicht etwas zu essen? Aber das ist praktischer, erwachsener Blödsinn. Und du warst ein Kind, als du diesen Kasten versteckt hast, und es war nicht Hunger oder Durst oder auch nur die Dunkelheit, vor der du Angst hattest. Es war das, was in der Dunkelheit verborgen lag.
In dem Kasten hast du eine Muschel aufbewahrt. Eine große von einem exotischen Strand, eine Million Kilometer von diesem dunklen Keller entfernt. »Damals hab ich gedacht, sie wäre voller Magie«, hast du gesagt. Es gab auch einen Schlüssel, aber du wolltest mir nicht verraten, wofür der war, was man damit aufschließen konnte. Und das Beste von allem, du hattest eine Halskette mit einem Kreuz daran, das alles Böse abwehren konnte.

KAPITEL 32

Am nächsten Vormittag wickelt Patrick die Verbände ab und legt sie auf die Tischplatte. Er greift nach der Sudocrem und beginnt behutsam, Creme in meine pochenden Handflächen zu massieren. Ich riskiere einen Blick – sie sind rot, und ich sehe ein paar kleine Brandblasen, aber es ist nicht annähernd so übel, wie ich erwartet habe. Als es passiert ist, hat es sich angefühlt, als hätte ich mir das Fleisch versengt bis auf die Knochen.

»Es tut mir leid«, sagt er wieder, legt weiche Wattepads auf meine Handflächen und öffnet eine frische Verbandsrolle. Er hat die Ärmel hochgekrempelt, und ich sehe seine eigenen schwachen Brandnarben.

»Schon okay«, sage ich. »Es war ein Unfall.«

Er bringt einen Pflasterstreifen an, um den Verband zu fixieren. »War es das?«

Ich hebe den Blick zu ihm. Er hält meine Hände immer noch in seinen, und ich ziehe sie fort. »Was meinst du damit?«

»Als ich zur Drogerie gefahren bin, Verbandszeug holen, hab ich mir auf der ganzen Strecke immer wieder gesagt, es war ein Unfall, und dann habe ich auf dem gesamten Rückweg gedacht ... ich war wütend auf dich. Weil du wieder weg gewesen bist. Weil du gelogen hast. Vielleicht hatte ich nicht vor, dir die Hände zu verbrennen, aber ...«

Ich schüttele den Kopf. Patrick kommt mir dünner vor, kleiner, älter. Von innen heraus aufgefressen von der Furcht, die in ihm wächst wie ein Krebsgeschwür. Sie ist ansteckend. Ich spüre, wie sie auch in mir schwillt.

»Was, wenn es kein Unfall war«, flüstert er. Sein Atem riecht sauer.

Anna kommt an die Tür, und ich halte mir mit den bandagierten Händen die Ohren zu, bleibe geduckt am Tisch sitzen und warte darauf, dass sie es aufgibt. Ich will mit niemandem reden.

Dann fahre ich zusammen, und meine Ellbogen rutschen vom Tisch – jetzt klopft sie an das vordere Fenster. »Geh doch weg«, murmele ich, während ich in den Flur gehe und von dort aus ins Wohnzimmer spähe. Durch das milchige Glas kann ich ihren Umriss sehen. Sie weiß, dass ich hier drin bin. Sie weiß, dass ich verdammt noch mal immer hier drin bin.

Die schattenhafte Gestalt entfernt sich, und ich kann wieder atmen. Ich weiß nicht, wie ich dieses Stadium erreicht habe – mich hier drin vor meiner Freundin und draußen vor Patrick zu verstecken. Ich wickele mir die Verbände von den Händen. Eine der Blasen ist geplatzt, und ich keuche, als ich die Watte von dem nassen rohen Fleisch ziehe. Die Handflächen pochen, und der Schmerz ist übel, aber ich sehe keinerlei Anzeichen für eine Infektion, und so verbinde ich mir die Hände wieder, lege ein zusätzliches Wattepolster auf, um die Handflächen zu schützen.

Patrick ist verschwunden, wie üblich in seinen Büroanzug gekleidet. Ich hätte ihn gern gefragt, wohin er geht. Aber die Worte wollten nicht herauskommen. Er hat etwas Geld auf dem Tisch liegen lassen, es sind nur ein paar Pfundmünzen, aber ich nehme sie und renne nach oben.

Ich öffne die oberste Schublade und suche nach dem Umschlag, den ich ganz hinten versteckt habe und der sich langsam mit jedem herumliegenden Kleingeldbetrag füllt, den ich finden kann. Ich stopfe die Münzen hinein – es sind kaum dreißig Pfund zusammengekommen, seit ich Mias Zugfahrkarte gekauft habe, und ich muss lachen, ein Prusten, das etwas Hysterisches an sich hat. Das also ist mein Weglauf-Etat? Diese verdammten dreißig Pfund? Mit meiner Karte kann ich kein Geld abheben; das Konto ist so weit überzogen, dass die Bank die Auszahlung verweigern wird. Wir leben von Patricks Kreditkarte, die er immer bei sich behält. Ich habe schon angefangen, bei den Lebensmitteln zu sparen, nur um noch ein paar zusätzliche Pfund zur Seite legen zu können.

Ein weiteres Klopfen an der Haustür lässt mich zusammenfahren, und ich schiebe den Umschlag wieder hinten in die Schublade. Verdammt noch mal, Anna gibt wirklich nicht auf.

Ich marschiere zur Tür und öffne sie, aber es ist niemand da. Eine Feder schwebt aufwärts und bleibt in meinen Haaren hängen. Weitere Federn wirbeln um mich herum, und als ich nach unten sehe, denke ich zunächst, es sei ein toter Vogel auf unserer Türschwelle. Aber dann gehe ich in die Hocke und sehe genauer hin, und es ist eine mit weichen grauen und weißen Federn ausgepolsterte Schachtel und darin eine weitere Muschel, das Ebenbild der Muschel, die ich erst in der Manteltasche mit mir herumgetragen und dann in der Vitrine zur Schau gestellt habe.

Manchmal, wenn ich mir die Muschel ans Ohr hielt, habe ich nicht das Meer gehört. Manchmal habe ich ein Flüstern gehört und versucht, die Worte zu verstehen. Manchmal konnte ich das Flüstern in der Luft treiben hören, zu schwach, als dass ich etwas hätte ausmachen können. Auch die Kinder hören es; Mia wacht weinend auf, und Joe wird von Tag zu Tag schreckhafter.

Ich glaube, Patrick hört es, aber er würde es niemals zugeben. Nachts geht er immer wieder auf die Straße hinaus und hält Ausschau nach dem Beobachter. Nach der Nacht, in der er glaubte, den Beobachter ebenfalls gesehen zu haben, hat er aufgehört, mich der Paranoia zu bezichtigen. Stattdessen hat er jemanden kommen lassen, der die Fenster ausmaß, und neue Vorhänge in Auftrag gegeben, dicke, schwere Vorhänge, die jeden Lichtstrahl aus dem Zimmer unten und unserem Schlafzimmer fernhalten.

»Jetzt kann uns keiner mehr bespitzeln«, hat er gesagt und die dunklen Vorhänge im Wohnzimmer zugezogen.

Die Wände sind näher herangerückt. Ich war noch nie klaustrophobisch veranlagt, aber diese Samtvorhänge, die das Fenster versperrten, sahen solider aus als Stahlgitter; sie schlossen uns ein, nur uns vier, verbarrikadiert im Mörderhaus.

Ich hebe die Schachtel auf, aber dann ist Patrick da und reißt sie mir aus der Hand, bevor ich die Muschel herausnehmen kann. »Woher hast du das?«, fragt er.

»Nirgendwoher – es hat vor der Tür gestanden.«

Er schiebt sich an mir vorbei, geht mit langen Schritten auf die Straße hinaus, sieht in beide Richtungen, die Schachtel immer noch in den Händen. Dann schleudert er sie hinunter auf den steinigen Strand, und sämtliche Federn fliegen heraus, ein wirbelnder Schwarm rings um seinen Kopf. »Lasst uns in Frieden«, brüllt er der leeren Straße zu.

Ausraster, denke ich, und mein Herz schlägt schneller. Er rastet aus. *Die Dinge eskalieren gerade, stimmt's?* Annas Stimme hallt in meinem Kopf wider, als Patrick sich an mir vorbeidrängt, sodass ich gegen den Türrahmen stolpere. Ich verfolge, wie er nach seinen Schlüsseln greift, sich ins Auto setzt und wegfährt, quer über die Straße schlingert und beschleunigt, als er an der Ecke angekommen ist. Das Glockenspiel klingelt wieder, lauter, misstönend, und ich halte mir mit den Handballen die Ohren zu.

Ich schließe die Haustür ab – es tut weh, den Schlüssel zu drehen – und gehe los, ignoriere Lyn Barretts zuckende Gardinen. Ich habe den Küstenpfad den Hang hinauf zur Hälfte hinter mir ohne einen anderen Gedanken im Kopf, als dass ich von diesem verdammten Haus wegwill, als der Nebel heranzurollen beginnt. Er ist mir nicht neu. Ich habe mich daran gewöhnt, dass die Welt einfach verschwindet. Aber ich bin allein auf dem Küstenpfad unterwegs, einen Meter von der Kante der Klippen entfernt. Der Nebel ist feucht und kalt, und hinter mir höre ich Schritte. Ist es Patrick? Anna?

Ich gehe langsamer, und die Schritte hinter mir tun es ebenso. Ich stehe wieder auf der Schwelle, in der Schwebe, in der Joe mich malt – Kampf oder Flucht? Unweigerlich habe ich mich bisher dafür entschieden, wegzurennen, mich zu verstecken. Die Welt auszuschließen. Pillen, Wein, mich hinter Patrick zu verstecken, vor der Wahrheit zu verstecken, vor … allem zu verstecken.

Aber ich werde das jetzt nicht mehr tun.

Eine Sekunde vergeht, und ich drehe mich um. Ein Mann tritt aus dem Nebel hervor. »Sarah?«

Ich hätte wegrennen sollen. Ich hätte schreien sollen. Ich sollte es jetzt tun – rennen, schreien, beides, alles … Es kommt mir vor, als wäre die Welt verschwunden, aber es ist alles noch da. Ich bin nur fünf Minuten vom Haus entfernt.

Er kommt näher, und es ist Tom Evans, und ich weiß nicht, ob ich erleichtert sein oder noch mehr Angst haben sollte. Er sieht aus wie ein Fremder, ein von seinen Dämonen getriebener Mann.

»Lauf nicht weg«, sagt er, und seine Hand schnellt vor, um mich am Arm zu packen. »Ich bin nicht hier, weil ich ... Hab keine Angst.«

Wir sind verborgen im Nebel, die einzigen Leute, die dumm genug sind, jetzt unterwegs zu sein. Mein Herz hämmert so sehr, dass ich in diesem Augenblick überzeugt bin, der Mensch könne vor Furcht sterben.

»Lass mich los«, sage ich.

Er lässt meinen Arm los und tritt zurück, beide Hände erhoben. »Es tut mir leid, es tut mir leid.«

Ich schiebe die bandagierten Hände tiefer in die Jackenärmel. »Was willst du?«

Ich höre Patricks Stimme in meinem Kopf, sie flüstert die Worte, die er gesagt hat, als wir diese Reihe von Leuten an unserem Haus hinaufstarren sahen: *Sie warten darauf, dass wir die nächste Schlagzeile liefern.*

»Ich habe dich hier raufgehen sehen. Ich hab dir so viele Nachrichten hinterlassen, aber du hast mich nie zurückgerufen.«

»Du musst aufhören, mich anzurufen, Tom. Es tut mir leid, dass ich dich kontaktiert habe. Ich hätte es nicht getan, wenn ich gewusst hätte, dass du immer noch so ...«

»So was?«

Besessen davon bist. Verstört. Aber das kann ich zu dem Mann, der zitternd vor mir steht, nicht sagen, oder? Und er sieht kaum älter aus als Joe ... Joe mit seinen Schmerzen und Narben. »Hast du deinem Therapeuten erzählt, dass du mich angerufen und besucht hast?«

Er lacht. »Mein Therapeut hat Mist gemacht.«

»Ich glaube, du solltest versuchen, es einfach gut sein zu lassen.« Ich winde mich beim Klang meiner eigenen Worte. Ist dies nicht genau das, was Patrick zu mir gesagt hat? *Lass es gut sein, Sarah.* Wenn ich das getan hätte – wäre ich dann jetzt hier? Wäre alles so verkorkst, wenn ich in der Lage gewesen wäre, zu tun, was Patrick sagt, und vorzugeben, die Morde wären nie passiert? Dass die Entlassung Ian Hoopers für uns keinerlei Bedeutung hätte?

»Du warst es doch, die sich bei mir gemeldet hat. Du warst es, die mich hierher zurückgeholt hat«, sagt Tom, und ein neues Gewicht gesellt sich zu der Last der Schuldgefühle, die ich wegen tausend verschiedener Dinge schon jetzt mit mir herumtrage. »Und du hattest recht damit«, fügt er hinzu, während er wieder nach meinem Arm greift. »Ich kann jetzt dir helfen, und du kannst mir helfen.«

»Wie meinst du das?«

»Hooper ist frei, und er sollte es nicht sein. Er hätte im Gefängnis verfaulen und sterben sollen für das, was er meiner Familie angetan hat.«

»Ich weiß. Es tut mir leid, aber was kann ich tun?«

»Nicht du – dein Mann.«

Ich schüttele den Kopf, um mich von dem Summen seiner Worte in meinem Kopf zu befreien. Ich kann und will nicht hören, was er mir sagen will. »Patrick weiß nichts.«

»Da irrst du dich. Er war da. An dem Abend, an dem es passiert ist, war er mit meinem Dad zusammen. Sie waren zusammen im Pub.«

»Nein – nein, das stimmt nicht. Es tut mir leid, Tom, aber ...«

»Er hat vor Gericht ausgesagt deswegen.«

»Was?« Bei den Worten erstarre ich. Er ist geistesgestört. Patrick hat recht – er hat Wahnvorstellungen. »Nein, das hat er nicht. Davon wüsste ich.« Aber ich habe aufgehört zu recherchieren, oder? Nachdem ich Kontakt zu Tom aufgenommen hatte, habe ich meine Recherchen abgebrochen. Ich wollte die grausigen Details nicht mehr wissen.

»Doch, hat er. Er hat vor Gericht ausgesagt, dass sie bis nach zehn zusammen im Pub waren und es deshalb unmöglich war ...« Toms Stimme verklingt.

Er muss einfach lügen. Patrick hätte mir erzählt, wenn man ihn bei diesem Mordfall als Zeugen vernommen hätte. Aber Patrick hat mir nie erzählt, dass er mit John Evans befreundet war. Er hat mir nie erzählt, dass er in diese Stadt gefahren ist, während ich mit Joe und Mia zu Hause war.

»Es hat immer Zweifel gegeben«, sagt Tom; er sieht in den Nebel hinein, nicht mir ins Gesicht. »Ich war ein Kind, das sich unter dem Bett versteckt hat, während meine ganze Familie ermordet wurde.«

Sein Tonfall ist merkwürdig distanziert, eine Emotionslosigkeit, die in mir widerhallt, mir einen Schauer über die Haut jagt.

»Ich weiß noch ... Mum hat mich ins Bett gebracht, aber ich hatte einen Albtraum und bin aufgewacht, und danach habe ich unter dem Bett gespielt, weil ich nicht wieder einschlafen wollte. Ich habe Gebrüll gehört. Ich habe einen Mann brüllen hören und meine Mum schreien, und ich habe gesehen ... Meine Zimmertür war offen, und ich habe Dad und Mum im Schlafzimmer kämpfen sehen, und Mum hat Dad angeschrien, und sie ist ... sie ist gestürzt. Billy kam aus seinem Zimmer gerannt, und dann habe ich die Augen zugemacht und mir die Ohren zugehalten, bis das Schreien aufgehört hat.« Er holt tief und zitternd Atem.

»Als ich rausgekommen bin, war es still, und ich habe gedacht ... ich habe gedacht, es wäre vorbei. Aber dann habe ich wieder Stimmen gehört. Ich bin oben bis zur Treppe gegangen und habe Hooper mit dem Messer gesehen und meinen Dad – ich habe gesehen, wie Dad gefallen ist. Das habe ich ihnen beim ersten Mal erzählt.« Er sieht wieder mich an. »Aber bevor Mum und Billy aufgehört haben zu schreien, habe ich gehört, was Dad gesagt hat. Er hat Mum angebrüllt. Er hat gebrüllt: ›Ich bringe dich um. Ich bringe euch alle um.‹«

Er schenkt mir den Schatten eines Lächelns, bei dem mir kalt wird.

»Ich hab mir meine ganze Kindheit über eingeredet, dass ich mich geirrt habe. Ich hatte mich verhört. Dad war nicht in jedem Moment ein guter Mann, aber er war kein Monster. Ich wollte nicht der Sohn eines Monsters sein. Einmal habe ich's meinem Großvater erzählt, und er hat das Gleiche gesagt. Er hat gesagt, ich hätte mich geirrt und sollte es nie, nie im Leben jemand anderem erzählen. Also habe ich's nicht getan. Und dann beim Prozess hat Mr. Walker gesagt, er und Dad wären zusammen gewesen, und ich habe mich besser gefühlt, denn ich musste mich wirklich geirrt haben – es war nicht Dad, den ich gehört und gesehen habe, wie er Mum angebrüllt hat. Ich war verwirrt – vielleicht bin ich eben doch eingeschlafen und habe geträumt. Es muss Hooper gewesen sein, weil Mr. Walker ausgesagt hat, er und Dad wären zusammen gewesen.«

Ich atme ein, aber ich kann den Atem nicht mehr ausstoßen. Ich behalte ihn in den Lungen, bis es wehtut.

»Aber es ist nie wirklich weggegangen«, spricht Tom weiter. »Hooper ist für den Mord an meiner Mutter und meinem Bruder nie verurteilt worden. Mangel an diesen Scheiß*beweisen.* Er war da mit dem Messer in der Hand – er muss es gewesen sein.« Er sieht mich an. Sein Griff um meinen Arm lockert sich. »Ich will, dass Mr. Walker – ich will, dass Patrick noch mal aussagt. Er kennt die Wahrheit. Er kann ihnen die Wahrheit erzählen, und Hooper kommt wieder hinter Gitter. Und dann wird das aufhören«, sagt er und lässt meinen Arm los. Er schlägt sich selbst hart gegen die Stirn, ballt die Hand zur Faust und schlägt ein zweites Mal zu. »Ich will, dass es aufhört – ich will nicht mehr hören müssen, wie mein Dad diese Worte sagt.« Er lässt die Hand sinken; ich sehe eine rote Stelle auf seiner Stirn.

»Deswegen habe ich Mr. Walker das Haus verkauft – deswegen habe ich mich beim ersten Mal drauf eingelassen, mit dir zu reden. Er kennt die Wahrheit über die Morde, und er kennt die Wahrheit über das Haus, das, was es mit den Leuten anstellt. Ihr hättet schon früher auf mich hören sollen – ihr hättet gleich damals gehen sollen.«

Ich weiche vor ihm zurück; das Herz hämmert mir in der Brust. In einer Sache hatte Patrick recht, selbst wenn er bei allem anderen gelogen hat. Tom ist geisteskrank.

»Sarah?«, ruft Tom mir nach, als ich mich umdrehe, um zu flüchten. Ich halte inne und sehe mich nach ihm um.

»Hast du die Schachtel bekommen, die ich dir hingestellt habe?«

»Du hast die Muschel gebracht? Vorhin erst?«

Er sieht mich verständnislos an. »Muschel? Nein – letzte Woche. Du warst nicht da, also habe ich sie dir vor die Tür gestellt.«

»Was?« Dann fällt mir die Schachtel mit meinem Namen darauf wieder ein, die Patrick mir abgenommen hat.

»Es waren Fotos. Von früher. Von meinem Dad und deinem Mann. Dem Haus.«

»Die habe ich nicht … Patrick hat die Schachtel genommen.« Ich sehe, wie sich ein Schatten über sein Gesicht zieht. Der Altersunterschied zwischen ihm und Joe beträgt nur ein paar Jahre, aber in diesem Moment sieht Tom um Jahrzehnte älter aus.

»Als wir damals eingezogen sind, haben wir … Du solltest dir mal die Wände ansehen«, sagt er.

»Die Wände?« Die Fotos aus den Zeitungsausschnitten fallen mir wieder ein, die Ränder von Kritzeleien unter Joes abblätternder Tapete.

»Hinter der Tapete. In dem Zimmer, das früher meins war. Daher weiß ich, dass Mr. W… dass *Patrick* über das Haus Bescheid weiß. Was es anrichtet.« Es gefällt mir nicht, wie er Patricks Namen ausspricht, durch die zusammengebissenen Zähne, als würde er ihn ausspucken.

Sein Blick zuckt wieder von meinem zurück, und stattdessen starrt er den Pfad entlang zu dem Haus hinunter, das durch eine Lücke im treibenden Nebel sichtbar geworden ist. Ich sehe Anna vor der Haustür stehen. Als ich wieder zu Tom hinübersehe, stelle ich fest, dass er beobachtet hat, wie ich Anna beobachtet habe.

»Du solltest vorsichtig sein, Sarah.«

Ich wende mich ab, bleibe aber noch stehen. »Lass mich in Frieden, Tom.« Als ich mich dann wieder umsehe, ist er verschwunden, vom Nebel verschluckt.

Anna steht immer noch auf der Schwelle, vornübergebeugt, die Hände in den Taschen. Sie sieht aus, als wäre sie gerade erst aufgestanden; ihr Haar steht in alle Richtungen, und sie trägt kein Make-up. Aus der Nähe riecht sie nach abgestandenem Alkohol und Zigarettenrauch.

»Was machst du hier?«

»Ich wollte nur nachsehen, ob alles okay ist. Ich hab Patrick wegfahren sehen, er hat wütend ausgesehen«, sagt sie. Ich gehe an ihr vorbei, um die Haustür aufzuschließen, hantiere mit den bandagierten Fingern an den Schlüsseln herum, versuche sie hinter meinem Körper zu verstecken. Ich habe sie nicht hereingebeten, aber sie folgt mir ins Haus, ohne mit dem Reden aufzuhören. »Ich hab sein Gesicht gesehen, als er losgefahren ist. Was meinst du, was als Nächstes passiert? Glaubst du, er wird zurückkommen, und dann ist alles in Ordnung?«

Ich ignoriere sie und renne nach oben, öffne die Schublade von Patricks Nachttisch, suche nach Toms Schachtel mit den Fotos. Eine Schachtel finde ich nicht, aber meine Hand schließt sich um ein einzelnes Foto, das zerknickt ganz hinten in der Schublade liegt.

Ich erkenne Patrick augenblicklich, obwohl er nicht älter sein kann als achtzehn oder neunzehn. Er sieht aus wie der Patrick, den ich damals kennengelernt habe. Das Foto ist im Freien vor dem Haus aufgenommen worden, und selbst damals, lang, lang bevor es zu dem Mörderhaus wurde, hat es ... dunkel ausgesehen. Die Fenster wirken schwarz, leere Augen, die rote Tür ist ein blutender Mund, verbirgt scharfe Zähne, die darauf warten, den lächelnden jungen Patrick zu verschlingen.

Aber es ist weder das Haus, noch ist es Patrick, was mir Herzrasen verursacht. Es ist der grinsende Mann neben Patrick, der so unverkennbar ein junger John Evans ist; er sieht aus wie eine glücklichere, fröhlichere Version von Tom. Und dann rutscht mein Blick zu dem Mädchen mit dem wilden schwarzen Haar hinüber, das den Kopf an Patricks Schulter lehnt. Es ist Anna.

Sie steht noch unten im Hausflur, als ich wieder herunterkomme. »Du hast mir erzählt, dass du erst letztes Jahr hierhergezogen bist.«

»Was?«

»Beide neu in der Stadt, hast du gesagt. Immer in der Großstadt gelebt, hast du gesagt.«

»Himmelherrgott, Sarah, von was redest du eigentlich?«

Ich habe die Ärmel nach unten über die Verbände gezogen; sie verbergen auch das Foto. Ich forsche in Annas Gesicht, aber es verrät nichts; sie starrt mich nur verwirrt an.

»Wie lang bist du wirklich schon hier? Wie lang genau kennst du meinen Mann schon? Wie gut hast du ihn gekannt, als ihr, du und er und John Evans, hier alle zusammen herumalbernde Teenager wart?«

Ich schiebe den Ärmel zurück und strecke ihr das Foto hin. »Hier, sieh mal – sieh's dir an. Das ist hier aufgenommen, genau vor dem verdammten Haus. Patrick hat dich im Arm – hast du mit ihm geschlafen? Scheiße, warst du seine *Freundin?* Warum hast du gelogen?«

Sie sieht schockiert aus, drauf und dran, es abzustreiten; dann verändert sich etwas in ihrem Gesicht, und ihre Schultern sacken ab. Sie beugt sich nach vorn, den Blick auf den Boden gerichtet. »Spielt es eine Rolle?«, fragt sie. »Ich hab nie hier gelebt, ich bin hier vorbeigekommen, und wir haben was miteinander angefangen. Er würde sich nicht mal an mich erinnern, also spielt es eine Rolle?«

»Ob es eine *Rolle spielt?* Du hast mir nie davon erzählt. Du hast die ganze Zeit gelogen.« Ich halte ihr das Foto vor die Nase, wedele vor ihrem Gesicht damit herum.

Sie antwortet nicht, reagiert gar nicht darauf. Stattdessen greift sie nach meiner verbundenen Hand, zieht die Augenbrauen hoch, als ich keuche und die Hand wegziehe. »Hat Patrick das angerichtet?«

»Es war ein Unfall. Alles in Ordnung. Und versuch nicht, das Thema zu wechseln.«

»Welches Thema? Ich versuche dir zu helfen, Sarah, und du willst mich lieber ankeifen wegen irgendwelchem mistigen Teenagersex vor ungefähr einer Million Jahren?« Sie wendet sich ab und marschiert in die Küche. »Und wenn's so gewesen wäre?«, sagt sie. »Was, wenn ich an einem einzigen wilden Wochenende am Strand die halbe Stadt flachgelegt habe? Du hast mich damals nicht gekannt, du hast die anderen nicht gekannt. Was, wenn ich dir jetzt erzählen würde, dass wir in diesem Haus da gebumst haben, dass wir am Strand, auf dem Rummelplatz, auf dem Klo im Pub gebumst haben? Willst du das hören? Fühlst du dich dann besser?«

»Es geht nicht um den Sex«, sage ich. »Es geht um die Lügerei.«

»Ich bin nicht die Einzige, die hier lügt. Du solltest mal ihn fragen. Frag ihn doch, ob er sich noch erinnert …«

»An was erinnert?«

Sie schüttelt den Kopf; sie ist bleich und hat die Arme eng um den Körper gelegt, als hätte sie Schmerzen. »Nichts. Vergiss es.«

»Pass auf, Anna, ich glaube, es wäre am besten, wenn du eine Weile nicht mehr zum Tee kommst, okay? Ich weiß, dass du mir helfen willst, aber das hier ist mein Leben, nicht deins, und es gibt da Dinge, von denen du nichts weißt.«

»Du bildest dir ein, du kannst einfach davontanzen in irgend so eine goldene Zukunft?«, schreit sie mich an, kommt näher heran, brüllt mir direkt ins Gesicht. »Ich hab deine Bilder in der Galerie gesehen. Die Ausstellung wird morgen eröffnet, stimmt's? Was glaubst du, was Patrick dazu zu sagen hat? Oder hat er die Bilder am Ende schon gesehen? War's das, was zu diesen Scheißverbänden da geführt hat?«

»Kommt jetzt sowieso nicht mehr drauf an«, sage ich, ich sage es zu dem Haus, zu mir selbst ebenso wie zu ihr. »Ich gehe. Sobald Mia nach Hause kommt, gehen wir.«

»Was ist mit Joe?«

»Joe ist bei einem Freund und will sowieso ausziehen. Er wird aufs College gehen und eine WG mit einem … Freund gründen.«

Anna runzelt die Stirn. »Wovon redest du denn? Joe? Er ist doch zu jung.«

»Er ist fast achtzehn. Er würde sowieso bald auf die Uni gehen.«

Sie schüttelt den Kopf. »Aber du hast mir erzählt, er ist fünfzehn.«

»Mia ist fünfzehn, nicht Joe.«

Sie geht zu einer gerahmten Zeichnung hinüber, die Joe und Mia als Kleinkinder zeigt. »Ich hab gedacht, sie sind Zwillinge«, sagt sie, während sie das Lächeln der beiden mit dem Finger nachzeichnet.

»Nein, sind sie nicht. Es sind fast zwei Jahre Altersabstand zwischen ihnen.«

Ihre Hand hält über der Zeichnung inne. »Zwei Jahre?«

Ich nicke, obwohl sie mit dem Rücken zu mir steht.

Sie nimmt das Bild von der Wand und starrt auf es hinunter. »Nein. Was hast du getan?«, flüstert sie.

»Was?«

Sie fährt herum, ihr Gesicht ist zu einer Grimasse verzerrt, und ihre Augen sind voller Tränen. Sie hebt das Bild und schleudert es an mir vorbei gegen die Wand. Ich ducke mich und lege die Arme um den Kopf, als das Glas zerspringt und in alle Richtungen fliegt.

»Du Miststück«, kreischt sie. »Du diebisches, verschissenes Miststück.« Sie stürzt auf mich zu, und ich weiche zurück; zerbrochenes Glas knirscht unter meinem Schuh. Einen halben Meter von mir entfernt bleibt sie stehen, zitternd, schwer atmend, das Gesicht noch immer eine erstarrte Fratze. Ich rechne damit, dass sie auf mich losgehen wird, aber stattdessen dreht sie sich um und rennt hinaus ins Freie, schlägt die Haustür hinter sich zu.

Ich gehe knirschend durch die Scherben, bücke mich, um die Zeichnung aufzuheben, und wische Splitter von ihr fort. Ich versuche mich zu erinnern, was ich gesagt habe, herauszubekommen, was sie so in Rage gebracht hat. Ich zwinkere, und dann sehe ich es. Es ist nicht dieses Bild, es ist ein anderes, ein Foto, das Foto, das Tom Evans mir zugedacht hatte. Ich sehe es jetzt, in einer Drehung ihres Fußes, einer Bewegung der Hand, der Schärfe ihres bitteren Lachens. Endlich sehe ich es.

Ich blicke von einem Bild zum anderen.

Und da ist es.

Eve.

Auf der Rückseite von Toms Foto steht etwas. Meine Hand zittert so sehr, dass ich einen Augenblick brauche, bis die Worte bei mir angekommen sind. Als sie es schließlich tun, als ich sie lese und einen zweiten Blick auf das Bild werfe, muss ich hinausstürzen, nach oben ins Bad, Kopf über die Toilette, und würge, würge nichts als Galle und Bitternis nach oben.

Ich war so dumm. Dümmer, als ich jemals geglaubt hätte, dass ich es sein kann. So gottverdammt dumm.

Immer noch genug Zeit, um es nicht zu tun. Ich sehe auf den Umschlag in meiner Hand hinunter. Ich könnte ihn zerreißen, könnte all das hinter mir lassen, gehen und mich rettungslos besaufen, weitermachen, bis ich sterbe. Aber ich habe den Brief schon in den Umschlag geschoben. Du wirst Bescheid wissen, richtig? Du wirst wissen, was er bedeutet.
Dieser Umschlag ist eine Bombe. Dieser Umschlag und das, was er enthält, ist eine Granate, ein Molotowcocktail, den ich im Begriff bin durch deinen Briefschlitz zu schieben. Ich weiß, was er anrichten wird, und ich habe immer noch die Macht, es abzuwenden. Wenn ich das will.
Aber ich will nicht.

KAPITEL 33

»Joe? Joe, hier ist Mum. Bitte ruf mich zurück, sobald du die Nachricht kriegst. Komm nicht nach Hause. Ruf mich erst an.« Es ist die dritte Nachricht, die ich ihm hinterlasse, und ich mache mir Sorgen. Ich muss mit ihm reden, bevor ... Die Haustür schlägt zu, und mir entfährt ein Keuchen.

Ich bin im Obergeschoss und werfe Kleidung in einen Koffer. Es ist noch nicht mal drei Uhr nachmittags, zu früh für Mia, zu früh, als dass Joe schon von seinem Bewerbungsgespräch am College zurück sein könnte. Ich schiebe den Koffer mit hämmerndem Herzen unters Bett, ziehe die Überdecke nach unten, um ihn zu verbergen, gerade rechtzeitig bevor Patrick ins Schlafzimmer kommt. Die fürchterliche Wahrheit, Patricks viele Lügen, die Anschuldigungen, die Anna mir ins Gesicht geschrien hat – sie warten in mir wie greifbare Dinge, lauern darauf, in einem Aufheulen der Wut hervorbrechen zu dürfen. Aber ich kann nicht sprechen: Er steht zwischen mir und der Tür, und die Anspannung erfüllt den gesamten Raum zwischen uns. Ich sehe ihm an – an dem glänzenden Schweißfilm auf seiner Stirn, den zitternden Händen, den rot geränderten Augen –, dass nun auch der letzte Rest von Kontrolle verloren ist. Dies ist der Patrick, der Joe gegen die Wand geschleudert hat und brüllend auf Mia losgegangen ist.

»Wir sind berühmt«, sagt er, während er die Lokalzeitung und einen Blumenstrauß aufs Bett wirft.

Patrick hat mir Blumen mitgebracht? Ich starre sie an. Ich greife nach ihnen, als ich die an dem Strauß festgeklammerte Karte entdecke. Sie zeigt einen Ausdruck des Familienfotos der Evans', das seinerzeit in sämtlichen Zeitungen war, mit einem handschriftlichen *Unvergessen* darunter. Ich fahre zurück und ziehe die Hand hastig fort.

Mir wird kalt, als ich die Schlagzeile auf der Zeitung sehe. Sie haben wieder dasselbe Foto verwendet, das berühmte Foto von vor fünfzehn Jahren, flatterndes Absperrband und die auf die Tür gesprühten Worte *Willkommen im Mörderhaus* – und das sind auch die Worte, die sie als Schlagzeile verwendet haben. Ich habe ein seltsames Summen in den Ohren, und einen Moment lang scheint die Welt zurückzuweichen, und alles, was ich sehe, ist diese Zeitung. »Es ist der Jahrestag der Morde«, sagt er und schiebt sich an mir vorbei, um zum Fenster zu gehen. »Die gottverdammten Aasgeier sind auch schon wieder da.«

Ich sehe an Patrick vorbei hinaus; er ist weiß im Gesicht und zittert. Gerade kommt Lyn Barrett auf unser Gartentor zu, legt einen Bund Narzissen und ein kleines Stofftier auf den Boden.

»O Gott«, murmele ich.

»Anscheinend machen die das jedes Jahr«, sagt Patrick. »Bringen Blumen und tun so, als hätten sie die Mordopfer allesamt gut gekannt. Die verdammten sensationsgeilen Leichenfledderer.«

Ich trete näher ans Fenster und halte Ausschau nach Ian Hooper, nach Tom Evans.

Ich reibe mir die Arme, um die Gänsehaut zu vertreiben.

Geh, flüstert eine Stimme in mir. *Jetzt, solange er noch abgelenkt ist.*

»Sie legen ihre Blumen ab und reden davon, wie *entsetzlich* es war, was für eine *Tragödie.* Aber in Wirklichkeit können sie's kaum abwarten, dass wieder etwas so Aufregendes passiert«, sagt Patrick, ohne den Blick vom Fenster abzuwenden. »Auf den Tag genau fünfzehn Jahre später ... Und alles, was sie wollen, ist, dass im Mörderhaus wieder Blut vergossen wird.«

Er zieht die Vorhänge zu und wendet sich ab. »Sie haben mich in die Firma bestellt«, sagt er. »Wegen einer wichtigen Besprechung. Eine unterhaltsame Art, den Freitagnachmittag zu verbringen.« Er tritt näher an mich heran. »Schließ lieber die Tür ab, versteck den Schlüssel, halt die Mörder fern.«

Ich nicke. Aber wenn wir die Tür abschließen und den Schlüssel verstecken, sind wir hier drin gefangen. Und ich glaube inzwischen nicht mehr, dass es die Gefahr von draußen ist, die wir fürchten sollten.

Nachdem er gegangen ist, zieht es mich wieder zum Fenster. Es mag paranoid sein, aber es kommt mir so vor, als würde jeder

Mensch, der vorbeikommt, die Spaziergänger mit ihren Hunden, die Jogger, kurz stehen bleiben und zu unserem Haus hinaufsehen. Ich ziehe die Vorhänge wieder zu und sperre sie aus; dann greife ich nach unten, ziehe den Koffer heraus.

Die Zeitung liegt immer noch dort, als ich den Koffer auf das Bett lege. Ich fühle Übelkeit aufsteigen, als ich lese, was sie über meinen Mann, seine Familie und dieses Haus schreiben. Der Bericht schwelgt förmlich in der Tatsache, dass Patrick in sein Elternhaus zurückgekehrt ist. Dann lese ich die letzten Zeilen und ziehe scharf den Atem ein.

Ian Hooper wurde in der vergangenen Woche in Liverpool unter dem Vorwurf der Körperverletzung verhaftet, nachdem er in eine Schlägerei vor einem Club verwickelt gewesen war. Hooper, der seit seiner Entlassung aus dem Gefängnis in Liverpool lebte, wird des tätlichen Angriffs auf einen 25-jährigen Mann bezichtigt.

All die Dinge, die vor unserer Haustür deponiert wurden, der Beobachter vor dem Haus – wenn Hooper wirklich die ganze Zeit in Liverpool war, kann er es nicht gewesen sein. Nichts davon war er. Ich *wollte,* dass er es war, der offenkundige Schurke, denn andernfalls ... Aber er war es zu keinem Zeitpunkt. Der Ian Hooper, vor dem ich solche Angst hatte, existiert nicht. Es muss Tom gewesen sein, der bereits gewartet und uns beobachtet hat, bevor ich den Kontakt zu ihm suchte. O Gott ... es war so dumm von mir, ihm Zugang zu unserem Leben zu verschaffen.

Ich hätte niemals so lang warten sollen, bis ich gehe. Warum habe ich es bloß getan? War es wegen meiner albernen Ausstellung, die doch immer nur ein lächerlicher Wunschtraum war, oder? Nur eine weitere Form von Verleugnung. Ich weiß noch nicht, wohin ich gehen werde. Ich werde nicht bei Caroline bleiben, aber ich kann mir Geld von ihr leihen, mir ein billiges B & B suchen, und dann kann ich ... o Gott, was *kann* ich tun? Egal. Das kann ich mir später noch überlegen.

Ich werfe ein paar weitere Kleidungsstücke in den Koffer, aber ich brauche auch noch einige von Mias und Joes Sachen. Mia hat nur für eine Woche gepackt. Ich trage den Koffer nach unten und renne die Treppe wieder hinauf, um eine weitere Tasche zu packen. Mein Herz rast, als ich über den Treppenabsatz in Joes Zimmer hinübergehe. Die Überzeugung hat von mir Besitz ergriffen, dass ich *sofort* gehen muss, dass es falsch ist, mir auch nur diese paar Minuten Zeit zum Packen zu nehmen. Es ist entschieden kälter in Joes Zimmer als im übrigen Haus, selbst wenn wir nicht heizen. Auf eine defekte Heizung kann ich es also nicht schieben.

Die Tapete löst sich schon wieder, und ich ziehe ein großes Stück von der Wand. Was hat Tom doch gleich gesagt? *Du solltest dir mal die Wände ansehen.* Putz rieselt auf den Fußboden. Unter der Tapete, unter den schwarzen Moderflecken, ist die ganze Wand mit Zeichnungen bedeckt. Zeichnungen von Kinderhand, aber von kindlicher Unschuld ist nichts zu sehen. Die Zeichnungen stellen eine Strichmännchenfamilie dar; Strichmann und Strichfrau, in deren Bäuchen Messer stecken, die von Hunden mit scharfen Zähnen zerrissen werden. Der Strichmann würgt ein Strichkind, die Strichfrau klettert ins Bett des Strichkindes, die Hände vorgestreckt. Ich lege mir die Hände über den Mund und schlucke saures Erbrochenes wieder hinunter.

Meine Beine zittern, als ich mich rückwärts aus dem Zimmer taste, und ich schließe die Tür und wünsche mir, sie hätte wirklich so ein verdammtes Schloss. Joe hat dort drin geschlafen, mit diesen grauenhaften Zeichnungen an der Wand. Mein Atem geht schnell und heftig, als ich mir Mias Zimmer vornehme. Der größte Teil ihrer Besitztümer scheint über den Fußboden verstreut zu sein, Getragenes und frisch Gewaschenes durcheinandergeworfen. Ich gehe in die Hocke und spähe unters Bett auf der Suche nach Schuhen, und dabei sehe ich etwas anderes dort liegen, ganz hinten, etwas Glänzendes. Etwas muss ihr zwischen Matratze und Wand gefallen sein. Ich lege mich auf den Boden und schlängele mich unters Bett, strecke die Finger aus, um es zu erreichen.

Die Kette ist staubig, aber ich erkenne sie sofort. Es ist das Collier meiner Mutter, die goldene Kette mit dem Saphiranhänger, ihre »beste Kette«, wie sie sie immer nannte, die, die sie unweigerlich trug, wenn wir zu Besuch kamen. Meine Hände zittern, und ich lasse die Kette auf Mias Teppich fallen, wo sie in dem zottigen Flor versinkt und verschwindet. Ich grabe die Hände in den Teppich, bis ich sie wiedergefunden habe, völlig staubfrei jetzt, glänzend und golden, so viele Erinnerungen an meine Mutter in jedem Glied der Kette.

»Was machst du in meinem Zimmer?«

Ich habe Mia nicht einmal nach Hause kommen hören. Sie steht in der Tür und mustert mich finster. Schuldbewusst, denke ich, als ihr Blick von meinem Gesicht zu der Kette in meinen Händen wandert.

»Hast du die genommen?«, frage ich im Aufstehen.

»Wo hast du die her? Die gehört mir.« Sie greift danach, aber ich halte die Kette außer Reichweite.

»Dir? Du hast sie genommen, richtig? Du bist in mein Zimmer gegangen und hast sie genommen. Wo ist der Rest? Ich habe …« Ich muss eine Pause machen, weil meine Stimme schwankt. »Ich habe den Verlobungsring meiner Mutter in der Stadt in einem Juwelierladen gesehen. Ich habe gedacht, dein Dad hätte ihn genommen, aber … Du hast ihn verkauft, stimmt's? Bist du so zu den ganzen neuen Sachen gekommen, ist das der Grund, warum du dir leisten kannst, auszugehen und dich zu betrinken?«

»Wovon zum Teufel redest du?«, fragt sie. »Ich hab deinen Scheißschmuck nicht genommen. Das war ein Geschenk.«

»Was?«

Jetzt ist sie skeptisch geworden, ich sehe es in dem doppelten Lidschlag, der Art, wie sie das Gewicht verlagert. »Dad hat sie mir gegeben. Als Geschenk. Ich hab sie nicht getragen – sie ist scheußlich. Ich hasse Gold. Ich hab gedacht, ich hätte sie verloren.«

»Sie hat ihm nicht gehört. Sie hat ihm nie gehört. Sie hat meiner Mutter gehört. Warum hat er sie dir geschenkt?«

»Als Belohnung«, flüstert sie.

»Als Belohnung wofür?« Ich zwinge die Worte heraus, und sie wirft einen Blick über die Schulter, als erwarte sie Patrick dort zu sehen.

Mia sieht so jung aus und so sehr wie ich, so wie sie dort in der

Tür steht. Dies ist ein Moment, in dem wir tun können, was wir immer tun, in unterschiedliche Richtungen davongehen, das ignorieren, mit dem wir uns nicht befassen wollen. Ich schließe die Augen und warte darauf, dass der Moment vorbeigeht.

»Er fragt mich immer, wo du warst, mit wem du geredet hast. Er hat gesagt, es ist, weil er sich Sorgen um dich macht. Nach dieser Überdosis.« Sie greift in die Tasche und zieht einen zerknüllten Zwanzigpfundschein heraus. »Dafür hat er mir das Geld gegeben. Es tut mir leid. Ich hab ihm gesagt, dass ich das Geld nicht will. Er hat immer drauf bestanden, es wäre bloß, weil er sich solche Sorgen macht.«

Ich schlucke bei dem Gedanken an all die Orte, die ich besucht, all die Lügen, die ich erzählt habe.

»Es ist nicht mehr wichtig. Wir gehen, wir alle beide«, sage ich zu ihr. »Ich habe eine Tasche gepackt, und wir verschwinden jetzt.«

»Neulich, als du weggegangen warst ...« Sie kommt zu mir herüber, lehnt den Kopf an meine Schulter. Sie zeichnet die blauen Flecken auf meinem Arm nach, vier kreisrunde violette Abdrücke dort, wo Patrick mich gepackt hatte. »Oh, Mum, ich hab da wirklich Mist gebaut.«

Sie wirkt kleiner, jünger. Ich küsse sie auf die Stirn und streiche ihr das Haar nach hinten. Mein kleines Mädchen. Wie konnte Patrick ihr dies aufbürden? Dies ist meine Schuld, Anna hatte recht, ich hätte schon längst machen sollen, dass ich hier rauskomme, ich hätte schon früher eine Möglichkeit dazu finden sollen.

»Er ist wieder zu mir ins Zimmer gekommen«, sagt Mia.

Ich halte inne, die Hand noch in ihrem Haar.

»Er war betrunken«, flüstert sie, und ich ziehe sie etwas dichter an mich und schließe die Augen. »Ich konnte den Whisky an ihm riechen, als er näher kam. Er war betrunken und hat wüstes Zeug gefaselt, und ich hatte Angst, und er hat immer wieder nach dir gefragt und was du gemacht hast ...«

Ich halte sie fest, wiege sie hin und her, während sie weint, flüstere ihr tröstliche Worte zu, erzähle ihr, dass alles gut werden wird, Worte, die sich wie Balsam auf ihre Wunden legen sollen.

Ich halte sie noch fester und versuche mein eigenes Zittern unter Kontrolle zu bringen.

»Er war betrunken, und eigentlich hab ich versucht, ihm zu erzählen, dass überhaupt nichts war, aber ich hab dich gesehen, Mum, in der Galerie mit diesem Mann. Deine Bilder im Fenster. Ich hab dein Gesicht gesehen. Du warst plötzlich ganz fröhlich, während Joe und ich gleichzeitig diesen ganzen Mist mitgemacht haben. Also hab ich's ihm erzählt. Ich hab Dad erzählt, dass du wieder malst und dass du dich mit jemand anderem getroffen hast. Ich hab ihm alles erzählt, und er hat mir diese Scheißkette gegeben. Ich wollte's dir sagen, aber ich wusste nicht, wie ...«

Mir wird kalt. Ich erinnere mich an Patricks Gesicht, als er mir diese Bratenform hingestreckt hat. Mia hat ihm all das erzählt, und er hat nie ein Wort darüber verloren, aber jetzt gärt es in ihm, die Wahrheit und die Lügen. Meine verbrannten Hände waren eine Bestrafung. Es war Absicht. Was wird er tun, wenn er die Ausstellung sieht und Ben erkennt? Ich kann jetzt nicht mit Mia gehen. Ich kann nicht mit ihr weglaufen – Patrick würde augenblicklich hinter uns her sein. Er würde geradewegs zu Caroline gehen in seiner Rage, und er würde ...

»Geh«, sage ich zu Mia. »Geh schon mal vor. Nimm den Zug und geh zu Caroline und bleib dort, bis ich mich melde.«

»Du kannst nicht hierbleiben, Mum.«

»Ich komme klar – es ist nur eine Weile, bloß bis ihr hier sicher raus seid, du und Joe.«

Mia schüttelt den Kopf; sie hat die Arme eng um den Bauch gelegt, als hätte sie Schmerzen. »Nein, nein, du musst auch kommen, du kannst ihn nicht ... Was macht er dann? Er rastet aus, du weißt genau, dass er dann ausrastet. Er wird wieder durchdrehen. Er ...« Sie unterbricht sich und holt zittrig Atem. »Du weißt nicht Bescheid, du weißt nicht alles.«

»Was? Was weiß ich nicht?«

»In dem alten Haus, als du diese Überdosis genommen hast ...«, beginnt sie, und ich kann die Worte kaum noch verstehen über dem Donnern und Dröhnen in meinen Ohren.

Draußen schlägt eine Autotür zu.

»Nach der Schule hat Dad uns abgeholt. Dad holt uns *nie* ab – er hätte in der Firma sein sollen. Ich hab ihm gesagt, ich würde mit dir shoppen gehen, aber er hat uns nach Hause gefahren, und da haben wir dich gefunden … Es war wirklich, als hätte er's schon gewusst. Ich hab ihn gefragt. Hinterher. Ich hab ihn gefragt, und er hat gesagt, da hätte ich mich geirrt, er wär einfach früher fertig gewesen und hätte uns abholen wollen.«

»Ich glaub's dir«, sage ich mit tauben Lippen und dem bitteren Geschmack von Tabletten auf der Zunge.

»Ich wollte nicht, dass es stimmt – ich wollte's nicht wahrhaben, weil ich solche Angst hatte«, sagt sie, und ihre Tränen quellen über. »Ich hatte Angst und hab's an dir ausgelassen, weil ich mir einfach nicht vorstellen wollte, dass Dad so was machen würde.«

»Was? Mia …«

»Du hast Joe gehabt. Du hast immer Joe gehabt und deine Malerei und die ganze Zeit über diese Scheißkunst geredet. Ich war Dads Mädchen, und ich hab gedacht, wenn ich's nicht wahr sein lasse, dann bleibt alles so, wie's ist. Ist es aber nicht. Wir sind hierhergezogen, und Dad … Ich hab Dad nicht mehr gehabt. Ich habe überhaupt keinen mehr.«

Ich höre den Schlüssel in der Haustür.

»Er hat dir die Pillen gegeben, stimmt's?«, flüstert sie, und ich schließe die Augen.

»Geh nach unten jetzt«, sage ich. »Nimm die hintere Tür.«

»Geht nicht. Kann ich nicht. Er ist schon drin. Er wird mich nicht lassen.«

»Okay. Ich gehe runter und rede mit ihm«, sage ich. »Ich lenke ihn ab, gehe mit ihm in die Küche, und du kannst dich vorn rausschleichen.«

»Und was machst du? Du wirst ihm ja wohl nicht erzählen, dass du weggehst, oder?«

»Ich lasse mir irgendwas einfallen. Ich weiß noch nicht, was.« Ich lege die Arme um sie, nehme sie hoch, wie ich es getan habe, als sie noch klein war, erwidere die Umarmung so fest, wie sie mich umarmt. »Ich bringe das in Ordnung«, sage ich. »Ich schwör's dir, ich bringe das in Ordnung. Du bist mein Mädchen. *Meins.* Ich bringe es in Ordnung, und dann komme ich und hole euch wieder ab, und es wird alles in Ordnung sein.«

Sie will etwas sagen, aber ich schüttele den Kopf und schiebe sie vor mir her aus dem Zimmer. »Geh jetzt – warte auf mich.«

KAPITEL 34

Meine Schritte werden langsamer, als ich das untere Ende der Treppe erreiche. Ich habe Patrick hereinkommen hören, aber das Licht ist nirgends an, und die Haustür steht offen und schwingt im Wind vor und zurück. Ich gebe Mia einen kleinen Stoß hinaus ins Freie. Sie macht einen Schritt fort von mir, aber ich halte sie am Ärmel fest. Warum ist die Haustür noch offen? Ist jemand Patrick ins Haus gefolgt? Ich sehe die Straße entlang, aber es ist niemand in Sichtweite. Die Versuchung, Mias Hand zu packen und mit ihr loszurennen, ist groß, so groß.

»Sarah?« Ich lasse Mias Arm los, als ich seine Stimme höre, und als ich mich umdrehe, höre ich, wie Mias Schritte sich schnell entfernen. Ich habe ein falsches, breites Lächeln aufgesetzt, das mir vergeht, als ich Patricks Gesicht sehe. Etwas stimmt nicht. Etwas stimmt ganz und gar nicht.

»Wohin gehst du?«, fragt seine Stimme aus der Düsternis des Flurs, und ich mache einen Schritt rückwärts. Die Tür ist immer noch offen, ich könnte immer noch losrennen. Patrick kommt näher, aus dem Schatten hervor.

»Nirgendwohin.«

Er lacht. Das Lachen gefällt mir nicht.

»Ich hab angefangen, mir Sorgen zu machen«, sagt Patrick. »Ich dachte, du wärst weg.«

Ich gehe wieder rein, damit er Mia nicht weggehen sieht. »Ich dachte, du hast eine Besprechung?«

»Ich bin gar nicht hingegangen. Jemand hat einen Brief für mich eingeworfen, und ich ... ich wusste sowieso, worum es in der Besprechung ging. Sie feuern mich.«

Ich sehe etwas an seinem Hemd, das wie Blut aussieht, und mein Mund wird trocken. »Patrick ... was hast du getan?«

Er bemerkt meinen Blick und berührt den Fleck. »Ich habe zu viele Fehler gemacht, Besprechungstermine vergessen, bin nicht aufgetaucht.«

Schlagartig fällt mir der Koffer wieder ein. Der gepackte Koffer, der dort im Hausflur steht, nur Zentimeter von ihm entfernt. Mein Herz hämmert, und mein Magen rebelliert in trägen Wellen. Ich hätte mit Mia losrennen sollen, es einfach drauf ankommen lassen.

Er folgt meinem Blick. »Du hast nie vorgehabt, dem Haus eine Chance zu geben, stimmt's?«

»Doch. Natürlich habe ich das getan. Ich habe dir das Geld meiner Mutter gegeben, oder vielleicht nicht? Ich habe dir alles gegeben, was ich hatte.«

»Und du hast es mich auch nie vergessen lassen, richtig?« Er öffnet den Koffer, holt Hände voller Kleidungsstücke heraus und lässt sie auf den Boden fallen. »Das einzige Geld, das du *jemals* zu dieser Ehe beigetragen hast. Geld, um das ich dich praktisch anbetteln musste.«

Er nimmt den jetzt leeren Koffer und schließt die Kellertür auf, wirft ihn die Treppe hinunter. »Ich werde es nicht zulassen. Ich lasse nicht zu, dass du mich so verlässt. Ich lasse dich nicht einfach davonschleichen.«

Er packt mich am Arm, zieht mich weiter ins Haus, beugt sich dann an mir vorbei vor, um die Tür zuzustoßen. Während meine Herzfrequenz einen Satz nach oben macht, stelle ich mir Patricks Selbstkontrolle als ein Stück Gummiband vor, das seit unserem Umzug hierher ständig gedehnt wurde, das jetzt noch etwas mehr gedehnt wird, weil Mia ihm von meiner Ausstellung und von Ben erzählt hat, noch weiter durch den verdammten Koffer, wieder ein Stückchen mehr durch die Kündigung. Und das Haus, das unaufhörlich nagt, immerfort an dem Faden arbeitet, der noch übrig ist.

»Wir können hier nicht mehr bleiben.« Meine Worte kommen im Flüsterton heraus. »Ich weiß, was du getan hast. Ich weiß über Eve Bescheid ...«

»Nein.«

»Wir müssen weg hier.« Ich versuche meine Stimme ruhig zu halten, versuche alles zu tun, um den Faden vom Reißen abzuhalten. Aber als ich Anstalten mache, an ihm vorbeizugehen, schiebt er sich vor mich und versperrt mir den Weg. »Vielleicht ...

vielleicht ist es sogar gut, dass sie dir gekündigt haben. Du kannst etwas anderes finden, das weniger stressig ist. Du kannst das Haus verkaufen, dir ein bisschen Luft zum Atmen verschaffen. Einen *wirklichen* Neuanfang.«

»Und du? Du und die Kinder? Habt ihr vor, mit mir zu kommen?«

Ich zögere zu lange mit der Antwort.

»Nein.« Er sagt es so laut, dass ich zusammenzucke. »Ich lasse nicht zu, dass du mich verlässt. Und die Kinder würdest du *nie* kriegen.«

Ich beiße die Zähne zusammen. »Ich bleibe nicht hier. Es ist verrottet, es ist böse, es ist schlecht für mich, es ist schlecht für die Kinder. Es ist schlecht für *dich.* Du siehst das doch selbst, oder vielleicht nicht? Für dich und Joe und Mia ... und jetzt hast du auch noch deine Stelle verloren.«

»Es ist nicht das gottverdammte *Haus!*« Seine Stimme wird lauter, und ich weiche einen Schritt zurück. »Es bist du, immer nur voreingenommen und dagegen, du hast mich um das Scheißgeld von deiner Mutter betteln lassen, nachdem ich alles bezahlt habe, die ganze Zeit, die wir zusammen sind. *Du* bist der Grund, warum ich gestresst bin. *Du* bist der Grund, warum die Kinder so durchgedreht sind. *Du* bist der Grund, warum ich jetzt meine Scheißstelle verloren habe, weil ich ja meine gesamte Zeit damit verbringen musste, mir Sorgen um dich und deinen gottverdammten *Geisteszustand* zu machen.«

Ich will mich an ihm vorbeischieben, aber jetzt hat er die Hand an meinem Hals und stößt mich rückwärts gegen die Wand, und der Griff wird enger und schneidet mir die Luft ab. Ich greife nach seinen Armen, grabe die Nägel hinein, kratze so hart ich kann. Er flucht und lässt mich los. Ich rutsche aus und taumele, und er packt meine Haare, reißt an ihnen, bis ich schreie, und dann zieht er mich nach hinten, hebt die Faust und schlägt zu. Mein Gesicht explodiert, ich schwöre, es explodiert. Ich falle, beide Hände auf die Wange gepresst, ich habe Angst, dass der Knochen zerschmettert ist. Ich spüre Blut – meine Lippe, meine Nase. Ich kann es schmecken, sauer und kupfrig.

Ich kauere mich klein zusammen. In Filmen und Büchern, wenn sie sich wehren und aufstehen und rennen und kämpfen – wie soll das gehen? Ich kann mich nicht bewegen. Ich kann nicht denken. Alles, was *ich* bin, ist hier konzentriert, in diesem Feuer in meinem Gesicht.

Er nimmt mich in die Arme, er wiegt mich, als tanzten wir miteinander, und er weint. Ich spüre, wie seine Tränen auf mein Gesicht fallen, und sie brennen – Salz in meinen Wunden.

»Es tut mir leid, Sarah. Es tut mir so leid. Ich hätte nie ... Ich werde ... Es tut mir so leid.«

Er wiegt mich hin und her, und ich weine selbst, um das Paar, das wir einmal waren, um diesen Mann, der mit mir getanzt hat, der dieses Lächeln hatte, all diese Liebe, all diese Pläne.

»Du hast recht«, sagt er. »Es ist dieses Haus ... Ich habe gedacht, ich könnte alles in Ordnung bringen. Als ich hier aufgewachsen bin, war es so *perfekt.* Und dann bin ich zurückgekommen, und die Fenster waren verrottet, es war feucht und hat angefangen zu verfallen. Meine Eltern waren ... irgendwas hat nicht gestimmt mit ihnen. Irgendwas hat von Anfang an nicht gestimmt mit ihnen. Aber ich habe gedacht, wenn das Haus erst mir gehört, könnte ich alles besser machen.«

Er setzt mich auf die unterste Treppenstufe und greift nach einem Papiertuch aus der Schachtel auf dem Flurtisch. Er beginnt meine Lippe abzutupfen, das Blut wegzuwischen.

»Sie haben uns das Haus weggenommen, und ich habe die Chance nie gekriegt. Damals nicht. Aber das hier, wir, jetzt, das war meine zweite Chance. Du warst so krank, ich habe solche Angst gehabt nach deiner Überdosis. Ich hatte solche Angst, ich würde dich verlieren, und ich habe gedacht, das Haus könnte alles in Ordnung bringen.«

Er beugt sich vor, und ich rechne damit, dass er mich küssen wird, und weiche zurück.

»Nein, Sarah«, sagt er entsetzt, zieht mich wieder in seine Arme, murmelt die nächsten Worte in mein Haar. »Nein, nein, weich nicht vor mir zurück. Hab keine Angst vor mir. Bitte – ich wollte doch nie ... Ich habe gedacht, wenn ich das Haus zurückbekäme, dann hätte ich alles. Aber es stimmt alles nicht. Du, die Kinder, das Haus, nichts von alldem ist perfekt. Nicht so, wie es sein sollte.«

Er lässt mich los, als er es sagt, und ich kann sehen, wie der Ärger wieder zu köcheln beginnt, angeheizt von der Frustration. Er starrt auf das blutbesprenkelte Papiertuch in seiner Hand hinunter, und seine Stimme sinkt zu einem Flüstern ab. »Als wir uns kennengelernt haben, weißt du noch, wie wir unser Leben zusammen geplant haben? Diese ganzen Träume, die wir hatten?«

Ich erinnere mich. Ich erinnere mich an alberne Unterhaltungen, verrückte Luftschlösser, das ganze überkandidelte Zeug, das frisch verliebte Paare sich ausmalen. Sie waren nicht *real,* seine Geschichten von dem Haus am Meer, den Kindern, dem Hund, seine Versicherungen, wie perfekt alles sein würde. Ich wäre niemals darauf gekommen, dass sie sein wirklicher, hirnverbrannter *Lebensplan* waren.

»Bitte verlass mich nicht, Sarah.«

Ich weiche zurück, als er die Hand nach mir ausstreckt. *Fass mich nicht an.* Die Worte sind in meinem Kopf, aber ich kann sie nicht aussprechen. Ich habe Angst, dass die Wut wieder ausbrechen wird. Er berührt mein Gesicht, sanft diesmal, legt die Finger um mein Kinn, lässt den Daumen über meine Lippen streifen.

»Es ist das Haus«, sagt er wieder. »Ich werde es verkaufen.«

»Verkaufen?« Ich glaube ihm nicht. Er war sein ganzes Leben lang besessen von der Vorstellung, dieses Haus zurückzubekommen.

»Du glaubst mir nicht, stimmt's? Ich mache es, ich werde es verkaufen. Nicht sehr sinnvoll, ein Haus zu haben, wenn ich dann allein hier lebe, oder? Ich hatte nie vor, allein hier zu leben. Es ist ein Haus für eine Familie.« Er beugt sich vor, lehnt die Stirn an meine. »Bitte ... Ich hätte niemals ... wenn wir nicht hier gewesen wären, wenn ich nicht so auf das Haus und all das fixiert gewesen wäre, hätte ich nie so die Beherrschung verloren. Du hast es gesehen, du hast es mir schon früher gesagt, es ist das Haus. Gib mir noch eine Chance. Wir verkaufen es und ziehen um, und es wird nie wieder passieren.«

Ich sage nichts dazu.

»Wir ziehen um«, sagt er. »Wir ziehen um, und es wird besser, es wird so, wie es früher war, du wirst sehen.«

Ich schließe die Augen, während er mich wiegt, und würde am liebsten weinen. Besser, so wie früher? Wann? Als ich wirklich geglaubt habe, wir seien glücklich, er aber jeden Monat in diese Stadt fuhr, ohne es mir zu sagen, in einem Pub trank, den er nie erwähnt hat, besessen von einem Haus, das ich für ein längst überwundenes Stück seiner Vergangenheit hielt? Als er Geschichten von geschäftlichen Besprechungen zusammenlog, wenn er zu mir und den Kindern nach Hause kam?

Er wiegt mich, und es ist, als tanzten wir wieder miteinander, ich in meinem schäbigen Mantel aus dem Oxfam-Laden und Patrick mit dem Lächeln, das mir allein galt, und ich frage mich, ob noch irgendetwas von diesem Patrick übrig ist ... falls es diesen Patrick überhaupt jemals gegeben hat.

»Es tut mir leid«, sagt er immer wieder. »Aber ich werde dich nicht, ich kann dich nicht gehen lassen.«

Die Kellertür ist immer noch offen, ich spüre den kalten Luftzug im Gesicht.

»Wo sind Mia und Joe?«, fragt er.

Mein Herz beginnt wieder zu galoppieren. »Keine Ahnung«, sage ich und widerstehe der Versuchung, auf die Armbanduhr zu sehen. Ob Mia inzwischen im Zug sitzt?

»Ich hab wirklich gewollt, dass Mia sich irrt, aber dann habe ich noch einen Brief gekriegt«, sagt er, während er einen Umschlag aus der Tasche zieht.

»Was?«

»Ich bin rausgegangen, durch die Gegend gefahren, hab versucht, es zu begreifen, hab es nicht glauben wollen. Und dann bin ich in die Stadt gegangen und hab deine Bilder in der Galerie gesehen. Ich hab deinen Namen auf dem Plakat gesehen, und da war mir klar, dass Mia recht gehabt hatte und dass du mich die ganze Zeit angelogen hast. Und in dieser anderen Sache hatte sie auch recht, stimmt's?«

»Wovon redest du eigentlich?« Ich spüre die kalten Stellen, von denen Mia immer redet, aber sie sind nicht in diesem Haus; sie sind in mir, und sie werden größer.

Er öffnet den Umschlag und hält ein Foto von Ben und mir in die Höhe, und all die kalten Stellen laufen ineinander, ich bin Eis im Inneren, und, o Gott, o Gott, ich muss hier raus. Ich rappele mich auf und drehe mich um, will losrennen, aber er ist zu schnell; seine Hand schießt vor und packt mich am Arm, und er zieht mich zurück und dreht mich um die eigene Achse, um mich gegen die Wand zu rammen.

»O nein, ich glaube nicht, Sarah«, sagt er, und jetzt stehe ich wie an die Wand genagelt. »Du gehst hier nicht weg.«

»Bitte, Patrick – dieses Foto. Es ist nicht ...«

»Es ist nicht, wonach es aussieht? Das wollte ich auch glauben. Ich habe nicht verstanden, was es soll – jemand hat es durch den Briefschlitz geworfen.«

Anna, denke ich. *Eve.*

»Ich war hier und hab versucht, mir selber einzureden, dass es ganz unschuldig war, dass jemand dieses Foto aus blanker Böswilligkeit gemacht hat, aber dann ist mir wieder eingefallen, was Mia gesagt hatte.«

»Was hast du getan?«, flüstere ich, und da ist dieser Gesichtsausdruck wieder, der an mir vorbeihuschende Blick.

»Mia ist ein braves Mädchen«, sagt er. »Sie hat mir alles erzählt. Sie hatte mir die Wahrheit gesagt, und ich bin wütend geworden, weil ich ihr nicht glauben wollte.«

»Es ist nicht wahr«, murmele ich. Nicht wahr. »Es ist nur eine Ausstellung – er ist einer von den Künstlern aus der Galerie. Ich wollte, dass es eine Überraschung wird.«

»Bildest du dir ein, ich erkenne ihn nicht? Du hast ihn gezeichnet, diesen *Künstler.* Du hast mir erzählt, er wäre einfach ein Fantasiegebilde, aber du hast ihn gezeichnet, sein *Haus.* Du bist in seinem Haus gewesen. Du hast mich die ganze Zeit angelogen. *Monate*lang.«

»Er ist ein Freund, das ist alles.«

Er starrt wieder auf das Foto hinunter, und ich tue es ebenfalls. Es ist ein Foto von Ben und mir in dem Café, und ich beuge mich zu ihm hinüber. Es ist wie das Gemälde von den beiden Menschen auf der Bank – es kann auf jede mögliche Art interpretiert werden. *Freunde oder ein Paar?*, flüstert Annas Stimme in meiner Erinnerung.

Es war laut in dem Café, ich habe mich zu Ben hinübergelehnt, um etwas besser verstehen zu können, was er sagte, aber auf dem Foto sieht es aus, als küssten wir uns. Es sieht aus, als wären wir verliebt; Bens Hand berührt meine, und ich erinnere mich daran, wie es sich anfühlte, wie intim es mir vorkam, das kurze Streifen von Haut an Haut.

»Er war immer neidisch auf mich, als wir noch Schüler waren. Neidisch auf mich, neidisch wegen diesem Haus, weil er in einer engen Bude in der Stadt gewohnt hat. Bloß Freunde? Lüg mich doch nicht an.«

»Wir sind nur Freunde«, sage ich wieder. »Ich schwöre es, Patrick, ich bin dir nicht untreu ...«

»Aufhören.« Er hebt die Hand und berührt mein Gesicht. Die Hand ist kalt an meiner Wange. »Ich liebe dich. Ich werde dich noch lieben, wenn ich sterbe. Und bei dir ist es genauso. Du kannst kein Leben ohne mich leben.«

Seine Hand presst mir das Kinn zusammen, und ich stoße einen kleinen Schmerzensschrei aus. Seine Schultern sacken ab, und er lässt die Hand sinken. »Warum konnte ich dir eigentlich niemals genug sein?«

»Du warst es mal«, sage ich, und die Tränen brennen mir in den Augen. »Du warst alles, was ich je gewollt habe, aber du hast mir nie getraut. Du hast mich *belogen,* Patrick, du hast gelogen seit dem Moment, als wir uns begegnet sind. Die ganze Lügerei hat das angerichtet – damit hast du die Liebe getötet.«

»Ich hab dir geholfen. Ich hab dich *gerettet.*«

»Nachdem du Eve nicht retten konntest? Das war doch die Story, die du mir erzählt hast, richtig?«

Er beugt sich vornüber, als habe er Schmerzen.

»Du weißt, dass du mich umbringst?«

Ich sehe es in seinem gequälten Gesicht. Aber bei ihm zu bleiben würde mich umbringen. Und wenn die verdrehte Besessenheit, die er Liebe nennt, einen von uns beiden umbringen muss, dann ziehe ich vor, dass er es ist. »Lass mich gehen«, sage ich.

»Du kannst mich nicht verlassen. Ich erzähle Joe die Wahrheit darüber, wer er ist und was du getan hast.«

»Es ist mir nicht mehr wichtig.«

»Es wird dir aber wieder wichtig werden. Sie werden nie wieder mit dir reden. Du kriegst nie im Leben das Sorgerecht, nicht mal für Mia – ich erzähle denen von dem Nervenzusammenbruch, den Überdosen. Du würdest komplett allein sein.«

»Lieber allein als mit dir zusammen.«

Seine Hand hebt sich wieder und ohrfeigt mich, hart, und mein Kopf fliegt nach hinten und schlägt gegen die Tür. Er greift nach mir, zieht mich an sich, nimmt mich fest in die Arme und murmelt *Es tut mir leid, es tut mir leid,* während er mich so fest hält, dass ich keine Luft bekomme. Er lässt den Worten Küsse folgen, und aus dem anfänglichen Schock wird Panik. Ich kann mich nicht aus seinen Armen befreien, und wir sind allein in dem gottverdammten Mörderhaus, und er küsst mich und sagt, es täte ihm leid.

»Lass mich gehen, Patrick«, sage ich. »Bitte lass mich gehen.«

Er tritt zurück, immer noch so dunkel und attraktiv in seinem Anzug, nur das Haar wird zu lang und hängt ihm in die Augen. Er beugt sich vor, um mich zu küssen, nicht auf den Mund, sondern unters Ohr. »Bitte, Sarah«, flüstert er mir ins Ohr. »Zwing mich nicht, dich wieder zu bestrafen.«

Er beginnt mir die Arme zu streicheln, und ich schließe die Augen und denke an die Galerie und Ben. Er hat so glücklich ausgesehen, als er meine Bilder durchgesehen und davon geredet hat, dass wir zusammenarbeiten könnten. Nichts davon war real, nichts an dem Zufluchtsort, den er mir angeboten hat und der jetzt für immer verdorben ist durch seine Vorgeschichte mit Patrick, aber diese Momente ... Es ist ein vollständiges, anderes Leben, das dort auf mich gewartet hat.

Patricks Hand hebt sich wieder und packt mich an der Schulter, zieht mich wieder an ihn, als ich versuche, mich von ihm zu lösen, die Finger graben sich hart genug ein, um blaue Flecken zu hinterlassen.

»Sag mir, dass du mich liebst«, und er spricht es aus wie ein Flehen.

»Ich liebe dich nicht«, sage ich. »Ich hasse dich.« Und es stimmt. Ihn, dieses Haus, dieses Leben, alles hervorgegangen aus einer gemeinen Lüge. Es ist so ein bitterer Kontrast zu dem anderen Leben, dem, das ich haben könnte. Ich hasse ihn, und also sage ich es ihm. Es ist alles, was ich habe, diese kleine Möglichkeit, zu verletzen.

Bevor ich es weiß, zerrt er mich den Flur entlang, reißt die Kellertür weiter auf. »Du glaubst, du kannst mir das antun? Du glaubst, ich lasse dich?« Ich klammere mich mit den blasenbedeckten, wunden Händen an den Türrahmen, und er biegt meine Finger zurück, bis ich schreie, und dann stößt er mich hinein und stößt weiter, sodass ich die Treppe halb hinunterfalle, und er folgt mir, und dann sind wir beide hier, in dem Keller, in der Dunkelheit.

»Es tut mir leid«, sagt er. Aber das tut es nicht. Es tut ihm nicht im Geringsten leid. Sein Gesicht ist hässlich vor Kummer und Wut, und er ist noch nicht fertig damit, mich zu bestrafen.

»Bitte lass mich gehen«, flüstere ich.

Er starrt mich an. »Nein. Nie.«

Wenn ich mich eingelassen hätte auf dieses Date mit Ben, damals, als er zum ersten Mal gefragt hat, bevor ich wusste, wer er ist, bevor ich wusste, was ihn alles mit Patrick verbindet – worüber hätten wir geredet? Was hätte ich zu ihm gesagt?

Ich war früher mal ein ganzer Mensch, nicht nur ein halber, aber ich habe mich irgendwann verloren.

Ich will meinen Mann verlassen, aber ich habe Angst.

Dieser kleine Ausblick auf ein ganz neues Leben, dich, die Galerie, ist kostbarer für mich, als du dir auch nur vorstellen kannst.

Aber vielleicht hätte ich nichts von alldem sagen müssen. Er ist Maler, und wir hätten über Kunst reden können und über Bücher und Musik. Ich hätte ihn auf eine eher verhaltene Art gemocht.

Er hat Haar in der Farbe von nassem Sand und Ozeanaugen, diese Farbe irgendwo zwischen Grün und Blau. Er ist breit und untersetzt, alles an ihm ist warm, und ich hätte mich von ihm ausziehen lassen in seinem Cottage am Meer, und ich hätte gelächelt, während er mich aufhebt und ins Nebenzimmer zu seinem Bett trägt.

Er ist kein gut aussehender Mann, er hat nichts von Patricks glatten Muskeln und flachem Bauch und scharfen Kanten, aber ich hätte dort liegen können mit dem Kopf auf der Brust meines Künstlers, und ich hätte schlafen können, und das wäre meine Zuflucht gewesen, nicht ein Atelier, in dem die Erinnerungen an einen heranwachsenden Patrick umgehen wie ein Geist.

Daran denke ich, als Patrick nach mir greift, mich am Gehen hindert. Ich denke an meinen Künstler und sein Cottage am Meer und das, was hätte sein können, als Patrick mich auf den dreckigen Kellerboden stößt, eine Hand um meine Kehle, um meine Schreie zu ersticken, während er meine Jeans nach unten zieht und an meinem Slip herumzerrt. Seine Hand gräbt sich zwischen meine Oberschenkel, als er mir die Beine auseinanderzwingt und sich in mich hineinstößt. Er vergewaltigt mich, und ich kann nicht atmen, und es tut weh, und ... o Gott, hör auf.

Patrick, *hör auf.*

Aber er tut es nicht. Er hört nicht auf, und als er hinterher weint und wieder und wieder sagt *Es tut mir leid, es tut mir leid, es tut mir leid,* schließe ich die Augen und gebe vor, in einem Cottage am Meer zu sein, den Kopf auf der warmen Brust meines Künstlers, und zu schlafen.

VIERTER TEIL – DER DRACHE IM MENSCHENKOSTÜM

Schlagzeile in *Western Mail*, Januar 2017:

Wer hat Marie und Billy Evans wirklich ermordet?
Ian Hooper, der im Jahr 2002 für seine Rolle in dem als »Mörderhaus-Fall« bekannt gewordenen Mehrfachmord verurteilt wurde, ist aus dem Gefängnis entlassen worden. Da ihm eine Beteiligung an den beiden anderen Morden nie nachgewiesen werden konnte, wurde Hooper damals nur für den Mord an John Evans verurteilt.
Ian Hooper wurde am Dienstag ohne Wissen der Öffentlichkeit entlassen. Über seinen Aufenthaltsort ist bisher noch nichts bekannt; zu den Auflagen seiner Entlassung gehört jedoch, dass er nicht in seine Heimatstadt zurückkehren darf.

KAPITEL 35

Ich kann nicht vom Boden aufstehen. Ich bin immer noch im Keller, immer noch im Dunkeln. Unter der Tür ist ein schmaler Streifen Licht zu sehen, und ich zwinkere und warte darauf, dass meine Augen sich an das Licht gewöhnen. Mein Mann ist ein paar Schritte entfernt; er sitzt dort zusammengesunken an der Wand, den Kopf in den Händen, und ich kann nicht vom Boden aufstehen. Ich weiß nicht, wie lange ich schon hier bin – es kommt mir vor wie eine Ewigkeit. Ich liege hier und befehle mir selbst, mich zu bewegen. Ich fühle mich benommen, und ich stelle mich ungeschickt an, als ich versuche, mit den blutenden und nässenden Händen meine Kleidung in Ordnung zu bringen. Er hat mir nicht mal die Jeans ausgezogen, er hat sie einfach bis zu den Knien hinuntergeschoben. Meine Lippe brennt. Ich glaube, ich habe daraufgebissen. Ich glaube nicht, dass es Patrick war. Ich zwinge mich dazu, mich aufzusetzen, aber ich glaube nicht, dass meine Beine mich tragen würden, wenn ich aufzustehen versuchte. »Es tut mir leid«, flüstert er, und seine Stimme klingt leblos; die Rage ist verflogen. *Die Dinge eskalieren,* flüstert Anna. Ich weiß. Ich weiß. Anna hat noch etwas anderes gesagt, als sie noch meine Freundin war, als sie noch diejenige war, von der ich glaubte, dass sie es war. *Der einzige Ausweg ist, wenn einer von euch stirbt.* Ich will nicht diejenige sein, die stirbt.

Ich wische mir Blut vom Kinn. Als er zu mir herüberkommt und neben mir in die Hocke geht, rieche ich Schweiß und abgestandenen Alkohol. Ich wende den Kopf ab und fürchte, ich werde mich erbrechen. Er küsst mich auf die Wange, und ich kann nicht verhindern, dass eine Träne herabrinnt. Ich habe nicht einmal gewusst, dass ich weine. Ich will nicht weinen.

»Ich wollte das nicht«, sagt er. »Ich hatte nicht vor, irgendwas zu tun. Aber deine Lügerei, Sarah. Ich bin an der Galerie vorbeigegangen, und alles war mit deinem Namen zugeklebt, und Ben war da drin, und ich …«

O Gott – an das Blut auf Patricks Hemd hatte ich gar nicht

mehr gedacht. »Was hast du ihm getan?«, frage ich und zucke zusammen bei dem kurzen stechenden Schmerz in meiner Lippe.

»Steh auf.«

Er packt mich am Arm und zieht mich auf die Füße; seine Finger graben sich in meinen Oberarm. Ich würde fallen, wenn er mich losließe. Er legt die Arme um mich und wiegt uns beide vor und zurück, und es ist wie eine abstoßende Parodie der Zeiten, in denen wir noch getanzt haben.

»Ich wollte deinen Freund umbringen«, sagt Patrick, schiebt mir das Haar aus dem Gesicht, streicht es glatt. »Ich wollte dich im Keller einschließen und ihn auftreiben und umbringen dafür, dass er dich angefasst hat.«

»Lass ihn in Frieden«, sage ich. »Er hat nichts getan, wir haben beide nichts getan.«

Er beugt sich weiter vor. Ich rieche seinen sauren Atem, und sein stoppeliges Kinn kratzt mich an der Wange. »Ich wollte dir niemals wehtun.«

Ich kann nicht aufhören zu zittern.

»Ich wollte … ich wollte nichts weiter, als dich zu lieben. Ich wollte, dass alles so anders ist, ich wollte, dass es perfekt wird. Dieses Haus, diese Stadt. Ich wollte alles heil machen.«

Ich starre ihn an, suche nach den Abenden unterm Sternenhimmel und den Muscheln und dem Sand in den Schuhen und dem Gelächter und der Wärme. »Ich weiß, dass du in einer Fürsorgeeinrichtung warst. Ich weiß, dass es nie perfekt war. Ist irgendwas von den Geschichten, die du mir erzählt hast, wahr?«

Er schüttelt den Kopf.

»Und die Schrift an der Wand … das warst du, oder?«

Eine lange Pause. Sie füllt sich mit Worten, an eine schmutzige Kellerwand geschrieben, ein verängstigtes Kind, das flüstert *Ich war böse, ich war sehr böse,* immer und immer wieder …

»Ich hatte eine Menge Zeit hier unten. Ich war böse«, sagt er leise. Er zwinkert und wendet den Blick von mir ab. »Sie haben mich hier runtergeschickt, wenn ich böse gewesen war.«

»Deine Eltern?«

Er nickt, und die Luft scheint dicker geworden zu sein. »Aber warum? Ich verstehe nicht …«

»Sie haben mich über Nacht hier eingesperrt, manchmal.« Er flüstert es so leise, dass ich ihn nur mit Mühe verstehen kann. »Sie haben mich hier runtergebracht, und dann haben sie die Glühbirne rausgeschraubt, sodass ich kein Licht hatte. Dann haben sie die Tür abgeschlossen. Manchmal haben sie mich nach ein, zwei Stunden rausgelassen, es kam drauf an, wofür sie mich bestraft haben. Wenn ich sehr böse gewesen war, haben sie mich die ganze Nacht hier drin gelassen. ›Schmutziger Junge‹, haben sie dann gesagt. ›Böser, böser Junge.‹«

Die Kälte, die herankriechende Feuchtigkeit umgibt uns auf allen Seiten. Es ist heller Tag jetzt und so dunkel. Ob überhaupt ein Lichtschimmer durch die Türspalten bis hier herunterdringt, wenn es Nacht ist? Konnte er sehen, wie sein Atem als Wolke in der kalten Luft stand, und die dunkleren Schatten in den Ecken erkennen, oder war die Finsternis vollständig?

»Sie haben mich nicht gleich hier runtergebracht«, sagt er. »Normalerweise war es so, dass ich irgendeine Dummheit gemacht habe – ein Paar Turnschuhe verloren, Matschflecke auf dem Teppich hinterlassen, eine Fensterscheibe mit dem Fußball zertrümmert. Ich habe irgendwas angerichtet, und sie haben es gesehen, oder jemand hat es ihnen erzählt, und dann habe ich gewartet … Tage und Tage und Tage, im Haus eingesperrt mit der Angst und dem schlechten Gewissen, die mir in den Eingeweiden gewühlt haben und immer stärker und stärker geworden sind, bis diese kaputte Scheißfensterscheibe oder diese verlorenen Scheißturnschuhe mir jeden einzelnen Moment nachgegangen sind, Tag und Nacht. Und während der ganzen Zeit haben sie nichts zu mir gesagt. Es war ganz still im Haus, und ich habe gewartet.«

Ich zittere, jeder Muskel ist angespannt. Ich bin dort bei ihm, ich bin er, ein kleiner Junge, der sich in die Hose macht vor Angst davor, was seine Eltern ihm wegen eines Paars Schuhe antun würden.

»Und irgendwann«, sagt er, »irgendwann haben sie mich schließlich hingesetzt, damit ich mich selbst bestrafen kann.«

Ich verstehe es nicht. Ich verstehe nicht, wie die Leute, die ich damals kennengelernt habe, dieses blässliche alte Paar in seinem klaustrophobisch überheizten Haus, so kalt zu einem kleinen Kind sein konnten – ihrem eigenen Sohn.

»Ich hatte Angst, solange es auch immer dauerte, hab mich in den Schlaf geweint und ins Bett genässt, was natürlich für weitere Strafen gut war, und sie haben mich hingesetzt und gesagt: ›Und, Patrick, was meinst du, wie deine Strafe aussehen sollte?‹ Und weil ich schon die ganze Zeit vorher gehabt hatte, um drüber nachzudenken, diese ganze Zeit, in der sich das Verbrechen in meinem Kopf zu einer absoluten Monstrosität auswachsen konnte, hab ich immer das Fürchterlichste gesagt, was mir eingefallen ist – sie sollten mir wegen der verlorenen Turnschuhe das Fahrrad wegnehmen, sie sollten mich im Dunkeln einsperren für den Dreck auf dem Teppich, mich verprügeln wegen der kaputten Scheibe ...«

»Und das haben sie dann getan?«

Seine Stimme ist ruhig, ausdruckslos. Sein Gesicht dagegen, sein Gesicht ist voller ...

»Oh, ja«, sagt er. »Und sie haben es immer noch schlimmer gemacht. Zwei Tage im Keller unter der Treppe, ohne Licht eingesperrt, bloß eine Flasche Wasser und ein Eimer als Kloersatz.«

»Als Strafe für Dreck auf dem Teppich?«

Ich versuche es mir vorzustellen: die Dunkelheit, die Feuchtigkeit, die huschenden Geräusche, die sich in den Ohren eines Kindes anhören mussten wie herumschleichende Ungeheuer.

Er nickt. »Diese Narbe am Rücken? Die ist nicht, weil ich als Kind mal irgendwo runtergefallen bin. Das war die Schnalle an dem Gürtel, mit dem mein Vater mich wegen der zerbrochenen Scheibe verprügelt hat. Was sie nicht alles anrichten konnten«, flüstert er. »Sie mit den Händen, er mit den Fäusten. Aber nach außen, in der Öffentlichkeit? So was von normal. Man wäre nie drauf gekommen.« Er sieht mich an. »Einmal hat er mich hier runtergebracht und vergessen. Weil er betrunken war. Ich war tagelang hier eingesperrt und habe gedacht, ich würde hier unten sterben. Danach haben sie mich ihnen dann weggenommen.«

»Warum hast du mir nie davon erzählt?«

Er bewegt sich, bringt mehr Abstand zwischen uns, einen zusätzlichen Zwischenraum, in dem sich die Kälte einnisten kann. »Ich wollte nicht dieser Mensch sein, der Junge im Keller. Nicht bei dir. Die Art, wie du mich angesehen hast, als wir uns begegnet sind – ich habe diesen Patrick gemocht, den du gesehen hast, mit dieser Kindheit, die ich erfunden hatte.«

Hätte ich Patrick mit anderen Augen angesehen, wenn ich damals schon die Wahrheit gekannt hätte? Hätte ich all dies verhindern können? Hätte ich ihm helfen können, wenn ich Bescheid gewusst hätte?

Er zieht einen flatternden Atemzug in die Lungen. »Als sie damals hergezogen sind, war alles anders. Dad hatte gerade einen richtig guten Job gekriegt, sie hatten das Haus. Sie hatten so viele Ideen für uns. So viele Pläne. Dann kam ich und wurde ein Teil davon, und ich konnte ihre Pläne sehen, sogar als kleiner Junge schon, ich konnte sie sehen, und ich wollte es auch. Es ist alles ganz allmählich auseinandergefallen, und ich hab gesehen, wie sie dagegen angekämpft haben, jahrelang – dagegen, dass die Trinkerei sich einnistet, gegen alles, was mit dem Haus schiefgegangen ist. Ich hab gesehen, wie es sie ausgelaugt und zerbrochen hat.«

»Aber ...«

»Aber ich konnte alles immer noch sehen ... alles, was sie geplant hatten. Das Leben, das sie sich vorgestellt hatten. Ich hab mir selbst versprochen, dass ich es besser machen könnte. Besser machen *würde.*« Er schweigt einen Augenblick. »Ich habe einfach nur alles heil machen wollen, aber jetzt sieh dir an, was ich angerichtet habe. Ich bin zu *ihm* geworden, zu meinem Vater.« Er sieht auf seine Hände hinunter. »Ich habe sehen können, wie alles anfing, schiefzugehen, und es hat mich so ... geärgert. Einmal habe ich damals ein Loch in meine Zimmerwand geschlagen – der Putz ist von der Wand gebröckelt, und meine Hand ist geradewegs durchgegangen. Ich hab ... Ich habe ein Messer da drin versteckt. Ich weiß nicht mal, warum. Ich hab keine Ahnung, was ich damit vorhatte. Hab ich schon immer übles Zeug geplant, was meinst du,

Sarah? War es immer klar, dass ich mal so ende wie *sie?* Oder habe ich gesehen, dass alles komplett aus dem Ruder laufen würde, habe ich gedacht, ich brauche es, um mich zu verteidigen?«

»Ich weiß über Eve Bescheid. Ich weiß, was du getan hast. Du hast mir erzählt, sie wäre tot. Du hast mir erzählt …«

Sein Gesicht verzerrt sich zu einer Grimasse. »Eve war genauso schlimm wie *sie*. Innerlich verfault. Sie hat alles verdient, was sie gekriegt hat.«

»Und ich? Du hast mir die Pillen gegeben, stimmt's?« Ich spüre wieder, wie Finger sie mir grob über die Zunge schieben. Es war kein Traum, es war nie ein Traum.

»Ich musste das Haus zurückholen«, sagt er. »Du musstest einfach Vernunft annehmen. Ich wusste nicht, wie viele Tabletten du schon genommen hattest.«

»Ich hätte sterben können.«

»Das war deine Schuld. Du hattest schon so viele geschluckt.«

Ich weine jetzt wieder, ich wische die Tränen mit dem Handrücken fort. »Alles für ein Haus? Du hast all das wegen dem gottverdammten *Haus* getan?«

»Es ist nicht einfach ein *gottverdammtes Haus*. Es war *mein* Haus, und John hat es gestohlen.«

»Warst du da? In der Nacht … in der Nacht, als die Morde passiert sind?«

Er muss mir ansehen, was ich denke, denn sein Mund verzerrt sich, und ich sehe die Wut wieder in ihm aufsteigen. »Sieh mich nicht so an – sieh mich niemals so an. Du glaubst, ich war's? Du glaubst, ich hätte sie umgebracht? Du glaubst, dazu wäre ich fähig?«

»Ich habe gesehen, wozu du fähig bist.«

»Nein, du liegst da so falsch.« Er schüttelt den Kopf, und die Stille, die entsteht, dauert eine Ewigkeit. »Ich habe John erzählt, was seine Frau mit Hooper getrieben hat. Scheiße, die ganze Stadt hat das gewusst, die haben ihn richtig vorgeführt, aber keiner hatte die Eier, um's ihm zu sagen. Ich hab einfach sein Gesicht sehen wollen, wenn ihm aufgeht, dass das perfekte Leben, das er mir gestohlen hatte, gar nicht so perfekt war.«

Die Beine geben unter mir nach, und ich sinke wieder auf den Fußboden.

»Er ist ausgerastet. Komplett durchgedreht. Es war nicht weiter schwer, ihn auf Touren zu bringen – ich hab ihm gesagt, seine Frau schläft in seinem Bett mit einem anderen, und seine Kinder sind im Haus, und alles lacht hinter seinem Rücken über ihn, weil er so blöd ist, so ein armseliger Typ, nur ein halber Mann. Ich hab ihm gesagt, alle Welt wüsste das. Ich hab gesagt, seine Söhne wüssten es und *wollten* mit ihrer Mum und Hooper abhauen, sie wären alle ganz scharf drauf, ihn zu verlassen.«

Er lacht. »Und er ist prompt losgerannt, außer sich vor Wut, weil er sich so blamiert hatte. Hat nach Rache gebrüllt, als er die Straße entlanggerannt ist, nur dass keiner seine lächerlichen Schwüre gehört hat außer mir.«

»Hast du nicht versucht, ihn davon abzuhalten, dass er herkommt?«, frage ich durch gefühllose Lippen hindurch.

Er legt den Kopf zur Seite. »Warum hätte ich ihn davon abhalten sollen, nach Hause zu gehen und seine Frau zur Rede zu stellen? Würde das nicht jeder Mann tun, wenn er wüsste, dass seine Frau ihn betrügt?« Er sagt das in einem spottenden Tonfall, während er neben mir steht mit Bens Blut am Hemd, die Spuren seiner Faust in meinem Gesicht.

»Ich hab gedacht, er würde Hooper verprügeln, und das hab ich *gewollt.* Ich *wollte,* dass er Ärger kriegt. Ich hab nie damit gerechnet, dass der blöde Dreckskerl dabei umkommt. Ich hätte nicht gedacht, dass er sie umbringt.« Eine Pause. »Wenn er's überhaupt getan hat. Es war ja schließlich Hooper, den sie dafür verurteilt haben.«

»Aber du hast Bescheid gewusst. Du hast immer gedacht, es wäre John gewesen. Du hättest zur Polizei gehen sollen.« Ich kann nur mit Mühe sprechen.

»Und denen sagen, dass ich ihn provoziert hatte? So gründlich, dass er hier angestürmt kam? Nein. Ich hab mich einfach wie ein guter Freund benommen und ihm die Wahrheit gesagt. Meinst du nicht, er hätte erfahren sollen, dass seine Frau in der Gegend herumvögelt?«

»Aber du hast gewusst, dass seine Kinder dort sind, seine Frau …«

»Ich hab ihm einen Gefallen getan vor Gericht, ich habe dafür gesorgt, dass sein blütenreiner Ruf erhalten bleibt und Hooper die Schuld kriegt. Ich hab mir nichts vorzuwerfen, Sarah. Ich habe nichts Falsches getan.«

»O Gott.« Ich lege die Hand über den Mund. O Gott.

Ich sehe ihm am Gesicht an, dass er glaubt, was er sagt, und schaudere zurück vor Entsetzen. Er wird bei mir das Gleiche tun, sich selbst erzählen, dass ich es verdient habe, dass Ben es verdient hat – so wie Eve alles verdient hat, was er ihr vor all den Jahren angetan hat. Sich selbst erzählen, dass er für Joe alles besser gemacht hat. Alles, was an seinem Leben nicht perfekt ist, umschreiben, damit er weitermachen kann, als sei nichts geschehen.

»Aber es kommt jetzt nicht mehr drauf an. Auf nichts von diesem ganzen Zeug. Wir wischen das Blut weg, Sarah, genau das ist es, was wir hier machen. Wir werden es heil machen, es wird alles wieder in Ordnung kommen.«

Ich bewege mich rückwärts auf die Treppe zu, aber er kommt herüber und versperrt mir den Weg.

»Nur … ich habe immer wieder diesen Traum«, sagt er.

Ich will nichts mehr weiter hören. Ich balanciere auf den Fußballen, bereit, loszurennen, wenn er sich bewegt, wenn der Moment kommt, in der Schwebe, auf der Schwelle, die Frau aus Joes Zeichnung. Ich werde mir die Kinder greifen und wegrennen, uns von dem Seewind wegtragen lassen, nach dem ich mich früher gesehnt habe.

»Ich träume, dass ich wieder hier im Keller bin, aber nicht allein.«

Ich höre seine Atemzüge, schnell und hart.

»Mein Vater ist auch hier, und er flüstert Dinge, fürchterliches Zeug. Dann bin ich ein kleiner Junge, ich bin wieder im Keller, und meine Eltern … meine Eltern quälen mich. Aber dann verändert sich der Traum, und ich bin es, ich tue Mia und Joe und dir diese Dinge an. Quäle euch, tue euch weh. Bringe euch um.«

Ich merke erst, dass ich den Atem angehalten habe, als meine Brust zu schmerzen beginnt. Dann stoße ich ihn in einem Keuchen aus.

Patrick steigt die Treppe hinauf und bleibt oben stehen. »Ich muss nachdenken … ich muss mir überlegen, wie ich das hier in Ordnung bringe.«

Bevor ich nach oben und an ihm vorbeirennen kann, schließt sich die Tür, und ich höre, wie der Schlüssel sich im Schloss dreht. Er hat mich in der Dunkelheit zurückgelassen. Ich bin allein, aber ich könnte schwören, dass ich Dinge höre – huschende, kriechende, flüsternde Wesen. Ich schließe die Augen und halte mir die Ohren zu, rolle mich zu einer Kugel zusammen.

Es war kein Traum. Es war nie ein Traum.

KAPITEL 36

Das Klingeln meines Handys reißt mich aus einem unruhigen Schlaf. Ich weiß nicht, wie spät es ist und wie lange Patrick mich hier unten gelassen hat. Ich öffne die Augen und entdecke den Schimmer des Displays auf der anderen Seite des Kellers neben der Treppe, und das winzige Licht zeigt mir außerdem Patrick, der dort steht und auf mich herunterstarrt. Ist er eben erst gekommen, oder hat er dort im Dunkeln gestanden und mich beim Schlafen beobachtet?

»Du bist richtig beliebt. Jede Menge verpasste Anrufe von Mia und Caroline. Aber wer das ist, weiß ich nicht. Ob er das ist? Mein alter Schulfreund Ben?«, fragt er, und ich schaudere. Er sieht auf das Display hinunter und streckt mir das Gerät hin.

»Geh dran. Stell's auf laut.«

Ich krieche auf allen vieren zu ihm hin; mein Herz hämmert, als ich ungeschickt nach dem Annahmeknopf taste. Auch ich erkenne die Nummer nicht.

»Mum ...«

»Joe?«

Am anderen Ende herrscht Schweigen, und eine Sekunde lang hoffe ich, dass er gleich wieder auflegen wird.

»Ist alles okay? Mein Akku war leer, also benutze ich grade Simons Handy.« Ich höre, dass Patrick beim Klang des Namens reagiert; er greift nach dem Gerät, aber Joe spricht weiter. »Mia sagt, sie hat angerufen, und du bist nicht drangegangen. Sie sagt, ihr wolltet euch bei Caroline treffen.«

Mein Blick flackert zu Patrick hinüber. Er starrt mich an; ich sehe in seiner Wange einen Muskel zucken.

»Mir geht's gut.« Ich schließe die Augen und umklammere das Gerät fester. Ich wünschte, ich könnte ihn vom Weiterreden abhalten. »Mir geht's gut.«

»Sie hat den Zug zurück genommen«, sagt er. »Sie hat mir von der Galerie erzählt – das Schaufenster ist eingeschlagen, und draußen hat ein Krankenwagen gestanden. Sie hat Angst gehabt, der wäre für dich, aber deine Freundin war auch da, und sie hat ...«

»Freundin?«

»Anna. Sie hat Mia gesagt, dass sie deine Freundin ist. Mia ist jetzt bei ihr.«

Ich sehe zu Patrick hinüber und keuche. Auf den Namen hat er nicht reagiert, auf mein Keuchen sehr wohl. »Nein, das geht nicht. Sie kann nicht – Joe, du musst sie auftreiben. Anna ist nicht die, von der sie behauptet, dass sie's ist. Dein Dad ... Du musst ...«, aber bevor ich den Satz zu Ende bringen kann, nimmt Patrick mir das Gerät ab.

»Joe? Wo bist du, Joe?« Er geht durch den Kellerraum zurück zur Treppe; seine Stimme klingt entsetzlich ruhig. »Komm nach Hause, Joe. Es wird Zeit, dass du die Wahrheit erfährst. Es wird Zeit, dass ich dir die Wahrheit über deine Mutter sage.«

Ich stürze auf ihn zu, aber er hat das Gespräch bereits beendet und schiebt sich mein Telefon in die Tasche. Ich packe ihn am Arm.

»Nein, das lässt du *bleiben*«, sagt er, zieht meine Hand fort, drückt den Daumen in die verletzte Handfläche. Ich will ihm das Gesicht zerkratzen, aber er packt mich am Handgelenk und stößt mich nach hinten, und ich stolpere und falle.

Er zieht einen Stift aus der Tasche und wirft ihn in die Richtung, in der ich liege, flach auf dem schmutzigen Kellerboden.

»Mach deine Strafarbeit, Sarah, du bist wirklich sehr böse gewesen.«

Ich merke, dass er vorhat, mich wieder hier einzuschließen, und ich kann nicht zulassen, dass er mit Joe zusammentrifft, solange er so erfüllt ist von bitterer Wut. Wenn er ihm erzählt, dass wir all die Jahre gelogen haben, dass nicht ich, sondern eine Fremde seine Mutter ist, dann wird Joe durchdrehen, und was wird Patrick dann tun? Ich denke daran, wie er Joe gegen die Wand geschleudert hat, wie er Mia beinahe geschlagen hätte, an alles, was er mir angetan hat.

Nein. Ich werde nicht zulassen, dass Patrick meinem Sohn wehtut.

Ich rappele mich auf und renne die Treppe hinauf, greife nach der Tür, als er sie öffnet, aber er packt meine Hand, quetscht sie, drückt zu, bis ich aufschreie. Er biegt meine Finger nach hinten und zwingt mich, die Tür loszulassen.

»Nein, das lässt du bleiben«, sagt er wieder. »Du bleibst hier.« Er gibt mir einen Stoß, heftiger als zuvor, und ich verliere den Boden unter den Füßen und falle, Stufe für Stufe, die Treppe hinunter. Mein Kopf schlägt auf dem Fußboden auf und explodiert vor Schmerz. Die Welt wird grau, und ich versuche, ich versuche nach Kräften, sie festzuhalten, aber ich treibe und sinke, und während ich sinke, erinnere ich mich, und ich kann nichts anderes denken als: *Nicht, Patrick. Tu ihm nicht weh. Verletz meinen Sohn nicht.*

SARAH UND PATRICK – 2000

James Tucker. Das ist es; so hieß er, der Bürobote, der sich mit mir verabredet hatte. Ich war also von James Tucker versetzt worden und stand zwanzig demütigende Minuten lang draußen vor dem Pub und wartete, bis mir aufging, dass er nicht mehr auftauchen würde. Statt nach Hause zu gehen und meine Wunden zu lecken, ging ich auf irgendeine Party, kippte drei Tequilas und stand taumelnd in einer Ecke, mit flammenden Wangen und halb betrunken, weil ich den Alkohol so nervös hinuntergestürzt hatte, als Patrick auf mich zukam. Dunkles Haar, dunkle Augen, breite Schultern, umwerfende Wangenknochen. Ich hätte ihn am liebsten auf eine Staffelei gestellt, um ihn bis in alle Ewigkeit anstarren zu können.

Er fragte mich, ob ich mit ihm tanzen wollte, und dann beugte er sich vor und schlug vor, noch anderswo hinzugehen, und ich sagte ganz einfach Ja. Ich zögerte keine Sekunde vor dem Ja. Er nahm mich mit in seine Wohnung und legte mich auf sein Bett, und wir hatten einander halb ausgezogen, als er innehielt und mich nach meinem Namen fragte.

Ich bereue es nicht. Nicht einen Moment davon. Selbst als ich noch glaubte, er würde mich hinterher nicht um meine Telefonnummer bitten, selbst als ich überzeugt war, er würde sich nie melden, habe ich es nicht bereut. Aber er bat mich um meine Nummer, und er meldete sich.

Er nahm mich mit auf eine Fahrt an der Küste entlang, lud mich zu einem Kaffee ein. Wir saßen in seinem geheizten Auto, während draußen ein Sturm tobte, und redeten viele Stunden lang. Ich musste ihn immer wieder anstarren, ihn in mich aufnehmen, diesen schönen, schönen Mann. Er küsste mich, als er mich wieder absetzte, aber das war alles. Dann nichts, Tage über Tage nichts, bis heute. Es ist jetzt neun Tage her, und er hat gerade angerufen und gefragt, ob wir uns im Park treffen können. Neun Tage, und der Winter scheint zu Ende zu gehen, die Narzissen beginnen bereits durch die Erde zu brechen. Neun Tage, die ich das College geschwänzt habe, die ich neben dem Telefon gewartet habe und die Zeit damit verbracht, Skizzenbücher mit halb erinnerten Zeichnungen von ihm zu füllen. Die Einzelheiten unserer ersten Nacht sind verschwommen, aber wenn ich die Augen schließe, kann ich seine Stimme hören und seine Hände an mir spüren; ich kann mich an den Duft und die Wärme seiner Haut erinnern, daran, wie er mir ins Ohr flüsterte und sich dann an meinem Körper entlangküsste.

Er wartet beim Teich, und ich gerate ins Stocken. Ich stecke in schwarzen Leggings und Doc-Martens-Tretern, mein Parfüm besteht aus Ölfarbe und Terpentin. Er trägt selbst jetzt am Abend noch einen Anzug. Wie soll diese Kombination je funktionieren? Ich gehe trotzdem weiter. Ich möchte, dass er mich wieder berührt nach diesen neun endlosen Tagen.

Dann macht er einen Schritt zur Seite, und ich sinke auf eine Bank; der Schock verschlägt mir den Atem, als wäre es ein Schlag in den Magen. Ich blöde Kuh, das hier ist kein Date. Das hier ist das Treffen, bei dem er mich bitten wird, ihn nicht zu verraten.

Er hat einen Kinderwagen dabei.

Ich war ein One-Night-Stand. Ein Ausrutscher. Eine Affäre. Ein Fehler.

Trotzdem, wie brutal, auch noch sein Baby mitzubringen. Als zu-

sätzliches Druckmittel vielleicht: Bitte erzähl es nicht meiner Frau, bitte schade meinem Kind nicht, indem du es meiner Frau erzählst.

Werde ich nicht. Ich werde ihn nicht verpfeifen. Ich werde ihm auch nicht erzählen, dass er mein erster Mann war. Dass ich gewartet habe, ich weiß nicht, auf was. Aber dann ist er dahergekommen, und ich vergaß, dass ich gewartet habe, und er hat gefragt, und ich habe Ja gesagt, und er hat meine Hand genommen, als zöge er mich in einen Tanz wie in einem alten Film, und genau so war es, alles daran. Ich werde es ihm nicht erzählen.

Er dreht sich um und winkt, spürt meine Gegenwart aus fünfzig Meter Entfernung, und schiebt den Wagen auf mich zu. Er greift hinein, hebt das Baby heraus, das kleiner ist, als ich erwartet habe, ein winziges Wesen, nicht älter als ein paar Monate. Dann legt er mir das Baby in die Arme, ohne ein Wort zu sagen.

Ich sehe darauf hinunter und muss lachen.

Es sieht genau aus wie Patrick, dunkle Augen und Büschel von schwarzem Haar. Das Baby lächelt zurück, ein breites zahnloses Grinsen, und es tut weh, allen Ernstes, das tut es. Neunzehn und mit einem Ziehen im Herzen nach dem, was ich mit Patrick hätte haben können. Ich will es nach einer einzigen Nacht mit ihm, einer langen durchtanzten Nacht. Ich sehne mich danach, dass das Baby meins wäre.

»Das ist Joe«, sagt Patrick, während er sich neben mich setzt. »Seine Mutter ist tot.«

KAPITEL 37

Ich bewege den Kopf und stöhne, als ein messergleicher Schmerz ihn aufzureißen scheint. Ich greife nach oben, um die Stelle zu berühren, und meine Hand ist nass, als ich sie wegnehme. Ich kann nichts sehen, aber ich weiß, dass es Blut ist. Ich habe mich treiben lassen, und während ich mich treiben ließ, habe ich wieder gespürt, dass Finger mir Tabletten in den Mund geschoben haben. Einen Moment schaudere ich, im nächsten ist mir brühheiß. Der Fußboden ist kalt und hart, aber ich bleibe trotzdem liegen, denn ich habe nicht die Kraft, aufzustehen oder mich auch nur aufzusetzen. Ich liege zusammengerollt auf der Seite, und meine Tränen sickern in den feuchten Kellerboden.

Wie lange haben sie Patrick hier unten gelassen? Patrick, den kleinen Jungen Patrick, im Keller eingeschlossen, wo er seine Strafarbeit an die Wand schrieb. *Ich war böse. Ich war sehr böse.* Ja, Patrick, das warst du.

Ich schaudere wieder, der nächste Anfall, und rolle mich enger zusammen. Der Magen tut mir weh, ein tiefer Schmerz. Ich erinnere mich nicht, wann ich zum letzten Mal gegessen habe, aber ich habe keinen Hunger, das ist es nicht, was diesen hohlen, nagenden Schmerz verursacht. Durst habe ich dagegen. Meine Kehle ist so trocken.

Ich hätte gehen sollen, nachdem Joe zusammengeschlagen worden war. Ich hätte die Kinder nehmen sollen und gehen, ob ich nun glaubte, dass es Patrick gewesen war, oder nicht. Ich hätte in dem Augenblick gehen sollen, in dem er auf Mia losging. Ich hätte gehen sollen, und dann hätte er niemals …

Ich lege die Arme um die Knie. Ich kann nicht. Ich kann nicht. Er hat recht. Es liegt an mir. Alles meine Schuld.

Ich weiß nicht, wie lange ich schon hier unten bin, aber im Haus ist es zu still. Ich horche, aber ich höre keine Stimmen, keine Schritte oder knarrenden Dielenbretter. Wo ist Patrick? Wo sind Joe und Mia? Ich wünschte, ich hätte mein Handy. Ich würde als Erstes nicht einmal die Polizei anrufen. Ich würde die Kinder anrufen, um ihnen zu sagen, wie sehr ich sie liebe. Wo sind sie alle? Was hat Patrick Ben angetan? Hat er ihn umgebracht?

O Gott, ich kann mich nicht noch enger zusammenrollen, aber es tut weh, es tut verdammt weh, und selbst wenn ich mir die Ohren zuhalte, kann ich Patricks Worte nicht aus meinem Kopf verbannen.

Ich erzähle es ihm, Sarah.

Ich erzähle ihm, dass du nicht seine wirkliche Mutter bist.

Ich erzähle ihm, dass du ihn nie gewollt hast.

Ich erzähle ihm, wie seine leibliche Mutter war.

Ich erzähle ihm, dass du ihn gestohlen hast.

Und dann werde ich …

Und dann werde ich …

SARAH UND PATRICK – 2000

»Sie hat schon Drogen genommen, als wir uns kennengelernt haben, aber damals wusste ich es nicht. Es war eine lockere Beziehung zwischen uns beiden, es hat nicht lange gehalten, aber lange genug, dass sie schwanger werden konnte. Ich habe dafür gesorgt, dass sie beim Sozialamt wussten, dass sie Drogen nimmt, aber sie hat immer wieder ihre Termine versäumt, und ich hab mir Sorgen um das Baby gemacht.«

Joe ist dabei, in meinen Armen einzuschlafen. Seine Augen schließen sich allmählich, öffnen sich urplötzlich, um mich anzustarren, und fallen langsam wieder zu. Er hat lange Wimpern, die sich zu perfekten, runden rosa Wangen hinunterbiegen.

»Aber er war bei der Geburt gesund, und sie haben ihn gleich mir gegeben. Sie ist aus dem Krankenhaus verschwunden, ohne sich noch mal umzusehen. Es war ziemlich schwierig, aber besser so, als wenn er bei ihr geblieben wäre.«

Er steckt ein loses Ende der Decke um Joe herum fest, und seine Hand streift meinen Arm dabei.

»Und letzten Monat hat sie eine Überdosis genommen und ist gestorben.«

»Es tut mir so leid«, flüstere ich, während ich Joe mit einem Finger über die Wange streiche. Sie ist weich und warm.

Patrick schüttelt den Kopf. »Joe ist ohne sie besser dran.«

Sie tut mir trotzdem leid, diese unbekannte junge Frau, die ihr eigenes Baby nie im Arm halten durfte.

»Ich hätte es dir sagen sollen, gleich an dem Abend, an dem wir uns kennengelernt haben. Aber es war so wunderschön, so perfekt, ich wollte nicht, dass irgendwas dazwischenkommt und es ruiniert.«

Es hätte mich verscheuchen können. Es hätte mich dazu bringen können, lange genug zu zögern, um mich daran zu erinnern, dass ich noch warte. Aber er hat recht. Es war wunderschön und perfekt.

»Er hat eine bessere Mutter verdient«, sagt Patrick.

Ich hoffe nur, er meint damit nicht mich.

KAPITEL 38

Ich wache keuchend aus einem Albtraum voller Blut und Schmerzen auf. Was habe ich gehört? Es ist so dunkel hier unten, ich habe keine Ahnung, ob es Tag oder Nacht ist. Die Kehle tut mir weh, mir ist immer noch abwechselnd brennend heiß und eiskalt. Ich glaube, ich blute. Ich spüre tröpfelnde Wärme zwischen den Beinen.

Ich kann Flüstern hören, eine Frauenstimme, ein weinendes Kind. Ich weiß nicht, ob ich noch in dem Albtraum stecke oder ob es Mias Geister sind, ihr kalter Atem in meinem Nacken. Patricks Stimme hallt in meinem Kopf, flüstert mir die fürchterliche Wahrheit zu, während ich blutend auf dem Kellerboden liege. *Er hat eine bessere Mutter verdient. Sie hat so viele Drogen genommen, dass die Überdosis nur eine Frage der Zeit war. Aber ich hätte es niemals getan, wenn du nicht gewesen wärst, Sarah. In dem Moment, in dem ich dich getroffen hatte, habe ich gewusst, dass du eine bessere Mutter für ihn sein würdest. Ich habe ihn für dich mitgenommen, Sarah.*

Er hat mir gesagt, dass ich damit ebenso schuldig bin wie er, eine Kindesentführerin: Ich habe ein Baby gestohlen. Aber er hat mir auch erzählt, Joes Mutter sei tot, Joe gehöre ihm und ihm allein. Er hat gelogen. Er hat immer gelogen.

Ich setze mich auf. Jemand schließt die Tür auf. Ich krieche hastig weiter nach hinten, ich will ihn nicht sehen, ich kann nicht, ich bin noch nicht so weit, ich …

Es ist nicht Patrick, der oben in der Tür erscheint, sondern Anna. Sie trägt noch dieselben Sachen, in denen ich sie gestern gesehen habe, und sie ist so still und bleich, dass ich mich frage, ob sie die ganze Zeit seither draußen vor dem Haus war, es beobachtet hat.

Sie war es, die das Foto durch den Briefschlitz geworfen hat. Und ich weiß auch, warum.

»Die Tür war offen«, sagt sie leichthin, in einem Ton, als käme sie zum Tee vorbei. »Die Haustür jedenfalls. Ich hoffe, dich stört's nicht, dass ich einfach reingekommen bin. Ich hab das Schloss an der Kellertür gesehen und gewusst, dass du hier unten bist. Das hier war immer Familie Walkers Lieblingsort, wenn es irgendwas zu bestrafen gab.«

»Es tut mir leid.« Ich weiß nicht, was ich sonst sagen soll.

Sie zieht einen schmutzigen Teddybären aus der Tasche, ein winziges Ding, eher grau als blau, abgenutzt und zerschlissen. »Weißt du noch?«, sagt sie. »Weißt du noch, wie du mich gefragt hast, ob ich Kinder habe, und ich habe Nein gesagt?« Sie sieht zu mir hin, die gespielte Unbeschwertheit ist verflogen, und ich stelle fest, dass sie weint. »Ich hab gelogen.«

Hätte ich es jemals gemerkt, wenn ich nicht nach diesem Foto gesucht hätte? Ich weiß es nicht. Ich war ihr nie begegnet. Ich habe nie gewusst …

»Er hat mir erzählt, du wärst gestorben«, sage ich und sehe sie auf ihre Handgelenke hinunterblicken mit ihren Flussläufen von Narben.

»Ich hab's probiert«, sagt sie. »Ich hab ein paar Jahre lang wirklich mein Möglichstes versucht. Mir hat er die gleiche Lügengeschichte erzählt. Mir hat er erzählt, mein Baby wäre gestorben.«

»Gestorben?« Meine Stimme schwankt. »Wie meinst du das, gestorben?«

Ich sehe, wie sie meine geschwollene Lippe und die roten Augen, das von Blut verklebte Haar, das ganze zitternde, im Keller weggeschlossene Elend zur Kenntnis nimmt. »Er hat das Foto gekriegt, wenn ich es recht verstehe?«

»Und das ganze übrige Zeug, das du uns vor die Tür gestellt hast, das auch.«

Sie lächelt. »Du hast eine Weile gebraucht, bis du dahintergekommen bist, stimmt's?«

»Wie hätte ich denn je drauf kommen sollen, dass du das warst? Ich habe gedacht, du bist meine Freundin.«

Das Lächeln verschwindet. »Freundin? Herrgott, du bist wirklich richtig dumm, oder?«

Seit ich heraushabe, wer sie ist, weiß ich auch, dass die ganze Freundschaft gespielt war. »Ich weiß nicht genau, was du hier erreichen willst mit den Briefen, dem Foto. Warst du das, die das Haus beobachtet hat? An dem Abend, nachdem wir eingezogen waren, und später?«

Sie nickt. »Schon vorher. Ich hab euch beim Einziehen zugesehen. Patrick schick im Anzug und furchtbar zufrieden mit sich, wie er seine perfekte Scheißfamilie in sein perfektes Scheißhaus holt.« Sie sieht auf den Teddybären hinunter, den sie umklammert. »Ich war so ... nicht wütend, eher bitter. Ich war bitter. Mein Leben war zerstört. Ich hatte nichts mehr übrig, und er ist einfach auf und davon gegangen und hat ein neues Leben angefangen, mit dir, seiner perfekten neuen Freundin, mit der er die perfekten Kinder haben würde, die er immer gewollt hat. Während mir absolut *nichts* geblieben ist.« Sie knautscht den Bären in den Händen, und ich rechne damit, dass sie ihn auseinanderreißen wird. »Das war schlimm genug. Ich wollte euch bloß noch drankriegen. Ich wollte dafür sorgen, dass euer perfektes kleines Leben nicht perfekt bleibt. Ich kenne Patrick, ich kenne ihn viel besser als du. Ich war zuerst mit ihm zusammen.«

Sie kommt zwei Stufen herunter. »Es hat mich fasziniert, diese Bühnenshow, die er abgezogen hat, der Patrick, den er der Welt vorgeführt hat. Als ich ihn gekannt habe damals, da hat er noch dran gefeilt. Der Patrick, mit dem ich zusammen war, war viel leichter aus dem Konzept zu bringen. Aber es war immer noch nicht schwer, die richtigen Reaktionen von ihm zu kriegen. So gut ist er immer noch nicht.« Sie unterbricht sich und sieht auf mich herunter. »Haben ihm die Muscheln gefallen, die ich ihm hingelegt habe? Ich habe die früher mal gesammelt. Einmal ist er in der Wohngruppe zu mir ins Zimmer gekommen, ich hatte irgendwas getan, das ihn geärgert hat, und er hat sie alle zertrümmert. Zu Splittern zertreten, und dann ist er gegangen.« Sie fährt sich mit den Händen durchs Haar, sodass es in alle Richtungen steht.

Alles, was Patrick über Joes leibliche Mutter erzählt hat, die Drogengeschichten, die Vernachlässigung – hat auch nur ein Wort davon gestimmt? Jetzt sehe ich es, an der Form ihrer Hände, der Art, wie sie lächelt. Joe. Mein Junge, der niemals mein Junge war, aber immer mir gehört hat.

»Es macht ihn rasend, dass du malst, stimmt's, Sarah? Dass du dieses Talent hast, dass du da was hast, was er nicht hat. Also hab ich dich in Bens Richtung manövriert. Ich hab gedacht, es würde schon reichen, wenn du deine Bilder ausstellst, in einer Galerie, die von seinem alten Schulfreund geleitet wird. Aber dann hab ich gesehen, dass du ihn magst, eine richtige Schwäche entwickelst für den kleinen Widerling. Ich hab ihn damals nicht gekannt, aber Patrick hat mir erzählt, dass Ben ihn immer beobachtet hat, ihm in der Stadt hinterhergelaufen ist. Scheiße, du hast wirklich einen abgedrehten Geschmack, Sarah. Aber es war so *perfekt*, es war zum Brüllen – ich hätte es nicht besser planen können. Ich hab gewusst, Patrick rastet aus, wenn er das rauskriegt.« Sie lacht. »Ich habe gesehen, wie du die Muscheln aufgehoben und mit ins Haus genommen hast. Ich habe kleine Nachrichten für Patrick in die Muscheln geflüstert. Du hast meine Nachrichten mit ins Haus genommen.« Ihr Lächeln verfliegt. »Hat mir Spaß gemacht, Patrick dermaßen wütend zu sehen.«

»Aber was genau wolltest du erreichen?«, frage ich wieder. »Wolltest du ihn so wütend machen, dass er mich umbringt?«

»Nein. Nein. Ich wollte ... Du hattest mein Leben gestohlen. Zuerst hab ich gedacht, du wärst einfach ein Ersatz für mich. Aber dann hast du mir erzählt, dass Joe siebzehn ist, und mir ist klar geworden, was Patrick getan hatte.«

Ich schüttele den Kopf, aber ich fürchte mich davor, zu sprechen. »Anna ...«

»Hör auf, mich so zu nennen. Mein Name ist Eve.«

»Eve. Es tut mir leid, aber Patrick hat mir erzählt, Joes Mutter wäre tot, sonst hätte ich nie ...«

»Nie was? Meinen Sohn gestohlen?« Sie kommt die Treppe ganz herunter und packt mich am Arm. Aber ihr Griff lockert sich, und ich wünschte, ich hätte die Kraft, loszurennen.

»Wir waren von Anfang an zusammen, Patrick und ich. Sie haben uns in derselben Wohngruppe einquartiert. Dann ist er wieder zurück zu seinen Eltern gekommen, und mich haben sie in eine wirklich beschissene Pflegefamilie gesteckt ... ich war so verdammt neidisch. Er ist immer mal wieder nach Cardiff gekommen, um sich mit mir zu treffen, und hat mir alles über sein perfektes Zuhause erzählt, dieses wunderschöne Haus am Meer und seine perfekten Eltern ... ich bin aufgewachsen mit der Sehnsucht nach so etwas. Er hat immer gesagt, wir würden auf ewig zusammenbleiben, und Geschichten von dem Leben erzählt, das wir führen würden.« Sie unterbricht sich und lacht wieder. »Dieses Foto, das du gefunden hast? Einmal hab ich gedacht, ich überrasche ihn, komme vorbei und sehe es mir an, sein wunderbares Zuhause. Er hat tapfer gelächelt und mich John vorgestellt, so getan, als würde er sich freuen, mich zu sehen, aber untendrunter war er außer sich vor Wut. Hat mich ewig lang kaltgestellt, überhaupt nicht mehr mit mir geredet.«

Ich weiß nicht, warum es mir nicht schon früher aufgefallen ist, dieses Gefühl von Vertrautheit, das ich hatte, als ich sie gesehen habe – sie sieht aus wie Joe. Ich habe immer gedacht, er wäre zu sehr wie Patrick, und das sei es, was ihn auffraß, ihm zu schaffen machte. Aber jetzt, während ich hier stehe und seine leibliche Mutter ansehe, kann ich nichts sehen als meinen Jungen. Er selbst würde es ebenfalls sehen, wenn er hier wäre, er würde es augenblicklich sehen. Seine wirkliche Mutter und seine falsche Mutter, die Lügnerin.

»Irgendwann ist er wieder in mein Leben geschlendert gekommen, als wär nichts gewesen. Ich bin schwanger geworden, und er hat mich hier einquartiert, und hey, plötzlich war ich die Angeschmierte, stimmt's?«, sagt sie. »Es war wie ein Gefängnis, direkt aus *Hammer House of Horror*. Seine Eltern, diese kranken Schweine. Und er – alles, was er mir je erzählt hatte, war gelogen, und als ich das gesehen habe, gesehen habe, wie sein Leben wirklich aussieht, hat er *mich* dafür gehasst. *Mir* dafür die Schuld gegeben, dass ich es versaut hatte, seine Geschichte ruiniert. Er hat mich genau so bestraft, wie sie ihn bestraft hatten. Er hat mich versteckt, mich überhaupt nicht mehr rausgelassen, nicht erlaubt, dass ich noch irgendeinen von seinen Freunden sehe. Mich im Keller eingeschlossen. Ich hab hier unten gesessen und das Baby weinen hören, und er hat mich nicht rausgelassen, weil ich böse gewesen war. Er hat mir nicht vertraut, dass ich keine Drogen nehmen und mich nicht betrinken und in der Gegend herumvögeln würde. Ich war *schmutzig*. Alles an mir war *falsch*.« Sie lässt meinen Arm los und beginnt, auf und ab zu gehen.

Ich versuche unauffällig Abstand zwischen uns zu bringen, mich näher an die Treppe heranzuschieben.

»Ich hätte's *verdient*, bestraft zu werden, hat er gesagt. Und sie haben ihn noch ermutigt. Sie hatten ihm den Schlüssel zum Keller gegeben, ihrem gottverdammten Bestrafungraum«, sagt sie. »Der Patrick, von dem ich geglaubt hatte, ich kenne ihn – er war ein falscher Gott. Also hat er mich abserviert, mich zerstört, und dann ist er losgezogen und hat sich eine neue Freundin gesucht, die dumm genug war, seine Lügen zu glauben. Ich musste raus da, das verstehst du ja wohl, oder? Ich hatte nicht vor, mein Baby zu verlassen. Ich wollte nicht so lang wegbleiben.

Ich bin zurückgekommen«, sagt sie. »Aber als ich zurückgekommen bin, hat Patrick mir erzählt, er wäre tot. Er hat gesagt, ich hätte ihn verlassen, und deshalb wäre er gestorben. Er hat all das gesagt, und ich bin weggerannt, und ...«

Ich habe Schmerzen, körperliche Schmerzen, das Entsetzliche überwältigt mich, das Patrick ihr angetan hat, Joe, mir.

»Patrick hat ihn niemals meinen Sohn sein lassen«, sage ich. »Ich wollte ihn in aller Form adoptieren, weil Patrick mir erzählt hatte, du wärst tot, aber er hat sich geweigert. Ich habe nie auch nur seine Geburtsurkunde gesehen. Ich habe nie ...« Ich höre meine Stimme verklingen, als mir aufgeht, was Anna gesagt hat. O Gott – hat Joe überhaupt eine Geburtsurkunde? Doch – er muss eine haben. Patrick muss seine Geburt gemeldet haben. Er hätte sonst ja nicht ... Meine Gedanken stolpern durch Jahre voller Ausflüchte und Lügen, durch all das Fürchterliche, das Patrick getan hat.

»Du kannst nicht mal ein Kind ordentlich stehlen, stimmt's, Sarah?«, spottet Anna.

»Ich habe nicht gewusst, dass er gestohlen war. Damals nicht. Ich hätte nie ...«

»Du lügst.«

»Was ist mit Mia? Was hast du mit Mia gemacht?«

Sie lächelt. »Wirst du nervös, weil ich das tun könnte, was du getan hast? Ich könnte *dein* Kind stehlen, was, Sarah?«

»Bitte …«

»Ihr geht's gut. Ich hab ihr ein paar Tatsachen verraten, das ist alles. Die ganzen Lügen, die man ihr erzählt hat … Ich hab ihr verraten, wie du wirklich bist, was du getan hast.«

Anna tritt einen Schritt zurück. »Sie wollte mir nicht zuhören, hat alle möglichen Beleidigungen gekreischt. Und Joe … der ist geradewegs hierher zurück, um dir zu helfen. Nach allem, was du getan hast, ist er immer noch zurückgerannt, weil er *dir* helfen wollte.«

»Wie meinst du das?«

»Er ist hier.«

»Was?«

»Joe. Er ist hier. Ich habe ihn reingehen sehen. Er hat die Haustür offen gelassen, und ich habe ein bisschen gewartet, und dann bin ich auch reingekommen. Es war so still, ich hab nicht …« Sie zwinkert und sieht nach oben, zu der offenen Kellertür hin.

Ich kämpfe mich auf die Beine. »Wir müssen ihm helfen«, sage ich. »Patrick wird es ihm erzählen. Er wird ihm … nicht die Wahrheit sagen. Nur noch mehr Lügen. Und er wird ihn verletzen. Er wird versuchen, mich zu bestrafen, indem er Joe verletzt.«

Sie schüttelt den Kopf. »Nein, es ist nur gut, wenn er die Wahrheit weiß. Er wird die Wahrheit erfahren, und ich bekomme meinen Sohn zurück.«

»Anna … *Eve*«, sage ich, »so läuft das nicht. Bildest du dir wirklich ein, Patrick wird ihm die Wahrheit sagen? Er wird ihm die gleichen Lügengeschichten erzählen, die er mir erzählt hat – dass du drogensüchtig warst, dass du ihn vernachlässigt und misshandelt hast, dass du ihn verlassen hast und in Kauf genommen, dass er stirbt. Und was passiert dann? Sieh mich an – sieh dir doch mal an, was er mir getan hat.«

Anna schüttelt immer noch den Kopf.

»Du kennst ihn, du weißt genau, zu was er imstande ist. Er will mich – und Joe – dafür bestrafen, dass wir ihn verlassen wollten. Was glaubst denn du, wie das ausgehen wird?«

»Nein, nein, nein«, sagt sie wieder. »So war das nicht geplant.«

»Joe hat sich selbst verletzt«, sage ich. »Sich geschnitten. Was glaubst du, was es bei ihm anrichtet, wenn Patrick ihm seine Lügengeschichten erzählt?«

»Ich bringe ihn um«, sagt Anna. »Wenn er meinem Sohn wehtut, bringe ich ihn um.«

Schlagzeile in *Western Mail*, Mai 2017:

Zwei weitere Leichen im Mörderhaus gefunden

Die Leichen eines Mannes und einer Frau wurden aus dem Haus geborgen. Die Polizei hat zur Identität der Toten noch keine Angaben gemacht.

ANNA

Der Gang ist länger. In meinem Traum ist der Gang in dem Haus, das noch einfach ein Haus ist, länger und hat eine weitere Tür. Diese Tür liegt ganz am Ende. Und statt zu rennen und zu rennen und zu glauben, dass ich das Ende niemals erreichen werde, weiß ich diesmal, ich werde es erreichen. Und ich will es nicht mehr. Es gibt eine Tür dort. Es gibt eine weitere Tür, und diese steht offen.

Ich erreiche das Ende des Gangs. Ich will nicht hinsehen, aber ich kann nicht anders. Es ist blau. Das Zimmer ist blau wie für einen Jungen. Es gibt ein Kinderbett, und das Kinderbett ist weiß und leer.

Du hast mich hier zurückgelassen, in diesem Haus, das noch nicht das Mörderhaus war, einfach nur ein Haus. Du hast mich schwanger hier zurückgelassen, bei deinen Eltern, während du deinen Universitätsabschluss gemacht hast, an den Wochenenden nach Hause gekommen bist, gelegentlich auch für eine Nacht unter der Woche.

Ich habe es wirklich versucht, während ich schwanger war – ein paar Drinks, ein paar Zigaretten, eigentlich so gut wie nichts. Aber dann hast du mich dort zurückgelassen, und deine Eltern haben mich ignoriert, und die Stunden waren so lang und so leer.

Sie haben dafür gesorgt, dass ich das Baby in ihrem Haus bekommen habe. Wollten mich nicht ins Krankenhaus fahren, haben das Baby nicht aus dem Haus gelassen. Sie haben niemandem erzählt, dass es ihn auch nur gab. Unser Geheimnis hast du es genannt, wenn du vorbeigekommen bist.

Das Haus war kalt und dunkel, zu viel Zugluft, wo eigentlich keine hätte sein sollen. Es hat jeden Funken von Energie und Fröhlichkeit aus mir rausgezogen. Ich bin herumgegangen und habe das Licht und die Heizung eingeschaltet, und deine Eltern sind hinter mir hergegangen und haben alles gleich wieder ausgemacht. Nicht mal spazieren gehen durfte ich mit dem Baby. Du bist wieder ans College verschwunden, und sie haben mich im Keller oder im Schlafzimmer eingeschlossen, weil sie gewusst haben, ich würde gehen, sobald ich die Gelegenheit hätte. Ich würde einen von meinen alten Freunden auftreiben und anbetteln, um eine Schubkarre voller Drogen betteln, alles, irgendwas, egal was.

Es ist nicht nur mir so gegangen, auch dem Baby. Er hat geweint, die ganze Zeit, die ganze Nacht, den ganzen Tag. Deine Eltern haben mich mit dem Kind in deinem alten Zimmer eingesperrt. Uns eingeschlossen, damit wir Ruhe geben, und ich habe hektisch versucht, das schreiende Baby zu beruhigen, damit sie nicht wieder wütend auf uns wurden. Als sie dann das Haus verloren haben, ist ihr Zeug nach und nach rausgeräumt worden, bis nichts mehr da war bis auf mich, das Baby, die abgeschlossene Tür. Ich hab das Baby geliebt, wirklich, er war unser Kind – aber ich war so müde. Was ich an Schlaf kriegen konnte, war voller Albträume, oder ich bin von dem Gerappel und Gestöhn und Geflüster des Hauses aufgewacht. Und das Baby wurde krank und hat geweint, bis ... ich konnte nicht mehr. Ich konnte einfach nicht mehr.

Nach dir war jetzt ich an der Reihe damit, einfach zu verschwinden. Zum Fenster raus und an dem Baum nach unten, ich habe gebetet, dass sie mich nicht hören und wieder einsperren würden. Ich hatte nie vor, so lange wegzubleiben. Ich dachte, es würden Tage sein, nicht Wochen, nicht Monate. Ich bin abgetaucht, in das Kaninchenloch gefallen.

Als ich dich angerufen habe, hast du gesagt, wir sollten uns beim Haus treffen, aber als ich hingekommen bin, war es verkauft. Leer, dachte ich jedenfalls, aber die Haustür war offen. Ich bin nach oben gerannt, und du warst in deinem alten Zimmer, du hast neben dem Kinderbett gestanden. Es war kein großes Kinderbett, es war eins von diesen Korbdingern, die man hin und her schaukeln kann. Ich kann mich nicht mal erinnern, wie man so was nennt, Rabenmutter, die ich war.

Du hast da gestanden mit einem Strauß Margeriten in Seidenpapier in der Hand, und das Bettchen war ruhig, und das Haus war verkauft, und ich dachte, es wäre okay. Ich dachte, ich wäre lange genug weggeblieben, damit alles wieder okay war. Dachte, dass du mich und das Baby mitnehmen würdest, jetzt, wo deine Eltern fort waren. Wir würden das Haus hinter uns lassen, und du würdest wieder der Junge sein, von dem ich gedacht hatte, dass du es bist, ich würde wieder mit den Drogen aufhören, und es würde alles gut werden, so wie es sein sollte.

Aber du warst ... nicht wütend, mit Wut wäre ich klargekommen, hätte sie sogar begrüßt, den Knaller, den ich mir verdient hatte. Du warst nicht glücklich, du warst überhaupt nichts. Ich hab in der Tür gestanden, und du hast mich angesehen und dieses Kinderbett (Stubenwagen? Nennt man diese Dinger so?) mit einer Hand hin und her geschaukelt, kalt und dunkel wie das Haus.

Das Kinderbett war leer.

»Du bist verschwunden, du hast niemandem Bescheid gesagt. Meine Eltern haben es nicht gewusst, also sind sie nicht nach oben gekommen. Das Baby war krank, und du bist einfach gegangen.«

Du hast mich angesehen, und jetzt war der Ärger zu sehen. »Er ist gestorben«, hast du gesagt. »Du hast ihn vernachlässigt, und er ist gestorben. Du hast ihn umgebracht.« Du hast mir den Strauß Margeriten hingestreckt. »Die hier hab ich dir mitgebracht, damit du sie ihm aufs Grab legen kannst.«

Ich hatte eine Gänsehaut vor Grauen, und in mir war ein Loch, schwarz wie die Nacht, das immer größer wurde, und es hat wehgetan. Als die Tränen dann kamen, waren sie so heiß, dass sie mir die Wangen versengt haben.

Ich hab den Kopf geschüttelt und bin vor dir zurückgewichen. Vor dem leeren Kinderbett. Nein. Nein nein nein nein.

Ich konnte nicht.

Ich konnte es nicht ertragen – konnte nicht …

Mir sind die Beine weggebrochen, und ich bin auf die Knie gefallen. »Zeig ihn mir – lass mich ihn sehen.«

»Zu spät. Wir haben ihn bestattet. Verschwinde lieber gleich wieder«, hast du gesagt, »bevor ich der Polizei erzähle, dass du hier bist, bevor ich denen erzähle, was du getan hast.«

Ich bin weggelaufen aus dem Haus, in dem ich mein Baby ermordet hatte, es ermordet damit, dass ich es nicht genug geliebt hatte. Ich war es. Ich habe es zu einem Mörderhaus gemacht, lange bevor Ian Hooper und John Evans es getan haben.

Sarah hat mich gefragt, ob ich Kinder hätte, und ich habe Nein gesagt. Aber ich hatte einmal eins. Ich hatte ein Kind, von dem ich geglaubt habe, es wäre gestorben. Ich hatte einen Sohn.

Ich bin am Ende des Gangs angekommen. Dies ist kein Traum. Dies war nie ein Traum. Es gibt hier eine Tür. Es gibt hier eine weitere Tür, und die steht offen. In dem Zimmer steht ein leeres Kinderbett. Das Bett war leer, weil das Baby gestorben war. Mein Baby. Babypuder, weiche, warme Haut, ein schwarzer Haarschopf wie Seide, ein breites zahnloses Lächeln.

Aber.

Er ist es nicht.

Nicht gestorben. Er ist nicht gestorben. Ich bin nicht weggelaufen und habe mein Baby sterben lassen. Das Kinderbett ist leer, weil Patrick mein Baby gestohlen und es jemand anderem gegeben hat.

SARAH UND PATRICK – 2000

»Bist du sicher, dass es dir nichts ausmacht?« Er hat bereits die Jacke angezogen und die Hand an der Tür. Es ist keine echte Frage, ich kann nicht gut sagen, doch, es macht mir etwas aus. Und im Grunde tut es das auch nicht. Natürlich ist mein Seminar nicht so wichtig wie seine Besprechung. Und er würde mich nie fragen, wenn die Tagesmutter ihn nicht versetzt hätte, ohne Vorankündigung einfach gegangen wäre.

»Schon okay«, sage ich. »Wie du sagst, es ist ja bloß, bis du eine neue Tagesmutter gefunden hast, der du vertraust. Ich kann die Arbeit fürs College nachholen.« Joe schläft; er liegt schwer in meinen Armen, die langen dunklen Wimpern flattern über seinen rosigen Wangen, während er seine Babyträume träumt.

Patrick beugt sich vor, um mich zu küssen, und ich muss lächeln; die Erinnerungen an die vergangene Nacht sind noch frisch. »Danke«, flüstert er.

Joe schläft noch eine Stunde lang, und ich sitze die ganze Zeit nur dabei und starre ihn an. Habe ich je zuvor ein Baby so aus der Nähe gesehen? Als Kind vielleicht, die Babys der Nachbarn. Seine Fingernägel sind so winzig, Miniaturnägel an seinen speckigen, seesternartigen Händchen. Arme und Beine mit Falten an Knien und Ellbogen. Und oh, seine Haut ist so weich. Ich kann nicht aufhören, ihn zu berühren, sein Haar zu streicheln, ihn auf die Wange zu küssen, ihn hochzunehmen, wann immer ich vorbeikomme.

Es ist jetzt zwei Monate her, und Patrick sagt, Joe kennt mich inzwischen, und es stimmt – er lächelt jedes Mal, wenn er mich sieht, das breite Grinsen, das mich dahinschmelzen lässt, ja, das tut es wirklich. Er ist ein so wunderschönes Baby, noch schöner als Patrick, und ich frage mich, wie seine Mutter ausgesehen hat. Ich habe Patrick gefragt, aber er hat kein Foto von ihr. Das ist traurig – was will er Joe erzählen, wenn der heranwächst und sich nach seiner Mutter erkundigt?

Am liebsten mag ich es, wenn ich ihm sein Fläschchen gebe. Er hält es mit mir zusammen fest und trinkt gierig, aber er starrt dabei die ganze Zeit zu mir herauf, die dunklen Augen fest auf meine gerichtet, und wenn ich lächele, weil ich gar nicht anders kann, als zu lächeln, dann grinst er zurück, während die Milch ihm aus dem Mundwinkel rinnt.

Ich habe mich zuerst in Patrick verliebt, aber der Abstand ist sehr klein.

Patrick hat Mühe, eine verlässliche Tagesmutter zu finden, also bin ich vorübergehend zu ihm gezogen. Nicht dass ich damit ein Problem hätte, ich kann so jede Nacht die ganze Nacht bei Patrick und jeden Tag den ganzen Tag bei Joe sein. Tage, die ich in einer Traumwelt aus Babyfläschchen und Spaziergängen im Park verbringe, gesummten Wiegenliedern, Windelwechseln, Babysprache und Kuscheltieren. Ich habe die Skizzenbücher und das Malzeug weggeräumt, damit Joe sie nicht in die Finger bekommt. Das war Patricks Idee, obwohl Joe vorläufig noch zu klein ist, um herumzukriechen und Gegenstände zu packen. Er hat recht – es ist besser, sich solche Vorsichtsmaßnahmen früh anzugewöhnen. Der Schichtwechsel beginnt mit Patricks Rückkehr, dem Kuss auf den Nacken, der mich immer noch zusammenschauern lässt, mich immer noch wünschen lässt, ihm die Kleider vom Leib zu reißen in dem Augenblick, in dem er das Zimmer betritt. In meinem Leben ist kein Platz mehr für irgendetwas außer Patrick und Joe, und ich will nichts in meinem Leben haben außer Patrick und Joe. Es gibt Tage, an denen ich mir nicht einmal die Mühe mache, mich anzuziehen. Wozu auch, wenn Patrick mich sowieso wieder ausziehen wird, sobald er nach Hause kommt und Joe eingeschlafen ist?

Wir lauschen darauf, dass Joe still wird, und mir wird der Mund trocken. Patrick beugt sich vor und küsst mich; seine Hand gleitet unter mein T-Shirt. Mein Herz hämmert schneller und schneller, als er mich aufs Sofa hinunterdrückt und sich das Hemd aufknöpft. Manchmal kann ich nicht warten. Manchmal packe ich ihn am Hemd und reiße es auf, verstreue Knöpfe im Zimmer, die ich am nächsten Tag dann suchen muss, indem ich auf allen vieren unter den Stühlen herumtaste, während Joe aus seiner Babywippe heraus zusieht.

Mit Make-up gebe ich mich nicht ab. Patrick mag es sowieso nicht – er hat immer das Kajal weggewischt, mit dem ich mir die Augen untermalt habe. Also bin ich auch nicht wirklich überrascht über Carolines Reaktion, als sie vorbeikommt.

»Was zum Geier?«

»Pssst – Joe schläft.«

Caroline sieht aus wie eine Karikatur ihrer selbst, ein überzogenes Bild der Caro, die ich kenne. Ihr Haar ist pink, ein scharfkantig geschnittener Bob, ihre Augen sind schwarz umrandet, und sie hat einen blauen Stecker in der Nase.

Ich werfe einen Blick an mir hinunter und sehe mich durch ihre Augen: Schlafanzughose und T-Shirt, bloße Füße, straßenköterblondes Haar, kein Make-up, keine Unterwäsche. Ich verschwimme mit dem Hintergrund, während sie Augenschmerzen auslöst. Der Kontrast ist verstörend.

»Du bist von der Kunsthochschule abgegangen?«, fragt sie, während sie im Zimmer auf und ab geht.

»Nein, ich nehme bloß eine Auszeit, damit ich Patrick helfen kann.«

Sie hört auf, hin und her zu gehen, und wendet sich mir zu. »Es ist fast zwei Monate her, seit du das letzte Mal aufgetaucht bist.«

Zwei Monate? Ist es wirklich schon so lange? Damit hätte ich fast ein Semester versäumt. »Es ist bloß vorübergehend. Ich komme zurück.«

Sie starrt mich an, und ich sehe Tränen in ihren Augen. »Da stimmt doch alles Mögliche nicht«, sagt sie. »Das ist ja, als hätten Patrick und dieses Baby dir eine Gehirnwäsche verpasst oder so was.« Sie greift nach meinen Händen und hält sie fest. »Komm zurück in die Wohnung. Du kannst Patrick und das Baby ja immer noch besuchen. Aber komm mit mir und geh wieder zurück ans College.«

»Sei doch nicht albern. Ich will hier sein. Ich brauche es, hier zu sein. Ich fühle mich ... Das hier ist mein Zuhause, Caroline. Ich liebe ihn. Ich liebe sie beide so sehr.«

Ich höre einen kleinen Schrei aus Joes Zimmer und sehe mich nach ihm um. »Du musst gehen«, sage ich, ziehe die Hände aus ih-

ren und gebe ihr einen kleinen Schubs Richtung Tür. »Ich ruf dich an, ich versprech's.«

»Lass nicht los, Sarah. Versprich mir, dass du nicht loslässt.«

»Was nicht loslässt?«, frage ich lachend.

»Dich nicht loslässt«, antwortet sie.

Ich lächele und nehme sie kurz in die Arme. »Red doch keinen Blödsinn. Natürlich lasse ich mich selber nicht los. Und außerdem hab ich ja immer dich, wenn ich eine Erinnerung brauche, oder?«

»Immer«, sagt sie.

Ich gehe wieder hinein und schließe die Tür ab, lehne mich dagegen und seufze. Es hat ihr einfach nicht gepasst, wie anders als wir anderen Patrick ist, aber er ist auf eine gute Art anders. Er hat schon eine richtige Wohnung, einen richtigen Beruf und ein Kind. Natürlich ist er anders; es ist nicht verboten, anders zu sein.

Ich gehe und hebe Joe aus seinem Bettchen, wiege ihn an meiner Schulter. Er hört auf zu weinen und liegt warm und schwer an meinem Körper. Ich singe ihm etwas vor, während ich in die Küche gehe, um ein Fläschchen zu wärmen. Und was erwartet sie überhaupt von mir – dass ich in meine Studentenbude zurückkehre und Joe hier zurücklasse? Meine Arme kommen mir leer vor, wenn ich ihn nur fünf Minuten lang hinlegen muss, ich kann unmöglich hier weg.

KAPITEL 39

Anna rennt die Treppe hinauf, und ich stolpere hinter ihr her. Fast bin ich versucht, hierzubleiben, mich hier unten im Keller zu verstecken, meine Strafe zu akzeptieren und darauf zu warten, dass es vorbei ist, dass Patrick mir mitteilt, ich könnte jetzt herauskommen. Aber genau das habe ich schon die ganze Zeit getan, oder nicht? Passiv darauf gewartet, dass es vorbeigeht. *Braves Mädchen,* flüstert eine Stimme in meinem Kopf, und ich schmecke eine bittere Pille auf der Zunge.

Über mir im Haus höre ich Stimmen.

Nein. Aufwachen, Sarah. Es ist nicht Annas Aufgabe. Es ist meine. Ich muss meine Familie schützen.

Als ich taumelnd oben ankomme, steht Anna im Hausflur, weiß im Gesicht, die Hände vor den Mund geschlagen. Ich sehe an ihr vorbei in die Küche und entdecke Joe, halb von uns abgewandt, schwarzes Haar hängt ihm ins Gesicht; er sieht aus wie Patrick, er sieht aus wie Anna. Er steht dort, und er zittert, und er hat ein Messer in der Hand, von dem Blut auf den Boden tropft. Es ist so viel Blut, und ich denke: Patrick hat es ihm erzählt, und er hat es getan, er hat eine Arterie gefunden, hat zu tief geschnitten. Es ist so viel Blut, wie kommt es, dass er noch auf den Füßen ist?

»Joe ...«

»Er hat's mir gesagt. Er hat mir gesagt, dass du nicht meine wirkliche Mum bist.«

»Ich wollte ...«

Ich mache einen Schritt in seine Richtung, aber er hebt mit einer zitternden Hand das Messer. »Nicht. Nicht. Er hat mir von meiner wirklichen Mutter erzählt – er hat mir gesagt, sie war drogensüchtig. Er hat mir gesagt, sie hat mich nicht gewollt, sie hat mich nie gewollt, sie hätte mich sterben lassen.«

In meinem Rücken macht Anna ein kleines Geräusch, und dann höre ich, wie ihre Schritte sich entfernen. Läuft sie wieder weg?

»Joe, bitte … wir müssen das verbinden. Du musst ins Krankenhaus …«

Er sieht auf seine blutverschmierten Hände und Arme hinunter. »Das ist nicht mein Blut«, sagt er.

»Was?«

Er wendet den Blick ab, sieht zur Küche hin. »Es ist seins. Es ist Dads Blut. Ich glaube, ich hab ihn umgebracht.«

SARAH UND PATRICK – 2000

»Willst du mich heiraten?«

Ich lache los. Ich schlage die Hand vor den Mund, aber es ist zu spät, das Geräusch ist bereits da draußen, es dringt aus meinem Mund und schlägt ihn mitten ins Gesicht. Ich sehe ihn rot anlaufen und renne zu ihm hin, um ihm über die Wange zu streichen – als sei der Stachel meines Gelächters real genug gewesen, um Spuren zu hinterlassen.

»O Gott, es tut mir leid, das war der Schock«, sage ich. »Ich liebe dich so sehr, du weißt, dass ich das tue, aber heiraten? Es tut mir wirklich leid, dass ich gelacht habe, aber es hat mich einfach umgehauen. Ich bin erst neunzehn – ich bin immer noch Studentin!«

»Nicht wirklich, inzwischen nicht mehr. Wann warst du das letzte Mal dort? Du wohnst jetzt hier, du bist Joes Vollzeitmutter. Wir heiraten, kaufen ein Haus und ziehen an die Küste, kriegen noch mehr Kinder. Ich wollte immer zurück ans Meer ziehen. Es wird perfekt werden.«

Ja, aber … was wird aus der Karte? Der Weltkarte, die ich ihm gezeigt habe, auf der ich alle Orte eingekreist oder farbig ausgefüllt habe, die ich besuchen will? Dies hier war als vorübergehendes Arrangement gedacht, so wie ich es Caroline gesagt habe. Ich würde ans College zurückkehren und dann um die Welt reisen und malen. »Ich kann nicht. Ich muss das Studium abschließen. Und reisen. Ich will reisen und …«

»Und was wird aus Joe?«

Ich erstarre. Ein paar Sekunden lang habe ich Joe völlig vergessen, der in seinem Bettchen im Zimmer gegenüber schläft, nach Milch und Babypuder duftet, der weiche samtige Bauch voll mit Brei und pürierten Karotten. Natürlich habe ich nicht vor, ihn einfach zu verlassen.

»Wir haben noch das ganze Leben Zeit zum Reisen«, sagt Patrick. »Du kannst ans College zurückgehen, wenn er älter ist. Wir machen all das, wir machen alles, was du willst, aber wir machen es alle zusammen.«

Joe beginnt zu weinen.

»Wenn du bleibst, bist du seine wirkliche Mutter«, sagt Patrick. »Er wird heranwachsen und dich Mum nennen und immer dir gehören.«

Joes Weinen wird lauter. Er bekommt den nächsten Zahn und hat wahrscheinlich nicht nur Hunger, sondern auch Schmerzen. Inzwischen hat er zwei Zähne und kann richtige Nahrung essen. Und er hat angefangen zu brabbeln – das Babygebrabbel, keine echten Worte, einfach nur Laute. Aber er sagt Ma ma ma, *wieder und wieder, schenkt mir sein Grinsen, kuschelt sich an meinen Hals, brabbelt sein* Ma ma ma, *und ich schwöre, jedes Mal wenn er es tut, zupft er an einer Saite, die an meinem Herzen befestigt ist. Patrick beugt sich vor.*

»Bitte, Sarah … überleg doch mal. Denk an uns. Was wir haben – du, ich und Joe. Es ist alles so perfekt. Es könnte immer so bleiben.«

So wie dies? Ist es das, was ich will? Vollzeitmutter mit neunzehn? Aber ich sehe Patrick an und fühle mich wieder davongewirbelt, wir tanzen wieder, und ich denke an die Nächte, in denen Joe nicht schlafen kann und Patrick, anstatt ärgerlich zu werden, zusammen mit mir aufsteht, um nach ihm zu sehen, und wie Patrick die Arme um uns beide legt, während ich ein Wiegenlied summe, und wir durch die Wohnung tanzen, ich summend, Patrick lächelnd, bis Joe aufhört zu weinen und uns beiden sein Grinsen schenkt. Ich kann ihn nicht verlassen. Ich kann keinen von ihnen beiden verlassen.

Patrick greift in die Tasche und holt eine kleine Samtschachtel heraus. Er öffnet sie ungeschickt und nimmt einen Diamantring heraus. Er streckt ihn mir hin, und ich sehe Tränen in seinen Augen. »Bitte, Sarah. Heirate mich. Bleib bei mir. Bleib bei uns.«

SARAH, ANNA, PATRICK UND JOE – JETZT

Er ist nicht tot. Er liegt auf dem Küchenfußboden und atmet zu schnell. Sein Atem hat einen rasselnden Klang, der mir nicht gefällt, aber er ist nicht tot. Joe ist kein Mörder. Aber mein Sohn steht da mit einem Messer in der Hand und mit dem Blut seines Vaters bespritzt. Wenn ich jetzt einen Krankenwagen rufe, wird Patrick überleben, aber die Polizei wird kommen, und Joe wird eingesperrt werden. Mein wunderschöner, zerbrechlicher Junge wird ins Gefängnis kommen.

Und Anna? Wo ist Anna? Sie ist verschwunden. Ich bin von Kopf bis Fuß zu Eis erstarrt. O Gott, o Gott, was machen wir jetzt? Anna könnte in diesem Moment die Polizei rufen, sie könnten bereits auf dem Weg hierher sein, um Joe zu verhaften.

Joe lässt das Messer fallen, und das plötzliche Klappern durchbricht meine Lähmung. Ich treffe eine Entscheidung – lasse Patrick liegen, wo er liegt, in der Pfütze aus Blut, und ziehe Joe aus der Küche, nehme ihn mit zu der Toilette im Erdgeschoss, halte seine Hände unter den Wasserhahn und beginne das Blut abzuwaschen, unter einem Wasserstrahl, der heiß genug ist, um meine wunden Hände und seine zu verbrühen; ich ignoriere den Schmerz, nehme Seife zu Hilfe und schrubbe, bis ich nirgends mehr eine Spur von Blut sehen kann. Als ich aufsehe, pralle ich zurück beim Anblick meines blutigen Gesichts im Spiegel. Hat Joe es auch nur gesehen? Er steht einfach dabei und zittert, und ich glaube, er steht unter Schock.

»Es tut mir leid, Joe«, sage ich. »Es tut mir leid, dass ich es dir nie gesagt habe.«

»Ich hab zuerst gedacht, er redet davon, dass ich adoptiert wäre, aber das hätte ja keinen Sinn ergeben. Alle Leute haben mir immer erzählt, dass ich genauso aussähe wie er, stimmt's? Warum habt ihr es mir nicht verraten?«

»Patrick hat gesagt … Er hat immer gesagt, es würde dich vernichten. Er hat gesagt, du wärst nicht sehr stabil, und es könnte dich brechen, wenn du rausfändest, wie deine leibliche Mutter war. Ich hab ihm geglaubt und habe mich drauf eingelassen, weil ich wollte, dass du zu mir gehörst. Ich wollte dich nicht nur geborgt haben. Er hat immer gesagt … wenn du mit Eve als Mutter aufgewachsen wärst, was wäre aus dir geworden? Und mit mir als Mutter wäre es besser, und das war es doch auch, oder?« So wie ich es sage, ist es ein Flehen. Ich will, dass er mir sagt, ich hätte recht daran getan, sein ganzes Leben lang Patricks Lügen zu glauben. »Du malst, du gehst aufs College, du hast Simon.«

Er starrt auf seine zitternden Hände hinunter. »Ich hab mein ganzes Leben lang gedacht, ich sähe aus wie er, aber das Talent fürs Zeichnen und Malen hätte ich von dir. Er hat mir erzählt, sie wäre gestorben, meine leibliche Mutter. Dass es meinetwegen war – Depressionen, nachdem ich geboren war. Dass sie ein Junkie war, dass sie eine Überdosis genommen hat und gestorben ist, wegen mir.« Er schüttelt den Kopf und versucht Abstand zwischen uns zu bringen. »Ich verstehe schon, warum du mich nicht liebst, ich verstehe, warum keiner mich je lieben könnte«, sagt er.

»Nein, sag das nicht. Ich hab dich *immer* geliebt«, sage ich. »Ich hab dich vom ersten Moment an geliebt, in dem ich dich gesehen habe. Du bist mein Sohn, mein Baby, mein Kind.« Ich wische Tränen von seinem Gesicht.

Jetzt sieht er meine blutenden, nässenden Hände an und dann den Zustand meines Gesichts. »Was hat er dir getan? O Gott, was hat er getan?« Er tritt zurück, reibt sich die Arme. »Was hab *ich* getan, Mum? Ich war so wütend … das Zeug, das er gesagt hat. Ich hab nicht nachgedacht. Das Messer hat da rumgelegen, und ich hab es einfach gepackt und …« Er wird weiß, taumelt. Ich rechne damit, dass er ohnmächtig werden wird, und lege die Arme um ihn.

»Was machen wir jetzt?«, fragt er, und das Entsetzen in seiner Stimme zwingt mich, meine eigene aufsteigende Panik hinunterzuschlucken. »Wir müssen einen Krankenwagen rufen. Ich hab nicht – ich hab nie gewollt, dass er stirbt. Ich wollte einfach, dass er aufhört zu reden.«

»Nein«, sage ich. »Warte.« Ich hole tief Atem und löse mich von ihm. »Er ist nicht tot. Du hast ihn nicht umgebracht. Ich will, dass

du gehst und Mia auftreibst. Du musst ihr erklären, dass alles, was Anna ihr erzählt hat, gelogen war, aber erzähl ihr absolut *nichts* über dies hier. Sag ihr einfach, du hast mich gefunden, und mir geht's gut, und wir haben geredet, und das ist alles. Sag ihr, ich bin immer noch hier und rede mit Patrick, hab aber zu dir gesagt, du sollst gehen.«

Er schüttelt den Kopf, doch ich rede weiter. »Du musst aber. Ich ertrage es nicht, wenn du für das hier in Schwierigkeiten gerätst, Joe. Ich brauche Zeit, um Patrick klarzumachen ...«

Kann ich das? Ist er noch am Leben, ist er so weit bei Bewusstsein, dass er mir zuhören kann?

Ich schiebe Joe in Richtung Haustür, lasse ihn nicht zu der Stelle hinübersehen, wo Patrick liegt. »Geh und treib Mia auf.«

Aber als ich die Haustür öffne, steht Anna davor. Sie starrt Joe an, als hätte sie ihn noch nie zuvor gesehen, und mir wird klar, dass sie ihn wirklich noch nie gesehen hat. Bisher hat sie meinen Sohn gesehen. Jetzt sieht sie ihren, und das Baby, von dem sie glaubte, es sei tot, ist ein junger Mann. Es schmerzt mich für sie. Was sie mir auch angetan haben mag, ihr Verlust schmerzt mich: siebzehn Jahre von Joes Leben.

»Ich wollte wieder wegrennen«, sagt sie. »Aber ich konnte nicht. Ich konnte dich nicht noch mal verlassen.« Es ist Joe, den sie dabei ansieht. »Ich habe dich Liam genannt«, flüstert sie.

»Er weiß es nicht«, sage ich zu ihr und greife nach Joes Hand.

»Was?«, fragt Joe, während sein Blick von mir zu ihr wandert.

»Er hat gelogen«, sage ich. »Er hat uns alle angelogen. Dir hat er erzählt, deine leibliche Mutter wäre tot, aber das ist nicht wahr.«

Joe und Anna starren sich an, und die Ähnlichkeit zwischen ihnen ist jetzt unverkennbar. Wo ist sie gewesen? All die Jahre, während Joe heranwuchs – wo ist sie gewesen?

Endlich sagt Anna: »Wenn ich gewusst hätte ... Wenn ich das gewusst hätte, wäre ich nie so weit gerannt. Ich wollte sterben, aber sogar das wollte ich nie genug, um es wirklich durchzuziehen.«

Sie sieht auf ihre Arme hinunter, und ich beobachte, wie Joe seine eigenen reibt. Das war der Grund, warum Patrick nie wollte, dass Joe die Wahrheit erfuhr. *Er ist wie sie,* hat Patrick gesagt.

Sie war immer zerbrechlich, aber es war ihre Familie, die sie zerbrochen hat. Willst du das Gleiche Joe antun? Sie ist tot. Er braucht es nie zu erfahren.

Das war es, was er sagte, und weil ich wollte, dass Joe mir gehörte, habe ich mitgespielt. Ich habe ihm geglaubt, ich habe geglaubt, dass nie eine leibliche Mutter auftauchen und nach ihrem Jungen fragen würde, weil sie tot war. Ich wurde zu Joes Mutter. Ich hätte hartnäckiger nachfragen sollen, aber wenn ich gewusst hätte, dass Eve noch am Leben ist, hätte ich niemals gelogen. Nein, ich hätte es nicht getan.

Anna zittert. Sie hat Tränen in den Augen, aber es ist nicht Kummer, was ich in ihrem Gesicht sehe, hineingegraben in die angespannten Linien und die weißen Lippen. »Ist er tot?«

Ich schüttele den Kopf.

»Anna ... *Eve,* hör zu«, sage ich und packe sie am Arm, als sie versucht, sich an mir vorbeizudrängen. »Joe kriegt Ärger mit der Polizei, wenn wir ihm nicht helfen.«

»Wir?«

Ich hole tief Atem. »Du. Seine Mutter. Du kannst ihm helfen.«

»Du lügst. Noch mehr Lügen, weil du mich loswerden willst. Du willst verhindern, dass ich diesen Dreckskerl mit bloßen Händen umbringe.«

»Ich lüge nicht. Sieh mich an – sieh dir an, was Patrick mir angetan hat. Wir können einen Fall von Selbstverteidigung draus machen, aber es darf nicht Joe sein, der das Messer in der Hand hat. Er würde ins Gefängnis kommen – willst du das? Dein Junge, dein Sohn?«

Sie wirft einen Blick den Hausflur entlang und sieht mir dann wieder ins Gesicht.

»Du hast es doch selbst gesagt. Deine ganzen Briefe, diese Geschenke, es hat funktioniert«, sage ich. »Patrick hat die Kontrolle verloren. Die Dinge sind eskaliert, genau wie du es geplant hast. Aber es würde Joe sein, der am Ende dafür bestraft wird.«

»Nein, so war das nicht gemeint. *Ihn* wollte ich leiden sehen.«

»Was glaubst du, was er mir angetan hat, nachdem du dieses Foto durch den Briefschlitz geworfen hattest? Was glaubst du, was er Mia angetan hat?« Ich beuge mich vor, suche nach einem Anzeichen von der Anna, die einmal meine Freundin war. »Du weißt, was er Ben angetan hat. Du weißt, was er *dir* angetan hat. Bildest du dir wirklich ein, er würde auch nur eine Sekunde lang zögern, bevor er zulässt, dass Joe für das hier bestraft wird?«

Sie lässt meinen Arm los, und ihre Augenlider beginnen zu flattern. Ich glaube, sie ist im Begriff, ohnmächtig zu werden, und diesmal bin ich es, die sie aufrecht hält, sie daran hindert, zu fallen. Sie lehnt sich an die Wand und lässt sich an ihr hinunterrutschen. »Was können wir denn machen?«

Ich werfe einen Blick zu Joe hinüber. »Wir müssen mit Patrick reden. Wenn ich der Polizei erzähle, was er mir angetan hat und Ben ... Du könntest der Polizei sogar die Wahrheit darüber sagen, wer du bist und was er getan hat. Patrick wird nicht wollen, dass irgendwas davon an die Öffentlichkeit kommt. Wir können ... wir können uns eine Geschichte einfallen lassen.« Die Panik in meiner Stimme, meinen kurzen, schnellen Atemzügen muss unverkennbar sein. Ich sage all das für Joe; ich glaube kein Wort davon. Ich muss Joe aus der Nähe des Hauses bekommen, nur das zählt.

»Mum, nein«, sagt Joe, den Blick auf mich gerichtet. »Ganz egal was du dir vorstellst, bitte mach's nicht. Du hast mir was versprochen. Du hast mir im Krankenhaus versprochen, du würdest mich nie im Stich lassen.«

»Es ist schon in Ordnung, Joe«, sagt Anna tonlos. »Wir kriegen es hin. Geh jetzt einfach, geh und mach, was Sarah dir gesagt hat. Überlass das hier uns.«

Ich nehme Joe mit nach draußen und lasse Anna bei Patrick im Haus.

»Ich verstehe das alles nicht«, sagt Joe mit einem Blick zurück zur Tür.

»Er hat gelogen«, sage ich. »Dein Vater hat gelogen. Ich weiß, ich habe auch gelogen, aber ich schwöre dir, ich habe geglaubt, dass deine leibliche Mutter tot ist. Ich hätte es niemals geheim gehalten, wenn ich gewusst hätte, dass sie noch lebt.«

»Ich glaub's … ich kann nicht glauben, dass sie meine Mutter ist.«

»Joe, bitte.« Ich greife nach seiner Hand, umschließe sie fest, ignoriere den stechenden Schmerz in meiner eigenen Handfläche. »Lass nicht zu, dass es dich zerstört. Ich bin deine Mutter. Kommt nicht drauf an, wessen DNA du mitbekommen hast, ich bin deine Mutter. Ich weiß, dass ich nicht gerade die beste war, aber bitte, bitte glaub mir, dass ich dich liebe. Wenn du mich lässt, dann bringe ich das hier in Ordnung. Ich finde eine Möglichkeit, das alles hinter uns zu bringen. Ich werde die Mutter sein, die ich immer hätte sein sollen. Finde Mia, und dann wartet auf mich. Ich bringe es in Ordnung. Ich versprech's.«

Joe sieht mich an. »Ich hab diesen Platz am College. Sie haben's mir gleich beim Vorstellungsgespräch gesagt. Und ich habe gedacht, es wird alles gut«, sagt er. »Dass ich hier wegkomme, weg von *ihm*. An die Kunsthochschule gehe, mit Simon zusammenziehe. Dass ich noch *glücklich* werde.«

»Du kannst immer noch glücklich werden. Lass mich das in Ordnung bringen.«

Er beugt sich zu mir herunter. Ich sehe das Zögern und weiß, er wartet darauf, dass ich mich abwende, wie ich es immer tue. Ich warte, und dann küsst er mich auf die Wange. »Komm uns holen, Mum«, sagt er. »Vergiss nicht, du hast uns was versprochen.«

Patrick ist auf den Beinen, als ich ins Mörderhaus zurückkehre. Nicht tot. Noch bleibt etwas Zeit, in der ich mir etwas überlegen kann, um Joe zu retten. Patrick steht vornübergebeugt da, die Hände auf den Bauch gepresst, Anna ihm gegenüber.

»Du hast mir erzählt, er wäre tot«, höre ich sie sagen.

Patricks Lider flattern, und er schwankt auf den Beinen. »Du hast ihn verlassen. Du bist einfach gegangen.«

»Aber ich bin zurückgekommen, und du hast gesagt, er wäre gestorben. Wie konntest du das tun?«

»Du warst betrunken, als du zurückgekommen bist. Betrunken und vollkommen zu. Nach fast zwei Monaten tauchst du wieder auf und bildest dir ein, du kriegst ihn einfach zurück?«

»Er war mein Sohn.«

»Nein. Du hattest ihn nicht verdient. Du hattest nichts von alldem verdient.« Seine Stimme wird lauter, und er unterbricht sich und keucht.

»Du hattest aber nicht das gottverdammte Recht, das zu entscheiden.«

»Ich hab es auch nicht wirklich entscheiden müssen, richtig? Du hast es nie auch nur überprüft. Du hast nie gefragt, wo er begraben ist. Du hast einfach akzeptiert, was ich dir gesagt habe, und bist wieder weggerannt. Du warst froh, die Verantwortung los zu sein.«

Anna macht einen Schritt rückwärts, fort von ihm. »Nein, das ist nicht wahr. Ich dachte, er ist tot – *du hast mir erzählt, er wäre tot.*«

Er starrt sie an; sein Atem ist schnell und flach. »Ich hab dir die Erleichterung angesehen.«

Er taumelt vorwärts, und ich sehe, dass er ein Messer in der Hand hält, das Messer, das Joe fallen gelassen hat. Ich strecke den Arm aus, um Anna zur Seite zu ziehen.

Patrick wendet sich an mich, weiß im Gesicht und blutend, aber immer noch mit dem Messer in der Hand.

»Sarah ...«, sagt er. Es ist ein Flehen. Sein Blick flackert zwischen Anna und mir hin und her. »Was sie dir auch erzählt hat, es ist Gift. Nichts als Lügen.«

Anna stößt ein zischendes Geräusch aus, und ich packe ihren Arm fester.

»Ich hab Joe gesagt, er soll's tun, weißt du«, sagt er zu mir; Anna ignoriert er. »Ich hab dir gesagt, ich würde sterben, wenn du mich verlässt – das hast du immer gewusst.« Er atmet ein, zuckt zusammen, atmet mit einem Schaudern wieder aus. Wir müssen raus hier. Wir müssen dem ein Ende machen.

»Ich habe das alles nur getan, damit du bleibst, weißt du.«

Ich starre ihn an. »Du hättest aber nichts davon zu tun brauchen. Als wir uns kennengelernt haben, als ich mich um Joe gekümmert habe ... ich *wollte* doch bleiben. Du hättest nichts tun müssen, um mich zum Bleiben zu *zwingen.*«

Er wendet sich ab. »Das sagst du jetzt, aber wie lange? Wie lange hätte es gedauert, bis du ruhelos wirst oder dich langweilst oder jemand anderen triffst, der dir gefällt? Ich musste einfach sicherstellen, dass das nicht passiert.«

Die Romantik, der blendende, strahlende Patrick, der in mir den Wunsch weckte, zu tanzen, selbst wenn keine Musik spielte – all das war verblasst in den ersten Jahren unserer Ehe. Ich wurde zu einer Hausfrau, er machte Karriere, der Abstand zwischen uns wuchs, und wir vergaßen zu tanzen. Wir reisten nie, und ich ging nie zurück an die Uni. Die Weltkarte, die mir einmal so viel bedeutet hatte, ging verloren, meine Farben und Leinwände verstaubten, ich vergaß all das. Er war immer noch unterwegs, strebte nach seinem lächerlichen Traum von der Perfektion, verlor das Haus niemals aus dem Blick, während ich meine eigenen Träume aus den Augen verlor. Ich wurde zu einer Karikatur der perfekten Ehefrau, die Patrick wollte.

Ich habe mich manchmal gefragt, wie mein Leben sich entwickelt hätte, wenn ich nicht so lang auf diesen elenden James Tucker gewartet hätte, wenn ich stattdessen nach Hause gegangen wäre, um mir leidzutun, mich in der Demütigung des Versetztwordenseins zu wälzen. Ich wäre an der Kunsthochschule geblieben, hätte meinen Abschluss gemacht, vielleicht die Reisen unternommen, von denen ich immer geträumt habe.

Oder – was, wenn James Tucker tatsächlich noch aufgetaucht wäre? Wir hätten in dem Pub etwas getrunken, wären vielleicht irgendwo hingegangen, um in Ruhe zu Abend zu essen. Vielleicht hätten wir uns verliebt, hätten geheiratet.

Aber …

Vielleicht hätte ich eine Mia, irgendeine Version von ihr, vielleicht jünger, ein anderer Familienname. Aber ich hätte niemals einen Joe gehabt.

Und Patrick hat recht. Es hätte so perfekt sein können.

»Ich hab dich so verdammt geliebt, und ich hasse dich dafür. Ich hasse dich dafür, dass du nicht der Mann bist, der du hättest sein sollen«, sage ich und sehe, wie sein Gesicht sich verzerrt vor Zorn. Vorsicht. Ich muss vorsichtig sein.

»Willst du der Polizei erzählen, du wärst es gewesen und nicht Joe? Sie werden dir nicht glauben. Du hast nie im Leben eine glaubhafte Lüge erzählen können«, sagt er. »Was willst du denen also sagen, Sarah?«

»Sie werden es glauben, wenn ich ihnen das Gleiche erzähle«, sagt Anna. »Sie werden uns glauben, wenn du tot bist.«

»Aber ich bin ja nicht tot, stimmt's, Eve?«

Annas Mund verzieht sich zu einem Lächeln. »Noch nicht.«

Das Blut zu seinen Füßen hat sich weiter ausgebreitet, und er ist weiß im Gesicht. Seine Augen schließen sich, der harte Griff um das Messer lockert sich, und ich rechne damit, dass er stürzen wird. Einen fürchterlichen Moment lang glaube ich, dass es aus ist, dass Joe ihn wirklich umgebracht hat. Ich könnte jetzt von hier verschwinden, die Kinder abholen und wegrennen, und eine Sekunde lang ist die Versuchung groß. Aber dann werde ich immer auf das Klopfen an der Tür warten, und Joe wird es ebenfalls tun. Wir werden immer damit rechnen, ihn mit einem blutigen Messer in der Hand auf uns zustürmen zu sehen, wie weit wir auch gehen.

Und ich kann das nicht noch einmal tun, kann nicht noch einmal siebzehn Jahre in der Erwartung leben, dass der Hammerschlag fällt. Ich will einfach nur, dass der elende Moment jetzt kommt, dass Patrick ausholt, damit ich hier stehen kann, die Arme weit ausgebreitet, vor Joe und Mia stehen und den Stoß für sie abfangen, wie ich es immer tun wollte und bisher immer versäumt habe zu tun.

Seine Augen öffnen sich urplötzlich, als hätte er mich denken hören.

»Sarah ...«, flüstert er.

Ich höre Autos draußen vorbeifahren, und es kommt mir unwirklich vor, dass außerhalb dieses verdammten Hauses das normale Leben weitergeht.

»Ich will, dass du bei mir bleibst, Sarah.«

Ich schüttele den Kopf.

»Wenn du bei mir bleibst ... ich werde einen kompletten Gedächtnisausfall haben. Ich werde mich nicht erinnern können, wer mich angegriffen hat. Es kann genau wie bei Ian Hooper und John sein – niemand braucht die Wahrheit zu erfahren. Ich erzähle ihnen, ich hätte jemanden reinkommen hören, aber ich habe nicht gesehen, wer es war. Es macht nichts, wenn sie Joes Fingerabdrücke finden. Er ist mein Sohn, es ist normal, dass seine Abdrücke da sind. Kein Mensch wird *ihr* glauben«, sagt er mit einem Seitenblick auf Anna. »Und ich werde mich weiter *nicht erinnern,* ich werde mich *nicht erinnern,* solange du hier bei mir bist. Du weißt, dass sie mir glauben werden. Du weißt, wie gut ich darin bin, ein Geheimnis zu bewahren. Aber wenn du weggehst, werde ich ihnen erzählen, dass es Joe war. Ich erzähle ihnen alles, und Joe kommt ins Gefängnis.«

Er macht eine Pause, um zu Atem zu kommen. »Was meinst du, was ein Gefängnisaufenthalt bei Joe anrichten würde?«

Er würde ihn umbringen. Das weiß ich längst.

»Ich will nicht allein sein. Bleib zu Hause. Bleib zu Hause und rette Joe.«

Das ist es, was ich wollte. Ein Ausweg für Joe. Aber wenn wir uns darauf einlassen, wird Joe ebenso sehr ein Gefangener sein, wie ich es war, auf immer an Patrick gebunden durch eine fürchterliche Lüge.

»Hör bloß nicht auf ihn, Sarah«, sagt Anna. Sieht sie Unentschlossenheit in meinem Gesicht?

Ich starre Patrick an und versuche den Mann zu sehen, den ich früher einmal geliebt habe, der mich früher einmal wirklich geliebt hat. Ich bin mir nicht mehr sicher, dass es ihn jemals gab. Er wurde von seinen Eltern ruiniert, er hat alles und jedes vom ersten Tag unserer Bekanntschaft an manipuliert. Aber jetzt sehe ich die Anspannung in seinem Gesicht, als er da blutend vor mir steht. Dies ist das Endspiel, seine allerletzte Chance. Er setzt alles auf dieses Manöver.

Und er hat immer noch das Messer in der Hand. Es gibt hier kein Happy End. Und es gibt keine *Unentschlossenheit.*

Ich trete einen Schritt vor, um ihm die Antwort zuzuflüstern.

»Niemals.«

Und ich trete zurück. »Ich komme nie zu dir zurück. Und wenn du der Polizei erzählst, wer dich verletzt hat, dann erzähle ich ihnen, warum. Ich erzähle ihnen, dass du mich vergewaltigt hast.« Ich sehe zu Anna hinüber. »Ich erzähle ihnen von Eve und davon, was du ihr angetan hast. Und ich erzähle ihnen von John Evans und wozu du ihn angestachelt hast.«

Ich sehe den Moment, in dem er zerbricht, und ich kann nicht schnell genug reagieren. Ich stehe wie erstarrt, als Patrick verschwindet und ein tobendes Ungeheuer an seine Stelle tritt. Es ist, als seien all meine Albträume Wirklichkeit geworden – der Wahnsinnige mit dem Messer, der auf mich zustürmt. Jedes Anzeichen von Schwäche ist verflogen, als er sich auf mich stürzt, mich auf den Fußboden schleudert, mir den Atem aus den Lungen schlägt, eine Hand an meiner Kehle, während das Messer auf mein Gesicht zujagt. Ich greife danach, während bereits schwarze Flecken vor meinen Augen treiben, weil er mir die Kehle zusammendrückt. Ich verfehle den Griff, und die Klinge schlitzt mir die Handfläche auf. Das Messer ist glitschig von Patricks Blut, meinem Blut, und ich bekomme es nicht zu fassen. Ich spüre den stechenden Schmerz, als es mir die Wange aufreißt, und er holt damit aus, um noch einmal zuzustechen.

Anna wirft sich von hinten auf ihn, packt seine Arme, zerrt ihn von mir fort, und ich rappele mich auf, verliere das Gleichgewicht, falle auf die Knie und huste, sauge keuchende, schmerzhafte Atemzüge durch die geschwollene Kehle.

Ich krieche von ihnen fort, aber Patrick wendet sich jetzt Anna zu, ich höre sie aufschreien. Ich drehe mich um, und sie kniet auf dem Boden, vornübergebeugt, und Patrick lächelt. O verdammt, er lächelt, und er wird sie umbringen, er wird Joes Mutter ein zweites Mal umbringen.

»Patrick!«, brülle ich, und als er herumfährt, rutscht er in seinem eigenen Blut aus. Er streckt abrupt die Hände aus, um sich abzufangen, und lässt das Messer fallen. Anna stürzt sich darauf, hebt es auf, kommt taumelnd auf die Füße. Sie sieht mich an.

»Lauf«, sagt sie keuchend.

Ich starre sie an. Ich sehe an ihrem Gesicht, dass sie es zu Ende bringen wird. Und ich stehe wieder auf der Schwelle, in der Schwebe. Ich könnte sie abhalten oder es zumindest versuchen. Sie könnte mich umbringen, während ich das versuche. Patrick könnte uns beide umbringen.

Aber ich werde nicht wegrennen, diesmal nicht. Ich mache einen Schritt vorwärts.

»Mum?«

O Gott, das ist Mias Stimme.

»Mia, nein!«, schreie ich, während ich aus der Küche renne. »Raus hier – raus hier!«

Sie darf dies nicht sehen – ich darf Patrick nicht in ihre Nähe lassen. Sie ist im Hausflur, und ich packe sie am Arm und zerre sie ins Freie hinaus, den Gartenweg hinunter.

»Lauf!«, höre ich Anna zum zweiten Mal schreien.

Wir drehen uns um, sehen uns nach dem Mörderhaus um, und als wir es tun, schlägt die Haustür zu.

ANNA

Es ist still im Mörderhaus. So still, wie es in dem Traum war, den ich immer hatte, als das Haus noch einfach ein Haus war. Du liegst einen Meter entfernt, reglos und lautlos, die Augen offen, ohne dass sie sähen.

Du hast mich erwischt mit dem Messer, bevor du es fallen gelassen hast und ich dich umgebracht habe. Ich habe nicht nachgesehen, wie übel es ist, aber der Schmerz ist grellweiß und fühlt sich an, als steckte das Messer immer noch in meiner Seite. Ich glaube, du hast dich bei mir geschickter angestellt als Joe vorhin bei dir. Wie lange? Wie lange, bevor irgendwer Sarah sieht, blutverschmiert und taumelnd, und die Polizei ruft, sie in aller Eile hierher ins Mörderhaus schickt?

Es gab einen Moment, gerade eben erst, in dem ich dachte, du hättest verloren. Ich hatte meinen toten Sohn wieder, ich konnte dich sterben sehen, und ich dachte, ich hätte gewonnen, und du hättest verloren. Aber dann habe ich an ihn gedacht, diesen wunderschönen Jungen, den wir beide gemacht haben, und ich habe mich selbst angesehen, die Narben an den Handgelenken, die ich Sarah gezeigt habe, und die anderen Narben, die ich ihr nicht gezeigt habe, die roten und silbrig weißen Punkte der Einstichstellen an meinen Armen und Beinen.

Nicht alle von ihnen sind alt.

Sarah, deine mitleiderregende und in keiner Weise perfekte Frau, ist ein Schwächling. Aber sie liebt Joe. Zumindest liebt sie Joe.

Dies ist die Geschichte, die man erzählen wird:

Es war einmal eine Königin, die mit ihrem König in einem Schloss lebte. Nur dass der König kein wirklicher König war, und das Schloss war kein wirkliches Schloss. Der König war in Wirklichkeit ein Drache, der ein Menschenkostüm trug und die Königin mit einem Zauber belegt hatte, sodass sie nicht merkte, dass er ein Drache war und das Schloss in Wirklichkeit ein Verlies. Sie war von Dunkelheit umgeben und wusste es nicht einmal.

Eines Tages kam ein Ritter des Wegs und beschloss, bei der Rettung der Königin und ihrer Kinder zu helfen. Der Ritter stachelte den Drachen auf, hieb und stach nach ihm, bis der Drache sich vergaß und sein Menschenkostüm abwarf und sich in seiner wahren Gestalt zeigte. Der Zauber war gebrochen, und die Königin und ihre Kinder gingen hinaus ins Licht. Und wenn sie nicht gestorben sind, dann leben sie noch heute.

Und der tapfere Ritter … der Ritter erschlug den Drachen.

Gefällt dir die Geschichte, Patrick? Immerhin ist sie unser Märchenende, richtig?

Wie lange jetzt noch? Immer noch keine Sirenen, aber es kann nicht mehr lange dauern. Während ich warte, stelle ich fest, dass das Blut langsamer strömt. Auch die Schmerzen lassen nach, und eine Art Taubheit beginnt sich auszubreiten. Ich glaube nicht, dass das gut ist. Ich bin weiter zusammengesackt, und jetzt schließe ich die Augen.

Weißt du noch? Erinnerst du dich an das erste Mal, als wir getanzt haben? Wir waren draußen am Strand und haben zu den Sternen hinaufgesehen. Ich war betrunken, und du hast mich im Kreis herumgewirbelt, und es fühlte sich an, als flögen wir.

Ich habe gelacht, schwindlig und atemlos, und wir flogen zu ima-

ginärer Musik, und ich habe dich geliebt, und alles, was ich wollte, warst du, die Sterne, deine um mich geschlossenen Arme, du und ich im Flug.

Es ist Zeit, dass der Tanz zu Ende geht.

SARAH

Wir haben ein großes Publikum an dem Tag, an dem sie das Mörderhaus abreißen. Das Ereignis selbst fällt eine Spur enttäuschend aus – ich sehe es den Zuschauern an den Gesichtern an. Was haben sie sich eigentlich erhofft? Dass Blut die Mauern herunterströmen wird, Geister kreischend aus den Trümmern entweichen? Ich möchte wetten, genau diese Leute waren in der Nacht damals ebenfalls hier und haben zugesehen, wie man die Leichen aus dem Haus trug.

Anna war noch am Leben, als die Polizei eintraf, aber sie hatte zu viel Blut verloren und starb, bevor die Sanitäter sie auch nur in den Krankenwagen gebracht hatten. Ich habe der Polizei dieselbe Geschichte erzählt, die ich auch Joe erzählt habe. Ich habe ihnen erzählt, Anna hätte gewusst, dass Patrick sich als Nächstes mich vornehmen würde, nachdem er Ben zusammengeschlagen hatte, und wäre deshalb zu mir gekommen, um mich zu warnen. Ich habe ihnen erzählt, dass er mich umbringen wollte und sie mich gerettet hat. Sie hat uns alle gerettet. Joe braucht nicht zu wissen, was sie alles an üblem Zeug getan hat. Er braucht nur zu wissen, dass sie als Heldin gestorben ist.

Jetzt werde ich nie mehr Gelegenheit haben, ihr zu erzählen, dass ich einen Job in der Galerie habe. Ben geht es besser, aber Patrick hat ihn krankenhausreif geschlagen, und so helfe ich aus. Mia will für ihr Abschlussjahr an ihre alte Schule zurückkehren, und ich wäre näher bei Joe, wenn wir wieder nach Cardiff ziehen. Aber diesen Sommer ... Der Caravan, den wir gemietet haben, hat Meerblick. Ich habe einen Job, und ich male wieder, in dem

Atelier über der Galerie. Patricks Geist ist verschwunden. Ben hat uns eingeladen, in seinem Cottage unterzukommen, aber er sieht immer noch Patrick, wenn er mich ansieht. Es gibt da einen Schatten, der vorher nicht da war. Ich glaube nicht, dass er den Kontakt aufrechthalten wird, wenn wir wegziehen.

Meine Ausstellung ist verschoben worden, aber sie wird vor Ende des Sommers noch stattfinden. Ich habe eine halb fertige Küstenlandschaft auf der Staffelei stehen, von der ich glaube, Anna würde sie billigen; sie ist in allen Farben ihres geheimen Strandes gehalten.

»Mum?« Mia kommt zu mir herüber, und wir stehen zusammen da und beobachten das Haus.

Ein kollektives Keuchen steigt auf, als es zusammenbricht, gefolgt von einem Seufzer, den ich mir möglicherweise eingebildet habe. Ich schaudere, als ein kalter Luftzug um mich herumkriecht, eine von Mias kalten Stellen, die in die Freiheit entlassen wird.

Und das war's, es ist nicht mehr da.

Mia streckt die Hand aus, und ich greife nach ihr, halte sie fest. Diesmal werde ich nicht loslassen.

»Das hätten die schon vor fünfzehn Jahren machen sollen, gleich nach den ersten Morden«, knurrt der Mann neben mir und hustet, während er sich eine Zigarette anzündet.

Ich sehe den Küstenpfad entlang; dort oben steht eine Gestalt und beobachtet, wie das Haus in sich zusammenstürzt. Ich hoffe, Tom wird all dies endlich hinter sich lassen können, jetzt, da das Haus nicht mehr existiert.

»Ja«, sage ich. »Hätten sie.« Sie hätten es noch eine ganze Weile früher tun sollen.

Mia und ich gehen, lassen die Trümmer des Mörderhauses hinter uns zurück, ohne uns noch einmal umzusehen.